RESONANCES

ISBN : 978-2-38199-099-6
ISSN : 2431-5923
Résonances, tome 1

Maquette : Marion Barril
Correction : Faute Avouée

MORGANE RUGRAFF

RESONANCES

TOME 1

« Les nuages sont comme les pensées, les rêveries,
les cauchemars du ciel. »

Jules Renard

1

J'AI DE LA PITIÉ POUR CES OISEAUX MAJESTUEUX, CAPTIFS ET ENCHAÎNÉS, RÉDUITS À SERVIR DES HOMMES QUI NE LES MÉRITENT PAS !
TEAGAN JAYCE

THÉNÉRYS – VILLE DE STENT

Le vent hurlait, déchirait ses tympans en une longue litanie. Lui aussi hurlait, mais ses cris ne produisaient aucun son, et cette seule pensée le terrifiait. Son corps chutait à travers la mer de nuages, sans fin, et plus il sombrait, plus le froid engourdissait son esprit. Un froid noir. Surgissait alors du néant un oiseau immense, aux ailes si lumineuses qu'il devait fermer les yeux.

Teagan ouvrit brutalement les yeux et se redressa en sursaut sur sa couchette, les tempes bourdonnantes. Immédiatement, avant même qu'il ne songe à son erreur, pourtant fréquente, son crâne rencontra le plafond bas de la chambre avec une certaine violence, ce qui ne manqua pas de faire ricaner Cayden, son frère aîné, qui occupait le lit inférieur.

— Tu as rêvé qu'une donzelle te la mordait ?

— Ferme-la, répliqua Teagan en saisissant parfaitement l'allusion.

Un peu sonné, il retomba sur son grabat avec la désagréable impression que tout palpitait sous son crâne.

Comme à chaque fois qu'il s'extirpait de ce délire étrange, il était glacé jusqu'à l'os, et il lui fallait plusieurs minutes pour retrouver possession de tous ses membres. La gorge sèche, il garda les bras relâchés le long de son corps et serra plusieurs fois ses poings pour en chasser les fourmillements qui subsistaient. Les membres ankylosés, il s'étira longuement, l'esprit brumeux, et la bouche aussi pâteuse qu'après s'être saoulé au sajja. Sa nuit avait encore été ponctuée de rêves. Des songes qui l'emmenaient loin.

Loin…

Bien au-delà du continent de Thénérys, de Stent – sa ville natale – et surtout, très haut dans le ciel, au-delà du Magna-Nubes, cette immense et éternelle couche de nuages blancs qui séparait les deux continents.

De l'autre côté des nuages s'étendait Aldébaran la brillante. Aldébaran la magnifique. Aldébaran la luxueuse, que les gens nommaient communément Continent de Haut. Péninsule fluctuante, composée de six grandes îles qui flottaient au gré des courants aériens, et d'une flopée d'archipels câblés qui les reliaient les unes aux autres, c'était là-bas que s'ancraient les rêves les plus fous de Teagan, une vie baignée par les soleils, la chaleur. La lumière…

Aldébaran l'inaccessible…

Ici, sur Thénérys, l'obscurité régnait, et la seule clarté naturelle dont les habitants pouvaient jouir provenait du Magna-Nubes à travers lequel perçaient difficilement les rayons des deux soleils d'Aldébaran. Aux heures les moins sombres de la journée, la luminosité qui s'étendait sur les terres de l'ombre prenait des tons orangés, jaune pâle, semblables à une aube qui ne se levait jamais. Mais quand venait la nuit sur Aldébaran, plus rien ne filtrait entre les couches nuageuses, et Thénérys plongeait dans le noir total.

Pour pallier ça, d'immenses braseros brûlaient en permanence dans les rues, de même que des lampes à huile aux porches des maisons, et des feux à chaque carrefour de grandes routes.

Teagan, lui, voulait du bleu, beaucoup de bleu. Un bleu nuancé d'éclats d'or, de rose, d'argent.

Teagan voulait le ciel !

La vie était difficile ici, hostile même, et seule une faible végétation, sèche et inhospitalière comme le reste du pays, survivait entre la caillasse et les ravines.

Agrippées à flanc de falaises, ou s'étendant sur des plages de galets noirs, s'égrainaient des villes grises et austères, bâties de pierre, de glaise et d'un bois sec et dense, toujours balayées par les embruns. Chaque communauté alentour comptait une centaine d'habitants, mais la ville de Stent à elle seule rassemblait plus de trois mille Thénéryens.

D'ailleurs, ce matin-là, Stent était en pleine effervescence. Les cris des marchands et des pêcheurs s'élevaient du grand port que Teagan apercevait par sa fenêtre. Parfaitement réveillé cette fois, le Thénéryen repoussa son édredon et bondit de sa couchette inconfortable. Il retomba sur ses pieds, deux mètres plus bas, et secoua son frère.

— Allez, lève-toi !

Leur faible écart – quatre ans à peine – les rapprochait, mais depuis que Cayden avait l'âge de trousser les jeunes filles de Stent, il délaissait souvent le domicile pour des occupations bien plus joyeuses que veiller au coin du feu ou réparer de vieux filets de pêche. Seul un grognement sourd passa ses lèvres, alors qu'il tentait de ne pas vomir ses tripes.

Il avait passé la nuit à boire plus que de raison, à jouer aux cartes au Bosquet et à retourner quelques aimables demoiselles dans une étable proche. Ce matin-là, la gueule de bois ne pardonnait pas.

— Espèce de slug, le navi est là ! insista Teagan.

— Ne me pousse pas comme ça, Teag, ou mon estomac va se vider sur tes pompes, gronda Cayden comme un avertissement. Vas-y, je te rejoindrai.

Teagan avisa ses pieds encore nus et recula d'un pas. On n'était jamais trop prudent.

— Comme tu voudras, répondit-il en haussant les épaules, alors que Cayden lui tournait le dos.

Il n'insista pas davantage et attrapa sa chemise, abandonnée sur un coffre miteux. Pauvre, sa famille – ou ce qu'il en restait du moins – vivait dans une certaine misère, et le mobilier vétuste de la pièce attestait de leur précarité : deux couchettes, l'une au-dessus de l'autre, des couvertures élimées, un unique coffre pour ranger leurs vêtements et une chaise…

Teagan enfila à la hâte sa tunique par-dessus sa tête, passa ses doigts dans ses cheveux pour les rabattre en arrière, et descendit l'échelle de meunier qui donnait sur la cuisine. Unique source de chaleur du foyer, un feu y brûlait constamment.

Perdu dans ses pensées, le Thénéryen rata le dernier barreau de l'échelle et déboula dans la cuisine en jurant. Il y trouva sa mère, Léadah, déjà affairée aux tâches quotidiennes. Avec tendresse, Teagan embrassa sa joue, alors qu'une agréable odeur de galettes épaisses s'élevait du fourneau en fonte.

— Bonjour, sourit-il en plongeant sa main vers le plat déjà bien garni.

— N'y pense même pas, le houspilla-t-elle en frappant gentiment ses doigts du plat de sa louche. C'est pour ce midi. Où vas-tu de si bonne heure ?

— Au port !

— Et ton frère ?

— Cayden décuve, répliqua Teagan en fauchant une galette fumante.

— Au moins, il ne commet pas d'imprudences pendant ce temps-là, soupira Léadah.

Tu parles, songea Teagan. *Il en a déjà sûrement commis bien assez cette nuit.*

Elle s'essuya les mains sur son tablier et scruta son plus jeune fils un instant.

— Si tu pouvais en faire de même…

— Tu me connais, pouffa Teagan. Rassure-toi.

— Oui, je te connais, Teagan Jayce ! La dernière fois qu'un navi est descendu d'Aldébaran, tu as bien failli finir au fond de sa soute et repartir avec. Ne te mets pas dans des situations impossibles, fils.

Teagan sourit en repensant au mois précédent, puis, innocent, il leva ses mains en signe de paix. Léadah le laissa partir avec un léger sourire désabusé. Ses fils étaient si différents, mais ils possédaient une chose indubitable en commun : l'art de s'attirer des ennuis.

Avalant en vitesse la dernière bouchée de sa galette, Teagan traversa en courant la petite cour qui jouxtait leur maison. Pavée de dalles, et jonchée de paille sale et humide, elle servait d'enclos aux quelques poulets que sa mère possédait.

— Allez, déguerpis ! râla-t-il en dégageant une poule qui avait élu domicile dans le seau posé sur la margelle du puits.

La volaille indignée s'éloigna en caquetant, rameutant les autres à l'autre bout de la cour. Teagan leva les yeux au ciel et jeta le récipient lesté dans le puits, sans plus de considération. La chaîne se déroula sur plusieurs mètres avant d'atteindre la nappe phréatique dans un bruit sourd.

À la force de ses bras, Teagan remonta le seau dans lequel il plongea la tête pour se laver. L'eau glaciale le saisit au corps, raidissant ses muscles pendant quelques secondes.

— Ah, bordel ! s'exclama-t-il en s'ébrouant.

Des gouttes glacées perlèrent sur sa peau, puis il rejeta la tête en arrière pour chasser toute eau de son visage et de ses cheveux.

Revivifié, Teagan quitta l'enceinte de la cour et passa sous le petit porche pour gagner une ruelle étroite et sans lumière, puis un pont de bois une centaine de mètres plus loin. Le clapotis de l'eau sous ses pieds l'incita à baisser la tête. Une poignée de slugs, énormes limaces noires charognardes, étaient agglutinées au poteau, comme des moules à leur rocher, dans un amas bruyant et gluant. Le bruit de succion détestable qu'elles produisaient lorsqu'elles se déplaçaient, ainsi que la traînée visqueuse qu'elles laissaient dans leur sillage, avait de quoi filer des haut-le-cœur. Pour autant, aussi moches fussent-elles, elles étaient inoffensives et servaient de fossoyeuses à la ville. « Slug » était d'ailleurs un mot courant sur Thénérys, qui servait aussi bien à désigner un imbécile, un soulard, un raté ! Tout, pourvu qu'on ne cherche pas à faire un compliment.

Blasé, Teagan traversa le pont et rejoignit à nouveau la terre ferme.

Pour pallier les colères de l'océan et les intempéries fréquentes, les habitants avaient érigé une partie de Stent sur pilotis, aussi, les structures principales permettant la circulation à travers la ville formaient un réseau de passerelles et de ponts sur plusieurs niveaux, joignables par des escaliers, des rampes, et des échelles de corde. Stent, malgré son commerce du poisson florissant, était également connue comme étant la ville la plus mal famée de Thénérys. Elle abritait un district souterrain grouillant de truands, voleurs et autres contrebandiers. Cependant, elle gardait un aspect majestueux avec son grand marché, sa place ronde et pavée où de nombreux commerces s'étalaient sous les arcades, et son quartier plus riche, proche du port.

Après plusieurs minutes d'escalade à travers les différentes plates-formes, Teagan atteignit enfin la rue principale et déambula un instant entre les auvents déployés et les étals. Une certaine fébrilité régnait, comme à chaque arrivée de navi, qui était prétexte à marchander, à troquer et à boire plus qu'à l'ordinaire.

Les femmes étaient à leurs fenêtres, secouaient draps et édredons de plumes, battaient les tapis, s'interpelaient d'une maison à l'autre, tandis que les hommes se hélaient, vantant les mérites de leur pêche et de leur alcool de sajja. Dans les rues, les enfants, la plupart du temps livrés à eux-mêmes, vagabondaient gaiement aux alentours du port. Leurs cheveux en broussaille se dressaient en épis sur leurs petites têtes, hérissés par l'eau de mer dans laquelle ils se baignaient, ainsi que par l'embrun qui léchait les murs et la peau en permanence.

Tous voulaient voir le grand navi volant de plus près. Les Aldébariens les avaient conçus à l'image d'immenses navires, marchands ou de guerre, aux carcasses de bois et de métal, aux mâts robustes et aux gouvernails rutilants. Agrémentés de systèmes de valves d'air chaud qui gonflaient les voiles lorsque les soupapes s'ouvraient, les navis étaient capables de se propulser dans le ciel, mais également de plonger à travers la couche de nuages. Les courants et les vents régulaient leur position horizontale, tandis que leurs ascensions, ou leurs descentes, étaient dirigées par d'immenses gouvernails.

Une fois chargés, les navis s'arrachaient des eaux froides et noires du port de Stent et s'envolaient à nouveau vers un ciel plus clément. Les Thénéryens ne possédaient pas une once de ces connaissances, et même s'ils les avaient eues, les valves d'air chaud qui propulsaient les navis étaient alimentées par d'énormes piles, chargées à l'énergie solaire. Cette ressource sans pareille était hors de portée des Thénéryens et les condamnait ainsi à rester cloués au sol. Toute cette science inaccessible développait chez Teagan une furieuse soif d'apprendre.

Chaque navi possédait sa propre troupe armée, constituée d'une quinzaine d'hommes, entraînés à voler en plein brouillard et à se battre dans les endroits les plus obscurs et dangereux du Magna-Nubes. Ces combattants d'élite, communément nommés Harfangueurs, avaient entre trente et cinquante ans, et chevauchaient leurs montures ailées comme personne.

Sur la place principale, Teagan sortit une bourse de l'intérieur de sa chemise, en préleva deux tôves de cuivre et s'accouda à un comptoir qui avait pignon sur rue.

— Bonjour, Teagan, l'accueillit une jolie demoiselle qui soutenait un plateau rond, chargé de chopes déjà bien vides.

— Bonjour, Hannah.

— Qu'est-ce que tu voudrais boire ?

— Un sajja, répondit ce dernier en contemplant les clients à la dérobée, dont certains n'étaient pas d'ici.

Par-delà les habitations et les commerces, le ressac de la mer ne faiblissait jamais, et les vagues venaient se briser avec force contre les falaises. En perpétuelle furie, elles frappaient la côte dans un grondement sourd qui ne s'éteignait jamais. C'était une mélodie entêtante à laquelle Teagan s'était habitué, mais il aspirait à bien plus de calme.

— Tu as déjà vu le navi arrivé ce matin ? l'interrogea-t-elle, les yeux brillants.

— Non, pas encore. J'allais m'y rendre, mais je voulais te saluer avant.

La jeune fille disparut un instant dans l'échoppe tenue par son père, rangea son plateau, lava quelques verres, puis revint avec une bolée de sajja à la main.

— Je t'en ferais bien cadeau, mais mon père te guette. Tu es un Jayce, ajoute-t-elle comme si ce simple nom expliquait tout.

— Avec tout ce que Cayden a dû perdre ici hier soir, ton père pourrait sûrement remplir des coffres entiers.

Hannah pouffa, sans le contredire.

— Oh, ça oui ! Il est resté tard pour jouer aux cartes, mais ton frère devrait se méfier des Aldébariens qu'il défie. Ses tours de passe-passe font illusion, et Cayden les dépouille à chaque fois, mais j'ai entendu certains hommes...

— Oui ?

— Ils disaient qu'ils ne laisseraient pas un Thénéryen les plumer davantage, ajouta-t-elle sur le ton de la confidence, et que la prochaine fois que Cayden viendrait au Bosquet, ils joueraient une tout autre partie... Je ne tiens pas à le voir se balancer au bout d'une corde, au mât d'un navi.

Teagan acquiesça dans un soupir et poussa les pièces cuivrées sur le comptoir. Hannah les glissa dans la poche de son tablier avec un sourire entendu. Sa longue tresse de cheveux roux s'agitait quand elle virevoltait de table en table, et sa bonne humeur fidélisait les clients du Bosquet, qu'ils viennent de Stent, ou d'Aldébaran.

— Tu me raconteras ? quémanda-t-elle soudain à voix basse en revenant vers lui.

— Bien sûr, approuva Teagan en avalant une longue rasade de sajja qui lui brûla la gorge. Comme toujours.

— Mon père ne me laisse jamais descendre au port, déplora-t-elle en essuyant le comptoir de bois.

— Il ne veut que te protéger, j'imagine.

Dans une pareille situation, si sa propre mère l'avait empêché de se rendre au port pour admirer les navis, et profiter des dernières nouveautés d'Aldébaran, Teagan se serait sans aucun doute révolté, mais Hannah était douce et résignée. Bien trop sage au goût des deux frères.

— J'aimerais tellement monter à bord d'un navi, voir tous ces beaux tissus, sentir les épices et les fruits !

— Alors dis-le à ton père. Au moins une fois, ajouta-t-il en soulignant ainsi son caractère trop docile.

— Les femmes d'Aldébaran doivent être si belles, si raffinées...

Teagan termina sa bolée dans un haussement d'épaules. Il ne s'était jamais questionné à ce sujet. Tout ce qui l'intéressait se résumait à un seul mot : le ciel.

Hannah dut sentir le regard de son paternel peser dans son dos, car elle s'activa à frotter plus fort le bois du comptoir dans un soupir désespéré.

— Je te rapporterai une plume de Harfang, promit Teagan.

Les yeux rouges d'Hannah brillèrent sous les torches et les lampes à huile qui éclairaient la taverne. Le jeune homme déposa un rapide baiser sur sa joue avant de s'éloigner.

D'un pas vif, Teagan longea la rue animée, puis quitta l'agitation des ruelles marchandes pour déboucher sur le port. Bien avant de rejoindre la place, il fut frappé par l'odeur.

Deux navires venaient de rentrer d'une longue semaine de pêche, loin des côtes. Teagan remarqua immédiatement la voile fendue qui pendait lamentablement le long de son mât, mais l'équipage paraissait au complet. Les mains enfoncées dans les poches de sa veste, et son col en fourrure remonté pour se protéger du vent, il resta un instant immobile, observant les marins qui déchargeaient leur cargaison.

Bientôt, sous les yeux des curieux et des connaisseurs qui se serraient dans les allées du marché aux poissons, les hommes étalèrent leur marchandise à même le sol.

Teagan aimait cette ambiance : le brouhaha de la foule, les cris des pêcheurs, les odeurs de poisson frais, ainsi que celle des flaques d'eau de mer mélangées au sang qui s'épanchait entre les larges pavés. Derrière les exhortations des vendeurs et des acheteurs, en bruit de fond, celui des couteaux qu'on aiguisait et des hachoirs des découpeurs qui transformaient un thon albinos entier en un tas de steaks impeccables en seulement quelques minutes. Teagan admirait toujours leur rapidité et leur précision.

Le marché aux poissons de Stent était un lieu de rassemblement connu de tous. Certains venaient de loin pour se procurer les meilleurs morceaux. On y trouvait thons, requins argentés, murènes pour les soupes, espadons pour leurs cornes, et les jours de chance, de la viande de delta-béluga, grasse et odorante.

Bien sûr, pour les estomacs et les cœurs fragiles, ou encore pour ceux ayant abusé du sajja la veille, ce n'était peut-être pas le coin le plus indiqué de la ville, surtout de bon matin.

Un courant d'air apporta des effluves plus parfumés, qui incitèrent Teagan à quitter le marché pour rejoindre le port, là où se trouvaient amarrés les navis. Les Aldébariens étaient arrivés dans le courant de la nuit et s'affairaient à descendre de grandes caisses.

— Doucement ! Laissez du mou à la corde ! tonna une voix forte un peu plus loin.

Teagan sourit et s'engagea sur la passerelle qui menait vers l'Hélion, un navi qu'il connaissait bien à présent.

Les Thénéryens et les Aldébariens ne se mêlaient jamais les uns aux autres, sauf par nécessité absolue de commercer, car le peuple d'en Haut considérait celui du Bas comme les parias de leur société étincelante. Parfois, quelques filles de Stent, lassées par la monotonie et le dur labeur de leur vie, embarquaient à bord d'un navire à hélices vers Aldébaran, pour tenter leur chance sur l'autre continent. Ce qu'elles devenaient, personne n'en savait jamais rien. La traversée du Magna-Nubes s'avérait bien souvent mortelle pour des équipages peu chanceux ou mal préparés. Ainsi, les relations épistolaires s'essoufflaient rapidement. Cela avait été le cas pour Brianna, une jeune fille de l'âge de Teagan qui se distinguait par sa beauté, partie tenter sa chance quelques mois plus tôt. Pendant de longues semaines, personne n'avait eu de nouvelles, puis un jour, un capitaine marchand avait remis une lettre à sa mère. Elle assurait qu'elle était bien arrivée, et qu'une fois qu'elle aurait trouvé un emploi, elle enverrait de l'argent chaque mois. Après cette missive, ses parents n'avaient plus rien reçu. Avait-elle envoyé un nouveau message ? Impossible de le savoir...

Au sol, les voyageurs du ciel s'escrimaient à descendre une large caisse par-dessus bord, à l'aide de treuils et de poulies, sous l'œil attentif de leur capitaine, Alban de Nansac. Teagan le fixa un instant sans un bruit, puis fit un pas de côté pour se mettre dans le champ de vision de l'homme. Celui-ci l'aperçut, mais ne cilla pas avant que la cargaison ne soit entièrement posée sur le sol, et intacte. Le Thénéryen n'interrompit pas non plus leur manœuvre, le regard perdu dans les cordages et les voiles. Le vent les soulevait comme de grandes ailes blanches, et dans la semi-obscurité de Thénérys, les navis revêtaient un aspect des plus fantomatiques. Teagan était fasciné par eux depuis toujours, même lorsqu'il n'était encore qu'un gamin sale et débraillé, sachant à peine parler.

Une bourrasque plus violente, venant droit de la mer de Dymës, apporta avec elle un nuage de sable mouillé qui tordit l'une des voiles. Tel un oiseau silencieux aux ailes abîmées, le navi arborait tristement sa misaine déchirée, et éventrée. Le mât était brisé en son sommet et la proue du vaisseau semblait avoir été fracassée par un projectile.

— Teagan ! Approche ! Tu es venu admirer la cargaison ?

Le jeune homme quitta les cordages de vue à l'évocation de son nom et serra la main qu'on lui tendait.

— Bonjour, Capitaine. Votre retour me tardait.

— Approche donc !

Le capitaine de l'Hélion était un homme d'une cinquantaine d'années, rodé dans l'art de la navigation aérienne. Formé dans sa jeunesse à l'école militaire de For'Syra, il avait renoncé à une carrière politique prometteuse, pour s'engager comme Harfangueur, avant d'acheter lui-même son propre vaisseau. L'Hélion faisait sa fierté. Homme juste et droit, de Nansac était un Aldébarien pragmatique, conscient que les Thénéryens pouvaient apporter beaucoup au continent du Haut. Plus ouvert d'esprit que la majorité des Aldébariens, le capitaine de l'Hélion se souvenait encore de sa première rencontre avec Teagan Jayce, près de dix ans plus tôt, alors que ce dernier n'était encore qu'un jeune garçon rêveur. Un premier contact entre les deux hommes qui aurait pu virer au drame.

Poussé par la curiosité, le gamin, du haut de ses douze ans, avait tenté de s'introduire en pleine nuit à bord du vaisseau, et s'était agrippé aux filets qui pendaient le long de la coque avec autant d'agilité qu'un Nuageur aguerri. De Nansac, qui ne trouvait pas le sommeil, l'avait observé avec attention durant de longues minutes, et laissé monter sans intervenir. En silence, le gosse avait erré sur le pont sans toucher à rien, fasciné par la hune.

Lorsque l'adolescent s'était saisi de l'échelle de corde, Alban s'était finalement montré. Hors de question que ce gosse monte jusque là-haut, se rate et se fracasse sur le pont. Teagan n'avait même pas cherché à fuir, ou à se défiler. Au contraire, les poings fermement serrés sur ses hanches, il l'avait regardé approcher sans esquisser le moindre geste, l'air prêt à en découdre. Intrigué par son comportement, Alban l'avait invité dans sa cabine.

Là, le jeune Thénéryen lui avait rendu son regard sans faillir, mais s'était vite trouvé déconcentré par toutes les nouveautés qui s'offraient à lui. Dans une exclamation, il s'était précipité vers la bibliothèque, les yeux écarquillés, sans pour autant oser toucher le moindre ouvrage.

De Nansac s'était vite rendu compte que son hôte ne ressemblait pas aux autres habitants de Stent, souvent obsédés par le profit de ses cargaisons. Le gosse n'était là que pour une seule chose, et Alban l'avait tout de suite décelé dans ses yeux : il voulait voler.

Pas la marchandise, non, mais voler dans le ciel. Et c'était sans doute ce point commun, entre deux hommes que tout opposait, qui avait marqué le début d'une amitié respectueuse entre eux.

Cette nuit-là, Alban l'avait laissé repartir, non sans lui raconter comment étaient les aurores sur Aldébaran et de quelle couleur s'étiolaient les nuages quand s'élevait l'aube. Il lui avait décrit les archipels flottants et les îles sauvages, conté les exploits d'explorateurs légendaires d'Aldébaran, et ceux des plus grands monteurs de Méca, ces immenses bêtes mécaniques sur lesquelles se disputait une fois par an la Méca Race. Jusqu'au petit matin, le gamin s'était abreuvé de ses histoires, puis avait filé sans demander son reste et n'était plus reparu.

Alban de Nansac avait regagné Aldébaran pour plusieurs mois, mais lorsque l'Hélion s'était amarré au port de Stent, le gamin était à nouveau là, comme s'il n'avait jamais cessé de regarder les nuages et d'attendre son retour. Leurs échanges avaient commencé ainsi, et depuis dix ans, les deux hommes se retrouvaient à chaque fois. Le capitaine de l'Hélion avait vu Teagan grandir, et devenir un homme dont la soif d'apprendre était intarissable.

Par amitié et parce que ça ne lui coûtait rien, Alban lui réservait des petits présents du monde d'en Haut à chacune de ses descentes, mais Teagan s'en moquait, et les offrait tour à tour à sa mère ou à Hannah. Le Thénéryen ne voulait ni tissu ni épice rare. Un jour, il lui avait demandé de lui rapporter une pierre. N'importe laquelle, ça n'avait pas d'importance, avait-il dit. Intrigué, Alban s'était exécuté, et son jeune ami avait paru si fasciné que les fois suivantes, il s'était employé à lui ramener de la terre noire dans un bocal, des fleurs séchées aux couleurs vives, du sable fin et blanc… Teagan conservait tous ses trésors dans une petite boîte en fer sous son matelas. Le jour où Alban lui avait offert une plume d'Alpha, son propre harfang, l'homme avait perçu un éclat étrange dans ses yeux cuivrés. Une fascination qui lui avait fait mal au cœur. Jamais le Thénéryen ne connaîtrait le plaisir jouissif de chevaucher ces fiers rapaces meurtriers.

Teagan n'était pas du genre à garder les pieds sur terre et à se contenter de la vie que lui offrait Stent. Ici, il avait le choix entre devenir pêcheur pour s'engager sur l'un des bateaux qui sillonnaient la mer de Dymës, travailler à la forge auprès d'Edwin et apprendre l'art de la métallurgie, trouver une place d'épicier chez l'un des petits commerçants de Stent… ou s'engager dans la rapine aux côtés des Maraudeurs, mais aucune de ces options ne l'enchantait. Pour aider sa mère, il se contentait de petits emplois qu'il ne gardait jamais longtemps. Attentif et bon travailleur, tout le monde l'appréciait, mais son côté rêveur le poussait toujours à quitter son poste une fois qu'il avait fait le tour de la chose.

Depuis tout petit, Teagan ne rêvait que d'embarquer à bord d'un navi, non pas pour tenter sa chance plus haut, mais simplement pour traverser les nuages, sentir le vent humide et pur sur sa peau, admirer l'éclat des soleils d'Aldébaran.

— Alors ? Comment s'est déroulée la descente jusqu'à Stent ? l'interrogea le jeune homme en levant les yeux vers le mât mutilé.

— Nous avons écopé d'une attaque de mantas-torpilles. Elles ont déchiré la misaine.

Les mantas-torpilles vivaient en colonies de plusieurs dizaines d'individus dans le Magna-Nubes, s'abreuvaient de son humidité, et se nourrissaient de jeunes harfangs un peu trop audacieux, ou parfois même, d'hommes d'équipage jetés par-dessus bord. Mais quand la faim les tenaillait, elles n'hésitaient pas à s'en prendre directement aux navis. De leur puissante corne, elles pourfendaient les voilures, brisaient les mâts.

Un seul était capable de les dresser et de s'en faire obéir : Hircine Asriel, le capitaine du redouté Rescator. La plus terrible menace vivant dans le Magna-Nubes n'était pas les mantas-torpilles, pas plus que les grands harfangs ou autres créatures hybrides, mais bel et bien cet homme aux yeux blancs.

— C'est réparable ? s'enquit Teagan, conscient que les jours à Stent étaient comptés.

— Nous ferons au mieux, déclara Alban dans un soupir. Le Magna-Nubes était plus sombre que d'habitude. C'est pour cette raison que nous ne les avons pas vues venir…

Teagan nota silencieusement que le Magna-Nubes n'était pas le seul à être plus sombre qu'à l'ordinaire. Le regard du capitaine l'était également. Alban de Nansac poussa la porte de sa cabine pour le laisser entrer, referma sur leur passage, puis leva le lourd couvercle d'une malle posée à même le sol.

— Un verre ?

— Volontiers.

À l'intérieur de la malle, protégées par d'épais rembourrages de velours rouge, reposaient deux bouteilles poussiéreuses renfermant un liquide ambré.

Trois lampes à huile rondes, fixées aux murs de la cabine, éclairaient la pièce, lui conférant une luminosité agréable et chaude. Teagan avait immédiatement aimé cet endroit et en dix ans, rien n'avait changé, si ce n'était l'usure des tapis. Le long du mur boisé s'étendait une banquette couverte d'une assise en cuir bleu devant laquelle était ancrée une table ovale, fermement vissée au plancher. Deux coussins soyeux venaient parfaire ce qui servait d'espace de détente à Alban de Nansac lors de ses longues traversées. Une grande armoire aux portes en vitrail renfermait journaux de bord de la traversée, flacons d'encre, plumes pour écrire, rouleaux de parchemins vierges, bougies et huile... À l'autre bout de la cabine, une tenture que Teagan n'avait jamais franchie était tirée, protégeant sans doute des regards indiscrets l'alcôve où le capitaine dormait.

— Ce ne sont pas les mantas qui ont détruit la poupe, n'est-ce pas ?

Le capitaine posa la bouteille ronde qu'il avait sortie du coffre et en fit sauter le bouchon de liège scellé d'un cachet de cire.

— Asriel... il nous attendait, acquiesça-t-il, la mine sombre.

L'homme se saisit de deux gobelets en étain, les remplit de moitié et en poussa un sur la table à l'attention de Teagan. Dans un soupir fatigué, le capitaine se laissa tomber sur la banquette, sa chemise blanche ouverte sur son torse. Il avait abandonné son veston de cuir sur une chaise, et remonté ses manches. À l'intérieur de son avant-bras s'étendaient deux marques reconnaissables qui déterminaient son rang social sur Aldébaran. La première était celle de l'académie militaire de For'Syra, constituée d'un mousquet et d'une épée croisés sur un étendard rouge. La seconde, une aile et un bec noirs, signe de son statut de Nuageur. Il en était ainsi pour tout homme et femme d'Aldébaran. Fins et raffinés, les tatouages faisaient la fierté de ceux qui les portaient, mais Teagan n'en connaissait pas tous les codes.

— Le Rescator a surgi de nulle part, comme à chaque fois, reprit Alban. J'ai perdu cinq Nuageurs et deux Harfangueurs.

— Et leurs oiseaux ?

— Le sort des harfangs te préoccupe plus que celui de mes hommes ? ironisa Alban en se resservant un verre.

— Pourquoi avoir de la compassion pour des hommes qui nous prennent de haut et nous considèrent comme des moins que rien ? En revanche, leurs harfangs n'y sont pour rien. Et j'ai de la pitié pour ces oiseaux majestueux, réduits à servir des hommes qui ne les méritent pas.

Le capitaine garda le silence quelques secondes, prenant en compte le point de vue de son jeune ami. Il connaissait sa fougue et ses positions. Tous deux avaient déjà eu de nombreux débats à ce sujet.

— Un des harfangs est en vie, lui indiqua-t-il. Il est dans sa cage, mais mal en point. Le second a eu une aile brisée et a été encorné, j'ai dû l'abattre moi-même. Nous avons tout de même eu une bonne surprise. Les cris de nos harfangs blessés ont sans doute attiré leurs congénères. Un groupe nous a suivis pendant une centaine de kilomètres. Parmi eux se trouvait un grand mâle sauvage.

Teagan arqua un sourcil, curieux.

— Nous l'avons capturé. Ce ne fut pas sans risque, mais William Folkaney pourra se vanter de posséder un harfang hors du commun. Je le vendrai un bon prix à son père.

— Qui est-ce ?

Alban se tut une seconde. Lorsqu'il conversait avec Teagan, il en oubliait presque que celui-ci était étranger au monde d'en Haut.

— Le fils du Gouverneur d'Ey'Nvala.

— La cité des mille voiles, souffla Teagan, rêveur.

Le capitaine esquissa un sourire, puis avala une grande rasade d'alcool avant de croiser l'expression de son interlocuteur. Alban le connaissait assez à présent pour savoir que Teagan était intarissable lorsqu'il s'agissait d'apprendre.

— Je croyais que ces rapaces nobles n'étaient réservés qu'aux Harfangueurs qui accompagnaient les navis, releva-t-il. Ne faut-il pas s'engager dans l'armée de For'Syra pendant cinq ans avant d'obtenir un œuf ?

En effet, tout Harfangueur possédait sa propre bête. Avec patience, il nourrissait son rapace depuis l'éclosion de l'œuf, le dressait, jusqu'à ce que l'animal finisse par accepter que son cavalier le monte, souvent dès sa première année. Ces bêtes magnifiques devenaient, à l'âge adulte deux fois plus hautes qu'un homme, et d'une envergure de plus de cinq mètres. Leurs serres et leurs becs étaient des armes dangereuses, voire mortelles. Ces grands oiseaux, dont la couleur du plumage variait d'un individu à l'autre, ne descendaient jamais sur Thénérys.

Ils planaient librement dans le ciel d'Aldébaran et à travers les couches du Magna-Nubes, aussi seuls les Aldébariens pouvaient se vanter de savoir les monter.

Avant de devenir un Harfangueur reconnu et respecté, chaque jeune homme de bonne famille devait d'abord faire son entrée à l'école militaire, sur l'île de For'Syra, et ce, dès l'âge de quinze ans. Là-bas, les jeunes nobles apprenaient la rigueur et l'obéissance, le maniement du sabre en combat, la précision du tir au mousquet et enfin, l'aboutissement de cinq années d'entraînement menait à l'obtention d'un œuf de Harfang.

Alban éclata de rire et fourragea dans ses épais cheveux poivre et sel.

— Ma parole, gamin, te voilà plus cultivé que la plupart de mes gars !

Teagan retint une réplique acerbe. Le Thénéryen se fit violence pour ne pas lui faire remarquer que son équipage était principalement constitué de Nuageurs grossiers et rustres, qui ne descendaient du navi que pour se saouler au Bosquet et écarter quelques cuisses chaudes.

— Tu as raison, approuva Alban. En temps normal, il faut passer par toutes ces étapes, mais le fils du Gouverneur Folkaney n'est qu'un jeune lord arrogant et bien trop fier pour apprendre l'humilité et la patience. Son père a payé pour que nous lui fournissions une monture. C'est chose faite. Et vu la qualité de cet oiseau, il sera même prêt à mettre le double pour l'obtenir.

— L'oiseau n'est pas dressé.

— Non. Un Harfangueur confirmé s'en chargera une fois que nous aurons rejoint Aldébaran. Pour l'heure, il serait capable de crever un œil à quelqu'un dans le meilleur des cas.

Une heure s'écoula sans qu'ils ne s'en rendent compte. Durant une fraction de seconde, le regard de Teagan s'évada par le hublot rond qui donnait sur le quai. Une sueur froide glissa le long de son dos quand il entraperçut la silhouette de son frère disparaître entre deux navis. Voleur émérite et accompli, joueur de cartes invétéré, et menteur confirmé, Cayden n'était jamais le dernier pour se fourrer dans des mauvais coups.

Cayden... non. Pas aujourd'hui.

— Je vais devoir vous quitter, Capitaine, jeta soudain Teagan en s'empressant de finir son verre. Combien de temps restez-vous à quai ?

— Quatre jours. Le temps de réparer le mât et de changer la misaine.

— Bien. Nous nous reverrons, alors. Peut-être viendrez-vous au Bosquet ?

— Peut-être bien. Tiens, tu donneras ceci à ta mère, ajouta-t-il en lui remettant un petit paquet qui tenait dans le creux de la paume.

Alban le raccompagna sur le pont principal, puis le suivit longuement du regard. En courant, le jeune Jayce rejoignit un Thénéryen plus loin sur la jetée. Certainement son frère dont il lui avait déjà parlé, mais qu'il n'avait jamais rencontré personnellement.

2

CE NE SONT QUE DES ÎLES QUI FLOTTENT DANS LE CIEL !

CAYDEN JAYCE

THÉNÉRYS – VILLE DE STENT

Méfiant, Teagan rattrapa son frère et se planta devant lui, l'air inquisiteur.

— Cayden ? Qu'est-ce que tu fiches ici ?

Attrapant son aîné par la manche, Teagan l'entraîna vers le ponton qui descendait en pente douce sur une plage de galets noirs.

— Je flânais, sourit innocemment Cayden.

— Dis plutôt que tu rôdais, le corrigea Teagan.

— Peut-être… ou pas ! Quelle importance ?

Devant l'air exaspéré de son petit frère, Cayden ricana.

— Et toi alors ? l'interrogea-t-il, les mains dans les poches, pleines de ses larcins. T'es monté à bord ?

— Oui, répondit simplement Teagan, un peu sèchement.

Ils avaient tous deux une vision radicalement opposée d'Aldébaran et de ses richesses. Teagan passait souvent pour le rêveur de la famille, l'incompris, et Cayden ne manquait jamais une occasion de se moquer gentiment de lui et de ses idéaux.

Les deux frères ralentirent le pas et marchèrent en silence le long de la grève pendant plusieurs minutes. La marée était haute, mais laissait à découvert une bande de sable gris et de galets. Ils longèrent ainsi Stent sur une centaine de mètres, fouettés par le vent. Levant les yeux vers la palissade qui protégeait la ville, Teagan observa les dix feux allumés au sommet de la tour centrale. Les brasiers étaient constamment alimentés et guidaient les marins à travers la tourmente.

— T'es vraiment parti tôt, ce matin, nota Cayden.
— Et toi, tu es vraiment rentré tard, cette nuit...
— J'avais des choses à faire.

Teagan dévisagea son frère, qui s'était hissé à la force des bras sur un grand rocher. Sans un mot, il le rejoignit et s'assit, les jambes dans le vide. Ensemble, ils fixèrent la mer de Dymës un long moment, sans qu'aucun ne parle.

Devant eux se déployait un paysage sauvage et chaotique que peu d'Aldébariens pouvaient se vanter d'admirer. Des vagues, hautes de plusieurs mètres, s'élançaient dans leur direction, mugissantes, ourlées d'une écume blanche et mousseuse, avant de s'écraser avec force contre le sol, laissant de longs sillons ternes sur le sable. À chaque fois qu'une de ces lames venait se fracasser sur la plage, une bruine fine et salée les arrosait.

Au-dessus d'eux, la voûte de nuages était laiteuse, mais surplombant les flots, le Magna-Nubes paraissait encore plus dangereux. Aussi loin que les frères Jayce pouvaient y voir, ce n'était qu'un déchaînement d'éléments plus hostiles les uns que les autres. La mer de Dymës semblait ne jamais trouver le repos, sans cesse secouée par des vents et des courants capables d'envoyer par le fond les plus grands navires de Stent. Les cheveux au vent, Cayden sourit. Il aimait plus que tout cet endroit.

— Je voulais voir le capitaine de Nansac, lâcha enfin Teagan.

Cayden fourragea dans la poche intérieure de sa veste en cuir, puis en sortit triomphalement une petite bourse.

— Perte de temps, murmura ce dernier en attrapant une poignée de feuilles de sajja à mâcher entre ses doigts.

Outre l'alcool, les racines de sajja se consommaient cuites en bouillon, ou bien séchées puis râpées, et servaient à agrémenter les plats. Les feuilles, quant à elles, étaient soigneusement détachées de la tige avant d'être triées. Les petites, d'un rouge tendre, plus concentrées en arôme que les grandes, étaient mises à sécher sur un grand tamis au-dessus du feu familial, puis réduites en miettes au bout de quelques jours. Les enfants se chargeaient souvent de cette tâche amusante. Les femmes finissaient d'agrémenter la récolte par quelques autres plantes de leur cru. Le reste des feuilles, inutilisables, était alors gardé dans un endroit frais et légèrement humide, enveloppé dans un linge. Elles se conservaient ainsi quelques jours et étaient mâchées comme simple friandise.

— Pas plus que tes soirées au Bosquet, rétorqua Teagan.
— Rien à voir !
— Je te le confirme !
— Je gagne de quoi nous nourrir, se défendit Cayden avec véhémence.

— Et tu en perds tout autant ! s'emporta Teagan. Tes poches ne sont pas toujours pleines à la fin de la nuit.

— Mais ton estomac, si ! Peu importe la façon dont j'empoche ces tôves !

— Tu ne devrais pas traîner avec les Maraudeurs, soupira Teagan.

— Je ne « traîne » pas avec eux. Je suis l'un des leurs, Teagan.

— Ouais, tu parles de ça comme d'un titre honorifique, alors que tout ce que tu fais ne se résume qu'à jouer aux cartes avec les équipages saouls, et à piller les navis. Dont celui d'Alban de Nansac !

Le silence retomba une seconde, juste le temps pour Cayden de lancer une nouvelle pique dont il avait le secret. Taquiner son frère faisait partie de ses passe-temps favoris.

— Le fameux Capitaine Alban de Nansac, accentua-t-il en détachant chaque syllabe avec une lenteur qui fit bondir Teagan.

— Ne parle pas de lui de cette façon !

— Teagan, arrête un peu de vénérer cet homme comme s'il s'agissait d'un être supérieur. Il ne fait que traverser les nuages, reprit-il avec sérieux.

Différents en tous points, les frères Jayce étaient pourtant indissociables, inséparables. On les voyait rarement l'un sans l'autre, excepté lorsque les navis atterrissaient, ou quand Cayden s'éclipsait en charmante compagnie. Ce qui arrivait à vrai dire presque chaque nuit.

À vingt-six ans, doté d'une solide musculature et d'un corps bien bâti, Cayden était un coureur de jupons invétéré. Ses yeux rouges et cuivrés révélaient une certaine animalité lorsque ses épais cheveux bruns étaient rabattus en arrière, et ne laissaient personne indifférent. Du haut de son mètre quatre-vingt-dix, Cayden collectionnait les conquêtes féminines, mais ne promettait jamais rien de plus qu'une nuit à celles qui finissaient allongées sur le sable avec lui.

La vie de pêcheur ne l'attirait guère et sur ce point, il était au moins d'accord avec Teagan. Ils étaient destinés à quelque chose de bien plus grand que le commerce de l'ambre gris et la puanteur du poisson qui se déversait dans le port. La fierté du jeune homme et son penchant pour l'alcool, les cartes et le vol à la tire le mettaient souvent dans des situations délicates avec les Aldébariens de passage, mais par chance, Teagan était bien plus avisé que lui.

De quatre ans son cadet, ce dernier était tout son contraire. Un visage plus doux, des traits fins, mais volontaires. Il émanait de lui une certaine noblesse, quelque chose de racé qui ne venait pas de Thénérys. Plutôt svelte, finement musclé, Teagan conservait un côté solitaire, avec un net penchant pour les grands espaces vides et le silence. C'était aussi pour cette raison que le Magna-Nubes l'attirait tant. Le jeune Thénéryen ne rêvait que de cette immensité blanche qui flottait entre les deux continents, hors de tout.

Hors du temps. Hors des hommes. Hors du bruit.

Il n'existait pas, ou peu, de livres sur Thénérys, pas de parchemins, ni de récits d'autrefois. Rien. Comme si tout s'était volatilisé un beau jour. Avec le temps, certaines traditions communes de Kyne étaient sans doute tombées dans l'oubli.

Un jour, Alban de Nansac lui avait montré un recueil rapporté d'Aldébaran. Teagan n'avait pas osé y toucher, de peur de le voir disparaître à son tour. Durant plusieurs minutes, il était resté figé devant la couverture de cuir, finement tannée et gravée. Un fin lien doré permettait de marquer une page et Teagan l'avait ouvert là où Alban avait cessé sa lecture. Honteux, il avait été incapable d'en déchiffrer la moindre ligne.

Le capitaine n'avait pas paru surpris de cette lacune, propre à beaucoup de Thénéryens. Les commerçants avaient leurs propres codes, leur propre langage entre eux, qu'ils viennent de Thénérys ou d'Aldébaran, mais la culture ne semblait jamais franchir la limite du Magna-Nubes.

À cette époque, Teagan n'était encore qu'un gamin passionné, avide de connaissances, et pendant ses heures perdues, de Nansac lui avait enseigné patiemment l'écriture et la lecture. L'homme avait agi par bonne conscience et par amusement, mais contre toute attente, Teagan s'était montré particulièrement réceptif à cet exercice. Il ne lui avait fallu que quelques mois pour savoir écrire, et à peine plus pour maîtriser totalement le vocabulaire qu'il trouvait dans les livres. Alban lui avait fait promettre de ne jamais révéler ce petit secret entre eux et le gamin avait juré. Ainsi, Teagan était détenteur d'un pouvoir certain, et il s'était bien gardé de le dire à qui que ce soit. Pas même à son frère.

— Il ne fait pas que traverser les nuages, rétorqua-t-il enfin en volant une feuille de sajja des mains de Cayden. Il sait ce qu'il se passe de l'autre côté, il y vit ! Tu ne te demandes jamais ce qu'il y a là-bas ? Au-dessus du Magna-Nubes.

— Des îles qui flottent dans le ciel, soupira Cayden dans un haussement d'épaules. De la roche ! Du sable ! Si tu veux mon avis, tu devrais plus te concentrer sur ce qu'il se passe autour de toi.

— Autour de moi ?

— Ouais, ricana-t-il franchement. Ça t'éviterait d'être encore puceau à ton âge !

— Je ne suis pas puceau !

— C'est ça, tu m'en diras tant ! Et qui était l'heureuse élue ?

Teagan se renfrogna, arrachant un éclat de rire à Cayden. Finalement, sa bonne humeur atteignit Teagan comme une brise rafraîchissante.

— Imbécile de slug, grogna-t-il avec dédain pour ne pas perdre totalement la face.

Au fond de lui, Teagan était persuadé d'avoir raison. Il y avait quelque chose de bien plus grand que de simples îles lévitant dans un ciel d'azur par-delà le Magna-Nubes.

— Allez, viens ! Mâm va nous attendre pour manger !

Cayden s'était redressé et laissé tomber de leur perchoir. Teagan l'imita. Le sable mouillé amortit sa chute sans un bruit quand il retomba sur ses deux pieds. D'une main, il repoussa ses cheveux en arrière sur son crâne, révélant ses prunelles bien plus claires que celles de son frère. Celui-ci le fixa avec insistance, puis finit par s'écarter d'un pas.

— Hannah ne te plaît pas ? l'interrogea-t-il de but en blanc.

— Hannah ?

— Alors ? insista son aîné.

— Alors, euh...

— Tu comptes répéter tout ce que je dis ? T'as avalé une slug ou quoi ?

— Ça n'a rien à voir, protesta Teagan sous l'œil moqueur de son frère. C'est juste que je la considère comme notre sœur.

— Notre ? l'interrompit Cayden dans un sourire qui en disait long. Oh que non, petit frère. Si tu as décidé de te couper l'herbe sous le pied en prétextant je ne sais quel lien fraternel et chaste entre vous, sache que ce n'est pas du tout mon cas. Cette fille est superbe et elle va finir par se lasser de t'attendre. Et quand ce sera le cas, je serai là pour la cueillir.

Teagan demeura mutique, surpris tout autant qu'interloqué. Il n'avait jamais envisagé qu'Hannah puisse nourrir le moindre sentiment à son égard. Il soupira, perdu. Ce genre de notion lui échappait. Il ne comprenait pas grand-chose aux femmes, et ne voulait pas de celles qui étaient déjà passées par son frère, ce qui limitait considérablement le choix. Celle qu'il voulait pour lui devait devenir un être spécial à ses yeux, une chose rare et précieuse à chérir, et il n'avait éprouvé cette sensation pour aucune d'entre elles. Il aimait faire plaisir à la jolie fille du Bosquet, mais cela n'allait pas au-delà d'une sincère et profonde amitié.

— Allez, ne fais pas cette tête ! le rassura Cayden en lui assénant une tape sur l'épaule. Quand je l'aurai épousée, tu l'auras au moins comme sœur par alliance.

Ce fut au tour de Teagan de rire franchement.

— Toi, l'épouser ? Alors ça, c'est bien une chose qui n'arrivera jamais. Premièrement, tu es incapable de t'en tenir à une seule femme, et deuxièmement, Fletcher ne te donnera jamais la main d'Hannah.

Teagan sourit intérieurement en songeant à la tête que ferait le tenancier si son frère venait à lui demander sa bénédiction pour épouser sa fille. L'homme tenait à elle comme à la prunelle de ses yeux, même s'il pouvait se montrer bourru au premier abord. La fermeté dont il faisait preuve envers sa fille ne reflétait que son envie de la protéger. Sans compter que les frères Jayce ne possédaient pas le moindre sou et que Fletcher ne cèderait jamais sa fille à un homme pauvre. Les Jayce n'avaient que leurs cœurs à offrir, en revanche, Cayden en semblait visiblement dépourvu, jouissant d'un autre attribut moins subtil, mais qu'il jugeait pour le moment bien plus divertissant.

— Alors je l'enlèverai ! s'écria celui-ci en courant sur la grève.

Cayden entendit son frère s'élancer après lui, puis la seconde d'après, le poids de son corps frappa son dos. Il chuta au sol, Teagan solidement agrippé à ses épaules.

— Tu n'as pas la moindre chance ! Elle ne suivra jamais un faraud comme toi !

En riant, ils roulèrent sur les galets froids. La force de Cayden lui donnait toujours l'avantage sur son frère dans ce genre de moment, aussi ne tarda-t-il pas à inverser les rôles. D'un coup d'épaule, il fit pivoter Teagan sur le côté et le plaqua au sol, un genou sur son torse. Sa main gauche, gantée d'une mitaine en cuir fin, le maintenait par terre, tandis que la droite s'enfonçait dans le sable.

— Non ! N'y pense même pas ! Cay !

— Quoi ? demanda-t-il, feignant de ne pas entendre les protestations de son frère, alors qu'il lui frictionnait le visage de grains humides.

— Cayd...en ! Espè...ce de... slug ! Je...

— Articule, petit frère. On comprend rien quand tu parles avec du sable plein les dents.

Sous lui, Teagan se débattit un instant, puis s'immobilisa. Trop occupé à rire, Cayden ne vit pas le coup arriver et s'étrangla lorsque le genou de son frère cogna le bas de son dos. De bonne grâce, il ricana et se redressa en lui tendant la main pour l'aider à se remettre debout.

— J'aurai toujours le dessus sur toi, petit frère. Dans tous les domaines.

Il y a un domaine où je te surpasse et où tu ne m'égaleras jamais, songea Teagan.

Cependant, il garda le silence et se contenta de sourire en massant sa joue rougie par le frottement du sable contre sa peau. Les Jayce rentrèrent chez eux sans plus évoquer Aldébaran, ou le capitaine de l'Hélion.

— Mâm, on est là ! s'écria Cayden en poussant la porte d'entrée.

Une agréable odeur provenant de la cuisine leur parvint, mais ils n'obtinrent aucune réponse.

À l'étage, il y eut un léger bruit de porte, une voix précipitée, puis le pas serein de leur mère qui descendait l'escalier. Dans leur maison, l'intimité était difficile à garder et les frères n'ignoraient pas que parfois, durant leurs absences, leur mère recevait un homme. Ils ne pouvaient lui reprocher ce manque de tendresse et de chaleur qu'elle ressentait chaque nuit dans son lit vide, mais jamais elle ne leur avait laissé voir le moindre visage de son, ou peut-être ses, partenaire. Teagan n'avait pas connu leur père, quant à Cayden, il n'en gardait qu'un souvenir très vague. Celui-ci n'avait rien laissé derrière lui, si ce n'était un profond vide dans le foyer. Hans Jayce était mort en mer en chassant le delta-béluga pour son ambre, alors que Léadah était enceinte de Teagan. Elle les avait élevés seule et comblait du mieux qu'elle pouvait l'absence d'un père, d'un pilier, d'un exemple pour ses deux fils.

— Vous êtes déjà rentrés ? s'étonna-t-elle en replaçant délicatement ses cheveux derrière ses oreilles.

Teagan la regarda un instant et sourit dans la pénombre.

— Oui, l'estomac de Cayden a parlé !

Son aîné ricana, lui claqua gentiment l'arrière du crâne et prit place à table. Léadah défit le torchon qui couvrait les galettes préparées le matin même et déposa le plat devant lui.

— Mange, fils.

Elle n'ajouta rien de plus, mais s'assit en bout de table. Autrefois, c'était son mari qui occupait cette place.

Cayden planta sa fourchette avec appétit dans la pile de galettes et y croqua à pleines dents. Léadah lui tendit un pot de graisse de baleine à tartiner dessus, ainsi qu'un effiloché de viande froide pour les farcir.

— Tu n'as pas faim ? s'inquiéta-t-elle en avisant l'assiette vide de son autre fils.

— Si…

D'un geste machinal, Teagan se servit à son tour, mais avala sa galette nature, plus par automatisme que par réel appétit. Sa discussion avec le capitaine ne cessait de l'obséder. Il ne pouvait s'empêcher de penser au harfang blessé au combat, enfermé seul dans sa cage, attendant encore le retour de son maître. Ces grands oiseaux pouvaient-ils ressentir la solitude, la peine ? Le rapace savait-il que son monteur ne reviendrait jamais pour lui ? Qu'allait-il advenir de lui ?

Le Thénéryen en avait déjà approché de suffisamment près pour pouvoir apercevoir son propre reflet dans leurs pupilles noires, mais ils étaient restés impassibles. De l'autre côté des barreaux de leurs cages, les harfangs gardaient la plupart du temps les yeux clos. Teagan se demandait alors s'ils rêvaient du ciel et des grandes étendues où ils pouvaient voler en toute liberté.

— Teagan ?

La voix douce de sa mère le sortit de ses pensées. Lorsqu'il leva la tête de son assiette, celle-ci le dévisageait avec attention.

— Excuse-moi, je pensais à autre chose.

— As-tu vu le Capitaine Alban, ce matin ?

— Comme si Teag allait rater son petit rendez-vous.

Léadah jeta un regard courroucé à Cayden, qui mastiqua avec application sa dernière bouchée avec un sourire amusé.

— Bien sûr, confirma Teagan en ignorant totalement la remarque de son frère. Il m'a d'ailleurs remis quelque chose pour toi.

De la poche de son pantalon, le jeune homme sortit le petit paquet, soigneusement plié en quatre, et le tendit à sa mère. Grâce à son amitié avec le capitaine du navi, Teagan rapportait souvent des objets insolites qui faisaient le bonheur de sa mère ou d'Hannah. Avec soin, Léadah déplia le papier brun. Dans une exclamation charmée, elle découvrit un ruban de satin rose, cousu de fils dorés. À la lueur des lampes à huile qui éclairaient la pièce, le morceau d'étoffe scintillait joliment.

— Il est magnifique.

Cayden leva à peine les yeux, occupé à jouer avec une pièce qu'il faisait tourner entre ses doigts. Ce qui venait d'en Haut ne l'intéressait pas plus que les déjections d'un hross. Teagan, lui, eut un sourire tendre devant l'expression ravie de sa mère.

— Attends. Donne-moi le ruban, je vais attacher tes cheveux avec.

— Tu penseras à le remercier, n'est-ce pas ? insista Léadah en se levant pour observer son reflet dans le miroir pendu au mur.

— Ne t'en fais pas, Mâm, la rassura Teagan. Il n'attend rien en retour.

— Et puis avec ce qu'il gagne à chaque cargaison, ce ne sont que des bagatelles pour lui, ricana Cayden en prenant enfin part à leur conversation. Si ça se trouve, il l'a pris parmi les chutes de tissus dont sa femme ne voulait plus.

Teagan le toisa avec animosité en retournant s'asseoir à sa place. Sa dernière bouchée eut un goût amer. Le repas se termina ainsi, chacun pieusement attablé devant son assiette, puis Léadah se leva pour débarrasser.

Teagan monta dans la chambre par l'échelle et s'allongea sur sa couchette, sortant une grande plume de harfang de l'intérieur de sa chemise. Il l'avait ramassée sur le pont de l'Hélion, juste avant de rejoindre Cayden. Rêveur, le Théméryen en admira les reflets à la lueur de la lampe à huile. Parfaitement équilibrée, elle était longue et courbée, provenant sans doute de la queue de l'oiseau, ou du bout de ses ailes. D'un blanc profond, elle possédait des reflets bleutés qui appelaient à découvrir le ciel, et Teagan se perdit dans sa contemplation. Que n'aurait-il pas donné pour un jour pouvoir enfourcher l'un de ces oiseaux et sentir le fouet du vent sur son visage…

— Qu'est-ce que tu fabriques ? Encore en train de rêvasser ? l'interrogea Cayden en toquant de son poing contre son sommier.

Teagan continua de faire tourner la plume entre ses doigts, mais jeta malgré tout un regard vers le bas.

— Non, répondit-il en se redressant sur un coude. Je vais aller voir Hannah tout à l'heure. Je lui avais promis une plume de harfang.

— Où est-ce que tu l'as prise, celle-là ?

— Sur le pont du navi.

Teagan la déposa sur son oreiller, puis s'assit en tailleur, courbé, surplombant Cayden qui s'était adossé contre la chaise.

— Tu n'as pas trouvé Mâm étrange pendant le repas ?

— Étrange ? Non.

Teagan toisa son frère dans un soupir agacé. Hormis les filles qu'il reluquait à longueur de journée, Cayden ne prenait jamais le temps de remarquer quoi que ce soit. Il n'ajouta rien de plus et se rallongea, fixant le plafond. À cet endroit, juste sous les combles, le toit était si pentu que du haut de sa couchette superposée à celle de Cayden, Teagan n'avait qu'à tendre le bras pour le toucher.

Son aîné s'installa lui aussi, et bientôt, le bruit régulier d'un couteau taillant le bois résonna. Teagan l'admirait énormément pour ce talent. Une heure se passa ainsi dans le silence le plus total. Teagan finit par se redresser et reprit délicatement la plume entre ses doigts. Il la glissa dans sa chemise ouverte sur son torse et se laissa tomber au sol.

— Je vais au Bosquet, annonça-t-il simplement à l'intention de son frère.

— Hum…

Teagan n'attendit pas d'autre réponse de sa part et enfila ses bottes qu'il laça négligemment. L'avenue principale grouillait encore de monde. Il déambula un long moment devant les stands, écouta discrètement quelques échanges entre Nuageurs qui avaient quitté leurs navis pour se dégourdir les jambes, mais n'apprit rien d'intéressant. De loin, Teagan aperçut Hannah, assise sur le muret de pierre de l'ancien puits de la ville. Trônant au cœur de la place, l'imposante construction n'était aujourd'hui plus qu'un trou qui plongeait vers les profondeurs de la cité. Une grille avait été sertie sur la margelle afin qu'aucun incident ne survienne, mais tous les parents de Stent menaçaient leurs enfants trop turbulents de les faire descendre dans le trou et de les y laisser quelques jours à barboter parmi les slugs. La menace faisait toujours son effet.

— Hannah ! la héla-t-il en s'approchant.

— Oh, Teagan !

La jeune fille l'accueillit avec un sourire.

— Tu es en pause ?

— Oui, pour quelques minutes. Nous n'avons pas vraiment eu le temps de parler ce matin. Mon père est en train de servir tout un groupe de Nuageurs qui vient d'arriver pour manger.

— Je viens t'apporter ce que je t'ai promis, déclara Teagan en s'asseyant près d'elle.

Hannah sentait bon le savon et ses vêtements étaient agréablement imprégnés de l'odeur du sajja qu'elle servait toute la journée à la clientèle. Ses yeux cuivrés brillèrent d'excitation quand il brandit la plume sous son nez.

— Teagan ! Merci !

Radieuse, elle s'en saisit pour admirer l'objet de sa convoitise.

— Tu devrais l'observer à la lueur d'une flamme, ses reflets n'en seront que plus beaux.

La jeune fille détourna son regard de son cadeau et le dévisagea un instant, curieuse.

— Tu es toujours si sérieux quand tu parles des choses qui viennent d'en Haut. Si passionné. J'aimerais être comme toi.

— Tu pourrais l'être. Il y a tant à découvrir.

— Tu m'en montres déjà beaucoup, le remercia-t-elle en repoussant ses cheveux de son visage. Tu m'as appris comment nuageaient les navis dans le ciel, à quoi servent les grandes voiles, et même de quelle façon fonctionnent leurs gouvernails.

— Ce n'est rien, ça… il y a tellement plus à apprendre d'Aldébaran.

Hannah le dévisagea quelques instants, son regard rivé au sien.

— Mystérieux Teagan, souffla-t-elle sans aucune moquerie en touchant sa joue du bout des doigts. Si un jour, tu pars là-haut, reviens me chercher. Allez, je dois retourner aider mon père !

La jeune femme quitta la margelle du puits et lissa son tablier de ses mains. Ce ne fut qu'à cet instant que Teagan remarqua la petite bague de cuivre qui ornait son pouce gauche.

— Une bague de promesse ?

Hannah baissa les yeux vers sa main, l'air embarrassé.

— Le fils de Macvel, le pêcheur.

— Je vois… Il a une bonne situation, plusieurs bateaux. C'est bien pour toi.

— Sans doute, acquiesça-t-elle sans enthousiasme.

— Je t'accompagne, je vais boire un verre avant d'aller à la plage. J'ai promis d'aider Eskel à repriser ses filets.

Ensemble, les deux jeunes gens traversèrent la place. Hannah quitta Teagan à l'entrée du Bosquet pour filer dans la cuisine d'où Fletcher aboyait son nom, tandis que lui-même se frayait un chemin entre les clients.

Le Bosquet était complet malgré l'heure avancée de l'après-midi, mais Teagan trouva une petite table libre, dans un renfoncement sombre. Son tabouret de bois était branlant, l'un de ses pieds allait bientôt céder, mais le Thénéryen savait de quelle façon le caler entre les pavés. Même lorsque la salle était moins bondée, Teagan choisissait souvent cette place. Située au fond de la salle, juste en face de la porte, elle lui permettait de voir sans être vu. Ainsi, il avait tout le loisir d'observer les allées et venues des clients, l'arrivée de nouveaux Nuageurs, comme d'assister discrètement à leurs conversations.

Sur sa gauche, attablés à une console ronde sur laquelle Hannah avait disposé assiettes, couverts et épaisses serviettes rouge brique, huit Nuageurs conversaient avec entrain. Une carafe de sajja, sûrement pas la première, passait de main en main. Parmi les Nuageurs, Teagan en reconnut deux qui accompagnaient l'Hélion, mais les autres lui étaient inconnus. Les hommes ne lui prêtèrent aucune attention, plongés dans leur débat. Les premières minutes, Teagan ne suivit que distraitement leurs échanges, mais un nom l'interpella.

— Je te dis que le fils Folkaney participe à la Méca Race.

— Et je te dis que non ! Le Gouverneur ne le laissera jamais s'éloigner seul dans les plaines ! Il sera simplement en tête du cortège lors de la parade d'ouverture.

Folkaney ? Teagan leva la main à l'attention d'Hannah qui traversait la salle. Elle capta son geste et acquiesça d'un signe de tête. Quelques secondes plus tard, la jeune femme lui apporta un sajja, mais repartit tout aussi vite pour débarrasser quelques tables. Le Thénéryen la suivit du regard une seconde. Elle fut presque immédiatement happée par le mouvement des clients, le ballet incessant et bruyant des couverts qui tintaient contre les assiettes, des timbales qui s'entrechoquaient, et des rires rauques.

— Son père a encore sans doute investi dans une nouvelle Méca.

Teagan se remémora alors sa conversation, plus tôt dans la matinée avec le capitaine de Nansac. William Folkaney était le fils du dirigeant d'Ey'Nvala, un homme de pouvoir et d'autorité. Le Thénéryen avait déjà entendu parler de cette course spectaculaire, quelques fois mortelle, dont le parcours s'étendait sur plusieurs îles flottantes, et qui n'avait lieu qu'une fois par an. Outre la renommée et le respect qu'offrait la victoire, le vainqueur pouvait réclamer n'importe quelle faveur. Celle-ci lui était accordée dans l'instant, et sans discuter.

Teagan termina rapidement son verre, conscient qu'il s'était déjà trop attardé. Eskel l'attendait sûrement depuis un bon moment, aussi laissa-t-il deux tôves sur la table avant de s'éclipser.

Après l'ambiance surpeuplée du Bosquet, le froid lui parut plus saisissant que d'habitude. Teagan resserra les laçages de sa chemise et remonta le col en fourrure de sa veste rapiécée. Une bourrasque chargée d'embruns balaya la place, emportant avec elle sable et débris de coquillages.

Sans perdre plus de temps, Teagan pressa le pas, mais lorsqu'il arriva près de la cabane où Eskel stockait ses filets, il trouva porte close. Le cordage avait été abandonné à la hâte devant l'entrée, de même que les filets.

— Eskel ! appela Teagan.

Aucune réponse ne lui parvint. Intrigué, le jeune homme fit le tour du petit abri, puis laissa son regard dériver vers la plage. Au loin, il repéra quatre silhouettes, courbées sous le vent qui se levait. Au-dessus d'eux, le plafond du Magna-Nubes semblait soudain très proche, gonflé de nuages noirs. Inquiet, Teagan bondit par-dessus la barrière qui longeait le cabanon et dévala la dune. Plus bas, les galets noirs roulèrent sous ses bottes, et celles-ci, trouées, prirent presque immédiatement l'eau lorsqu'il s'enfonça dans le sable mouillé.

Deux bateaux se trouvaient toujours en mer, et s'ils ne rentraient pas rapidement, il y avait peu de chance de les voir revenir un jour. La tempête monstrueuse qui s'annonçait au cœur de Dymës semblait plus violente que les habituels orages qui sillonnaient les côtes de Thénérys. Teagan n'était visiblement pas le seul à s'inquiéter, car plus loin sur la grève, les quatre hommes s'agitaient. Le vent lui porta leurs voix sous forme de plaintes lugubres, aussi s'empressa-t-il de les rejoindre.

— Qui est en mer ? s'informa-t-il aussitôt.

— Les bateaux de Norik et d'Alvor, lui apprit Eskel. Lohm, le fils de Brôm, est en mer avec Norik.

— C'est sa première pêche, ajouta un autre homme.

Mal à l'aise, Teagan jeta un regard en direction de Brôm qui ne quittait pas Dymës des yeux. Il la scrutait avec l'espoir fou de voir revenir le navire de Norik, son frère aîné, comme s'il était capable de percer les nappes de brouillard qui s'étendaient maintenant sur sa surface déchaînée. Teagan connaissait seulement le jeune Lohm de vue. Brôm, son père, était un commerçant qui avait plutôt bien réussi dans les échanges avec Aldébaran, mais son fils aspirait à devenir pêcheur, tout comme son oncle. Si le chalutier ne rentrait pas au port dans les heures qui venaient, Brôm perdrait à la fois son fils et son frère.

Au loin, les vagues s'élevaient du fond de la mer, comme de véritables lames meurtrières, et la moindre chute par-dessus bord était fatale dans de telles circonstances. Ceux qui auraient de la chance s'écraseraient contre les flots et perdraient immédiatement connaissance, puis finiraient noyés avant de comprendre ce qui leur arrivait. Pour les autres, la chute ne serait que le commencement d'une longue dérive dans les eaux glaciales de Dymës, à la merci des delta-bélugas. Et s'ils ne finissaient pas happés par les mâchoires des grandes baleines hybrides, alors ce serait le sel impitoyable qui rongerait leur peau, jusqu'à ce que la soif finisse par les rendre totalement fous.

— Ils vont rentrer, souffla Teagan entre ses dents.

Ils doivent rentrer...

D'un geste qui se voulait rassurant, Teagan posa fermement sa main sur l'épaule de Brôm, puis remonta vers Stent. Ce soir, la ville serait peut-être en deuil.

3

LES BATAILLES DE LA VIE
NE SONT PAS REMPORTÉES PAR
LES PLUS FORTS, OU PAR LES PLUS
RAPIDES, MAIS PAR CEUX QUI N'ABANDONNENT
JAMAIS.
TEAGAN JAYCE

THÉNÉRYS – VILLE DE STENT

Avec les heures, la tempête n'avait rien perdu de sa fureur. Pas la plus petite accalmie. À présent, un vent violent balayait les rues de Stent. Le sable s'infiltrait dans les moindres interstices, les volets claquaient contre les murs, les auvents avaient été repliés à la hâte et les marchandises soigneusement remballées dans les commerces. Algues, herbes séchées et écume s'envolaient sur les pavés et venaient se coller contre les fenêtres. Stent prenait des allures de ville fantomatique, désertée de ses habitants qui s'étaient, pour la plupart, repliés chez eux. Il n'y avait plus âme qui vive dans les rues. Les bourrasques frappaient les murs comme si elles souhaitaient les voir s'effondrer, et apportaient avec elles d'étranges complaintes à glacer le sang qui venaient tout droit de Dymës. Pour les plus rationnels, il ne s'agissait que du mugissement des vagues, du chant funeste des baleines tueuses, mais pour les superstitieux, ces échos plaintifs étaient ceux des marins perdus en mer. Des cris d'agonie, sans le moindre espoir.

Norik. Alvor. Le jeune Lohm. Et tous les autres. Des pères, des frères, des fils, des maris…

La nuit tomba totalement sur Thénérys, et avec elle, l'obscurité n'envahit pas seulement le ciel. Elle se fraya également un chemin dans l'esprit des habitants de Stent. Un voile de peur, sombre et froid, s'était abattu sur la ville. Des montagnes de Brÿss jusqu'à la mer de Dymës, la nuit s'étendait, implacable et dangereuse.

Quand le grand carillon de verre de Stent sonna les dernières heures, une longue procession descendit lentement sur la grève. Hommes, femmes, enfants. Tous les villageois étaient présents, fixant à présent avec désespoir et appréhension la mer noire qui hurlait devant eux. Il faisait si sombre qu'ils ne distinguaient rien au-delà d'une dizaine de mètres. L'horizon avait disparu, avalé par le chaos. Tout au long de l'après-midi, des volontaires avaient érigé d'immenses bûchers sur le sable, à distance régulière les uns des autres. Vingt édifices de bois se dressaient vers le ciel pour former un rempart, qui, une fois embrasé, formerait un mur de feu visible à des kilomètres à la ronde. Près de lui, Teagan reconnut Eskel, armé d'une lampe à huile et d'un tonnelet.

— Je vais t'aider, proposa-t-il simplement.

Le pêcheur ne répondit rien, sans approuver ni refuser. Personne n'avait réellement envie de parler. Quand la peur devenait trop forte, qu'elle prenait toute la place dans l'esprit des gens, alors, les mots se bloquaient, devenaient flous et inutiles.

Avec application, Teagan déversa le contenu du tonneau sur les branchages qui composaient le brasier devant lui. Malheureusement habitué à ce rituel fréquent, il prit soin d'imprégner chaque brindille. L'épais liquide vert se répandit sur le bois, humide et salé, dans une forte odeur de soufre. Au même instant, un grondement sourd envahit le ciel. Un vent terrible se leva, fit plier les palissades. En quelques secondes, une pluie diluvienne s'abattit sur la plage. Des voiles d'eau se dessinaient dans le vent, sculptant des créatures aériennes et insaisissables. En un instant, Teagan se trouva trempé jusqu'à l'os, glacé par les embruns qui tourbillonnaient. Une salve d'éclairs bleus creva le Magna-Nubes et éclata au-dessus de la mer. Les éléments se livraient une bataille qu'aucun homme ne pouvait ni prévoir ni endiguer. Tous ne pouvaient qu'attendre et subir.

— Il faut allumer les feux avant que le bois ne soit détrempé ! hurla Teagan. Allez !

D'un geste sec, il s'empara de la lanterne d'Eskel et la brisa sur le bûcher. L'huile chaude et enflammée coula, des étincelles crépitèrent, puis il y eut un rugissement étouffé lorsque le bûcher tout entier s'embrasa. Il ne fallut qu'une seconde pour que les flammes enrobent chaque parcelle de bois, et bientôt, la plage de Stent s'illumina funestement.

Pareille à une gueule béante qui déversait sa furie, le Magna-Nubes livra une nouvelle pluie d'éclairs fous. Les hordes électriques zébrèrent le plafond de nuages, illuminèrent la mer de Dymës dans un flash aveuglant qui dura à peine une seconde, puis heurtèrent le sable avec violence. Le sol s'ébranla, soulevant des vagues de limon et de coquillages, instantanément fossilisés sous la chaleur de l'impact. Des herses de fulgurites envahirent alors la plage, sous le regard fasciné de Teagan.

Dymës ne reflétait que du noir à présent, et chaque fois qu'elle relâchait un rouleau mugissant et écumant, Teagan sentait son cœur se tordre davantage. À quelques mètres de là, perçant la furie du vent, les sanglots de Pirène, la mère de Lohm, lui parvinrent.

Ne peut-on vraiment rien faire de plus ? Les brasiers ne sont pas suffisants.

La chaleur écrasante qui montait des fournaises contrastait violemment avec la froideur que tous portaient en leurs cœurs. Durant l'après-midi, l'espoir avait tenu bon, mais à présent, il s'amenuisait à chaque seconde. La tempête se déchaînait depuis des heures, et Dymës n'était plus qu'une vaste étendue où chaque vague devenait un mur d'eau infranchissable.

— J'ai si peur pour eux, souffla une petite voix juste à côté de Teagan.

Il reconnut Hannah, enveloppée d'un grand châle en laine. Ses bras serrés autour de son corps, elle tremblait de froid.

— Ce qu'ils endurent est atroce. Il n'y a que du noir là-bas. Que la mort.

L'eau ruisselait le long de son visage et se mêlait à ses larmes.

— Continue de croire qu'ils vont s'en sortir, Hannah. C'est ce que tu peux faire de mieux pour eux.

D'un geste doux, il passa son bras autour de ses épaules.

Plus personne ne parlait. La grève était silencieuse, seulement perturbée par le craquement du tonnerre qui semblait rire de la détresse des hommes. Les habitants de Stent s'agglutinèrent autour des brasiers, à la recherche d'un peu de chaleur. D'un peu de lumière. D'espoir. L'attente interminable pouvait durer jusqu'au matin, et les griefs et mésententes de certains se trouvaient mis de côté le temps d'une nuit.

Le cœur serré, Teagan songea à Lohm. Il était parti en mer pour devenir un homme, mais c'était bien un enfant que les flots volaient à Pirène.

La pluie redoubla d'intensité. Hannah resta blottie dans ses bras jusqu'au petit matin. Les feux se consumèrent lentement, alimentés par tout ce qui pouvait se brûler. Enfin, à l'aube, les trombes d'eau se changèrent en bruine fine. Les derniers désespérés, ceux qui avaient tenu bon toute la nuit, rentrèrent chez eux, endeuillés. Aucun des deux navires n'était revenu au port.

Les feux s'éteignirent totalement, et seuls quelques troncs calcinés et fumants attestaient encore de leur présence. Teagan chercha sa mère du regard, parmi ceux qui s'attardaient pour une ultime poignée de minutes. Il la trouva en compagnie de Brôm et Pirène. La pauvre femme était anéantie, mais trop choquée pour parler ou même pleurer. À ses côtés, son mari restait muet, le regard vide de toute expression.

— Hannah, attends-moi une seconde. Je reviens, déclara Teagan en se détachant d'elle.

Trempé, il courut dans le sable collant, passant entre les fulgurites géantes, mais ralentit le pas lorsqu'il arriva à la hauteur des parents de Lohm. Étrangement, il ne savait pas quoi leur dire. Leur souffler qu'il était désolé ne leur ramènerait pas leur fils, et semblait si vide de sens. Son regard croisa celui de sa mère, alors par lâcheté et gêne, il souffla simplement :

— Je ramène Hannah chez elle...

Un silence plana durant quelques secondes, seulement troublé par le ressac de l'eau redevenue calme, puis Léadah approuva, comprenant le malaise de son fils.

— Oui. Fais. Je vais accompagner Brôm et Pirène. Je ne sais pas quand je rentrerai. Ne m'attendez pas.

Ils n'échangèrent qu'un regard, mais Teagan fut soulagé. Il aurait voulu sourire à sa mère, la remercier de le comprendre. Au final, il se rapprocha d'Hannah qui l'attendait près d'un gros rocher, un peu à l'abri du vent, et la couvrit de sa veste pour la réchauffer.

— La pauvre femme, souffla-t-elle.

— Viens, rentrons. Tu es transie de froid.

Teagan n'avait pas vu Cayden de la nuit, pas plus que la trace d'un Nuageur.

Les deux jeunes gens marchèrent lentement sur le sable et remontèrent l'escalier de bois qui menait au ponton.

Hannah frissonnait.

Teagan tremblait.

Pourtant, ce n'était pas le froid le responsable des tremblements qui agitaient ses mains, mais une ennemie bien plus intime, plus sourde, plus insidieuse. La colère. Teagan s'était senti tellement impuissant, tellement inutile, tout au long de cette nuit. Tout ce qu'il avait réussi à faire était de tenter de se persuader que les bateaux allaient revenir, que les marins rentreraient au port ! Toute la nuit, il se l'était répété, inlassablement, pour s'en convaincre, pour se donner bonne conscience. Mais il n'avait rien fait de concret et cela le mettait hors de lui.

Hannah tourna la tête vers lui, observant du coin de l'œil sa mâchoire serrée et son regard sombre. Même le cuivré de ses yeux avait perdu son éclat.

— Ne t'accable pas, Teagan. Tu ne pouvais rien faire. Personne ne peut lutter contre la nature.

La jeune femme posa sa main sur sa joue, lui rendant un peu de chaleur, puis lui tendit sa veste avant de rentrer rapidement au Bosquet pour se sécher et se changer.

Teagan resta un long moment immobile dans la rue, insensible à la pluie et aux gens qui passaient près de lui sans le voir. Les dernières paroles d'Hannah faisaient germer en lui un désagréable sentiment d'impuissance et de dégoût. Il ne voulait pas être cet homme-là !

Le faible qui regardait ses amis mourir.

L'impuissant qui ne savait que parler sans agir.

Il rêvait de conquérir le ciel, et n'était pas capable de prendre la mer !

D'un geste brusque, Teagan serra les poings dans un cri de rage. Lui n'avait rien pu faire, mais il y avait en ce moment même à Stent un homme qui aurait pu agir, et qui, lui non plus, n'avait pas levé le petit doigt.

Le Thénéryen fit brutalement volte-face et traversa la place en sens inverse, retournant en courant vers le port. Il longea toute la digue, le visage balayé par la bruine, et lorsqu'il aperçut la carcasse massive de l'Hélion, sa colère redoubla d'intensité. La grande voile éventrée avait été réparée, le mât brisé, démonté et remplacé ! Sans s'arrêter, Teagan s'engagea sur la passerelle, bousculant au passage un Nuageur qui venait de se réveiller, sans lui adresser le moindre regard.

— Dis donc, gamin ! Regarde un peu où tu mets les pieds, grogna celui-ci en l'attrapant par le col.

— C'est pas le moment ! Lâche-moi ! s'écria Teagan, furieux.

L'homme était nettement plus grand et massif que lui, et son visage marqué était buriné par les vents. Teagan remarqua qu'il lui manquait le lobe de l'oreille gauche. Pour autant, le Nuageur avait beau être grand et puissant, Teagan n'avait pas dormi de la nuit, et la moindre occasion serait bonne pour achever d'embraser sa colère.

— Laisse-moi passer. Tout de suite, gronda-t-il entre ses dents.

— Et qu'est-ce que tu vas faire si je ne te lâche pas ?

— Je vais t'arracher ce qu'il te reste d'oreille avec mes dents !

L'homme éclata d'un rire aigre et déplaisant, chargé d'alcool, avant de le repousser sur la passerelle glissante.

— Fiche le camp de là. Tu souilles mon air.

Trempé par la pluie, glacé par le vent, consumé par la peur qui lui dévorait le ventre, Teagan bouillonnait de rage. Il avait passé une nuit horrible, des heures d'angoisse et d'attente ! Et cet homme, lui, qu'avait-il fait ? Il avait dormi confortablement dans sa cabine, buvant sans doute du sajja de contrebande, et mangeant plus que de raison. Poussé par la colère, Teagan se remit sur pied et lui sauta à la gorge. Ils s'effondrèrent tous les deux sur le pont, frappant et hurlant comme des chiffonniers.

— Raclure de Thénéryen !

— Sale slug !

Un coup partit, et atteignit Teagan avec violence. Le choc l'immobilisa une seconde, puis la sensation du sang chaud sur son visage et ses lèvres le fit réagir. Son arcade saignait abondamment, l'obligeant à fermer un œil, et la douleur sourde qui remontait dans son organisme finit d'attiser le feu de sa colère. Aveuglé par la rage et par le sang, Teagan frappa à son tour, puis ceintura l'homme à la taille.

— Race de mangeurs de racines ! beugla le Nuageur.

— Declan, modère tes paroles !

Les cris et les injures avaient fini par réveiller Alban de Nansac, qui s'était extirpé de sa couchette à regret. Cette maudite tempête l'avait empêché de fermer l'œil une bonne partie de la nuit. Drapé dans une cape épaisse doublée de fourrure, il descendit rapidement la volée de marches qui plongeaient sur le pont pour s'avancer vers les deux hommes. Encore enragé, Teagan s'aperçut à peine de sa présence et frappa une nouvelle fois le visage dudit Declan.

— Teagan ! Ça suffit, maintenant ! ordonna Alban. Tu montes à bord de mon navi, tu attaques mon second ! Qu'est-ce qui te prend ?

Le regard fiévreux, le jeune Thénéryen se redressa, laissant l'homme par terre, et toisa le capitaine de Nansac avec fureur.

— Pourquoi n'avez-vous rien fait cette nuit ? Pourquoi ? hurla-t-il. Vous saviez que nous étions tous sur la plage à attendre le retour de nos bateaux ! Vous avez vu les feux d'ici ! L'Hélion aurait pu survoler les flots sans craindre les vagues !

Imperturbable, le capitaine garda les lèvres pincées durant quelques secondes, avisant le jeune homme qui lui faisait face. Il n'était rien d'autre qu'un Thénéryen sans importance, mais il avait l'étoffe nécessaire, essentielle, pour devenir un grand homme. C'était simplement dommage qu'il soit né ici, sur ce continent qui n'offrait rien d'autre qu'une vie en dessous de tout.

— Teagan, suis-moi. Et toi, Declan, soigne-toi.

Lorsque la porte de la cabine se referma sur eux, la tension sembla retomber quelque peu. Les hurlements du vent étaient atténués, la pluie glissait sur les hublots sans le moindre bruit. Tout était feutré, doux, et la colère de Teagan s'apaisa un peu pour laisser place à un profond mal-être.

— Ta chemise est pleine de sang, enlève-la.

— Non. Je n'ai pas besoin de votre pitié, gronda Teagan.

Une douleur sourde vrillait ses tempes sans discontinuer depuis que le second du capitaine l'avait frappé, mais elle ne faisait que lui fournir l'énergie nécessaire pour encore tenir debout.

— Alors, bois un peu de jus-de-tempête. Ça va te requinquer. Tu vas attraper la mort comme ça.

Alban de Nansac se rendit compte trop tard de ses paroles, et préféra détourner les yeux pour éviter le regard assassin que lui destinait Teagan.

— Je sais pourquoi tu es ici, et ce que tu espères. À vrai dire, je m'attendais à ta venue, déclara-t-il en ouvrant le coffre de bois que le Thénéryen connaissait bien maintenant.

Il en sortit la bonbonne cylindrique en verre, agrémentée d'un robinet, et fit tourner la petite goupille pour laisser s'écouler un liquide bleu presque translucide.

— Du jus-de-tempête de première qualité, précisa Alban en s'en servant également une longue rasade.

Il l'avala d'une traite, puis reposa son verre sur la table en le claquant d'un geste sec.

— Tu me méprises, n'est-ce pas, Teagan ? l'interrogea-t-il en lui tendant un peu du précieux breuvage.

Le Thénéryen scruta l'homme pour qui il avait toujours eu une immense admiration, un indéfectible respect, et souffla :

— Je ne sais pas... Pourquoi n'avez-vous pas agi ? insista-t-il encore sans le lâcher du regard. Nous n'avons pas les moyens de voler ici, mais vous, vous avez ce pouvoir ! L'Hélion pourrait nuager, même avec un mât en moins ! Et vos Harfangueurs ?

Le capitaine laissa passer un profond soupir et se resservit un fond de jus-de-tempête qu'il fit tourner entre ses larges paumes, cherchant ses mots. Comment lui expliquer ?

— Teagan... je ne suis que le capitaine de ce vaisseau. Mon pouvoir se limite aux ordres que je peux donner à mes hommes, mais en aucun cas je ne peux influencer ce qu'ils sont… leur nature profonde. De plus, les Harfangueurs ne sont ici que pour assurer la sécurité du navi, tout au long de la descente ou de l'ascension à travers le Magna-Nubes. Pas ailleurs.

— Que voulez-vous dire ? s'impatienta Teagan, qui refusait d'entendre et de comprendre ce qui apparaissait pourtant comme une évidence.

— Ce sont des Aldébariens, Teagan. Tous ces Harfangueurs, avant d'entrer à mon service, sont passés par l'Académie de For'Syra. Ce sont tous des fils de nobles familles. Fils de sénateurs, de commerçants aisés, de politiciens, de chercheurs. Le Code dirige tout, Teagan.

— Le Code ? Quel Code ?

— Éthique. Commerce. Profit. Notre but premier est de faire prospérer la grande cité mère d'Aldébaran, ainsi que le reste de nos îles. Lorsque nous descendons ici, c'est uniquement pour le commerce, rien de plus.

— Qu'est-ce que vous essayez de me faire comprendre ? trancha froidement le Thénéryen en se redressant. Que nous ne sommes pas assez bien pour mériter d'être sauvés ? Que nos vies ne valent rien aux yeux de ceux qui vivent en Haut ?

Il frappa du poing sur la table, faisant vaciller son verre, puis fit face, les yeux flambants de colère.

— Pourquoi ?

— Teagan, comprends bien que je ne peux mettre en danger mes hommes pour des causes qui ne servent pas Aldébaran. Je ne peux pas sacrifier un navi entier ! Je ne peux pas envoyer mon équipage en pleine mer pour chercher les tiens, au risque de perdre mes Harfangueurs !

Alban de Nansac soupira et détailla le parcours d'une goutte le long du hublot.

— Regarde cette goutte, Teagan. Je suis comme elle. Elle ne suit pas un chemin bien défini. Elle glisse entre les autres gouttes, se fraye une route entre elles, et louvoie en contournant les obstacles.

— Mais toutes les gouttes vont au même endroit, Capitaine, répliqua Teagan d'une voix sèche. Lorsque cette goutte en touche une autre, elles s'assemblent pour n'en former qu'une, plus grosse, plus puissante ! Vous auriez pu agir !

— Ne me juge pas trop sévèrement. Tu n'es encore qu'un *jeune* homme. Et tu vis sur un continent très différent du mien. Nous n'avons pas les mêmes, disons, attentes et obligations.

— Je vous croyais distinct de vos hommes… différent des autres Aldébariens.

— Je le suis. En ce qui te concerne, et également en ce qui concerne ton peuple. Mais pour garder le commandement intact sur l'Hélion, je ne peux laisser passer mes états d'âme au premier plan.

— Vous m'avez pourtant accueilli à bord de votre navi !

— Ma liberté en tant que capitaine s'arrête ici, Teagan. Aucun des hommes présents à bord de ce navi n'aurait risqué sa vie pour aller sauver seulement l'un des tiens.

— Seul le profit vous pousse à entreprendre des descentes périlleuses ! Vous risquez votre vie et celles de vos hommes chaque fois que vous plongez dans les nuages ! s'insurgea Teagan.

— Mais c'est leur choix, mon jeune ami. Et ils sont payés pour prendre ces risques.

— Et si nous vous payions ! s'écria Teagan. Nous pourrions rassembler la somme nécessaire !

— Je suis sincèrement navré pour les tiens, mais j'ai les mains liées, refusa Alban.

Le cœur de Teagan frappait sa poitrine avec violence. Cet homme qu'il admirait encore tant la veille, voilà qu'il se mettait à le haïr. Au fond de lui, le Thénéryen comprenait sa façon d'agir, comprenait pourquoi il voulait préserver l'unité au sein de son équipage, mais pour le moment, il n'était pas prêt à l'accepter.

— Et si moi j'y allais ?

— Je te demande pardon ?

La surprise traversa le visage d'Alban, puis se changea en stupéfaction lorsqu'il comprit où voulait en venir Teagan.

— Non ! Je te l'interdis. Et de toute façon, il ne te laisserait jamais monter sur son dos...

Les poings serrés par la fureur, Teagan frappa d'un coup sec sur la table. La bouteille de jus-de-tempête vacilla dangereusement, puis s'écrasa sur le plancher dans un bruit de verre brisé.

— Quel dommage, soupira de Nansac, finissant son verre, pensif. Ma dernière cuvée pour le retour. Rentre chez toi, Teagan. C'est tout ce qu'il te reste à faire. Fais-toi soigner et tâche d'oublier tout ceci.

— Oublier ? Comment oublier que vous avez le pouvoir de sauver des gens et que vous ne faites rien ?

— Tes amis sont sans doute morts à l'heure qu'il est ! Il n'y a plus rien à faire. Rentre chez toi ! Moi, je peux vivre avec leur mort sur la conscience.

— Mais pas moi !

Le regard noir, les deux hommes s'affrontèrent sans qu'aucun ne cille, puis Teagan souffla en signe de capitulation.

— Très bien… Capitaine.

La mâchoire serrée, il recula d'un pas et quitta précipitamment la cabine en claquant la porte sur son passage. Appuyé contre le hublot ruisselant, Alban l'observa courir le long de la jetée éclairée de feux, jusqu'à ce que l'obscurité ne l'engloutisse.

Tu t'es incliné bien vite, Teagan Jayce…

4

TU T'INSURGES SANS LE MOINDRE PLAN ? TU TE RÉVOLTES, LES MAINS DANS LES POCHES ? TU AS ENCORE DES PROGRÈS À FAIRE...
CAYDEN JAYCE

Thénérys – Ville de Stent

Hors d'haleine, les nerfs à fleur de peau, Teagan courut sans s'arrêter jusqu'à chez lui. Il ignorait si sa mère était rentrée, ou même si son frère était là lui aussi, mais il s'en moquait. Il y avait une telle fureur en lui.

Pourquoi ? Pourquoi ne fait-il rien ?

Il pénétra en trombe dans la cuisine, trempé de pluie et de sueur, mais se trouva nez à nez avec Cayden qui le toisa d'un air stupéfait.

— Teag ! Mais qu'est-ce qui t'est arrivé ? Tu saignes ?

— C'est rien ! répliqua-t-il plus froidement qu'il ne l'aurait voulu en le bousculant.

— Eh ! Attends !

Cayden le suivit jusqu'à leur chambre, inquiet de voir son petit frère dans un tel état. Outre le sang qui avait séché sur son visage, c'était avant tout sa colère qui l'intriguait. Teagan était un pacifiste qui prônait toujours le dialogue. Cogner ne lui ressemblait pas. D'aussi loin qu'il se souvienne, jamais il ne l'avait vu lever le poing sur quelqu'un. Sans dire un mot, Cayden monta l'échelle à sa suite et croisa les bras contre sa poitrine sans le quitter des yeux. Son frère faisait les cent pas dans la petite pièce, et quand son pied heurta la chaise de bois, ce dernier l'attrapa violemment par le dossier pour la fracasser contre le mur. Enfin, il laissait exploser la fureur qu'il contenait depuis qu'il avait quitté l'Hélion.

— Rien ! Il n'a rien fait ! hurla-t-il, un morceau du dossier à la main.

— Qui ça ? l'interrogea Cayden sans bouger.

La colère de son frère avait quelque chose de nouveau, de presque fascinant. Il lui semblait découvrir une facette inconnue de la nature si tranquille de Teagan.

— De Nansac !

Un rictus déplaisant passa sur les lèvres de Cayden, mais s'effaça aussitôt lorsque son frère lui fit subitement face. Ses yeux cuivrés n'avaient jamais été aussi sombres qu'en cet instant.

— Il aurait pu survoler la mer ! Il a vu les feux sur la plage ! Son navi est opérationnel pour prendre le ciel, mais il refuse de nous aider !

— Et ça t'étonne ? Allez, Teagan, calme-toi.

— Ne me dis surtout pas de me calmer ! J'ai assez entendu cette phrase pour aujourd'hui !

— Bien... Alors continue de détruire tout ce qui te passe sous la main. Quand tu seras plus détendu, je t'attendrai en bas pour parler. Mâm ne rentre pas avant de longues heures. Elle veille sur Pirène.

— Pirène, souffla Teagan à mi-voix, reprenant doucement ses esprits. Comment va-t-elle ?

— Comme on va quand on vient de perdre quelqu'un de cher, j'imagine. Elle ne parle plus, et Brôm peine à se montrer solide pour deux. Il n'a pas perdu qu'un fils dans cette tempête. Son frère aussi a disparu.

— Et toi ? Où est-ce que tu étais cette nuit ? l'interrogea Teagan. Je ne t'ai pas vu sur la plage.

— Je n'y étais pas, confirma son frère. Ma présence n'aurait été d'aucun secours. À quoi bon s'apitoyer pendant des heures ? Se geler le cul sur la plage n'a jamais fait revenir les bateaux au port.

Lentement, Teagan s'assit sur le lit du bas, et lâcha le morceau de bois. Cayden hocha la tête, satisfait.

— Bien, je descends. Rejoins-moi quand tu auras meilleure mine. Tu ressembles à un de ces mauvais combattants du Bosquet qui encaissent les coups pour de la vinasse.

Il sourit d'un air entendu et se détourna en ricanant.

— J'espère au moins que tu as rendu coup pour coup.

— C'est moi qui ai attaqué le premier, répliqua Teagan.

— De mieux en mieux, s'étonna Cayden en se laissant glisser le long de l'échelle.

Une fois seul, Teagan déplia un linge propre qu'il trempa dans une bassine d'eau claire et humecta son visage en grimaçant. Son adversaire avait frappé avec la force d'un homme aguerri, et Teagan n'était même pas sûr de lui avoir réellement fait mal. L'homme, au contraire, savait parfaitement ce qu'il visait. Son arcade était profondément ouverte, mais l'entaille restait superficielle. Un bel hématome gonflait cependant sa lèvre. Teagan cracha un peu de sang dans la cuve de cuivre avant de la rincer. Lorsqu'il croisa son reflet dans le miroir fixé au mur, le Thénéryen resta un long moment sans bouger, observant ce double qui lui paraissait si étranger à ce qu'il était d'ordinaire. En vitesse, il se déshabilla et se changea.

Quelques minutes plus tard, il rejoignait son frère, attablé en cuisine avec un verre de sajja. La bonbonne était posée sur la table, ouverte. Le bouchon de liège entre les doigts, Cayden le faisait négligemment rouler contre ses phalanges. Celui-ci leva les yeux vers son cadet et acquiesça en le voyant prendre place.

— Hum, c'est mieux comme ça. Ça va te faire un bel œil au beurre noir, mais ça a de l'allure sur toi.

Cette remarque arracha un sourire à Teagan qui se saisit du verre de son frère et le vida cul sec. L'alcool coula dans sa gorge comme une rivière chaude et réconfortante, avant d'embraser son estomac vide depuis la veille.

— Merde ! grogna-t-il.

— Alors ? Explique ! le poussa Cayden, les coudes sur la table.

— Je suis allé voir de Nansac, mais son second a refusé de me laisser monter à bord. Quand nous en sommes venus aux mains, il a fini par intervenir. J'ai parlementé avec lui dans sa cabine, mais il n'a rien voulu entendre. Il ne comprend rien !

— Et ça te surprend ?

— J'attendais autre chose de cet homme !

Cayden dévisagea son frère, resservit à boire sans le quitter des yeux, puis poussa le verre vers lui, de l'autre côté de la table.

— Je pensais pouvoir lui faire confiance, enchaîna Teagan. Je croyais qu'il avait du respect pour nous.

— Du respect ? Teagan, nous ne sommes qu'un peuple d'ignorants pour eux. Des moins que rien ! Ils se servent de nous pour le commerce, mais nous sommes ceux de l'ombre. Ceux qu'on ne veut ni voir ni sauver.

— Je sais ! Je l'ai compris, s'agaça Teagan d'un ton froid, mais je n'ai pas dit mon dernier mot. Je refuse de vivre avec le doute que, peut-être, j'aurais pu en sauver un.

— Teag... des bateaux sont partis en mer tout à l'heure. Maintenant que Dymës s'est calmée...

— Mais ils ne sont pas assez rapides, Cayden ! Avec la tempête, les deux bateaux de pêche ont pu dévier de leur trajectoire, ils sont peut-être détruits. Et si nous sommes à la même hauteur que les flots...

— Nous sommes proches de la mort...

Cayden poussa un soupir en se calant dans le fond de sa chaise, les jambes tendues devant lui. En silence, il fourragea dans ses cheveux pour les rabattre en arrière.

— Le problème reste le même, Teagan. Tu ne sais pas voler, et même quelques verres de sajja en plus ne te feront pas pousser des ailes.

— Imbécile ! Il y a à Stent, en ce moment même, quelque chose capable de voler à la perfection.

— Non... murmura Cayden après plusieurs secondes de silence. Tu ne vas quand même pas voler le navi...

— Bien sûr que non ! Tu réfléchis comme une slug, Cayden ! Comment veux-tu que je prenne le contrôle d'un bâtiment pareil avec tout son équipage ?

— Alors quoi ? s'emporta Cayden, échauffé par le sajja et par le ton conspirateur qui animait la voix de son frère.

— Juste avant d'arriver, l'Hélion a écopé d'une attaque du Rescator.

— Hircine Asriel ?

Cet Aldébarien était sans doute le seul pour lequel Cayden Jayce avait un minimum de respect, car il avait l'intelligence de décimer lui-même sa propre espèce.

— En personne. Des harfangs ont été blessés dans la bataille, et leurs cris en ont attiré des sauvages. Il y en a un, captif, dans une des cages.

— Un sauvage ? Dans une cage ?

— Oui ! Je vais avoir besoin de toi, Cay !

— La dernière fois que tu as eu besoin de moi, tu avais six ans, et c'était pour que Butch te fiche la paix...

— Hum... eh bien là, ce sera un peu pareil. Il faudra que tu fasses diversion : trouve n'importe quoi et cogne sur n'importe qui ! Mais il faut que tu attires le maximum de l'équipage sur le pont inférieur. Pendant ce temps-là, j'irai ouvrir la cage du harfang.

Il y eut un instant de flottement durant lequel Cayden prit pleinement conscience des intentions de son frère. À cette seconde, un hoquet de surprise le traversa, et il serra si fort le bouchon de liège entre ses doigts que celui-ci s'émietta sur la table en petits copeaux.

— Un harfang ? Bordel, Teagan, t'as avalé combien de sajja avant de rentrer ?

— Aucun. C'est toi qui me rinces depuis tout à l'heure, fit-il remarquer, acerbe.

— Non, mais, Teag ! Tu ne vois pas comme un problème dans ton énoncé ? Un harfang dressé est déjà dangereux, alors un sauvage… Il va te mettre en pièces !

— Les harfangs ne sont dangereux que parce que leurs maîtres sont de parfaits idiots !

— Ah, parce que tu n'es pas un parfait idiot, là, peut-être ? Tu as envie qu'il te crève un œil ou quoi ?

— Cayden…

— Non ! Explique-moi de quelle façon tu comptes monter sur le dos de ce piaf et t'en faire obéir ? Si tu arrives à le faire décoller sans qu'il te bazarde, ce sera un miracle ! Imagine ensuite qu'il t'éjecte en pleine mer !

— Ça n'arrivera pas !

— Ah oui ? Et pourquoi ? Parce que tu le lui auras demandé gentiment ? Ne sois pas si prétentieux ! Ces oiseaux sont des bouffeurs de chair ! Il va t'ouvrir le bide, et Mâm n'aura plus qu'à faire du tricot avec tes tripes !

Par-dessus son verre, Teagan se figea complètement puis passa par toutes les expressions, avant de rire nerveusement. Désespéré, Cayden leva les bras au ciel.

— Dis-moi que tu vas renoncer, là ?

— Cay…

— Ces oiseaux sont dangereux. C'est de la folie !

— Cayden…

— Tu n'as pas la moindre chance !

— Cayden ! s'écria Teagan. Ce dont j'ai besoin, ce n'est pas de chance. En ce moment, c'est mon frère dont j'ai besoin.

— Oh, magnifique ! Tu crois peut-être que me prendre par les sentiments sera suffisant ?

— Si ça ne suffit pas, je peux également ajouter qu'en agissant ainsi, tu te lèves contre Alban de Nansac, émit Teagan avec un demi-sourire.

— Ah ! Voilà ! Enfin quelque chose de concret qui a de l'attrait, et un minimum d'intérêt !

Le sourire de Teagan s'élargit. Il savait qu'il avait gagné la partie en évoquant de Nansac, même si Cayden essayait encore de se convaincre du contraire.

Se servant une nouvelle bolée de sajja, Teagan attendit patiemment que son frère cesse de ruminer, et déclare enfin qu'il l'accompagnerait. Ce n'était plus qu'une question de secondes.

— Rien ne te fera changer d'avis ?

— Rien.

— Okay, petit frère ! Je marche avec toi. Hors de question que tu t'attires seul les honneurs, mais j'espère vraiment que tu sais ce que tu fais...

— À vrai dire, je n'en ai pas la moindre idée, avoua ce dernier.

— Tu as la caboche aussi vide que cette bouteille, si tu continues de la descendre à ce rythme ! s'exclama Cayden. Tu t'insurges sans le moindre plan ? Tu te révoltes, les mains dans les poches ? Tu as encore des progrès à faire...

— Il faut que ça marche, tu comprends ? C'est tout ce que j'ai !

— Hum..., grogna Cayden, absolument pas convaincu.

— Écoute, ils sont peut-être morts, mais au moins, on pourra dire qu'on aura tout fait pour les sauver. Et dans le cas contraire, s'ils sont en vie, je les ramènerai !

— Je vois... mais tu sais, on ne révolutionne pas le monde avec de belles paroles, Teagan. Il faut du concret ! Les discours sont pour les politiciens. Nous, tout ce que nous avons, ce sont les actes !

Ils se turent, à nouveau plongés dans leurs réflexions. Au fond de lui, Teagan était en train de se demander s'il n'était pas sur le point de commettre une énorme erreur. Une erreur qui entraînerait des conséquences dont il n'avait pas encore pleinement conscience. Un raclement de chaise lui fit relever les yeux.

— Où est-ce que tu vas ? demanda-t-il en apercevant son frère quitter la table.

— Laisse-moi deux heures et ensuite, retrouve-moi au navi. Tu auras toute la diversion qu'il te faudra, grogna Cayden très sérieusement.

— Comment tu comptes t'y prendre ? s'inquiéta Teagan.

Un horrible doute était en train de le saisir tout à coup. Peut-être aurait-il dû...

— Tu as bien dit que j'avais carte blanche, pourvu que j'attire l'équipage sur le pont. Non ?

— Si... mais j'aurais peut-être dû préciser deux ou trois petites choses.

— Pas de clauses inutiles, frangin ! Tu ne seras pas déçu !

Cayden fixa son petit frère durant quelques secondes avant de souffler :

— Souviens-toi d'une chose. Je veux te voir revenir entier, Teag. Et ça, ce n'est pas négociable.

5

IL N'Y A PAS DE BONNE EXPLOSION SANS UNE BONNE DOSE DE POUDRE...
CAYDEN JAYCE

Thénérys – Ville de Stent

La pluie ruisselait le long des toits, débordait des gouttières pour s'écraser sur les pavés plusieurs mètres plus bas. Cayden bénéficia d'une légère accalmie en passant sous un balcon de bois, mais un torrent glacé l'accueillit à l'autre bout.

— Nom d'une slug ! Fait chier, râla-t-il en remontant sa large capuche en cuir sur sa tête.

Il courut entre les habitations, traversant ainsi toute la ville déserte, puis dépassa les palissades. Les villageois étaient chez eux, endeuillés par la terrible disparition. Il n'y avait plus d'espoir et pourtant, son frère continuait d'y croire, de s'obstiner. Après plusieurs minutes à crapahuter dans les rochers vers les hauteurs, Cayden s'arrêta enfin devant une maison laissée à l'abandon depuis plusieurs années, un peu à l'écart de Stent.

La porte était branlante, les murs s'effritaient par endroits, et presque tous les carreaux de verre s'étaient brisés. Le vent qui s'engouffrait dans les interstices chantait lugubrement à l'intérieur, et faisait hurler les rares enfants qui osaient y pénétrer.

Cette bâtisse, Cayden la connaissait bien. Elle était devenue son repaire, son lieu de débauche. Le rez-de-chaussée demeurait inhabitable. Après la mort du dernier propriétaire dans d'étranges circonstances, plus personne n'avait osé remettre les pieds ici. L'humidité s'était infiltrée partout, répandant moisissures sur les vieux rideaux, et pourritures jaunâtres le long des pierres. Au mur, les portants de flambeaux avaient rouillé, les peintures ocre s'écaillaient, et l'escalier qui menait à l'étage menaçait de s'effondrer à chaque pas.

Cayden était le seigneur en ces lieux, et ne se sentait véritablement chez lui qu'ici. Non pas qu'il aimait particulièrement l'odeur de rat mort qui empestait, mais personne ne se risquait à venir mettre le nez dans ses affaires.

À l'étage, le palier desservait trois chambres, une grande salle d'eau et une autre pièce, plus petite, mais agréable, qui servait jadis de bureau. Un imposant pupitre trônait encore au centre, ses quatre pieds rongés par le temps et le sel. Les tiroirs étaient restés clos si longtemps que la première fois que Cayden avait voulu les ouvrir, il avait dû tirer sur les poignées comme un forcené, sans rien y dénicher d'intéressant.

Cayden avait investi la plus grande des chambres qui, par chance, était aussi la pièce la mieux conservée de la maison. C'était là qu'il emmenait ses conquêtes, leur faisant passer des nuits torrides dans le grand lit à baldaquin dont les lourds rideaux de velours tombaient en lambeaux. Une fois qu'elles faisaient abstraction de l'odeur et de l'insalubrité ambiante, le tour était joué. Et puis, passer la nuit avec Cayden Jayce valait bien toutes les moisissures de Thénérys !

Il n'avait jamais ramené aucune fille chez sa mère, la respectant bien trop pour lui imposer ses incessants changements. Il ne s'attachait à aucune d'entre elles, ne leur promettait jamais rien de plus qu'une nuit, et celles qui avaient le malheur de lui parler de sentiments se voyaient aussitôt reconduites.

D'un pas sûr, il traversa la pièce pour déplacer une grande armoire vitrée sur quelques mètres. Celle-ci s'ébranla lourdement, puis les lattes du parquet craquèrent sous son poids, jusqu'à ce que Cayden s'agenouille à un endroit précis. Sans plus attendre, il se saisit du long poignard qui ne quittait jamais sa botte, et glissa avec habileté la pointe entre deux planches. Oscillant d'avant en arrière, il souleva progressivement les lattes, révélant l'existence d'une trappe secrète assez large, dissimulée sous le plancher. Il l'avait découverte par hasard un soir, en faisant tomber une carafe de sajja. L'alcool s'était répandu sur le sol, mais au lieu de suivre les veines du bois, il avait semblé comme aspiré entre les planches.

D'une main ferme, Cayden attrapa le coffre en fer qui s'y trouvait et le hissa vers lui. Lorsqu'il l'avait fouillé la première fois, il avait eu le plaisir d'y trouver une centaine de tôves, un mousquet à crosse blanche, certainement taillée dans une corne de manta-torpille, ainsi qu'un vieux parchemin frappé d'armoiries, mais qu'il avait été bien incapable de déchiffrer.

Si Cayden avait dépensé ses tôves depuis longtemps au Bosquet, aussi bien en sajja qu'en parties de cartes, loin d'être vide, la trappe contenait aujourd'hui tous les objets de recel auxquels le Maraudeur était habitué.

Son petit frère vouait une admiration sans bornes aux Aldébariens, fasciné par leur navis et leur richesse culturelle. Pour sa part, la seule chose qui l'intéressait réellement chez eux était leur maîtrise des armes et leurs connaissances en matière d'explosifs. Autant Teagan passait toujours par la grande porte pour monter à bord de l'Hélion, autant Cayden prenait un malin plaisir à le piller tout en subtilité. Au fil des années, il avait rassemblé dans cette trappe assez de poudre pour faire sauter toute une flotte en plein vol.

Résolu à aider son frère, et pas mécontent de secouer ces foutus Aldébariens, Cayden attrapa plusieurs sacs de sa précieuse poussière explosive, rangea le mousquet à sa ceinture, et glissa un second poignard dans son autre botte. La vie lui avait appris à ne jamais rester démuni, surtout depuis qu'il fréquentait les Maraudeurs de Stent, et sa lame ne le quittait plus depuis ses douze ans. Le manche était court, mais large en paume, ce qui lui donnait une prise en main facile et rapide. La lame, quant à elle, était effilée, irrégulière par endroits à force d'avoir été aiguisée, mais n'en restait pas moins traître et redoutable.

Paré, Cayden referma la trappe avec soin et remit l'armoire en place, avant de jeter un coup d'œil par la fenêtre. Le ciel devait être de leur côté, car la pluie avait momentanément cessé.

Le Thénéryen traversa la grève en courant, puis pénétra à nouveau dans l'enceinte de Stent. Le mousquet pendait à sa ceinture, mais les sacs de poudre étaient soigneusement dissimulés sous sa veste, au sec. De rares habitants de Stent se risquaient dehors, mais les rues étaient peu animées, et il n'eut aucun mal à regagner le port.

De loin, Cayden débusqua la silhouette fantomatique de l'Hélion à travers la brume et l'obscurité qui l'entourait. Avec précaution, habitué à agir dans la plus grande discrétion, le Thénéryen se glissa entre les tonneaux qui jalonnaient la jetée. Il n'était qu'à quelques mètres de son point d'amarrage quand un murmure le fit se retourner.

— Cayden.

Dans la pénombre presque totale, Teagan arborait un regard bien plus sombre que d'ordinaire. Il semblait déterminé, prêt à passer à l'offensive.

— Attends ici, lui indiqua Cayden en s'accroupissant à sa hauteur. Je vais monter sur le pont inférieur en passant par les cordages qui pendent le long de la coque. Quand tu entendras le signal, tu disposeras de quelques minutes pour rejoindre les cages et...

— Quel genre de signal ? le coupa Teagan.

— Surprise. Mais rassure-toi, tu ne pourras pas le rater !

Avant même que son frère ne puisse répliquer, Cayden était déjà loin et se faufilait entre les filins et les caisses, jusqu'à rejoindre la coque du navi. Au bout de quelques mètres, Teagan ne distingua plus sa silhouette et se baissa lui aussi, dissimulé derrière d'imposantes caisses.

La pluie avait cessé, le vent s'était un peu apaisé, mais l'attente lui semblait interminable. Le claquement régulier des vaguelettes contre le navi amarré le rendait nerveux, aussi Teagan leva les yeux vers le Magna-Nubes, y puisant suffisamment de calme pour réguler les battements de son cœur. Le silence devenait pesant, oppressant, et la gorge de Teagan ne lui avait jamais paru aussi sèche. Dans cette position courbée, ses membres s'engourdissaient peu à peu, mais il n'osait plus se redresser. Anxieux, il passa sa langue sur ses lèvres, goûtant au sel. Sa lèvre inférieure était fendue, rendue sensible par le coup de Declan, et ce brusque rappel acheva de parfaire sa détermination. Il trouverait le harfang et monterait sur son dos... ou il finirait en charpie, comme l'avait prédit Cayden.

Alors qu'il allait prendre une longue inspiration pour se donner du courage, un grondement sourd roula soudain le long de la jetée, précédant une déflagration qui déchira l'air. Une vive lueur éclaira le port, suivie d'un souffle chaud. Il fallut plusieurs secondes à Teagan pour réaliser que tout ce tapage était l'œuvre de son frère.

Alors ça, pour une surprise. Cayden, tu es un génie !

Il ne fallut pas longtemps à Cayden pour escalader les filets qui pendaient le long de la coque du navi, et pour monter à son bord.

Habitué à s'infiltrer dans les habitations de Stent pour son petit commerce personnel, ou pour rejoindre sa dulcinée d'un soir, l'aîné des Jayce était une ombre insaisissable. Accroupi sous une voile pliée bonne à être rapiécée, aucun des Nuageurs ne remarqua sa présence, pourtant il avait patienté quelques instants avant de sortir une poche de poudre de sa chemise.

Avec adresse, il bourra le canon de son mousquet de poudre noire avant d'y glisser une petite bille de plomb. Il ne comptait blesser personne, même si l'envie le chatouillait salement, mais il avait promis à son frère de lui faire gagner du temps, et rien d'autre.

Cayden entendit le pas d'un homme se rapprocher dangereusement – sans doute un Nuageur en train d'effectuer une ronde – et il se crispa dans une position inconfortable, les muscles mis à rude épreuve. Le Nuageur s'arrêta finalement au bord du bastingage, pour en réalité se vider de son trop-plein d'alcool dans un affreux relent.

Même boire, ils ne sont pas foutus de le faire correctement, songea Cayden avec dédain.

Il fallut plusieurs minutes à l'homme pour se ressaisir et retrouver un peu ses esprits. Après avoir baragouiné une série de mots incompréhensibles, ce dernier s'éloigna dans la nuit en titubant. Ce genre de poches à sajja ne constituait aucune menace pour lui, à l'heure actuelle.

Sans un bruit, Cayden souleva la voile et visa l'une des nombreuses lampes à huile qui pendaient au-dessus du pont, maintenues par des câbles souples en acier.

Le coup partit, fusant dans une détonation à réveiller les morts.

Aussitôt, la lampe explosa en une multitude de tessons brûlants. L'huile chaude et incendiaire se répandit en une flaque épaisse sur le pont humide avant de s'étendre sur une plus large surface. Une explosion. Du bruit. Quelques dégâts sans conséquences. Ce devait être tout... en théorie.

Portées par le vent qui s'était à nouveau levé, les flammèches virevoltèrent sous les yeux de Cayden, jusque-là satisfait de sa diversion, avant de retomber en pluie sur les barils de poudre entreposés à différents points stratégiques du pont. En cas d'attaque volante, les Nuageurs se tenaient toujours prêts à toute éventualité et gardaient en permanence cinq tonneaux à portée de main. Le reste de leur défense restait conservé précieusement dans la cale.

Une lueur de stupeur traversa le regard de Cayden lorsqu'il réalisa la portée de son geste, mais il était déjà trop tard. Moins d'une minute plus tard, le baril de poudre entier explosa sur le pont, soufflant tout sur son passage. La déflagration avait émis un bruit sourd, comme le grondement terrifiant d'un animal sauvage qui venait de se réveiller après un long sommeil. Un souffle brûlant traversa le pont, emportant tout sur son passage : voilure, cordages, poutrelle... il ne restait plus rien debout. Même l'imposante coque avait vibré sous l'onde de choc. Une seconde plus tard, l'alerte sonna.

— J'y suis peut-être allé un peu fort. Si je traîne ici, je suis mort, marmonna Cayden en se faufilant sur quelques mètres, alors que l'équipage envahissait le pont inférieur, armé jusqu'aux dents.

La nuit était à son point le plus sombre maintenant, et cela lui offrait un avantage considérable sur les Aldébariens, tant habitués à la lumière diurne. D'un bond, il escalada un tas de cordes roulées et s'agrippa à l'armature d'une des grandes voiles hissées. Cependant, par malchance, son ombre se dessina derrière la voilure auréolée de flammes, et son répit fut de courte durée.

— Là-bas ! Il y a quelqu'un ! hurla soudain une voix dans sa direction.

Merde !

Sans plus attendre, Cayden sortit son poignard de sa botte, trancha le câble qui maintenait la voile, et s'envola dans les airs alors que la lourde tenture allait s'écraser dix mètres plus bas.

— Il est monté dans les cordages ! Rattrapez-le !

Figé dans une expression des plus froides, Declan, le second du capitaine de Nansac, fixait avec colère le Thénéryen téméraire, insensible au vide qui s'étendait à présent sous ses pieds. Il évoluait de corde en corde, s'agrippant par moment aux différents mâts pour traverser le vaisseau d'un bout à l'autre.

— Faites descendre ce mangeur de boue !

Sa voix puissante résonna dans la nuit et parvint jusqu'à Teagan qui avait profité de l'agitation générale pour monter à bord sans être inquiété. La menace létale étreignit son cœur, lui coupant le souffle un instant.

Comme le lui avait promis Cayden, il n'avait pas pu rater le signal, et la déflagration qui avait retenti avait secoué tout le navi, ainsi que la jetée du port.

À présent, des voix furieuses s'élevaient du pont inférieur. Impossible de renoncer maintenant ! Pas alors qu'il était si près du but. Teagan ne put que prier pour que son frère leur échappe.

Il s'élança sans attendre vers l'escalier qui menait au second pont, à l'arrière du navi, là où les cages des harfangs étaient entreposées. Par chance, l'endroit s'avérait désert. La pensée de s'armer ne l'avait même pas effleuré, alors mieux valait éviter une rencontre… fâcheuse.

En sueur et à bout de souffle, Teagan s'immobilisa face aux cages. L'une d'entre elles était vide, sans doute celle de l'oiseau que le capitaine avait dû abattre.

Affolés par les explosions et les hurlements, les immenses rapaces battaient des ailes avec frénésie dans un nuage de plumes. Teagan déglutit. Il commençait lentement à prendre conscience de ce qu'il s'apprêtait à faire. *Tout doux,* songea-t-il en passant à la hauteur d'une cage occupée. L'animal plongea tête la première dans sa direction, et son bec vint s'écraser contre les barreaux dans un horrible grincement. Teagan fit un bond en arrière, son pouls à son maximum. *D'accord… ce n'est pas exactement ce que j'imaginais.* Une désagréable sueur froide coulait à présent le long de son dos et trempait sa chemise. Sentant le poids des regards hostiles peser sur lui, Teagan s'aventura entre les différentes cages avec lenteur, malgré le temps qui lui était compté. Il ne s'agissait pas d'affoler davantage les harfangs. Une serre énorme se contracta à son passage. Teagan leva les yeux et reconnut Alpha, le rapace d'Alban de Nansac.

— Tout ça, c'est de la faute de ton stupide maître ! lâcha Teagan, remonté.

Les pupilles de l'oiseau s'étrécirent subitement, alors qu'il étendait ses ailes dans un glatissement strident. Le son lui vrilla les tympans.

— Arrête !

Dressé sur ses pattes, le poitrail bombé, Alpha le dominait de toute sa hauteur. Le bec entrouvert, il pencha la tête sur le côté, comme s'il évaluait sa proie – en l'occurrence Teagan – sous tous ses aspects. Autour de son cou, et passé sous ses ailes, un harnais de cuir souple ceinturait le harfang, de sorte à pouvoir y fixer une selle légère.

— Non ! Ne l'appelle pas ! N'appelle pas ton maître ! supplia le Thénéryen en refermant ses mains sur les barreaux de la cage, le visage collé contre le métal froid. Tu ne comprends donc pas ? J'ai besoin de l'un d'entre vous !

En guise de réponse, l'oiseau n'émit qu'un sifflement rauque qui poussa tous les autres à se joindre à lui. Alban de Nansac dirigeait ses hommes, quant à Alpha, il guidait ceux de son espèce. La horde volante se mit alors à huer de façon sinistre. Pris de colère et de panique, Teagan frappa du poing contre le loquet de la cage en hurlant :

— Oiseaux de malheur ! Vos cages ont rendu votre esprit aussi étriqué que celui de vos monteurs !

La rage teinta son regard. Le capitaine de l'Hélion avait raison. Jamais aucun de ces oiseaux ne se laisserait monter par une autre personne que son propriétaire. Sa seule solution était de convaincre le spécimen sauvage.

Celui-ci, cendré, ne bougeait pas dans sa cage. Il ne hululait pas avec les autres. Ne se débattait pas.

Teagan s'approcha alors de ses barreaux, résolu. Jamais son cœur n'avait frappé sa poitrine avec tant de violence. Le harfang sauvage le fixait intensément, le poitrail gonflé par le vent.

— Je peux te rendre le ciel.

Parler à ces oiseaux, Teagan n'y avait jamais songé, pourtant il ne ressentait aucune honte à le faire maintenant. C'était d'ailleurs presque comme une évidence sortie de nulle part, et il n'y avait rien d'étrange à cela, tant cette connexion inexplicable entre eux lui parut naturelle. Ce qu'il voyait dans les yeux mordorés du rapace était le reflet de ce à quoi il aspirait lui-même depuis tant d'années : le Magna-Nubes, la force du vent, l'humidité du grand nuage contre sa peau, les deux soleils !

Il n'y avait personne pour le prendre pour un fou, mais plus encore, il était persuadé que le harfang cendré l'écoutait. Alors, d'un pas décidé, Teagan s'avança, puis passa son bras entre les barreaux jusqu'à toucher son plumage. *Un seul coup de bec et il t'arrachera un membre, Teagan…*

— Prête-moi tes ailes… je t'en supplie. Tu pourras retrouver ton ciel, toi aussi.

De longues secondes s'écoulèrent, figées, uniquement perturbées par les hommes qui hurlaient et qui se rapprochaient, ainsi que par les cris d'alerte des harfangs qui ne faiblissaient pas. Un coup de feu retentit soudain. Le cœur de Teagan fit un bond dans sa poitrine. *Cayden !*

Au même instant, comme s'il percevait le drame qui se jouait, le rapace cendré inclina sa tête. Teagan n'avait plus le temps de réfléchir, plus le temps de se poser des questions ! Alors, dans un sursaut de lucidité – ou de stupidité –, il débloqua le loquet qui refermait la cage et fit coulisser la porte. Sans penser à autre chose, il fit glisser la lourde chaîne métallique jusqu'à un mousqueton et batailla plusieurs secondes avec le mécanisme avant de réussir à l'ouvrir. Alors qu'il n'y croyait plus, les entraves retombèrent lourdement.

Libéré de ses attaches, le harfang déploya ses ailes si brutalement que Teagan fut projeté au sol. L'immense oiseau poussa un long cri, s'extirpa de sa cage, puis s'élança. D'un seul mouvement, il s'envola, abandonnant Teagan derrière lui.

— Attends ! hurla le Thénéryen en se redressant, sonné.

Au même instant, un Nuageur alerté par les cris des montures ailées, fit irruption sur le pont. Armé, il pointa le canon sur la tête de Teagan qui se figea.

— Debout ! Et pas de geste brusque, ou je te brûle la cervelle.

Le Thénéryen hocha lentement la tête en signe d'assentiment. La situation lui échappait totalement. Il ignorait ce qu'il était advenu de son frère, mais alors que l'homme allait l'empoigner, une ombre gigantesque s'étendit dans le dos de ce dernier. Serres en avant, le harfang sauvage happa le Nuageur au passage et l'emporta dans les airs avant de le relâcher. L'homme s'écrasa sur le pont inférieur, aux pieds d'Alban de Nansac, le cou brisé.

À l'autre bout du navi, la panique avait fait place à une véritable chasse à l'homme. À présent que tout l'équipage était à ses trousses, Cayden s'était réfugié au sommet du plus haut mât, prêt à plonger dans les eaux noires du port. Courbé, il s'accrocha aux cordages à sa portée, mais alors qu'il allait s'élancer pour fausser compagnie à tous ces enragés, plusieurs coups de feu éclatèrent dans sa direction. La plupart manquèrent leur cible, mais brutalement, une violente morsure déchira son épaule. Surpris par le choc, Cayden perdit l'équilibre et bascula dans le vide sans aucune prise pour se rattraper.

Dans sa chute vertigineuse, son corps heurta l'une des nombreuses hélices qui servaient à diriger le navi en plein vol. Le Thénéryen hurla de douleur en sentant son abdomen lacéré par le fil aiguisé de la pale, puis il heurta le pont avec violence, le souffle coupé, à moitié sonné. Sous l'impact, il s'était mordu la langue jusqu'au sang et le relent métallique qui coulait dans sa gorge lui retourna l'estomac. Une chaleur sourde se logea alors dans ses entrailles, tandis que des points blancs éclataient sous ses paupières. *Merde…*

— Il est à terre ! hurla un homme.

Cayden tressaillit, avec la désagréable impression que ses tripes bouillonnaient. Il chercha à happer un peu d'oxygène, mais l'air refusait d'atteindre ses poumons. *Je vais crever ici…* Il resta étendu face contre terre, perclus de douleur, jusqu'à ce qu'un pied chaussé d'une botte à éperons le retourne sans ménagement. Le Thénéryen grimaça en silence, trop fier pour hurler à nouveau, mais le mal se propageait dans son corps. En témoignait la fleur écarlate qui imbibait sa chemise, et déployait ses corolles à mesure que les secondes s'écoulaient. La balle n'avait fait que l'érafler, mais l'hélice acérée avait taillé dans la chair sans la moindre difficulté.

— Debout, ordonna Declan, le canon de son mousquet pointé vers son front.

Déjà, quelques Nuageurs les rejoignaient, l'air débraillés et furieux. L'explosion les avait cueillis en plein repos, et la fournaise grondait encore par endroits. Le baril de poudre enflammé avait projeté une gerbe brûlante le long du pont, et sous l'effet de la langue dévastatrice, deux voiles s'étaient embrasées, de même qu'une dizaine d'avirons, irrécupérables. Par chance, aucun autre baril n'avait été touché, sans quoi, l'Hélion ne serait déjà plus qu'un souvenir flottant à la surface du port.

Perçant le tapage, un pas régulier résonna sur le pont. Un à un, les hommes s'écartèrent à l'arrivée de leur supérieur.

— Range ton arme, Declan, déclara Alban, tout en dévisageant le fauteur de trouble avec attention.

Personne ne mettait ainsi son navi à feu et à sang sans en payer le prix fort ! Le Thénéryen étendu à ses pieds gardait sa main fermement plaquée contre son ventre, mais ne baissait pas les yeux pour autant.

— Sale blessure, remarqua-t-il.

Le visage du fuyard perlait de sueur, crispé par la douleur, puis soudain, Alban comprit. L'évidence s'imposa à lui de façon brutale. Tout ça n'était qu'une ruse, un leurre ! Sans erreur possible, les traits du visage de Teagan se superposèrent à ceux du prisonnier.

— Teagan est ici ! hurla-t-il. Teagan Jayce est ici ! Montez sur le pont supérieur, plus vite que ça ! Vérifiez chaque cage de harfang !

Le Thénéryen s'était joué de lui, et cette seule pensée le mettait dans une rage folle. Il y eut un instant de flottement entre les Nuageurs, puis Declan tira un coup en l'air.

— Allez ! Réagissez !

Allongé sur le pont, le regard fiévreux, Cayden trouva encore la force de sourire crânement à l'homme qui se tenait devant lui.

— Declan ? Alors c'est à toi que mon petit frère a filé une bonne trempe, hein !

Il ricana à cette idée, les lèvres humectées de sang, mais une toux le secoua, lui faisant passer l'envie de rire.

— Espèce de...

— Declan ! Nous avons plus urgent à régler pour le moment, tonna le capitaine.

Bien au-dessus d'eux, une ombre immense plana dans l'obscurité avant de se fondre dans la nuit qui régnait sur la mer de Dymës. *Vas-y, petit frère... Qu'au moins, je ne me sois pas fait tirer dessus pour rien.*

6

LES PLUS GRANDS HOMMES
T'ABANDONNENT FACE AU VENT,
MAIS UN HARFANG TE SUIT JUSQU'AU
COEUR DE LA TEMPÊTE
TEAGAN JAYCE

Thénérys – Entre Ciel et Mer

Emporté par le harfang sauvage, Teagan s'était engagé au-dessus de la mer de Dymës, où ils planaient à présent entre les couches de brouillard. Ce ne fut qu'une fois sur le dos de l'animal qu'il s'était rendu compte de sa folie, mais il était trop tard pour paniquer.

L'oiseau n'avait qu'à se retourner pour le précipiter dans les flots déchaînés et mettre un terme à sa folle chevauchée, pourtant, bien loin de se montrer hostile, le rapace se laissait porter par les courants ascendants, étendant ou repliant ses ailes selon la force du vent. Les jambes solidement plaquées contre son corps puissant, Teagan sentait un air nouveau emplir ses poumons. Il n'était allé en mer que quelques fois par bateau, mais jamais aussi loin et surtout, il ne l'avait jamais contemplée de ce point de vue.

L'obscurité était presque totale autour de lui. L'unique source de lumière visible provenait des bancs phosphorescents d'animaux marins qui luisaient sous la surface, et n'était pas des plus rassurantes. Les halos bleu électrique des fossoyeurs apparaissaient et disparaissaient au grè des vagues qui se soulevaient.

Les yeux plissés pour tenter de distinguer quelque chose à travers la nuit, Teagan perçut un mugissement sinistre et grave remonter du fond de la mer. Le harfang vira brutalement alors qu'une gueule béante bordée de dents en lames de rasoir surgissait des flots pour les happer en plein vol. Pris de cours, Teagan hurla de terreur, et serra de toutes ses forces ses doigts dans le plumage gris de l'oiseau, les cuisses fermement plaquées contre son corps. L'estomac retourné, sur le point de vomir, le Thénéryen trouva malgré tout le courage de regarder vers le bas, où il entraperçut la queue acérée d'un delta-béluga qui replongeait dans les abysses. Entre les vagues déchaînées et les crêtes écumantes, les lueurs phosphorescentes semblaient suivre leur vol, mais bien loin de les guider à travers la tourmente, elles n'attendaient en réalité qu'une erreur de leur part.

Cette première expérience en altitude ne ressemblait pas exactement à ce que Teagan s'était imaginé, mais au bout de longues minutes, il finit par s'habituer aux secousses. La respiration déjà plus régulière, il releva la tête et desserra la pression de ses cuisses. Mis en confiance par l'attitude plutôt calme de l'oiseau qui ne cherchait pas à l'éjecter, il osa se redresser un peu, déliant les muscles de son dos, relâchant ses membres crispés. Sa position moins raide lui permettait d'épouser les mouvements souples du rapace de manière plus naturelle. Malgré la dangerosité de la situation, et la mort qui le guettait à chaque battement d'ailes, Teagan ne s'était jamais senti aussi vivant qu'en cet instant. Au milieu de cet océan noir et terrifiant, à la merci d'éléments incontrôlables, il était à sa place, et la sensation était incroyable. Plus proche du Magna-Nubes qu'il ne l'avait jamais été, le Thénéryen bascula sa tête en arrière et hurla. En réponse, le harfang émit un long cri strident.

— Tu dois me trouver stupide, hein ? lui cria Teagan en baissant à nouveau les yeux vers la surface houleuse.

À nouveau, le rapace siffla, puis braqua brutalement à gauche en repliant ses ailes le long de son corps pour prendre de la vitesse.

— Mais qu'est-ce que tu fais ?

Complètement fasciné par les trajectoires à la fois brutes et coulantes de sa monture ailée, Teagan en oubliait presque son objectif.

— Je sais que tu me comprends... J'en suis persuadé.

Comme à son habitude, Dymës était déchaînée, mais moins meurtrière que dans le courant de la nuit. Les vagues surgissaient de la surface sombre, écumantes et dangereuses, capables de les engloutir comme un rien. Sur sa gauche, Teagan ne remarqua qu'au dernier instant l'énorme nageoire dorsale d'un delta-béluga qui fendait les flots. Son chant lugubre et entêtant lui parvint, et tandis que l'oiseau reprenait de la hauteur pour échapper aux mâchoires acérées des prédateurs, Teagan entraperçut tout un banc de baleines blanches sauter hors de l'eau. Cela ressemblait presque à un ballet... une distraction mortelle. Elles apparaissaient et disparaissaient au sommet des flots, creusant d'immenses sillons aqueux dans leurs retombées. Leurs carcasses massives se fondaient en ombres blanches au milieu d'un univers si sombre que Teagan n'arrivait même plus à faire la différence entre le ciel et la mer.

— Où est Teagan Jayce ? hurla à nouveau Declan en frappant du poing sur la table.

La lanterne posée dessus vacilla dangereusement. Sa flamme trembla, et projeta des ombres furtives le long du ventre mécanique du navi. Cayden avait été relevé de force sur le pont et traîné jusqu'à la soute, sans grande résistance. Assis de force sur une chaise, sous la surveillance du second du capitaine, le Thénéryen ne bronchait pas, luttant contre les pointes de douleur qui remontaient le long de son ventre. Par moment, sa vision se brouillait, troublée de taches noires qui explosaient sous ses paupières.

Suant et soufflant, le nez violacé, Declan arpentait la cale comme un fauve enragé. Le silence moqueur du Thénéryen mettait ses nerfs à vif.

— Alors ! Ton frère !

La gorge desséchée, Cayden redressa douloureusement la tête, mais ses lèvres s'incurvèrent dans un léger sourire dédaigneux.

— Mon frère n'est pas un couard, contrairement à d'autres ! Il est parti risquer sa vie pendant que vous gardiez tous votre cul rivé à vos couchettes ! cracha-t-il avec mépris.

Les mains liées dans le dos, Cayden sentait le sang s'échapper de sa blessure. S'il ne se soignait pas dans les plus brefs délais, il se savait mort d'ici deux, peut-être trois heures au mieux.

— Tu n'es rien de plus qu'un mangeur de poussière, souffla Declan avec animosité. Ceux de ton espèce sont juste bons à ramper à nos pieds !

Hors de lui, Cayden donna un coup d'épaule, cherchant à se dégager, mais ne réussit qu'à propager davantage la douleur dans son corps. Le second ricana, puis rapprocha son tabouret. Il tira un cigare de la poche intérieure de son veston de cuir, craqua une allumette contre le plancher, puis aspira une longue bouffée de fumée.

— Tu ne sais pas encore ce qui t'attend. Tu ne quitteras pas ce navi.

— Il ne pourra rien y avoir de pire que d'être assis en face de ta sale gueule de slug !

Declan arqua un sourcil l'espace d'une seconde, avant de recracher calmement un rond de fumée dans sa direction.

— Fais le malin, mais lorsque ton frère rentrera, s'il rentre, vous serez tous les deux embarqués et conduits sur Aldébaran pour être jugés. Vous irez pourrir dans les geôles quelque temps, puis serez conduits à For'Baten ! Les mines de Kinefall accueilleront avec grand plaisir deux résidus de merde comme vous.

Éloignée de toutes les autres îles luxuriantes flottantes qui formaient le continent éclaté d'Aldébaran, For'Baten était une masse de pierres sans vie, ou presque, sur laquelle avait été construite une prison impénétrable, inviolable, d'où il était impossible de fuir. Une cité hurlante investie de voleurs et de meurtriers.

Dans les profondeurs de l'île s'étendaient les immenses galeries de la mine de Kinefall, où les captifs descendaient chaque jour à la recherche de corindon. Ils passaient le reste de leur vie à creuser, à s'épuiser, et lorsqu'ils finissaient par mourir d'asthénie ou de maladie, leurs corps étaient jetés au bord des falaises sans la moindre considération. Les dépouilles tombaient alors dans le Magna-Nubes et servaient de festin aux charognards qui y pullulaient.

Certaines gemmes extrêmement rares de painite avaient également été découvertes dans ces galeries mais, ironiquement, seuls les cous les plus fortunés d'Aldébaran pouvaient se parer de tels joyaux.

— Quand tu auras goûté à la pioche des mines, gamin, tu auras tout le temps de penser à ton erreur.

— Appelle-moi *gamin* encore une fois, et je jure de faire des cure-dents avec tes tibias ! menaça Cayden sourdement.

Le coup qui s'abattit sur sa tempe fit vaciller la chaise, aussi Cayden s'écrasa-t-il au sol dans une plainte étouffée. Au même instant, le capitaine de Nansac fit son entrée. Il n'émit aucun commentaire sur la tenue du prisonnier, mais jeta un regard sombre à son second. Il n'appréciait pas ses méthodes qu'il jugeait trop brutales.

— Deux voiles sont endommagées. Trouve quelqu'un pour les réparer. Réveille toute la ville s'il le faut ! Et ramène-moi un menuisier capable de me fournir de nouveaux avirons avant demain matin !

— Bien, Capitaine, obtempéra Declan sans demander son reste.

Une fois son second sorti, Alban s'approcha de Cayden, le redressa soigneusement sur sa chaise et prit place sur le tabouret que Declan venait de quitter. Les bras croisés contre sa poitrine, il dévisagea le Thénéryen avec attention, ignorant le regard létal que ce dernier lui lançait.

— Bien… Ton frère et toi me mettez dans une position délicate.

Las, Alban de Nansac passa une main dans ses cheveux et étendit son bras, couvrant l'espace de la soute d'un geste large.

— Ce que tu vois ici sont nos seules réserves de poudre pour le trajet du retour. Le baril que tu as fait exploser réduit nos chances de retourner en vie sur Aldébaran. De plus, l'onde de choc provoquée par ton petit feu d'artifice a affecté l'une de nos piles solaires. Nous allons devoir repartir dès les premières heures si nous voulons pouvoir traverser le Magna-Nubes sans encombre. Tu comprends ?

— Ce que je comprends, c'est que vous avez refusé de nous aider ! répliqua Cayden en tirant sur ses liens.

— En effet, concéda Alban en baissant son bras. Je n'étais pas en position de le faire.

— Vous êtes pourtant le capitaine de ce foutu rafiot volant !

— Et je suis responsable des ordres que je donne et de leurs conséquences. Tout comme toi, tu es responsable de tes actes.

— J'en assumerai les conséquences, répliqua Cayden avec défi.

Il n'avait jamais baissé les yeux devant un Thénéryen, alors ce n'était pas pour s'écraser face à un Aldébarien. Plutôt mourir que faillir.

— J'admire ton audace et ton courage, crois-le. Cependant, cela n'augure rien de bon pour toi, malheureusement. Teagan a volé un harfang sauvage. Celui-là même que je destinais au fils du Gouverneur Folkaney. Hormis le préjudice financier, je ne retrouverai jamais un oiseau pareil ! Quant à toi, tu as endommagé l'Hélion, mon navi, mais également l'un des plus rentables. Vol, pillage, destruction de biens, atteinte sur mes hommes, énuméra Alban. Vos actes répréhensibles seront considérés comme des crimes de la plus haute importance. Tu ne quitteras pas cette soute. Du moins, pas avant que nous ayons rejoint Aldébaran.

— Vous n'avez pas ce droit ! Je suis un citoyen de Stent ! hurla Cayden.

Enragé par la douleur, il banda ses muscles. Ses veines saillirent le long de ses avant-bras gonflés, suffisamment pour faire craquer le bois de la chaise qui le retenait.

— N'imagine pas que j'agisse de gaieté de cœur. J'avais prévenu ton frère ! s'emporta Alban en se levant. Comme tu l'as entendu, l'une de nos piles solaires est hors d'usage, et je crains que Teagan ne soit pas rentré à temps pour te voir partir. Tu seras jugé sur le continent du Haut. Quant à lui, si votre mer ne l'engloutit pas, il pourra s'estimer heureux d'être encore libre pour quelque temps, mais je reviendrai le chercher. En attendant, ta plaie va être pansée.

Dans un dernier regard, Alban de Nansac se leva et marcha lentement vers la porte.

— Un Jayce reste un Jayce, déclara-t-il doucement. Vous avez ça dans le sang.

— Qu'est-ce que vous voulez dire par là ? Eh ! Attendez !

La porte se referma sur les cris furieux de Cayden, qui accompagnèrent Alban jusqu'au pont supérieur.

— Capitaine ?

Détourné de ses pensées, Alban de Nansac abandonna les ténèbres mouvantes de Dymës pour s'attarder sur le visage du Nuageur qui venait le déranger.

— Un problème ?

— Des habitants ont entendu l'explosion, Capitaine. Ils sont inquiets.

— Dis-leur simplement qu'une lampe à huile s'est décrochée d'un câble et qu'un baril de poudre a pris feu. Le prisonnier est à fond de cale, son frère perdu au milieu de l'océan. Nous partons dans quelques heures à peine. Inutile de semer la panique.

— Que fait-on pour le harfang ?

— Cet oiseau est bon à abattre s'il se laisse monter par un Thénéryen ! siffla de Nansac entre ses dents. Je m'en chargerai moi-même si l'occasion se présente. Il est temps de faire revenir l'ordre dans ce maudit trou à rat. Stent est une ville sans histoire et elle doit le rester. Nous ne pouvons pas nous permettre de nous mettre cette population à dos. Si Teagan revient malgré tout avant notre départ… je m'occuperai personnellement de lui. Dans le cas contraire, nous nous y emploierons lors de notre prochain passage à Stent. Plus de questions, maintenant.

7

IL N'Y A PAS DE BONNE MÉCA
SANS CAMBOUIS SOUS LES ONGLES !
GWLADYS FLAHERTY

ALDÉBARAN - ÎLE DE SIRIUS – PROVINCE D'EY'NVALA

Armée de son carton à dessin corné aux coins, mademoiselle Gwladys Flaherty patientait depuis près d'une heure. Nerveuse, et outrée d'une telle attente – après tout, elle ne s'invitait pas ! –, elle arpentait le corridor d'un pas décidé.

— Vous allez finir par user le marbre, mademoiselle…, lui fit remarquer un majordome, figé dans une livrée impeccable bleu nuit, mais dont le liseré doré des revers de manches le distinguait du reste du petit personnel.

Sa voix traînante hérissa les nerfs de la jeune femme, mais elle usa de toute sa politesse pour lui adresser son plus beau sourire.

— Quand monsieur Folkaney pourra-t-il me recevoir ?

— Le Gouverneur est très occupé.

Au même instant, les deux battants de la porte que Gwladys Flaherty ne demandait qu'à franchir depuis plus d'une heure s'ouvrirent à la volée, et laissèrent échapper trois jeunes femmes qui gloussaient comme des dindes. Elles passèrent devant elle dans un nuage de parfums, de rubans et de fanfreluches.

— Très occupé, en effet, constata Gwladys.

Le majordome lui accorda un regard noir, scandalisé par le jugement qu'elle se permettait d'émettre.

— Si mademoiselle veut bien se donner la peine de me suivre…, déclara-t-il en lui jetant un regard affligé.

Son ton si condescendant, et la façon dont il la scrutait de haut en bas, acheva de mettre Gwladys hors d'elle.

— Quelque chose ne va pas avec ma tenue ? demanda-t-elle, cinglante.

Poings sur les hanches, du haut de son mètre soixante, elle se campa fièrement devant cet homme sinistre qui la dévisageait avec indifférence.

— Oh, eh bien, il serait plus aisé de vous dire ce qui est correct, ainsi la liste serait moins longue. Tout cela est consternant, ajouta-t-il en effectuant de petits moulinets de la main, désignant tour à tour ses vêtements et sa coiffure.

— Je ne vous permets pas ! s'indigna la jeune femme en secouant la tête.

Ses boucles rousses indisciplinées s'agitèrent autour de son visage comme de petites flammes qui rehaussaient ses taches de rousseur et ses beaux yeux verts. Yeux verts qui pour le moment lançaient des éclairs. Pour qui se prenait ce vieux croûton ?

— Peut-être auriez-vous dû au moins mettre une robe.

— Une robe ? s'exclama-t-elle, horrifiée.

— Oui... vous savez ? Ce que portent les femmes respectables... avec des jupons, de la soie...

— Je sais très bien ce qu'est une robe ! gronda Gwladys en levant les yeux au ciel. Et je ne vous permets pas de dire que je ne suis pas respectable parce que je porte un pantalon, une chemise et des bottes !

— Oh, pitié... Venez donc. Et ne touchez à rien avec vos mains sales.

— Elles ne sont pas sales ! s'indigna-t-elle. Ce sont des taches de cambouis qui ne partent pas.

Lèvres pincées, Gwladys releva la tête et lui emboîta le pas. Deux voix masculines lui parvenaient, à mesure qu'ils approchaient du bureau du Gouverneur. Le cœur battant, la jeune femme déglutit et serra son carton contre elle, comme un bouclier. Elle n'avait jamais vu le dirigeant d'Ey'Nvala d'aussi près, pas plus que son fils qui se tenait à ses côtés. La plupart du temps, ils ne se montraient en public que du haut des tribunes, ou en comité restreint lors de fastes réceptions, auxquelles elle n'avait absolument pas sa place.

— Pardonnez-moi, Gouverneur, mais mademoiselle Gwladys Flaherty est ici.

— Ah oui, la mécanicienne ! Je l'attendais ! Parfait, faites-la entrer !

Gwladys faillit répliquer que c'était elle qui attendait depuis plus d'une heure que ces messieurs daignent enfin la recevoir, mais pour une fois, elle parvint à ravaler sa fierté. Rassemblant ses idées et son courage, la jeune femme pénétra dans le bureau, tandis que le majordome refermait les portes sur elle.

Assis derrière un imposant bureau en ébène qui trônait au centre d'une pièce ronde et lumineuse, très arborée, le Gouverneur attendait. Vêtu tout de noir, avec ses cheveux blancs et ses yeux d'un bleu perçant, il imposait naturellement respect et crainte. Et pas forcément dans cet ordre-là.

Attentif et silencieux, il lissa l'une de ses moustaches avec application, avisant la curieuse jeune femme qui se tenait devant lui. Petite et menue, vêtue d'un pantalon de toile brune épaisse qui descendait sur ses chevilles, de bottillons à boucles, d'une chemise à jabot et col montant, et d'une veste rapiécée bien trop large pour elle, elle semblait n'avoir jamais côtoyé le beau monde ni les bonnes manières. Était-ce un crayon de bois coincé derrière son oreille ?

— Approchez, mademoiselle Flaherty !

Elle sursauta de façon presque imperceptible, mais ce bref mouvement n'échappa pas à William Folkaney, paresseusement appuyé contre la colonnade de marbre blanc de la cheminée. Curieux, un brin moqueur, il se demandait ce qui pouvait se cacher d'intéressant sous ces défroques informes et cette crinière bouclée flamboyante qui ne connaissait sans doute ni peigne ni épingles.

— Ainsi donc, c'est toi, la mécanicienne aux doigts d'or ? constata-t-il en la tutoyant effrontément. C'est étrange, je m'attendais à autre chose…

La gorge sèche, Gwladys tourna la tête dans sa direction, retenant une réflexion cinglante. Avec ses yeux délavés, ses cheveux blonds comme les blés et ses grands airs de lord guindé, il lui faisait l'effet d'un paon arrogant. Néanmoins, elle ne pouvait nier sa beauté diurne, rehaussée par des traits nobles et raffinés.

— Je suis navrée de ne pas être à la hauteur de vos attentes, monsieur Folkaney.

— Hum… Quoi qu'il en soit, tu es ici pour les croquis, pas pour jouer les prétendantes avec moi.

À ces mots, il éclata de rire, tandis que son père restait de marbre. Toujours silencieux, celui-ci se leva de son siège, et contourna son bureau pour dégager un espace libre sur une grande table près des fenêtres. Sa silhouette haute et large envahit tout l'espace, rendant Gwladys encore plus petite.

— William, il suffit ! Mademoiselle Flaherty est ici à ma demande, et pour affaires. Va donc rejoindre les charmantes demoiselles qui nous tenaient compagnie. Je suis certain que tu sauras les occuper.

Ce dernier ne broncha pas. Au contraire, il s'exécuta rapidement et s'inclina avant de s'éloigner.

Une fois seule avec le Gouverneur, Gwladys ne respira pas mieux pour autant. Le fils était un jeune mufle orgueilleux dont le mariage proche était sujet de toutes les discussions d'Ey'Nvala jusqu'à For'Sÿt'Gaaz, la capitale de l'île de Sirius, mais le père respirait l'austérité, la froideur et une implacabilité évidente.

— Bien, comme vous le savez, la parade d'ouverture de la Méca Race aura lieu d'ici deux mois. Je veux une nouvelle machine pour cette occasion.

Les yeux de Gwladys s'agrandirent sous la surprise alors qu'elle s'étranglait en silence.

— Je possède déjà neuf Mécas, toutes conçues par l'atelier Flynn et Habbot, mais leur style trop conventionnel me lasse. Il manque un petit quelque chose… l'étincelle qui rendra la dixième unique en son genre.

Gwladys grinça des dents à l'évocation de ce nom. Flynn et Habbot étaient deux familles, associées de longue date. Autrefois, cette entreprise florissait sous le nom de Mécas F-H-F, la troisième initiale appartenant à John Flaherty, son oncle. Puis, lorsque celui-ci avait décidé de quitter Flynn et Habbot pour monter sa propre affaire, leur chiffre de vente s'était écroulé. John Flaherty possédait un doigté rare pour des finitions exceptionnelles, une imagination remarquable, un talent de création incroyable. Certains disaient même qu'il insufflait une âme à ses bêtes de métal, et les plus grandes fortunes d'Aldébaran ne juraient plus que par lui.

Fort de son succès grandissant, John Flaherty avait développé son atelier dans un quartier tranquille d'Ey'Nvala, assurant à sa nièce, orpheline de père et de mère, un avenir paisible. Et puis, un soir, alors qu'il était sur le point de mettre la touche finale à une Méca sur laquelle il travaillait avec acharnement, et dans le plus grand secret depuis des mois, l'atelier fut vandalisé, pillé, et John, assassiné.

La milice avait réglé l'affaire rapidement, concluant à une attaque de trafiquants, non ciblée, sûrement là pour voler un peu de métaux précieux et de gemmes rares de sertissage. L'affaire n'était même pas passée devant un tribunal compétent, mais Gwladys restait persuadée que la mort de son oncle avait été orchestrée par ses anciens associés, jaloux de sa réussite.

— Vous comprenez ce que j'attends de vous, n'est-ce pas ?

Brusquement tirée de ses réflexions, Gwladys rougit jusqu'à la racine de ses cheveux.

— Pardonnez-moi, Gouverneur ! Je réfléchissais.

L'homme la gratifia d'un regard sombre et énigmatique, lissa sa moustache avec soin, et reprit :

— Il me semble que vous possédez le même talent que votre oncle.

— Je ne prétends pas être aussi douée que lui…

— Il le faudra pourtant, si j'investis…

La jeune femme sentit toute la menace latente peser sur elle. Le Gouverneur Folkaney n'était pas en train de négocier quoi que ce soit. Il ordonnait une nouvelle Méca. Ce qu'il désirait, il l'obtenait toujours. Dans le meilleur des cas, par la persuasion. Dans le pire, par la force. Et si cela ne suffisait pas...

— Laissez-moi vous montrer quelques modèles que j'ai apportés avec moi, approuva Gwladys en défaisant le lien de cuir qui fermait son carton.

Avec soin, elle en sortit une dizaine d'esquisses et de croquis, tous plus originaux les uns que les autres. Le Gouverneur Folkaney y jeta un œil attentif, mais rien ne vint allumer son regard ni susciter son intérêt. Lentement, il balaya chaque feuille, admirant malgré tout la précision du trait. Assurément, la nièce de John Flaherty possédait ce même doigté rare.

Les Mécas faisaient la fierté de leurs propriétaires en toutes circonstances, mais il désirait quelque chose d'exceptionnel, de jamais vu ! Tout ce qu'il avait sous les yeux était banal.

— Non, refusa-t-il, catégorique. Trouvez autre chose. Vous reviendrez me présenter vos croquis dans quinze jours.

Mentalement, Gwladys fit le décompte. Quinze jours pour trouver une idée, c'était déjà court, mais à peine un mois et demi pour trouver les bons matériaux, recevoir les commandes, monter, assembler, régler l'équilibrage de la bête... le délai était intenable.

— Je pense que...

— Quinze jours, mademoiselle Flaherty. Pas un de plus. Sans quoi, je me tournerai à nouveau vers Flynn et Habbot, mais je crois que cette idée nous déplaît à tous deux, n'est-ce pas ?

Gwladys opina de la tête, sans oser lever les yeux ni même le contredire. En silence, elle rangea ses dessins, scellant ainsi un accord tacite.

De retour dans les rues animées, Gwladys fut éblouie par l'éclat des deux soleils qui régnaient dans le ciel d'Aldébaran. Elle cligna des yeux quelques secondes, puis se dirigea vers le parc boisé de la ville, en espérant y trouver un peu d'inspiration.

Les allées étaient bondées de promeneurs, et de fiacres dont la plupart se trouvaient tirés par des Mécas, estampillées de l'écusson des ateliers Flynn et Habbot. Peu de gens utilisaient encore les chevaux comme attelage, et ceux-ci avaient peu à peu disparu des villes, au profit des bêtes mécaniques. On en voyait encore dans les campagnes, et parfois quelques troupeaux sauvages sur certaines îles.

Son carton à dessin sous le bras, Gwladys déambula entre les badauds, captant par moment quelques bribes de conversations. Un seul nom revenait : William Folkaney.

Son mariage serait un évènement grandiose, et depuis quelques mois, bon nombre de riches familles se rendaient à Ey'Nvala, dans l'espoir que leurs filles attirent son attention. Sans doute d'ailleurs que les trois dindes qui avaient quitté le bureau du Gouverneur faisaient partie du lot. Mais jusqu'à aujourd'hui, le nom de l'heureuse élue n'avait pas été dévoilé.

Gwladys pouffa à cette idée, puis s'installa au pied d'un grand chêne. Assise en tailleur dans l'herbe, son crayon coincé entre les lèvres, elle ferma les yeux quelques instants, profitant de l'agréable chaleur.

— Maman, pourquoi la dame est assise par terre ?

— Ne la regarde pas, Amy !

— Et pourquoi elle n'a pas une belle robe comme moi ? Elle est habillée comme notre palefrenier.

Gwladys ouvrit un œil pour toiser la petite qui la dévisageait avec attention, toute droite dans une robe rose pâle à froufrous, chaussée d'adorables souliers vernis.

— Amy ! Ça suffit ! Viens.

Déjà, sa mère l'entraînait par la main, mais alors que la gamine se retournait pour lui adresser un regard hautain, Gwladys en profita pour lui tirer la langue. L'expression choquée de l'enfant la fit rire de bon cœur.

Elle passa ainsi plusieurs heures à observer les promeneurs : les femmes aux toilettes raffinées et aux ombrelles délicates, ainsi que les hommes guindés à gants blancs et chapeaux hauts de forme, chaussés de bottes de cuir, et armés la plupart du temps de pistolets à trois coups, qu'ils gardaient sous leurs redingotes. Les duels étaient monnaie courante entre gentlemans, et refuser le combat déshonorait le nom de celui qui se défilait.

Ce ne fut qu'en fin d'après-midi, alors que les soleils déclinaient lentement, que Gwladys rangea ses feuilles et ses fusains. Elle avait griffonné quelques esquisses, ébauché l'ombre d'une carcasse métallique, mais rien qui ne soit à la hauteur de ce qu'exigeait le Gouverneur. Abattue, et à court d'idées, elle quitta le parc, puis attendit qu'une navette s'arrête à la station la plus proche. Celle-ci arriva quelques minutes plus tard, glissant sur les rails qui parcouraient la cité d'Ey'Nvala sur tous les axes principaux. Dans un grincement de métal, la navette à deux étages s'immobilisa, puis les portes s'ouvrirent dans un jet de vapeur chaude.

— Attention ! Tout le monde recule ! hurla le contrôleur, les joues noires de suie.

Alimentée au charbon, la navette était le moyen de transport le plus répandu dans les grandes villes. Lente, mais solide et infatigable, elle parcourait inlassablement les réseaux ferroviaires, et l'on déplorait peu d'accidents. Il arrivait toutefois qu'un piston se bloque, de temps à autre. La vapeur accumulée faisait alors monter la tuyauterie en pression, et elle finissait par exploser dans un bruit sourd, un peu comme une grosse bête qui éternuerait.

Chargée de son carton, Gwladys attendit que les voyageurs descendent, puis elle joua des coudes pour se frayer un chemin entre deux hommes qui firent à peine attention à elle. Les banquettes en velours rouge rembourrées étaient réservées d'ordinaire à la bourgeoisie, mais à cette heure avancée de la journée, elles étaient presque toutes libres, aussi trouva-t-elle une place confortable. Pensive, le visage tourné vers l'extérieur, la jeune femme laissa son regard traîner sur les façades de pierre et de brique rouge des maisons. Les derniers rayons des soleils agonisants se reflétaient sur les kilomètres de tuyauterie qui traversaient les habitations d'Ey'Nvala, embrasant la ville pour quelques minutes encore.

Le trajet dura presque une heure. À mesure que la navette approchait des quartiers en périphérie du cœur d'Ey'Nvala, les rues pavées devenaient de plus en plus impraticables. Brinqueballée dans tous les sens à cause des mottes d'herbe qui poussaient sous les rails, et des pierres déchaussées, Gwladys ne fut pas fâchée de pouvoir descendre à l'arrêt suivant. Elle paya sa course une tôve et trois lev, puis quitta la navette pour s'engager d'un pas rapide sur le pont de Clifford.

Le bruit saccadé des talons de ses bottines claquait dans la nuit, chassant le silence angoissant. Les eaux noires du canal n'inspiraient confiance à personne ici, et on disait même qu'elles recelaient plus de corps que de poissons. Tout comme les duels de la haute société étaient fréquents, les règlements de compte dans les quartiers populaires étaient monnaie courante. La seule différence résidait dans le fait que les nobles aimaient faire preuve de leur talent de tireurs en public, tandis que la classe moyenne réglait ses comptes de manière discrète et définitive.

— Pfiou ! Enfin à la maison ! s'exclama Gwladys en refermant la lourde porte de l'atelier sur son passage.

Dans un soupir, elle déposa son carton sur l'établi. Tête basse, les paumes à plat sur le plan de travail, elle ruminait.

— Quinze jours ! Comment vais-je faire pour trouver l'idée du siècle en quinze jours ? Bazar de Méca rouillée ! Qu'est-ce qui ne lui convient pas là-dedans ?

Un petit pas claudicant, suivi d'un miaulement bien affirmé, lui fit tourner la tête, puis Newt bondit au milieu des feuilles éparpillées. Dans un sourire, Gwladys caressa le petit chat qu'elle avait recueilli quelques mois plus tôt sur les berges du canal. Salement amoché, il ne lui restait plus que la moitié d'une oreille, ainsi que trois pattes. Gwladys lui en avait greffé une nouvelle, mécanique, entièrement articulée et équipée de griffes rétractables. Newt s'était vite rétabli, et avait depuis élu domicile dans l'atelier. Il nichait entre les Mécas, jouissait d'une liberté totale, et passait ses journées à dormir sous les toiles qui couvraient les différents matériaux. L'endroit qu'il préférait se trouvait près de la forge, bien au chaud, et en échange, il chassait les rats.

— Te voilà, toi ! Tu es tout noir. Tu t'es encore roulé dans le charbon ? Newt ?

Le chaton miaula d'une petite voix, activant son ronron comme un petit moteur.

— Oui, c'est ça. Fais l'innocent ! Regarde ça ! Tu mets des empreintes de pattes partout sur mes croquis. Bah, de toute façon, ils ne valent rien…

Assis sur le tas de feuilles, Newt léchait à présent sa patte mécanique avec application.

— T'as vraiment pas la vapeur à tous les étages, toi. Allez, viens.

Dans un soupir fatigué, Gwladys le souleva dans ses bras et éteignit les lumières de l'atelier pour rejoindre les pièces habitables qui jouxtaient le bâtiment.

Une fois changée, elle fit bouillir de l'eau pour une infusion aux pétales de roses, et se laissa tomber dans le large fauteuil qu'occupait autrefois son oncle, face à la cheminée.

— Oncle John… toi, tu saurais ce qu'il faut faire !

Le regard dans le vague, Gwladys caressa machinalement Newt qui s'était trouvé une place de choix sur ses genoux. Le nom de Flaherty ne pouvait pas être entaché à cause de son incompétence. Depuis toute petite, Gwladys évoluait dans cet univers de forge, de flammes et de métal. À l'âge où les autres petites filles jouaient à la poupée et au cerceau, elle s'amusait à trier boulons, écrous, vis et crochets, par forme, par couleur, par métal…

Peu à peu, elle s'était mise à dessiner des bêtes mécaniques de petite taille, telles que des oiseaux chanteurs à ressorts, des grenouilles en cuivre capables d'enchaîner une vingtaine de bonds avant d'être remontées, des libellules volantes fonctionnant à l'aide de toutes petites piles solaires…

À la mort de son oncle, alors qu'elle avait à peine dix-huit ans, Gwladys avait pris son courage à deux mains, et tout mis en œuvre pour pérenniser l'affaire de John. Dans un premier temps, les gens s'étaient moqués d'elle. La mécanique et la forge n'étaient pas une place pour une jeune femme, même du peuple. Une jeune fille respectable se devait de travailler comme lingère, servante, gouvernante dans le meilleur des cas dans une riche famille, ou se trouver un emploi en ville, mais certainement pas manier marteau, enclume et forge.

Pourtant, en quelques mois seulement, ses créations délicates avaient envahi les dessus des secrétaires et des commodes de toutes les têtes fortunées d'Ey'Nvala. Œufs décoratifs, gros comme le poing, ciselés d'or et de pierreries. Fleurs mécaniques dont les pétales ajourés s'ouvraient et se refermaient sur un centre étincelant de grenat ou de topaze. Boîtes à musique raffinées, et uniques, confectionnées sur mesure. Tous ses ouvrages étaient des bijoux à admirer. Pourtant, ce « travail de babioles » comme elle l'appelait l'avait vite lassée, et Gwladys s'était alors tournée vers la confection de Mécas.

Les Mécas... ces immenses bêtes de métal qui la fascinaient. Les plus simples d'entre elles, celles qui fonctionnaient à la vapeur et qu'il fallait remonter une fois le tour du ressort effectué, servaient la plupart du temps à tirer les fiacres et les calèches en ville. Maniables, légères, souvent de cuivre et d'aluminium, elles disposaient d'une autonomie d'une ou deux heures : un savant mélange de rouages, de pistons rutilants, de plaques de métal polies, et agrémentées parfois de quelques artifices, tels que des pierres précieuses ou des éléments pyrotechniques.

La seconde catégorie de Mécas était celle que Gwladys préférait créer, sur papier du moins. Des Mécas lourdes et résistantes, capables de soutenir le poids d'un homme et de ses armes, alimentées à l'énergie solaire, et qui participaient à la Méca Race !

Ces bêtes étaient des monstres de mécanismes, de puissance et de prouesses techniques ! Gwladys rêvait d'en fabriquer une, mais elle ne connaissait aucun Monteur prêt à lui accorder suffisamment de confiance. Les participants, qui venaient de tous horizons d'Aldébaran, apportaient leurs propres montures, créées par les artisans d'autres îles, et ceux des alentours faisaient appel à l'atelier Flynn et Habbot...

De la création sur papier à la confection finale, tout cela demandait un investissement conséquent, et malheureusement, Gwladys ne pouvait pas se permettre de telles dépenses si personne ne lui achetait sa Méca.

Les paupières lourdes, elle s'étira. Newt soupira longuement, alors qu'elle le dérangeait pour quitter le fauteuil et remettre une dernière bûche dans l'âtre.

— Non, répliqua Gwladys qui décodait à la perfection les différentes intonations dont usait Newt pour se faire comprendre. Pas dans la chambre. Tu as tout l'atelier. Et qui va chasser les rats ? Moi, peut-être ?

Newt la contempla avec insistance, puis fit le dos rond en bâillant.

— Je rêve, ou tu te fiches de moi ?

Digne, il agita son oreille intacte, puis s'éloigna d'un pas nonchalant vers l'atelier, où il disparut par la chatière que lui avait installée Gwladys. Amusée, la jeune femme monta à l'étage, chandelle à la main.

Épuisée, elle se déshabilla, effectua un brin de toilette, puis enfila une longue chemise de nuit blanche, très simple. Dans un bâillement sonore, elle glissa ses doigts dans ses épaisses boucles rousses et se glissa sous l'édredon avant de souffler la chandelle.

8

ENFERMÉ DANS CETTE CALE PUANTE ET MÊME PAS QUELQUES FEUILLES DE SAJJA À MÂCHER, OU UNE BONNE BOUTEILLE À DESCENDRE ! TU PARLES D'UN VOYAGE AGRÉABLE !
CAYDEN JAYCE

Thénérys - Ville de Stent – Fond de cale de l'Hélion

Les mains liées dans le dos, Cayden était condamné à attendre. Salement amoché, il pouvait à peine remuer. Un des Nuageurs s'était occupé de ses plaies, de façon assez sommaire. Juste assez pour qu'il ne se vide pas de son sang au fond de la cale. Il avait serré les dents lorsque l'homme l'avait recousu, visiblement plus habitué à repriser les voilures que la chair, mais n'avait pas émis le moindre son. Faire preuve de faiblesse devant un Aldébarien ? Plutôt crever !

Plongé dans le noir, Cayden n'avait plus aucune notion du temps qui passait, mais alors qu'il commençait à sombrer, assommé par la douleur lancinante, l'Hélion s'ébranla.

Épuisé, le Thénéryen sentit pourtant le mouvement lent et régulier des hélices qui s'actionnaient, et le bateau qui tanguait dans le port.

— Hey ! hurla-t-il. Vous ne pouvez pas me garder là !

Sur le pont, des bruits de pas précipités résonnaient. Les Nuageurs s'activaient pour un départ rapide. Faible, Cayden tenta tant bien que mal de se mettre à genoux, mais une secousse de l'Hélion le projeta sur le bois humide.

— Nom d'une putain de slug avariée ! Quelle saloperie, ces navis !

Garder les pieds sur la terre ferme, voilà tout ce qu'il demandait ! Et maintenant, il se trouvait à fond de cale d'un bateau prêt à remonter sur Aldébaran ! Et tout ça pour quoi ? Pour profiter des soleils ? Pour apprécier la beauté luxuriante des îles ? Pour trousser quelques jolies Aldébariennes ? Même pas ! Tout ça pour aller pourrir dans les mines, et passer le reste de ses jours à piocher de la caillasse.

Bordel, Teagan ! Je te retiens, toi et tes brillantes idées ! Tu peux être certain que le jour où on se reverra, je ne te raterai pas !

Il ricana lui-même de cette pensée stupide, car il y avait vraiment peu de chances qu'il revoie Stent un jour, et encore moins son frère… Et sa pauvre mère… Que saurait-elle de tout ça ? Quand Teagan rentrerait, *s'il* rentrait, peut-être pourrait-il lui expliquer… Dans le cas contraire, personne n'apprendrait jamais la vérité.

— Hey ! s'époumona-t-il de toutes ses forces, alors que l'Hélion s'arrachait des eaux du port.

Rassemblant ses forces, il se remit sur ses pieds pour se jeter contre la coque en hurlant. Peut-être que quelqu'un sur le port l'entendrait ! Pourtant, il eut beau crier à s'en casser la voix, le navi décolla dans un battement constant de pales.

En sueur, Cayden ragea et se laissa glisser le long d'un tonneau, résigné.

Quelle merde, songea-t-il avant d'éclater de rire, amer. Le plus risible dans tout ça était qu'il verrait Aldébaran avant Teagan, alors que son petit frère le bassinait avec cette idée stupide depuis des années.

THÉNÉRYS - ENTRE CIEL ET MER

— Lohm ! Norik ! Alvor !

Depuis des heures, Teagan luttait contre les éléments, furieusement agrippé au plumage du harfang cendré. Si sur le rivage la tempête s'était calmée, en pleine mer, le déchaînement des vagues représentait toujours un risque mortel.

Colossales, elles s'élevaient comme des murs, dentelées d'écume. Enragées, elles s'enroulaient sur elles-mêmes dans un grondement sourd, avant de replonger vers la surface. Trempé et glacé jusqu'à l'os, Teagan avait perdu tout espoir. Personne ne pouvait survivre à une telle tourmente. Il ne comptait plus le nombre de fois où il avait glissé le long du dos du rapace en se rattrapant à la dernière seconde, ni toutes les fois où les mâchoires des delta-bélugas avaient claqué à seulement quelques mètres d'eux. Depuis de longues minutes, un cortège funèbre les escortait. Affamées, les baleines blanches carnivores ne prenaient plus la peine de sauter hors de l'eau. Elles attendaient avec patience l'instant où, par inadvertance, l'oiseau et l'homme seraient percutés par une lame, puis happés dans les flots.

Crispé sur le harfang, Teagan avait de plus en plus de mal à tenir. Le froid engourdissait son esprit, ses pensées devenaient incohérentes. Machinalement, il continuait à hurler les noms des hommes qu'il connaissait, mais seul l'écho du vent lui répondait. Les yeux clos, il se laissa porter par le rapace, à demi allongé sur lui.

Folie… tout ceci n'était que pure folie. Il allait mourir ici, à présent, il en était certain. Il ne frissonnait plus, mais ses muscles tremblaient de façon spasmodique et régulière. Entraîné par les mouvements de l'oiseau, Teagan se laissait bercer, et sombrait mollement dans un sommeil fatal.

Lohm, je suis désolé…

Soudain, alors qu'il se laissait aller au grand froid qui s'infiltrait dans chaque fibre de son corps, le harfang piqua brusquement en avant. Projeté sur son dos, Teagan ouvrit brutalement les yeux. Pupilles dilatées et peau cyanosée, il vit la surface noire s'approcher à une vitesse fulgurante. Le vent cinglait ses joues desséchées par le sel et le froid, et hurlait dans ses oreilles bourdonnantes.

À présent, le harfang survolait la surface en rase-motte.

— Remonte, pria Teagan. Tu dois remonter.

Dans leur sillage, les nageoires acérées des baleines fendaient les flots. Elles n'avaient plus qu'à les cueillir.

— Remonte ! Remonte !

Paniqué, et jouissant à nouveau d'une certaine lucidité qu'il ne devait qu'à son instinct de survie, Teagan se redressa, les cuisses pressées sur les flancs de l'oiseau, tirant de toutes ses forces sur ses plumes pour l'obliger à reprendre de l'altitude.

— Je ne veux pas mourir ici ! Tu entends ? Remonte !

Il avait beau lutter, jurer, le harfang s'obstinait à planer au ras de l'eau. Soudain, flottant parmi les algues, Teagan aperçut les débris d'un navire. Son cœur se tordit brutalement, et il sursauta si fort qu'il en eut mal à la poitrine. *Impossible…*

Le froid et le désespoir le quittèrent presque instantanément. Son instinct de survie irradia dans son corps, chassant le brouillard de son esprit.

— Lohm ! hurla-t-il à nouveau à travers la furie de l'océan.

Le harfang vira de trajectoire, s'éloignant du banc de delta-bélugas. La respiration erratique, Teagan tourna la tête juste à temps pour apercevoir leurs énormes queues disparaître sous l'eau. Plus rapides qu'en surface, elles se propulsaient maintenant dans leur direction, refusant d'abandonner leur pitance.

Les yeux rivés droit devant lui, Teagan scrutait l'obscurité en hurlant. Il ignorait pourquoi l'oiseau fusait dans cette direction, mais son espoir se raccrochait maintenant aux débris qui subsistaient. Les bateaux n'avaient pas résisté aux assauts de l'ouragan, mais s'il restait une chance, la moindre chance, il ne pouvait pas renoncer maintenant !

— À l'aide ! Hey, par ici !

L'espoir amenait parfois avec lui de cruelles illusions. Tant de fois, la mer avait hurlé en réponse à ses suppliques, mais là, Teagan aurait juré que c'était vrai !

— Lohm ? Lohm !

Derrière eux, la nageoire dorsale d'un grand mâle n'était plus qu'à quelques mètres. Les doigts ancrés dans le plumage du harfang, Teagan hurla lorsqu'il aperçut le jeune Lohm qui dérivait sur une planche, tout juste assez grande pour lui. Il paraissait épuisé, sur le point de lâcher prise, mais il était en vie ! C'était un miracle !

Avec les delta-bélugas à leurs trousses, ils ne pouvaient pas s'arrêter pour lui permettre de monter sur le dos du harfang, et Teagan n'avait plus assez de force pour le hisser jusqu'à lui. Alors qu'il allait se pencher pour lui tendre le bras, le rapace se redressa brusquement, serres en avant, comme s'il fondait sur une proie. À l'instant même où la baleine carnivore ouvrait sa gueule pour tous les happer, l'oiseau saisit Lohm au vol et remonta en flèche vers le ciel. Le visage enfoui dans le plumage du rapace, Teagan n'osait même plus respirer. La remontée brutale lui coupait le souffle et il sentait son sang bouillir derrière ses tempes. Au bout de longues secondes, il trouva le courage de pencher sa tête sur le côté. Il craignait de découvrir quelque chose d'horrible.

— Lohm ! Est-ce que tu m'entends ?

Suspendu dans les airs, le jeune garçon ne réagissait pas, mais semblait seulement évanoui. *Tiens bon, je t'en prie...*

Teagan garda les yeux ouverts jusqu'à apercevoir la côte, puis les palissades de Stent. Il avait lutté aussi longtemps que possible, mais le froid, la faim et l'épuisement le tenaillaient. Le grand harfang cendré atterrit lourdement sur le sable, épuisé lui aussi d'avoir volé si longtemps. Lohm et Teagan roulèrent sur la plage, et leurs corps s'échouèrent quelques mètres plus loin, à la lisière des galets noirs. La dernière vision que Teagan eut avant de sombrer fut le harfang étendu sur le côté, ses longues ailes grises déployées en éventail sur le sable. Lentement, il tendit le bras dans sa direction, croisant l'expression de ses pupilles noires, puis plongea dans le coma.

La première chose que Teagan ressentit en ouvrant les yeux fut une horrible douleur dans tous ses membres. Incapable de remuer les lèvres ou d'ouvrir les yeux, il crut qu'il était mort. Le froid l'avait quitté, laissant son corps sans réaction, et son esprit tout aussi dénué de sens.

Pourtant, à travers le brouillard de son réveil, quelques voix lui parvenaient. Il eut un coup au cœur en reconnaissant celle de sa mère, puis celle d'Hannah. Étrangement, ce constat lui arracha un frisson.

— Léadah ! Vous avez vu, il a bougé !

— Tu en es certaine ?

La présence des deux femmes devint presque palpable pour Teagan qui, après de longues secondes de concentration, parvint enfin à cligner des paupières.

— Teagan ? Tu nous entends ?

Sa gorge sèche refusait de laisser passer le moindre son, aussi approuva-t-il d'un léger mouvement de tête, accompagné d'un râle.

— De l'eau ! Je vais en chercher !

L'effluve d'un parfum heurta les sens de Teagan alors qu'Hannah se levait précipitamment, le laissant seul avec sa mère. Après des heures passées en pleine mer, avec pour seules odeurs celles de sa peur et du sel, cette fragrance sucrée éveillait sa conscience. C'était la première fois qu'il la remarquait de cette façon. Puis un doute horrible l'assaillit à nouveau. Cayden ? Où était-il ? Pourquoi n'était-il pas là, avec elles ?

Avec lenteur, Teagan ouvrit les yeux pour découvrir le visage de sa mère. Il peina à la reconnaître, tant elle paraissait accablée, vieillie par le poids de l'inquiétude.

— Mâm...

— Silence, fils, le réprimanda-t-elle avec douceur.

Au même instant, Hannah réapparut dans la chambre, un pichet et une tasse à la main. Lorsqu'elle découvrit qu'il avait enfin ouvert les yeux, elle exulta :

— Teagan ! Je suis si soulagée !

Fraîche et pétillante, elle s'approcha du lit et s'empressa de lui servir à boire. Il ne s'en était pas rendu compte, mais maintenant qu'il avait l'eau sous les yeux, Teagan réalisa qu'il mourait de soif. Avec l'aide de Léadah, il se redressa tant bien que mal, avisant les bandages qui enveloppaient ses mains ainsi que ses pieds, et but à longues gorgées. L'eau passa trop vite dans sa gorge. Il manqua de s'étouffer, et toussa bruyamment, les larmes aux yeux.

— Doucement, doucement !

Hannah lui retira la timbale pour la déposer sur le coffre de bois. Les mains posées sur les épaules de Léadah, elle souriait.

— Nous nous sommes tellement inquiétées. Tout le monde s'est inquiété pour toi.

Trop de questions se bousculaient dans la tête de Teagan. En silence, il jeta un regard à sa mère qui le dévisageait avec attention. Dans ses yeux, il sut que Cayden n'était pas rentré.

— Depuis combien de temps...

— Cinq jours ! Tu es resté cinq jours dans le coma.

— Hannah a veillé sur toi, expliqua Léadah, mais son fils semblait ailleurs.

Cinq jours ? Vraiment ? Il était resté inconscient aussi longtemps ? C'était certainement pour cette raison que son frère n'était pas là pour son réveil. Cayden et sa patience légendaire, hein... Il était sans doute parti faire un tour au Bosquet en attendant... Pourtant, il avait beau essayer de s'en convaincre... son raisonnement lui semblait vide. Jamais son frère n'aurait déserté la maison en de pareilles circonstances.

— Cayden ? Où est-ce qu'il est ?

Le silence retomba dans la pièce, et le sourire d'Hannah disparut aussitôt, comme un rayon de soleil chassé par la tempête.

— Tu devrais te reposer, souffla la jeune femme.

— Mâm ! gronda Teagan sans l'écouter. Où est mon frère ?

Sous ses yeux médusés, Léadah se leva sans un mot et quitta la pièce.

— Qu'est-ce qui se passe ? Hannah !

Désemparée, son amie tourna la tête en direction de l'échelle empruntée par la mère de Teagan, puis s'approcha doucement de la couchette. Gênée, elle s'assit au bord, alors que Teagan se décalait pour lui laisser un peu de place.

— Des hommes vous ont vus monter à bord de l'Hélion, Teagan. Tout le monde sait que... que tu as volé un harfang pour partir à la recherche des survivants. Personne ne te blâme, tu sais, mais...

— Où est Cayden ? tonna-t-il.

Hannah sursauta, les mains crispées sur sa robe.

— Ils l'ont emmené là-haut.

— Quoi ? souffla Teagan, sous le choc.

— Cayden va être jugé sur Aldébaran et condamné aux mines de Kinefall. Teagan, je...

— Laisse-moi.

— Teagan...

— Va-t'en, je te dis !

Les cils bordés de larmes, Hannah quitta rapidement la chambre. Teagan l'entendit échanger quelques mots avec sa mère, puis la porte d'entrée claqua.

Tout ça, c'était de sa faute ! Il avait ramené Lohm, mais à quel prix ? La vie de son frère valait mille fois plus que celle de ce gamin stupide ! Teagan regretta aussitôt de telles pensées, mais il se haïssait. En colère, il repoussa le drap qui le gênait et mit les pieds hors de la couchette. Résolu, il se redressa, mais son corps s'effondra aussitôt sur le plancher. Un râle d'impuissance lui échappa tandis qu'il tentait de se lever.

— Tu dois rester allongé, fils…

Léadah était à nouveau là. Contenant ses larmes, sa mère se pencha pour l'aider à se redresser, mais Teagan la repoussa avec fureur.

— Non ! Je peux le faire seul !

— Tu en as déjà assez fait, Teagan ! répliqua-t-elle, la voix brisée.

Sa détresse ne fit qu'accentuer la rage de Teagan, qui se hissa sur le lit à l'aide de ses bras.

— Pourquoi mes jambes ne répondent plus ?

— Le froid et le sel. Tu avais de profondes engelures aux mains et aux pieds. Quand on t'a retrouvé sur la plage, tu étais à moitié mort. Tu délirais.

— Et Lohm ?

— Il est choqué, mais en vie… C'est là ton seul réconfort.

Le Thénéryen braqua son regard cuivré sur sa mère.

— Les choses ne devaient pas se passer ainsi, se défendit-il. Je ne voulais pas que Cayden soit embarqué !

Léadah s'abstint de tout commentaire. Elle avait cru perdre ses deux fils, mais la mer en avait épargné un malgré tout.

— Le harfang… est-ce que…

Teagan n'osa pas prononcer la fin de sa phrase, de peur d'abîmer le mince espoir qu'il lui restait. La dernière fois qu'il avait vu le rapace, celui-ci gisait sur le sable, affaibli et bien loin de son ciel natal.

— Il se traînait sur la plage en geignant. Il était bon à abattre.

Teagan serra le poing malgré ses bandages, des larmes de rage brûlantes dans les yeux. Rien ne devait finir de cette façon ! Son entêtement inconsidéré avait causé plus de mal que de bien. La tête basse, il ne se retint de pleurer que parce que sa mère le regardait. Pendant un bref instant, il avait connu la joie de voler sur le dos d'un harfang, à qui il avait promis de rendre sa liberté. Mais en échange, il n'avait fait que le précipiter vers une mort lente et douloureuse.

— J'ai tué des poulets pour lui, déclara tout à coup Léadah en plongeant un linge propre dans la bassine qui reposait près du lit.

Sans comprendre, Teagan releva la tête vers elle, alors qu'elle essorait le tissu pour essuyer son front encore fiévreux. Teagan recula le visage en grognant, attrapant la main de sa mère.

— Mâm !

Le regard toujours aussi sombre, elle laissa son linge retomber dans l'eau claire de la bassine et confessa :

— Je ne pouvais me résigner à laisser mourir le harfang qui m'a ramené mon fils.

— Tu l'as nourri ? Vraiment ?

— Oh, j'ignore de quelle façon tu t'y es pris pour monter sur son dos, mais ici, personne n'a pu s'approcher de lui. Il s'est traîné sur les galets jusqu'à la petite crique. Je crois qu'il était prêt à y mourir, tu sais.

Le cœur de Teagan se serra brutalement, comme si on était en train de le lui écraser à pleine main. Il se sentait si intimement lié au harfang cendré que la seule pensée qu'il puisse périr l'anéantissait.

— Il n'était pas blessé, juste trop faible pour reprendre son envol. Alors, j'ai tué un gros poulet chaque jour. Je les lui lançais du haut des dunes.

— Mâm, souffla Teagan, tu es extraordinaire… Vraiment.

Léadah eut un pâle sourire.

— Ton oiseau est reparti hier. Quand je lui ai apporté sa volaille ce matin, il n'était déjà plus là.

— Oh… je vois.

Déçu, Teagan n'ajouta rien. Il aurait aimé le revoir, lui dire combien il lui était reconnaissant. Par orgueil, il aurait voulu caresser son plumage encore une fois, lui parler en se persuadant qu'il comprenait, mais après tout, il lui avait également promis la liberté. Le harfang avait rejoint son territoire infini par-delà la mer de nuages, et c'était une bonne chose.

— D'autres épreuves t'attendent maintenant, fils. Repose-toi. Quand tu seras prêt, nous parlerons.

Le Thénéryen hocha la tête, conscient que les choses n'allaient pas en rester là. Le pire était à venir.

9

ENFOIRÉS D'ALDÉBARIENS !
JE VOUS CHIE DANS LES BOTTES !
CAYDEN JAYCE

MAGNA-NUBES – EN DIRECTION D'ALDÉBARAN

L'Hélion perça le Magna-Nubes sous une aurore radieuse. Debout sur le pont principal, le visage baigné par les rayons tièdes des deux soleils d'Aldébaran, Alban de Nansac se sentait enfin de retour chez lui. Cette dernière expédition sur Thénérys n'avait pas été de tout repos, preuve en était avec le prisonnier révolté qui croupissait à fond de cale. Alban avait rarement été confronté à pareil insurgé.

Deux jours durant, Cayden Jayce n'avait cessé de hurler, provoquant et insultant tous ceux qui descendaient dans la cale. Une énième confrontation avec son second, Declan, avait failli virer au drame et se solder par un bain de sang, en faveur du Thénéryen.

Enragé par ses propos, son second au sang chaud s'était jeté sur le prisonnier qui avait répliqué malgré ses blessures, si bien qu'ils avaient ameuté le reste de l'équipage médusé. Il avait fallu pas moins de trois hommes pour les séparer, tant Cayden s'accrochait comme un forcené.

Depuis, il était lourdement entravé, enchaîné aux poignets et aux chevilles, à l'écart tout au fond de la soute, et n'était nourri que par des gamelles qu'on poussait jusqu'à lui à l'aide d'une longue perche en bois. Au premier essai, Cayden s'était jeté dessus et l'avait brisée d'un coup d'épaule, si bien que le lendemain, deux hommes étaient revenus. L'un poussant la gamelle sur le sol de la cale, l'autre tenant le prisonnier à distance avec une perche dont l'embout se finissait par une pointe de métal.

— Capitaine de Nansac ?

Tiré de ses pensées, Alban quitta des yeux un vol d'oiseaux qui escortait le navi dans l'espoir de grappiller quelques restes de nourriture, et fit signe à son second d'approcher.

— Dans quelques heures, nous serons chez nous. Enfin de retour à Ey'Nvala, déclara ce dernier dans un sourire en s'appuyant contre le bastingage sculpté.

Dans leur dos, les hommes s'activaient, galvanisés par une traversée de la mer de nuages sans encombre, et par les deux soleils de leur patrie qui brûlaient dans le ciel d'Aldébaran. Les grandes voiles du navi se gonflèrent dans un souffle chaud, sous l'effet de l'air qui sortait des valves en sifflant. Le bâtiment volant, véritable bijou de bois et de métal cuivré, amorça sa remontée rapide vers les îles qui composaient les nombreux archipels flottants d'Aldébaran, semblable à un majestueux oiseau cuirassé.

Déjà, la navigation aérienne devenait plus intense et bruyante. Après des jours à nuager dans le silence angoissant du Magna-Nubes, seulement troublé par les ultrasons puissants des manta-torpilles et les cris des harfangs sauvages en quête de viande, retrouver toute cette effervescence était bienvenu, presque réconfortant.

— En effet, approuva Alban. Néanmoins, j'aurais apprécié un retour plus calme. Une fois au port, le prisonnier sera évacué, puis transféré vers la prison d'arrêt de For'Baten. Je veux que cela se passe sans heurt, Declan.

Un sourire crispé déforma les traits de son second qui ne rêvait que de broyer le Thénéryen. Il vomissait les gens de son continent, et ne s'en cachait pas.

— Les forces compétentes viendront le cueillir lorsque nous amarrerons.

— Et l'autre frère ? l'interrogea Declan sans détour.

Alban jeta un regard en direction de son second, pas dupe sur ses intentions et arrière-pensées.

— Teagan... Sa folie lui a sans doute été fatale. Je doute fort qu'il ait survécu à la fois au harfang et à la tempête. À l'heure qu'il est, sa dépouille doit nourrir les delta-bélugas.

— Et si ce n'est pas le cas ? Ce genre de merde jouit toujours d'une chance insolente, cracha Declan avec froideur.

La poitrine d'Alban de Nansac se gonfla d'un profond soupir. Lui-même n'était pas fixé sur ses réelles espérances. Dymës la furieuse avait-elle avalé ce Thénéryen rêveur et empli de convictions inébranlables, ou bien l'avait-elle épargné pour la beauté de son geste fou ?

— Il vaut mieux pour lui qu'il ait trouvé la mort en mer, et que nous n'entendions plus jamais parler de lui...

Declan continua de fixer les premiers amas rocheux sans broncher, mais le lien spécial qui unissait son supérieur au jeune Teagan Jayce ne lui avait pas échappé. Trop souvent le gamin était monté librement à bord, conversant des heures durant avec de Nansac, à l'abri dans sa cabine. À vrai dire, ce qu'ils faisaient exactement, il n'en savait rien, mais les allées et venues du Thénéryen n'avaient pas lieu d'être à bord de l'Hélion ! Declan avait toujours gardé pour lui sa rancœur et ses reproches, conscient que malgré ses années de service auprès du capitaine, il n'obtiendrait pas gain de cause, mais maintenant que l'occasion lui était donnée d'enterrer les deux Thénéryens, il ne s'en priverait pas.

— Oui, en effet. Il vaut mieux, opina-t-il. Je ferai en sorte de m'en assurer lors de notre prochaine descente.

— Sans faire de vagues, Declan. Stent a toujours été une ville portuaire paisible, et je tiens à ce qu'elle le reste. Pour le commerce.

— Stent n'est pas la seule ville où nous pourrions descendre, fit remarquer Declan. Caelkirk est bien située, plus au nord.

— Mais son accès est plus dangereux. Il nous obligerait à emprunter le jet-stream et ses vents violents.

Alban fut ébloui par les reflets des soleils qui s'accrochaient dans les nombreux kilomètres de câbles rutilants qui reliaient les îles les plus importantes les unes aux autres. Sur l'immense pont suspendu qui raccordait la petite province flottante de Colton à Ey'Nvala, de nombreux Aldébariens s'étaient arrêtés pour observer le navi qui évoluait à travers les nuages encore rosés de l'aube.

— Vous savez que vous avez le meilleur équipage de navi de tout le continent, souligna cependant Declan. Nous serions capables de manœuvrer, même dans le jet-stream.

— En effet, je possède les meilleurs Nuageurs, et sans aucun doute le second le plus digne de confiance, Declan, aussi, je tiens à garder tout mon équipage intact, sans prendre le moindre risque.

Declan réprima un sourire amer, tandis qu'un profond soupir secouait sa large poitrine. Le Nuageur au visage buriné, encore bien abîmé par les coups de la fratrie Jayce, avisa son capitaine, avant de lâcher avec ironie :

— Gardez ce langage pour le reste de l'équipage qui n'entend rien aux flatteries déguisées… Je suis de ceux qui voient au-delà. Je ne me contenterai pas éternellement d'une place de second.

— Prends garde, Declan. La grandeur est l'ennemie de l'homme.

Un silence tendu s'installa soudainement entre les deux hommes, troublé par les cris de joie des enfants qui retentissaient sur le pont suspendu au-dessus de leurs têtes. Sourire aux lèvres, ils battaient des mains dans leur direction.

Saluant les badauds qui se penchaient par-dessus les garde-fous, filant sur toute la longueur du pont de fer flottant, Alban de Nansac reprit tout de même :

— Libre à toi de quitter l'Hélion et de monter ton propre commerce, Declan. Nous ne partageons pas les mêmes valeurs, mais tu possèdes une ambition dévorante qui te propulsera sans doute bien plus loin que moi. J'ai confiance en tes capacités de meneur, tu le sais. C'est pour cette raison que je te confie certaines missions que d'autres ne peuvent effectuer. Néanmoins, si tu le souhaites réellement, je te conseillerai même pour l'achat de ton navi, ou le recrutement de tes Nuageurs. Mais en attendant que ce jour arrive, tu restes le second à bord de mon vaisseau, et j'en suis le capitaine.

Comprenant qu'il avait sans doute poussé trop loin la patience de son supérieur, Declan baissa la tête avec déférence, avant de saluer à son tour le petit groupe d'enfants en culottes courtes qui hurlaient dans leur direction.

Lorsque l'Hélion passa sous le pont, l'un des Nuageurs actionna une grosse vanne et lâcha un jet de vapeur qui s'étira en mugissant, plongeant une partie du pont dans un brouillard blanc, au plus grand plaisir des enfants.

Les façades brillantes à colombages des premières maisons d'Ey'Nvala se découpèrent, puis le port aérien leur apparut. De nombreux navis y étaient amarrés, et les quais se trouvaient envahis par les dockers qui chargeaient et déchargeaient de jour comme de nuit des marchandises précieuses venues des quatre coins du continent.

Manœuvrant avec une habileté remarquable, les Nuageurs stabilisèrent l'Hélion à la place qui lui était attribuée et lancèrent les cordages autour des points d'amarrage.

ALDÉBARAN - île DE SIRIUS – PROVINCE D'EY'NVALA

— Moins vite, mademoiselle Cécilie !

— Oh, je vous en prie, Bertille ! Allons, hâtez-vous !

Trottinant difficilement derrière mademoiselle Cécilie de Sand, la vieille Bertille suait et soufflait, ses cheveux d'argent rassemblés en chignon sur sa nuque. Au service de la famille de Sand depuis près de trente ans, la gouvernante avait connu madame Garance, morte en couche à la naissance de sa fille. Une femme douce et charmante, d'une patience infinie, au rire clair, qui contrastait étonnamment avec la froideur de monsieur Harry. Cécilie avait hérité des traits fins de sa défunte mère, ainsi que de sa peau de nacre et de ses magnifiques cheveux bouclés. En revanche, elle possédait les mêmes yeux gris que son grand-père maternel, qu'elle n'avait malheureusement jamais connu non plus.

Du haut de ses vingt ans, curieuse et malicieuse, Cécilie n'avait pas sa langue dans sa poche, et n'hésitait pas à user de sa répartie pour repousser les prétendants les plus tenaces. La fortune de Lord Harry de Sand s'était bâtie sur une décennie entière, de quoi attirer des vautours en tous genres. Son propre père avait autrefois bâti un empire dans l'industrie militaire et navale, qu'il avait fait fructifier auprès des plus grands noms. Aujourd'hui, le nom de Sand était gravé sur tous les canons de guerre.

— Mademoiselle Cécilie, je vous en prie, ralentissez. Je n'arrive pas à vous suivre.

Sans prêter la moindre attention à sa pauvre gouvernante, Cécilie pressa le pas, ses bottines vernies, boutonnées jusqu'à mi-mollet, claquant joyeusement sur les pavés lustrés de l'avenue. Vêtue d'une longue robe étagée vert sombre, à plastron et col montant, son ombrelle en dentelle à la main, Cécilie passait devant les différentes boutiques, dont les devantures colorées et luxueuses s'étendaient le long des trottoirs fleuris.

Quelques mèches bouclées s'échappaient gaiement de son chignon, au grand dam de Bertille qui se lamentait.

— Quelle mouche vous pique donc ?

— J'ai décidé qu'aujourd'hui, je me rendrais au port ! s'exclama Cécilie d'un ton enjoué.

— Au port ? Miséricorde ! Mais votre père l'a interdit ! Le port n'est pas un endroit fréquentable pour une jeune fille convenable.

— Sans doute ne suis-je pas aussi convenable qu'il le pense !

Dans un léger rire, Cécilie s'arrêta subitement devant la jolie mercerie de madame Colleen Olson, réputée pour la qualité de ses étoffes.

— Regarde comme ces rubans sont beaux ! s'extasia Cécilia en désignant un panier en osier garni de rubans en satin arc-en-ciel, tous différents, disposé dans la vitrine.

— Très jolis, approuva immédiatement Bertille avec enthousiasme, soulagée que sa jeune maîtresse oublie le port, qui n'était rien d'autre qu'un horrible lieu de perdition selon son père.

Cependant, son répit fut de courte durée.

— En effet, reprit Cécilie sur le ton de la conspiration. C'est pourquoi je te charge d'en choisir quelques-uns avec soin. Ainsi qu'un nouveau tissu velours pour une robe. Peu importe la couleur. Et de la dentelle fine !

Un fiacre passa bruyamment sur les pavés, tiré par deux Mécas chevaux, toutes de cuivre et de pistons bien huilés, estampillées des initiales F&H, couvrant les récriminations de la pauvre gouvernante.

Cécilie attrapa ses mains avec tendresse.

— Bertille, s'il te plaît. Fais-moi plaisir. Prends ton temps pour effectuer ces achats, ne regarde pas à la dépense. Ainsi, mon père ne verra en cette sortie que badineries et frivolités, et cela n'éveillera pas ses soupçons.

— Mademoiselle...

— Bertille, tu sais bien que mon père ne voit en moi qu'une femme sans envergure, destinée uniquement à un bon mariage, à faire des enfants, à bien se tenir en société...

Bertille poussa un profond soupir et laissa un sourire étirer ses lèvres avant de hocher la tête, vaincue par tant de volonté.

— Très bien, je vous couvrirai. Mais en échange, je vous demande expressément de ne pas vous fourrer dans les ennuis. Vous avez une fâcheuse tendance à les attirer.

Cécilie éclata de rire et embrassa sa gouvernante sur la joue.

— Merci, Bertille. Et n'aie crainte, je serai de retour ici même dans une heure. C'est promis.

— Filez ! J'ai fort à faire maintenant avec tous ces tissus, grommela la vieille femme.

Cécilie acquiesça avec un sourire et s'éloigna le long de l'avenue, ombragée par des bordées de magnifiques albizias roses. Dans le ciel d'Ey'Nvala, le trafic aérien était intense, bruyant, et tout s'harmonisait dans un ballet instinctif entre les monoplaces volants de petite taille, rapides et très maniables, destinés aux courses brèves, les aéronefs de transport plus lourds et lents, occupés par des passagers voyageant d'une île à l'autre, et les navis qui assombrissaient le ciel de leurs immenses voiles lorsqu'ils surgissaient au-dessus des maisons.

Placardées à chaque coin de rue, de grandes affiches, très colorées, annonçaient l'évènement tant attendu par les Aldébariens : la prochaine Méca Race. Elle se déroulerait cette année sur plusieurs îles, le périple débutant sur celle de Sirius, dans les plaines bordant Ey'Nvala, passant ensuite par le désert de Nahara, puis par les cols Sanglants de la petite île sauvage de Sol, jusqu'à rejoindre à nouveau l'autre côté de Sirius, où la dernière étape consisterait en une longue course d'endurance, à travers les ravines et les terrains accidentés.

— Vous m'achetez une revue, lady ?

Cécilie avisa le gamin qui l'interpelait. Les cheveux en broussaille, vêtu d'une chemise bien trop grande pour lui et d'un pantalon large retenu par des bretelles, il portait une sacoche en bandoulière, de laquelle dépassait une énorme liasse de journaux.

— Non, merci, refusa la jeune femme qui s'éloignait déjà.

— Vous ne trouverez rien de mieux que le *Murdoch Times* ! s'écria le garçon en interpellant les passants.

— Le *Murdoch Times* ? Attends ! Je vais t'en prendre un exemplaire, décida subitement Cécilie.

— Une tôve, sourit le garçon en tendant sa paume.

Cécilie lui donna une pièce que le gosse s'empressa de fourrer dans sa poche, avant de lui tendre son exemplaire.

Les ateliers Murdoch, ainsi que l'imprimerie du même nom, se situaient en périphérie de la ville et faisaient grand bruit. Leur patron, le très distingué et non moins charmeur Maddox Murdoch, était le dernier descendant d'une longue lignée d'opposants au régime, imposé par la famille Folkaney, qui se transmettait le pouvoir de génération en génération.

Cécilie avait entendu dire que Maddox Murdoch collectionnait les livres, ainsi que des sables rares provenant de multiples endroits du monde – notamment de Thénérys –, qu'il aimait le théâtre et la musique, mais que son plaisir résidait en de longues promenades à cheval. À ce que l'on racontait, il possédait même un spécimen très rare, importé directement du continent du Bas. Que n'aurait-elle pas donné pour rencontrer, ne serait-ce qu'une seule fois, cet homme énigmatique qui osait remettre en question l'ordre établi par le Gouverneur !

L'âme naturellement révoltée de la demoiselle de Sand brûlait d'envie de croiser Maddox Murdoch, peut-être au détour d'une balade le long du canal de Knox, ou dans le parc Dalverny. Elle était certaine qu'elle aurait pu refaire le monde avec cet homme, dont les principes rejoignaient les siens. Malheureusement, son père, Harry de Sand, était un proche partisan des Folkaney. Régulièrement, ils se recevaient, aussi Cécilie était-elle souvent amenée à subir la présence du fils Folkaney, William. Les deux jeunes gens n'avaient rien en commun, hormis fortune et noblesse, et si pendant un temps, William Folkaney avait jeté son dévolu sur elle, au grand plaisir du patriarche de Sand, le comportement impertinent de sa fille et son audace à montrer une opinion divergente avaient usé la patience du lord.

Cécilie parcourut rapidement les gros titres du journal. La nouvelle bibliothèque serait inaugurée par le Gouverneur d'ici quelques jours, et Cécilie vit en cela un signe. Son père s'y rendrait certainement, afin de prouver son soutien indéfectible à la famille Folkaney et, parce qu'il était bon de se montrer en public à ses côtés, elle l'y accompagnerait. À la première occasion, elle filerait en douce, bien entendu, à la recherche de ce charismatique monsieur Murdoch qui ne manquerait certainement pas une occasion pareille…

Forte de cette idée, Cécilie plia soigneusement sa revue du *Murdoch Times* et la déposa sur un banc, l'air de rien. Elle ne pouvait se permettre de rentrer chez elle avec « pareil torchon ».

Ses flâneries la conduisirent jusqu'au port. Émerveillée, elle déambula entre les chariots chargés de tissus, de poissons et d'épices. De loin, elle repéra les voiles de l'Hélion. Le capitaine était un ami de la famille, aussi se dirigea-t-elle sans hésitation vers le bâtiment volant. Résolue à monter à son bord, elle s'engagea sur la passerelle de bois, tout à coup intriguée par les cris de fureur qui provenaient du pont supérieur.

— Enfoirés d'Aldébariens ! Je vous chie dans les bottes !

— Qu'on le fasse taire ! s'écria de Nansac, dépassé par l'ampleur que prenait la remontée de ce remuant passager.

Dans un profond soupir, il se massa les tempes, lassé. Tout ce vacarme jouait avec ses nerfs. Il n'avait à présent plus qu'une seule envie : rentrer chez lui et retrouver sa famille.

Pour l'heure, il devait veiller à ce que le Thénéryen soit envoyé dans les geôles de la ville pour un court séjour, le temps d'être jugé et envoyé à For'Baten. S'ensuivrait un long rapport dont la rédaction l'assommait déjà.

Figée sur la passerelle, Cécilie ne put retenir un sourire devant le flot d'injures qui fusaient de l'Hélion, toutes crues et très imagées. Bien qu'elle ne puisse pas voir l'homme en question, la jeune femme en dressa un rapide portrait dans sa tête avant d'être brutalement ramenée à la réalité lorsqu'un coup de feu retentit sur le pont. Dans un sursaut, elle s'agrippa de toutes ses forces à la passerelle, exaltée. De toute sa vie, elle n'avait jamais connu une situation aussi excitante, et la sensation s'avérait grisante. Un bruit de cavalcade galopa contre les planches de bois, puis une haute silhouette furibonde se découpa en haut de la passerelle. Cécilie en eut le souffle coupé, toujours à mi-chemin sur la passerelle entre le quai et le pont de l'Hélion, suspendue au-dessus du vide. Il y eut une seconde d'hésitation entre eux. Un échange silencieux, mais intense. Visiblement, elle était sur sa route. Sur son seul point de fuite. Et dans son dos, les cris colériques de l'équipage se rapprochaient beaucoup trop vite.

Le prisonnier fonça vers elle dans un raclement de chaîne, poursuivi par le second du capitaine, et la bouscula au passage. Elle poussa un léger cri, plus outrée que choquée par ce comportement, mais le regard rouge braise qui se planta en elle lui vola un frisson incontrôlable.

— Arrête-toi, chien ! hurla Declan en sortant son arme.

Une nouvelle détonation claqua dans l'air, semant le trouble parmi les dockers et les passants. Curieux, les gentlemans s'arrêtèrent, canne à la main, sans se douter une seconde du drame qui se jouait. Bien loin d'obtempérer, le fugitif parcourut les derniers mètres de passerelle en courant, bondit sur le rebord du quai, jusqu'à ce qu'une balle déchire son épaule. Cécilie ne put retenir son cri lorsque l'inconnu bascula en avant, une large bavure de sang s'étalant dans son dos. Tremblante, elle le vit tomber à genoux, lutter et se redresser, mais sa chute, aussi brève fut-elle, suffit à Declan pour le rejoindre et lui asséner un violent coup de crosse derrière la nuque. Cette fois, le fugitif s'effondra pour de bon.

Dans le même temps, Alban de Nansac débarqua sur la passerelle, et se figea en l'y découvrant.

— Cécilie ? Mais que faites-vous ici ?

Encore tremblante, la jeune femme ne détournait pas les yeux de l'homme qui gisait à terre.

— Qui est-ce ? demanda-t-elle alors qu'Alban la rejoignait, inquiet.

— Un prisonnier Thénéryen. Vous a-t-il fait mal ?

Elle secoua la tête, troublée par le regard rouge qu'elle avait discerné à travers d'épais cheveux bruns. À une dizaine de mètres de là, un attroupement s'était formé autour de Declan et du Thénéryen, aussi, Alban dut-il se charger lui-même de les éloigner en attendant l'arrivée des forces de l'ordre.

Afin que Cécilie n'assiste pas à tout cela, il la fit patienter dans sa cabine, mais de là où elle se trouvait, la jeune femme eut tout le loisir d'observer la scène par le hublot. Lorsque le corps inerte du prisonnier fut traîné sur le sol sans ménagement, puis jeté dans un fiacre blindé, son corps tout entier se tendit de manière inexplicable. Dans son dos, la porte de la cabine s'ouvrit tout à coup, l'arrachant à sa contemplation.

— Votre père sait-il que vous êtes ici ?

— Absolument pas, répondit-elle dans un léger rire qui s'estompa lorsqu'elle avisa Alban occupé à essuyer ses mains sur un linge.

Les revers de ses manches étaient ourlés de sang. Celui du Thénéryen.

— J'ignorais que les Thénéryens faisaient partie de vos nouvelles cargaisons, déclara-t-elle en plissant les yeux.

Alban considéra la jeune femme qui lui faisait face, peu surpris par sa réflexion. La fille d'Harry avait toujours eu l'esprit révolté et rebelle.

— Allons donc, qu'allez-vous imaginer ? Il ne s'agit nullement de trafic humain.

— Ce n'est pas ce que j'ai dit, rétorqua-t-elle en haussant les épaules, vexée.

— Mais sans doute l'avez-vous pensé trop fort.

Alban ne put se retenir de rire devant sa mine déconfite.

— Ce prisonnier vient de Stent. Il se nomme Cayden Jayce. Son frère et lui ont semé le trouble sur mon navi, peu avant le décollage. Le premier a volé le harfang que je réservais à William Folkaney. Quant à lui, il a fait exploser un baril de poudre. J'ai perdu de la marchandise, un oiseau de valeur, et beaucoup de temps.

Cécilie ne put s'empêcher d'éclater de rire en imaginant la mine qu'allait faire William lorsqu'il apprendrait la perte de son oiseau.

— Cela apprendra à ce cher William que tout ne s'obtient pas par l'argent.

Alban ne pouvait se permettre de rire, mais il n'en pensait pas moins. L'arrogance du fils Folkaney était en grande partie due à l'incroyable fortune de son père. Cependant, il poussa un profond soupir.

— En attendant, c'est moi qui vais perdre ma prime à cause de ce Thénéryen.

— Que va-t-il advenir de lui ?

Alban retourna les manches de sa chemise, dévoilant les tatouages pigmentés sur son avant-bras, puis laissa son regard errer par le hublot rond. Celui-là même par lequel Teagan Jayce avait regardé tant de fois.

— Pour l'heure, il va passer la nuit en prison. Il sera rapidement jugé, et certainement envoyé dans les mines de Kinefall.

Un éclair froid traversa les jolis yeux gris de Cécilie. L'injustice avait toujours été une cause qui lui tenait à cœur, et malgré les dégâts causés par le Thénéryen, elle doutait fortement que le préjudice soit à la hauteur de la punition.

— Pardonnez-moi, Alban, mais il me faut rejoindre ma gouvernante. Je lui ai promis de ne pas m'absenter trop longtemps.

Le capitaine de l'Hélion approuva et la raccompagna lui-même sur le quai.

Lorsque Cécilie revint sur ses pas, Bertille patientait devant la boutique de Colleen Olson, plusieurs boîtes posées à côté d'elle.

— Enfin ! s'exclama-t-elle en l'apercevant.

— Pardonne-moi, Bertille. Si tu savais ce à quoi j'ai assisté aujourd'hui !

La panique acheva d'écarquiller les yeux de la vieille femme.

— Allons bon ! Vous aviez promis de ne pas vous attirer d'ennuis.

Cécilie se chargea elle-même de prendre une boîte de rubans, et rit, exaltée.

— Écoute donc l'histoire que je vais te raconter !

Pendant tout le chemin du retour, la jeune femme décrivit à sa gouvernante son étrange rencontre avec le Thénéryen. La façon dont il avait surgi, comme un animal sauvage jaillissant hors de sa tanière. Celle dont il l'avait bousculée et s'était enfui, avant d'être brutalement stoppé par une balle. Tout à son enthousiasme, elle omit cependant de parler de la couleur troublante de ses yeux. Elle n'avait pas eu peur, bien au contraire. La fureur du prisonnier l'avait fascinée, et elle portait encore au fond de la rétine les orbes rouges de cet homme qui avait tout d'un animal. *Animal, dans son sens le plus noble,* songea-t-elle.

— Vos joues rosissent, mademoiselle Cécilie, lui fit remarquer Bertille.

— La moiteur des fins d'après-midi est insupportable, se contenta de répondre la jeune femme en ignorant volontairement les allusions de sa gouvernante.

10

UN ADIEU SILENCIEUX, POUR ÉPARGNER CEUX QUE TU AIMES.
TEAGAN JAYCE

THÉNÉRYS – VILLE DE STENT

Il fallut seulement quelques jours à Teagan pour se remettre complètement de son expédition, pourtant, Léadah avait formellement interdit toute visite à son chevet, inquiète du mutisme dans lequel son fils s'était plongé. C'était à peine s'il mangeait, refusant presque systématiquement les bouillons de poule qu'elle lui apportait.

Teagan avait récupéré les sensations dans chacun de ses membres. Celles-ci s'étaient d'abord manifestées par de légers picotements, puis par une chaleur intense qui avait fini par disparaître au bout de quelques heures. Dès qu'il avait pu poser le pied hors de la couchette de son frère, en étant certain de ne pas s'effondrer cette fois, Teagan avait clopiné dans la chambre avec prudence, puis retrouvé toute son assurance. Pour autant, il n'était pas encore descendu voir sa mère. Il n'en avait pas la force. Croiser son regard éteint depuis l'enlèvement de Cayden, supporter ses reproches silencieux, entendre ses pleurs la nuit, tout cela était insurmontable.

Son orgueil l'avait trahi, précipitant son frère dans la cale de l'Hélion, sans qu'il n'ait le moyen de lui venir en aide. Cette pensée le rendait fou. Il passait ses journées à faire les cent pas dans la chambre, ressassant en boucle les derniers évènements. Sa rancœur l'avait tout d'abord mené à croire que l'unique responsabilité incombait à Alban de Nansac. S'il avait accepté d'envoyer l'Hélion survoler la mer… S'il avait envoyé l'un de ses Harfangueurs… S'il l'avait écouté ! Avec des si, Teagan aurait refait sa vie entière.

Il s'était pris à haïr ce capitaine qu'il adulait tant, avant de comprendre que rejeter la faute sur cet homme n'était qu'un moyen d'échapper à la culpabilité qui le rongeait. Pour autant, Teagan avait bien conscience qu'en une seconde, leurs vies avaient basculé, et que leurs rapports ne seraient plus jamais les mêmes. À présent, ils étaient ennemis.

Le regard vide, Teagan fixait depuis de longues minutes la nappe de nuages gris qu'il apercevait à travers sa fenêtre, puis brutalement, il fit volte-face. Du coffre, il tira deux chemises – les seules qu'il possédait –, ainsi qu'un pantalon de cuir fin. Il suffoquait tout à coup, écrasé par le poids de la colère. Une colère sourde, dirigée contre lui-même, et qui s'était peu à peu muée en rage. Il ne pourrait se terrer éternellement dans cette chambre miteuse, pas plus qu'il ne pourrait encaisser les regards de tous les habitants de Stent à chaque fois qu'il mettrait le pied dehors. Oh, bien sûr, personne ne lui ferait de reproches, car après tout, il avait bravé la tempête et sauvé Lohm d'une mort terrible. Le gamin était un miraculé... Mais derrière les étreintes et les remerciements de Pirène se cacheraient pitié et compassion. Après les effusions et les embrassades viendraient les questions sans réponses : Cayden était-il toujours en vie ? Si oui, où se trouvait-il exactement ? Dans quelles conditions ?

Aux yeux de tous, il ne serait plus Teagan le Sauveur, mais Teagan l'Orgueilleux, qui avait envoyé son frère à la mort. Cette pensée lui arracha un frisson glacé.

À genoux sur le sol de la chambre, il tira une gibecière de sous la couchette de son frère. Elle était usée et rapiécée de bout en bout, mais il y fourra malgré tout ses vêtements. Teagan ne savait pas exactement ce qu'il était en train de faire ni ce qu'il ferait d'ailleurs une fois hors de Stent, mais son esprit, aussi embrumé et délirant fût-il, le guidait inexorablement vers une seule et unique évidence : traverser à tout prix le Magna-Nubes.

Animé par cette pulsion, il se redressa si vite que la tête lui tourna. Le sol tangua sous ses pieds un bref instant, puis les étoiles noires qui dansaient devant ses yeux s'estompèrent. Ce fut à ce moment qu'il se rendit compte à quel point il était affamé ! Une seconde plus tard, la sacoche tombait sur le parquet.

— Mâm ! s'écria-t-il en dévalant l'échelle de bois qui donnait sur le niveau inférieur de la maison.

Occupée à tailler des légumes pour la soupe, Léadah sursauta si violemment qu'elle faillit se trancher un doigt.

— Teagan ! Bon sang, par tous les vents ! Tu m'as fichu une de ces frousses !

Après des jours de mutisme et d'immobilité inquiétante, voilà que son fils se tenait devant elle, l'air hagard, débraillé et tremblant. Immédiatement, elle songea à une mauvaise fièvre tant ses yeux rouges brillaient à la lueur de l'âtre.

— Fils, tu te sens bien ?

— J'ai faim, déclara-t-il seulement en prenant place à table.

Léadah hocha la tête en silence, posa son couteau sur la planche en bois, puis se leva en essuyant ses mains sur son tablier. Elle garnit une assiette de lanières de poisson fumé, accompagnées de galettes épaisses qui reposaient sous le torchon près du poêle. Tièdes et odorantes, elles attisèrent immédiatement l'appétit vorace de Teagan qui se jeta dessus. À mains nues, il arracha des morceaux de galette qu'il enfourna dans sa bouche et avala sans même les mâcher. Deux fois, il manqua de s'étouffer sous le regard atterré de Léadah. Constatant que le poisson fumé allait subir le même sort, et être englouti sans la moindre considération, elle frappa du poing sur la table, furieuse.

— Teagan James Connor Jayce !

La bouche pleine, son fils se figea, les yeux écarquillés, et les doigts plongés dans son assiette.

— Écoute-moi bien ! Je ne sais pas quelle fièvre te pique, mais tu vas me faire le plaisir de manger correctement ! Et lorsque tu auras terminé, tu iras au puits pour te laver ! Tu pues la vieille bête à cornes ! Me suis-je bien fait comprendre ?

Incapable de parler, Teagan hocha la tête et déglutit en silence. Honteux, il baissa les yeux, avisa le carnage, et se servit des couverts que sa mère avait posés pour lui.

— Bien ! approuva cette dernière en retournant à ses légumes.

Passant sa langue sur ses dents, Teagan songea que sa mère pouvait paraître terrifiante lorsqu'elle se mettait en colère. Cette pensée lui tira un sourire alors qu'il débarrassait la table de son assiette. Adossé contre l'évier de la cuisine, il contempla sa mère, assise en bout de table, qui lui tournait le dos. Avait-elle toujours eu cette position si voûtée ? Le jeune homme observa le moindre de ses gestes avec une attention toute particulière. Il savait que c'était sans doute la dernière fois, alors, avec minutie, il grava quelques détails au fond de sa rétine : le rythme régulier du couteau sur la planche en bois, la façon qu'avait sa mère de replacer sa mèche de cheveux derrière son oreille, son profil à la fois doux et sérieux. Détails insignifiants pour les autres, mais si précieux pour lui. Avec tendresse, il embrassa sa joue et ferma les yeux une seconde. Ce contact-là resterait également imprimé tout au fond de son cœur, de même que le sourire qu'elle lui offrait à cet instant.

— Je vais au puits, souffla-t-il.

— Ne reste pas dehors trop longtemps, il fait un temps exécrable. Oh, j'y pense ! Tu pourras ramener les œufs du poulailler en revenant.

Teagan hocha la tête, puis quitta la cuisine sans un regard en arrière.

Torse nu, les cheveux trempés, Teagan ramassa sa chemise sale et ses bottes posées sur la margelle du trou d'eau. Il fit un rapide détour par le poulailler, puis regagna l'entrée à pas lents. Chaque mètre qu'il parcourait lui tordait un peu plus l'estomac. Sa mère n'était plus dans la cuisine, aussi déposa-t-il les œufs dans un panier.

— Mâm ?

Il n'obtint aucune réponse. Le silence agit sur lui comme un coup de fouet !

Comme une ombre, Teagan remonta l'échelle et avança jusqu'à sa chambre. Son regard se posa immédiatement sur la gibecière qui gisait sur le sol. Résolu, il l'empoigna par la bandoulière et la jeta sur le lit de son frère. D'ici, il n'avait pas grand-chose à emporter et il se refusait à voler sa mère, mais il savait où trouver de l'aide.

Il avait mis ses deux seules chemises propres dans son sac. La troisième, roulée en boule sur le lit, puait la transpiration et l'humidité, aussi en emprunta-t-il une à Cayden. Un peu grande pour sa carrure plus fine que celle de son frère, l'échancrure flottait sur son torse. Teagan resserra les lacets qui la fermaient et retroussa les manches jusqu'aux coudes. À la hâte, il boucla une large ceinture autour de sa taille, puis enfila son blouson de cuir par-dessus. Le col en fourrure, bien fourni et d'une bonne épaisseur, le protégerait un peu de la pluie et du froid. Cette fois, il était prêt.

Pendant de longues minutes, Teagan demeura figé, incapable de prendre une décision. *Allez ! Bouge-toi !*

Barricadant ses faiblesses et ses remords à venir, Teagan se mordit la joue à sang pour se laisser envahir par une autre sorte de douleur. Celle-ci ne durerait pas longtemps, mais serait suffisante pour lui permettre de s'éloigner sans flancher, et sans se retourner. Passant la sacoche en bandoulière, il rabattit ses cheveux cuivrés vers l'arrière de son crâne. *C'est maintenant ou jamais !*

Sans plus attendre, Teagan bondit hors de chez lui. Courbé, il se faufila de bâtisse en bâtisse, avant de regagner une ruelle étroite et déserte.

À cette heure sombre de la journée, les Maraudeurs commençaient à quitter leurs galeries, aussi le Thénéryen pressa-t-il le pas. Cayden fricotait avec eux depuis quelques mois et s'en mettait plein les fouilles, mais pour Teagan, ils n'étaient qu'un ramassis de slugs.

Les mains enfoncées dans les poches de sa veste, Teagan remonta son col au maximum, la tête volontairement baissée tout le long du chemin. Il ne croisa que très peu de monde.

Avec un peu de chance, Teagan arriverait chez Hannah avant qu'elle ne parte rejoindre son père pour l'aider. Jetant un coup d'œil derrière lui, il fixa l'obscurité qui semblait tout avaler sur son passage. La désagréable impression d'être suivi depuis qu'il avait fui son domicile ne le quittait pas. Durant de longues secondes, il resta immobile, scrutant les formes qui se découpaient dans le brouillard, mais personne ne vint troubler le silence. *La peur te fait voir et entendre des choses qui n'existent nulle part ailleurs que dans ton esprit. Ressaisis-toi, Teag !* Finalement, il s'avança jusqu'au portillon de la maison de Fletcher, qui s'ouvrit dans un affreux grincement. La main sur la grille métallique, Teagan se crispa. *Il devrait penser à huiler les gonds,* songea-t-il en le refermant derrière lui. À moins que l'aubergiste ne laisse volontairement cette vieille ferraille grincer, plus efficace qu'un chien de garde. Fletcher n'aimait pas recevoir de visite impromptue, ce n'était un secret pour personne à Stent. L'homme était réputé pour son avarice légendaire, et jamais il ne déboucherait une bouteille qu'on ne lui payerait pas.

Le visage d'Hannah apparut derrière le rideau, sans doute alertée par le grincement du portail. Plongé dans l'ombre, Teagan laissa passer quelques secondes avant de se montrer, s'assurant qu'elle était bien seule. De l'autre côté de la fenêtre, son amie eut un mouvement de recul lorsqu'il surgit, puis son regard s'éclaira quand elle le reconnut. D'un signe de tête, elle lui indiqua la porte d'entrée.

— Teagan ! s'exclama-t-elle en lui ouvrant. Mais…

Ce dernier ne lui laissa pas terminer sa phrase et s'engouffra à l'intérieur en refermant brutalement la porte.

— Teag ! Mais enfin, qu'est-ce qui se passe ? Et qu'est-ce que tu fais ici ?

— J'ai besoin de ton aide, Hannah ! annonça-t-il sans détour.

— Il est arrivé quelque chose à ta mère ? s'inquiéta-t-elle immédiatement en nouant son châle autour de ses épaules, prête à partir.

— Je m'en vais.

La jeune femme s'immobilisa, la bouche ouverte, les yeux écarquillés. Semblant ne pas comprendre – ou le refusant –, elle secoua la tête.

— Léadah sait que tu es ici ?

— Bien sûr que non ! Hannah, je suis très sérieux. Je pars à la recherche de mon frère, et tu es la seule à pouvoir m'y aider.

Elle le dévisagea avec gravité.

— Je ne comprends pas…

— J'ai besoin de provisions. De quoi tenir quelques jours.

Désemparée, Hannah triturait à présent ses mains avec force.

— Mon père m'attend au Bosquet, Teagan. J'allais partir et...

— Hannah ! gronda Teagan.

Cette fois, elle sursauta, les lèvres tremblantes.

— Mais tu ne reviendras jamais de là-haut ! s'écria-t-elle tout à coup. Je refuse que tu t'embarques toi aussi dans une mission suicide !

— On parle de Cayden ! Tu voudrais que j'abandonne mon frère, alors que je l'ai sacrifié pour sauver la vie d'un autre ?

— Tu ne l'as pas sacrifié, murmura Hannah, les yeux bordés de larmes. Il a agi en toute connaissance de cause, j'en suis certaine. Ton frère passait son temps à narguer les Aldébariens au Bosquet, à les défier dans des jeux de cartes et de dés stupides ! Je suis certaine qu'il a sauté à pieds joints sur l'occasion que tu lui offrais de mettre un navi à feu et à sang... Teagan, nous nous connaissons tous les trois depuis l'enfance, je ne veux pas te perdre toi aussi.

À mesure qu'elle parlait, la patience de Teagan s'amenuisait. Sa mère n'allait pas tarder à se rendre compte de sa fuite, et le premier endroit où elle se précipiterait serait ici même. Alban de Nansac n'en resterait sûrement pas là, mais il ne pouvait pas rester à attendre bien sagement que le capitaine revienne le chercher ! Lui ne ferait pas le voyage à fond de cale, enchaîné comme un criminel. Peut-être que la majorité des habitants de Stent le protégeraient pour son acte héroïque, mais d'autres se chargeraient de le livrer pour éviter les représailles, ou en échange d'une récompense.

— Je suis bien revenu de la tempête, Hannah.

— Avec des idées folles en tête ! s'emporta son amie.

— Ce ne sont pas des idées folles ! Cayden est là-haut ! De l'autre côté des nuages !

— Oui, et toi, tu es de ce côté-là pour une bonne raison !

Butée, Hannah pressa ses lèvres avec force. Elle refusait de discuter davantage, alors Teagan s'empara de sa main gauche.

— Hannah... tu portes au pouce une bague de promesse. Tu vas faire ta vie, te marier, avoir des enfants. Tu vas vivre heureuse à Stent, mais moi, je ne le pourrai jamais en sachant que j'ai abandonné mon frère à son sort. Je t'en prie, aide-moi...

— Je suis désolée, refusa-t-elle dans un souffle. Je ne peux pas... T'aider à partir serait comme t'aider à mourir.

Son inquiétude s'opposait farouchement à la détermination à toute épreuve du Thénéryen. Les deux jeunes gens se dévisagèrent en silence, aucun ne voulant céder un pouce de terrain. Puisque la douceur ne fonctionnait pas sur Hannah, pas plus que la colère, Teagan changea d'angle d'attaque. Dans un profond soupir, il réajusta la sangle de son sac sur son épaule avant de se tourner vers la porte.

— Très bien, je comprends. Prends soin de toi, Hannah. Adieu, alors.

Dans son dos, Hannah lâcha une plainte désespérée, et alors qu'il soulevait le loquet pour sortir, elle s'écria :

— Attends !

Un sourire satisfait passa sur les lèvres de Teagan. Il avait joué avec la corde sensible de la jeune femme, certain que ses derniers mots teintés de fatalité éveilleraient sa culpabilité. Cette petite manigance ne lui tirait aucune honte. Tout ce qui lui permettait de se rapprocher de son objectif était acceptable, peu importait la manière. Conservant son expression contrariée, il relâcha la poignée et lui fit face.

— N'essaye pas de me retenir, Hannah. Je n'ai plus de temps à perdre.

— Je vais t'aider, lui assura-t-elle en appuyant sa main contre la porte qu'il voulait franchir. Il n'y a rien ici dont mon père ne remarquera pas la disparition, mais prends ce dont tu as besoin au Bosquet. En arrivant, je m'arrangerai pour t'ouvrir la trappe du cellier qui donne sur l'extérieur. Tu n'auras qu'à descendre les escaliers et te servir… J'allumerai une chandelle sous le porche lorsque la voie sera libre.

Sa voix était tout à coup très calme, ses yeux à peine humides. Teagan la considéra une seconde, puis se détendit enfin. Reconnaissant, il la serra contre lui avec force.

— Merci, Hannah, souffla-t-il contre son oreille.

Son amie d'enfance frissonna, puis le repoussa.

— Ce n'est pas pour toi que je le fais, mais pour ta mère. Je ne pourrais plus jamais la regarder en face si je te laissais partir sans te donner de quoi survivre un minimum. Si tu meurs, au moins, ça ne sera pas de faim, ajouta-t-elle dans un rictus crispé.

Teagan eut un léger rire entendu, puis déposa un baiser sur sa joue.

— Je penserai à toi quand j'agoniserai dans le Magna-Nubes en savourant mon dernier lambeau de viande séchée.

— Imbécile ! s'écria Hannah, la voix étranglée. Allez, pars, Teagan Jayce. Va conquérir le ciel…

Elle lui ouvrit la porte, le regard résolument fixé au sol, jusqu'à entendre le portail grincer. *Au revoir, Teagan.*

Assis sur un énorme fût de sajja vide rangé sous la remise de Fletcher, Teagan patientait depuis près d'une heure. L'angoisse qui le gagnait à mesure que les minutes s'écoulaient était terrifiante. Sa jambe tressautait nerveusement sans qu'il ne parvienne à la calmer, et il avait la sensation oppressante que ses poumons étaient trop comprimés pour contenir l'air dont il avait besoin. Il avait beau prendre de longues inspirations, quelque chose bloquait dans sa poitrine. Maintenant, il était certain que sa mère avait découvert sa fuite. Elle s'était sans doute précipitée chez l'aubergiste et sa fille, mais aussi chez la voisine, chez les parents de Lohm… Il l'imagina s'aventurer au-delà des palissades de Stent, parcourir la grève en l'appelant à travers le tumulte du ressac, arpenter le port comme une âme en peine. En vain. Ou peut-être qu'elle ne ferait rien de tel. Peut-être qu'elle avait compris et qu'elle s'assiérait simplement seule à la table de la cuisine, en fixant les deux places vides, que son frère et lui n'occuperaient plus. Leur mère leur avait souvent répété que les Jayce étaient plus entêtés qu'un ombreroc.

Alors qu'il n'y croyait plus, Teagan distingua enfin la lueur de la chandelle. Pendant un bref instant, il avait douté d'Hannah et de sa loyauté, mais avait très vite chassé cette idée. Son cœur battit plus fort. Il n'y avait plus de temps à perdre ! Il bondit alors sur ses pieds et traversa en courant les quelques mètres qui le séparaient de la trappe. Comme l'avait promis Hannah, Teagan put en ouvrir les deux battants sans difficulté. Un escalier s'enfonçait dans le sol, plongeant vers le cellier du Bosquet. D'où il se trouvait, Teagan percevait nettement le brouhaha habituel de la taverne, agrémenté de rires gras, de chants avinés et de bagarres. Une soirée normale, en somme.

Les planches de bois craquèrent un peu sous son poids. L'escalier était vieux, et Fletcher ne l'empruntait jamais. Lorsque Teagan posa le pied sur le sol en terre battue, il tomba nez à nez avec une quinzaine de fûts qui, contrairement à ceux qui reposaient à l'extérieur, étaient tous pleins. Leurs gros robinets étaient scellés à la cire. Ainsi Fletcher s'assurait que personne ne puisse y toucher. *Malin, le vieux bougre.*

Le cellier s'étendait sous presque toute la surface de l'auberge, offrant une réserve de nourriture et d'alcool plus qu'appréciable. Teagan songea qu'en temps de pénurie, l'avare Fletcher aurait de quoi nourrir toute la population de Stent, en échange de quelques tôves, évidemment. Accrochés aux poutres du plafond pendaient des jambons et des gigots, quelques tresses d'algues et d'oignons des sables. Teagan leva la main pour cogner doucement dans un jambon, puis s'aventura vers les tonneaux de sel qui s'alignaient le long du mur. Il fit glisser le couvercle de l'un deux, avisant son contenu : viande grasse de delta-béluga, chair rose de saumon, palourdes… mais rien pour le satisfaire. Alors qu'il allait traverser le garde-manger pour explorer l'autre partie, un rai de lumière éclaira soudain le second escalier, celui qui donnait dans la cuisine du Bosquet. La trappe venait de s'ouvrir, amenant avec elle la musique et le tumulte joyeux de la salle. Le cœur battant, Teagan se plaqua contre la paroi de terre et s'accroupit entre deux barriques de sel. Avec horreur, il constata qu'il avait mal replacé le couvercle du tonneau à poissons. La gorge sèche, il serra ses doigts sur sa sacoche et ne fit plus un geste, priant pour que l'aubergiste ne se rende compte de rien. La silhouette massive de Fletcher passa devant lui, armé d'un pichet. Le tavernier clopina jusqu'au fond du cellier, emplit son récipient à moitié avec du vin, avant de compléter le reste avec de l'eau.

— Sont trop pleins pour faire la différence de toute façon, marmonna-t-il en remontant vers la cuisine.

Mais quel arnaqueur ! Ce type est la pire vermine de Stent ! La trappe fut refermée d'un coup de pied, et Teagan se trouva à nouveau plongé dans l'obscurité. Il patienta encore une longue minute, malgré sa position inconfortable, pour être certain que Fletcher ne reviendrait pas, puis se redressa. Sans plus perdre de temps cette fois, il passa entre deux étagères, là où étaient entreposés les bocaux remplis de lanières de viande séchée et de palourdes au vinaigre. Teagan fourra rapidement plusieurs poignées de viande dans la poche intérieure de son sac, puis effectua une razzia méticuleuse parmi les petits pains, les fruits secs et les biscuits épicés dont Hannah avait le secret. Il n'éprouvait aucun remords à piller le tavernier. Après toutes les tôves que Cayden avait dépensées au Bosquet, Fletcher pouvait bien faire don, malgré lui, de quelques articles. Teagan acheva rapidement son incursion et fila vers la sortie. L'air froid le cueillit, apaisant la sueur moite qui collait à son corps. La nuit était sa meilleure alliée, aussi fonça-t-il vers la palissade qui bordait Stent, en direction des plaines.

Une fois de l'autre côté, il courut aussi vite et aussi loin qu'il en était capable. Il quitta les chemins de sable pour regagner la lande desséchée, et trouva refuge dans un bois sec après une heure de marche nocturne. Ses pas étaient accompagnés par les hululements des chouettes en chasse de rongeurs. Ce ne fut que lorsqu'il pénétra sous les frondaisons que les battements d'ailes s'éloignèrent. Des branchages craquèrent sur son passage, annonçant sa venue aux éventuels animaux rôdeurs, et par précaution, Teagan se hissa dans un arbre pour y passer le reste de la nuit. Au loin, les feux perpétuels de Stent n'étaient plus que des petites lueurs vacillantes.

Le cœur lourd, Teagan réalisa que c'était la première fois qu'il se trouvait aussi loin de chez lui. Cependant, sa dernière pensée avant de fermer les yeux le réconforta. Il agissait en accord avec ses ambitions et ses valeurs ! L'excitation de ce voyage remplaça rapidement ses dernières craintes. *Demain est un autre jour… Cayden, où que tu sois, accroche-toi !*

11

QU'EST-CE QUI PEUT ÊTRE PIRE QUE DE FINIR EN VIANDE HACHÉE SOUS LES CANINES D'UN HROSS ?
TEAGAN JAYCE

THÉNÉRYS – QUELQUE PART DANS LES PLAINES HOSTILES

Ce fut un raclement au pied de l'arbre qui le tira brutalement de son sommeil. Les yeux grands ouverts, Teagan scruta l'obscurité avec attention, distinguant les silhouettes massives d'une horde de hross. Les chevaux carnivores avaient sans doute repéré l'odeur de la viande qu'il conservait dans sa gibecière, car ils se dressaient furieusement sur leurs pattes arrière, leurs larges mâchoires dentées levées vers les branches les plus hautes. La respiration suspendue, Teagan se décala avec prudence sous les feuillages pour se dissimuler au mieux, mais un jeune mâle perçut le mouvement. D'un hennissement sourd, il prévint le reste du troupeau que leur pitance n'était plus très loin. En quelques instants, le tronc se trouva encerclé, et Teagan, pris au piège. Finalement, l'attrait pour la viande fraîche prenait le dessus.

Nom d'une Slug ! jura-t-il en relevant ses jambes le plus haut possible. La nuit se dissipait quelque peu, aussi estima-t-il qu'il était six ou sept heures. Là-haut, sur Aldébaran, les deux soleils devaient déjà s'élever bien haut dans le ciel. Une secousse ébranla tout à coup le tronc. Les hross étaient des animaux très organisés, dont l'instinct de survie prévalait avant tout. Dans les plaines, ces prédateurs se révélaient d'une dangerosité qu'il aurait été inconscient de sous-estimer.

Rapides, voraces, ils agissaient en meutes, sous les ordres de leur meneur. Une nouvelle secousse fit trembler l'arbre, et Teagan se demanda si de telles bêtes seraient capables de le déraciner. En réalité, elles ne comptaient pas se fatiguer autant. Les hross cessèrent leur manège, attendant avec patience que l'épuisement le pousse à dormir et à tomber de son perchoir. Les heures défilèrent dans un silence glaçant.

Teagan avait bien songé à abandonner ses provisions en les lançant loin de l'arbre, mais une fois au sol, il aurait beau courir aussi vite que ses jambes le lui permettraient, il ne serait jamais en mesure de les distancer s'ils le prenaient en chasse. Alors qu'il commençait à perdre espoir, une détonation claqua dans l'air, semant le trouble parmi les bêtes. Une deuxième salve se fit entendre, puis l'un des hross s'effondra dans une sorte de grondement douloureux. Touché au flanc, il s'éloigna sur quelques mètres en boitant, rapidement entouré par les siens qui formèrent un cercle autour de lui. Malgré lui, Teagan fut fasciné par la loyauté qui soudait ces grands carnivores.

Rapidement, des voix d'hommes submergèrent les cris affolés des animaux, suivies d'autres coups de feu. Perché dans les hauteurs de l'arbre, Teagan distingua dix chasseurs qui approchaient, méchamment armés.

— Eh ! les héla-t-il en hurlant.

Il reconnut en eux des braconniers, mais qu'importait ! Ils étaient véritablement son seul espoir d'en sortir vivant !

Galvanisé, il escalada les branches supérieures, plus dégagées, et leur adressa de grands signes. Le groupe s'arrêta un instant, puis tous se mirent à courir dans sa direction. Un profond soupir traversa la poitrine de Teagan, mais le soulagement fut de courte durée. Sous ses pieds se déroula un carnage sans nom. Refusant d'abandonner le blessé, les hross furent décimés en quelques minutes. La terre et le sable se gorgèrent de leur sang bouillonnant dans un gargouillis difficilement supportable pour le Thénéryen.

— Ça va, là-haut ? l'interpella tout à coup une voix grave.

Les lèvres serrées avec force pour retenir son haut-le-cœur, Teagan hocha simplement la tête et se laissa tomber des hauteurs de l'arbre. Il atterrit sous les regards acérés des hommes qui venaient de lui sauver la vie.

— Eh bien, on peut dire que tu as une sacrée veine, mon gars ! affirma l'un d'entre eux en pataugeant dans une boue rouge.

Teagan allait approuver lorsque les relents de boyaux et de sang lui parvinrent, portés par le vent tiède. Une main devant la bouche, il se plia en avant, incapable de contenir son estomac qui se vida bruyamment sous les rires gras des hommes, déjà occupés à dépecer les hross morts.

— Ça fait toujours ça au début, et à la longue, on s'habitue.

— Alors ça, j'en doute fortement, toussa Teagan en secouant la tête.

Une outre d'eau lui fut jetée. Il s'y rinça la bouche avec reconnaissance.

— Merci, souffla-t-il en la rendant à son propriétaire, apparemment le meneur de leur troupe.

— Alors ? Qu'est-ce qui amène un gamin comme toi si loin des palissades de Stent ? On t'a chassé ?

— Non. J'ai quitté la ville hier soir…

— Faut être bien fou, ou complètement sot pour quitter l'enceinte à la nuit tombée, émit celui qui taillait dans un cuissot de hross, armé d'un long couteau.

— Ou alors, avoir des choses à cacher…

— Il paraît qu'il se passe des choses à Stent. On a entendu une énorme déflagration il y a quelques jours de ça.

— Un baril de poudre a explosé sur l'un des navis, les informa Teagan.

— Mmh… je vois. Tu sembles bien au courant, émit l'un des braconniers.

Finalement, Teagan commençait à douter de la providence qui avait mis ces hommes sur sa route. Ils semblaient tout à coup bien trop intéressés par les derniers évènements.

— Je ne suis pas responsable, si c'est ce que vous voulez savoir, déclara-t-il avec aplomb. J'ai quitté Stent pour retrouver mon frère.

— Ton frère est dans les plaines ? On n'a croisé personne depuis des jours. Il doit sûrement être mort.

— Non, non. Il n'est pas ici, expliqua Teagan, sur ses gardes. Cayden s'est fait embarquer dans la soute de l'Hélion, le navi en question. Ils l'ont monté sur Aldébaran pour le juger, et certainement le condamner à piocher dans les mines jusqu'à sa mort.

— Cayden ? répéta un des hommes, son couteau planté dans les gencives d'un hross pour en extraire les canines.

— C'est un nom courant, tenta Teagan, conscient d'en avoir trop révélé. Il jura intérieurement.

— Non, pas tant que ça, mon gars, réfuta le meneur. Et je connais bien un certain Cayden… Maintenant que j'y songe, tu lui ressembles.

Teagan déglutit, mal à l'aise. Quoi que Cayden ait pu faire, il n'avait jamais été mêlé de près ou de loin à ses combines. Il pouvait dissimuler son identité, mais dans quel but ? Ils le sauraient de toute façon à un moment ou à un autre, alors il confirma. Maintenant, ça passait ou ça cassait.

— Je m'appelle Teagan Jayce.

Il y eut un moment de flottement parmi les hommes, quelques échanges de regards, puis l'un d'eux se redressa de toute sa hauteur. Sa haute carrure avança en direction de Teagan, déjà prêt à saisir le poignard caché dans sa botte. Son cœur battait trop violemment maintenant. Au moment où il allait plonger la main dans le revers de sa chaussure, l'homme le décolla du sol pour lui asséner une énorme claque dans le dos.

— Le Teagan Jayce de Stent !

Secoué comme un prunier, le Thénéryen mit une seconde avant de reprendre ses esprits. Quand ses pieds touchèrent à nouveau terre, il leva un regard chargé d'incompréhension en direction de l'homme.

— Le gamin qui a survolé la mer sur le dos d'un harfang ! C'est bien toi ?

— Euh… comment…

Sonné, il ne parvenait pas à assimiler l'information.

— On est passés à Stent il y a quelques jours pour vendre nos peaux et notre venaison, et tout le monde ne parlait que de toi, expliqua le plus âgé. Ils ne donnaient pas cher de ta carcasse.

Teagan serra les dents, se rappelant sans mal l'état de fièvre et d'épuisement dans lequel il s'était trouvé.

— Tes exploits ont fait le tour de la ville, mais également des autres bourgades alentour. Tu te doutes bien qu'une telle chose ne resterait pas derrière les palissades.

— Ce n'était pas un exploit, j'ai agi sans réfléchir.

— Moi, quand j'agis sans réfléchir, ça se finit toujours mal, ricana un type édenté à qui il manquait aussi un œil. La dernière fois, c'était avec la femme de mon frère. J'me suis cassé c'te dent en tombant du lit quand il nous a surpris.

— Oh… et c'est lui qui vous a crevé l'œil ? grimaça Teagan.

— Pas du tout ! Ça, c'était l'jour où j'ai voulu faire sauter un pont ! Un éclat s'est logé juste dans la pupille ! Mais l'pont a bien sauté, hein ! Un feu d'artifice mémorable.

Il fut secoué d'un rire tonitruant, imité par ses compagnons. Teagan se détendit un peu, amusé par ses propos.

— Merci… de m'avoir tiré de là. Sans vous…

— Sans nous, tu serais un steak à l'heure qu'il est. Ou pire.

— Quelle est la ville la plus proche de Stent ? À pied.

— Coldor, lui apprit l'homme. Mais tu ne trouveras aucune aide là-bas si tu comptes rejoindre Aldébaran.

— Vous connaissez un moyen de monter ? sursauta Teagan.

— Il existe des bateaux clandestins qui partent de Rivale, mais les départs sont aléatoires et les droits de passage, très élevés. Si tu n'as rien à leur offrir, les Maraudeurs ne te laisseront jamais monter à bord.

— Vous avez bien dit les Maraudeurs ? Ce sont eux qui ont la main sur les navis clandestins ?

— Les Maraudeurs ont la main sur tout ce qui peut rapporter de l'argent, opina son interlocuteur, mais ils sont difficiles à approcher. Et le mieux est de s'en tenir éloigné.

Resserrant la bandoulière de son sac, Teagan n'écoutait déjà plus. Cayden trafiquait avec les Maraudeurs de Stent depuis plusieurs mois maintenant, effectuant pour eux diverses missions. Il avait même infiltré la Souricière qui s'étendait dans les galeries souterraines de la ville. C'était peut-être là sa seule chance.

— Tous les Maraudeurs se connaissent entre eux ?

— J'pense pas, mon gars. Il existe différents groupements de Maraudeurs, situés dans les villes les plus importantes de Thénérys. Stent, Rivale, Ortombe, de l'autre côté du désert. Personne ne sait réellement qui est à la tête de cette confrérie, mais on raconte qu'il existe même un groupement de Maraudeurs sur Aldébaran.

Teagan glanait la moindre de ces informations avec attention. Les rouages de son cerveau s'étaient mis en branle, et pour un peu, il les entendrait grincer sous son crâne.

— Rivale est loin d'ici ?

— Deux bons jours de marche.

12

JE NE SUIS PAS UNE DE CES PETITES BOURGEOISES ÉVAPORÉES QUI VOUS TOURNENT AUTOUR !

CÉCILIE DE SAND

ALDÉBARAN - ÎLE DE SIRIUS – PROVINCE D'EY'NVALA

Patientant sur le perron, Cécilie gardait les yeux rivés sur le ciel. C'était une magnifique journée ensoleillée, rehaussée par la joie qu'elle se faisait d'assister à l'inauguration de la nouvelle bibliothèque. Tout droit sorti de l'esprit créatif, et un peu fou, d'un jeune architecte au sommet de son art, le bâtiment s'était dessiné jour après jour dans le paysage d'Ey'Nvala. Paré d'arches de pierre blanche, de magnifiques colonnes torsadées de manganèse et de laiton étincelantes, et de vitraux à la transparence incroyable, le monument était bordé d'un jardin luxuriant aux nombreuses statues.

Rêveuse, Cécilie ne pouvait qu'imaginer l'intérieur, qu'elle espérait lumineux, feutré et empli de rayonnages gorgés de connaissances qu'elle ne demandait qu'à emmagasiner. La voix grave de son père s'éleva tout à coup dans son dos.

— Allons-y. Plus tôt nous y serons, plus rapidement nous en partirons.

Cécilie réprima un soupir, et rassembla ses jupons pour descendre plus aisément les marches qui plongeaient jusqu'à une cour de gravier blanc, où les attendait une calèche qui offrait seulement deux places. Cette constatation réjouit Cécilie plus que de raison, car cela signifiait donc que son père estimait la présence de Bertille comme superflue, ou incommodante, auprès de lord Folkaney, laissant ainsi le champ libre au projet qu'elle fomentait en secret depuis des jours.

— L'inauguration de la bibliothèque ne vous réjouit-elle donc pas, père ?

— Les livres sont l'apanage des rêveurs, Cécilie. Ceux qui les écrivent sont des manipulateurs d'esprit. Quant à ceux qui les lisent, leurs esprits se laissent embrumer par des pensées qui ne leur appartiennent pas.

— S'évader un peu ne fait pas de mal, soumit la jeune femme en prenant place dans la calèche.

Harry de Sand ne prit pas la peine de lui répondre. Bien souvent, leur vision des choses divergeait radicalement.

Dans ces moments-là, il retrouvait en elle ce qui lui avait tant plu chez Garance, près de vingt-cinq ans plus tôt. Sa vivacité d'esprit, sa fraîcheur, et parfois même son insolence, le tout accordé à une douceur sans pareille. Leur mariage était le fruit d'un arrangement entre leurs familles, mais l'amour avait éclos au fil des années, jusqu'à leur offrir Matthew, puis Cécilie six ans plus tard. Le bonheur avait embelli son existence d'un éclat perpétuel. Un bonheur que la vie lui avait repris avec cruauté en lui arrachant sa femme à peine quelques heures plus tard. L'accouchement de la petite Cécilie l'avait épuisée, et l'hémorragie l'avait emportée. Harry de Sand avait élevé ses deux enfants derrière de hauts murs et des barrières pour les préserver du monde extérieur, mais la fatalité avait à nouveau frappé leur foyer en emportant brutalement Matthew à l'âge de vingt ans.

D'un signe de tête, Harry indiqua à son cocher qu'il n'y avait plus de temps à perdre. Perché en hauteur sur un banc en bois, l'homme actionna un levier qui ouvrit les vannes de vapeur. Dans un sifflement d'air chaud, la Méca Horse, ancien modèle des ateliers Flynn et Habbot, s'ébranla dans l'allée.

Les rues d'Ey'Nvala n'avaient jamais été aussi animées qu'aujourd'hui. Sauf peut-être lors du rassemblement annuel du lancement de la Méca Race.

Assise dans la calèche qui surplombait la foule de passants, Cécilie laissait son regard errer sur les visages qu'elle croisait. Son père n'avait plus ouvert la bouche de tout le trajet, et la jeune femme s'était plongée dans un silence contemplatif, les yeux tournés vers sa fenêtre. Lorsque enfin, la calèche s'immobilisa dans la magnifique cour ronde qui ceignait la bibliothèque, Cécilie ne put retenir un cri d'émerveillement.

— Vous manquez de tenue et de retenue, Cécilie. Je vous prierai de garder le silence en présence du Gouverneur et de son fils.

Surprise, Cécilie tourna la tête vers son père qui la dévisageait gravement, mais obtempéra d'un battement de cils léger. À l'inverse, son cœur pulsait avec frénésie dans sa poitrine. Elle n'avait pas l'intention de s'éterniser aux côtés de son père, et encore moins de flâner dans les allées en compagnie de William. Essayant de rester la plus discrète possible, elle tenta d'apercevoir Maddox Murdoch parmi tous les habitants d'Ey'Nvala présents, mais autant chercher une aiguille dans une botte de foin. Dépitée, Cécilie fut contrainte de suivre le mouvement. Pendant de longues minutes, elle se laissa étourdir par le ballet incessant d'aristocrates qui se pressaient pour saluer son père. Elle adressa à chacun d'entre eux sourires polis et révérences appliquées, lesquels ne manquaient jamais de séduire tous ces vieux vicelards engoncés dans leurs redingotes, et coiffés de leurs hauts-de-forme.

Enfin, après ce qui lui parut une éternité, son père gravit le parvis de la bibliothèque pour y rejoindre le Gouverneur Folkaney. Les deux hommes se serrèrent la main avec respect, sous le regard brillant d'intérêt de William.

— Bonjour, Cécilie. C'est un plaisir de vous voir.

— Bonjour, William.

Son ombrelle à la main, Cécilie se protégeait des rayons trop intenses des soleils, voilant ainsi son visage aux yeux du fils Folkaney.

— J'ignorais que vous viendriez, ajouta-t-il, cherchant visiblement à engager la conversation.

Focalisée sur la foule qui s'amassait aux pieds des marches, Cécilie esquissa un rapide sourire.

— Mon père n'aurait raté pour rien au monde cette occasion de se montrer aux côtés du vôtre.

Le jeune héritier se figea une seconde avant d'éclater d'un rire désabusé.

— J'avais oublié à quel point vous aviez la langue bien trop déliée.

— Ce qui ne sera sûrement pas la plus grande qualité de votre future femme. L'avez-vous trouvée, au fait ? On raconte que les prétendantes se bousculent à votre porte.

Le regard clair de William s'assombrit aussitôt, mais en présence de son père, il lui était impossible de la remettre véritablement à sa place. Du moins, pas comme il le souhaitait. Son rang lui interdisait certaines attitudes.

Cécilie de Sand avait ce don hors du commun pour le faire sortir de ses gonds, tout en exerçant sur lui un attrait quasi animal. Pendant un temps, son père avait envisagé une union entre eux, mais le comportement irrévérencieux de la jeune femme aurait été trop ingérable, et malvenu, au sein de leur famille.

— Vous auriez pu être cette femme à mes côtés, Cécilie, si vous vous étiez montrée plus…

— Docile ? proposa-t-elle en plantant cette fois son regard dans le sien.

Il fut frappé par l'intensité de son gris profond, mais secoua la tête.

— Ce n'est pas le terme que j'aurais employé.

— Lequel alors ? N'est-ce pas ce que vous attendez de votre future compagne ? Qu'elle se tienne silencieuse à vos côtés ?

William Folkaney sentait l'agacement poindre dans sa poitrine. Chaque fois que les occasions mettaient Cécilie de Sand sur sa route, il se demandait pour quelles raisons ce mariage entre eux n'aurait jamais lieu, jusqu'à ce qu'elle ouvre la bouche… Elle était diablement insupportable.

— Plus conciliante, déclara-t-il enfin.

Elle allait rétorquer, mais déjà, son père et le Gouverneur revenaient vers eux, aussi afficha-t-elle un sourire de convenance, très vite imitée par William.

— Prenez place, les invita Octave Folkaney en désignant des sièges au premier rang, ornés de rubans.

Gracieuse dans sa longue robe rose poudré, agrémentée des rubans arc-en-ciel choisis par Bertille, Cécilie s'installa en silence, sa cascade de boucles brunes tombant au creux de ses reins. Harry de Sand occupa le siège à sa droite, laissant une place libre à sa gauche.

Les minutes qui suivirent ne furent qu'un immense brouhaha, jusqu'à ce que Maximilien Owen, le génial architecte, fasse son entrée. Il fut accueilli par une ovation générale, à laquelle Harry de Sand ne participa que très légèrement, contrairement à Cécilie qui battait des mains, enchantée.

S'ensuivit un discours qu'elle n'écouta que distraitement, son attention attirée par une silhouette debout dans un renfoncement. Ce visage… elle aurait mis sa main à couper qu'il s'agissait de Maddox Murdoch. Son intuition se confirma lorsqu'elle distingua le petit carnet qu'il tirait de sa poche pour y griffonner quelques mots à la hâte. *Sans doute les premières lignes du prochain gros titre du* Murdoch Times, songea-t-elle avec excitation.

Le Gouverneur se leva à cet instant, rejoignit le concepteur de cet incroyable monument, puis coupa le large ruban rouge qui barrait l'entrée. Un tonnerre d'applaudissements retentit.

Midi sonna subitement aux cloches d'Ey'Nvala, révélant la surprise promise par Maximilien Owen. Au zénith, les deux soleils d'Aldébaran embrasèrent tout à coup les colonnes de cuivre qui supportaient la façade de la bibliothèque. On avait l'impression qu'elle étincelait d'or et de feu, et lorsque les rayons percèrent les vitraux de leur chaleur, ceux-ci révélèrent des dessins jusque-là invisibles. Soufflée par tant de beauté et de génie, Cécilie en resta sans voix. Lorsqu'elle finit par s'extirper de sa contemplation, la silhouette de Maddox Murdoch avait disparu.

Jetant un rapide coup d'œil discret en direction de son père, la jeune femme constata qu'il se trouvait toujours en grande conversation avec le Gouverneur, et d'autres hommes influents. William semblait également très occupé à contenter les minauderies d'une demoiselle blonde. Personne ne faisait attention à elle. C'était le moment ou jamais !

Aussi furtive qu'un chat, elle s'échappa à travers la foule qui se rassemblait et se pressait pour féliciter Maximilien Owen, avant de pénétrer à l'intérieur de la bibliothèque.

Une sorte de fierté gonfla son cœur lorsqu'elle se rendit compte qu'elle était la première à en franchir les portes, alors que le reste des invités patientaient encore à l'extérieur. Son pas résonna religieusement sur le sol de marbre. Avec lenteur, elle déambula dans ce vaste hall verdoyant. D'immenses arbres colorés trônaient dans des pots bien plus hauts qu'elle, et Cécilie s'interrogea sur leur provenance, car elle n'avait jamais vu de tels spécimens fleurir sur l'île de Sirius. Au centre du hall, une fontaine clapotait, chargée de nymphéas et de statues drapées aux lignes épurées.

Peu à peu, alors qu'elle empruntait l'escalier tournant mécanisé qui montait au premier étage, le bruissement incessant des invités s'estompa, et le silence s'imposa définitivement entre les hautes rangées de livres.

Transportée, Cécilie en oubliait presque la raison de sa venue. De sa main, elle effleura les couvertures de cuir, respira leurs odeurs qui incitaient aux voyages et à l'évasion, et s'enfonça plus loin dans les allées.

Le nez en l'air, trop occupée à admirer les enluminures, elle ne prit pas garde au marchepied qui permettait d'accéder aux livres les plus hauts, et cogna dedans. Le bruit sourd se répercuta comme un roulement de tambour entre les allées désertes, attirant l'attention d'un homme appuyé négligemment à la fenêtre.

— Est-ce que tout va bien ? s'enquit-il immédiatement en venant à sa rencontre.

La cheville en feu, Cécilie s'était laissé tomber sur l'objet du délit, les lèvres pincées. La douleur pulsait jusque dans ses os. Quelle idiote ! Mortifiée, elle releva les yeux vers l'homme qui la dévisageait, et manqua de s'étouffer. Maddox Murdoch ! Aussi séduisant que les rumeurs le mentionnaient, et davantage maintenant qu'elle le voyait de près. Avec ses yeux verts empreints de bienveillance, ses traits fins et sa barbe soigneusement taillée, son assurance et son charisme incroyable la frappèrent de plein fouet.

— Je… oui, très bien ! s'exclama-t-elle en se redressant.

Maddox lui jeta un rapide coup d'œil, dissimulant un sourire.

— Vous m'en voyez ravi.

Ce marchepied était la providence qui avait mis le journaliste sur sa route ! Radieuse, Cécilie allait poursuivre la conversation, mais l'homme s'éloignait déjà.

— Attendez !

Maddox s'immobilisa dans l'allée, puis lui fit à nouveau face, alors qu'elle s'approchait.

— Vous êtes Maddox Murdoch, n'est-ce pas ?

— On ne peut rien vous cacher, confirma-t-il avec gentillesse. Maintenant, si vous voulez bien m'excuser…

Confuse, Cécilie le vit s'éloigner dans la direction opposée, mais elle n'avait pas dit son dernier mot. Chassant la douleur qui s'attardait au niveau de sa cheville, elle entreprit de lui emboîter le pas.

— Je vous ai vu, tout à l'heure.

Maddox ferma les yeux une seconde, et réprima un soupir, sans cesser de s'éloigner. On lui prêtait de nombreuses relations, des amantes à n'en plus finir, et cette réputation finissait toujours par attirer des jeunes femmes dans le genre de cette demoiselle un peu trop collante.

— Comme la majorité des personnes ici présentes, commenta-t-il.

— N'allez-vous donc rien écouter de ce que je souhaite vous dire ? s'impatienta Cécilie en haussant le ton.

Surpris, Maddox s'arrêta au milieu d'une allée. Face à face, ils se dévisagèrent durant quelques secondes.

— Très bien. Je vous écoute, capitula-t-il. Mademoiselle ?

— De Sand. Cécilie de Sand.

Immédiatement, le regard de Maddox se durcit, revêtant une lueur polaire.

— De Sand ? Comme l'entreprise d'armement ?

— En effet, acquiesça Cécilie, consciente que son nom venait de jeter un froid.

Stoïque, Maddox ne broncha pas, mais sa mâchoire se crispa.

— Je suis désolé, mademoiselle, mais je n'ai pas de temps à vous accorder, jeta-t-il en tournant les talons.

— Pourquoi donc ? Parce que le nom de mon père ne vous est pas étranger, ou parce qu'il est un proche partisan du Gouverneur Folkaney ?

Cette fois, Maddox se figea pour de bon. Cette jeune femme ne semblait pas être ici pour le séduire ou lui faire du charme. Elle ne ressemblait en rien aux affriolantes demoiselles qui papillonnaient habituellement autour de lui.

— En effet, approuva-t-il. C'est l'une des raisons. Que voulez-vous ?

— Vous écriviez un article tout à l'heure ? Je vous ai vu griffonner dans votre carnet.

Le cœur de Maddox rata un battement, alors que le rouge lui chauffait les joues. En effet, lorsqu'il s'était adossé contre les colonnades, ce n'était pas exactement pour rédiger les premières lignes d'un nouvel article à scandale. En réalité, ce qui se trouvait entre les pages de son carnet était sans doute encore bien plus scandalisant que tout ce qu'il aurait pu écrire sur cette inauguration. Dans un raclement de gorge gêné, il eut un geste évasif de la main.

— Un essai sans importance.

Cécilie fronça les sourcils. Pourquoi cet homme, si sûr de lui, semblait tout à coup gagné par une nervosité évidente ? Une fois encore, il la saluait d'un rapide signe de tête.

— Ce n'est pas parce que mon père tournoie dans la sphère privée du Gouverneur Folkaney que je partage ses opinions ! s'écria Cécilie.

— Et quelles opinions peut bien avoir une jeune fille de votre âge ?

Elle le fusilla du regard.

— Vous n'êtes qu'un mufle, monsieur ! s'emporta-t-elle. Cela vous semble-t-il tellement inconcevable que je porte d'autres convictions que celles que l'on m'impose ? Je ne suis pas une de ces petites bourgeoises évaporées qui vous tournent autour !

— Assurément, souffla Maddox au bout de longues secondes.

Le feu qu'il voyait brûler dans les yeux de Cécilie de Sand lui rappelait cette même flamme qui animait son esprit à son âge. Peut-être s'était-il fait une opinion un peu trop rapide. À première vue, la pomme semblait être tombée loin de l'arbre. Son intérêt grimpa d'un cran.

Avec plus de douceur, il lui fit signe de l'accompagner vers les fenêtres qui donnaient sur les jardins. Déambulant dans les allées, tous vêtus de leurs plus belles tenues, les gens semblaient finalement plus intéressés par les mondanités qu'on leur servait que par la beauté de cette splendide bibliothèque à l'architecture hors normes.

— Dites-moi alors, quelles sont vos certitudes ? s'enquit-il avec curiosité.

— Je désapprouve les agissements du Gouverneur, cette autorité unique qu'il exerce sur Ey'Nvala. Ce pouvoir absolu me révolte ! Je crois en la justice !

— La justice, murmura Maddox. Elle fait cruellement défaut à notre société, mais personne ne semble ouvrir les yeux. Mes articles visent à le déchoir de son statut, mais il est intouchable. Je ne suis qu'un cri dans la tempête.

— Beaucoup de personnes lisent le *Murdoch Times*.

— Oui. Tout comme beaucoup de personnes se donnent bonne conscience en jetant l'obole de temps à autre.

Cécilie l'écoutait avec attention. Maintenant que les choses étaient claires entre eux, Maddox Murdoch semblait plus enclin à lui parler, comme si une sorte de connexion respectueuse s'était établie entre eux.

— J'admire votre façon d'écrire, avoua-t-elle enfin. C'est en grande partie pour cela que j'ai accompagné mon père aujourd'hui. J'espérais pouvoir vous rencontrer et vous parler. On raconte tellement de choses fascinantes à votre sujet !

Maddox se fendit d'un rire sonore et sincère.

— Oui, et il n'y en a pas la moitié de vraies !

— Celles qui concernent vos relations ne m'intéressent pas.

Maddox posa sur elle une expression curieuse. Cette fille était vraiment étonnante.

— Quoi, alors ?

Le regard gris de Cécilie s'anima d'un feu nouveau, tandis qu'elle lui dévoilait ses interrogations.

— On raconte que vous possédez une collection de livres incroyables, datant de l'ère de Kyne, et que vous ramenez des sables d'îles lointaines à chacun de vos voyages.

Maddox hocha la tête pour confirmer.

— Je possède en effet quelques anciens ouvrages, très abîmés cependant. Quant aux sables, certains me viennent de mes aïeux explorateurs, d'autres de marchands de passage. Je n'ai pas le mérite de les avoir tous récoltés sur des plages paradisiaques, ou dans des déserts hostiles. Je ne suis pas particulièrement un homme de terrain, vous savez.

Cécilie rit, touchée par la gêne de l'homme visiblement désireux qu'on ne lui prête pas des exploits qui ne lui revenaient pas.

— Serait-ce trop vous demander que d'admirer votre collection de livres ? demanda-t-elle.

Le journaliste la contempla quelques secondes, sur la réserve. Son hésitation était flagrante, et la jeune femme ne pouvait que comprendre ses réticences.

— Je ne suis pas une espionne au service de mon père, ou du Gouverneur, prête à tout pour découvrir ce qui se trame derrière les hautes grilles de votre propriété ! s'exclama-t-elle dans un éclat de rire.

— Vous seriez une espionne bien audacieuse, en ce cas, lui répondit-il dans un souffle.

Le cœur de Cécilie manqua un battement. Pendant une seconde, il lui sembla entendre poindre une sorte de menace latente, sans toutefois en discerner la raison.

— J'admire votre talent, monsieur Murdoch. Sincèrement. Je rêverais de voir un jour mon nom à côté du vôtre en première page de votre journal !

L'exaltation dont faisait preuve cette jeune femme était amusante, touchante. Elle était passionnée, enflammée par ses propos, mais tout cela ne suffisait pas. De plus, qu'aurait donc à raconter une aristocrate qui ne sortait jamais de sa vie confortable ?

— Vraiment ? Et si c'était le cas, mademoiselle, qu'écririez-vous qui vaille la peine de me voler la vedette ?

Pas dupe, Cécilie perçut nettement l'ironie dissimulée avec adresse. Résolue à lui prouver qu'elle n'était pas juste une potiche enrubannée, elle répliqua avec aplomb.

— Je parlerais sans doute de ce beau Thénéryen, enfermé dans les prisons de notre ville, attendant d'être conduit à son triste sort jusqu'à For'Baten. Je raconterais la façon dont il m'a bousculée sur la passerelle de l'Hélion, alors que j'y montais, et que lui tentait de s'enfuir. Je pourrais même parler de la façon dont il a été rattrapé, de manière tout à fait déloyale, lorsqu'un homme lui a tiré une balle dans le dos.

Elle se tut, mais Maddox restait suspendu à ses lèvres.

— Et pour quelle raison ce prisonnier est-il ici ? murmura-t-il.

— Parce qu'il a défié l'autorité d'un capitaine aldébarien, dont la marchandise la plus précieuse était destinée au fils du Gouverneur. Pensez-vous maintenant qu'un article comme celui-ci aurait une place parmi vos nombreux sujets du jour ?

Maddox Murdoch se redressa, tout à coup un peu trop conscient de la proximité qui s'était établie entre la jeune femme et lui. Si quelqu'un les surprenait ainsi, nul doute que les rumeurs iraient bon train, et c'était la dernière chose dont il avait besoin en ce moment. Ses mains fourragèrent dans ses cheveux avec une pointe de nervosité.

— Cette histoire est-elle vraie ?

— Aussi véridique que celles que vous publiez, rétorqua Cécilie.

Les yeux rivés sur l'extérieur, Maddox sentait les rouages de son cerveau s'actionner. À quelques semaines de la Méca Race, un article pareil mettrait le feu aux poudres, et ébranlerait l'autorité despotique du Gouverneur.

— Quand pourrions-nous nous voir ?

— Mon histoire vraie vous intéresse, alors ? sourit Cécilie, parée d'une petite expression de défi.

— Il semblerait. Nous en reparlerons, mais pas ici.

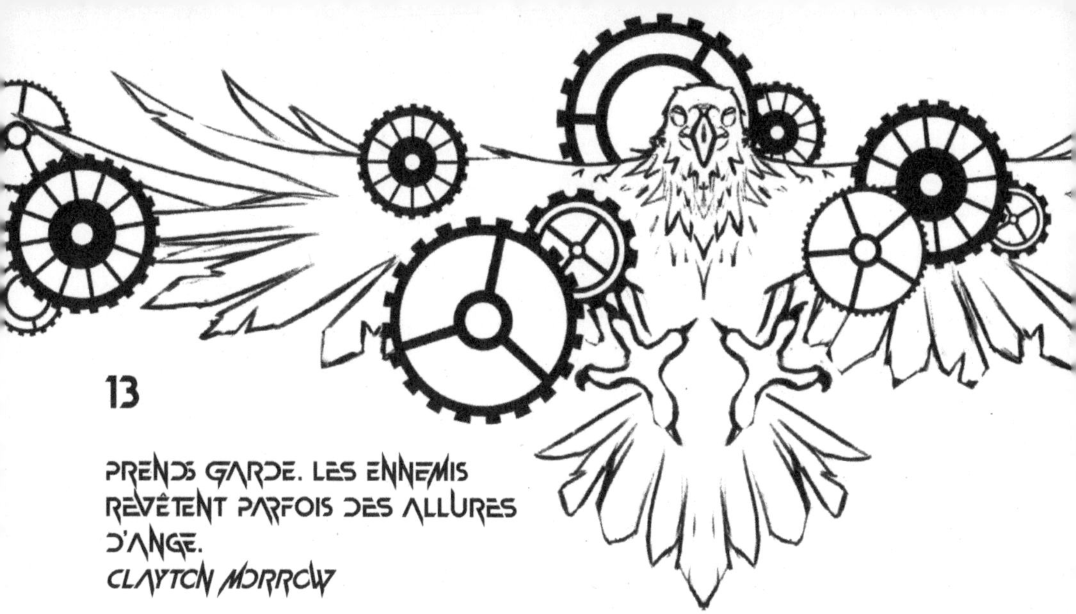

13

PRENDS GARDE. LES ENNEMIS REVÊTENT PARFOIS DES ALLURES D'ANGE.

CLAYTON MORROW

Thénérys – Ville de Rivale

La matinée se trouvait déjà bien avancée lorsque Teagan discerna les murs qui entouraient Rivale. Éloignée de la côte, avec ses grandes habitations en pierre et ses toits rouges, Rivale se différenciait d'une ville portuaire comme Stent. Tout aussi grande, cependant, elle s'étirait en petits hameaux à travers les zones sableuses des plaines. La majeure partie de la ville se trouvait ceinte par de hauts murs, barrière efficace contre pilleurs et prédateurs décidés à en franchir les limites, une fois la nuit tombée. Passé les dernières pauvres lueurs du jour, les quatre grandes portes situées aux points cardinaux de la ville demeuraient closes, jusqu'au lendemain matin.

Sa gibecière ballotant contre son flanc, Teagan croisa un fermier, dont le bœuf laineux à quatre cornes tirait une énorme charrette de foin derrière lui. Il le salua d'un signe de tête et continua son chemin avec hâte. Sa dernière nuit dans les plaines n'avait été qu'une succession d'heures interminables, durant lesquelles il n'avait pas fermé l'œil. Le jeune homme rêvait de s'allonger dans un lit propre, de pouvoir se laver, et de manger un repas chaud. Il avait trouvé refuge pour le reste de la nuit dans un vieux bastion à moitié écroulé, dont les murailles avaient disparu depuis longtemps, enterrées sous des mètres de sable. Vestiges de l'âge d'or de Kyne, il ne restait presque plus rien des anciens forts. Un groupe de busards flamboyants l'avait suivi sur plusieurs kilomètres sans chercher à le mettre en charpie – une première depuis qu'il avait quitté Stent – avant de nicher dans les crevasses qu'offraient les murs effondrés. Rompu par la fatigue, Teagan avait senti ses oreilles bourdonner désagréablement à leur approche, comme un murmure qui enflait sous son crâne. C'était presque comme si le bruissement du vent s'était insinué dans sa tête.

Il lui fallut encore une bonne heure de marche à travers les landes fleuries de chardons, pour atteindre la porte sud de Rivale. Lorsqu'il pénétra dans l'enceinte, le tumulte joyeux du marché l'accueillit. Partout, des stands déroulaient leurs auvents colorés, proposant épices, fleurs séchées, fruits, tabac et alcool. Teagan repéra également un étal bien plus chatoyant que les autres.

— Mes tissus te plaisent ?

Le Thénéryen leva les yeux vers une femme à la peau brune et aux longs cheveux noirs. Visiblement native de la cité, ses yeux s'ourlaient d'un brun quelconque, mais leur éclat se trouvait rehaussé par la chaînette ornée d'une petite pierre verte qu'elle portait sur le front.

— Ils viennent d'Aldébaran ? s'enquit Teagan en frôlant une étoffe du bout des doigts.

— Assurément. La meilleure qualité possible, garantit-elle tout en déroulant un morceau de velours orangé. Les femmes d'Aldébaran se parent de ces magnifiques broderies tous les jours. Elles t'intéressent ?

— Non. Je n'ai personne à qui offrir ça.

— Je peux arranger ça, émit la femme dans un petit rire.

— De quelle façon obtenez-vous ces marchandises ? Est-ce qu'il y a un navi à quai en ce moment ?

La femme perdit son sourire et fronça les sourcils, l'air tout à coup inquiète.

— Je... ce sont les Maraudeurs qui me les fournissent, et je suis chargée de les revendre à bon prix ici.

Teagan comprit que les étoffes étaient certainement des butins, pillées sur Aldébaran et rapatriées ici pour être vendues en toute discrétion. Un moyen de gonfler les caisses de la confrérie des Maraudeurs à moindre coût. Fort de cette allusion, il s'éloigna poliment avec un léger signe de tête, sans prendre garde aux deux silhouettes qui l'observaient depuis l'autre côté de la rue animée. Une fois qu'il fut suffisamment éloigné, les ombres se dirigèrent vers l'étal qu'il venait de quitter.

— Qu'est-ce qu'il te voulait ?

La femme haussa les épaules, et continua à déplier ses précieux tissus.

— Il voulait simplement savoir si elles venaient d'Aldébaran.

— Tu l'avais déjà vu avant ?

Elle secoua la tête et ne s'occupa plus d'eux, feignant l'indifférence, mais son cœur battait comme un animal affolé dans sa poitrine.

— Tu as l'argent ?

— Vous allez faire fuir mes clients à rester là, plantés devant mes tissus. Si je ne vends pas...

— Prends bien garde à tes paroles ! gronda le plus grand des deux, en saisissant son poignet au vol. Et ne nous menace pas. Tu veux une place sur ce marché pour vendre tes frusques ?

— Oui, souffla-t-elle d'une voix apeurée.

— Alors, tu payes ! C'est la même loi pour tout le monde. Sinon, tu sais comment ça se termine, susurra le mercenaire contre son oreille.

— Laissez-moi juste la matinée, implora-t-elle dans un frisson de dégoût. S'il vous plaît. Ma fille n'est pas loin.

— Elle a quel âge, ta fille ? Douze ?

— Treize ans...

— Il n'est jamais trop tôt pour rejoindre le jardin de Vinskar, ricana l'homme en relâchant son poignet. Midi. Pas au-delà. Dans le cas contraire, Prisca se fera une joie d'accueillir ta gamine à la Cour du Corbeau.

Les lèvres tremblantes, la vendeuse de tissus les regarda s'éloigner à travers la foule, les yeux rivés sur les corbeaux noirs tatoués sur leurs nuques.

Sinuant entre les ruelles, Teagan s'était finalement arrêté devant une petite auberge. Avec son mur de chaux blanche, ses volets en bois rouge et son pignon décoré de bouquets séchés, elle avait l'air véritablement accueillante pour un homme mort de fatigue et de faim.

D'un coup d'œil, surpris par son apparence négligée dans le reflet d'un carreau, Teagan s'empressa de ramener ses cheveux en arrière, puis frotta ses vêtements afin d'en chasser la poussière ocre des plaines. Lorsqu'il poussa la porte, une musique joyeuse l'enveloppa immédiatement.

Une femme chantait avec discrétion dans le fond de la salle, accompagnée d'un petit tambourin qu'elle faisait sonner entre ses mains. Teagan se dirigea vers le comptoir, après avoir louvoyé entre les tables encore désertes, et laissa son regard traîner sur la salle. Plutôt basse et sombre, elle restait malgré tout chaleureuse, notamment grâce aux bougeoirs allumés çà et là, dont les lueurs se reflétaient sur les nombreux cuivres décoratifs.

— Un sajja, s'il vous plaît.

La tenancière au giron bien garni leva les yeux vers lui avec un grand sourire.

— En voilà, un beau fripon. Tu as de quoi payer ? s'enquit-elle en avisant son allure douteuse.

— Oui, bien sûr.

Pour appuyer ses propos, Teagan fouilla dans la poche de sa veste et en sortit quelques tôves qu'il poussa sur le comptoir.

— J'aimerais une chambre aussi. Pour une nuit.

La patronne le dévisagea avec insistance durant quelques secondes avant de saisir une clé accrochée derrière elle, sur un portant. Teagan constata que l'auberge comptait quinze chambres, de quoi révéler un commerce plutôt confortable et florissant. Rivale était une bourgade commerciale, un lieu d'échange constant, bien plus vivant qu'il ne l'aurait cru au premier abord.

— Et un sajja pour ce beau garçon. Loreleï, je te laisse te charger de la chambre. Ce sera la douze.

Derrière le comptoir, une toute jeune fille se redressa, un air espiègle au fond des yeux. Légère comme une plume, elle virevolta en attrapant la clé.

— Je vais vous préparer votre chambre tout de suite. Montez quand vous aurez terminé votre verre.

Elle lui adressa un clin d'œil, rougit au raclement de gorge de la patronne, et fila sans demander son reste vers le premier étage. Une seconde plus tard, un verre de sajja odorant se coulait sous le nez de Teagan.

— Merci.

— Alors ? Qu'est-ce qui t'amène dans notre jolie ville de Rivale ?

Occupée à essuyer quelques verres, la femme lorgnait dans sa direction par-dessus son torchon. Sa chope à la main, Teagan avala lentement une première gorgée de sajja, le temps nécessaire à son cerveau pour réfléchir.

— Je vais rejoindre mon frère.

— Oh ? Et est-ce qu'il te ressemble ? Il est peut-être passé par ici.

— Non, aucune chance, réfuta Teagan. Ma chambre ?

— La douze. Tu montes l'escalier, ce sera la dernière porte au fond du couloir. Loreleï doit encore y être. Elle t'a mis des draps frais.

— Combien je vous dois pour la chambre et le verre ?

— Dix-sept tôves. Le repas du soir est compris dans le prix de ta nuitée.

— Très bien, déclara Teagan en reposant son verre vide sur le comptoir.

Las, il ramassa son sac déposé par terre et gagna le premier étage. Comme l'avait émis la tenancière, lorsqu'il poussa la porte de sa chambre, Loreleï y était encore, affairée à tapoter son oreiller pour lui redonner son gonflant. Pendant un bref instant, Teagan admira la chute de reins de la jeune fille, et rougit jusqu'à la racine des cheveux lorsqu'elle se tourna vers lui, radieuse.

— Tout est prêt. J'ai aéré la chambre le temps de faire votre lit, et je vous ai monté un broc d'eau fraîche. Il y a une petite pièce d'eau juste derrière cette porte.

— Merci, c'est parfait.

Elle s'inclina devant lui dans une petite révérence, prête à partir, mais Teagan l'interpella.

— Attends ! Je ne suis pas de Rivale, mais… je cherche un moyen de gagner Aldébaran.

Loreleï ouvrit de grands yeux, ses jolies lèvres rosées entrouvertes.

— Aldébaran ? Pour affaires ? Vous êtes un marchand ?

— Non, sourit Teagan. Je ne fais pas de commerce. Je suis à la recherche de mon frère.

La jeune fille perdit son expression candide, et ses traits se durcirent.

— Il a été emmené là-haut ? C'est cela ?

Le Thénéryen remarqua alors l'intérêt qui imprégnait le visage de Loreleï.

— Est-ce que tu sais comment on peut monter ? insista-t-il.

— Loreleï ! l'appela la tenancière, du bas de l'escalier. Il y a des clients qui attendent.

— J'arrive, Lorta ! s'écria-t-elle, les mains jointes.

Alors qu'elle allait franchir la porte, Loreleï se tourna vers Teagan.

— Le seul moyen de monter est de faire le voyage à bord d'un navi clandestin. Je peux t'aider à entrer en contact avec les Maraudeurs. Ce sont eux qui gèrent le trafic aérien entre Thénérys et Aldébaran, mais leur prix est élevé.

— J'en fais mon affaire, la pressa Teagan qui n'allait pas laisser passer cette opportunité.

— Tu as de l'argent ? Combien ?

— Suffisamment pour un trajet. Quand pourrais-je leur parler ?

— Ce soir. À minuit, ajouta-t-elle après une brève hésitation. Rends-toi dans le cimetière qui longe le mur d'enceinte. Il te faudra passer le canal qui traverse Rivale. Une fois de l'autre côté du pont, tu n'auras qu'à trouver la pierre tombale fendue.

— Et après ?

— Après, ce sont eux qui te trouveront.

Sans lui fournir d'autres explications, Loreleï fit volte-face dans un bruissement de robe et rejoignit Lorta. De sa chambre, Teagan entendit vaguement leur conversation, une main sur la clenche.

— Qu'est-ce qui t'a pris autant de temps ?

— C'est un bel homme, rit Loreleï.

— Allons donc ! soupira Lorta. Tu as déjà partagé la couche de la moitié des hommes de Rivale. Laisse ce pauvre garçon tranquille.

Dépité, Teagan claqua légèrement la porte. Pourquoi fallait-il que toutes les jolies filles offrent leur vertu à tout va ? Dans un profond soupir, il s'affala sur le lit, appréciant l'odeur du linge propre. Il était idiot. Loreleï était vraiment jolie, et c'était la première fois qu'une fille lui faisait ce genre d'effet. Peut-être parce qu'il n'avait jamais quitté Stent, et que son visage n'avait d'attrayant que la nouveauté qu'il offrait. Hannah était jolie aussi à sa manière, mais elle était son amie d'enfance, et elle portait une bague de promesse au pouce, maintenant. *Hannah... j'espère que tu vas bien. Je sais que tu veilleras sur ma mère...*

Alors que la mollesse du matelas l'appelait doucement au sommeil, Teagan perçut un bruit de pas dans le couloir. Des pas qui, étrangement, se stoppèrent juste devant sa chambre. Aux aguets, il se redressa sur son lit, dans le silence le plus total. Il osait à peine respirer, de peur qu'on l'entende. Il y eut quelques chuchotements derrière la cloison, une exclamation étouffée, puis à nouveau le silence. Une porte s'ouvrit et se referma dans le couloir, à quelques chambres de la sienne. Le cœur battant, Teagan laissa passer de longues minutes, crispé dans une position inconfortable, avant d'enfin délier ses muscles. Il accueillit la délivrance dans une grimace et bascula en arrière. Cette fois, la fatigue eut raison de lui.

Lorsqu'il ouvrit les yeux, il lui fallut quelques secondes pour se rappeler où il se trouvait. Les murs de la chambre se dessinèrent autour de lui, le ramenant à Rivale, les pieds sur terre. La petite lucarne était fermée, pourtant, il lui semblait entendre nettement les sifflements de chasse nocturne des oiseaux de proie, et autres créatures ailées étranges que comptait Thénérys. La gorge sèche et aussi pâteuse qu'un lendemain de cuite, Teagan se leva du lit dans un grognement pour attraper le broc d'eau, laissé par Loreleï à son intention. Il se rinça la bouche, puis passa dans la pièce attenante. Petite mais confortable, elle offrait de quoi se laver et se détendre. Un pain de savon était posé dans une corbeille sur le rebord d'un lavabo en émail et, juste à côté, quelques chardons violets trempaient dans un verre. Teagan songea que c'était l'œuvre de Loreleï, avant de chasser l'idée stupide qu'elle l'avait déposé exprès pour lui. Il n'était qu'un client comme un autre, et ce geste, elle le réservait sans doute à toutes les chambres sans distinction.

À la hâte, il se débarrassa de ses frusques sales et les jeta dans un coin de la pièce. Derrière lui, un grand baquet l'attendait. Teagan actionna les vannes et l'eau jaillit d'un robinet rutilant dans un grand jet de vapeur. Pour le Thénéryen qui n'avait jamais rien connu d'autre que l'eau du puits à remonter avec un seau, ce bain chaud était un véritable fantasme. Il s'y plongea avec délice, et fit mousser le savon entre ses mains, jusqu'à en couvrir la surface de l'eau fumante qui sortait par les tuyaux. Pendant quelques minutes, il s'y prélassa avant d'être saisi d'un horrible sentiment de culpabilité. Comme il était facile d'oublier la misère des autres lorsqu'on baignait dans une eau parfumée. Il songea à Cayden qui devait croupir quelque part dans une geôle sordide, et bondit hors de son bain. Dans sa précipitation, le Thénéryen glissa sur le carrelage humide et ne se rattrapa que de justesse au rebord du baquet. *Imbécile ! Où as-tu donc la tête ?* Furieux de se laisser aller à de telles futilités, Teagan sortit de la pièce embuée, ses vêtements à la main.

Là, il fouilla dans son sac à la recherche de rechanges et les enfila sur sa peau encore mouillée. Il jura intérieurement lorsque le cuir de son pantalon colla le long de ses cuisses, puis laça ses bottes autour de ses mollets. Son estomac se rappela à son bon souvenir dans un grognement de hross affamé. Teagan prit alors brutalement conscience de l'heure qui avançait. Loreleï avait dit minuit, et dehors, le jour semblait avoir totalement disparu. *Cayden est peut-être en train de mourir et j'ai passé la journée à dormir !*

Le regard sombre, le Thénéryen enfila une chemise propre, noua négligemment les liens de cuir qui la refermaient sur son torse, et quitta sa chambre, non sans s'être rapidement peigné à l'aide de ses doigts. Les cheveux encore hirsutes et imprégnés d'eau, le Thénéryen posa le pied dans la salle de l'auberge, cette fois pleine à craquer. La musique, qui surpassait le bruit des conversations, en devenait presque assourdissante. Dans le fond de la pièce, la fille chantait toujours, accompagnée de son tambourin qui tintait joyeusement au rythme de son balancier, et derrière le comptoir, Loreleï tournoyait encore dans un ballet coloré. Ses longs cheveux, remontés en nattes, s'enroulaient sur son crâne en une couronne dans laquelle quelques fleurs violettes étaient piquées.

Teagan se fit discret, pourtant, la jeune femme l'aperçut presque instantanément, et d'un signe de la main, elle lui désigna une table qui semblait libre. Lorsqu'il s'approcha, Teagan remarqua qu'elle était réservée au numéro de sa chambre, cependant, un homme y était déjà installé. De dos, sa silhouette massive se découpait sous un large manteau de cuir qui tombait jusqu'au sol. Ses doigts gantés se serrèrent autour de la bolée qu'il porta à ses lèvres, et lorsqu'il pencha la tête en avant, le Thénéryen distingua une large brûlure sur sa nuque. Un frisson glissa le long de son échine, mais alors qu'il allait faire un pas en arrière, l'inconnu l'interpella sans même le regarder.

— Combien de temps comptes-tu rester debout à réfléchir ? s'éleva alors une voix particulièrement rocailleuse.

Pris de court, Teagan ouvrit de grands yeux et déglutit difficilement. L'homme s'adressait peut-être à lui par erreur. Non, c'était idiot… Il repensa tout à coup aux étranges bruits de pas devant la porte de sa chambre, et aux murmures qu'il avait perçus... Que lui voulait cet inconnu ? Une seule pensée le rassura. Si cet individu voulait le tuer, il ne s'y prendrait pas de cette façon, et pas avec autant de témoins autour d'eux. Aussi longtemps qu'il resterait à l'auberge, il serait en sécurité.

Finalement, Teagan prit place face à lui sur la chaise encore libre, découvrant enfin son identité. La première chose qui le frappa furent les cicatrices qui remontaient du coin de ses lèvres jusqu'à ses oreilles, de chaque côté de son visage. D'autres semblaient se prolonger jusqu'à sa gorge.

— Qui êtes-vous ? l'interrogea-t-il en gardant le maximum de distance entre eux.

Son interlocuteur laissa passer quelques secondes avant de lui répondre, le jaugeant de ses yeux vairons. L'un rougeoyant. L'autre, entièrement noir.

— Mon nom est Clayton Morrow, mais tu peux m'appeler Clay. J'ai entendu dire que tu avais besoin de quelque chose... Et j'ai ce que tu recherches.

Teagan fronça les sourcils. La nervosité le gagnait. Sous la table, sa jambe tressautait par saccades. L'air de la taverne lui sembla soudain étouffant et irrespirable.

— Qui vous a dit ça ?

— Un ami commun.

Les poumons en feu, Teagan serra les dents. Il dut se retenir de ne pas lorgner toute la salle du regard pour vérifier si on l'épiait, et se focalisa sur l'étrange personnage qui ne semblait pas décidé à lui en dire davantage.

— Je doute d'avoir des connaissances communes avec vous... Qu'est-ce que vous me voulez ?

— Je te l'ai dit. J'ai ce que tu recherches. En échange, tu me rendras service à ton tour.

— Je ne comprends pas, souffla Teagan en s'appuyant durement contre le dossier de chaise.

Personne ne paraissait faire attention à lui, alors d'où lui venait cette subite impression qu'ils savaient tous qui il était ?

— Écoutez, je ne sais pas qui vous envoie, ni où vous avez entendu de pareilles rumeurs, mais je ne suis que de passage ici. J'ai déjà trouvé ce qu'il me faut, assura-t-il.

— Vraiment ?

Un fin sourire étira les lèvres de Clay, tandis qu'il sortait une blague à tabac en cuir de sa poche.

— Voilà qui est fâcheux. Dans ce cas, je n'ai plus rien à faire ici. Mais prends garde. Les ennemis revêtent parfois des allures d'ange.

Sous le regard stupéfait de Teagan, l'homme se redressa de toute sa hauteur et quitta l'auberge sans un mot. Un instant plus tard, Loreleï se pressait près de sa table, déposant devant lui une assiette garnie de pommes de terre rissolées, accompagnées de viande et de pain.

— Désires-tu un peu de sajja ?

Sa première pensée fut de refuser, mais le sourire encourageant de la jeune femme joua en sa faveur.

— Un seul, alors. Loreleï ! la rappela-t-il alors qu'elle s'éloignait déjà. Est-ce que tu sais qui était l'homme assis à ma table ?

— Qui ça ? Il n'y avait personne.

— Il a pourtant bu une bolée, affirma-t-il en lui désignant le verre vide.

— Je suis désolée, je n'ai vu personne. Il y a beaucoup de monde, ce soir. C'est peut-être Lorta qui l'a servi. Je te rapporte ton sajja tout de suite.

Teagan n'insista pas, songeant que peut-être Loreleï n'avait véritablement pas vu son interlocuteur. Après tout, la salle était bondée et la jeune femme devait courir en tous sens pour satisfaire tous les clients. Pensif, il entama son repas sans entrain, ne quittant pas des yeux les minutes qui s'écoulaient sur la grande horloge murale.

Vers onze heures, la salle se vida complètement. Parfaitement réveillé cette fois, Teagan remonta dans sa chambre. Il y récupéra son sac, et boucla sa ceinture autour de sa taille avant de fermer sa porte à clé et de redescendre au rez-de-chaussée. Le feu se mourait dans l'âtre, la chanteuse avait disparu, et la plupart des bougies étaient éteintes.

— Tu es encore là ? s'étonna Loreleï en déposant un dernier plateau de chopes sur le comptoir.

— J'attendais ta patronne pour lui dire que je sortais, et qu'elle ne s'inquiète pas si elle entendait quelqu'un rentrer tardivement.

— Ne t'en fais pas. Je lui transmettrai le message. Inutile de l'interrompre pour si peu. Elle est occupée à compter la recette de la journée dans son bureau, et elle ne supporte pas d'être dérangée dans ces moments-là. Hâte-toi maintenant, souffla-t-elle en jetant un coup d'œil à l'horloge.

Cette façon de faire ne plaisait pas au Thénéryen, mais les minutes filaient et le temps lui était compté. Surtout celui de son frère. Aussi n'insista-t-il pas davantage et quitta-t-il précipitamment l'auberge.

Malgré l'heure avancée, Rivale était bien plus vivante que Stent. De petits groupes d'hommes se promenaient encore dans les rues, chantant, ou cherchant les faveurs des filles de joie qui sortaient des renfoncements sombres à chaque fois que l'un d'entre eux approchait.

— Tu cherches un peu d'amour pour la nuit ? chuchota une voix suave tout près de son oreille.

Teagan sursauta en sentant une main se poser sur son bras, et se maudit d'être aussi confiant. Rivale n'était pas Stent, et ce pour une bonne raison. Cette ville était un véritable coupe-gorge. Si ce matin, il avait été frappé par les rues colorées du marché, les rires et les odeurs agréables, à présent, la véritable nuit étendait son emprise sur chaque pavé, les gorgeant de noirceur et de vices. Un peu tard, Teagan comprit qu'ici, il pouvait se faire assassiner à chaque coin de rue sans que personne ne s'en rende jamais compte.

— Non. Une autre fois.

— Tu es encore puceau ? rit la prostituée.

Elle tourna autour de lui comme une chatte autour de sa proie, l'admirant de haut en bas tandis qu'il tentait de s'en défaire poliment, sans faire de vagues. Qu'est-ce qu'ils avaient tous avec le fait qu'il soit puceau ?

— Attends, ne pars pas. Tu sais, tu serais mieux dans mes bras cette nuit que seul dans les rues de Rivale, insista-t-elle en se plaçant devant lui. Je ne te plais pas ?

— Ça n'a rien à voir. Vous êtes très jolie, mais…

— C'est bien la première fois qu'un homme me vouvoie, déclara-t-elle avec un sourire ravi.

Habillée d'une longue robe rouge à volants, et d'un châle qui couvrait à peine sa poitrine et sa gorge, la prostituée lui adressa un signe de la main.

— Si tu t'ennuies, reviens me voir. Enfin, si tu es toujours en vie.

Teagan s'éloigna en courant sous le rire moqueur de la femme, déjà occupée à ferrer un autre pigeon. Il n'avait aucune idée de là où il allait, mais par chance, il tomba sur le canal après quelques minutes d'errance. Loreleï lui avait parlé d'un pont et d'un cimetière qu'il ne tarda pas à trouver, une fois l'autre rive atteinte. Jamais il n'aurait pensé que Rivale était si étendue. Avançant à pas prudents entre les tombes, privé de lumière, Teagan chercha la stèle brisée indiquée par la jeune serveuse. Après plusieurs tentatives, il finit par repérer une grande dalle blanche nappée de brouillard qui semblait avoir été frappée par la foudre. Fendue sur toute sa longueur, elle ne tenait debout que grâce au lierre qui s'était enroulé autour au fil des ans. Dégageant les lianes, Teagan tenta d'en lire les inscriptions, mais l'érosion avait fait son œuvre, et la quasi-obscurité ne lui facilitait pas la tâche. Le temps passa, si bien que le Thénéryen crut s'être trompé d'endroit, mais après quelques minutes d'attente interminables, la lueur vacillante d'une flamme émergea d'entre les allées. Silencieux, il ne bougea pas, gardant sa gibecière pressée contre son corps. Trois hommes avançaient dans sa direction, suivis par une silhouette plus frêle.

— C'est lui ? demanda celui qui tenait la lampe.

— Oui.

À sa grande surprise, Teagan reconnut la voix chantante de Loreleï. Mis en confiance, il avança d'un pas dans leur direction.

— Loreleï ? Je ne m'attendais pas à te trouver là. Je croyais que...

La jeune femme ne répondit rien, se contentant de le fixer dans l'ombre. Son joli visage, éclairé par la flamme de la lampe, ne riait plus du tout. Elle avait perdu toute sa douceur, et l'impatience avait remplacé sa gentillesse.

— Où est ton argent ? s'enquit-elle avec hâte.

— Où sont les passeurs dont tu me parlais ? gronda Teagan, à qui son corps envoyait des signaux d'alerte inquiétants.

Dans les arbres autour d'eux, parmi le feuillage, plusieurs huissements furieux s'élevèrent, cadencés de taches de lumières phosphorescentes qui s'allumaient ou s'éteignaient au rythme des piaulements. Un groupe de carnageurs s'apprêtait à partir en chasse, et la présence des hommes n'était pas la bienvenue. Teagan leva furtivement les yeux vers les branches, inquiété par le ballet aérien qui se jouait à seulement quelques mètres d'eux. Rassemblés en un nuage de plus en plus dense, les carnageurs étendaient leurs ailes rougeoyantes, ourlées d'ondes lumineuses qui gagnaient en intensité en fonction de leur agitation.

— Ce sont eux, lui assura Loreleï. Maintenant, tu dois payer.

— Ce ne sont pas des Maraudeurs. Vous n'êtes pas des Maraudeurs ! les prit-il à témoin.

— Comment ça, on n'est pas des Maraudeurs ? s'offusqua l'un des hommes. Bon, écoute, mon gars ! Tu nous files ton pognon et on te fait monter. C'est comme ça que ça marche.

— Vos marques !

— Quoi ? De quoi tu causes ? s'impatienta le plus proche.

— Si vous êtes des Maraudeurs, faites-moi voir vos corbeaux ! Je suis peut-être naïf, mais pas complètement idiot !

Conscient d'être dans la merde jusqu'au cou, sans échappatoire possible, Teagan tentait de gagner du temps. Pour quoi, il n'en savait rien, mais c'était toujours ça de pris. Peut-être qu'un miracle allait se produire.

— Oh ! Ça suffit ! s'exclama Loreleï en saisissant le revolver qu'elle dissimulait dans ses jupons. Donne-nous ton argent ! Maintenant !

Malgré l'arme chargée pointée dans sa direction, Teagan ne céda pas. Bien au contraire, cette situation le rendait furieux. Une fois encore, il était victime de sa crédulité, et de sa confiance qu'il accordait trop facilement.

— Bordel, mais à quoi tu joues, Loreleï ? Pourquoi tu fais ça ?

— J'ai besoin de ton argent pour monter sur Aldébaran ! Je n'en peux plus de cette vie de misère à Rivale ! Tu entends ? Trimer toute la journée pour Lorta, essuyer des verres, ouvrir les cuisses aux Nuageurs qui descendent. C'est terminé.

— Alors… Les Maraudeurs, le navi… Tout ça, c'étaient des conneries ? s'emporta Teagan en hurlant.

— Ce que tu peux être naïf, rit Loreleï.

— La vie de mon frère est en jeu ! Et je ne laisserai personne se mettre en travers de mon chemin. Je te préviens, Loreleï, si tu es une fille intelligente, tu vas gentiment repartir à la taverne, et emmener ces gars avec toi.

— C'est impossible ! rétorqua-t-elle avec froideur. Tu n'es pas un violent, ça se voit tout de suite. Ne joue pas au dur, et tout se passera bien.

— Combien tu leur as promis pour me tuer ?

— Suffisamment pour qu'ils ne posent pas de questions ! cracha la demoiselle, qui n'avait plus rien de tendre. Maintenant, lance-moi ton sac !

— Très bien…

Lentement, Teagan fit passer la bandoulière par-dessus sa tête, alerté par le rassemblement subit des carnageurs. Amassés sur les branches dépourvues de feuillage, ils observaient la scène en surplomb. Lumineuse, l'énergie circulait entre eux, se propageant à la manière d'un signal. Régis par leur instinct animal, et réputés pour être de redoutables mangeurs de chair, ils savaient que le sang allait bientôt couler.

Une vive chaleur embrasa l'organisme de Teagan lorsque la nuée s'envola dans un parfait ensemble luisant. Au même instant, le Thénéryen lança sa besace en direction des hommes qui se jetèrent dessus. Sans perdre une seconde, Teagan détala au milieu des tombes, suivi de près par un coup de feu retentissant qui déflagra dans la nuit.

— Donnez-moi ça ! écuma Loreleï.

D'un geste, elle déversa le contenu du sac et s'étrangla de rage en n'y trouvant que les maigres effets personnels de Teagan. Pas la moindre trace de bourse ! Même pas le plus petit objet de valeur !

— Le fils de pute ! jura-t-elle en se relevant. Retrouvez-moi ce foutu bâtard !

Hors d'elle, elle lança ses mercenaires à sa poursuite et serra le poing dans un cri de rage. Ce n'était quand même pas cet homme, avec ses allures candides et détestablement trop polies, qui allait mettre en péril son plan !

14

LEUR MURMURATION S'EST VUE DE LOIN. TOUT LE CIEL DE RIVALE S'EST ILLUMINÉ.
CLAYTON MORROW

Thénérys – Ville de Rivale

Hors d'haleine, Teagan détala entre les statues immobiles et couvertes de lichens, avant de bifurquer au bout d'une allée de graviers parcourue d'herbes folles. Les visages de pierre le fixaient de leurs yeux vides et inexpressifs, témoins silencieux de la cavalcade nocturne. Les poumons en feu, Teagan s'adossa précipitamment contre le mausolée qui sortait de terre, une main contre sa poitrine. Ce n'étaient pas les battements effrénés de son cœur qu'il cherchait à combattre, mais la vague de spasmes qui le secouait. Dans le ciel noir de Rivale, les carnageurs s'étaient regroupés en masse et piaulaient de manière frénétique, électrisant l'immensité dépourvue d'étoiles. En manque d'air, le Thénéryen s'écroula à genoux, alors que le bruissement d'un millier d'ailes éclatait dans sa tête. Un oiseau seul ne s'entendait pas, mais lorsqu'ils agissaient tous ensemble, c'était comme si le ciel tout entier se réveillait et s'éclairait. Teagan n'en avait jamais vu autant ! Les carnageurs se faisaient rares sur les côtes de Stent, préférant les plaines de Rivale ou celles d'Orval, mais il connaissait la dangerosité qu'ils représentaient.

Le souffle court, Teagan se déplaça sur quelques mètres avant de se retourner vers les allées, guettant le moindre mouvement entre les tombes. À une trentaine de mètres de là, le balancier régulier d'une lanterne approchait, et bientôt, les voix furieuses de ses poursuivants lui parvinrent. *Merde ! Fait chier !*

— Où est-ce qu'il est ?

— J'sais pas ! Et puis, qu'est-ce qu'ils ont, tous ces oiseaux ? Ils font un de ces raffuts !

— Vous l'avez laissé filer, bande d'incapables ! s'étrangla Loreleï, furieuse, en surgissant derrière eux. Retrouvez-le !

Les cinq hommes se séparèrent sous le regard courroucé de la jeune femme qui balaya le cimetière de son expression acérée. Dissimulé dans l'ombre du mausolée, Teagan scruta les environs. Le mur d'enceinte s'avérait trop haut pour qu'il puisse l'escalader, et s'il bougeait de sa place, il serait à terrain découvert. Bien sûr, il pourrait tenter sa chance et courir jusqu'à la prochaine ligne de tombes, mais l'espace à parcourir paraissait trop dégagé. Teagan ragea en silence, puis se tassa lorsque l'ombre massive de l'un de ses poursuivants se découpa sous la faible lumière. La gorge nouée, il se plaqua contre le mur de granit, avant de glisser doucement sur le côté. Il parvint à faire quelques mètres sans se faire remarquer, mais alors qu'il allait s'élancer, une branche morte craqua sous son poids, donnant immédiatement l'alerte.

— Il est ici ! hurla l'homme en se précipitant vers lui.

Teagan bondit sur la gauche pour lui échapper, mais son agresseur était plus rapide, et plus aguerri à ce genre de confrontations. Pour le pacifiste qu'il était, le choc fut rude lorsqu'il s'écrasa dans la caillasse du cimetière. Enragé, Teagan joua des poings et des pieds, frappant tout ce qui passait à sa portée.

— Lâche-moi, sale slug !

Un coup atteignit le menton du mercenaire, un second son abdomen, mais alors que Teagan allait frapper une nouvelle fois, le déclic d'une arme lui fit cesser tout mouvement.

Son revolver chargé pointé sur son torse, Loreleï le toisait avec colère.

— J'ai horreur de perdre mon temps ! Ta bourse ! Donne-nous tes tôves et tu auras la vie sauve.

— Ouais, bien sûr ! Toi comme moi, on sait très bien que ce n'est pas ce que tu as prévu.

L'impatience de Loreleï se traduisit par un mouvement vif du poignet, baladant le canon de son arme de sa poitrine à son visage. Allongé sur le sol, Teagan se mordit la joue à sang. Il n'avait pas d'autre option que celle que lui offrait la serveuse de la taverne. Le fluide chaud et métallisé envahit sa bouche, salvateur. Non, il n'allait pas abandonner ! Lentement, il leva les mains.

— La bourse est sous ma chemise. Je vais juste la prendre.

— Non ! refusa Loreleï. Ne bouge pas ! Tiaz, charge-t'en !

Le dénommé Tiaz, celui qui l'avait plaqué au sol, déploya une rangée de dents sales dans un sourire carnassier.

— Bouge pas, mon gars, et tout se passera bien.

Son genou appuyé de tout son poids sur le thorax de Teagan pour l'empêcher de remuer, Tiaz palpa son corps à la recherche de la bourse. Le cœur de Teagan pulsa soudain de manière folle, complètement désordonnée. Une brutale vague de chaleur gagna sa tête, comme s'il l'avait plongée dans un baquet de métal en fusion. Sous la douleur, son corps s'arc-bouta brutalement, dégageant Tiaz au passage. Ne contrôlant plus rien, Teagan sentit ses doigts s'enfoncer de force dans la terre et les gravats, arrachant des mottes d'herbe sèche sous le regard superstitieux des hommes.

— Hola ! Qu'est-ce qu'il lui arrive ? paniqua le plus petit des trois.

— C'est la rage ! Le touche pas, Tiaz !

Un râle inhumain s'échappa des lèvres de Teagan. En écho, les carnageurs émirent un long cri strident qui se déploya dans tout le cimetière, alors que le ciel s'illuminait au rythme de leur vol groupé.

— Ne soyez pas stupides ! hurla Loreleï. Il n'est pas enragé ! Pourquoi faut-il donc toujours tout faire soi-même ?

D'un geste, elle poussa le mercenaire de son chemin et saisit la gorge de Teagan qui semblait s'asphyxier. En proie à de violentes contractions musculaires incontrôlées, le Thénéryen paraissait confronté à d'étranges hallucinations, les yeux grands ouverts sur le ciel.

— Tout ce cinéma pour rien, soupira lourdement Loreleï. Tu vas mourir de toute façon, alors tes tôves ne te serviront plus à rien.

Sans une once de compassion, elle glissa sa main fine sous la chemise de Teagan et referma ses doigts sur la bourse qu'elle lui arracha.

— Merci, souffla-t-elle sur ses lèvres en se redressant, victorieuse. Je penserai bien à toi lorsque les soleils d'Aldébaran caresseront ma peau. Adieu, mon cher voyageur.

Étendu sur le dos, Teagan se trouvait incapable de bouger. Tout son corps était paralysé de manière inexplicable, et il avait l'horrible sensation de mourir sans pouvoir réagir. À travers la brume qui envahissait peu à peu sa conscience, il distingua les lèvres de Loreleï, penchée sur lui. Elles bougeaient, mais aucun son ne lui parvenait. La seule mélodie qui se frayait un chemin dans sa tête était le bruissement assourdissant des centaines de carnageurs. Opérant dans une parfaite coordination, les rapaces lumineux n'étaient plus qu'une seule et même entité volante, se déplaçant comme un nuage ondulant.

Pendant une seconde, l'esprit de Teagan se détacha de son corps et se retrouva propulsé dans celui d'un des carnageurs. Le vent glissait sur ses plumes. Non, mieux ! C'était lui qui tranchait l'air de ses ailes. À travers les yeux du rapace, il se vit en contrebas, sur le point de mourir d'une balle dans la tête, dépouillé, et sans plus aucun espoir pour Cayden. Sa vision était étrange, puisant dans un prisme coloré que Teagan n'imaginait même pas possible. Son champ se trouvait élargi, décuplé. Les hommes, Loreleï et lui-même apparaissaient sous forme de silhouettes violettes, une couleur quasiment électrique, comparable à celle des éclairs, tandis que la végétation luisait de rouge. Le ciel, lui, était un immense miroir. Au milieu des autres carnageurs, Teagan percevait la morsure du froid, étrangement conscient des ailes puissantes qui prolongeaient son corps, et de ses serres courbes.

PEUR DANGER MAL

Des sentiments éclatèrent dans son esprit de rapace, davantage semblables à des impressions primitives qu'à des pensées formulées. La sensation se propagea parmi la Murmuration que formaient les carnageurs, puis tout se brouilla d'un coup.

TUER

En une seconde, son esprit regagna son corps immobile, alors que l'air froid de la nuit circulait à nouveau librement dans ses poumons. Au même instant, sous ses yeux horrifiés, le groupe de carnageurs fondit sur Loreleï et sur ses hommes, tels des éclairs se jetant à corps perdu vers le sol. Tous furent engloutis dans un nuage de plumes, de griffes et de lumière éclatante. Des centaines de becs acérés taillèrent leur peau en lambeaux, crevèrent leurs yeux, tandis que les serres transperçaient la chair. Tétanisé, Teagan tenta de fermer les yeux, certain qu'il allait mourir, mais les oiseaux de proie se déployèrent autour de lui sans le toucher.

Loreleï fut la première à s'effondrer. Son corsage pendait lamentablement sur son ventre labouré d'où s'écoulait un flot de sang. Elle convulsa au milieu des ajoncs, abreuvant la terre sèche d'une mare écarlate. Dans son dos, Tiaz hurla à mort. Acculé par les rapaces qui visaient ses yeux et sa langue, il battait des mains pour tenter de les chasser, tirant au hasard dans la mêlée. Les coups de feu claquèrent dans la nuit, tel un chant lugubre. Pour autant, chaque fois qu'il en éloignait un, dix revenaient à la charge, plus pugnaces encore que les précédents. D'un coup de bec, un carnageur profita de son cri et de sa bouche grande ouverte pour lui arracher la langue. La douleur fut telle que l'homme la sentit traverser la moindre particule de son corps. Une rivière de sang dévala sa gorge, noyant ses intestins, avant de déborder de ses lèvres écharpées en un flot incoercible. Paniqué, ne discernant plus rien d'autre que l'insupportable mal qui le rongeait, il bascula en arrière. La Murmuration de carnageurs le couvrit comme un manteau de lumière, l'entaillant profondément. Ils cherchaient le cœur, le foie, et lorsque les premiers coups de bec percèrent suffisamment loin pour atteindre les tripes, Tiaz n'était toujours pas mort.

La nausée s'empara définitivement de Teagan lorsqu'un jeune carnageur au plumage plus vif que ses congénères plongea son bec dans les entrailles de l'homme, juste avant de s'envoler, tirant derrière lui un ruban de viscères. Incapable de supporter un pareil carnage plus longtemps, l'estomac du Thénéryen se vida. Le relent lui apporta un nouveau haut-le-cœur qu'il ne parvint à réprimer qu'en se traînant sur le sol pour s'éloigner.

Peu à peu, le tumulte s'apaisa. Le nuage des carnageurs se disloqua en petits groupes. Certains se battaient encore pour quelques morceaux de chair palpitants, mais la plupart avaient regagné les hauteurs des arbres pour le reste de la nuit. Ils étaient repus, leur faim apaisée, et leur brutalité sauvage, rassasiée.

Moucheté de sang, Teagan se redressa. Ses pensées fusaient dans un chaos total. Il n'avait rien compris à ce qui venait de se produire, mais son corps accusait un violent contrecoup. À une centaine de mètres de là, sur l'autre rive du canal, plusieurs silhouettes se dressaient le long de la berge, lanternes à la main. Alerté par les coups de feu, et par les hurlements déchirants de Loreleï et des hommes, un petit groupe s'était formé, et s'apprêtait à traverser. Seul survivant au milieu de ce déluge de sang et de tripes, Teagan aurait beaucoup de mal à prouver qu'il n'était pas le responsable de cette tuerie, et que les carnageurs l'avaient épargné. Forçant ses jambes à cesser de trembler, le Thénéryen passa à côté des corps. Tiaz était méconnaissable, pourfendu de toutes parts. Quant à Loreleï, son beau visage n'était plus qu'un amas de chair rouge. Malgré la trahison de la jeune femme, Teagan ne pouvait s'empêcher d'avoir pitié d'elle. Personne ne méritait de mourir dans de telles circonstances.

Déjà, le bruit des bottes martelant le pont de bois se faisait entendre, aussi Teagan ne s'attarda-t-il pas davantage. À la hâte, il récupéra sa bourse, toujours coincée entre les doigts raidis de Loreleï, et s'enfuit en courant.

— Il y a quelqu'un là-bas ! s'écria alors une femme. Regardez ! Un homme s'enfuit !

Un coup de feu siffla aux oreilles de Teagan qui changea brutalement de trajectoire, abandonnant définitivement sa besace derrière lui. Le sang lui battait les tempes et l'air commençait à nouveau à lui manquer. *Tu parles d'une nuit !* Haletant, il s'enfonça dans les allées plus sombres et moins entretenues du cimetière, louvoyant entre de sinistres statues à moitié écroulées. Elles jaillissaient de l'ombre au dernier instant, manquant à chaque fois de le faire hurler. *Nom d'une slug ! Teagan, dans quelle merde tu t'es fourré ?* Un nouveau tir éclata dans le silence de la nuit, puis il y eut des cris d'horreur. Nul doute que ses poursuivants venaient de tomber sur les corps mutilés autour desquels il ne restait plus que quelques plumes...

Hors d'haleine, Teagan se retrouva finalement face aux grilles qui clôturaient le cimetière. Sans hésiter, il agrippa les barreaux rouillés et escalada l'enceinte, avant de retomber souplement de l'autre côté. Les ruelles inaccessibles et impraticables de Stent lui avaient offert un bon entraînement. Sans demander son reste, il s'éloigna en courant et sauta dans les eaux noires du canal. Ce ne fut qu'au bout de quelques brasses que le Thénéryen songea avec dégoût aux créatures qui y frayaient, mais entre les balles et les slugs suceuses de sang, le choix était vite fait. Bon nageur, Teagan plongea sous la surface et ne remonta que de longues secondes plus tard, après s'être suffisamment éloigné du lieu du carnage.

Coupée par le canal qui la divisait en quartiers, Rivale offrait de nombreux points d'accès à l'eau, ainsi, plusieurs escaliers assez larges y plongeaient, permettant aux femmes d'y laver leur linge, ou aux enfants téméraires de tremper leurs pieds. Ce fut au pied de l'escalier rouge, qui tenait son nom des briques ocre qui le composaient, que Teagan échoua. Haletant, il se hissa sur les premières marches qui affleuraient l'eau, et s'écroula sur le dos. *Merde... Quel enfer, cette ville !*

Trempé et gêné par le poids de ses vêtements, le Thénéryen remonta de quelques pas. Ses poumons le lançaient encore, mais son esprit semblait moins brumeux. Les étranges cris aigus ne retentissaient plus dans son crâne, pourtant, le sentiment d'oppression subsistait.

— C'est une belle nuit. Tu ne trouves pas ?

— Bordel de slug ! jura Teagan en bondissant sur ses pieds.

Derrière lui, Clay venait d'apparaître, nonchalamment appuyé contre une charrue pleine de paille. Sa large capuche noire couvrait sa tête, mais Teagan perçut l'éclat de son regard.

— Vous ? Vous me suiviez ?

— Ai-je l'air d'être aussi mouillé que toi ?

— Putain ! Ne jouez pas sur les mots ! grogna Teagan dans un soupir exaspéré. Vous m'attendiez, alors ?

— Tu aurais une bien grande importance, si c'était le cas.

Clay quitta la zone d'ombre et s'approcha jusqu'à poser le pied sur la première marche. En position d'infériorité, Teagan déglutit, mais ne se déballonna pas. Les poings serrés, il remonta sous le regard attentif de l'homme, et leva les yeux au ciel.

— Qu'est-ce que vous me voulez ? N'allez pas me faire croire qu'il s'agit d'une coïncidence.

— Les coïncidences n'existent pas. Tu as eu beaucoup de chance au cimetière, répondit Clay en éludant complètement sa question.

Intrigué, Teagan le toisa une seconde, fourrageant dans sa tignasse trempée. Il rabattit ses cheveux en arrière, essora le trop-plein d'eau et en fit de même avec sa chemise qu'il retira avant de la secouer.

— Vous étiez là-bas ?

— Non.

— Non ? Comment ça « non » ?

— J'ai juste dit que tu avais eu de la chance. Pas que j'avais vu ce qui s'était passé.

— Je… Vous savez quoi ? Laissez tomber. Je ne sais pas ce que vous attendez, mais je vais rentrer à l'auberge et…

— Et tu finiras pendu au bout d'une corde.

Occupé à remettre sa chemise qui lui collait à la peau, Teagan se figea.

— Je vous demande pardon ?

— Loreleï est morte, mon jeune ami. De même que les hommes qui l'accompagnaient.

— Je n'y suis pour rien ! se défendit Teagan. Loreleï m'a trompé ! J'ai bien failli y passer, dans ce foutu cimetière ! J'ai perdu toutes mes affaires, il ne me reste rien !

— Il te reste la vie, le contredit Clay avec philosophie. Ce qui, en des temps si durs, n'est pas si mal.

Soufflé, Teagan ouvrit la bouche pour répliquer, mais son étrange interlocuteur ne semblait même pas l'écouter. Un oiseau noir venait de se percher sur son épaule, frottant son bec contre sa joue. Immobile, l'animal darda sur Teagan ses quatre petits yeux qui brillaient comme des billes de verre blanc avant de s'envoler dans un cri strident qui lui vrilla les tympans.

— Ils vont bientôt arriver, prédit Clay en refermant les pans de son long manteau. Deux options s'offrent à toi. Tu peux soit me suivre sans poser de questions, soit retourner à l'auberge où t'attend déjà un comité d'accueil. Ta venue ce matin n'est pas passée inaperçue, et sois certain d'une chose : personne ne te croira lorsque tu raconteras qu'un groupe de carnageurs s'est jeté sur tes agresseurs en t'épargnant. Au mieux, ils te pendront immédiatement sans procès. Au pire...

Clay n'acheva pas sa phrase, mais son silence était plus inquiétant encore. Troublé, Teagan frémit.

— Je ne vous ai jamais dit qu'il y avait des carnageurs au cimetière... Alors comment...

— Il y a toujours des carnageurs au cimetière, répliqua Clay en haussant les épaules. Ce sont des oiseaux nocturnes, des charognards, mais qui ne sont jamais contre une bonne plâtrée de viande fraîche. Et leur Murmuration s'est vue de loin. Tout le ciel de Rivale s'est illuminé.

Glacé jusqu'aux os, Teagan retint le tremblement qui prenait possession de son corps et tourna la tête en direction de la ruelle.

— Il te reste peu de temps pour te décider, l'informa l'homme qui s'éloignait déjà sans l'attendre. Ah, au fait, tu as une slug collée sur ta botte.

Teagan jura en baissant les yeux vers ses pieds. Une grosse slug luisante rampait le long de sa botte, ses petites antennes dressées vers le haut. *Dégueulasse*, songea Teagan en secouant son pied pour la déloger. Elle retomba dans l'eau dans un léger *ploc* puis disparut sous la surface. Lorsqu'il tourna la tête en direction de la charrue, Clay avait disparu.

— Hey ! s'écria-t-il. Merde ! C'est pas vrai !

En courant, Teagan s'enfonça dans la ruelle adjacente, mais il n'y avait nulle trace de son passage. Alors qu'il allait rebrousser chemin, un bruissement d'ailes attira son attention. Sous le faible éclat de la nuit, il avisa un oiseau, perché sur le rebord d'une fenêtre. Sa mère lui disait toujours que la nuit, tous les chats étaient gris. Évidemment, il en allait de même avec les oiseaux, mais Teagan était persuadé que le volatile en question n'était autre que celui de Clay.

Refoulant sa rationalité qui lui hurlait que c'était une mauvaise idée, il privilégia son instinct qui braillait le contraire. De toute façon, il ne bénéficiait d'aucune porte de sortie si Clay avait dit vrai. S'il avait dit vrai... Il était trop tard pour y réfléchir maintenant. Non loin de là, des voix fortes se rassemblaient sur la petite place, celle de la jolie prostituée surpassant toutes les autres, hurlant comment il avait failli l'agresser. En une journée, Teagan était passé de simple voyageur à victime, puis meurtrier. Même sans voir les habitants de Rivale, Teagan sentait la haine gronder dans leur discours. Sans en écouter davantage, il fonça en direction de l'oiseau qui s'envola. Haut dans le ciel, planant au-dessus des toits de la bourgade pas si paisible que ça, le petit volatile le guidait entre les habitations.

Silencieux, Teagan le suivit sans se poser de questions entre les ruelles pavées, traversant une bonne partie de la ville, jusqu'à déboucher dans une large cour où l'herbe poussait entre les galets. Cerclé d'arcades en pierre, l'endroit était étrangement calme. Trop calme. Alors que Teagan commençait à regretter sa venue, il remarqua des carnageurs, perchés dans les branches des grands chênes. Les rapaces cillèrent à peine à son approche, mais quelques faibles ondes de lumière pulsèrent de leur plumage. La silhouette immobile de Clay finit par se découper en haut d'un escalier qui filait le long du mur.

— Tu en as mis du temps, commenta-t-il simplement en lui faisant signe de le suivre.

— C'est une blague ? À quel moment vous m'avez attendu ? pesta Teagan en le rejoignant. Quel est cet endroit ?

— Le domaine d'un ancien marchand établi à Rivale, lui expliqua Clay en poussant une lourde porte aux charnières de fer noir. Driggon Leoness. C'était un vieillard.

— Et où est-il maintenant ?

— Tu as dû le voir tout à l'heure, au cimetière…

— Je n'ai croisé aucun vieillard au cimetière.

Clay pila net devant lui et fit volte-face, le scrutant d'un air impénétrable.

— Driggon Leoness se trouve six pieds sous terre.

— Vous venez de dire que je l'avais sans doute vu au cimetière !

— Oui, sur le granite.

— Désolé, mais je n'ai pas non plus eu le temps de lire les noms gravés sur les pierres tombales ! s'exclama Teagan en pénétrant dans la pièce faiblement éclairée. J'étais un peu occupé à ne pas mourir !

— Tu aurais pu… N'étais-tu pas à la fois étendu par terre et planant dans le ciel ? Tu t'es allongé dans l'herbe, juste à côté de lui, insista Clay en refermant sur son passage.

Mais enfin ! Qui était cet homme ? Comment pouvait-il connaître tous ces détails sans avoir mis un pied sur l'autre rive ? C'était insensé ! Comme tout le reste de cette nuit…

D'ailleurs, Teagan n'avait aucune idée de l'heure qu'il était, mais s'il existait bien un navi clandestin quelque part, dont le départ se faisait avant l'aube, le bâtiment volant allait partir sans lui.

— Quoi qu'il en soit, te voilà en vie, et en sécurité. Pour le moment.

— Ce n'est pas suffisant. Cette nuit est un fiasco total.

Clay ne semblait déjà plus faire attention à lui et s'affairait à allumer les lampes suspendues. À travers les cloisons de verre des lanternes, la lumière dispensait un agréable éclat tamisé. Teagan profita de cet instant pour observer son hôte avec attention. Clay avait retiré son long manteau de cuir, sous lequel il portait une chemise ample, largement ouverte sur son torse bardé d'anciennes cicatrices.

— Qui êtes-vous exactement ?

— Je te l'ai dit, répondit Clay en passant une main dans sa tignasse.

Dans un bâillement, il défit la boucle de son ceinturon, auquel pendaient deux mousquets, et le posa négligemment sur une petite table de bois usée.

— Tu devrais dormir un peu. Il y a une chambre à l'étage et...

— Je ne veux pas dormir ! Je veux des réponses ! s'emporta Teagan. Arrêtez de vous foutre de moi ! Vous n'étiez pas là par hasard à l'auberge. Vous m'avez mis en garde face contre Loreleï. En quoi mon sort vous concerne-t-il autant ?

— Ce n'est pas ton sort qui m'intéresse, mais ton don de Résonance.

13

JE NE POURRIRAI PAS DANS CES GALERIES IMMONDES, ET JE NE ME CASSERAI PAS LE CUL À CHERCHER DE LA PIERRAILLE POUR VOS ARISTOS !
CAYDEN JAYCE

Aldébaran - En direction de l'île Prison de For'Baten
– Navi pénitentiaire de Kinefall

La nuit avait accompagné ses derniers jours. Parqué avec d'autres prisonniers, à fond de cale d'un navi pénitentiaire ralliant les cinq grandes îles principales à l'île Prison, Cayden n'avait pas vu les soleils une seule fois. Les corps moites et entassés des hommes, mêlés aux seaux emplis de déjections et à l'odeur viciée de la peur ambiante, diffusaient une fragrance insoutenable. Assis contre le ventre creux du navi, Cayden gardait ses jambes remontées le long de son corps. Comme le reste de la fournée de prisonniers, il avait perdu la notion du temps, se laissant ballotter au gré des vents. Ses yeux rouges intriguaient, suscitaient une sorte de curiosité malsaine à laquelle il ne pouvait se soustraire. Déjà, lors de son court séjour à la prison de transit, il avait dû encaisser les remarques acerbes et provocantes des Aldébariens, toutes castes confondues. Sans surprise, Cayden avait constaté à quel point captifs et geôliers savaient s'unir, pourvu qu'il s'agisse de casser du Thénéryen.

Son compagnon de chaîne se redressa sans prévenir et tira brutalement sur les maillons qui entravaient sa cheville. Les muscles ankylosés, Cayden contracta son torse de toutes ses forces pour ne pas être entraîné à sa suite et l'interpella.

— Tout doux ! T'es pas relié à un sac de patates ! Préviens quand tu bouges.

— Petit sac à merde de Thénéryen, suis le mouvement si tu ne veux pas que je te fasse crier au bout de ma chaîne, répliqua l'autre d'une voix aigre. Quand je me lève, tu te lèves !

Le sang de Cayden ne fit qu'un tour dans ses veines. Immédiatement, sa rage remonta en boule incandescente du fond de son bide, jusqu'à embraser sa gorge crispée de fureur.

— Répète un peu ce que tu viens de dire !

Dans sa colère, il se redressa à son tour en s'appuyant contre la paroi. Sa blessure pulsait toujours de manière lancinante, et le pus qui s'en écoulait ne lui disait rien qui vaille. La plaie causée par l'hélice de l'Hélion s'était infectée brutalement du jour au lendemain, sans doute à cause de l'hameçon avec lequel on l'avait recousue. Pour autant, à cet instant, rien d'autre ne comptait pour Cayden que de faire taire l'enflure qu'il avait en face de lui. Faisant abstraction de la douleur qui se propageait dans son organisme comme un poison, il harponna l'Aldébarien de ses prunelles ocre.

— C'est moi que tu traites de sac à merde, alors que tu pues la charogne, et que chaque fois que tu ouvres la bouche, l'air se sature un peu plus ?

Pendant une seconde, le silence s'installa parmi les hommes. De tout âge, de toute classe sociale, ils étaient à présent relégués au même rang : celui dont la société éblouissante d'Aldébaran ne voulait plus. Dressé au milieu de cette foule hostile, Cayden ne défiait pas seulement celui qui avait osé l'insulter. Il s'élevait contre eux tous, prêt à leur cracher au visage et à leur arracher les yeux avec les dents s'il le fallait. Un chaos monstre envahit brutalement la cale. Pareils à un essaim bourdonnant, les galériens s'étaient levés dans un bruit simultané de chaînes, et gueulaient à présent en faveur de son adversaire. Cayden les contempla avec dédain, ses yeux rouges brillant dans l'obscurité de la cale. Ils n'étaient que des ombres fugitives, des masses chaudes et informes de corps à pourfendre. Aucun d'entre eux ne l'effrayait !

— Tu as envie de mourir, le Thénéryen ? s'amusa le prisonnier.

Cayden ne broncha pas, avisant sa gueule déjà bien amochée. Il lui manquait quelques dents, et de sales cicatrices lézardaient ses joues.

— Si tu tiens à conserver le peu de chicots qu'il te reste, je te conseille de reposer ton cul blanc d'Aldébarien sur le sol de cette foutue cale, et de ne plus bouger jusqu'à notre arrivée. Et si t'as envie de pisser ou de chier, tu le feras dans ce seau, en me regardant droit dans les yeux ! C'est clair ? gronda Cayden.

Il allait loin, bien trop loin, il le savait, mais puisque s'effacer et s'écraser ne suffisait pas à assurer sa sécurité, alors il n'avait d'autre choix que de leur rentrer dedans, et d'asseoir son autorité.

— Je vais te buter, sac à merde ! s'écria son opposant en se jetant sur lui.

Cayden fut emporté par le poids de l'homme et bascula en arrière. Il retomba sur le dos dans un bruit sourd. Sa plaie se déchira au passage, alors que les sutures poisseuses creusaient sa chair abîmée. *Fait chier !* La douleur lui vrilla l'esprit, accentuant ses instincts de meurtre. Agrippé à lui comme une slug à son rocher, l'homme ne le lâchait plus, ses mains fermement serrées autour de sa gorge.

— Je vais te faire fermer ton clapet de mange-merde, souffla-t-il.

— Approche pas ton haleine de slug de mon visage ! rétorqua Cayden en l'empoignant par les cheveux pour lui faire lâcher prise.

Enragé, l'Aldébarien envoya sa tête en avant, les yeux injectés de sang. Cayden serra les dents et alla à son tour au contact, sans détourner le visage. C'était à qui avait les os les plus durs. Une demi-seconde plus tard, leurs fronts se rencontrèrent dans un bruit sourd, sous les hordes hurlantes des prisonniers qui scandaient leur excitation. Aux prises avec son adversaire, Cayden comprit que peu leur importait lequel des deux allait se relever. Tout ce qu'ils voulaient, c'était du sang et du spectacle, après des jours cloisonnés entre ces foutues planches sans jamais croiser un autre regard extérieur. Les soldats n'étaient pas descendus les voir une seule fois, et la nourriture leur était jetée par une trappe taillée dans le pont supérieur, d'où se déversaient une fois par jour du pain sec et une sorte de pâte brunâtre dont il valait mieux ignorer la provenance. Quant à l'eau, elle se faisait si rare que la plupart des galériens s'étaient résolus à boire leur pisse.

— Abandonne, grogna Cayden en parvenant à se retourner et à inverser leur position.

L'homme se débattait comme un beau diable, mais la rage du Thénéryen était trop forte pour être enrayée. Sous la colère, Cayden le coinça et plaqua ses jambes de chaque côté de son corps pour le maintenir sur le sol de la cale. Le sang suintait toujours de sa plaie, teintant sa chemise sous les yeux de l'Aldébarien qui siffla entre ses dents.

— Va te faire foutre ! T'en as plus pour longtemps de toute façon. Avec tout ce sang qui pisse de ton bide, tu devrais me remercier d'abréger tes souffrances.

Dans l'enfer surchauffé de la cale, la folie s'était répandue comme une traînée de poudre.

— Tue-le ! Tue-le !

Le reste des prisonniers hurlait, sans véritablement encourager l'un ou l'autre, simplement surexcité par la violence de l'altercation qui avait pris des allures de réglement de comptes mortel. Et puis, la mort d'un homme signifiait aussi une ration supplémentaire pour les vivants.

Alors que le sang et la sueur lui coulaient dans les yeux, Cayden perçut l'éclat brillant d'une lame, juste à côté de son visage. L'homme l'avait saisie dans le revers de sa botte, prêt à lui planter son surin dans la gorge. D'instinct, Cayden rejeta la tête en arrière, évitant l'arête tranchante qui se contenta de l'érafler. La coupure s'avéra superficielle, mais le Thénéryen hurla :

— Tu n'es qu'un lâche ! Un putain de traître ! Comme tous ceux de ton espèce !

D'un revers de la main, il désarma l'homme dont les yeux s'étaient agrandis sous la stupeur. Le surin glissa sur le sol, aux pieds d'un gamin d'à peine quinze ans qui se baissa pour le ramasser lestement. Derrière ses tempes enflammées, Cayden sentait toute la pression qui s'accumulait et ne demandait qu'à sortir. D'un geste sec, il saisit l'homme par les lacets de sa chemise et le redressa brutalement, jusqu'à ce que leurs visages se trouvent en contact.

— Maintenant, tu vas me donner ton nom, foutu Aldébarien.

Dans la soute, l'ambiance survoltée était retombée. Plus personne ne parlait ou ne bougeait, mais tous avaient les yeux rivés sur le Thénéryen, en position dominante, et qui semblait en proie à un dilemme de taille. Tuer ou épargner.

— Mano, souffla l'homme.

Cayden ne le quittait pas du regard, ses prunelles incandescentes plongées dans les siennes. Penché sur lui, le Thénéryen avait toutes les peines du monde à ne pas céder à l'accès de barbarie qui couvait dans ses veines. Il la sentait parcourir la moindre fibre de son corps, gagner son âme, et exacerber l'envie qui le taraudait depuis des années, et plus encore depuis l'acte de lâcheté d'Alban de Nansac !

— Qu'est-ce que je vais faire de toi, Mano ? murmura-t-il contre ses lèvres sèches. Hein ? Dis-moi.

Coincé sous lui, Mano tressaillit et déglutit lentement.

— Calme-toi, je plaisantais… C'est tout.

Un éclair traversa les yeux de Cayden qui resserra sa prise avec force.

— Ah, tu plaisantais ? Tu trouvais ça drôle de me traîner sur le sol et de m'insulter de sac à merde ? Tu trouvais ça amusant de me planter un surin en traître dans la gorge ?

— Non. Je…

— Ferme-la ! Mes questions n'attendaient pas de réponse ! trancha Cayden en le repoussant contre le sol sans le moindre ménagement.

Une expression carnassière sur le visage, il tourna la tête vers le cercle de prisonniers qui les contemplaient à présent dans un silence gêné. Du sang ruisselait le long de son visage, marbrant sa peau de peintures de guerre. Sans même prendre la peine de le regarder, Cayden asséna une claque magistrale à Mano.

— Est-ce que tu trouves ça amusant, Mano ? Et vous ? Vous trouvez ça divertissant ?

Il réitéra son geste, frappant de l'autre côté avec application.

— Est-ce que vous trouvez ça amusant ? hurla tout à coup Cayden en se levant.

La chaîne qui le reliait à Mano tinta et racla le sol en bois à mesure qu'il s'éloignait de sa proie pour frôler la limite du cercle de spectateurs.

— C'est ce genre de spectacle que vous appréciez, ici ? Est-ce que vous aimez ça, parce que la mort d'un homme vous importe peu, ou bien votre vice dégueulasse n'est abreuvé que par l'envie de voir un Thénéryen crever ?

Il se planta en face d'un vieillard qui sursauta et recula de quelques pas, se fondant dans la masse en retrait. Semblable à un hross blessé affrontant sans peur ses ennemis, Cayden fit un brutal pas en avant. La chaîne se tendit net, bloquant son avancée, mais tous reculèrent, comme si un seul de ses regards de braise suffisait à les carboniser.

— Est-ce que vous trouveriez le jeu aussi plaisant si je lui martelais le visage tellement longtemps que le peu de cervelle qu'il possède lui sortirait par les narines ?

Pivotant vers l'autre extrémité du cercle, il leur adressa un sourire des plus sanguinaires, les lèvres maculées de fluide pourpre et chaud.

— Vous n'avez aucune idée de qui je suis ! Je m'appelle Cayden Jayce ! Retenez ce nom aussi longtemps que vos pauvres âmes vous le permettront, et si un jour vous quittez Kinefall, emportez-le avec vous.

— Personne ne quitte Kinefall. Pas vivant, en tout cas.

Cayden éclata d'un rire froid. Avec lenteur, il plaqua ses mains de chaque côté de son visage tuméfié, et rabattit sur son crâne les mèches de cheveux sombres qui lui collaient à la peau. Poisseuses, elles restèrent plaquées en arrière, alors qu'il ricanait.

— Je ne pourrirai pas dans ces galeries immondes, et je ne me casserai pas le cul à chercher de la pierraille pour vos aristos ! Je suis un Maraudeur de Stent et rien que pour ça, vous devriez tous me craindre !

Pour asseoir un peu plus son aura et appuyer ses propos, il tira sur l'échancrure de sa chemise, et dévoila le tatouage qui ornait son pectoral gauche. Le signe d'appartenance définitif et inhérent aux Maraudeurs : un corbeau noir en plein vol, aux ailes courbées vers l'avant. Cette découverte fut saluée par des murmures et des bruissements en tous genres. Déjà, son nom prenait une autre envergure.

— Je suis ici parce que j'ai mis à feu et à sang l'Hélion, l'un de vos navis marchands les plus rentables. Je me destine à de plus grandes choses que le ramassage de caillasse ! Mettez-vous bien ça dans le crâne. Et surtout… n'oubliez pas que je vous hais du plus profond de mon être. Je n'ai aucune empathie pour les vôtres, aucune pitié, aucun respect. Pour moi, vous êtes tous semblables. La seule raison pour laquelle je ne te tue pas, Mano, c'est que je n'ai pas envie de traîner ton cadavre près de moi. Et maintenant, foutez le camp ! Repartez à vos occupations ! Bande de charognards.

Le souffle court, écumant de colère et d'adrénaline, Cayden frappa dans ses mains, éclaboussant d'une gerbe rouge le visage le plus proche.

— Allez !

L'effet fut immédiat, et en quelques secondes, tout le monde se dispersa, retrouvant sa place le long de la coque, ou jouant aux cartes. Le seul qui resta planté sans bouger fut le gamin qui avait ramassé le surin. Il le tenait toujours entre ses longs doigts fins, s'y accrochant avec défi. Sans geste brusque, Cayden s'avança vers lui, aussi proche que sa longueur de chaîne le lui permettait.

— Tu sais te servir de ça ?

Le gosse hocha la tête par l'affirmative, mais ses yeux juraient le contraire. Cayden le considéra quelques secondes, remarquant un tatouage de fleur le long de son maigre avant-bras, puis sentit la chaîne remuer derrière lui. Mano se redressait tant bien que mal, mais le Thénéryen ne lui accorda plus aucune attention, persuadé que l'homme ne tenterait plus rien de stupide.

— Le jour où tu seras amené à planter ça dans la panse de quelqu'un, vise bien, et ne t'arrête que lorsque tu sentiras la lame bloquée par le manche. Tu comprends ce que je te dis ?

Le gamin hocha vivement la tête.

— Pourquoi personne n'est attaché avec toi ? l'interrogea Cayden, en avisant tout à coup sa cheville nue de toute entrave.

— Parce que personne ne pourrait garantir la sécurité de son petit cul s'il se retrouvait lié à l'un d'entre nous, ricana Mano derrière eux. Et comme il peut se balader librement, il peut contenter tout le monde.

La réflexion salace de l'Aldébarien fit pâlir le gosse. Ses doigts se crispèrent davantage sur la lame tremblante. Celle-ci vacilla dangereusement entre ses mains, mais alors que Cayden allait détourner le regard pour en coller une à Mano, l'expression du gamin décharné l'interpella. Déjà, la lame se levait, en direction de sa jeune gorge palpitante, scintillant sous les lueurs orangées des rares lampes à huile.

— Non ! Ne fais pas ça ! hurla Cayden qui se jeta en avant.

Retenu par Mano qui agissait comme un poids mort à l'autre bout de la chaîne, Cayden ploya un genou au sol. Tirant d'un coup sec sur les lourds maillons, le Thénéryen parvint seulement à saisir le corps frêle qui s'écroula dans ses bras, le surin fermement planté dans sa trachée, jusqu'à la garde.

— Mais pourquoi t'as fait ça ? Bordel…

Étendu dans ses bras, le jeune Aldébarien affichait un pâle sourire soulagé. La vie s'échappa à gros bouillons de sang de son organisme décharné en quelques secondes, laissant Cayden sonné et sans réaction. S'il avait su, jamais il ne lui aurait laissé cette lame entre les mains !

— En voilà un pour qui ça finit bien, commenta Mano sans émotion.

— Mais ferme-la ! gronda Cayden entre ses dents.

Autour d'eux, la vie putride continuait son chemin. Personne n'avait tourné la tête quand il avait crié, et pas un d'entre eux n'avait réagi quand le gamin s'était effondré.

— Oh, ça va. J'y ai jamais touché, moi, à ce gosse, se défendit Mano dans une moue dégoûtée. Je préfère les femmes, bien rondes, avec des hanches et une belle poitrine à pétrir. Tu vois le genre ? Évidemment que tu sais de quoi je parle. T'es un homme à femmes, ça se voit tout de suite.

— Putain, mais un peu de décence pour ce môme !

— Te v'là bien sensible pour un Thénéryen débecté y'a encore quelques secondes.

— Tu vas la boucler, oui ! ordonna Cayden en enroulant la chaîne autour de son avant-bras pour ramener Mano jusqu'à lui. Si je t'entends encore ouvrir la bouche, je t'arrache la langue.

— Pff… ce que j'en dis, c'est que c'est courant ce genre de chose à bord des navis pénitentiaires. Les hommes qui sont à bord de ce bâtiment savent tous qu'ils ne reverront plus jamais le corps d'une femme. Qu'ils ne passeront plus jamais leurs doigts dans leurs cheveux, ou leurs mains sur une belle paire de fesses douces et laiteuses. Alors, ils prennent ce qui vient. Et quoi que t'en penses, le gosse était consentant.

— Explique-moi comment un môme de son âge peut se retrouver condamné à piocher à Kinefall, jeta Cayden avec mépris, reposant avec douceur le corps inanimé. Je croyais que cette prison était consacrée aux pires raclures !

Les yeux encore grands ouverts de l'adolescent étaient braqués sur lui, de même que son sourire figé qui ne le quittait pas, comme s'il le remerciait d'avoir rendu possible sa libération.

— Je ne sais pas, soupira Mano dans un haussement d'épaules désintéressé. Et je m'en fous. Chacun ses problèmes. Maintenant, si t'y vois pas d'inconvénient, je vais dormir. Et j'compte pas le faire près de son cadavre.

Cayden serra les dents, mais approuva d'un signe de tête, et ferma les yeux du mort d'une pression des doigts sur ses paupières. Il abandonna la dépouille derrière lui et suivit Mano quelques mètres plus loin. Ensemble, ils s'assirent dans un bruissement de chaînes, adossés l'un à côté de l'autre.

— Arrête de le fixer comme si tu pouvais lui rendre la vie, déclara tout à coup l'homme en avisant l'expression songeuse du Thénéryen.

— Son corps ? Il va rester là jusqu'à quand ?

— Jusqu'à ce qu'on atterrisse sur l'île.

16

AUTREFOIS, IL S'APPELAIT MURMURATION.

CLAYTON MORROW

THÉNÉRYS – VILLE DE RIVALE

Les flammes vacillèrent derrière leurs parois de vitrail, jetant des ombres décomposées sur les murs décorés de magnifiques tapisseries brodées, et cousues de fils dorés. Certainement des effets personnels que Leoness Driggon avait fait venir d'Aldébaran.

En miroir, les deux hommes s'observaient, le plus âgé attendait une réaction quelconque de la part du plus jeune.

— Mon don de Résonance ? répéta Teagan sans comprendre.

Clay lâcha un long soupir, et lui désigna une chaise à l'assise de cuir rembourrée.

— Tu es certain de vouloir entamer cette discussion maintenant ?

Sa curiosité attisée par le ton solennel qu'employait son mystérieux hôte, Teagan acquiesça avec empressement et retourna la chaise vers lui, de manière à pouvoir croiser ses bras contre le dossier.

— Au point où j'en suis...

— Tu devrais dormir quelques heures, Teagan Jayce. Nous parlerons de tout cela demain.

— Mon nom, souffla Teagan, crispé sur sa chaise. Je ne vous l'ai jamais donné.

Clay se fendit d'un sourire en coin bienveillant, comme pour lui signifier qu'il avait encore beaucoup de choses à découvrir.

— Cessez de faire ça ! s'indigna Teagan. C'est agaçant de croire que vous avez toujours un coup d'avance.

— Un seul ? Tu vas me vexer.

L'homme partit d'un éclat de rire grave, qui mourut en une quinte de toux caverneuse qui le secoua pendant de longues secondes. Du revers de sa main burinée, Clay essuya les quelques gouttes de sang qui mouchetaient ses lèvres. Sourcils froncés, Teagan l'observa en silence.

— Fais pas cette tête-là. Je suis malade, en partie.

En partie ? Qu'est-ce que ça signifiait « en partie » ? Teagan aurait aimé lui poser la question, mais Clay avait visiblement d'autres projets.

— Il va falloir que tu me fasses confiance, Teagan. Tout comme tu as fait confiance aux carnageurs dans le cimetière. Ta Résonance s'est éveillée de manière inattendue, mue par ton instinct de survie. J'ignore encore si c'est la peur qui l'a rendue aussi puissante, ou si tu disposes d'un Don naturellement supérieur...

Un frisson parcourut le corps épuisé de Teagan. Il mit cela sur le compte de la fatigue, de la peur, mais s'il avait été totalement honnête avec lui-même, il aurait consenti à y voir une certaine forme d'excitation. Son tressaillement n'échappa pas à Clay qui s'étira avec nonchalance.

— Continue de veiller si le cœur t'en dit. Moi, je vais dormir.

— Comment vous faites ça ?

— Quoi ? Dormir ? Comme toi, j'imagine. Je m'allonge, je pense à une ou deux choses agréables et puis...

— Vous le faites exprès ? Je voulais dire...

— Je sais très bien ce que tu voulais dire, Teagan, mais il est trop tard pour converser de la sorte. Comme je te l'ai dit, nous parlerons demain.

Demain, demain ! Mais il n'avait pas le temps d'attendre demain ! Les heures filaient, et plus le temps passait, plus les chances de survie de son frère s'amenuisaient. Clay sembla percevoir son trouble, car il l'apaisa d'un signe de la main.

— Il ne te reste que quelques heures pour reprendre des forces. Lorsque le ciel s'éclaircira, tu devras te tenir prêt à partir.

Cette fois-ci, Clay n'attendit pas qu'il lui réponde. Il quitta la pièce dans un raclement de gorge peu élégant, et s'éloigna le long du couloir plongé dans l'ombre. Teagan suivit le bruit de ses pas durant quelques secondes, puis reconnut l'écho sourd d'une clenche qu'on soulevait. Un instant plus tard, la porte de la chambre se refermait, le plongeant dans un silence étrange, seulement perturbé par le vent dans les arbres.

Teagan resta figé sur sa chaise un long moment, incapable de trouver le calme. Sa jambe tressautait nerveusement au rythme de son cœur qui pulsait à nouveau violemment dans sa poitrine. Dehors, tout était calme, mais une force irrésistible l'attirait vers l'extérieur. N'y tenant plus, Teagan bondit de sa chaise, et colla son nez au carreau. Perchés sur les plus hautes sommités des arbres, une dizaine de carnageurs s'étaient rassemblés, formant un halo de faible intensité. Étaient-ce ceux du cimetière qui l'avaient suivi jusqu'ici, ou alors un autre groupe ? Le Thénéryen en doutait. Ces oiseaux étaient territoriaux et couvraient de vastes distances.

Il les observa à travers l'opacité de la fenêtre, et il lui sembla que les rapaces en faisaient de même. Tout en tâchant de faire le moins de bruit possible, Teagan se faufila jusqu'à l'extérieur de la bâtisse, gagna la cour, puis se glissa sous les arches de pierre garnies de lierre sec. Sa venue suscita l'attention des carnageurs qui le fixèrent d'un seul et même mouvement, accompagnant ses pas de leur présence silencieuse, mais quasi hypnotisante.

Sans réellement savoir ce qu'il faisait, Teagan se laissa tomber sur la margelle d'un ancien bassin envahi par les algues, et tendit le bras en direction de l'arbre. Un bruissement passa parmi les oiseaux, comme une onde qu'ils se transmettaient. Une interrogation.

Une faible lumière opalescente se propagea le long de leurs plumes, sous forme de taches luminescentes. Sans réfléchir, Teagan ouvrit la main. Une sorte d'instinct lui dictait que c'était exactement de cette façon qu'il devait agir avec les nocturnes. Entre les branches, les carnageurs murmurèrent entre eux.

NUIT

Des points de lumière pulsèrent dans leur plumage lisse, puis s'éteignirent lorsqu'ils s'envolèrent brusquement à tire-d'aile. Teagan bondit sur ses jambes et les suivit du regard, exalté.

VOLER

Un air froid et vif coulait à nouveau subitement dans ses poumons, gorgeant ses alvéoles à foison, tandis que la sensation du vent fouettant son visage le saisissait. Durant une brève seconde, la végétation devint rouge tout autour de lui. Les contours des murs et des habitations se troublèrent et disparurent pour ne révéler que des formes pigmentées de couleurs éclatantes. Tous ses sens en alerte, la vision et l'ouïe décuplées de manière inexplicable, Teagan tourna la tête vers les fenêtres du premier étage. Derrière les épais vitrages, il distingua nettement la silhouette de Clay qui l'observait, et qui lui apparaissait à la manière d'une tache violette, extrêmement brillante.

Conscient que cette vision ne lui appartenait pas réellement, mais incapable d'expliquer le phénomène, Teagan ferma les yeux. Son cœur s'emballa dans sa poitrine, percutant sa cage thoracique avec force, ébranlant chacune de ses pensées. Il se sentit chuter, ouvrit la bouche pour hurler, mais dans sa tête, seul subsistait l'écho d'une Murmuration qui se déroulait haut dans le ciel.

PROIE

Le sentiment oppressant de malaise se dissipa au bout de quelques secondes, alors que le goût ferreux du sang jaillissait dans sa bouche. Choqué, le Thénéryen suffoqua, toussa, et cracha sur le sol un épais filet de salive blanche. Lentement, son cœur reprit un rythme normal, tandis que les bruissements sous son crâne disparaissaient.

En sueur, Teagan laissa passer un long moment avant d'oser rouvrir les yeux. Lorsqu'il souleva ses paupières lourdes, la vision de rapace s'était estompée avec eux, et Clay avait disparu de son poste d'observation.

Épuisé, vidé de toute son énergie, Teagan regagna l'intérieur de la maison abandonnée de l'ancien marchand et trouva la chambre dont lui avait parlé son hôte mystérieux. Las, il se défit de ses habits et les jeta sur un coffre qui servait à la fois de banc et de rangement. *Cayden, mon frère. Je t'en prie, tiens bon.* Harassé de fatigue et l'esprit trop brumeux pour s'en faire plus longtemps, il plongea dans un sommeil de plomb, jusqu'au petit jour.

Encore endormi, Teagan fut réveillé de la façon la plus désagréable qui soit.

— Debout ! C'est l'heure ! le secoua Clay sans ménagement.

Dehors, aucune lumière ne filtrait du Magna-Nubes.

— Clay ? Mais quelle heure est-il ?

— L'heure de te lever si tu veux ton billet pour Aldébaran.

Immédiatement, Teagan fut sur ses pieds. Les cheveux hirsutes, l'air hagard mais résolu, il était prêt à monter sur le continent du Haut.

— Habille-toi. Je t'attends dans la cour. Nous partons !

Soudain, les paroles de l'homme firent écho dans sa tête, et Teagan se jeta sur ses affaires. En quelques minutes, il s'était habillé, passé la tête sous l'eau glacée du puits à l'extérieur, et avait rassemblé ses maigres affaires. Occupé à boucler sa ceinture et à remonter le col en fourrure de sa veste, il rejoignit Clay dans la cour. Ce dernier l'attendait, accompagné de dizaines d'oiseaux silencieux. Le spectacle était étrange, presque oppressant. Pourtant, Teagan passa sous les branches les plus basses, sans craindre d'être éborgné au passage par un bec ou des griffes.

— Où allons-nous ?

— Moi, nulle part. Toi, en revanche... une embarcation aérienne clandestine t'attend à quelques kilomètres de là.

— Vous ne venez pas ?

— Non. Je te ralentirais. Ton temps est précieux, Teagan. Ne le gâche pas. Prends ça.

Les sourcils froncés, Teagan attrapa le paquetage que lui tendait l'homme.

— Il y a de la nourriture pour quelques jours, et des vêtements chauds. Tu en auras besoin pendant ta traversée.

— Clay... pourquoi faites-vous tout ça ? Je ne comprends pas. Cette nuit, vous m'avez parlé de mon don de Résonance et...

Un bruissement dans les branches attira l'attention de l'homme qui tendit le bras en direction des oiseaux. Ceux-ci s'envolèrent à tire-d'aile dans un ensemble parfait.

— Que se passe-t-il ?

— La milice de Rivale te cherche. Tu dois partir !

L'homme l'entraîna sans attendre vers une porte en fer forgée sous les arcades de pierre. Une chaîne à gros maillons entrelaçait les barreaux entre eux, verrouillée par un vieux cadenas rouillé. Clay sortit une clé de sous sa chemise, et la fourra dans la serrure.

— Entre là-dedans ! ordonna-t-il précipitamment.

De loin, les piaulements des oiseaux leur parvenaient par intermittence.

— Vous les comprenez, n'est-ce pas ?

— Je suis désolé, Teagan. Je n'ai pas le temps de t'expliquer toute l'ampleur de ton Don, mais lorsque tu seras sur Aldébaran, méfie-toi des...

Un coup de feu retentit, tiré vers le ciel, suivi de cris effrayés. Au même moment, Clay vacilla, une main sur sa poitrine. Livide, il inspira profondément, le visage déformé par la douleur.

— Clayton ! s'écria Teagan en se précipitant pour le soutenir.

— Je t'ai dit d'entrer dans le souterrain ! hurla l'homme.

Sans ménagement, Teagan se sentit poussé en avant, puis la grille claqua sinistrement dans son dos.

— Mais que faites-vous ? s'alarma-t-il en refermant ses mains sur les barreaux entrelacés.

De l'autre côté de la grille, Clayton lui sourit.

— Je te protège, Teagan Jayce. Ton don est rare. Extrêmement rare. Autrefois, il s'appelait Murmuration. Capable de rassembler toutes les créatures du ciel sous un même Cri.

Un nouveau coup de feu éclata. Une grimace douloureuse déforma les traits burinés de l'homme, sans qu'aucune blessure n'apparaisse sur son corps. Ressentait-il intimement la peur et la douleur des oiseaux qui protégeaient la propriété des envahisseurs ?

— Descends l'escalier ! En bas, tu trouveras un passage qui te mènera à un tunnel. Suis-le jusqu'au bout. Allez ! Pars ! Et quand tu le reverras, salue ton ami le harfang pour moi !

— Quoi ?

À travers l'obscurité et la débâcle, Teagan recula, mais juste avant de plonger vers l'escalier, il aurait juré que les yeux de Clayton étaient devenus aveugles, couverts d'un voile blanc.

Teagan courut à en perdre haleine, dévalant chaque marche avec frénésie, et ne cessa de fuir que lorsque le silence l'enveloppa à nouveau. Immobile, la poitrine secouée de spasmes, il s'appuya contre la paroi humide du souterrain, avalant de grandes goulées d'air. Pendant de longues minutes, il resta aux aguets, attentif aux moindres bruits, mais il dut se rendre à l'évidence : personne ne l'avait suivi.

Encore essoufflé, il reprit l'exploration de la galerie. À mesure qu'il avançait, l'air devenait plus froid, et de l'eau s'écoulait en suintant le long des murs. Le plafond s'élevait et s'arrondissait, mètre après mètre, révélant bientôt une immense salle souterraine au cœur d'une grotte.

Combien de kilomètres avait-il parcourus depuis Rivale ? Il n'en avait pas la moindre idée, mais une chose était claire, il n'était plus dans l'enceinte de la ville.

Sous ses pieds, des cailloux roulèrent et dévalèrent une pente qui plongeait droit vers un lac endormi, dont Teagan était incapable de distinguer les contours, tant il s'étendait loin. Les pierres fendirent la surface lisse, attisant un remous au centre de l'étendue d'eau trouble. Les auréoles se dispersèrent, puis une nageoire écailleuse jaillit sur quelques mètres, soulevant une vaguelette d'écume qui vint s'échouer sur le rivage le plus proche. Sans un bruit, l'animal replongea, mais Teagan garda une immobilité totale, jusqu'à ce que les rides disparaissent complètement de la surface du lac. Peu à peu, ses yeux s'habituèrent à l'obscurité qui régnait, ainsi qu'au silence. Clay ne lui avait rien dit au sujet de la grotte ou de ses étranges créatures, mais par précaution, Teagan rasa les parois pour ne pas approcher de la rive.

Il longea le lac pendant ce qui lui sembla une éternité, fixant au loin une lueur plus claire qui semblait ne jamais se rapprocher. Finalement, après une bonne heure de marche, Teagan s'engagea dans une sortie étroite, goulotte qu'empruntait également le lac pour se jeter à l'extérieur.

Dehors, le vent soufflait fort, aussi estima-t-il qu'il se trouvait maintenant dans les plaines, de l'autre côté de Rivale, tout au Nord. Le plafond du Magna-Nubes était bas, gonflé de nuages épais, annonciateurs d'une tempête à venir. Le cœur battant, Teagan chercha des yeux l'embarcation que lui avait promise Clayton. D'abord, il ne distingua rien, puis le ballon rouge d'un dirigeable se découpa sur un fond de ciel sépia. La petite embarcation clandestine, amarrée sur la rive gauche du lac, levait déjà l'ancre.

— Eh ! Attendez ! hurla Teagan en se précipitant.

Sur le pont, deux silhouettes surgirent, puis agitèrent leurs bras avec frénésie en direction du lac.

— Ne partez pas sans moi ! s'époumona-t-il à nouveau, alors que l'embarcation s'arrachait doucement de l'eau.

À nouveau, on lui fit de grands signes qu'il ne comprit malheureusement que trop tard. Plus il hurlait pour qu'on l'attende, et plus les remous dans le lac enflaient. Deux nageoires écailleuses, luisant d'un bleu éclatant, fendaient maintenant les flots, fonçant tout droit dans sa direction.

— Cours ! hurla une femme, penchée sur le bastingage. Dépêche-toi !

Sans chercher à comprendre, Teagan accéléra, gardant un œil sur les longues nageoires qui le rattrapaient. Bientôt, elles furent à la même hauteur que lui. Hors d'haleine, les poumons en feu, Teagan se tordit la cheville dans les trous d'eau qui bordaient la rive, abritant une multitude de rongeurs palmés. Il s'étala de tout son long et grogna lorsque ses dents rencontrèrent un peu trop durement le sol. Trempé, il se redressa tant bien que mal.

— Magne-toi !

La voix de la fille le rappela à l'ordre. Déjà, le dirigeable flottait à quelques mètres de hauteur, son ballon gonflé par l'hydrogène qui s'échappait d'une cheminée, alimenté par une flamme ronflante. Une échelle de corde fut jetée précipitamment par-dessus bord. Au dernier instant, Teagan bondit et l'agrippa fermement, échappant de peu aux mâchoires redoutables qui claquèrent dans le vide, juste sous ses pieds.

— Bordel ! hurla-t-il. Mais c'est quoi ça ?

— Monte !

À la force de ses bras, il se hissa sur le pont, et s'écroula sur le dos, la respiration coupée.

— C'est ce qui s'appelle faire une arrivée remarquée ! ricana une voix d'homme au-dessus de lui.

Les yeux fermés, Teagan serra les lèvres, avant de se relever. Surpris par la sensation de se retrouver entre ciel et terre, il tituba, puis s'agrippa au bastingage, encore étourdi, le regard rivé sur le lac. Juste en dessous, Teagan distinguait nettement deux ombres bleutées, semblables à d'immenses serpents marins, dont les nageoires irisées ondulaient avec grâce le long de leurs corps. Elles tournoyèrent à la surface pendant quelques secondes, avant de replonger vers les abysses noirâtres.

— Pour un prodige, t'es drôlement idiot ! lâcha la jeune femme avec ironie.

Brutalement tiré de sa contemplation, Teagan tourna la tête dans sa direction, et la dévisagea avec animosité.

— Tout doux, Ariane. On ne dit pas ça à un type qui vient de frôler la mort.

— S'il n'avait pas hurlé, ça ne serait pas arrivé ! rétorqua-t-elle en passant sa main dans ses longs cheveux bruns.

— C'était quoi ces monstres ? les coupa Teagan.

— Voilà, qu'est-ce que je disais ? soupira Ariane. Un idiot.

— Eh ! gronda Teagan en la toisant froidement. Si tu...

— Allons ! Stop. Tout le monde se calme, intervint l'homme. Je m'appelle Mac, et cette furie est ma fille, Ariane. Et toi, je suppose que tu es Teagan Jayce...

Le Thénéryen confirma d'un signe de tête, ses dents verrouillées si profondément sur ses joues qu'il sentit le goût du sang envahir sa bouche. Une fois encore, de parfaits inconnus connaissaient son nom... Il lui fallut de longues minutes pour se calmer et reprendre ses esprits, calme que lui accordèrent Mac et Ariane, affairés à contrôler et guider leur dirigeable. Mac se posta devant le large gouvernail, tandis qu'Ariane vérifiait constamment leur position sur un sextant, guidant son père jusqu'à la lisière des nuages.

— Excuse-moi pour tout à l'heure.

Assis sur un rouleau de corde, son sac entre les jambes, Teagan releva le visage vers Ariane. Accroupie devant lui, elle lui tendit une timbale remplie de soupe fumante. Un petit sourire avait remplacé sa mine frondeuse.

— On va bientôt atteindre le Magna-Nubes.

Frigorifié, Teagan accepta la bolée de soupe avec empressement. Le fer chaud de la tasse lui brûla les doigts, mais il pressa ses paumes contre le métal pour se réchauffer un peu.

— Merci.
Ariane hocha la tête en silence et s'installa à côté de lui.
— Clay n'a pas pu venir ?
Teagan avala lentement sa gorgée de soupe en secouant la tête.
— Non...
— T'es pas très bavard, nota Ariane en fronçant les sourcils, semblant réfléchir.
Teagan haussa les épaules et garda la tasse vide entre ses mains.
— Les créatures dans le lac...
— Des calixes, lui apprit la jeune femme. Ce sont des serpents d'eau, mais ceux du lac sont particulièrement grands. La plupart du temps, ils restent dans les profondeurs, mais ta voix les a attirés.
Le jeune homme tiqua sur ses paroles. Ariane tourna la tête vers lui, admirant les beaux reflets cuivrés dans ses yeux un peu sauvages.
— Clay ne t'a donc réellement rien révélé ?
— Non. Il n'en a pas eu l'occasion, j'imagine... Les évènements des derniers jours me paraissent tellement...
— Incroyables ? tenta Ariane dans un petit sourire.
— Je dirais plutôt « insensés ».
Elle laissa échapper un léger rire et glissa ses doigts dans son épaisse crinière.
— Clayton nous a dit que tu voulais rejoindre Aldébaran. Pourquoi ?
— Mon frère est là-haut, soupira Teagan. Mais plus le temps passe, et plus j'ai peur de ne pas le retrouver en vie.
— Ne laisse pas ce genre de pensées envahir ta tête. Ce sont nos pires ennemies.
Teagan ne répondit rien, mais approuva sa remarque. S'il se laissait emporter par le doute et la lassitude, Cayden n'avait plus la moindre chance.
— Habituellement, les Thénéryens ne montent pas de leur plein gré sur Aldébaran.
— Tout dépend, répondit doucement Teagan. Tout dépend...
Comme Ariane le fixait avec insistance, il secoua la tête dans un léger rire.
— Je suis de ceux qui rêvent de franchir le Magna-Nubes pour contempler les deux soleils. Et voir autre chose que la vie sur Thénérys.
— Eh bien, tu vas être servi. Dans quelques jours, ton souhait sera exaucé.
— Ouais...
— Finalement, cette perspective ne semble pas te réjouir.
— Si. Bien sûr que si ! Mais ce sont les circonstances de ce voyage qui gâchent tout. Je m'étais toujours promis qu'un jour, je nuagerais jusqu'à Aldébaran, mais pas de façon clandestine. Et surtout pas avec ce poids sur la conscience...

Il n'ajouta rien, et Ariane n'osa pas le questionner davantage à ce sujet.

— D'ici quatre jours, nous te débarquerons à Ey'Nvala. J'espère que tu trouveras ton frère.

Teagan approuva d'un hochement de tête vigoureux, se persuadant autant que possible que rien n'était encore joué.

— Alors ? Tout se passe bien ici ? demanda tout à coup Mac qui les rejoignait. Lorsque je n'entends plus Ariane hurler, j'ai tendance à m'inquiéter.

— Papa ! s'écria la jeune fille en levant les yeux au ciel.

Mac rit de bon cœur devant la mine furieuse de sa fille, ce qui arracha une expression amusée à Teagan. Un peu de légèreté ne pouvait pas lui faire de mal. Pas après tout ce qu'il avait traversé.

— Oui. Très bien, confirma-t-il. Merci pour la soupe. Et le reste…

Mac le considéra un instant avec gravité. Teagan Jayce paraissait tellement perdu, un peu rêveur, et complètement dépassé par les évènements.

— Nous allons bientôt entrer dans le Magna-Nubes. Je pense que tu devrais admirer Thénérys une dernière fois, et le contempler comme tu ne l'as encore jamais fait.

Ariane opina en se redressant, invitant Teagan à la suivre.

— Le meilleur point de vue se trouve là-haut, lui expliqua-t-elle en désignant la proue arrondie du dirigeable.

Le poitrine de Teagan se comprima étrangement. Il avait rêvé de cet instant toute sa vie, alors pourquoi n'en éprouvait-il aucun plaisir ? Pourtant, malgré la nostalgie qui s'infiltrait dans le moindre recoin de son crâne, il quitta le tas de cordes sur lequel il était assis, et escalada l'escalier de bois qui menait au petit promontoire. Là, face au vide et au ciel, sur l'infime limite tangible entre ces deux mondes, Teagan sentit subitement son cœur s'emballer. Si, lorsqu'il était assis sur le pont, protégé par le bastingage robuste, il n'avait aucune mesure du vent qui soufflait, là, au bord du précipice, il prenait pleinement conscience de sa furie.

Frappé de plein fouet par des bourrasques glacées, Teagan laissa éclater tout ce qu'il contenait depuis son départ. Accroché aux cordages, les deux pieds en équilibre sur le rebord à peine plus large qu'une paume, il ferma les yeux et hurla tout son saoul.

— Ce garçon est fou ! lâcha Ariane sans le quitter des yeux.

— Regarde…, l'interrompit gravement son père.

Émergeant des premières couches grises de nuages, un vol de célémanthes perça la brume. Au nombre de cinq, ces grands oiseaux migrateurs au plumage argenté et à la longue queue mouchetée de plumes orangées planèrent jusqu'au dirigeable. Devant les yeux émerveillés de Teagan qui se tut, les oiseaux virevoltèrent, et volèrent à leur hauteur pendant de longues minutes, accompagnant leur entrée dans le Magna-Nubes.

Toujours agrippé au filin, Teagan observa son continent devenir de plus en plus flou. Peu à peu, les plaines et les montagnes se transformèrent en taches sombres, ponctuées quelques fois d'étendues bleues profondes. L'immense désert de sable rouge, quant à lui, se changea en un aplat ocre sans relief. Grisé par la sensation, Teagan se pencha en avant, en équilibre sur la pointe des pieds, le bras tendu en direction d'un célémanthe. Fasciné, il observa les lueurs du ciel qui jouaient entre les plumes de l'oiseau, et le paraient de multiples reflets scintillants.

— Ils sont beaux, n'est-ce pas ?

— Ils sont incroyables ! sourit Teagan.

Derrière lui, Ariane l'observait. Pour un Thénéryen qui n'avait jamais quitté le plancher des hross, Teagan Jayce semblait défier le vide et les lois de la gravité.

— D'ordinaire, les célémanthes sont des animaux très craintifs. Ils ne s'approchent jamais des navis ou des dirigeables. Je crois que c'est ton cri qui les a intrigués.

Teagan laissa le vent glisser entre ses doigts avec délice. Thénérys avait totalement disparu sous ses pieds, et en une fraction de seconde, ils furent happés par le Magna-Nubes. La fraîcheur fut immédiate, de même que l'humidité qui se colla à son visage et imprégna ses cheveux.

Exalté, Teagan songea qu'il n'avait jamais respiré un air plus pur que celui-ci.

— Tu devrais redescendre sur le pont, lui conseilla Ariane. Les zones de turbulences sont assez nombreuses dans ce coin du ciel.

Teagan acquiesça en silence d'un mouvement du menton, sans quitter le célémanthe du regard. Dans son esprit, un mot se forma sans qu'il ne sache s'il provenait de sa conscience, ou bien de celle de l'animal.

CALME

C'était vrai. Tout était calme. Pur. À l'exact opposé de Thénérys et de son obscurité constante. Le Magna-Nubes était exactement comme Teagan se l'était toujours imaginé. Incroyablement silencieux. Certes, le vent hurlait, mais ce son lui apparaissait comme la respiration normale d'un univers dont il avait tout à découvrir. Tout à apprendre.

— Oui. Tu as raison. Calme.

— Qu'est-ce que tu dis ?

Sourcils froncés, Ariane s'accrocha au bastingage alors que le dirigeable amorçait une manœuvre, puis comprit que ce n'était pas à elle que l'étrange voyageur parlait. Stupéfaite, elle vit le célémanthe sauvage se rapprocher suffisamment pour que Teagan puisse frôler son bec, juste avant de virer sur la gauche, et de reprendre son envol d'un grand coup d'ailes. Aussi subitement qu'ils étaient apparus, les majestueux oiseaux migrateurs remontèrent, et disparurent entre les nuages.

— Teagan ? tenta-t-elle.

Au bout de quelques secondes, il accepta enfin de quitter le ciel des yeux pour tourner son visage vers elle.

— Tu devrais rentrer et t'installer dans la cabine. Nous allons pénétrer dans le jet-stream, et ça va méchamment secouer !

— Et vous deux ? l'interrogea Teagan en bondissant sur le plancher.

— Mon père va bloquer la direction du gouvernail, puis il nous rejoindra.

Déjà, le vent se levait et se faisait plus humide, gorgé de pluie. Une violente secousse précipita Ariane contre le torse de Teagan qui referma un bras sur elle.

— Ça va ?

— Très bien ! répliqua-t-elle en s'écartant rapidement. Si tu n'étais pas resté suspendu au cordage à conter fleurette à ces oiseaux, nous serions déjà à l'abri !

Elle tourna les talons, les joues rouges et les lèvres pincées, sous le regard ahuri de Teagan.

— Ben voyons, murmura-t-il pour lui-même. Alors ça, c'est la meilleure.

À travers les nuages, au loin, Teagan apercevait les sillons électriques des éclairs qui parcouraient le jet-stream sans relâche, rendant toute progression extrêmement dangereuse. Lorsqu'il referma la porte de la cabine du dirigeable derrière lui, trempé comme une soupe, Mac lui jeta une serviette.

— Y'a un sacré grain là-dehors. Et ça risque de durer un moment. Tu devrais te sécher devant le poêle avant d'attraper la mort.

Dehors, le temps se dégradait de plus belle, et bientôt, le tonnerre couvrit jusqu'à leur voix.

Assis à la table carrée des parties communes de la cabine, devant des lanières de lard et des œufs accompagnés d'un sajja particulièrement parfumé, Teagan fit plus ample connaissance avec Mac, mais ne parvint pas à arracher un mot à Ariane. La jeune femme restait mutique, évitant soigneusement de croiser son regard. Teagan ne s'en offusqua pas, bien trop occupé à questionner le Nuageur. Pendant des heures, ils échangèrent sur Aldébaran, et sur les voyages que le père et sa fille pratiquaient depuis qu'Ariane était enfant. Mac évoqua alors Clayton, permettant enfin à Teagan d'assouvir sa curiosité.

Son sajja à la main, il admira sa couleur ambrée, le laissa couler dans sa gorge, puis soupira.

— Vous le connaissez depuis longtemps ?

— Une dizaine d'années, confirma Mac. C'est moi qui lui ai fait quitter Aldébaran, lorsqu'il était en fuite.

— En fuite ?

Mac leva les yeux par-dessus sa timbale.

— Il ne t'a rien révélé, hein ?

— Rien qui en vaille la peine, en tout cas. Clay m'a laissé avec plus de questions que de réponses ! J'ignore même pour quelle raison il est venu à mon secours.

— Je ne connais pas ses motivations profondes, mais j'imagine qu'il a de grands projets pour toi.

S'il est encore en vie, songea Teagan. Il avait quitté l'homme dans une situation plus que critique, et n'était même pas certain qu'il s'en soit sorti.

— Quels projets ?

— Le temps te le dira.

— Vous avez dit que Clay fuyait Aldébaran. Pourquoi ?

— As-tu remarqué les deux cicatrices sur ses joues ?

— Difficile de ne pas les voir, murmura Teagan, se rappelant avec malaise sa première impression. Elles ressemblent presque à un sourire hideux.

— On peut le dire ainsi, oui, opina Mac, gravement. La première fois que je l'ai vu, il était dans un tel état que je ne pensais pas qu'il survivrait à la descente jusqu'à Thénérys.

— Pourquoi ? Il était blessé ?

— C'était bien pire que ça. Bien pire. Clay était muet et aveugle. Les joues écartelées, et les orbites vides.

Teagan eut un hoquet de stupeur et faillit tomber de sa chaise, en équilibre sur les deux pieds arrière.

— Attendez ! On ne parle pas du même homme, là ! Qu'est-ce que vous me racontez ?

— Si tu arrêtais de parler, et que tu écoutais...

— Ariane ! aboya Mac.

Assise en tailleur devant le poêle, enroulée dans une couverture épaisse, Ariane haussa les épaules, mais ne quittait plus Teagan de son regard noir.

— Clay n'est ni aveugle ni muet ! Il m'a parlé !

— Clayton a eu les cordes vocales arrachées à l'âge de trente ans, de même que ses yeux.

Cette fois, Teagan reposa net son verre sur la table.

— Ce sont des conneries !

— Lorsque tu étais en présence de Clay, a-t-il parlé à d'autres personnes ? l'interrogea Mac.

— Non, admit Teagan après quelques instants de réflexion. Nous n'étions que tous les deux. Je ne comprends rien à ce que vous me racontez.

— Je vais te raconter son histoire, telle qu'il me l'a livrée par écrit la première fois. Sa famille était issue d'une riche lignée de marchands aldébariens. Ils commerçaient avec toutes les îles, et leurs affaires étaient florissantes. Comme tous les jeunes gens de bonne famille, Clayton a suivi sa formation militaire à For'Syra. Très vite, il s'est démarqué des autres soldats. Les rumeurs prétendaient qu'il parlait aux oiseaux. Un jour, pendant un entraînement de vol, l'un de ses camarades est tombé du dos de sa monture. Il s'est tué sur le coup en heurtant le toit du bâtiment. L'oiseau était devenu incontrôlable, et même si personne n'a osé le dire à haute voix, tout le monde a pensé que Clay avait incité l'oiseau à se retourner contre son monteur. Peu de temps après, Clay a été contraint de quitter l'Académie, sans pouvoir achever sa formation. Cependant, son étrange pouvoir n'est pas passé inaperçu très longtemps. Rapidement, il a intéressé le Gouverneur Folkaney, mania de l'industrie militaire, qui cherche toujours à étendre de plus en plus loin son emprise. Lorsqu'il a eu vent du don de Clay, il l'a fait venir jusqu'à Ey'Nvala, loin de sa famille. Là, Clay a été soumis à tout un tas d'expériences.

— Quel genre d'expériences ?

— Le Gouverneur Folkaney a fait torturer des oiseaux devant lui pour le forcer à entrer en communication avec eux. Il voulait comprendre comment fonctionnait ce Don, oublié de tous depuis longtemps, mais qui pouvait lui ouvrir tant de nouvelles opportunités. Pendant près de deux années, Clayton est resté prisonnier des centres de recherche du Gouverneur.

— Je n'aurais jamais imaginé ça, souffla Teagan. C'est horrible.

— Ce n'est pas la partie la plus horrible de cette histoire. Clayton Morrow maîtrisait la Murmuration. Un pouvoir ancien et oublié, capable de rassembler toutes les créatures ailées. À ce Don est associée une vision très particulière, qui permet…

— De voir à la manière des rapaces, compléta Teagan, qui en avait fait l'étrange expérience sans pouvoir l'expliquer.

Mac se tut quelques secondes, ses yeux plissés rivés à ceux du jeune Thénéryen.

— En effet… tu l'as vécue, toi aussi. Alors, pour s'approprier sa Murmuration, le Gouverneur lui a fait arracher les cordes vocales, ainsi que ses yeux, persuadé qu'avec ses organes, il bénéficierait lui aussi de ce pouvoir s'il parvenait à se les faire greffer. Mais pour le moment, il semblerait que chaque tentative ait échoué.

— Mais… je… je l'ai entendu. Et…

— Non, Teagan. Clayton a Murmuré avec toi. Seul toi pouvais l'entendre.

— Et pour les yeux, alors ?

— Clay s'est fait greffer deux yeux qu'il a achetés sur le marché noir thénéryen.

— Qu'est-ce que vous dites ? Le marché noir thénéryen ? Qu'est-ce que c'est ?

— Le prix pour monter sur Aldébaran est élevé, Teagan. Et parfois, lorsque l'argent ne suffit pas, il faut trouver autre chose, de valeur égale, les interrompit Ariane.

— Vous voulez dire… que certains Thénéryens vendent leurs membres pour… monter sur Aldébaran ?

Une chape de plomb venait de tomber sur l'esprit de Teagan, le figeant dans un bloc de magma brûlant. Dehors, l'orage était à son paroxysme, mais ce n'était rien en comparaison de l'ouragan qui se déchaînait en lui. Une greffe ? Cela expliquerait donc les deux couleurs si singulières des yeux de Clayton Morrow…

— Que s'est-il passé ensuite ?

— La famille Morrow a été décimée. Voilà, c'est tout ce que je peux te dire. Clay n'a jamais rien expliqué d'autre à ce propos…

Abasourdi, Teagan garda le silence, le regard perdu dans les flammes mourantes qui rougeoyaient à travers l'épaisse vitre du poêle.

Bien plus tard, alors que Mac et Ariane dormaient dans leurs couchettes, Teagan se releva brutalement de la sienne. Il ne parvenait pas à trouver le sommeil. Son dernier échange avec Mac l'avait remué bien plus qu'il ne le pensait de prime abord. Il ne comprenait pas bien ce qu'il venait faire dans cette histoire de famille, de Don, et de Murmuration, mais une chose était certaine, maintenant, il se trouvait lié à Clayton Morrow d'une façon ou d'une autre. L'homme lui avait sauvé la vie sans avoir l'opportunité, ou l'envie, de lui demander ce qu'il désirait en échange, mais Teagan se sentait plus que redevable envers cet homme qui partageait le même amour que lui pour les grands rapaces. Après tout, cette attirance depuis l'enfance pour les harfangs et le ciel n'était peut-être pas qu'une lubie, mais bel et bien quelque chose d'intrinsèque, de viscéral, dont il ne pourrait jamais se défaire.

Sans faire le moindre bruit, il repoussa la couverture qui couvrait son corps dénudé, enfila son pantalon à la hâte, et ouvrit la porte de la cabine. Le vent s'engouffra en hurlant dans l'habitacle, comme un monstre rugissant, et Teagan se précipita à l'extérieur pour ne pas réveiller le père et sa fille.

Sur le pont, la pluie diluvienne le trempa en seulement quelques secondes. Un éclair claqua juste au-dessus du ballon, illuminant l'immensité noire. Rien ne filtrait entre les nuages qui semblaient rouler sur eux-mêmes, tourbillonnant en masse éthérée et fantomatique.

La gorge nouée, les tempes prises dans un étau à le faire hurler de douleur, Teagan avança, un pas après l'autre, irrémédiablement attiré par l'avant du ballon. Lentement, il passa devant le gouvernail, bloqué par Mac pour ne pas dévier de leur route, et resta de marbre lorsque l'hydrogène s'enflamma sur son passage, alimenté par le feu qui couvait dans la cheminée de cuivre.

NUIT

Elle éclata dans sa conscience. Si sombre. Si froide. Si noire. La nuit l'engloutit, avalant chaque parcelle de son corps. Incapable de s'arrêter, Teagan gravit les marches qui menaient à la proue, sentant le bois trempé sous ses pieds nus. L'eau ruisselait sur ses cheveux, le long de ses bras nus et de son visage, dévalant son torse pour s'écraser sur le sol. Plus il avançait, et plus il y voyait flou. Un grondement assourdissant enflait sous son crâne, saturait ses pensées, le privant de toute volonté. Son instinct se débattait avec une force contre laquelle il ne parvenait pas à lutter.

Le visage balayé par les rafales rugissantes, Teagan empoigna les cordages et se hissa sur le bastingage.

NUIT

Les yeux écarquillés sur une obscurité bien trop immense pour lui, Teagan sentit son cœur pulser à un rythme effréné dans sa poitrine, puis tout à coup, un second pouls se joignit au sien, bien plus rapide encore. Une sorte de cavalcade à quatre temps, pour un seul et même corps.

Lentement, les nuages noirs s'ourlèrent d'un contour éblouissant. Alors qu'ils n'étaient encore qu'une masse sombre et informe quelques instants plus tôt, Teagan était maintenant capable d'en distinguer chaque bordure. Les éclairs eux-mêmes se découpaient au ralenti, morcelés d'une infinité de réseaux électriques passant d'un bleu intense à un blanc polaire. Hypnotisé par cette vision d'un ciel chaotique dont il lui semblait faire partie intégrante, Teagan lâcha le cordage qui le retenait au bastingage. Les bras grands ouverts, il s'abandonnait à l'appel de la nuit, se livrant dans une confiance aveugle.

VOIR

Du cœur de la tempête surgit alors une créature aux plumes luisantes d'énergie, si immense, si énorme, que Teagan ne pouvait la distinguer tout entière. *Impossible. Tu n'existes plus !*

CHASSÉ

L'oiseau ouvrit son bec d'où s'échappèrent tous les cris du ciel. L'orage et les éclairs se mêlèrent intimement à la pluie, au vent, et aux nuages. Pendant une fraction de seconde, le ciel s'illumina si violemment que Teagan vit le jour pour la première fois de sa vie.

Alors il hurla. Et le ciel répondit.

Lorsque Teagan reprit connaissance, il était étendu sur le dos, le corps martelé par la pluie.

17

TOUTES LES HISTOIRES
TERRIFIANTES QUE TA MÈRE
TE RACONTAIT LE SOIR QUAND TU
ÉTAIS PETIT, ELLES PRENNENT RACINE SUR
MON CONTINENT... CHAQUE MYTHE A SA PART DE VÉRITÉ. JE SUIS
PEUT-ÊTRE MÊME LE DÉMON DE TES HISTOIRES. ET AUCUNE LUMIÈRE
NE TE SAUVERA.
CAYDEN JAYCE

Aldébaran - Île Prison de For'Baten – Pénitencier de Kinefall

Comme l'avait annoncé Mano, le corps de l'adolescent était resté à pourrir à la vue de tous. L'odeur pestilentielle n'avait fait que s'ajouter à l'air déjà vicié de la cale, et Cayden avait bien cru que ses poumons ne pourraient pas en supporter davantage. La faim était devenue quasiment insupportable, de même que les gémissements incessants de ceux qui divaguaient complètement. Pourtant, jusque-là, les jours s'étaient écoulés de façon lente et méthodique. Tous les matins, à la même heure, la trappe s'ouvrait au-dessus de leurs têtes, pendant qu'ils attendaient comme un troupeau d'affamés qu'on daigne leur jeter du pain rassis et de la pâte brune. Cayden avait fini par apprendre qu'elle était préparée à base d'insectes et d'eau croupie, le tout mixé jusqu'à obtenir une coulée malléable et qui se conservait. Assez longtemps du moins pour qu'ils ne crèvent pas tous de faim à bord du navi pénitentiaire.

Une fois l'heure de la curée assouvie, la trappe était à nouveau fermée jusqu'au lendemain. Les maigres minutes à ciel ouvert étaient à peine suffisantes pour renouveler l'oxygène, et plus les jours défilaient, plus la toux froide et noire se propageait parmi les condamnés. Les premiers symptômes se résumaient à quelques reniflements, puis ils se mettaient à trembler et à tousser, jusqu'à finir par cracher des glaires épaisses et sombres. Cayden en avait regardé tomber certains qui ne s'étaient plus relevés. Mano lui avait expliqué que cette maladie avait pour nom le Froid Noir. Elle s'emparait des gens, peu importait leur nom, leur âge, leur sexe, et s'attaquait d'abord aux voies respiratoires, puis aux organes vitaux. Les membres se nécrosaient et finissaient par se détacher du reste du corps. Transmissible par les airs, et particulièrement contagieux, le Froid Noir trouvait dans la cale un parfait lieu d'expansion.

Un matin, alors que la plupart des hommes dormaient encore, recroquevillés deux par deux, Cayden perçut le martèlement de pas précipités sur le pont, puis des voix.

— Relâchez la voilure ! Pénitencier en approche !

Enfin, songea-t-il en dépliant lentement ses jambes engourdies. L'état de sa plaie ne s'était pas véritablement amélioré, mais restait stable, ce qui relevait du miracle, compte tenu de la crasse ambiante et de l'hygiène déplorable à laquelle ils devaient tous faire face. Son mouvement tira Mano de sa torpeur. L'homme ouvrit un œil, avisa le Thénéryen qui regardait en direction de la trappe, puis perçut la secousse caractéristique d'un navi qui amorçait sa descente.

— Bienvenue en enfer, ricana-t-il en se relevant.

— L'enfer, c'était d'être enchaîné à ta sale carcasse puante, rétorqua Cayden en se redressant également.

— Ne crois pas que le sort te sera plus favorable au pénitencier... Tu n'as pas idée de l'endroit où tu débarques. J'espère que ta mère ne s'attend pas à te revoir un jour.

Mâchoires crispées, Cayden allait lui envoyer une réplique acerbe, mais fut interrompu par un coup de feu. Un instant plus tard, la trappe s'ouvrit, dispensant un peu de lumière naturelle. Il était encore très tôt, aussi seuls la brume et le froid humide accueillirent les prisonniers. Aucun soleil ne vint réchauffer leurs corps endoloris. Une silhouette à contre-jour s'approcha de l'ouverture d'un pas lent, et baissa les yeux vers la foule de miséreux qui allaient grossir les rangs du pénitencier de Kinefall.

Immédiatement, la puanteur qui s'échappait de la trappe ouverte le saisit à la gorge. Le lieutenant Scott Defoe était pourtant habitué à ce spectacle peu reluisant de sa société, mais cette fournée-là empestait plus que les autres.

— Combien de cadavres ? s'enquit-il, un foulard blanc cachant le bas de son visage et son nez.

Flanqué d'un uniforme noir brodé de lys dorés, le lieutenant Defoe évaluait l'étendue des dégâts. Sur son plastron était piquée une broche en bronze, illustrant un rapace aux yeux de rubis.

— Nous n'avons pas encore compté, Lieutenant. Le Froid Noir s'est répandu depuis quelques jours et nous avons limité les ouvertures de la trappe.

Une lueur d'effroi passa dans les yeux du lieutenant qui approuva.

— Bien. Laissez la cale ouverte. Évacuez les prisonniers encore capables de piocher. Quant à ceux qui présentent le moindre symptôme, abattez-les et jetez-les dans le Magna-Nubes.

— Oui, mon Lieutenant.

— Vous ! cria le lieutenant Defoe en interpellant un groupe de soldats. Emmenez les prisonniers au lavoir. Qu'ils se décrassent de toute leur puanteur. Divisez les binômes et surveillez-moi bien cette bande de pourritures ! Ensuite, emmenez-les au marquage.

En contrebas, Cayden ne bronchait pas. Tout allait très vite. Bien trop vite, maintenant. Après des jours d'attente à se morfondre dans cette bulle sale, il se retrouvait durement propulsé dans une réalité encore plus violente et sans merci. Ici, il était seul. Incroyablement seul au milieu de toute cette lie débordante.

Sous ses pieds, le sol de la cale grinça tout à coup, dégageant une plateforme sur vérins hydrauliques qui se mit en branle dans un bruit de ferraille grinçante. Même s'il ne le reconnaîtrait jamais à voix haute, Cayden ne pouvait qu'admettre à contrecœur que la science dont faisaient preuve les Aldébariens était fascinante. Avec lenteur, le palier se souleva, les emportant jusqu'au pont.

— Que tout le monde recule ! ordonna un soldat en pointant son mousquet dans leur direction. Vous allez être séparés de vos partenaires. Au moindre geste, nous vous abattrons comme des chiens.

Comme des chiens... Oui, c'était exactement l'idée. Toujours enchaîné à Mano, Cayden suivit le mouvement sans faire de vague, cette fois. Lorsqu'il posa le pied sur le pont, l'air pur d'Aldébaran le frappa de plein fouet. Finalement, peut-être bien que Teagan n'avait pas tort sur tous les points.

Tête basse pour éviter de poser ses yeux trop rouges sur quelqu'un, Cayden attendit patiemment que vienne leur tour. Binôme par binôme, les hommes furent séparés et alignés en deux rangs distincts.

— Combien sont-ils ? demanda Scott Defoe.

— Quatre-vingt-sept, mon Lieutenant. Vingt-trois hommes ont péri en cale, contaminés. Et l'oisillon s'est donné la mort, semble-t-il.

À ces mots, Cayden ne put s'empêcher de tourner la tête un peu trop vivement dans leur direction, ce qui ne manqua pas d'attirer l'attention du lieutenant Defoe dont les yeux se plissèrent.

— Eh bien, en voilà une surprise. Je me demandais dans quel chargement tu allais débarquer.

Cayden serra les poings, immobile, continuant de toiser le gradé avec son arrogance habituelle. Dans un claquement de bottes régulier, le lieutenant Defoe s'avança jusqu'à lui, ignorant totalement Mano, que la cheville liait encore à Cayden.

— J'ai reçu un courrier il y a déjà plusieurs jours de ça, m'informant de la venue d'un Thénéryen à For'Baten. J'avoue que c'est la première fois que l'occasion m'est donnée de voir un spécimen d'aussi près. Tu as une cage à ta hauteur, mon ami.

— Prenez garde alors, souffla Cayden, plein de haine. Les animaux retenus en captivité ne sont pas les plus sains d'esprit.

Un coup derrière la nuque le fit brutalement ployer, et il s'effondra à genoux, aux pieds de Defoe, les yeux injectés de sang et de colère.

— Doucement, lança Defoe à l'attention du soldat un peu trop zélé qui l'accompagnait. N'abîmons pas notre marchandise. Il y a déjà eu beaucoup trop de pertes sur cette cargaison.

D'un mouvement de tête, il fit signe à son bras droit de relever le Thénéryen. Immédiatement, deux mains se saisirent de Cayden qui les repoussa d'un coup d'épaule.

— Je peux me relever seul !

Faisant abstraction de l'épuisement et de la douleur, l'aîné des Jayce banda les muscles de ses cuisses et se redressa au prix d'un effort insoupçonné.

— Reprends ta place dans le rang, Thénéryen, déclara Defoe, admirant en silence l'étonnante résolution dont faisait preuve son prisonnier.

Le courrier, arrivé par voie aérienne quelques jours plus tôt, annonçait la venue d'un redoutable pilleur, ayant causé de graves dommages à l'Hélion. Le révolté Cayden Jayce avait été condamné, lors d'un jugement éclair à la cour d'assises d'Ey'Nvala, à la prison à vie, mais soudain, alors que ce dernier reculait, entraîné par Mano qui n'en menait pas large, Defoe distingua le bout de l'aile du corbeau noir à travers sa chemise déchirée.

— Un instant !

D'un geste, il tira son épée fine de son petit fourreau ciselé d'or, et en apposa la pointe contre la poitrine de Cayden, tranchant un à un les lacets qui maintenaient sa chemise fermée jusqu'au milieu de son torse. L'oiseau aux ailes déployées jaillit bientôt sous ses yeux, comme s'il s'apprêtait à les lui crever.

— Un Maraudeur de Stent, murmura-t-il d'une voix quasiment inaudible.

— Que devons-nous faire de lui, mon Lieutenant ?

Un silence pesant s'installa dans les rangs. Seul le vent qui soufflait sinistrement entre les interstices de la muraille troublait ce moment. Pendant de longues secondes, Defoe resta de marbre, puis rangea son épée.

— Rien. Notre jeune recrue se rendra lui-même compte qu'aucune aile ne viendra lui porter secours ici.

Déjà il s'éloignait, mais Cayden aurait juré que son expression avait changé l'espace d'un bref instant. Il n'eut pas le temps d'y penser davantage que Mano brouillait ses pensées.

— Tu es incapable de ne pas te faire remarquer.

— Ferme-la, Mano. Il pourrait me prendre l'envie de t'étrangler !

Mano siffla de colère entre ses dents jaunes, mais plus aucun autre son ne filtra par ses lèvres fendues. Alors que Cayden avait le regard perdu en direction de la brume et des épais nuages qui entouraient l'Île Prison, un coup de feu résonna. À seulement quelques mètres d'eux, un homme s'effondra dans la poussière. Sur sa poitrine fleurit une large corolle rouge sombre, qui noircit peu à peu, jusqu'à devenir un liquide épais et collant.

— Le Froid Noir, souffla Cayden.

Mano avisa le Thénéryen un instant, marmonnant pour ne pas être entendu des gardiens qui leur avaient intimé le silence le plus total.

— C'est une fichue maladie.

— Et ça ne se soigne vraiment pas ?

Un sourire cruel étira les lèvres de Mano.

— L'amputation. Et après...

— Après, quoi ? Il y a quoi après ?

— On change les parties pourries.

— Quoi ?

— Silence ! aboya un jeune soldat qui effectuait sa première année au pénitencier, le visage à moitié couvert d'un foulard. Toi, crache là-dedans !

— Quoi, tu veux voir mes glaires ? ironisa froidement Cayden sans l'ombre d'un sourire.

Agacé, il baissa la tête vers le seau empli de crachats que la recrue tenait à bout de bras. Le Thénéryen ne voyait que ses yeux, mais pouvait aisément deviner sa bouche tordue de dégoût.

— Sale boulot, hein ! se marra-t-il en se raclant le fond de la gorge.

Sans quitter l'Aldébarien du regard, il expectora dans le récipient de fer.

— Tu vois, elles sont limpides.

Blême, le jeune garde passa à Mano qui cracha à son tour dans un bruit infâme. Au grand regret de Cayden, son compagnon de cale avait les glaires aussi propres que les siennes.

Cinq autres hommes aux salivations noires furent abattus sur le champ. Une charrette, tirée par deux énormes roncins, remonta alors à pas lents les rangs de prisonniers, dans laquelle furent charriés les cadavres. Au passage, Cayden reconnut la dépouille pourrissante du gosse qui s'était suicidé devant ses yeux. *L'oisillon.* Il n'était plus qu'un tas de chair violacée, à la texture cartonnée et cireuse, bouffée par les vers. Pour autant, le Thénéryen ne détourna pas les yeux. *Adieu, gamin.*

Après avoir craché dans le seau, Cayden fut enfin libéré de sa chaîne. Le poids du bracelet qui enserrait sa cheville disparut, mais il ne se sentit pas plus libre pour autant.

En groupe, ils furent tous conduits à ce que Defoe nommait le lavoir, et qui se présentait en réalité comme un bassin sale, à l'eau stagnante.

— Déshabillez-vous, et descendez là-dedans ! Plus vite que ça !

L'eau sombre rappelait à Cayden celle du port de Stent, les slugs en moins. Malgré lui, cette pensée lui arracha un léger ricanement. Un prisonnier aux épais cheveux noirs tourna la tête vers lui.

— Qu'est-ce qui te fait rire, le Thénéryen ?

— Rien que tu puisses comprendre, rétorqua Cayden.

Malgré l'air glacé, il dévoila son torse. Plusieurs regards se fixèrent sur le corbeau, puis sur sa plaie. Le Thénéryen avait bien conscience d'être l'objet de toutes les attentions, mais il préféra ignorer les regards trop insistants. Il n'était pas en terrain conquis, bien loin de là, et savait que son altercation avec Mano dans la cale n'était que la partie émergée d'un iceberg contre lequel il s'était échoué malgré lui. Son corps accusait le manque de nourriture des derniers temps, de même que la fatigue et l'angoisse qui lui bouffaient les entrailles avec perfidie. Son ventre était creux, ses côtes plus saillantes qu'à l'ordinaire, mais sa musculature athlétique ne lui faisait pas défaut. Même au plus bas de sa forme, Cayden restait suffisamment menaçant pour qu'on lui accorde un peu de répit.

— T'as d'la veine de pas encore être crevé avec un trou pareil dans le bide, remarqua un vieillard d'une voix chevrotante.

Cayden lui jeta un coup d'œil qui en disait long, puis délaça ses bottes et descendit dans le bassin, gardant seulement son pantalon remonté sur ses mollets. Il fut le premier à se lancer, bientôt rejoint par d'autres courageux. De l'eau jusqu'aux genoux, le Thénéryen avança de quelques pas dans la fosse rocailleuse, manquant de glisser sur les dalles couvertes de mousse, jusqu'à sentir quelque chose de dur sous ses orteils. Sa première réaction fut de songer à un os, humain ou animal, mais en décalant lentement sa voûte plantaire sur l'objet, il perçut un contact métallique. Son cœur cogna plus fort dans sa poitrine lorsqu'il comprit que ce qu'il avait sous le pied n'était autre qu'une vieille lame rouillée. S'assurant que personne ne lui prêtait attention, Cayden se pencha en avant et plongea ses bras dans l'eau comme pour les laver. Ses doigts raclèrent le fond du bassin, tâtonnèrent une seconde avant de se refermer sur l'arme de fortune. Au toucher, il estima que la dague, amputée de son manche, devait mesurer une quinzaine de centimètres : assez petite pour être dissimulée dans le revers de son pantalon, et bien assez longue pour se défendre. Quand il se redressa, les avant-bras ruisselants d'eau verdâtre, le Thénéryen croisa le regard perçant de Mano toujours sur le bord. L'homme l'avait-il lâché des yeux une seconde depuis leur arrivée ?

— Tu devrais songer à te laver, déclara Cayden en regagnant l'extérieur du bassin où il récupéra sa chemise tachée de sang. Je te laisse la place.

Finalement, le prisonnier aldébarien sembla l'oublier, et Cayden prit le temps d'observer tout ce qui l'entourait. Ils avaient atterri au port aérien de For'Baten, entre deux autres grands navis pénitentiaires. Ceux-ci se distinguaient aisément des autres navis marchands, de par leurs coques renforcées et cuirassées, et leurs voiles rouges sur lesquelles était tissé l'emblème de la prison : deux maillons enlacés, cerclés d'un liseré blanc. Le cercle représentait la prison de For'Baten, dont l'architecture se distinguait par sa circonférence parfaite.

Amarrés au ponton, les navis militaires avaient des allures de bâtiments fantomatiques, plongés dans un linceul brumeux et froid. Le lavoir se trouvait dans la cour d'accueil, au pied d'immenses murailles larges de plusieurs mètres, dont chaque bloc de pierre semblait avoir été taillé par des colosses. Derrière elles s'élevaient cris et fumée. Une véritable ville de violence, désertée de toute loi. Hormis celle du plus fort. Cayden se souvint alors d'un poème que récitait souvent son frère lorsqu'il évoquait les îles du continent du Haut.

For'Sÿt'Gaaz,
Elle flotte, danse, ses mille voiles étendues.
Ô, la douce cité des voyageurs perdus.

For'Ladovas,
Phare dans le ciel, elle brille de mille feux.
Ô, l'antique cité des Nuageurs courageux.

For'Delvery,
Forte, innovante, elle tourne sur ses mille rouages.
Ô, la puissante cité des inventeurs mages.

For'Damas,
Colorée, épicée, elle dévoile ses mille saveurs.
Ô, la subtile cité des marchands explorateurs.

For'Syra,
Armée et sans peur, elle déploie mille canons.
Ô, la redoutable cité des soldats en formation.

For'Baten,
L'oubliée, la révoltée, elle hurle de ses mille âmes égarées.
Ô, la cruelle cité des esprits meurtriers.

Cayden ignorait d'où son frère tenait de pareilles paroles, mais sans doute de Nansac était-il à l'origine de ce savoir inutile.

— Regroupez-vous ! hurla le soldat qui l'avait frappé dans le dos un peu plus tôt.

Cayden le regarda passer devant lui, armé de son long fusil, gravant profondément ses traits au fond de sa rétine. Il ignorait encore comment, mais il aurait sa revanche sur ce trou du cul d'une façon ou d'une autre !

Les quatre-vingt-un prisonniers s'ébranlèrent comme un seul homme, marchant à pas lents vers l'immense portail qui les séparait encore de l'intérieur du pénitencier. Tous trempés et transis de froid, ils se serraient les uns contre les autres, semblables à des brebis galeuses que l'on menait à l'abattoir. Cayden avait perdu Mano de vue, mais cette pensée ne le réjouissait guère. La vie – et surtout les Maraudeurs – lui avait enseigné un précepte très clair : garde tes ennemis près de toi.

L'homme seul ne constituait pas une menace, mais ici, nul doute qu'il avait des appuis et des connaissances.

À mesure qu'ils approchaient du mur d'enceinte, Cayden discerna les inscriptions et les enluminures gravées sur les battants de la porte métallique. Un navi sculpté dans la roche s'y déployait sur toute leur surface, sur fond de nuages et de harfangs. Lorsque les portes s'ouvrirent et se séparèrent pour les laisser passer, la coque du navi sembla se disloquer à son tour. *Si seulement cette foutue citadelle pouvait en faire autant*, songea Cayden en pénétrant dans l'enceinte de la prison.

En face de lui, une grande cour se déployait, ronde et sale. Sableuse, elle était piquée de quelques ajoncs qui trouvaient la force d'y pousser. Sur sa gauche, le Thénéryen distingua des baraquements en bois, et deux tours, certainement des postes d'observation, mais pour surveiller quoi ?

Tenter de s'enfuir d'ici était une pure folie. Il n'y avait nulle part où aller. La prison avait été construite sur une partie plane de l'île, ancien volcan endormi, tandis que le reste n'était que coulées de lave refroidies et impraticables. Aucune végétation ne survivait à l'extérieur des murs de la prison, constamment balayés par un vent glacial. D'abord, Cayden avait cru qu'il était trop tôt pour que les soleils d'Aldébaran ne percent la brume, mais plus le temps passait et plus il devait se rendre à l'évidence : les rafales avaient beau se déchaîner sur For'Baten, le brouillard restait le seul maître ici.

Dans un parfait ensemble, les deux battants du pénitencier s'écartèrent en grand, évoquant chez Cayden la gueule béante d'un monstre de pierre, prêt à broyer tous ceux qui franchiraient la barrière de ses crocs. Il avait beau ne plus être entravé, le Thénéryen se sentait oppressé, la poitrine comprimée par un étau invisible. Ici, ce n'était pas son monde !

Un raclement de pieds dans le sable l'interpella. Près de lui, un homme traînait la patte, mâchoire tremblante. Il distingua son profil ravagé par la terreur, ses yeux fous qui semblaient sur le point de quitter leurs orbites. Puis tout à coup, le prisonnier hurla et fendit les rangs en sens inverse pour s'enfuir. Il fut abattu au bout de quelques secondes. Son corps s'affala dans la poussière. Les poings serrés, Cayden se jura de ne jamais finir comme lui. S'il devait crever d'une balle dans le dos, ce serait sur Thénérys !

— Qu'est-ce que tu regardes comme ça ? Tu veux le rejoindre ?

La voix brutale d'un garde lui fit tourner la tête. Celui-ci perdit immédiatement sa verve lorsqu'il découvrit les orbes rougeoyants, et lui ordonna simplement de rattraper les autres. Les lourds battants se refermèrent sur leur passage dans un bruit sourd. Cette fois, il était bel et bien prisonnier du pénitencier de For'Baten, la prison la plus inviolable du continent du Haut. *Je te retiens, Teagan. Toi et tes brillantes lubies !*

Cayden traversa une nouvelle cour, dans laquelle déambulaient des bagnards, dont certains semblaient avoir passé leur vie ici. Le travail acharné et le climat inhospitalier de l'île changeaient ces hommes. Tous avaient le regard vide, pourtant des lueurs d'intérêt s'allumèrent dans leurs yeux à la vue du nouvel arrivage de prisonniers. Chaque fournée était l'occasion pour eux de voir un peu de sang neuf, de tisser des alliances, d'avoir des nouvelles du monde extérieur, et de choisir victimes et souffre-douleurs. Sans grande surprise, le Thénéryen entendit un petit groupe de forçats interpeller joyeusement Mano, comme saluant l'arrivée d'un vieil ami après des mois d'absence. Ce dernier leva le bras dans leur direction, mais fut immédiatement rapatrié dans les rangs. Visiblement, le rite d'arrivée n'était pas totalement accompli, et Cayden se demanda ce qui les attendait encore après la douche sale. Il était épuisé, il avait faim, et avait besoin de se retrouver seul après des jours à fond de cale, entassé avec tout un ramassis de déchets. Seul pour réfléchir et faire le point sur sa situation.

Ils longèrent les arcades sous la muraille, et passèrent devant une porte en clé de voûte, surplombée d'un étendard rouge et or. Cayden était incapable d'en lire les inscriptions, mais supposa qu'il s'agissait du bureau privé du lieutenant aperçu plus tôt sur le quai d'amarrage.

Un instant plus tard, on les faisait descendre dans les profondeurs de la prison, par une simple grille derrière laquelle plongeait un escalier large et humide aux marches inégales. Quelques lampes à huile rondes et au verre jauni créaient un chemin de lumière qui semblait disparaître dans les entrailles de l'île.

Arrivé à mi-parcours, Cayden sentit tout à coup ses oreilles bourdonner de manière désagréable, comme si un essaim d'abeilles s'était logé sous son crâne. Gêné par la sensation, il secoua la tête et fourragea dans ses cheveux. L'étrange phénomène finit par s'estomper lorsqu'il posa le pied sur la dernière marche. Une galerie lisse et pavée s'étirait sur leur gauche. Faiblement éclairée, elle se déroulait sur quelques mètres avant de tourner en angle abrupt. Le long des murs étaient ancrées des lampes, et dans des coffres vitrés, quelques armes se trouvaient entreposées : mousquets, épées et petits couteaux. Cayden se demanda si un coup d'épaule suffirait à briser les parois, mais chassa rapidement cette pensée. Une sorte de mauvais pressentiment lui indiquait clairement qu'il serait mort avant de tenter quoi que ce soit d'aussi stupide. Les tentatives de révolte semblaient toutes avortées en ces lieux que l'on prétendait impossible à quitter. Pour autant, le Maraudeur de Stent n'avait nullement l'intention de mourir ici

— Alignez-vous le long du mur. Pas de mouvements brusques !

L'homme devant lui s'arrêta net, si bien que Cayden dut faire un écart de côté pour ne pas le percuter. Il rencontra l'épaule d'un autre prisonnier, un colosse, qui longeait le couloir en sens inverse.

— Excuse-moi.

— Regarde dans qui tu cognes ! gronda le colosse qui le précédait.

— J'ai dit que j'étais désolé, répliqua Cayden. Ça va, je ne t'ai pas cassé un os, non plus !

— Prends bien garde à qui tu t'adresses ici, souffla l'homme sur son visage.

La mine sombre, Cayden serra les dents pour ne rien rétorquer et se contenta de ne pas détourner les yeux. Son cœur battait si violemment dans sa poitrine que chaque pulsation en devenait douloureuse. Comme il rêvait de saisir le crâne de cet Aldébarien et de le fracasser contre le mur ! Juste refermer ses doigts sur sa gorge une seconde, et laisser éclater la violence qu'il avait de plus en plus de mal à contenir. Aucun d'entre eux n'avait idée de l'animal qu'ils venaient de faire entrer à For'Baten. Il n'était pas l'un des leurs, il n'était pas d'ici, et refusait de se soumettre à une seule de leurs règles !

MORDRE

Cette pensée éclata sous son crâne, alors qu'il avait toujours les yeux rivés sur l'homme. Les pulsations de son cœur s'emballèrent, et dans sa tête, un martèlement résonna de manière chaotique. Concentré sur le prisonnier, Cayden se surprit à se focaliser sur le sifflement sanguin qu'il entendait cavaler dans sa carotide.

FAIM

Un instant plus tard, sa respiration se bloqua dans sa poitrine. Suffoquant, il ploya un genou à terre sous le ricanement grave de l'homme qui le précédait.

— Pas tout de suite. Tu pourras t'accroupir devant moi plus tard, si tu veux !

La rage qui le secouait avait atteint son paroxysme, mais Cayden était tétanisé. Plus aucun muscle de son corps ne lui répondait, et il serra les dents de fureur. *Je te ferai regretter tes paroles,* se promit-il en se redressant avec difficulté. Dans sa tête, l'étau étrange qui comprimait ses tempes se dissipa, et le Thénéryen prit subitement peur, conscient des pensées troubles qui lui étaient passées à l'esprit. *Je vais devenir dingue sur ce continent !*

Plus loin dans le couloir, une porte s'entrebâilla. Un homme, qui n'était pas un soldat, laissa entrevoir son visage par l'embrasure, puis ouvrit largement le battant.

— Tout est prêt. Nous pouvons commencer le marquage.

Marquage ? Quel marquage ? La poitrine de Cayden se comprima. Déjà, celui qui se trouvait en tête de file pénétrait à l'intérieur de la petite pièce. Il se passa quelques minutes, puis on en appela un second. N'ayant pas vu réapparaître le premier à être entré, Cayden estima qu'il y avait sans doute une autre sortie, donnant certainement sur un nouveau couloir. Ignorant où étaient emmenés ceux qui le précédaient, il prit son mal en patience, jusqu'à ce que vienne son tour.

— Le Thénéryen ! C'est à toi.

Cayden avança sans faire d'histoire. Quelques murmures s'élevèrent sur son passage, mais rien de comparable au bruissement sourd qui s'enracinait à nouveau derrière ses tempes, de manière plus ténue cependant. Les étranges sons allaient et venaient par vagues successives dans sa tête, comme des signaux par intermittence, entrecoupés parfois de notes plus longues.

Lorsqu'il pénétra dans la pièce et que la porte blindée se ferma, tout s'évanouit une fois encore. Troublé, Cayden se frotta le visage, gardant les paupières closes une seconde. Lorsqu'il les rouvrit, il se trouvait seul dans une salle très propre, au centre de laquelle se trouvait un large siège en cuir. Sur les murs, quelques armoires vitrées contenaient fioles, aiguilles et ce qui lui sembla être de l'encre de différentes couleurs. Près du siège se dressait une sorte de bras articulé, reluisant et aussi haut qu'un homme, actionné à l'aide d'une pile solaire logée dans une encoche. Les mêmes que celles qui alimentaient les navis, mais en taille réduite. *Et dire qu'une seule de ces petites choses pourrait faire péter la moitié de la citadelle.* Dans son dos, la seconde porte pivota sur ses gonds.

— Ah, tu es là. Installe-toi.

Le Thénéryen jeta un regard à l'homme, avisant ses habits propres, mais qui n'appartenaient pas à l'armée. Sa barbe était taillée, il semblait soigné sur lui, et ses cheveux se rassemblaient en catogan sur sa nuque.

— C'est quoi ça ? demanda Cayden en désignant le bras articulé, sans bouger d'un iota.

— Un dermographe solaire, expliqua simplement son interlocuteur en ouvrant une des armoires.

Dermographe ? Le Thénéryen serra si fort sa mâchoire sous le coup de la colère qu'elle craqua sourdement. Au même instant, l'homme se tourna vers lui.

— Les autres attendent dans le couloir. Allonge-toi sur le siège, et donne-moi ton bras.

— Aucune aiguille ne touchera ma peau, le menaça Cayden.

Un sourire amusé passa sur les lèvres du tatoueur.

— On dit tous ça en arrivant ici. On raconte que les Thénéryens sont des durs au mal. Serait-ce un mythe ?

Le regard de Cayden vira de l'ocre au sanglant alors qu'il crachait froidement.

— On raconte aussi que les Thénéryens sont des sauvages, des animaux. As-tu réellement envie de vérifier cette information ? Tiens-tu vraiment à te confronter à la nuit ? Toutes les histoires terrifiantes que ta mère te racontait le soir quand tu étais petit, elles prennent racine sur mon continent... Chaque mythe a sa part de vérité. Je suis peut-être même le démon de tes histoires. Et aucune lumière ne te sauvera.

— J'ai le double de ton âge, gamin, ricana l'homme. Alors quand ma mère me racontait de pareilles niaiseries, tu n'étais même pas né.

— Les ombres sont immortelles...

Un silence tomba entre eux. De l'autre côté de la porte, un coup retentit contre le bois.

— Tout va bien là-dedans ? Il en reste encore une vingtaine à marquer !

— Oui, c'est bon ! Je prenais juste une petite pause, lâcha finalement l'homme sans quitter Cayden du regard.

D'une voix plus basse, il reprit à l'intention du Thénéryen :

— Tu ne peux pas y échapper. Chaque personne entrant ici en ressort avec la marque. C'est inéluctable.

— Pourquoi t'es pas tatoué toi, alors ?

— Je le suis. Au même titre que tous les autres. Je n'ai pas de traitement de faveur, lui prouva-t-il en remontant sa manche.

Sur son avant-bras s'étendait la marque du pénitencier : deux maillons noirs liés, prisonniers d'un cercle blanc.

— Je suis un prisonnier ici, comme toi. Maintenant, assieds-toi. Que tu le veuilles ou non, tu quitteras cette pièce avec l'empreinte de Kinefall gravée dans ta chair, mais ça peut se faire en douceur. Sans douleur.

— Je me moque de la douleur ! répliqua Cayden avec fureur en retirant sa chemise déchirée. J'ai déjà enduré pire que ça !

Le corbeau jaillit sur son torse dénudé, volant dans une myriade de cicatrices plus ou moins anciennes, surplombant la plaie plus basse sur son ventre.

— Un corbeau de Maraudeur, si je ne m'abuse... Quelle faction ?

— Stent, répondit Cayden en prenant place sur le siège.

— Il paraît que chaque faction possède son propre corbeau, afin de les différencier.

— Ouais. C'est comme ça que ça marche... Non, pas de ça ! refusa Cayden en constatant que l'homme préparait une injection d'anesthésiant.

— C'est juste pour endormir tes nerfs.

— Crois-moi, ils sont à vifs là, alors n'insiste pas trop.

— Comme tu voudras, accepta le tatoueur en reposant sa seringue. Mais, tu ne ressortiras pas d'ici plus courageux parce que tu as refusé un analgésique.

— J'en ressortirai avec moins de honte. Fais ce que tu as à faire.

Les yeux résolument ancrés sur le mur, Cayden sentit le bras articulé s'activer sous une lumière aveuglante. L'homme glissa une capsule d'encre noire dans une place prévue à cet effet et actionna le mouvement. Sur tout le pied de laiton, les rouages se mirent en branle, activant un mécanisme bien huilé.

— Ne bouge pas, surtout.

Le Thénéryen ne broncha pas lorsque la première aiguille traversa profondément sa chair, au niveau de son avant-bras. Seul son poing se ferma quand la douleur devint trop intense. Une violente chaleur lui brûla la peau, remontant de son poignet jusqu'au creux de son coude à mesure que l'encre s'infiltrait dans son épiderme. Les pulsations de son cœur résonnèrent dans sa boîte crânienne, tel un gong régulier, troublé à nouveau par une vague de sons mystérieux.

TUER

À cet instant, son cœur s'emballa franchement, alors que ses poumons se vidaient de tout leur air. Une seconde plus tard, la lumière s'éteignit et le bras mécanisé retrouva son inertie.

— Bienvenue à For'Baten, déclara l'homme.

— Trop aimable… Fallait pas vous donner tout ce mal.

La gorge sèche, incapable d'expliquer ce qui venait de se passer, Cayden posa les yeux sur l'intérieur tatoué de son avant-bras. Encore haletant alors qu'il n'avait pas bougé de son siège, le Thénéryen fixa les lignes d'encre qui lui imposaient sa nouvelle condition.

— Ce continent vient de commettre la pire erreur depuis sa création, murmura-t-il froidement.

18

LÂCHE-LE MAINTENANT.
IL EST MORT, TU NE PEUX
L'ABÎMER DAVANTAGE.
SCOTT DEFOE

ALDÉBARAN - ÎLE PRISON DE FOR'BATEN – PÉNITENCIER DE KINEFALL

Le jour ne s'était jamais vraiment levé, lorsque la nuit tomba pour de bon sur le pénitencier. Marqué de l'empreinte des prisonniers de Kinefall, Cayden fut rapatrié à la surface, avec tout son groupe. Il comptait parmi les plus jeunes, et garda ses distances avec le reste des détenus. Cet univers carcéral était nouveau pour lui, et il n'en maîtrisait pas les codes.

Profitant que les gardes ne leur accordaient que peu d'intérêt, Cayden avait exploité ces quelques heures pour évaluer le bâtiment et ses alentours. Taillé entièrement dans la pierre, et dans les roches excavées, le pénitencier tenait bien son titre d'inviolable.

Toujours en retrait, discret, Cayden avait tenté d'approcher les remparts, afin de voir ce qui s'étendait de l'autre côté, mais le canon d'un mousquet pointé sur sa tête l'avait rapidement fait redescendre. Il était passé entre les différents baraquements, essayant de comprendre comment fonctionnait la hiérarchie au sein de cette ville de violence, et où trouver sa place, mais seuls des regards hostiles avaient accueilli ses questions. Alors, il avait choisi un coin dans un renfoncement sombre et ne l'avait plus quitté. L'avenir lui dirait bien assez tôt ce qu'il conviendrait de faire.

Lorsque le froid de l'île s'installa dans la grande cour, plusieurs feux furent allumés dans des braseros de fortune. Du pain rassis fut distribué aux prisonniers, mais quand Cayden se leva pour aller récupérer un morceau, Mano le poussa violemment sur le côté.

— Tu restes où t'es, le Thénéryen. Y'a pas de part pour toi.

— Qu'est-ce que tu fous ? grogna Cayden en se redressant dans la poussière.

Son épaule et son abdomen le lançaient terriblement, et il avait besoin de manger pour reprendre des forces s'il voulait survivre.

— Reste à ta place, sourit Mano, accroupi à sa hauteur. Par terre.

Quelques rires froids s'élevèrent dans leur dos. Un frisson glacé dévala l'échine de Cayden alors qu'il avisait le reste de la troupe. La plupart des détenus ne s'occupaient pas d'eux, ne tournaient même pas la tête dans leur direction, et il en était de même pour les gardes qui leur jetaient le pain, mais Mano semblait avoir des connaissances de longue date ici, et aucune d'entre elles ne faisait dans la dentelle. Rassemblant ses forces, Cayden se releva et leur fit face. S'il montrait le moindre signe de faiblesse maintenant, il n'était même pas certain de survivre jusqu'au matin. À l'abri dans le revers de son pantalon, il percevait la lame rouillée contre sa peau, mais à dix contre un, même une telle arme serait inutile. Au mieux, il les maintiendrait à distance, taillerait une panse ou deux, mais dans tous les cas, ils finiraient par lui tomber dessus, et c'est lui qui se retrouverait troué comme une passoire.

— Déconne pas, Mano ! Je t'ai déjà foutu une trempe une fois. Je peux recommencer.

Mano éclata de rire, les bras écartés, comme pour lui signifier d'avancer s'il osait. Gagné par la colère, Cayden plongea dans le piège. D'un coup de tête, il fonça droit vers Mano qui s'écarta pour le repousser dans les bras d'un colosse. Celui des souterrains.

— Tu vois, gamin. Je t'avais dit que tu finirais par te retrouver accroupi devant moi ! beugla-t-il en lui faisant une clé de bras. Bientôt, je m'occuperai de toi d'une tout autre manière.

Avant même de pouvoir réagir, Cayden sentit son membre être broyé vers l'arrière, et il s'effondra à genoux dans le sable. Ses cris furent immédiatement couverts par les rires et les exhortations de Mano et de sa bande, qui incitaient l'homme à se déchaîner davantage. Personne n'intervint durant les longues minutes qui suivirent. La violence était quotidienne entre ces murs, et certains considéraient même que mourir prématurément entre les mains d'autres détenus tenait presque du cadeau, tant les conditions de vie étaient difficiles.

Étendu face contre terre, Cayden ne bougeait plus, la respiration sifflante. Le visage en sang, les paupières gonflées et fermées sous les hématomes, il sentait son cœur tonner dans sa poitrine de manière anarchique. Des mains l'empoignèrent avec violence et le retournèrent pour l'immobiliser complètement, puis des hommes lui arrachèrent sa chemise et dénudèrent son torse. Certains d'entre eux s'immobilisèrent à la vue du corbeau noir. Il y eut un instant de flottement.

— Tenez-le bien ! ordonna le colosse.

— Attends. T'as vu ça ? C'est un Maraudeur, le prévint un prisonnier.

— Et alors ? répliqua le géant. Tu crois qu'ils vont venir le venger ? Maintenez-le au sol !

Convaincus, les hommes appuyèrent avec plus de force. Un instant plus tard, une lame chauffée à blanc s'écrasa sur le ventre de Cayden. Cette fois, il hurla à s'en briser la voix. L'odeur de la chair brûlée s'éleva dans les airs, attirant quelques regards, mais alors que l'immense douleur l'emportait vers un black-out total, une onde éclata dans son esprit.

ENNEMIS

ENNEMIS

L'onde gutturale le réveilla brutalement, lui arrachant un cri de souffrance. Combien d'heures s'étaient écoulées ? La violence des coups reçus déflagrait encore dans chaque partie de son corps, dont il avait une conscience aiguë et subite. Tout tournait autour de lui, de la même manière que le sol sableux tanguait sous son dos.

Recroquevillé par terre, Cayden tenta d'ouvrir les yeux, mais ses paupières étaient scellées par le sang coagulé, échappé de son front. Une peur panique s'empara de lui lorsqu'il porta ses doigts blessés à ses yeux, pour en gratter les croûtes de sang qui les occultaient.

Son corps n'était qu'un champ palpitant et brutalisé, une plaie à vif, dont l'étendue des dégâts se propageait jusqu'à son esprit fracassé. La haine sourde qui montait en lui était impossible à réfréner. Dans un gémissement d'agonie, il parvint à basculer sur le côté, puis à replier ses jambes pour se mettre à quatre pattes. En appui sur ses avant-bras, Cayden dut fermer les yeux, pour ne pas se laisser gagner par les points noirs qui dansaient devant lui. Les battements de son cœur résonnaient de manière sourde dans sa tête, charriant avec eux des vagues de colère. *Putain de chiens. Je vais tous vous crever !*

Les poings enfoncés dans le sable, Cayden contracta ses abdominaux, faisant abstraction de la brûlure qui le lançait, et se redressa suffisamment pour s'appuyer contre le mur. Ce ne fut qu'à cet instant qu'il réalisa qu'il n'était plus dans la cour où il avait perdu connaissance, mais qu'on l'avait transporté dans une cellule ouverte, à l'écart des autres prisonniers, sans doute. Près de la grille, il remarqua un morceau de pain, déjà bien entamé par les rats, posé dans une gamelle en fer, ainsi qu'une timbale d'eau. Dans un grognement animal, il se rua dessus et s'empara du pain qu'il dévora. Quelques miettes tombèrent au sol, attirant à nouveau la convoitise des rongeurs.

Prostré contre la grille, Cayden referma ses doigts sur sa pitance, les yeux rivés à ceux d'une bête presque aussi grosse qu'un chat. Était-ce uniquement un tour que lui jouait son esprit fiévreux, ou bien percevait-il réellement les pulsations effrénées du cœur animal ? Plus il se concentrait sur ce martèlement vivant, et plus la bête chuintait dans sa direction. Lorsqu'elle plongea sur les miettes éparses de pain, Cayden bondit également en avant. Ses paumes se refermèrent sans hésiter autour du cou musculeux de la bête qui se débattit en couinant furieusement. Ses doigts profondément enfoncés dans la fourrure sale et souillée, le Thénéryen laissa passer un cri dément, et jeta la bête contre le mur. Celle-ci retomba sur le sol, seulement étourdie, mais Cayden l'acheva d'un rapide coup de lame, à l'endroit précis où tremblait sa carotide. Le rat convulsa quelques secondes, le temps que son sang se répande à gros bouillons dans le sable.

Les yeux fous, gorgés d'un rouge ardent, Cayden observa les grains absorber le précieux fluide chaud, puis il s'empara de la dépouille pour la porter à ses lèvres. Le filet épais coula dans sa gorge, amenant avec lui une étincelle de vie, qui se propagea bientôt dans tout son organisme. Dans sa tête, un chaos monstre se déchaînait alors qu'il arrachait une lanière de chair crue avec ses dents.

Hagard, les pupilles dilatées, Cayden avait quitté sa cellule, qui n'était pas fermée à clé. Il ne savait toujours pas qui l'avait traîné jusque-là, car il n'avait croisé personne depuis qu'il avait repris connaissance, mais cette âme charitable lui avait sans doute sauvé la vie. Pour quelle raison ? Il n'en savait rien non plus.

Ignorant dans quelle partie du pénitencier il se trouvait, il erra au hasard des galeries désertes. De nombreuses cellules vides, semblables à celle qu'il avait quittée, s'étalaient les unes après les autres, seulement garnies de sable, ou de paille dans le meilleur des cas. Enfin, il déboucha au pied d'un large escalier usé qui semblait remonter à la surface. De l'eau suintait en rigoles par endroits, creusant les marches de manière inégale. Sous ses pas hésitants, Cayden écrasa la mousse qui y poussait, et s'engagea résolument vers la lumière. Ou tout au moins, ce qui s'y apparentait.

La remontée lui parut infinie, mais plus il avançait, et plus sa démarche devenait résolue. La haine sourde qui l'avait saisi en bas n'avait toujours pas trouvé son exutoire.

Il finit par déboucher dans une des cours à l'arrière du pénitencier, plus petite que la principale. Elle était déserte, mais de l'autre côté des murs, il percevait nettement des voix.

Lorsqu'il franchit l'enceinte de la grande cour, plusieurs hommes s'arrêtèrent pour l'observer, leurs gestes en suspens. Il les balaya de son regard volcanique, cherchant sa première proie des yeux. Il ne pouvait pas la voir, parmi tous ces hommes, mais son rythme cardiaque qui s'emballait lui assurait qu'elle n'était pas loin. Un cri s'éleva, interpellant Mano qui jouait aux cartes, assis sur une caisse retournée. Ce dernier leva la tête dans leur direction, puis bondit sur ses pieds.

— Putain de merde ! jura-t-il en jetant son jeu au visage de ses camarades.

— Mano ! hurla Cayden, les yeux verrouillés sur son objectif.

Ce qui se dégageait du Thénéryen était si violent, si brut, que personne ne songea une seule seconde à s'interposer. Bien au contraire, tout le monde s'écarta. Personne n'avait manqué le passage à tabac dont il avait été victime, et si maintenant le Thénéryen estimait que c'était à son tour de rendre les coups, c'était son droit. En revanche, et contre toute attente, aucun d'entre eux n'aurait pensé qu'il reviendrait si vite à la charge. Pas après tout ce qu'il avait subi. D'ailleurs, son corps tuméfié affichait un rappel très clair de sa nuit d'horreur, et attestait de la volonté incroyable qui l'animait. Mais ce sang très sombre qui imprégnait ses lèvres, son menton, et qui avait coulé le long de sa gorge, à qui appartenait-il ?

Dans un hurlement presque inhumain, Cayden se jeta sur Mano et l'empoigna par le col. Ils roulèrent tous deux dans la terre, renversant sur leur passage la table de fortune, ainsi que tout ce qu'elle supportait. Les timbales, les cartes et les dés volèrent dans la poussière.

— Arrête ! s'écria Mano en se protégeant vainement le visage.

Les coups pleuvaient sans interruption, éclatant ses vaisseaux sanguins les uns après les autres.

— J'aurais dû te tuer dans la cale de ce putain de navi ! hurla Cayden tout contre son visage.

— Je suis désolé ! geignit Mano. C'est bon, arrête !

— Tu n'es qu'une merde ! s'époumona Cayden en balançant son poing contre sa joue.

Au même instant, les lourdes portes du pénitencier s'ouvrirent dans un grondement sourd, laissant pénétrer dans l'enceinte plusieurs chariots bâchés tirés par des roncins gris, ainsi qu'un groupe de piocheurs qui remontait des mines. Les yeux rivés à ceux de Mano, Cayden cracha froidement :

— Où est-il ?

Mano comprit immédiatement de qui il parlait, car, d'un mouvement tremblant du menton, il lui indiqua les piocheurs qui commençaient à se rassembler pour remplacer l'équipe qui venait d'arriver.

Immédiatement, Cayden chercha son homme des yeux. Il le trouva rapidement, tant il était grand parmi les autres, et abandonna la carcasse de Mano sans plus de considération.

En sang, ce dernier se traîna jusqu'à un coin d'ombre, mais personne ne l'aida à se relever. La loi du plus fort avait parlé.

— Eh ! Toi ! s'écria Cayden en direction du colosse, tout en repoussant un homme qui se trouvait sur son passage et qui n'avait rien demandé.

Celui-ci ouvrit la bouche pour l'injurier, mais ravala ses paroles dès qu'il croisa l'expression meurtrière du Thénéryen. Sans même s'y attarder, Cayden fendit les rangs des piocheurs, attrapa l'outil que le colosse tenait entre ses mains, et le balança loin de lui dans la poussière. L'impact souleva un nuage de sable rouge, tandis que la pioche retombait sur le sable, plantée dans le sol comme un croc dans de la chair.

— Quoi ? sourit l'homme avec défiance, cependant surpris. Déjà debout ?

Jamais il n'aurait imaginé que le Thénéryen puisse se remettre si rapidement. Pas après ce qu'il s'était pris dans le bide.

— Tu n'en as pas eu assez ?

— C'est quoi ton nom, foutu connard ?

— Skall, rugit le colosse en frappant du poing contre sa large poitrine. Mais tu peux m'appeler « Maître », pendant que moi, je t'appellerai « oisillon ». Il en faut bien un pour le remplacer.

Il éclata d'un rire grave qui ne trouva aucun écho chez les autres piocheurs. Le Thénéryen les terrifiait, et à présent, personne n'avait envie de plaisanter à ses dépens. L'esprit de Cayden venait de vriller complètement. Oisillon ? Comme ce gamin qui s'était donné la mort dans la cale ? Il comprit soudain toute l'horreur de son existence, et tout ce que cela sous-entendait. Le gosse avait été un jouet entre leurs mains.

— Tu l'as touché ?

Skall éclata de rire.

— Bien sûr que je l'ai pourfendu ! s'exclama-t-il dans un rictus pervers. Et il en redemandait, parce que c'était sa seule chance d'exister ici !

ENNEMIS

Le mot déflagra dans la boîte crânienne de Cayden. Violent. Sans limite. Avec toutes les conséquences que cela apportait. Il enfla dans son crâne, sous ses tempes, puis éclata entre ses poings.

Ce qui se passa exactement, personne ne put le raconter clairement, mais lorsque le nuage de sable retomba entre Skall et le Thénéryen enragé, le premier gisait dans une mare de sang, le torse labouré et la mâchoire arrachée. À travers ses yeux grands ouverts sur le ciel, on pouvait lire toute l'horreur qui s'était distillée en lui en l'espace de quelques secondes.

— Lieutenant Defoe !

Un coup rapide contre sa porte incita l'homme à relever les yeux vers le battant.

— Entrez !

— Au rapport, monsieur !

Le lieutenant opina, repoussa les dossiers qui s'étalaient devant lui et soupira.

— Quelles sont les nouvelles ?

— Le groupe de piocheurs qui est descendu en début de semaine vient de remonter des mines. Il manque au moins trois hommes. Ils disent que les spiranes les ont attaqués deux fois au cours de la dernière journée. Et le groupe qui est descendu ce matin est déjà de retour.

— Pourquoi ? Qui les a autorisés à remonter à la surface ?

— Personne, monsieur... Les bêtes rôdent toujours en bas. Les autres mineurs ont réussi à se parquer, mais les spiranes semblent nerveuses. Et incontrôlables.

Le lieutenant Defoe fixa distraitement un coupe-papier posé sur son bureau, troublé par les paroles du garde. Habituellement, les spiranes qui pullulaient dans les galeries souterraines n'approchaient pas si près. Ni de manière si répétée.

— Ont-ils dit autre chose ?

— Simplement que les bêtes semblaient très agitées, et agressives. Elles sont arrivées en meute, et ils n'ont rien pu faire. Il paraît que c'est un vrai carnage là, en bas.

Scott Defoe hocha la tête, l'estomac noué. Ces créatures sombres et insaisissables, qui ressemblaient à des panthères décharnées, étaient là bien avant leur arrivée sur l'île. En creusant plus loin et plus profondément à la recherche de minerais rares et de painite, les hommes avaient fini par repousser les bêtes suffisamment loin, mais lorsque la faim les poussait à remonter des galeries, elles servaient de fossoyeuses et emportaient avec elles les cadavres des mineurs, morts à la tâche.

Alors qu'il allait congédier son informateur minier, ils furent interrompus par l'arrivée fracassante d'un garde. En panique, celui-ci ne prit pas le temps de frapper, et ouvrit la porte à la volée, blanc comme un linge.

— Lieutenant ! Vous devriez venir voir... Il s'agit du Thénéryen.

Defoe bondit immédiatement de son siège, et se précipita à l'extérieur.

— Que se passe-t-il ? Il a repris connaissance ?

— Il est dans la cour, monsieur.

— Dans la cour ? Comment diable peut-il déjà être remonté ?

Le lieutenant accéléra le pas, inquiet. L'ambiance qui s'était installée était tout à coup très silencieuse, pesante. Inquiétante. Même le vent semblait avoir cessé de hurler. De loin, Scott Defoe remarqua l'attroupement qui s'était formé non loin des portes, là où les mineurs s'apprêtaient généralement à partir.

— Écartez-vous ! ordonna-t-il.

Figés dans la contemplation macabre qui se dressait au sol, certains prisonniers mirent un peu trop de temps à réagir, aussitôt rappelés à l'ordre par quelques coups de feu tirés en l'air. Ils se dispersèrent immédiatement, mais même la menace d'une réprimande ne réussit pas à leur faire quitter le carnage des yeux.

Defoe se figea à son tour, ses bottes profondément ancrées dans le sable rouge. Penché sur le corps de Skall, le prisonnier Thénéryen avait encore les doigts serrés sur sa gorge, et sa poitrine se creusait à une allure folle à chacune de ses respirations lourdes. De là où il était, Defoe ne distinguait que son large dos, nu, noirci par les coups qu'il avait subis.

— Mon Lieutenant...

— Silence !

Avec lenteur, Defoe contourna le cadavre du colosse pour se placer en face de son agresseur, de façon à entrer clairement dans son champ de vision. Les canons de ses soldats étaient tous pointés sur le Thénéryen, et au moindre geste suspect de sa part, ils avaient ordre de tirer.

— Tu l'as tué. Tu peux le relâcher, maintenant.

Agrippé à Skall, Cayden releva brutalement les yeux vers le gradé qui s'adressait à lui avec calme. Son mouvement sema le trouble parmi les gardes, mais leur supérieur les apaisa d'un geste de la main.

— Est-ce que tu m'entends, Cayden Jayce ?

Le prisonnier hocha la tête, sans se départir de son regard de braise dardé sur lui.

— Bien… Lâche-le, maintenant. Il est mort, tu ne peux l'abîmer davantage.

Cayden baissa les yeux sur sa victime, puis sembla reprendre lentement ses esprits. Il avisa le corps écorché, dépouillé, sentit l'odeur du sang chaud affluer dans ses narines, et fut saisi d'un violent haut-le-cœur. À genoux à côté de Skall, il vomit tout ce qu'il put, avant d'être emmené jusqu'au bureau de Scott Defoe.

Deux gardes restaient postés devant la porte, mais le lieutenant Defoe avait ordonné qu'on le laisse seul avec le prisonnier. Dehors, la nuit était tombée depuis longtemps, lorsqu'il glissa une assiette de ragoût fumant sous le nez du Thénéryen.

— Tu devrais manger.

La lueur animale avait fini par disparaître dans ses yeux ocre, mais la méfiance restait de mise. Cayden Jayce lui faisait penser à une bête traquée et acculée, qui n'avait plus que ses crocs et ses griffes pour se défendre. De bien étranges crocs, d'ailleurs.

— Je ne cherche pas à t'empoisonner, déclara-t-il en contournant son bureau pour s'installer dans son siège. Tes bras sont trop précieux ici. Quoi que tu en penses, tu as de la valeur.

— Parce que je suis capable de creuser dans vos mines ?

— Parce que tu es toujours en vie.

Cayden grogna, puis, vaincu par l'odeur de la viande, il se saisit de la fourchette et mangea. Le plat était réconfortant, presque familier s'il pensait à ceux que préparait sa mère, mais pas une seconde il ne lui prodigua l'effet incroyable qu'avait eu le sang chaud du rat sur son organisme.

Calé dans le fond de son siège, Scott observait l'étrange prisonnier qu'on lui avait amené.

— Ce sont de sales blessures que tu as là.

Cayden lâcha sa fourchette dans l'assiette vide et s'essuya les lèvres d'un revers de la main.

— Elles guériront, répondit-il seulement.

Lèvres pincées, Scott hocha la tête, les yeux rivés sur le corbeau noir tatoué.

— Comment es-tu devenu un Maraudeur de Stent ?

Surpris par cette question, Cayden planta son regard dans celui du gradé qui ne cilla pas.

— Et vous ? Comment avez-vous reconnu au premier coup d'œil qu'il s'agissait de cette faction ? Je vous ai entendu l'autre jour, quand vous nous avez tous passés en revue.

Un sourire amusé imprégna le visage de Scott.

— J'ai quelques connaissances à ce sujet.

Cayden comprit qu'il devrait se contenter de cette réponse, car le lieutenant se redressa sans plus attendre.

— Rejoins ton baraquement et tâche de dormir. Demain, dès que le jour se lèvera, tu prendras la place de Skall dans les mines.

La mâchoire crispée à en craquer, Cayden pressa ses doigts sur les accoudoirs du siège en bois qu'il occupait, mais n'ajouta rien. Dans un silence glacial, il se leva avant de quitter le bureau du lieutenant, escorté par les deux gardes qui l'accompagnèrent jusqu'à la cour.

— Foutez-moi la paix ! J'ai pas besoin de chaperons pour me border, cracha-t-il en tendant le visage dans leur direction.

Tout autre prisonnier aurait été corrigé sans hésitation, mais voilà... celui-là n'était pas n'importe lequel. C'était une bête, un animal enragé, qu'il était temps de faire descendre dans les galeries.

19

SI TU ÉTAIS D'ICI, TU SAURAIS
QU'IL NE FAIT PAS BON SE PROMENER
SOUS LE PONT DE CLIFFORD À LA NUIT
TOMBÉE... ON Y VOIT DE DRÔLES DE CHOSES.
WOLF

Aldébaran - Île de Sirius – Province d'Ey'Nvala

Perché sur le promontoire de la proue, les jambes dans le vide, Teagan ne quittait pas le ciel des yeux. Plissés, ils s'habituaient peu à peu à la lumière de plus en plus vive et claire qui émanait du plafond nuageux. Dans quelques heures, ils émergeraient enfin du Magna-Nubes, et Teagan avait hâte ! Tellement hâte que l'impatience le dévorait. Il avait beau prendre sur lui, il ne tenait pas en place.

— Tu gesticules tellement que tu me fais penser à une petite gerbille mécanique montée sur ressorts.

La pique d'Ariane lui fit tourner la tête dans un léger sourire.

Le vent était calme, à peine une brise tiède, et à travers les nappes rosées des nuages, plusieurs groupes d'oiseaux des îles planaient tranquillement. Elle les montra du doigt à Teagan, mais ce dernier les avait déjà repérés depuis un bon moment. Avant même de les voir, il les avait entendus dans sa tête, à l'état d'un bruissement imperceptible et sans forme.

— Combien de temps encore avant d'arriver à Ey'Nvala ?

— Deux heures à peine, l'informa Ariane en détaillant son profil.

Le Thénéryen était vraiment un beau garçon, à la mâchoire fine mais volontaire, rêveur, le regard ourlé de longs cils sombres. Elle aimait le reluquer lorsqu'il passait sa main dans ses épais cheveux pour les rabattre sur son crâne, et avait même remarqué le petit grain de beauté qui se dissimulait derrière son oreille. Le genre de détail dont il ignorait probablement lui-même l'existence.

— Que vas-tu faire une fois que tu auras débarqué ? Tu sais où aller ?

Teagan secoua la tête dans un soupir.

— Aucune idée. Je vais tenter de glaner des informations au port. Connaissant mon frère, il ne s'est certainement pas laissé transférer sans résistance.

Sans grande conviction, il repassa ses jambes de l'autre côté, délaissant le vide vertigineux pour le plancher du dirigeable. Mac s'affairait à tenir le gouvernail, guidant le ballon volant avec une dextérité incroyable.

Finalement, après une fin de traversée tout en douceur, ils émergèrent. Peu à peu, les nappes de nuages s'étaient étiolées en coton blanc, jusqu'à totalement s'estomper, forçant Teagan à garder les paupières closes pendant de longues minutes. La brûlure des deux soleils était vive, pareille à une morsure qui lui asséchait les yeux.

— Est-ce que ça va ? s'inquiéta Ariane en le voyant prostré contre le bastingage.

— Non, grogna sourdement le Thénéryen, la tête enfouie entre ses bras.

Un gong régulier retentissait sous ses tempes, si bien qu'il avait l'impression que chaque battement de cœur lui martelait l'esprit.

— Tu devrais mettre un bandeau sur tes yeux pendant quelque temps.

Il refusa en secouant la tête. Mauvaise idée. Les pulsations repartirent de plus belle, cognant sous son crâne avec violence, comme un essaim de cloches.

— Putain, grogna-t-il entre ses dents serrées.

Il resta là et ne décrocha pas le moindre mot durant de longues minutes, bercé par le dirigeable qui tanguait mollement, ignorant Ariane qui patientait juste à côté de lui. La douleur commençait à disparaître dans sa tête. Enfin. La respiration hachée, Teagan souffla doucement entre ses lèvres sèches, puis redressa le visage avec prudence, nauséeux. Lentement, il entrouvrit les paupières, millimètre par millimètre. Un flot de lumière blanche s'y engouffra, brûlant ses rétines si fort qu'il serra les poings à s'en faire craquer les phalanges.

— Teagan..., reprit Ariane. Tu...

— Non ! la coupa-t-il. Je vais m'habituer !

La jeune femme se figea, surprise par son ton soudain si froid.

— Comme tu voudras...

Vexée, elle s'éloigna pour rejoindre son père. Les lèvres pincées, elle s'appuya contre le mât, les bras croisés contre sa poitrine. Une pipe aux lèvres, Mac l'observa quelques instants, avant de rire.

— Allons, bon ! Tu as ta tête des mauvais jours.

— Pas du tout ! rétorqua Ariane en lui tournant le dos.

— Vraiment ? Sache que même ainsi, je peux voir ta mine boudeuse.

— Je ne boude pas ! explosa-t-elle en faisant volte-face. Mais cet imbécile est en train de se brûler les yeux, et il refuse que je l'aide !

Mac tourna la tête vers le voyageur, plié en deux pour échapper aux rayons des soleils, puis considéra sa fille avec fierté et douceur. Ariane avait le même tempérament de feu que sa mère, toujours prête à venir en aide aux autres, quitte à en pâtir. C'était d'ailleurs ce qui lui avait coûté la vie.

— Ariane. Tu ne peux aider les gens contre leur volonté.

— Et après ? Dois-je le laisser devenir aveugle ?

— Il saura de lui-même quand s'arrêter. Ne t'inquiète pas.

Ariane ouvrit la bouche, mais devant l'air réprobateur de son père, elle ravala ses paroles dans un profond soupir.

— Il te plaît, hein ?

— Pas du tout ! rétorqua-t-elle sans même réfléchir. C'est un idiot, doublé d'un crétin arrogant, et d'un orgueilleux ! Qu'il se crame donc les yeux si ça lui chante !

— Je crois que je préférais encore être une gerbille à ressorts, claqua une voix enrouée.

La bouche grande ouverte, coupée dans sa tirade, Ariane s'immobilisa, rouge de honte, réalisant trop tard la présence de Teagan dans son dos. Son père, hilare, partit d'un éclat de rire tonitruant qui secoua son corps tout entier. L'instant d'après, Ariane disparaissait dans la cabine en brutalisant la porte.

Les larmes aux yeux, Mac salua Teagan d'une grande claque dans le dos, manquant de propulser le Thénéryen par terre.

— Alors celle-là, elle ne l'avait pas volée !

Teagan s'accouda contre le mât sans un mot. Ariane était bien le cadet de ses soucis. Qu'elle prenne la mouche, qu'elle le déteste ou qu'elle se montre concernée par ses problèmes, tout cela lui importait peu. Dans moins d'une heure maintenant, il poserait le pied sur Aldébaran, le continent qu'il avait toujours rêvé de découvrir, avant que son unique objectif soit de trouver Cayden !

— Je suis désolé pour votre fille, s'excusa-t-il tout de même, sans pour autant en penser un traître mot.

— Bah ! Elle s'en remettra, lui assura l'homme.

— Tant mieux, conclut Teagan, les yeux dans le vide.

La lumière devenait nettement plus supportable à présent. Ses yeux étaient encore secs, mais il pouvait battre des paupières sans avoir l'impression qu'on lui frottait du sable dans les orbites.

Moins d'une heure plus tard, le dirigeable survolait les toits rouges et or d'Ey'Nvala. La cité des mille voiles n'avait jamais aussi bien porté son nom qu'aujourd'hui. Le ballet incessant de navis qui accostaient, prenaient leur envol, ou nuageaient en attendant de pouvoir atterrir, fascina Teagan. En contrebas, dans les rues parfaitement symétriques de la ville, il distingua une foule plutôt dense. Fiacres austères, calèches rustiques, Mécas ! Penché par-dessus le bastingage, Teagan se tordit le cou pour suivre le passage du tram à vapeur qui glissait sur ses rails.

— Incroyable, souffla-t-il.

Mac haussa les épaules. Habitué à ce genre de vacarme, il n'était plus vraiment étonné par toute cette agitation.

— Le dirigeable va rester à quai jusqu'à demain. Le temps de remplir les réserves en hydrogène et en charbon. Si jamais tu changes d'avis, et que tu veux redescendre avec nous…

— Merci, Mac. Merci infiniment, mais ça n'arrivera pas. Je ne quitterai pas ce continent sans mon frère. Peu importe le temps que ça prendra.

Mac opina en tirant sur sa pipe. Un filet de fumée odorante s'en échappa, alors qu'il toussait méchamment.

— C'est toi qui vois.

Le dirigeable déambula adroitement entre les autres engins volants, puis repéra son emplacement, tout au bout du quai, bien loin des navis marchands, beaucoup plus imposants. Le cœur battant, Teagan resta en apnée durant les derniers mètres qui le séparaient encore du sol, puis relâcha tout l'air de ses poumons lorsque Mac lança les cordages autour d'un poteau d'amarrage. Le dirigeable reposait sur une petite plateforme légère, suspendue au-dessus du vide.

— Te voilà arrivé, mon gars !

Teagan avait déjà disparu à l'intérieur de la cabine pour récupérer son sac qu'il balança sur son épaule. Il chercha Ariane du regard, mais la jeune femme restait introuvable. Le Thénéryen soupira sans perdre de temps à la chercher. Chaque minute comptait.

Lorsqu'il rejoignit le pont, Mac était déjà à quai, échangeant avec un Aldébarien replet, engoncé dans un costume sombre boutonné sur une chemise à jabot, et dont la peau luisait comme celle d'un gigot à la broche. Les joues rouges, le petit homme s'essuyait le visage de manière frénétique à l'aide d'un carré de soie, à peine protégé des soleils par un épais haut-de-forme noir cerclé d'une bande de velours rouge. Sceptique, Teagan admira l'étrange accoutrement, préférant de loin son pantalon de toile, sa chemise échancrée, sa veste en cuir et ses bottes. Il constata alors que l'homme possédait un registre qu'il complétait avec application. L'échange entre Mac et l'inconnu dura quelques minutes, au cours desquelles le petit potelé à moustaches leva plusieurs fois les yeux dans sa direction.

Discret, et préférant ne pas attirer l'attention sur lui, Teagan s'était enfoncé dans un recoin, réfrénant son envie de sauter à terre. Quelques instants plus tard, le pas lourd de Mac résonnait à nouveau sur la passerelle.

— Ah, tu es là !

— Qui était-ce ? demanda Teagan en quittant la zone d'ombre.

— Le contremaître. Il gère les arrivées et les départs de tous les engins volants. Du plus gros navi au plus petit monoplace. Il sait absolument tout ce qui se passe ici !

— Est-ce que je pourrais lui parler ?

— Je te le déconseille, tenta de le dissuader Mac. Faraday est une vermine qui vendrait sa mère pour une poignée de tôves. Si ton frère a bien séjourné ici avant d'être transféré vers la prison de For'Baten, tes questions vont sembler suspectes. Tente plutôt ta chance sur le port, ou au Stag's Head.

— Le Stag's Head ?

— C'est un pub où la plupart des Nuageurs passent leurs nuits ou tuent le temps avant de reprendre le ciel. Si quelqu'un a vu passer ton frère, c'est là-bas que tu trouveras tes réponses.

— Je vois… Merci pour tout, Mac. Combien je vous dois pour la traversée ?

— Oublie ça, rétorqua l'homme d'un geste de la main. Clay s'est déjà acquitté du paiement.

— Quoi ? Mais… à quel moment ?

— Est-ce que ça a vraiment une importance, Teagan Jayce ?

Le Thénéryen avisa l'homme bourru qui lui faisait face, et lui tendit la main.

— Non, aucune, sans doute. Au revoir, Mac.

— Salut, gamin ! Et bonne chance !

Sans attendre, Teagan fit volte-face et bondit par-dessus la balustrade. Il retomba souplement sur la passerelle qu'il dévala, sous le regard embué d'Ariane, perchée tout en haut du grand mât. Elle regarda sa silhouette s'éloigner rapidement entre les docks, puis disparaître totalement, happée par la vie bruissante d'Ey'Nvala.

Teagan était parti sans se retourner. La première chose qui le frappa, hormis cette lumière irradiante qui l'inondait d'une chaleur agréable, fut le brouhaha assourdissant qui régnait ici. Sur Thénérys, le silence était maître, et seules les côtes du continent, frappées par la mer, étaient rythmées par le bruit incessant des vagues grondantes et dévorantes. Au cœur des terres, étouffé par le Magna-Nubes, aucun son ne subsistait.

Du pont du dirigeable, Teagan avait été fasciné par les premières îles flottantes, reliées entre elles par d'épais câbles d'acier, autour desquelles ils avaient nuagé. Une végétation luxuriante s'y étendait, mais rapidement, les villes, et les usines qui vomissaient une fumée noirâtre, prenaient leur droit sur la nature.

Au-dessus de sa tête, l'intensité du trafic aérien s'enveloppait d'un brouhaha continu, concurrencé par celui qui se déroulait au sol. Les garnisons de harfangs circulaient entre les aéronefs et les petits monoplaces volants, se frayant un chemin à travers les vols d'oiseaux mécaniques aux couleurs irisées, et sur la terre ferme, la circulation était tout aussi dense et bruyante. Abasourdi, Teagan s'avança entre les dockers, son sac sur l'épaule. Il ignorait encore de quelle façon il allait se repérer à travers cette immense ville. Une slug ne s'y serait pas retrouvée !

Les hautes habitations d'Ey'Nvala s'accolaient entre elles, toutes en pierre et en bois, parfois séparées par d'étroites ruelles au travers desquelles fusaient d'énormes et bouillants tuyaux de cuivre. Le réseau d'eau s'étendait ainsi sur toute la ville, imbriqué en un labyrinthe étincelant.

Pendant des heures, Teagan erra entre les ruelles, ombre vagabonde parmi la société éclatante d'Aldébaran. On ne lui prêta aucune attention, et cela lui convenait. Alors que le jour commençait à décliner, il n'avait toujours pas dégoté la moindre information. Ses pas l'avaient amené à déambuler sur le port, en long, en large et en travers. Étendu sur plusieurs kilomètres, c'était l'endroit parfait pour surprendre des conversations, ou observer aux premières loges des cargaisons débarquer des quatre coins du continent.

Avec intérêt, Teagan avait assisté au déchargement de petites cages dans lesquelles miaulaient d'étranges chats sans poils, pourvus de deux ailes membraneuses irisées. Les minuscules félins, de la taille d'une paume, avaient fait la joie des enfants qui s'étaient précipités pour les caresser à travers les barreaux, jusqu'à ce qu'un Nuageur les repousse en vociférant. Teagan avait compris pourquoi lorsque l'un des félins s'était mis à feuler gravement, et qu'une échine épineuse s'était dressée le long de son dos décharné. La bête s'était ramassée sur elle-même avant de bondir, toutes griffes dehors, contre les barreaux de sa cage, faisant hurler les enfants. Il avait fallu plusieurs minutes aux dockers pour calmer aussi bien la foule que les animaux.

Finalement, harassé d'avoir traîné son sac et sa carcasse toute la journée, Teagan tenta de trouver le Stag's Head, l'estomac dans les talons. Il demanda son chemin à plusieurs reprises, encore déboussolé par l'immensité d'Ey'Nvala. Comparé à la cité aux mille voiles, Stent faisait office de village miteux, et tout semblait aller si vite ici que le Thénéryen se sentait dépassé.

Il aperçut enfin le pub, situé à l'angle, de l'autre côté de la rue. Une enseigne en bois, peinte à la main de lettres d'or et d'une tête de cerf à trois ramures fleuries, pendait au bout de deux chaînes, et se balançait à chaque fois que la porte s'ouvrait sur l'intérieur. L'endroit semblait animé, chaleureux, aussi Teagan s'y fondit-il sans hésitation. Il manqua de se faire renverser par un fiacre lancé à vive allure en traversant la rue, mais parvint à bondir sur le trottoir, déversant toutes les injures qu'il connaissait à l'encontre du cocher. Une vieille femme, richement vêtue d'une robe de velours garnie de breloques en or, sursauta au bras de son époux, qui tendit sa canne devant eux pour forcer Teagan à leur céder le passage.

— Quelle impolitesse, s'offusqua-t-elle en passant dignement devant Teagan qui la fusilla du regard sur quelques mètres.

Vieille slug ratatinée, songea-t-il. Cette arrivée sur le continent ne se déroulait pas exactement comme il se l'était imaginé.

Dans un profond soupir, il fourragea dans ses cheveux, remit son sac sur son épaule, puis monta la volée de marches qui menaient jusqu'au Stag's Head. La porte s'ouvrit d'elle-même sur son passage, mécanisée par un système de rouages silencieux. Interdit, Teagan s'engouffra dans le pub, aussitôt happé par sa chaleur et ses éclairages tamisés. L'endroit était enfumé, sentait le tabac et la transpiration, tandis que l'alcool semblait y couler à flots. Cette ambiance lui rappelait un peu celle du Bosquet, et pendant un instant, il fut ramené sur Thénérys auprès de sa mère, et d'Hannah.

Il se fraya un chemin jusqu'au comptoir en jouant des coudes. Mac avait raison en affirmant que le Stag's Head était un lieu de prédilection pour les Nuageurs fatigués, ou en mal de divertissement. Toutes les tables étaient occupées. Des parties enfiévrées de cartes et de dés se disputaient autour de chopes mousseuses. Le ton montait d'une table à l'autre, et les rires fusaient de toutes parts, couvrant les accordéons et le vieux piano.

— Tu es ici pour manger, ou pour boire comme tous ces trous ?

Arraché à sa contemplation par une voix rocailleuse, Teagan tourna la tête vers le patron, un homme dont il n'aurait pas su définir l'âge. Celui-ci dardait sur lui un regard extrêmement clair, dissimulé derrière des lunettes aux verres épais. Avec ses longues moustaches blanches impeccablement enroulées, ses rides profondes et son air presque austère, il imposait une certaine forme de respect.

— Les deux, si c'est encore possible de dîner.

— Tout est possible, valida l'homme en claquant son torchon contre le comptoir de chêne. Vu l'heure, il ne reste plus grand choix, mais j'imagine qu'un repas chaud sera le bienvenu ?

— En effet...

Teagan rangea sa méfiance de côté, mais la perspicacité de l'homme ne jouait pas en sa faveur. Si celui-ci pouvait lire en lui comme dans un livre ouvert en seulement quelques coups d'œil, il ne passerait pas inaperçu longtemps.

— Je n'ai plus de place de libre. Alors, à moins que tu veuilles rejoindre une table déjà occupée, tu peux t'installer ici.

Il lui désigna un petit emplacement, tout au bout du comptoir.

— Ça ira très bien, s'empressa d'accepter Teagan.

Soulagé de pouvoir se restaurer un peu, il déposa son sac au pied du haut tabouret, ses coudes en appui sur le comptoir. Le temps que son assiette d'œufs frits et de lard arrive, il eut tout le loisir d'observer les Nuageurs. Ils n'étaient pas différents de ceux qui descendaient au Bosquet. D'ailleurs, Teagan était même certain d'en avoir reconnu un, dont le visage lui semblait familier. Peu à peu, après s'être restauré, il se mêla au mouvement, tournant autour des tables de jeu, laissant son oreille traîner, offrant quelques verres aux langues les plus pendues. Il se hasarda même à s'installer devant un tapis de jeu, engageant une partie avec deux Nuageurs qui avaient assisté à l'arrivée de l'Hélion. Teagan avait feint l'ignorance, et n'avait rien laissé paraître lorsqu'ils avaient évoqué la tentative de fuite d'un prisonnier. Certains l'avaient dévisagé avec méfiance, puis, voyant qu'il ne rebondissait pas sur le sujet, ils étaient retournés à leur partie de cartes.

Dans le fond de la salle, une autre discussion des plus passionnée faisait débat. Qui allait remporter la Méca Race cette année ? La plupart pariait sur un certain Falk, grand vainqueur depuis trois années de suite. Une chope à la main, Teagan prêta attention aux échanges enflammés, brutalement pris à parti.

— J'ai raison ! s'exclama un type frêle, qui disparaissait presque sous sa chemise. Hein ! T'en penses quoi, toi ?

Les regards convergèrent vers Teagan qui resta muet quelques instants, avant de lâcher :

— J'sais pas trop. C'est possible...

Un flottement s'installa, puis le débat reprit de plus belle, au grand soulagement de Teagan qui estima qu'il était temps de partir. Il termina son verre d'une traite, paya son repas, puis récupéra son sac derrière le comptoir.

— Pas besoin de chambre, mon jeune ami ?

— Non. Merci, déclina-t-il fermement.

La seule fois de sa vie où il avait loué une chambre pour la nuit, il avait failli mourir, et il n'était pas prêt à retenter ce genre d'expérience. De plus, il n'aimait pas le ton insistant du tenancier, aussi le salua-t-il avant de quitter le Stag's Head. Laissant l'ambiance surchauffée derrière lui, Teagan s'enfonça dans les rues froides et sombres d'Ey'Nvala. Les artères s'étaient vidées, laissant les pavés inanimés et les devantures des boutiques éteintes. Toute la fourmilière humaine de l'aristocratie et de la bourgeoisie s'était retirée dans leurs demeures, festoyant sans doute autour de mets raffinés et de bons vins, laissant la nuit à l'autre partie de la population. La classe ouvrière, celle qui luttait dans les usines de charbon en périphérie de la ville, et qui déchargeait les cargaisons des navis, ou les plus pauvres encore, qui crevaient de faim sous les ponts.

Plus Teagan s'éloignait du centre, et plus la misère rongeait les murs des faubourgs. L'image impeccable d'Aldébaran s'effritait déjà, à peine quelques heures après son arrivée. Jamais le Thénéryen n'aurait soupçonné qu'une telle gangrène puisse circuler librement ici, sur ce continent qu'il adulait tant.

Un bruissement rapide lui fit relever la tête vers le ciel, et ce qu'il vit le laissa sans voix, rêveur, durant quelques secondes. La lune, astre qu'il n'avait jamais contemplé auparavant, se découpait dans l'immensité noire au-dessus des toits, pleine, et drapée de stries rose pâle. Elle était énorme, et si lumineuse que Teagan pouvait en distinguer chaque cratère, ainsi que l'anneau ondulant qui l'entourait. Une bordée de nuages passa silencieusement dans la nuit, replongeant la ruelle dans une obscurité quasi totale.

Les températures chutèrent, obligeant le Thénéryen à remonter le col en fourrure de sa veste. Pendant un instant, il songea bien à retourner vers le dirigeable de Mac pour y sommeiller quelques heures, mais rebrousser chemin lui paraissait impossible. En plein jour, il avait déjà eu du mal à s'orienter à travers les dédales de rues d'Ey'Nvala. Alors, passé le crépuscule, il n'avait aucune chance. Résolu à dormir à la belle étoile, Teagan pressa le pas en percevant un bruit de cavalcade quelques rues plus loin. Avec Loreleï, il avait eu son compte de piège et de guet-apens. Le cœur battant, il accéléra puis tourna brusquement au coin d'une rue.

Les pavés défoncés et les herbes qui poussaient entre leurs jointures lui indiquaient qu'il venait de franchir une limite invisible entre deux sociétés. D'un côté, le faste luxueux de la bourgeoisie, de l'autre, la populace moyenne. Pour autant, il n'hésita pas, et s'enfonça sur un pont en arche, dont le panneau indiquait Clifford. Sous ses pieds, les eaux noires et puantes d'un canal tranquille serpentaient entre les habitations qui se situaient de l'autre côté. Une main devant son nez pour ne pas vomir, Teagan se dépêcha de traverser. L'odeur de tripes qui montait des berges ne lui inspirait pas du tout confiance. Pourtant, un remous en contrebas attira son attention. La curiosité prit définitivement le dessus lorsqu'un gémissement d'agonie troua le silence.

— Pitié… je vous en supplie.

Il y eut un choc sourd, un cri, puis le bruit d'un objet lourd lancé à l'eau. Penché par-dessus le pont, Teagan scruta l'obscurité avec attention, mais ne distingua rien. La gorge subitement sèche, ses doigts se pressèrent avec force contre le métal froid du garde-corps. Fuir ! Il devait fuir ! S'éloigner de cet endroit qui sentait la mort au plus vite. Pourtant, ses pieds refusaient de quitter le sol et d'esquisser le moindre mouvement. Son pouls battait si fort à ses tempes qu'il crut s'écrouler. Quelqu'un était en train de mourir juste sous ses pieds !

— Presse-toi ! s'exclama une voix dans la nuit.

— Je fais ce que je peux, grogna son acolyte, visiblement très concentré. Elle est gavée de boulons et de câbles.

Un gargouillis sembla se déverser sur la terre humide à gros bouillons.

— Magne-toi. L'odeur ne va pas tarder à attirer les charognards du canal.

Les charognards du canal ? L'appellation donnait froid dans le dos. Le cœur au bord des lèvres, Teagan se détacha lentement du bord, et recula avec précaution. Incapable de bouger, il resta figé dans la nuit, puis son cœur sursauta dans sa poitrine lorsqu'un nouveau gémissement monta des profondeurs. *Merde ! Mais qu'est-ce que je dois faire ?* Sans réfléchir, il largua son sac par terre, s'élança et agrippa la rambarde du pont pour bondir par-dessus. Il retomba sur la berge, une dizaine de mètres plus bas, nez à nez avec un atroce carnage. Le corps d'une femme nue gisait dans les herbes, couchées par le sang poisseux qui s'y déversait.

— Qu'est-ce que vous êtes en train de faire ? s'écria Teagan, écœuré. Reculez !

L'un des hommes le dévisagea sans ciller, une hachette calée dans sa paume.

— Tu ne devrais pas être ici, gamin, fit-il simplement remarquer avant de reprendre sa besogne avec application.

D'un geste précis, il coupa net la main gauche de la jeune femme qui expira un souffle acide, gorgé de peur et de sanglots. Ravalant son haut-le-cœur, Teagan la vit s'agiter, faible, et tendre son autre bras déjà amputé de sa main dans sa direction.

— Aidez-moi, murmura-t-elle.

Elle le fixait de ses orbites vides, dans une expression aveugle et désespérée.

— Ses yeux…, s'étrangla Teagan.

— Wolf, charge-toi du gamin pendant que je termine, ordonna le bourreau. Je ne peux pas travailler dans un boucan pareil !

— Entendu.

Avant que Teagan ne puisse réagir, l'éclair argenté d'un canon de mousquet se dressa devant lui.

— D'où tu viens ? le pressa l'homme qui le tenait en joue. Si tu étais d'ici, tu saurais qu'il ne fait pas bon se promener sous le pont Clifford à la nuit tombée… On y voit de drôles de choses.

— Thénérys, lâcha Teagan d'une voix enrouée.

Les mains levées à hauteur de sa poitrine, il ne quittait pas les hommes des yeux. Ces derniers échangèrent un rapide coup d'œil, l'air intéressé.

— Et qu'est-ce qu'un regard de braise fout ici ?

Un regard de braise ? C'était bien la première fois qu'on le nommait de cette façon.

— Qu'est-ce que ça peut foutre ? rétorqua-t-il. Qu'est-ce que vous êtes en train d'infliger à cette fille ?

Il avança d'un pas, mais fut aussitôt stoppé par le dénommé Wolf.

— Reste où tu es, le menaça-t-il. On travaille, et tu tombes mal.

Impuissant, Teagan entendit le craquement des os qui se brisèrent en éclats blancs. Celui qui détenait la hachette essuya ses mains sur son pantalon, avant d'emballer, avec beaucoup de soin, les membres prélevés dans un linge blanc.

— N'oublie pas de récupérer le métal encore utilisable.

— Il n'y a plus grand-chose de bon là-dedans, à part quelques câbles de cuivre.

Le corps malmené se tordit lentement dans l'herbe. Les longues jambes de la jeune fille tressautèrent alors qu'elle livrait son dernier souffle, puis elles retombèrent, immobiles. Le silence revint sous le pont Clifford, témoin d'une immonde mise à mort dont personne ne semblait se soucier.

— On fait quoi pour le gosse ? demanda Wolf.

Les avant-bras plongés dans le canal pour se rincer et se débarrasser du sang, le boucher se redressa de toute sa hauteur. Son regard passa de Wolf à Teagan qu'il tenait en joue, avant d'être attiré par une dizaine d'oiseaux, perchés en hauteur sur la rambarde du pont.

— Laisse tomber le gamin.

Sans plus se soucier de Teagan, le boucher se tourna vers le corps démembré, l'attrapa par les jambes, puis le tira jusqu'au canal où il le balança sans considération. Tremblant de fureur, Teagan esquissa un mouvement en direction de l'eau, mais Wolf secoua la tête dans un claquement de langue désapprobateur.

— Reste tranquille si tu ne veux pas finir la nuit avec elle. Elle est morte, de toute façon. Y'a plus rien à sauver.

La menace était claire. Limpide, même. Un remous troubla la surface du canal, et la seconde suivante, le corps de la jeune fille disparaissait sous la surface, happé par un animal.

— Merde, souffla Teagan, sous le choc.

— Elle était condamnée, de toute façon, expliqua Wolf en rangeant son arme. Toi, tu vas faire comme si tu n'avais rien vu, et tu vas tranquillement repartir.

Figé, les pieds cloués au sol, Teagan gronda de rage.

— Je vous retrouverai ! Putain, je vous jure que je vous retrouverai ! murmura-t-il entre ses dents.

Un coup de feu claqua en guise de réponse, s'écrasant dans la terre meuble juste à ses pieds.

— Je te le déconseille, menaça Wolf en remontant le canon de son arme vers son front. La prochaine viendra t'exploser la cervelle si tu t'entêtes. Tu as l'air de nous prendre pour des monstres, mais c'était elle le monstre. Une rafistolée. Alors, oublie ce que tu viens de voir ! Fous le camp !

Il tira un nouveau coup en l'air qui, cette fois, fit bondir Teagan. Haletant, le Thénéryen détala et remonta la pente glissante en courant, suivi des yeux par Wolf qui ricana lorsque son pas retentit sur le pont.

— Eh bien, il court vite, le diable.

— On ferait bien de l'imiter. Tu as vu les oiseaux ?

Wolf leva les yeux vers le pont.

— Ils viennent pour les tripes, déclara ce dernier dans un haussement d'épaules. Au moins, le cadavre de cette putain aura contenté plus d'un affamé, ce soir.

Leurs rires résonnèrent sous l'arche du pont Clifford, puis Wolf se saisit d'un sac qu'il jeta sur son épaule.

— Allons-nous-en.

La gorge en feu, Teagan ne s'arrêta de courir que lorsque ses jambes le lâchèrent. Il s'écroula contre un mur, secoué de spasmes. Les images du pauvre corps démembré ne cessaient de tourner dans son esprit. Son estomac se vida brutalement sur le sol alors que le goût du sang emplissait sa bouche. Affolé, il le sentit napper sa langue et couler dans sa gorge brûlante. *Mais qu'est-ce qui m'arrive ?* Des larmes d'impuissance envahirent ses yeux révulsés, lui brouillant la vue. En sueur, le cœur palpitant à tout rompre, Teagan avait l'horrible impression d'étouffer. Il toussa et cracha un épais filet de salive, à genoux sur les pavés défoncés. Sa tête tournait, le son bruissait sous son crâne en un murmure affreux, comme si tous les oiseaux du ciel s'étaient unis pour piauler en même temps.

— Assez…, supplia-t-il, les ongles enfoncés dans ses tempes.

Les mots se succédaient avec violence dans sa conscience, trop rapidement pour qu'il puisse en saisir le sens, l'émotion, ou même l'essence. Privé de ses forces, Teagan bascula en arrière alors que sa vision se parait de rouge et de violet. Les battements de son cœur ralentirent dans sa poitrine, jusqu'à ce qu'il ferme les yeux, incapable de supporter l'afflux lumineux.

— Assez ! hurla-t-il.

Le chaos cessa.

Dans sa tête, le silence s'installa d'un coup, si bien qu'il se sentit comme éjecté de son propre corps. À bout de souffle, il se recroquevilla sur le sol froid d'une ruelle. Les heures défilèrent, et la nuit étira son manteau sombre dans les moindres failles d'Ey'Nvala. Perdu dans un songe étrange aux pigments trop intenses, Teagan avait du mal à reprendre contact avec la réalité. Il divagua longtemps, échoué sur un trottoir, avec pour seule compagne une lune vagabonde.

À l'aube, après une nuit passée dans le froid, baladé entre réalité monstrueuse et folie passagère où il avait l'impression de flotter, Teagan se traîna dans un recoin, derrière une palissade en bois. Une pluie insistante se mit à tomber, imprégnant peu à peu ses vêtements, jusqu'à le transir de froid. Épuisé, il resta prostré contre le mur de longues minutes. Les yeux dans le vague, il en avait presque oublié la raison de sa venue ici. Sur sa gauche, alors que ses paupières se fermaient d'elles-mêmes sous le poids de la fatigue, Teagan aperçut brièvement une ombre surgir d'un trou sous la palissade, puis bondir entre les mauvaises herbes qui jonchaient le jardin, avant de disparaître sous une porte d'atelier. Il fixa l'endroit par lequel l'animal était passé et se força à se redresser. Courbé sous la pluie, Teagan traversa la zone herbeuse en titubant, et secoua les portes de l'atelier qui se dressait devant lui. Les tôles claquèrent entre elles, mais il s'acharna avec tellement de hargne qu'il réussit à les écarter suffisamment pour s'y faufiler.

L'endroit était plongé dans l'obscurité, mais il y régnait une chaleur surprenante et particulièrement agréable après des heures passées dans un froid glacial. Rompu de fatigue, Teagan scruta l'obscurité et inspecta la grande pièce du regard. De là où il se trouvait, il ne distinguait que des masses informes, couvertes de toiles épaisses. Intrigué, il se demanda où il était tombé. Par les carreaux épais de l'atelier, les premières lueurs du jour perçaient déjà, éclairant le pan de mur sur sa gauche, couvert de plans tracés avec minutie. Fasciné, Teagan observa avec attention les divers croquis : ébauches d'animaux mécaniques, conception de monoplaces volants, structure de coques de navis…

Complètement fasciné par les coups de crayon, Teagan en oublia le froid et la lassitude, et continua son incursion en toute discrétion. Plus loin, il tomba sur deux parchemins déroulés sur une large table de travail, dévoilant les premiers essais d'une gigantesque construction navale. Teagan remarqua avec stupeur que le bâtiment s'appuyait sur l'anatomie du delta-béluga, reproduction quasiment exacte de l'animal. Soufflé, il fronça les sourcils. Comment un ingénieur d'Aldébaran pouvait-il posséder de telles connaissances, aussi étendues et précises d'un animal de Thénérys ? Qui plus est d'un delta-béluga ? Il reporta son attention sur les dessins du sous-marin, de plus en plus sceptique.

Un souffle de vapeur l'arracha à sa contemplation dans un sursaut qui lui étreignit le cœur. À l'autre bout de l'atelier, un piston s'était enclenché, sans doute réglé par un mécanisme d'horloge. Régulièrement, il montait et descendait, activant ainsi tout un engrenage parfaitement huilé, qui alimentait en eau chaude deux énormes bonbonnes de verre. Le sablier dura environ une minute, puis la machine s'immobilisa à nouveau. Avec prudence, Teagan déambula entre les différents plans de travail, où tout semblait en équilibre instable. Sur chaque établi s'entreposaient des pots qui débordaient d'écrous, de rouages, de vis et de boulons. Au milieu des pinces coupantes et des clés à molette pleines de graisse noire, Teagan distingua quelques morceaux de verre poli et des piles oblongues déchargées. Un véritable capharnaüm, mais une providence ! Pendu à un crochet, le Thénéryen repéra un holster en cuir. Vide. La chance avait ses limites…

Plus les minutes passaient, et plus l'esprit de Teagan se mettait en marche. Une évidence lui sauta alors aux yeux ! Il avait besoin d'une Méca et d'une arme le plus rapidement possible ! Malheureusement, il ne possédait aucune des deux, et le temps accordé à son frère était compté.

Cayden se trouvait dans une situation précaire à cause de son entêtement. Quant à sa survie… rien ne la garantissait. L'espérance de vie des prisonniers dépassait rarement quelques semaines au pénitencier de Kinefall. Teagan n'avait aucun moyen de le contacter, de lui faire savoir qu'il ne l'avait pas abandonné. Pas plus d'ailleurs qu'il n'avait de moyen de s'assurer qu'il était toujours en vie ou non. Pourtant, il préférait s'accrocher à cet espoir fou, se persuadant qu'il l'aurait senti si…

Les mâchoires verrouillées, Teagan contint le grondement rauque de désespoir qui secoua sa poitrine. Cayden était en vie ! Et où qu'il fût, il trouverait un moyen de le sortir de là !

Toute la journée, il avait cherché la solution à son problème, et elle venait d'éclater juste sous ses yeux. Il devait participer à la Méca Race et la remporter ! Une seule règle pour un seul enjeu : gagner la course, et obtenir le prix de son choix ! Dans l'idée, c'était très simple, mais dans la pratique… c'était autre chose. Survolté, Teagan songea à tout ce qu'il avait entendu au Stag's Head. Pour participer, les monteurs de Méca devaient réunir deux conditions. Trois, en réalité. Fournir trois mille tôves pour l'inscription, posséder une Méca en parfait état de marche… et savoir tenir dessus !

Pour les trois mille tôves de dépôt à l'inscription, Teagan n'avait pas la moindre idée de la manière dont il les obtiendrait. Il s'agissait d'une fortune qu'il ne possédait pas, et même en travaillant sur les docks jusqu'à la course, il n'aurait jamais le temps de réunir une somme pareille. Habituellement, le pro des jeux d'argent et des vols à la tire, eh bien, c'était Cayden ! Pas lui !

Cela dit, trouver de façon honnête la somme requise pour acheter sa propre Méca lui paraissait également inenvisageable. Il avait donc pris le parti, là tout de suite, d'en voler une ! Quitte à la rapporter à son concepteur une fois la course terminée. Si elle était encore en état…

Teagan doutait sérieusement de ses capacités à ramener l'animal mécanique en un seul morceau, mais il aurait au moins un sentiment de bonne conscience. Sentiment limité s'il finissait lui aussi emprisonné pour vol… mais ça, il y songerait plus tard !

En toute discrétion, il déposa son sac dans un coin, puis traversa le hangar désert, à la recherche de l'objet de sa convoitise. Une à une, il souleva les bâches qui protégeaient les Mécas. La première rangée fut une perte de temps. Les bêtes n'étaient même pas complètes. Certaines de leurs carcasses gisaient sur le sol en pièces détachées, identiques à des squelettes métalliques dont les entrailles ressemblaient à un savant mélange de rouages et de mécanismes d'horlogerie bien rodés.

Dépité, Teagan soupira avant de rabattre la toile sur les machines. Il continua de déambuler entre les allées de créations endormies. Même si elles étaient éteintes, le Thénéryen avait du mal à contenir le sentiment d'oppression qu'il ressentait. Dans l'obscurité de l'atelier, toutes ces bêtes de métal se dressaient les unes après les autres, le fixant de leurs grands yeux vides.

Prenant sur lui pour réfréner son pouls qui semblait sur le point d'exploser sous la pression, Teagan s'aventura plus loin. Vu de l'extérieur, il n'aurait jamais imaginé que le hangar puisse s'étendre sur une telle surface. Au milieu de ces alignements de Mécas, il était à la recherche d'une perle rare, conscient qu'il demandait l'impossible. Il recherchait une bête rapide, maniable, capable de tenir sur une longue distance. Absorbé par ses recherches, il ne prit pas garde aux plaques de fer entreposées à même le sol, et buta contre le tas d'un grand coup de pied. En une seconde, elles s'étalèrent dans un horrible crissement. L'onde résonna comme un gong qui se diffusa dans tout l'atelier. Furieux contre lui-même, Teagan jura, avant de se baisser précipitamment pour poser ses mains à plat sur les tôles, afin d'étouffer la propagation du son. Celui-ci s'atténua, mais le mal était fait. Derrière les hautes fenêtres de l'atelier, une lumière orangée longea les murs, galopant sur les reliefs d'acier des Mécas inanimées qui semblèrent subitement prendre vie.

Teagan reconnut le halo rougeoyant d'une lampe à huile, et un instant plus tard, la porte coulissante qui donnait sur l'autre partie de l'atelier s'ouvrit avec fracas. Une silhouette élancée, portant sa lanterne à bout de bras, apparut dans l'encadrement de la porte. Accroupi, Teagan ne bougeait plus, retenant jusqu'à sa respiration. Pendant une seconde, il espéra que la lumière ferait demi-tour, mais après un temps d'hésitation, la lueur avança. Dissimulé entre les machines, Teagan restait parfaitement immobile, mais son cœur cognait avec violence dans sa poitrine. Le silence était si pesant qu'il était persuadé que chaque battement pouvait s'entendre à des kilomètres à la ronde. *Allez... Fais demi-tour.* Presque une minute s'écoula, pendant laquelle la lanterne se promena lentement, balayant juste la zone sous ses yeux. Une minute pendant laquelle Teagan grimaça, coincé dans une position inconfortable.

— Newt ? C'est toi ?

La tension qui palpitait dans le corps du Thénéryen retomba un peu lorsqu'il perçut une voix de femme, plutôt jeune. Elle ne constituait pas une menace. Cependant, son soulagement fut de courte durée. Il n'avait remarqué personne d'autre depuis qu'il s'était introduit dans le gigantesque atelier, mais la possibilité d'avoir de la compagnie lui fit froid dans le dos. La présence de toutes ces bêtes d'acier à l'état de veille le rendait nerveux et l'oppressait déjà assez comme ça. Les muscles tendus, il tenta de jeter un coup d'œil par-dessus le dos arrondi d'une Méca, et se glissa lentement sur le côté. Au même instant, la jeune femme tourna sa lanterne dans sa direction en soupirant.

— Newt ! Satané chat...

L'angoisse de Teagan chuta aussitôt. Un chat ? Il aurait presque pu en rire. Un sourire soulagé détendit son visage. L'espace d'un instant, il s'était imaginé le pire. Avec lenteur, centimètre après centimètre, il se redressa et recula. Avec un peu de chance, il pourrait peut-être contourner la jeune femme et emprunter le couloir par lequel elle était arrivée. En silence, Teagan évalua la distance qui le séparait de la porte, puis se glissa dans l'ombre, uniquement guidé par deux lumières bleues qu'il distinguait au loin.

Il les fixa sur quelques mètres, avant de se rendre compte que quelque chose clochait. Étrangement, les points lumineux semblaient se rapprocher bien plus vite que lui-même avançait. Beaucoup trop vite même ! Et cela ne signifiait qu'une chose… que les lueurs avançaient également dans sa direction. Troublé, Teagan pila net. Les deux points lumineux en firent de même, alors que la voix de la jeune femme s'éloignait vers l'autre extrémité de l'atelier. *D'accord… C'est moi qui deviens dingue ou…* Pour en avoir le cœur net, Teagan avança avec prudence, puis s'immobilisa. Les lueurs en firent de même, avant de brusquement foncer dans sa direction. *Bordel de slug ! Merde, mais c'est quoi ça ?* Bloqué, Teagan sentit tout son sang quitter ses extrémités. Les contours d'une haute silhouette se découpèrent dans l'ombre, accompagnés par de terrifiantes vibrations contre le sol. Figé, Teagan les sentait rouler sous ses bottes. Dans un juron digne de Cayden, il fit volte-face et décampa sans demander son reste.

Pris d'une suée engendrée par la peur, le Thénéryen vira brutalement à droite pour rejoindre la première porte. Les établis se succédèrent au rythme de sa course, mais derrière lui, le martèlement furieux ne cessait pas. Pire encore, il se rapprochait ! Paniqué, et sans aucune option, Teagan referma ses doigts sur le premier objet qui lui passait sous la main. Un tournevis !

L'outil calé au creux de sa paume, Teagan bifurqua entre deux Mécas. Cette nuit était la pire de toute sa vie ! Pire encore que celle au cimetière ! Qu'est-ce qu'il avait fait pour mériter ça ?

— Bordel ! râla-t-il en se cognant contre une rangée de tuyaux.

La gorge nouée et les poumons en feu, il se dissimula parmi les carcasses métalliques. Sa chemise collait à son dos trempé de sueur, l'entravant dans ses mouvements. Immobile, tous les sens aux aguets, il perçut le pas lourd qui se rapprochait, et se tapit un peu plus entre les bâches. Plié pour se faire le plus petit possible, Teagan ferma les yeux, les lèvres pincées pour ne laisser passer aucun son. L'ombre qui le poursuivait ralentit, et passa à sa hauteur en reniflant. Le Thénéryen se risqua à jeter un œil, se trouvant presque nez à nez avec deux naseaux fumants. Les lueurs bleues, qui étaient en réalité les yeux de la bête, balayèrent l'obscurité devant lui comme des faisceaux. Prostré, les dents ancrées dans ses joues pour ne pas lâcher toutes les insultes qui le traversaient, Teagan suivit l'animal du regard, blême. Où était-il tombé ? Cette chose, là, n'avait rien de naturel !

Ce qui lui restait de sang dans les membres reflua encore davantage lorsqu'il posa les yeux sur les énormes pattes d'acier articulées, pourvues de griffes rétractiles qui cliquetaient sur le sol. Une Méca ? Non… impossible. À sa connaissance, les bêtes n'étaient pas autonomes. Alors, de quelle façon pouvait-elle se déplacer si personne ne la dirigeait manuellement ?

Focalisé sur l'animal, Teagan en avait complètement oublié la jeune femme, si bien qu'il ne capta pas immédiatement la présence dans son dos. Fasciné par le félin d'acier qui venait de le dépasser, ce fut le contact froid d'un canon contre sa nuque qui le fit réagir.

— Debout !

20

JE NE SUIS PAS UN MONSTRE...
ENFIN, PAS TOUT LE TEMPS.
CAYDEN JAYCE

ALDÉBARAN - ÎLE PRISON DE FOR'BATEN – PÉNITENCIER DE KINEFALL

Assis devant son baraquement, Cayden n'avait pas fermé l'œil de la nuit. Pendant que les autres ronflaient comme des sonneurs de cloches, lui attendait patiemment qu'on vienne les chercher pour descendre dans les mines. Inexplicablement, quelque chose l'attirait dans les entrailles de l'île. Une présence invisible qui l'appelait en silence. Dans le courant de la nuit, les étranges ondes stridentes ne s'étaient plus manifestées dans son esprit, mais le Thénéryen restait persuadé qu'elles étaient à l'origine de son coup de folie.

Le corps de Skall avait été jeté dans le vide sans considération, et sa dépouille, traînée sur le sol du pénitencier, avait laissé des marques rouges dans le sable. La pluie avait fini par les emporter au petit matin. Est-ce qu'il ressentait de la culpabilité ? Du remords ? Non, rien de tout ça. Bien au contraire. Pas après ce que l'Aldébarien lui avait fait subir. Et puis, la sensation de ne plus appartenir à son corps pendant quelques instants, celle de se fondre dans quelque chose de plus grand, de plus... animal, l'avait ébranlé.

Pensif, Cayden gardait les yeux fixés sur le morceau de bois qu'il taillait adroitement à l'aide de la lame rouillée récupérée dans le bassin. Son corps le lançait encore par moments, mais rien de comparable à la douleur ressentie la veille. Alors qu'il finissait de sculpter une aile dans le bois tendre, les portes du pénitencier s'ouvrirent en grand pour laisser entrer deux chariots bâchés. Derrière suivaient les mineurs de nuit, un nouveau groupe que Cayden n'avait pas encore rencontré. La plupart paraissaient épuisés, hagards. Les piocheurs nocturnes se dispersèrent rapidement sous la surveillance des gardes, perchés sur les remparts. Cayden en compta neuf, armés sommairement. Juste de quoi maintenir l'ordre si besoin.

Bientôt, le Thénéryen sentit le poids de plusieurs regards converger dans sa direction. Les nouvelles circulaient vite ici. Kinefall était une société où la loi du plus fort était l'unique règle ! Sans se départir de son éternelle arrogance, Cayden releva les yeux vers ceux qui l'observaient avec trop d'insistance, et leur adressa un sourire fauve avant de reprendre son occupation.

Après le massacre de la veille, plus personne ne lui avait adressé la parole, hormis le lieutenant Defoe, et même Mano semblait avoir disparu.

La porte du bureau de Scott Defoe grinça, laissant passer le lieutenant dans l'obscurité matinale. Son épée battant sa cuisse, il s'élança d'un pas pressé, tandis que les portes du fort s'ouvraient en grand. Une heure plus tôt, Cayden avait suivi du regard la silhouette massive d'un navi pénitentiaire, annonciateur d'un nouvel arrivage de prisonniers. Pourtant, alors qu'il s'attendait à voir débarquer tout un chapelet de détenus, seuls cinq hommes entrèrent. Plus exactement quatre soldats, encadrant une silhouette lourdement entravée. Malgré le poids des chaînes qui ceignaient ses poignets et ses chevilles, le nouveau prisonnier avançait la tête haute, fier. Immédiatement, le regard de Cayden s'arrêta sur la muselière en cuir noire qui masquait la moitié inférieure de son visage. *Pour quoi faire ?*

— Allez, avance, Canning !

La semonce claqua dans l'air tranquille, et troubla la contemplation de Cayden. En une seconde, tout bascula. La réaction brutale du prisonnier le fit frémit d'excitation. Tout son corps entravé s'était crispé, jusqu'à bondir sur l'homme qui l'avait invectivé. Le poids des chaînes semblait s'être envolé, de même que leur existence. À travers le cuir épais de la muselière, un grondement bestial résonna, réveillant quelque chose chez Cayden. En l'espace d'un battement de cœur, le détenu se jeta sur le dos de sa proie, faisant fi des sommations et des canons pointés vers lui.

À coups de poing et de pied, il fut arraché du corps du soldat qui s'écroula au sol, tétanisé. Enragé, le prisonnier se débattit avec tant de violence que l'entrave de son visage céda, révélant des traits fins, sur lesquels s'était plaqué un sourire à la fois gai et cruel. Un sourire qui atteignit Cayden comme un uppercut. Une fraction de seconde, l'inconnu releva la tête dans sa direction, avant d'être balancé dans le sable.

L'échange visuel entre eux ne dura qu'une infime seconde, puis la crosse d'un fusil frappa contre la tempe du détenu, lui faisant perdre momentanément connaissance. Il fut traîné par les pieds, et le poids de son corps laissa un sillon dans le sable.

La gorge sèche, Cayden suivit l'étrange cortège des yeux, jusqu'à ce que l'escalier plongeant vers les cellules ne l'avale.

— Tiens-toi loin de lui. C'est un vrai conseil.

Subitement, deux bottes lustrées, à peine couvertes d'une fine pellicule de poussière, se plantèrent devant lui, envahissant son champ de vision. Défiant, Cayden acheva de donner les derniers coups de couteau avant d'accepter de relever la tête. Le lieutenant Scott Defoe le dévisageait avec insistance, mais son regard n'était pas foncièrement mauvais.

— Un conseil ? ricana Cayden. Vous n'avez pas encore pigé que quoi qu'il arrive, je rejetterai tout ce qui viendra de vous ? Juste par principe.

— Tu apprendras que toute aide est bonne à prendre entre ces murs.

Cayden haussa les épaules.

— Qui est-ce ? demanda-t-il malgré tout.

— Nino Canning. Dix-huit ans, et déjà un véritable pedigree de tueur.

Cayden arqua un sourcil, sans pour autant se départir de son air impassible.

— Et la muselière ? C'est de la décoration ? Pour ajouter au folklore local ?

— Tu serais moins ironique si tu avais connaissance de la nature de ses crimes. On le surnomme l'Écorcheur de Norkfall.

L'Écorcheur de Norkfall ? Voilà un nom qui sonne bien, et qui a de l'allure, songea Cayden.

— Vous n'êtes pas venu pour me parler d'un étranger, j'imagine... Alors quoi ? Vous veniez voir si j'avais passé la nuit sagement ? nargua-t-il en s'étirant.

— Oh, je n'avais aucun doute là-dessus. En revanche, je venais voir si les autres avaient survécu.

Cayden fit tournoyer sa lame entre ses doigts avec une dextérité déconcertante, accordant au lieutenant un sourire cynique.

— Je ne suis pas un monstre... Enfin, pas tout le temps.

Scott Defoe secoua la tête, son épée plaquée contre sa jambe. Le Thénéryen, assis négligemment sur les marches de son baraquement, dardait sur lui des pupilles volcaniques. Son visage était encore tuméfié par son récent passage à tabac, mais malgré tout, ses lèvres s'incurvaient avec insolence. Plus on le cognait, et plus l'envie de se redresser lui saisissait les tripes !

— Les monstres ne sont pas toujours ceux que l'on imagine...

Derrière eux, la porte du baraquement s'ouvrit, et deux détenus en sortirent, interrompant leur échange. Ils grommelèrent quelques mots incompréhensibles en passant à leur hauteur et s'éloignèrent pour rejoindre les piocheurs qui allaient descendre.

— En vérité, je venais te souhaiter bonne chance pour ta première incursion.

Le regard ocre de Cayden s'assombrit brutalement, tandis que ses yeux se plissaient sous la colère.

— Ce n'est pas moi qui ai besoin de chance, ici, Lieutenant. C'est vous. Je n'ai pas demandé à venir dans votre pénitencier, pas plus qu'à creuser dans vos galeries. J'ai été arraché de mon continent contre ma volonté parce que j'ai froissé l'ego démesuré d'un homme qui se prend pour un seigneur, mais maintenant que je suis ici, à cette place où l'on m'a condamné, je compte bien rester en vie, ajouta-t-il en se redressant.

Defoe le considéra en silence durant un bref instant avant d'approuver.

— Plus longtemps tu resteras en vie, et plus tu seras utile. Va rejoindre ton groupe.

— À vos ordres. Lieutenant…

Cayden ricana, rangea la lame dans sa poche, défiant le gradé de la lui prendre, puis jeta son morceau de bois par terre. Sans un regard de plus, il s'éloigna vers les piocheurs qui se rassemblaient, prêts à descendre dans les mines. Defoe soupira, mais alors qu'il allait repartir lui aussi, son attention fut attirée par la forme dans le sable. Intrigué, il se pencha pour la ramasser, découvrant un corbeau aux ailes déployées, parfaitement ciselé. Sans un mot, il le glissa dans la poche de son uniforme et regagna son bureau, où l'attendait le rapport de la nuit.

— Alors, c'est toi le nouveau ? Je m'appelle Boli. C'est avec moi qu'tu s'ras au début.

Cayden baissa les yeux vers le vieil homme qui le dévisageait d'un air bourru, plus petit que lui d'une bonne tête.

— Cayden, se présenta-t-il.

— Je sais. Bon, tu prends une pioche, et tu suis le mouvement.

Silencieux, le Thénéryen serra les dents, mais s'empara d'un outil sans rechigner. Une fois qu'ils furent tous réunis, encadrés par quatre soldats et deux chariots vides, les portes du pénitencier s'ouvrirent à nouveau sur l'extérieur. Cayden estima qu'ils étaient une cinquantaine à descendre ce matin. Le convoi s'ébranla sans heurt, telle une mécanique bien huilée.

Sa pioche sur l'épaule, Cayden avançait au même rythme que les autres. Devant lui, Boli traînait un peu la patte, le dos courbé. Depuis combien de temps était-il là ?

Lentement, ils dépassèrent les limites du pénitencier pour déboucher sur une grande plaine rocailleuse, tellement noire qu'elle ressemblait à du charbon où rien ne poussait. Ils marchèrent ainsi sur quelques kilomètres, puis Cayden vit se dessiner de grandes excavations dans le paysage nu.

— Ce sont d'anciennes galeries, ça, expliqua Boli qui s'était placé à sa hauteur. Les filons sont épuisés depuis longtemps.

— Ah ouais ? Et qu'est-ce qui garantit qu'il reste encore des trucs valables à piocher sur ce caillou volant ? grogna Cayden.

Boli éclata d'un rire caverneux qui attira l'attention des deux hommes devant eux.

— Elle est bonne, celle-là ! Qu'est-ce que j'en sais, moi ? On est là pour creuser, alors on creuse.

— Je ne compte pas moisir ici, de toute façon...

Boli fut secoué d'un nouveau rire, partagé par les deux types qui avaient ralenti pour les écouter.

— Ça vous fait marrer ?

— On est tous arrivés avec la même idée que toi, Cayden. Et puis, tu vois, on est toujours là. Mais c'est beau de rêver.

Cayden haussa les épaules. Les paroles du vieux ne l'atteignaient pas.

— Tu ne sortiras jamais d'ici.

— Parle pour toi, l'ancêtre. Mon corps est peut-être là, mais mon esprit est déjà loin. Et tant que tu rêves et que ta conscience se trouve ailleurs, alors tu n'es pas une pierre de ce pénitencier.

Personne ne surenchérit. La remarque du Thénéryen laissa les détenus pensifs, et Boli, intrigué par sa façon de voir les choses. Il devait bien reconnaître que ce garçon révolté avait du répondant. Après presque une demi-heure de marche sur l'étendue stérile, le groupe s'immobilisa devant une large entrée qui plongeait dans le sol. Renforcée par des planches de bois et des étais, l'ouverture était suffisamment grande pour laisser entrer deux chariots côte à côte. Des profondeurs montaient des voix survoltées, rythmées par des coups de pioche réguliers contre la pierre, et le grincement de ferraille des cages d'ascenseur.

— Allez ! Par groupe de dix !

Émergeant de l'ouverture, un homme aboya dans leur direction, couvert de suie et de poussière, un béret enfoncé sur la tête. Un prisonnier, de toute évidence, mais qui semblait bénéficier d'un grade supérieur au reste des détenus. *Comme celui qui m'a tatoué,* songea Cayden. À cette piqûre de rappel, il baissa les yeux sur son avant-bras avec l'envie d'en arracher la peau.

— Toi ! Avance !

Un coup de coude dans les côtes le força à descendre les quelques mètres de pente douce vers l'obscurité, jusqu'à entrer dans une cabine branlante, suivi de Boli qui referma la grille sur leur passage. La cage d'acier s'ébranla brutalement. La mince barrière de métal ajourée représentait leur seule séparation entre le vide, qui défilait à toute allure, et l'habitacle. Le cœur au bord des lèvres, Cayden avait l'impression que son estomac se soulevait à mesure qu'ils plongeaient dans les méandres de la terre.

— Putain ! On va descendre pendant combien de temps comme ça ?

— Quelques minutes encore, répondit Boli, appuyé contre le grillage. Admire le paysage.

— Très drôle...

Pourtant, Boli ne croyait pas si bien dire. Alors que Cayden jetait un coup d'œil à travers la grille, ils croisèrent une cabine identique à la leur qui remontait vers la surface, chargée de corps. Emballés dans de grands draps rougis, certains membres dépassaient et pendaient, lamentablement écorchés.

L'odeur du sang et de la chair en décomposition les frappa de plein fouet, provoquant quelques haut-le-cœur chez les piocheurs.

— Bordel ! C'était quoi ça ?

— Des malchanceux...

— Y'a quoi là en bas ? insista Cayden. Qui les a mis en charpie ?

Ses compagnons échangèrent des regards atterrés. Boli se contenta de grimacer.

— Des spiranes.

Le Thénéryen secoua la tête pour lui signifier qu'il ignorait de quoi il parlait, toutefois, Boli resta évasif.

— Tu le sauras bien assez tôt. Elles sont très agitées depuis quelques jours. D'habitude, elles vivent loin dans les galeries et se tiennent à distance, mais depuis le retour du navi, elles remontent presque à la surface.

— C'est la dernière fois que j'descends, souffla Calvin, un jeune Aldébarien dont les mains tremblaient autour de son manche de pioche.

— On dit tous ça, rétorqua Boli. Et pourtant, tu vois, on est là, dans cette cage pourrie pour un aller simple vers l'enfer. Y'a rien d'autre à faire à Kinefall.

Le reste du trajet se passa dans un silence tendu, seulement entrecoupé par les poulies qui grinçaient le long des câbles d'acier dans un jet d'étincelles. Plus ils plongeaient et plus l'air devenait moite, si bien que Cayden eut l'impression d'étouffer.

— Il fait une chaleur à crever ! lâcha-t-il en tirant sur sa large chemise ouverte.

À travers l'échancrure, le corbeau tatoué se déploya, accrochant les regards des plus curieux. Cayden n'y prêta pas attention, brusquement secoué. La cabine s'immobilisa enfin, sans douceur. En bas, Cyran, le contremaître, leur ouvrit la grille et fit le compte.

— Neuf. Et dix. T'es le nouveau, toi.

— Il semblerait…

— Alors, je vais t'expliquer les choses rapidement. T'es pas ici pour te la couler douce. Tu prends ta pioche, tu vas dans les galeries, et tu creuses. Chaque painite que tu trouves, tu la rapportes, peu importe sa taille. Si jamais t'es pris à dissimuler…

— Ça va, j'ai saisi, le coupa Cayden, acide. Inutile de te fatiguer. J'ai trop d'ego pour crever ici bêtement, et surtout pas pour de la caillasse.

En face de lui, le responsable minier blêmit.

— Tout doux, les calma Boli de sa voix rauque. C'est son premier jour. Il fanfaronne un peu, c'est tout.

— On verra s'il fanfaronnera avec autant de gueule quand les spiranes lui tomberont dessus, répliqua l'homme en lui fourrant un panier dans les mains.

Cayden s'en saisit, attrapa sa pioche sans un mot et s'éloigna sans trop savoir vers où se diriger. Sous son crâne, tout bourdonnait, et il avait l'impression que des griffes lui labouraient la cervelle de l'intérieur. Il se sentait désorienté et… affamé ?

— Quelle puanteur ! cracha Boli en le rejoignant. Je vais recracher mes tripes.

Plus ils avançaient en direction de la galerie principale, et plus Boli toussait, agressé par l'odeur infecte et prenante qui s'en dégageait. Légèrement en retrait, Cayden huma l'air, le respira, attentif. L'odeur du sang n'était plus très fraîche, mais elle imprégnait encore le sol rocailleux sur lequel il s'était déversé à flots. Quelques heures plus tôt, un carnage sans nom s'était déroulé ici même, et le Thénéryen en ressentait une excitation intense dans la moindre fibre de son corps. Un type, armé d'un balai, poussait devant lui des restes humains, tandis que son compère nettoyait le sol à grands coups de seaux d'eau sale. Incapable d'en détacher les yeux, Cayden s'attarda sur les entrailles brunes qui finirent jetées dans une grande benne.

— Qu'est-ce qui s'est passé ? les interrogea Boli, sa pioche sur l'épaule.

Celui qui tenait le balai s'arrêta et essuya ses mains sur sa chemise à la couleur plus que douteuse.

— On ne sait pas. Personne n'a compris. Le groupe de Skall était remonté à la surface depuis une heure, et les derniers gars qui devaient rester ici allaient rejoindre les cellules pour la nuit. Et puis, elles ont débarqué tout à coup. On a entendu leurs grondements de loin, elles sont arrivées en masse et se sont jetées sur ceux qui n'ont pas eu le temps de se mettre à l'abri. Un vrai carnage. Elles ne sont pas venues pour manger, mais pour tuer.

Le goût ferreux du sang tapissa la bouche de Cayden à mesure que l'homme racontait son histoire. L'impression de sentir la substance chaude couler et se répandre dans sa gorge éclata dans sa conscience. C'était intense, bestial ! Il avait le sentiment de participer à un festin de violence dont la jouissance allait le terrasser s'il ne se ressaisissait pas très vite. Une douleur lancinante venait d'éclater dans ses gencives, si bien qu'il les massa rapidement avec sa langue.

— Pauvres gars, soupira Boli. Encore cinq qui ont fini leur vie sous terre.

— Il n'y en avait vraiment que cinq ? les interrogea Cayden en fixant les bennes pleines de tripes avec insistance.

Surpris par cette question, les trois mineurs le dévisagèrent, sans trop savoir quoi dire. Comprenant son imprudence, Cayden secoua la tête en s'excusant.

— Pardon, c'est juste que j'avais compris qu'ils étaient plus nombreux...

— Bah... ils étaient effectivement six, corrigea celui qui récurait le sol, mais Ezio a réussi à fuir. Les spiranes l'ont salement croqué, mais il a été évacué vers l'infirmerie.

Six. Et pas cinq.

Sans être capable de se l'expliquer, Cayden arrivait à dissocier chaque odeur sanguine qui emplissait la cavité rocheuse. Il parvenait à les fragmenter pour en tirer l'arôme propre à chaque homme. Et si l'odeur paraissait insupportable pour les autres, pour lui, elle devenait la saveur qui lui faisait défaut depuis toujours. Il n'avait jamais eu l'impression de manquer de quelque chose, d'être incomplet, ou à la recherche d'un autre horizon comme pouvait l'être son petit frère, mais à cette seconde précise, Cayden se sentait terriblement entier. Terriblement lui. Terriblement elles... *Bordel... c'est incroyable...*

— Oh ! Ça va ? T'es tout pâle, le Thénéryen, l'interpella Boli.

La sensation de chaleur s'estompa, et avec elle, l'envie irrésistible de goûter à la chair. Constatant que les trois hommes posaient sur lui des regards inquiets, Cayden confirma avec un léger sourire de circonstance.

— Ouais, désolé... C'est juste que tout ça... me retourne un peu, feignit-il.

Boli hocha la tête, compatissant, et posa sa main sur son épaule.

— Allez, on y va. Je te montre les endroits à connaître ici.

Cayden salua les deux autres mineurs d'un regard, puis s'enfonça dans la large galerie en suivant Boli qui semblait connaître la mine comme sa poche.

— Depuis combien de temps vous êtes ici ?

— Ça fait presque dix ans, mon gars.

— C'est long, dix années.

— C'est encore plus long quand tu sais qu'elles ont beau passer, ta peine n'aura pas d'autre fin que ta mort.

— Qu'est-ce que vous avez fait pour vous retrouver ici ? Je veux dire… vous n'êtes plus tout jeune. Ils auraient pu vous caser ailleurs.

— Kinefall est réservé aux condamnés à perpétuité, aux violeurs, aux opposants au pouvoir. On se fiche de savoir que tu viens du peuple ou de l'aristocratie. Même traitement de faveur pour tout le monde.

— Hmm, je vois. Et ?

— Tu veux savoir à laquelle j'appartiens ? ricana Boli en lui désignant un escalier en bois qui descendait vers une cour souterraine taillée dans la pierre.

— Histoire de savoir avec qui je vais piocher pendant les prochains jours, rétorqua Cayden, sarcastique. Je suis contre les mauvaises fréquentations.

Boli lui adressa un clin d'œil, mais n'ajouta rien sur les raisons qui l'avaient conduit ici.

— Tu vois ces grandes portes à barreaux en bas ? Ce sont les cellules. Elles sont communes. La nuit, les piocheurs qui restent en faction pour quelques jours dorment ici.

Cayden jeta un coup d'œil en contrebas. Les mineurs étaient bien organisés. Il distingua de la paille étendue sur le sol, quelques caisses, qui contenaient sans doute des réserves de nourriture, et des tonneaux d'eau, régulièrement renouvelés.

— Y'a un couvre-feu dans les galeries, l'informa le vieil homme. Tous les soirs, à dix-huit heures précises, tu entendras la cloche sonner.

— Un couvre-feu ? C'est une blague ? Vous vous rassemblez tous autour d'un feu pour l'histoire du soir ou quoi ?

— Tu comprendras que si tu veux rester en vie, Cayden, tu vas devoir suivre les règles.

— Il se passe quoi à cette heure-là ?

— Les spiranes sortent de leurs tanières. Elles chassent en meute. Ce qu'elles ne trouvent plus sur l'île, elles viennent le débusquer dans les galeries. Alors, à dix-huit heures pétantes, tous les mineurs se regroupent dans les deux cellules jusqu'au matin. Elles remontent toujours à la même heure, mais on a remarqué que le son des cloches les fait fuir. Les bêtes ne supportent pas leurs vibrations.

— Et si jamais je loupe l'heure ?

— Tu n'entendras plus jamais mes merveilleuses histoires, déclara Boli.

Cayden leva les yeux au ciel et ricana.

— Je vois… Je tâcherai d'être à l'heure, papi.

Guidé par Boli, Cayden passa le reste de la matinée à piocher. Au bout d'une heure dans la fournaise étouffante des mines, il avait retiré sa chemise pour la nouer autour de sa taille. Les deux hommes n'avaient plus échangé un mot, préférant conserver toute leur énergie pour creuser. Sur les coups de midi, Boli s'adossa soudainement contre la paroi et lâcha un grognement en jetant sa pioche sur le sol.

— Assez pour ce matin.

Les mains crispées autour du manche de sa pioche, Cayden continuait de frapper la cavité avec force. Son esprit était verrouillé sur son objectif, dont rien ne semblait pouvoir le détourner. En sueur, il s'acharnait sur un filon presque épuisé.

— Arrête, gamin. Tu vas t'accabler pour rien, le stoppa Boli en glissant une gourde d'eau devant son visage.

— Vous occupez pas de ça, gronda Cayden, les yeux rivés sur les reflets sanguins d'une pierre encore logée dans son cœur de roche.

— Comme tu voudras, abandonna Boli. Quand t'auras mal aux mains, viens manger un bout.

Sur ces mots, il s'éloigna en clopinant, avant de s'asseoir sur une caisse poussiéreuse retournée sur le sol. Là, il défit les quatre coins d'un torchon noués entre eux pour déballer un morceau de pain sec et une pomme qu'il partagea en deux avec son couteau.

Dans ces galeries sombres, seulement éclairées par un système de lampes à mèche, le Thénéryen ressemblait à un démon de muscles et de rage, tout droit sorti des contes horrifiques narrés aux petits Aldébariens pour leur faire peur. Avec ses cheveux coupés ras sur les côtés, et sa tresse large plaquée en arrière contre son crâne qui descendait dans sa nuque, Cayden Jayce avait tout des guerriers d'autrefois, lorsque Kyne était encore un monde à part entière. Dans ses yeux dansaient des lueurs telles que Boli n'en avait jamais vues. Un mélange de rancœur, de fournaise et de bestialité à peine contenues. Le jeune Thénéryen semblait constamment à fleur de peau, flirtant entre violence et phases d'absence.

Finalement, après quelques minutes à s'acharner sur la roche, Cayden en tira une painite de taille acceptable. Rougeoyante au creux de sa paume abîmée, il la contempla un moment avant de la jeter à Boli.

— Pour quelqu'un qui ne voulait pas creuser, tu t'es donné du mal pour sortir celle-là, nota son compagnon en enveloppant avec soin la pierre pour la déposer dans le panier.

— Combien ça vaut, un caillou comme ça ? répliqua Cayden en avalant de grandes gorgées d'eau.

— Plusieurs centaines de tôves, lui apprit Boli. Elle n'est pas très grande, mais les couleurs semblent bien saturées. Il faudrait la voir en pleine lumière pour en être certain.

Appuyé contre le mur, Cayden fit craquer sa nuque, pensif.

— Il n'y a quasiment plus rien dans ces galeries. Pourquoi s'obstiner ici ?

— Parce qu'on ne peut pas s'enfoncer plus loin, expliqua Boli en rompant un morceau de pain qu'il lui tendit.

— À cause des spiranes ? Merci pour le repas, ajouta-t-il en se saisissant de sa pitance.

— Oui, elles sont partout. Autrefois, elles restaient en surface en journée, et ne replongeaient dans les profondeurs qu'à la nuit tombée. Mais depuis que le pénitencier s'est installé et que les premières galeries ont été creusées, les spiranes ont été obligées de replonger dans les entrailles de l'île. Elles n'en restent pas moins de redoutables prédatrices.

— C'est normal… vous empiétez sur leur territoire. Elles se défendent.

Boli leva les yeux vers le Thénéryen et le dévisagea avec attention.

— C'est un point de vue comme un autre. Allez, il faut s'y remettre !

Cayden termina son quignon de pain sans entrain. La nourriture lui apparaissait comme fade et sans saveur. Il mâcha lentement, tentant de retrouver la sapidité du levain, mais tout ce qui lui vint à l'esprit fut un vague goût de poussière et de terre. Troublé, il se rinça la bouche avec de l'eau, et cracha en fixant Boli. L'homme était déjà en plein effort, les bras levés au-dessus de sa tête pour entailler la roche. Creuser, c'était tout ce qui lui restait, à ce vieux. De là où il se trouvait, Cayden ressentait sans peine l'odeur âcre de la transpiration qui perlait à la surface de sa peau. Masquée par les tintements réguliers du fer qui claquaient contre la pierre, une pulsation sous-jacente perçait pourtant. D'abord infime, il fallut un moment au Thénéryen pour comprendre que le roulement qu'il percevait n'était autre que celui des battements de cœur de Boli. Dès que la constatation jaillit dans son crâne, Cayden n'entendit plus rien d'autre que cette mélodie séduisante, incapable de se concentrer sur autre chose. Bien qu'il ait mangé, son esprit criait toujours famine, et le manque de substance le rendait nerveux. Par moments, ses mains se crispaient si fort sur le manche de sa pioche que le bois craquait sous la pression. Plus d'une fois, il fut tenté de se jeter de manière inexplicable sur Boli, juste pour faire cesser le son de son cœur qui le rendait dingue.

— C'est suffisant pour aujourd'hui, l'informa soudain son compagnon d'infortune, alors qu'il balançait une petite painite dans le panier.

Ce n'était qu'un éclat, mais il était suffisamment rare et beau pour être monté sur une bague.

— Le couvre-feu ne devrait pas tarder à retentir.

— Comment vous pouvez le savoir ? Vous avez une horloge dans la tête ?

— Non, mais dans le ventre, oui, plaisanta Boli en rangeant sa pioche. Y'a des patates chaudes qui nous attendent. Tu peux laisser ta pioche ici aussi. Demain matin, on reviendra pour terminer ces derniers mètres.

Cayden essuya son front couvert de sueur et de poussière d'un revers de la main, puis enfila sa chemise, les manches retroussées sur ses avant-bras.

— C'est un sacré corbeau que tu as là, fit remarquer Boli alors qu'ils reprenaient la direction des cellules, à près d'un kilomètre de là.

— C'est un serment d'allégeance.

— Oui, les Maraudeurs. Je connais votre réputation, mais tu es le premier que je rencontre.

Et sans aucun doute, le dernier.

— Tu me sembles bien jeune, non ?

— Jeune pour quoi ? répliqua le Thénéryen.

— Pour t'être enrôlé dans cette confrérie.

Cayden haussa les épaules.

— Je n'ai pas été enrôlé. J'ai tout mis en œuvre pour y entrer. Y'a pas d'âge pour faire ce qui nous semble juste. Les Maraudeurs de Stent m'ont offert la possibilité de pourrir la vie de tous les capitaines de navis qui s'ancraient dans notre port, et d'en tirer profit. Je ne supporte pas les gens comme...

Il s'interrompit brutalement, mais Boli l'encouragea à poursuivre.

— Les gens comme moi, les Aldébariens. Tu peux le dire.

— C'est pas contre vous... Je ne vous connais même pas.

— Pas plus que tu ne connais les gars qui sont ici, souligna le vieux piocheur.

— C'est vrai, admit Cayden en grimpant à l'échelle qui donnait sur la galerie supérieure. Et je m'en cogne pas mal. En revanche, je connais ceux qui descendent pour piller notre continent, et qui nous méprisent. Je connais ceux qui étaient dans la cale du navi pénitentiaire avec moi, et qui ont hurlé mon nom pour que je crève. Je connais aussi ceux qui ont violé un gamin dans cette même soute, un gosse qui s'est tranché la gorge devant moi.

— Ah... l'oisillon, compatit Boli en émergeant du trou par lequel Cayden venait de passer. Oui, le pauvre gosse.

— Je connais le traitement qu'on m'a réservé quand je suis arrivé, le passage à tabac, les mots très explicites de Skall qui me voyait déjà à genoux devant lui, les regards de tous les autres. De Mano, de Defoe, des centaines de putain de détenus qui sont en surface ! Et ça, toute cette vie-là, je la vomis, Boli, ajouta Cayden en tendant sa main au vieil homme pour l'aider à se redresser.

Sans un mot, ils évoluèrent à travers la mine. Sans son guide, Cayden se serait assurément perdu dans ce dédale de galeries sans fin. Il ignorait jusqu'où pouvaient conduire ces boyaux sombres et insondables, d'où filtrait parfois un courant d'air glacial aux relents nauséabonds. Le Thénéryen ignorait également d'où provenait cette odeur de putréfaction, mais son instinct de survie lui hurlait de ne surtout pas poser la question. De plus, Boli ne semblait pas particulièrement dérangé par l'air vicié qu'ils respiraient. L'habitude. Comme l'avait annoncé rapidement un soldat, aucun gardien n'avait besoin de les surveiller. Les détenus se régulaient eux-mêmes, et les gardes ne passaient qu'une fois par semaine pour charrier les cadavres.

Les muscles fourbus, tiraillé par la faim et rompu de fatigue, Cayden marqua une pause. Il constata alors qu'un silence pesant s'était étendu dans les souterrains sans qu'il ne s'en rende compte. Tendu par la nervosité, il serra les poings à plusieurs reprises pour décrisper ses doigts engourdis par des heures de piochage. Lui qui passait le plus clair de son temps à l'extérieur, se retrouver ici, enfermé sous terre, le rendait nerveux, et étrangement, cette anxiété nouvelle attisait des réactions primaires dont il n'avait jamais eu conscience. En quelques heures, son ouïe s'était développée de façon innée, et de temps à autre, il percevait un léger grondement sourd qui semblait vibrer depuis le cœur de l'île.

— Boli, est-ce que...

Il fut brutalement interrompu par un feulement furieux. Le cri venait de très loin, mais le bruit d'une cavalcade effrénée remonta jusqu'à eux.

— Bon sang ! s'exclama le vieux mineur dans un juron étouffé. Silence !

Au même instant, une série d'ondes stridentes résonna, paraissant se répondre comme un signal qui se répétait, puis un choc sourd ébranla le sol. Le tout n'avait duré que quelques secondes, cependant bien suffisantes pour faire grimper la tension de Cayden en flèche.

— C'était quoi ça ? murmura-t-il à Boli d'une voix enrouée.

— L'heure du repas, souffla ce dernier en lui faisant signe de s'accroupir, comme lui. Ne bouge plus. Elles peuvent sentir les vibrations de tes pas sur le sol.

À l'évocation du mot « repas », l'estomac de Cayden se rappela à lui, mais Boli lui ôta toutes ses illusions.

— Ne t'emballe pas, petit Thénéryen, lui chuchota-t-il. Tes seuls repas pour les jours à venir se limiteront à des patates, du pain, et seront peut-être parfois agrémentés de ces larves immondes et gluantes qui pullulent au-dessus de ta tête.

Dégoûté, Cayden leva la tête en silence, s'attardant un bref instant sur les larves agglutinées en grappes sombres et visqueuses. À nouveau montèrent ces étranges plaintes stridentes. Furtives et aiguës, elles roulèrent le long des parois suintantes, agitant le tas gélatineux de larves qui trembla, en suspension au-dessus de Cayden.

— Immonde, lâcha-t-il dans un souffle, les sourcils froncés.

— Les salopes ! marmonna Boli dans sa barbe. Elles sont remontées plus tôt que d'habitude.

Par précaution, Cayden se décala pour ne pas se ramasser une limace sur le front et secoua la tête.

— Je mangerai jamais ça !

— Ici, tu ne peux pas te permettre de faire le difficile. Mange ou sois mangé. Ainsi soit-il !

Il fallut quelques instants à Cayden pour assimiler pleinement les propos du vieillard.

— Qu'est-ce que tu as dit ? s'étrangla Cayden en franchissant la barrière du tutoiement.

— Tu ne peux pas te permettre de…

— Pas ça ! coupa Cayden. La suite ! Mange ou sois mangé ? Qu'est-ce que ça signifie ?

— Exactement ce que j'ai dit, grommela Boli en fourrageant dans ses cheveux blancs. Maintenant, garde le silence.

Même chuchoté, l'ordre était très clair, et Cayden n'avait aucune raison de le contester. Pas tant qu'il ne saurait pas à quoi il avait affaire. Rongeant son frein, il glissa le long de la paroi, les jambes ramenées contre sa poitrine. Le silence envahit à nouveau tout l'espace, puis, juste au-dessus d'eux, dans les galeries supérieures, une cavalcade effrénée martela le sol. À travers le tumulte, Cayden distingua pourtant deux choses distinctes : le pas léger mais précipité d'un homme, et juste derrière, celui beaucoup plus vif et lourd de… quelque chose. Une chose énorme qui se déplaçait sur quatre pattes avec une vélocité qui faisait froid dans le dos. Une chose leste, et particulièrement agile pour se mouvoir avec autant de facilité dans les boyaux étroits. Il y eut un bref répit, troublé par le ronflement d'une bête qui semblait humer l'air. À nouveau le silence. Un roulement de cailloux sur le sol. Le crissement de griffes qui s'enfonçaient dans la pierre pour bondir. Puis un cri perçant, noyé parmi le craquement des os ainsi que de la chair qui se déchirait. L'écho d'une mastication satisfaite leur parvint. La bête se trouvait juste au-dessus de leurs têtes, simplement séparées par quelques mètres. Des plaintes s'élevèrent, mais moururent tout aussi vite. Déjà, plusieurs animaux se disputaient la dépouille anonyme du mineur.

Sans assister à la scène, Cayden imagina pourtant sans mal les boyaux déversés sur la terre, les membres écartelés à grands coups de crocs, déchiquetés, et passant de gueule en gueule comme un festin. Cela lui produisit un indescriptible frisson d'excitation. Au bout de longues minutes, ou peut-être s'agissait-il seulement de secondes car l'angoisse avait ce don d'étirer le temps à volonté, le calme retomba dans les tunnels. Pendant tout ce temps, étrangement, Cayden avait gardé les yeux grands ouverts, sondant l'obscurité comme s'il avait pu percer les parois et voir ce qui se tramait de l'autre côté. De ses pupilles rouges, il avait discerné le visage de Boli se déformer par la peur viscérale générée par les bêtes tapies dans l'obscurité, ses doigts maigres se lier à s'en broyer les phalanges, et ses lèvres bouger avec frénésie, adressant sans doute quelques suppliques silencieuses à qui voudrait bien les entendre. Cayden pouvait sentir la terreur suinter par tous les pores de l'homme. Pendant quelques secondes, ce sentiment s'était aussi insinué dans sa tête avant de disparaître. En revanche, l'étrange pressentiment qu'il ne risquait rien brûlait au fond de lui, inexplicable. Une sensation nouvelle flamboyait dans sa poitrine. Celle de ne plus ressentir la peur.

Avec lenteur, Boli se redressa le plus discrètement possible, et retrouva son souffle.

— Je crois que j'ai compris ce que tu voulais dire, constata Cayden sans émotion.

Mâchoires verrouillées, Boli hocha simplement la tête, sondant la galerie du regard.

— Elles ne viennent jamais si tôt, répéta-t-il, encore sous le choc. Qu'est-ce qu'elles cherchent ?

Il était si blême que Cayden craignit qu'il ne tourne de l'œil et s'effondre.

— Ça va aller ? demanda-t-il par acquit de conscience.

Le vieux mineur ne répondit rien. Les minutes défilaient, le temps commençait à presser. Ils n'étaient pas encore arrivés à la galerie supérieure que le couvre-feu retentissait enfin dans toute la mine. Un son de cloche très grave qui saisit Cayden aux tripes. Les vibrations se répercutèrent dans sa tête avec une telle violence qu'il se plia en deux.

— Cayden ! Qu'est-ce qui se passe ? s'inquiéta Boli en s'arrêtant immédiatement.

— Je ne sais pas, grogna-t-il de douleur, appuyé contre la paroi pour ne pas s'écrouler. C'est… le son du signal. Ça me vrille les tympans.

— Il faut avancer, Cayden ! le pressa Boli. On ne peut pas s'arrêter ! On est presque arrivés à la galerie supérieure. Le signal ne dure que quelques minutes ! Tiens le coup.

Les mains pressées sur ses tempes, Cayden sentait ses poumons se comprimer davantage à chaque tentative pour inspirer. Le sang bouillonnait dans ses veines, tandis que l'intégralité de ses muscles le tirait, au point d'en devenir atrocement douloureux. Courbé, un genou à terre, le Thénéryen enfonça ses doigts de toutes ses forces dans les gravats, comme pour s'ancrer à la réalité qui s'effilochait autour de lui. La voix de Boli disparut, remplacée par des grattements furieux sur le sol et par des ondes sonores qui fusaient de toutes parts. Son cœur s'emballa brutalement alors qu'il avait l'impression de chuter de plusieurs mètres.

Quand il tenta de relever la tête et de se redresser, sa vision se troubla. Les murs noirs et suintants des galeries se déformèrent, pour devenir un réseau tapissé d'impulsions électriques qui se déroulaient sur des dizaines de kilomètres. Ployé sur le sol, Cayden ne distinguait pas les autres mineurs, mais leurs odeurs se manifestaient sous forme de halos jaunes qui se répandaient partout.

La peur. Le sang. La terreur.

Tout se confondait en un parfum dont il voulait se draper tout entier. Brutalement, un coup de feu retentit dans les galeries, coupant l'étrange transe dont Cayden était victime.

— Boli, cracha-t-il faiblement en tendant le bras dans sa direction.

— Bordel ! Avance ! l'exhorta le vieil homme.

Déconnecté de la réalité, Cayden se sentit pourtant tiré et poussé sans ménagement. La voix de Boli éclata autour de lui.

— Fermez pas les grilles ! On arrive.

Par intermittence, l'esprit de Cayden reprenait contact avec l'horreur de la situation, puis replongeait dans les méandres bleu électrique. Il avait l'impression de courir à travers un dédale de boyaux et de cavités rocheuses, de bondir d'un niveau à l'autre des galeries, et de sentir l'air froid des profondeurs gonfler sa poitrine.

— Elles sont là ! hurlèrent plusieurs hommes.

Sous ses pattes, non ses pieds, Cayden percevait la rugosité des cailloux qui roulaient sous ses bottes. Alors comment pouvait-il sentir leurs arêtes tranchantes à travers le cuir ?

Brutalement, il fut jeté en avant, et son visage rencontra le sol sans ménagement. Les grilles métalliques se refermèrent sur son passage tandis qu'il s'écroulait sur le ventre, vidé de toute énergie.

Dans un grondement sourd, Cayden roula dans la poussière parmi les autres mineurs, et se redressa à l'instant où son cœur allait exploser. Dans un fracas épouvantable, la horde de spiranes s'écrasa contre les barreaux de fer. Leurs crocs, de la taille d'une main d'homme adulte, cognèrent contre le métal qui se plia par endroit sous la violence des chocs répétés.

— Elles vont entrer !

La peur des hommes flottait partout dans l'air, sous forme d'une bruine rouge que Cayden fixait avec fascination.

ΛLPHΛ

Le mot éclata dans sa tête, assourdissant, vibrant d'un millier de voix bestiales, unies. C'était pour lui qu'elles hurlaient !

Figé face aux barreaux qui s'ébranlaient un peu plus à chaque choc, Cayden observait les créatures les plus parfaites et les plus effrayantes de toute sa vie. Bien au-delà de ce qu'il n'aurait jamais pu imaginer. Elles étaient incroyables de fureur et de sauvagerie. Bien plus grandes que leurs ancêtres félines, les immenses panthères hybrides feulaient et crachaient contre le métal, à la vue de leur repas à portée de crocs. Leur fourrure noire et rase semblait aussi fine que du cuir, couvrant à peine les reliefs de leurs veines qui pulsaient d'ondes bleues. Réunies toutes ensemble, elles ressemblaient à un orage organisé et hurlant. Arborant des flancs creux aux côtes saillantes, elles étaient taillées pour la course et le carnage avec leurs pattes hautes et musclées pourvues de griffes noires et rétractiles. Le long de leur colonne vertébrale vibrait une herse de pointes osseuses apparentes, et juste derrière leurs oreilles, deux longues vibrisses ondulantes leur servaient à communiquer entre elles par ultrasons.

— Cayden ! Arrête ! hurla Boli en se jetant sur lui pour l'éloigner de la grille. Recule !

Dans sa fascination, le Thénéryen avait tendu le bras, prêt à le passer entre les barreaux pour les toucher. Les feulements enragés reprirent de plus belle, forçant les mineurs à se terrer tout au fond de leurs cellules. En chasse, les spiranes allaient et venaient devant les grilles, arpentant la surface poussiéreuse avec colère, leur longue queue bifide balayant le sol.

Le visage écorché, Cayden se redressa en chancelant, un peu de sang sur les lèvres.

Il croisa alors l'éclat de deux grands yeux blancs luminescents qui brillaient dans l'obscurité, auréolant une énorme gueule découverte. La spirane grogna dans sa direction, se jetant contre les barreaux pour l'atteindre. Au même instant, le jeune Calvin déboucha de la galerie, les pupilles écarquillées par la peur. Couvert de poussière et de sueur, il se figea.

— Calvin, recule doucement ! Ne reste pas là ! s'écrièrent les hommes.

Affolé, le jeune mineur fixait l'étendue de sable devant lui. Une dizaine de spiranes lui bloquaient l'entrée de la cellule la plus proche, mais elles ne semblaient pas encore s'être rendu compte de sa présence, trop focalisées sur la viande qui hurlait derrière les barreaux. Pas après pas, Calvin avança doucement dans le dos des bêtes, effleurant à peine le sable.

Immobile face aux grilles, Cayden ne quittait pas les spiranes du regard, avisant Calvin qui tentait de rejoindre la seconde cellule. Il n'était plus qu'à quelques mètres. Il allait y arriver !

Les yeux dans les yeux avec le prédateur le plus proche, Cayden sentit son souffle chaud heurter son visage. Les bêtes étaient tellement concentrées sur lui qu'elles ne remarquaient pas le morceau de choix qui évoluait derrière elles. Elles devaient se retourner ! Le voir ! Le broyer ! Le goût du sang envahit à nouveau sa bouche, et tapissa sa langue d'un fluide imaginaire qui réveilla ses plus bas instincts.

En une seconde, ses poumons s'ouvrirent. Toutes ses alvéoles se gorgèrent d'un oxygène neuf, propageant dans son organisme une délicieuse sensation de toute-puissance. L'obsession de la chair s'imposa à lui. De même que l'envie irrépressible d'entendre les os craquer et céder sous la pression de ses mâchoires. Ses mâchoires ? Non... celles des spiranes. Mais dans le fond, cela faisait-il réellement une différence ?

Troublé, Cayden se mordit volontairement la langue pour se raccrocher à la réalité. Calvin devait s'en sortir ! Il devait rejoindre sa foutue cellule ! L'esprit plein de contradictions et de pensées obscures, Cayden gronda doucement. Ses tempes bourdonnaient tellement fort ! Soudain, le sol tangua sous ses pieds, semblant se disloquer en lambeaux. Pour ne pas s'effondrer à cause de la pression violente qui broyait sa cage thoracique, il serra ses doigts autour des barreaux, sans craindre de se faire mordre, jusqu'à ce que ses jointures blanchissent. De l'autre côté du rempart animal formé par les spiranes en colère, Calvin atteignait enfin la porte de la seconde cellule.

PROIE SANG VIANDE

Cayden ignora de quelle façon, mais les mots éclatèrent dans sa tête comme une déferlante impossible à contrôler. Ce fut instinctif, immédiat. À peine y songea-t-il que les spiranes tournèrent leurs énormes gueules vers le jeune Calvin, figé d'effroi.

— Allez ! hurla un homme. Avance ! Tu y es presque !

Sous les yeux de Cayden, les bêtes se jetèrent sur le pauvre garçon, déchiquetant son corps. Celui-ci hurla de douleur et de terreur, ce qui provoqua chez Cayden une montée d'adrénaline. Une chaleur incomparable se logea dans sa tête et se propagea le long de son échine lorsque l'abdomen du mineur éclata dans un gargouillis de sang bouillonnant et d'intestins. Les tripes à l'air, la dépouille fut traînée sur quelques mètres, puis subitement, les spiranes bondirent vers les galeries avant de disparaître dans le néant, avalées par la mine.

Immédiatement, la barre mentale qui ceignait le front de Cayden s'évapora, et il s'écroula par terre, à demi conscient. L'air s'infiltrait à nouveau normalement dans ses poumons en feu, mais malgré cela, il lui fallut de longues minutes avant de retrouver une respiration régulière. Lui. C'était lui qui avait incité les spiranes à tuer Calvin...

Allongé sur le dos, les bras le long du corps, il déglutit avec difficulté, l'esprit encore occupé par la vision magnifique des bêtes souterraines.

— Cayden ? Tu es blessé ?

Le Thénéryen ouvrit les yeux sur Boli qui s'était penché sur lui. Il avait trop mal à la gorge pour parler, aussi se contenta-t-il de secouer la tête. Tout son corps le lançait. Et la douleur lancinante pulsait encore dans ses gencives. Sans un mot, Cayden se traîna contre le mur, à l'autre bout de la cellule.

Certains hommes demeuraient prostrés à même le sol, enfermés dans leur peur, tandis que d'autres déversaient un flot de paroles incompréhensibles. Néanmoins, Cayden capta quelques bribes de conversation à travers la brume de fatigue qui gagnait son esprit.

— Elles ne sont jamais montées si tôt ! On va se faire bouffer si on reste là !

— Cette mine est un enfer !

— Et elles n'ont jamais été aussi violentes, fit remarquer un jeune Aldébarien qui était descendu avec lui dans la cabine.

— Eh, Cayden ? Tiens, bois un peu. Ça te fera du bien.

Boli s'installa sur la paille près de lui et lui tendit discrètement une flasque.

— Qu'est-ce que c'est ? grimaça Cayden en faisant sauter le bouchon.

— Fabrication maison, gloussa Boli, les yeux brillants. Tu m'en diras des nouvelles ! On a bien besoin d'un remontant !

— Ouais..., souffla Cayden en portant la flasque à ses lèvres.

L'alcool envahit sa bouche et réanima son corps en quelques secondes seulement. D'ailleurs, cet alcool artisanal aurait même pu réanimer un mort tant il était fort. Cayden toussa, puis rendit sa boisson à Boli qui descendit le reste d'une traite, sans sourciller.

— Boli ?

— Hmm ? grommela-t-il.

— Y'a vraiment jamais de gardes qui descendent ici ?

— C'est très rare. Nous assurons nous-mêmes notre sécurité.

Cayden fixa l'obscurité qui s'étendait au-delà des barreaux, cherchant dans la galerie un mouvement ou une présence animale, mais les panthères hybrides s'étaient évanouies.

Longtemps, il scruta le vide, espérant entendre un feulement, ou une onde dans son esprit, mais le reste de la nuit passa dans un calme qui le rendit fou.

21

Tu as besoin d'une Méca, et j'ai besoin d'un monteur !
Gwladys Flaherty

Aldébaran - Île de Sirius – Province d'Ey'Nvala

La main fermement serrée autour de la crosse de son arme, Gwladys appuya un peu plus le canon froid contre la nuque du voleur qui s'était introduit dans son atelier.

— J'ai dit debout !

— C'est bon... J'ai compris, rétorqua l'homme d'une voix rauque, en levant lentement les mains.

— Tournez-vous ! Je veux voir votre visage ! Et vos mains ! Pas de gestes brusques, sinon je tire !

— Vraiment ? gronda-t-il.

Gwladys déglutit, le doigt pressé sur la détente. Elle n'avait jamais tiré de sa vie, du moins jamais sur quelque chose de vivant, mais la menace fut suffisante pour que l'homme hoche la tête et pivote doucement vers elle. Le choc la laissa sans réaction une fraction de seconde. Il était plus jeune qu'elle ne l'aurait cru en entendant son timbre enroué. Une brèche infime d'hésitation, dans laquelle l'intrus s'enfonça immédiatement. Il se jeta sur elle pour saisir son poignet, la repoussa brutalement, et lui arracha l'arme des mains avec violence. Tremblante, les yeux écarquillés par la peur, Gwladys recula, mais se heurta contre son établi, ses longs cheveux roux dévalant le long de son dos.

— Doucement ! lui ordonna l'inconnu en braquant deux prunelles de feu sur elle.

Sa voix n'était pas menaçante, mais la jeune femme avait appris à se méfier des apparences. D'autant plus lorsqu'elles concernaient les hommes. Elle déglutit et hocha la tête sans le quitter du regard. Dans l'obscurité de l'atelier, les iris de l'intrus brillaient comme deux orbes rougeoyants, à travers quelques mèches de cheveux humides qui tombaient sur son front. Les lignes fines de sa mâchoire étaient soulignées de sang séché, et il y en avait également sur sa chemise.

— Qu'est-ce que vous voulez ? osa-t-elle demander d'une voix apeurée.

Il sembla tout à coup se rendre compte de sa frayeur, car il baissa légèrement l'arme pointée sur elle.

— Si vous voulez des métaux précieux, prenez-les ! Ou des pierres rares ! Elles… elles sont enfermées dans le coffre. Je peux vous donner la clé et…

— J'ai besoin d'une Méca, annonça-t-il froidement.

Un silence passa entre eux. Soufflée, Gwladys resta figée dans une position inconfortable. Le rebord en bois de son établi appuyait méchamment contre le bas de son dos trempé de sueur, et ses mains restaient figées contre ses cuisses. Sous sa fine chemise de nuit, par-dessus laquelle elle avait juste pris le temps de passer un châle épais, elle dégoulinait de peur.

— Une Méca ? murmura-t-elle. Mais… vous êtes… Enfin, c'est…

L'angoisse embrouillait ses pensées et rendait ses propos incohérents, si bien que l'homme lâcha un soupir exaspéré qui la fit sursauter. S'il perdait patience, ou qu'il décidait de lui tirer dessus, elle n'avait aucune chance d'en réchapper.

— J'ai besoin d'une Méca en état de marche ! reprit-il fermement. Pas d'un tas de ferraille rouillée, ou en mauvais état. Une bête qui tienne la route et qui puisse participer à la Méca Race !

— Qu… Quoi ? s'exclama Gwladys, ne pouvant retenir sa stupeur. Mais c'est… impossible ! Je… je n'ai pas ça ici !

L'homme serra brutalement les mâchoires, accentuant un peu plus l'aura glaçante qu'il dégageait en cette seconde. Il semblait en proie à une violente excitation, sur le point d'imploser sous la colère. Son regard flamba carrément lorsqu'il braqua à nouveau les yeux sur elle.

— On est bien dans un atelier de fabrication, non ? cracha-t-il. Il y en a des dizaines !

— Oui, mais… elles ne sont pas fonctionnelles.

La gorge sèche, Gwladys se tassa un peu plus contre son établi. Son cœur battait furieusement dans sa poitrine. Elle inspira profondément et laissa passer quelques petites goulées d'air entre ses lèvres, afin de retrouver un semblant de calme.

— Vous allez me tuer ?

L'homme la dévisagea longuement, l'arme toujours pointée vers elle. Ses yeux rouges se plissèrent, apparemment en proie à un choix délicat. Il était beau, curieusement beau en fait, et son âge devait avoisiner la vingtaine. *Quelle idiote tu fais, Gwladys. Penser à ça dans un moment pareil !* Pourtant, malgré l'effroi, malgré la peur de mourir bêtement d'une balle dans la tête, sous le coup de folie d'un vagabond, elle ne pouvait s'empêcher de le fixer intensément. Était-ce le sang qui maculait son visage et imprégnait ses vêtements qui lui conférait ce côté sauvage qui venait d'ailleurs ? Ou bien ses yeux incroyables braqués sur elle, qui révélaient toute sa nature de Thénéryen ? Elle n'en savait rien, mais ce qui venait de se loger au fond de son ventre était un mélange très étrange, qui oscillait entre fascination et terreur.

— Non, déclara-t-il finalement en abaissant définitivement l'arme. Bien sûr que non...

Le poids qui comprimait sa poitrine s'envola, mais elle ne se sentait pas rassurée pour autant. Avec lenteur, elle se redressa un peu pour se décaler. Pas une seconde il ne la quitta des yeux, suivant ses moindres faits et gestes. Il n'avait pas lâché l'arme, mais elle pendait au bout de sa main, pointée vers le sol. Au bout de longues secondes d'un silence pesant, il reprit la parole.

— Je suis... désolé.

Alors ça, c'était bien la dernière chose qu'elle aurait imaginé entendre. Encore une minute plus tôt, il braquait son mousquet sur elle, et maintenant... il s'excusait ? Mais quel genre d'homme était-il donc ? Et puis, ce sang ? Lui appartenait-il ? Il n'avait pas l'air blessé... seulement épuisé. Troublée, Gwladys hocha la tête, incapable de parler. Cette situation était irréelle !

— Je vais partir... Vous n'entendrez pas parler de moi.

Quoi ? Mais pour aller où ? Déjà, il reposait précipitamment l'arme sur le comptoir, comme si sa crosse lui avait soudainement brûlé la main. Le regard fiévreux, il passa à côté d'elle comme une ombre, et fonça en direction des portes qui donnaient vers l'extérieur. Sans réfléchir, elle s'élança à sa suite.

— Attendez ! s'écria-t-elle en lui courant après. Où est-ce que vous allez comme ça ? Et pourquoi avez-vous besoin d'une Méca ?

Il ne l'écoutait pas, figé face à l'immense félin mécanique qui l'avait poursuivi dans les allées. Gwladys déboula derrière lui, et posa rapidement une main sur le poitrail de l'animal mécanique, désactivant la pile qui l'alimentait. Aussitôt, la bête de métal s'immobilisa dans un bruit sourd, et ses yeux s'éteignirent. Immobile, le Thénéryen restait focalisé sur sa création.

— C'est... une sentinelle, lâcha Gwladys.

Mais bon sang, cesse de lui faire la conversation ! Idiote ! Stupide crécelle ! Écervelée ! Elle se flagella mentalement, mais le geste du vagabond lui arracha un sourire, bien malgré elle. Il venait de poser la main sur le museau d'acier du félin, et le contemplait avec admiration.

— Elle est incroyable…

Gwladys approuva d'un très léger signe de tête, détaillant le profil acéré du mystérieux Thénéryen. Sa peur semblait s'être dissipée, car son cœur battait à nouveau de manière régulière. Dehors, la pluie s'écrasait sur le toit en tôle dans un bruit de tonnerre qui la fit frissonner.

— Où comptez-vous aller ? l'interrogea-t-elle.

Surpris, il tourna son visage vers le sien, dardant sur elle des coulées de lave qui lui arrachèrent un frémissement presque imperceptible. La gorge sèche, elle resserra les pans de son châle sur ses maigres épaules, tentant de garder une contenance acceptable devant lui.

— Quelle importance ? souffla-t-il.

Sans un mot de plus, il contourna la sentinelle à l'arrêt. Dans l'esprit de Gwladys, tout était très confus, mais d'une manière inexplicable, elle sentait qu'elle devait agir ! Maintenant.

— Attendez !

Il ne ralentit pas, et se baissa pour ramasser une sacoche sur le sol. Déjà, sa main se posait sur la barre en fer qui bloquait la porte de l'intérieur, prêt à la faire coulisser pour ouvrir les deux battants.

— Pourquoi ? Pour quelles raisons avez-vous besoin d'une Méca ? insista-t-elle.

Elle voulait savoir ce qui pouvait bien pousser un Thénéryen à entreprendre un si long voyage pour participer à une course aussi dangereuse, voire parfois même mortelle. Quelles pouvaient être ses motivations ? L'argent ? La renommée ? À sa connaissance, très vaste dans ce domaine, jamais aucun Thénéryen n'avait participé à la Méca Race. Mais après tout… rien ne l'interdisait non plus.

— Pour mon frère, expliqua le Thénéryen sans même se retourner.

— Votre frère ? répéta-t-elle, confuse.

— Mon prix sera sa libération de Kinefall.

La barre tomba sur le sol dans un bruit sourd, puis la silhouette du Thénéryen fit un pas vers l'extérieur. La pluie torrentielle se déversa sur lui alors qu'il levait la tête vers le ciel. Une aurore rosée s'étirait déjà largement à l'horizon, amenant avec elle la promesse d'une journée plus clémente.

— Je peux t'aider ! cria-t-elle dans son dos.

La silhouette se figea, son sac sur son épaule. Lentement, le Thénéryen se tourna vers elle et Gwladys plongea dans son regard de braise. Elle comprit alors d'où venait ce surnom particulier que les Aldébariens attribuaient aux Thénéryens. Ce dernier la fixait toujours, immobile sous la pluie qui ne cessait pas.

— Pourquoi tu ferais ça ? Tu ne sais rien de moi.

La méfiance perçait dans sa voix rauque, mais tout comme elle, il avait abandonné la barrière du vouvoiement. Comme si en quelques secondes, la situation avait changé, de même que leur lien.

— Tu as besoin d'une Méca, et j'ai besoin d'un Monteur !

Ils se jaugeaient à présent, sur un pied d'égalité.

Torse nu devant le feu de cheminée que Gwladys avait ravivé à l'aide de grosses bûches, Teagan fixait les flammes, le regard dans le vague. Il avait encore du mal à assimiler de quelle façon il s'était retrouvé ici.

— Tiens… Je t'ai préparé un thé chaud.

— Hmm… merci, murmura-t-il, détourné de ses pensées.

Leurs doigts se frôlèrent lorsqu'il attrapa la tasse, si bien que la jeune femme retira précipitamment sa main, les joues rouges. Un petit raclement de gorge gêné lui échappa, puis elle se laissa tomber dans l'énorme fauteuil, houspillant le chat qui y dormait, pelotonné. Ce dernier redressa la tête dans un miaulement dépité et bondit des coussins. Il fit le dos rond devant les flammes, tourna sur lui-même, puis se roula à nouveau en boule pour finir sa nuit.

— Est-ce que… c'est une patte artificielle ? demanda Teagan.

Il ne pouvait détacher les yeux de l'étrange boule de poil qui ronflait à nouveau paisiblement devant l'âtre.

— Oui, approuva Gwladys. J'ai trouvé Newt sous le pont du canal Clifford, il y a de ça quelques mois. Quelqu'un, ou quelque chose, lui avait arraché la patte et l'oreille. C'était encore un adorable chaton à cette époque, et non pas l'espèce de chat arrogant d'aujourd'hui, ajouta-t-elle en secouant la tête.

Ses longs cheveux roux s'agitèrent autour de son visage, rehaussé de petites taches de rousseur.

— Un chat arrogant ? se moqua Teagan en gardant sa tasse entre ses mains pour se réchauffer. Voilà qui est peu commun.

Il n'avait pas besoin de tourner la tête vers la jeune femme pour percevoir son regard longer son profil, les muscles de ses bras, son torse. Ce n'était pas désagréable comme sensation, mais plutôt nouveau. Contrairement à Cayden, Teagan ne s'était jamais vraiment dévoilé devant une femme, et celle qui se trouvait assise près de lui était plutôt charmante. Même si elle l'avait menacé avec une arme à feu.

— Oui. Il faut l'entendre me répondre à longueur de temps, lorsque je lui demande d'aller chasser les rats dans l'atelier. Ce chat est une plaie, mais je l'aime quand même.

Teagan eut un léger sourire. Silencieux, il déposa sa tasse sur le guéridon couvert d'un napperon et se leva pour se rapprocher du feu. Debout face aux flammes qui crépitaient, il tendit ses mains devant lui pour se réchauffer.

— Il y a une salle d'eau à l'étage, déclara la jeune femme. Je t'y ai déposé du linge propre.

Lovée dans l'immense fauteuil à accoudoirs qui la faisait paraître toute petite, l'Aldébarienne le dévisageait avec gravité. Teagan tressaillit, mais détacha son regard de son joli minois en la remerciant.

— Au fait ! l'interpella-t-elle alors qu'il prenait la direction de l'escalier. Je m'appelle Gwladys Flaherty.

— Teagan Jayce, lui répondit-il en retour.

Une main posée sur la rampe, le Thénéryen monta à l'étage, comptant machinalement le nombre de marches. Quatorze. Finalement, cette nuit n'était peut-être pas la pire de sa vie. Les évènements avaient pris une tournure inattendue, et tout ne semblait pas perdu. Il trouva la petite salle de bain, et du linge plié sur le rebord d'un lavabo en émail. Un miroir était accroché juste au-dessus, mais lorsque Teagan croisa son propre reflet, il tressaillit. Il avait du mal à se reconnaître. Était-ce vraiment lui, ce garçon aux traits tirés, au regard si sombre, et à l'air plus dur ? Où était passé son côté rêveur et doux ? Aldébaran avait-il déjà tout avalé de ce qu'il était vraiment ?

Lorsqu'il regagna le rez-de-chaussée, habillé des vêtements que lui avait dénichés Gwladys, ses cheveux gouttaient encore un peu, mais il se sentait mieux, plus apaisé, et surtout, débarrassé de la crasse de la nuit. Un frisson glacial dévala son dos, alors que l'image du beau visage aux orbites vides s'imposait à nouveau à lui.

— Tu as meilleure allure ! lui fit remarquer Gwladys en surgissant dans son dos.

Elle s'attarda un instant sur une goutte d'eau qui traçait son chemin le long de sa tempe, jusqu'à son cou.

— Les vêtements sont à ta taille ?

— Oui, j'ai simplement dû retourner les manches, mais c'est bon. Merci beaucoup. Tu remercieras ton…

Teagan s'interrompit, songeant que finalement, il ne savait absolument pas à qui appartenait ces vêtements d'homme, car il n'avait vu personne d'autre hormis la jeune femme. Elle secoua la tête dans un léger rire et lui ôta toute confusion.

— Ces vêtements appartenaient à mon oncle. S'ils te vont, garde-les. Ce sera toujours mieux que de les voir prendre la poussière. Tu devrais dormir quelques heures. Tu as l'air épuisé.

— Non, refusa Teagan. Je n'ai plus le temps pour ça. Tu as dit que tu avais une Méca.

— Et également que j'avais besoin d'un Monteur. Viens, suis-moi si tu ne veux pas dormir.

Elle avait quitté sa chemise de nuit pour enfiler des vêtements plus appropriés à son activité de mécanicienne. Un pantalon en toile brune, ainsi qu'une blouse, par-dessus laquelle elle portait une veste en cuir sans manche, bouclée à la taille par une large ceinture. Elle avait également tenté de rassembler sa crinière, mais la plupart des mèches s'échappaient déjà de sa tresse.

Ils traversèrent le rez-de-chaussée jusqu'à la cuisine, dont la porte arrière donnait directement sur l'atelier. Maintenant que le jour était levé, Teagan eut tout le loisir d'observer le grand hangar. À la lumière du jour, les Mécas endormies, tout comme les carcasses métalliques décharnées, paraissaient moins menaçantes. Admiratif, le Thénéryen passa entre les bêtes, observant avec attention tous les détails qui les composaient.

— Qui conçoit tout ça ?

— C'est moi, affirma aussitôt la jeune femme en soulevant une grande bâche.

— Vraiment ? demanda Teagan en se tournant vers elle.

Plantée au milieu de l'allée, la mécanicienne le fixait avec courroux, une lourde clé à molette dans la main.

— Oui, vraiment ! souffla-t-elle, exaspérée.

— Pardon si je t'ai froissée, s'excusa-t-il aussitôt. Ce n'était pas mon intention. C'est juste que...

— Qu'une femme n'est pas capable de couper de l'acier ? De souder du métal ? De porter des charges lourdes ? Je devrais me contenter de faire le ménage dans la demeure d'une famille bourgeoise ? Ou de devenir lingère ?

Elle déversa sa rancœur sur lui pendant quelques secondes durant lesquelles Teagan la fixa sans sourciller. Son tempérament explosif était plaisant. Gwladys dégageait quelque chose de très volcanique. Elle était fougueuse, apparemment très téméraire aussi, et il ne put s'empêcher de rire de bon cœur.

— Tout ça ne m'avait même pas effleuré l'esprit. Non, ce qui m'étonnait, c'était la quantité d'animaux entreposés ici, pour une personne seule.

— Oh... je vois, se reprit Gwladys. Dans ce cas, excuse-moi de m'être emportée, mais tu sais, ce genre de remarques est si courant.

— Elles ne devraient pas l'être, déplora le Thénéryen en admirant à nouveau les arabesques finement gravées dans un plastron de cuivre destiné à un cheval. Ton travail est magnifique.

Bouche bée, Gwladys le contempla comme un dieu vivant durant quelques secondes. *Bon sang, mais pourquoi tous les hommes ne se comportent-ils pas comme lui ?*

— J'ai remarqué des plans, cette nuit, reprit-il. Dans l'autre partie de ton atelier.

— Tiens donc, s'amusa-t-elle.

Ils échangèrent un sourire entendu, puis elle ouvrit un tiroir dont elle sortit une liasse de feuilles jaunies.

— Il y a là à peu près tous mes dessins. Tout ce qui sort de ma tête, mais ne quitte malheureusement jamais mon atelier. Les autres ont été dessinés par mon oncle.

— Pourquoi ? la questionna Teagan, en parcourant les croquis.

Sur les feuilles, des centaines d'idées avaient germé sans jamais aboutir. L'esprit de la jeune mécanicienne recelait des trésors d'inventivité qui le fascinèrent.

— Qu'est-ce que c'est ?

— Ça ? Oh, c'est une broche en forme de libellule qui bat des ailes lorsqu'elle est au soleil. Et là, sur cette feuille, j'avais imaginé une boîte à musique en forme d'œuf, mais... je n'ai pas eu le temps de m'y pencher davantage ! Et aujourd'hui, je me retrouve coincée à faire des babioles, alors que je rêve de tellement plus !

Le Thénéryen releva la tête des dessins pour la fixer avec attention. Des rêves ? Lui aussi en avait. Mais ils avaient décidé de s'effilocher les uns après les autres depuis quelque temps.

— Quels genres de rêve ?

— Cet atelier était à mon oncle. Autrefois, il était associé avec deux autres concepteurs de Mécas. Flynn et Habbot. Ils avaient monté leur affaire, jusqu'au jour où mon oncle s'est trouvé en désaccord avec eux, et les a quittés. Il a monté sa propre entreprise, et il fabriquait des Mécas absolument magnifiques d'une très grande qualité !

Accoudé contre le plan de travail, Teagan l'écoutait sans l'interrompre, captivé par son ton exalté.

— Mon oncle a été assassiné il y a quelques années, conclut-elle. Le Gouverneur Folkaney a fait classer l'affaire, mais je suis certaine que les responsables sont Flynn et Habbot. Ils ne supportaient pas son succès ! John m'a appris tout ce qu'il pouvait, et je l'ai regardé faire pendant si longtemps que reprendre le flambeau m'a semblé naturel. Une évidence ! J'ai les Mécas dans le sang !

— Oui... c'est une évidence en effet...

— Et pourtant, j'ai lamentablement échoué. Les gens ne feront jamais confiance à une mécanicienne. Si j'étais un homme, Teagan, tout le monde se précipiterait pour acheter mes Mécas, et pour les monter !

Le Thénéryen perçut la colère à peine dissimulée derrière l'excitation qui transpirait de la jeune femme. Elle était passionnée, autodidacte, et persuadée qu'elle pouvait faire bouger les choses.

— C'est pour ça que tu as besoin d'un Monteur ? Parce que...

— Je rêve d'inscrire une de mes bêtes mécaniques à la Méca Race, mais tous les Monteurs à qui j'ai proposé de faire affaire avec moi ont refusé. Jamais aucun d'entre eux n'acceptera de monter une Méca conceptualisée par une femme. Pour eux, je ne suis bonne qu'à fabriquer des bibelots et des breloques ! De la bagatelle !

Le crayon de bois qu'elle avait saisi entre ses doigts pour accentuer ses propos se brisa soudain en deux.

— Mais quelle idiote ! s'exclama-t-elle en jetant les débris sur l'établi.

— Donc... tu as ici une Méca que tu rêves de présenter à la grande course, mais que personne ne veut monter ? C'est bien ça ? l'interrogea Teagan.

— Oui. Je te rends service, tu me rends service. C'est équitable, tu ne trouves pas ?

Les poings sur les hanches, Gwladys le fixait avec insistance, comme suspendue à ses lèvres.

— Alors ? Tu acceptes ?

— Je ne suis pas certain de te rendre ta bête en l'état.

— Je t'assure qu'elle tiendra le coup. Mieux que toutes ces boîtes de conserve qui sortent des ateliers Flynn et Habbot. C'est à prendre ou à laisser, Teagan Jayce. Mais si tu refuses, alors tu as cinq minutes pour quitter mon atelier avant que je n'appelle les forces de l'ordre. Je suis ta seule option valable. La Méca Race débute dans quelques semaines, et je doute que tu trouves les trois mille tôves de dépôt, ainsi qu'une machine.

— Je prends, décida Teagan.

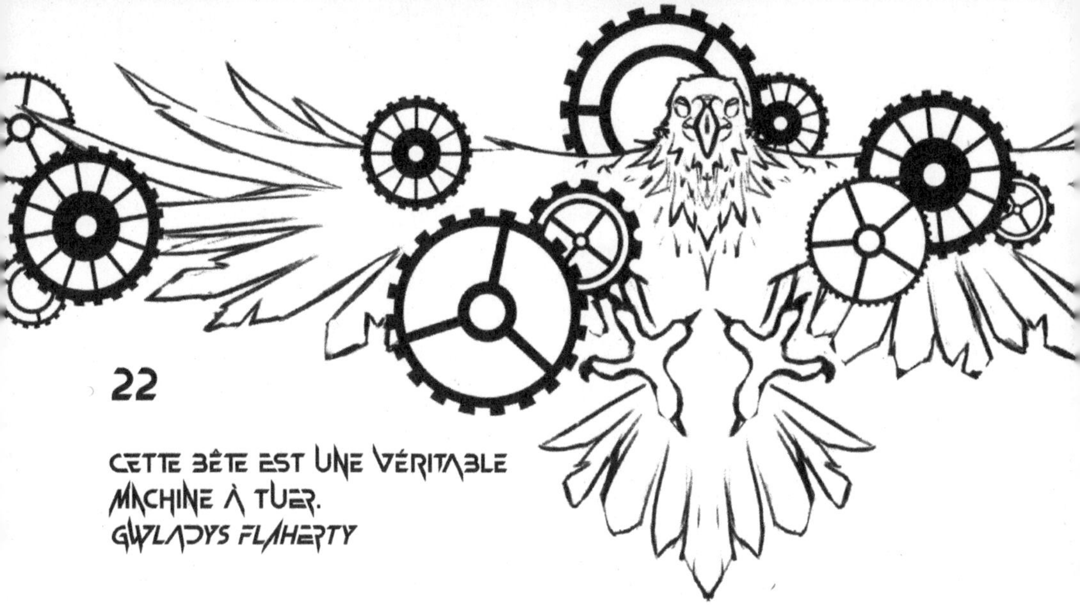

22

CETTE BÊTE EST UNE VÉRITABLE
MACHINE À TUER.
GWLADYS FLAHERTY

ALDÉBARAN - ÎLE DE SIRIUS – PROVINCE D'EY'NVALA

À dix heures précises, Gwladys descendit de la navette qui desservait l'avenue principale. De l'autre côté de la rue se dressait l'imposante Golden Bank. Avec son architecture toute en pierre noire, et ses imposantes lettres d'or gravées dans le marbre, la banque d'Ey'Nvala faisait partie des plus anciens monuments de la ville. Résolue à aller au bout de sa décision, la mécanicienne gravit les marches d'un pas décidé, bien déterminée à délester son compte de trois milles tôves.

Elle en ressortit près d'une demi-heure plus tard, avec un précieux billet signé de la main de monsieur Walker. Le banquier qui gérait les affaires de son oncle défunt, et à présent les siennes, n'avait posé aucune question sur l'utilisation de cette somme, mais lui avait, malgré tout, souhaité bonne chance dans un léger sourire.

Ses bottines vernies claquant contre les pavés, Gwladys hâtait le pas. Elle voulait absolument atteindre le bureau d'inscription avant sa fermeture, à midi précise. Lorsqu'elle pénétra dans le grand hall, l'animation était à son comble. Plusieurs longues files d'attente s'étiraient devant les trois guichets. Monteurs, mécaniciens, parieurs… le hall était bondé, et les discussions enflammées allaient déjà bon train.

Au fur et à mesure des inscriptions, les noms des participants, ainsi que ceux des concepteurs affiliés, étaient ajoutés sur les panneaux d'affichage qui s'étendaient le long des murs. Sans grande surprise, Gwladys constata que les ateliers Flynn et Habbot avaient encore raflé la plupart des contrats.

— Mademoiselle Flaherty ? Eh bien, quelle bonne surprise !

Avait-elle bien entendu ? La colère lui monta instantanément au teint, mais elle se mordit la joue avec insistance pour offrir son plus beau sourire hypocrite à l'homme qui se trouvait derrière elle.

— Monsieur Flynn… Oui, quelle surprise. Cependant, je ne la qualifierais pas de bonne.

Vêtu d'une longue veste à queue de pie bordeaux, brodée de lys noirs en velours, Térence Flynn posa sur elle un regard tellement condescendant que Gwladys crut qu'elle allait s'étouffer de rage.

— Que faites-vous ici, Gwladys ?

— Je vous interdis de m'appeler par mon prénom ! gronda-t-elle, furieuse. Mais pour répondre à votre question, je viens inscrire l'une de mes Mécas !

Flynn arqua un sourcil curieux, jouant négligemment avec le pommeau d'argent de sa canne.

— Vraiment ? Et peut-on connaître le nom de votre… courageux Monteur ?

— Son nom ne vous servira à rien, il n'est pas d'ici.

— Assurément, commenta Térence. Sinon, jamais il n'aurait choisi de confier la conception d'une Méca à votre atelier. Tout le monde sait que Flynn et Habbot a la primeur sur cet évènement.

— Et cela uniquement parce que vous avez éliminé mon oncle ! s'écria Gwladys, hors d'elle.

Plusieurs regards se tournèrent dans leur direction, mais elle n'en avait cure ! L'homme en face d'elle, sous ses allures de gentleman, était un voleur, un menteur, et un assassin !

— Allons, ma chère. Vous vous donnez en spectacle. Est-ce là l'image respectable d'une jeune femme ?

Les mains tremblantes de colère, Gwladys rêvait de lui tordre le cou.

— Je vous prie de m'excuser, monsieur Flynn, mais j'ai à faire ! déclara-t-elle d'une voix blanche en le contournant. Le guichet va bientôt fermer, et je dois encore enregistrer ma Méca.

— Mais je vous en prie, susurra Térence Flynn en la saluant, son haut-de-forme à la main. Nous nous reverrons très bientôt.

Après avoir rempli une montagne de paperasse sous des regards parfois curieux mais essentiellement moqueurs, Gwladys ressortit finalement du hall d'inscription, portée par un immense sentiment de fierté. Son nom était inscrit sur les panneaux, et serait bientôt dans tous les journaux de la ville. Gwladys Flaherty, conceptrice de Mécas.

Cette histoire était complètement folle, mais le Thénéryen échoué dans son atelier était le point de départ d'une avancée considérable pour elle. Teagan Jayce. Elle se remémora son nom, dont elle n'avait dévoilé que les initiales lors de l'enregistrement, et sourit. Ensemble, ils allaient faire de grandes choses ! Elle en était persuadée ! Alors qu'elle regagnait la rue, aveuglée par les deux soleils au zénith, une femme l'interpella.

— Mademoiselle Flaherty ?

Surprise, Gwladys se retourna, pour se trouver nez à nez avec une très belle jeune femme.

— Oui ? C'est bien moi…

— Je suis enchantée, et très honorée de faire votre connaissance !

La jeune aristocrate descendit rapidement les quelques marches qui les séparaient et se présenta, son ombrelle à la main.

— Pardonnez-moi de vous apostropher d'une manière si grossière, mais j'ai eu peur de ne pas pouvoir vous rattraper. Cécilie de Sand.

— Pardon, mais…

— Oh, oui ! Je suis une idiote ! s'exclama cette dernière. Il se trouve que j'ai entendu votre conversation tout à l'heure avec monsieur Flynn, et je tenais à vous témoigner toute mon admiration.

Surprise, Gwladys ouvrit de grands yeux et s'écarta brusquement alors que deux hommes passaient entre elles d'un pas pressé. S'ils l'ignorèrent, ils saluèrent toutefois mademoiselle de Sand avec un respect manifeste. Effectivement, entre elles, la différence s'avérait flagrante. Cécilie de Sand était absolument magnifique, toute vêtue d'une longue robe de velours au décolleté avantageux, dont l'incroyable teinte bleu roi rehaussait ses grands yeux gris. De plus, son visage angélique respirait la douceur.

Quant à elle, avec ses défroques masculines trop grandes pour elle, elle passait au mieux totalement inaperçue, au pire pour une moins que rien. Subitement gênée, Gwladys lissa sa chemise blanche avant de constater qu'il lui restait de la graisse noire sous les ongles. Pour autant, son interlocutrice ne semblait absolument pas gênée d'être vue en sa présence.

— Je vous remercie, mademoiselle de Sand.

— J'ai donc entendu que vous alliez présenter l'une de vos Mécas ?

— En effet, valida Gwladys, constatant que la jeune femme effectuait quelques pas avec elle, comme si elles étaient de vieilles amies.

— Je trouve cela formidable. Sachez que je vous soutiendrai tout au long de la course ! s'exclama Cécilie en saisissant sa main. Il est temps qu'une femme s'impose dans ce milieu !

La mécanicienne ne put s'empêcher de sourire.

— Votre entrain me touche, mademoiselle de Sand.

— Oh, je vous en prie ! Appelez-moi Cécilie, voulez-vous ? Personne ne m'appelle jamais ainsi. Ainsi, je pourrai vous appeler Gwladys comme bon me semble.

— Avec grand plaisir.

— Je possède plusieurs de vos créations, reprit Cécilie en s'asseyant sur un banc proche du parc. Notamment une boîte à musique. Mon père me l'a offerte pour mes vingt ans. Je ne m'en lasse pas.

— Qui est votre père ?

— Harry de Sand. L'entreprise d'armement. Mais ne parlons pas de mon père. Je suis terriblement curieuse de découvrir le nom de votre Monteur ! Est-ce également une femme ?

— Non, pas du tout ! Il s'agit bien d'un homme, mais…

La mécanicienne se tut. Elle n'avait pas caché le nom et l'appartenance du Thénéryen pour les révéler à la première personne venue. Et même si Cécilie paraissait sincère, Gwladys savait finalement assez peu de choses sur Teagan pour en parler. Il était ici sans argent, sans point de chute, prêt à concourir à la Méca Race pour son frère emprisonné, mais elle n'en savait pas plus.

— Il tient à ce que son identité soit tenue secrète jusqu'au jour de la course.

— Tant de mystères ! C'est passionnant ! J'ai entendu dire que vous étiez seule pour reprendre les travaux de votre oncle. Cela a dû être une terrible épreuve.

— Oui, acquiesça Gwladys dans un souffle. J'ai… j'ai longtemps hésité, mais je ne pouvais pas laisser tout le patrimoine de John Flaherty disparaître et tomber dans l'oubli.

Cécilie referma son ombrelle et la déposa sur le banc avant de retirer ses gants blancs. Longs, ils remontaient jusqu'à ses coudes, et lorsqu'elle les fit glisser sur sa peau laiteuse, Gwladys ne put s'empêcher de fixer son tatouage. Cécilie de Sand possédait une marque sociale, propre à son rang élevé dans la société. La clé rouge et doré de la famille de Sand, très joliment ouvragée, représentant la fortune que les nobles gardaient dans les coffres des plus grandes banques.

— Elle vous intrigue ? lui demanda-t-elle avec gentillesse.

— Pardon ! Je suis confuse, c'est très impoli de ma part, s'excusa aussitôt Gwladys, consciente de son attitude déplacée.

— Ne vous en faites pas. Vous voudriez bien me montrer le vôtre ? Je n'ai jamais eu l'occasion de voir celui d'une mécanicienne !

— J'imagine que je ne suis pas le genre de personne que vous fréquentez habituellement, lâcha Gwladys avec plus d'amertume qu'elle ne le souhaitait.

— En effet, confirma Cécilie sans s'offusquer. Pas autant que je le voudrais, en réalité. Mon père m'empêche tout contact avec le peuple, ou d'ailleurs, avec tous ceux qui ne partagent pas son avis... ou celui du Gouverneur Folkaney. Malgré cela, j'ai quelques amis hors de ce cercle restreint.

Elle regarda Gwladys défaire les boutons de la manche de sa chemise bouffante, et en remonter le tissu sur son bras couvert de multiples brûlures plus ou moins anciennes.

— C'est douloureux ? s'enquit la demoiselle en admirant les rouages et les écrous qui composaient le tatouage de marque sociale de Gwladys.

— Quoi donc ?

— Toutes ces brûlures.

La mécanicienne haussa les épaules.

— Non, pas tellement. Comme des morsures brèves. Et à la longue, on s'habitue. Le feu est le meilleur ami du forgeron, alors on lui pardonne.

— Si vous saviez comme je vous envie, Gwladys ! Sincèrement.

Gwladys ne put s'empêcher de rire à ce qu'elle considérait comme une plaisanterie de mauvais goût. Même si elle n'échangerait sa vie actuelle pour rien au monde, et surtout pas pour celle de Cécilie de Sand, il n'y avait rien à envier dans son existence de dur labeur et de sacrifices.

— Ne vous moquez pas. Je vous assure !

— Pardonnez-moi, mais je ne vous suis pas. Vous avez une vie...

— De luxe démesuré et d'ennui profond, la coupa Cécilie. Vous êtes libre de créer, de suivre vos envies, vos convictions, tandis que moi, je me damnerais pour déguster une part de tarte à la myrtille avec les doigts ! Et je déteste la myrtille ! Vous jouissez d'un statut dont vous n'avez pas conscience, Gwladys.

— Quel statut ? s'esclaffa la mécanicienne, amusée par la réflexion.

Cécilie enfila à nouveau ses gants, et ouvrit son ombrelle, rassemblant déjà ses jupons.

— Les hommes ne me regardent que pour ma beauté, Gwladys, et les seules conversations qu'ils me font sont d'une futilité affligeante. Vous, ils vous admirent, ou vous craignent, mais dans les deux cas, vous existez à leurs yeux pour autre chose qu'un corps. Lorsqu'ils pensent à vous, ce n'est pas en cherchant un moyen de vous séduire, mais en cherchant de quelle façon vous êtes devenue meilleure qu'eux. Et quand ils s'adressent à vous, ce n'est pas pour vous complimenter sur votre toilette, mais pour vous fustiger car vous les impressionnez tellement qu'ils n'en dorment probablement plus la nuit.

Gwladys ouvrit de grands yeux, ignorant si la jeune aristocrate la complimentait ou se moquait d'elle. Peut-être les deux à la fois. Pour autant, l'héritière de Sand ne posa sur elle qu'un regard bienveillant.

— Vous savez, j'ai perdu mon frère aîné lorsque j'avais quatorze ans. Il en avait à peine vingt. Matthew s'est tué en participant à la Méca Race. Il montait une bête mécanique des ateliers Flynn et Habbot. Celle-ci s'est enrayée pendant qu'il traversait le grand pont suspendu entre Sirius et la petite île de Vara. La bête ne s'est pas arrêtée, et mon frère a été précipité dans le vide avec elle. Il a chuté dans le Magna-Nubes… son corps n'a jamais été retrouvé.

— Quelle tragédie. Je suis désolée…, souffla Gwladys.

— C'est pour cette raison que vous et votre Monteur devez remporter la course cette année ! s'exclama Cécilie. Je place tous mes espoirs en vous. Et que justice soit faite ! Personne n'a jamais pu prouver que la Méca de Matthew était défaillante, mais c'était un Monteur hors pair. Jamais il n'aurait commis une erreur aussi grave.

Gwladys ne sut que répondre, mais déjà quatorze heures sonnaient à la grande horloge. Les gongs sonores les interrompirent toutes deux, comme si leur parenthèse était écoulée.

— Bonne chance pour la course, Gwladys. J'espère avoir la chance de vous y voir.

— Y assisterez-vous ? s'enquit la mécanicienne.

— Oui. Il est toujours de bon ton de se montrer au plus proche du Gouverneur Folkaney. J'accompagnerai mon père, certainement à bord du dirigeable privé du Gouverneur, mais peut-être nous verrons-nous à la ligne d'arrivée, ajouta Cécilie dans une légère révérence. Je dois partir. Ma gouvernante m'attend.

En effet, de l'autre côté de la rue, une petite femme habillée tout de noir, un chapeau élégamment noué sous le menton, semblait patienter depuis une éternité. En réalité, Gwladys se souvenait l'avoir déjà aperçue lorsqu'elles s'étaient assises toutes les deux sur le banc. Dans un bruissement de soie, Cécilie de Sand s'éloigna le long de l'avenue, avant de traverser entre deux fiacres. Gwladys resta quelques instants à contempler la circulation active, puis attrapa la navette fumante pour rejoindre la périphérie de la ville. Il lui tardait de retrouver le Thénéryen et de l'informer de toutes ces nouvelles.

— Teagan ?

N'obtenant pas de réponse, Gwladys accrocha sa sacoche et sa veste au porte-manteau du vestibule.

— Newt ?

Aucune réponse non plus de ce satané chat ! Où pouvaient-ils bien se cacher tous les deux ? Après avoir fait le tour du rez-de-chaussée en vain, elle s'était risquée à toquer doucement contre la porte de la chambre qu'elle avait prêtée au Thénéryen, et l'avait entrebâillée. Son regard s'était immédiatement posé sur le lit qui n'était même pas défait. Elle imagina alors de quelle façon elle aurait réagi s'il avait effectivement été allongé en train de dormir, ou pire encore, s'il l'avait surprise en train de l'observer. *Gwladys ! Ma pauvre fille. Tu es d'un ridicule !*

Agacée par sa bêtise et sa niaiserie, la mécanicienne referma la porte puis se rendit à l'atelier. Elle finit par trouver le Thénéryen, penché sur l'une des immenses tables de travail.

— Teagan ?

Il releva à peine le visage vers elle, occupé à griffonner un dessin de grande taille. Roulé sur ses genoux, Newt redressa les oreilles.

— Ah ! Mais tu es là, toi ! Alors ça, c'est drôle. Habituellement, il fuit tout le monde. C'est à croire qu'il t'a adopté.

— Il ne m'a pas lâché de la matinée, approuva Teagan en reposant le fusain qu'il avait déniché dans une grande boîte, parmi tant d'autres.

Sa main était noire de plomb. Prévenante, Gwladys lui tendit un chiffon, avant de s'arrêter sur son illustration. Stupéfaite, elle observa les ombrages, les noirs profonds, les tracés fins et précis.

— Qu'est-ce donc ?

Elle tourna la feuille vers elle, séduite. Et fascinée.

— Un hross, lui apprit Teagan en froissant le torchon entre ses doigts. Une bête de Thénérys. On la trouve dans les plaines.

— Tu permets ? demanda-t-elle en se saisissant du fusain qu'il avait abandonné.

— Bien sûr, accepta Teagan sans comprendre.

Les yeux de la jeune Aldébarienne brillaient à la lueur de la lampe à huile qu'elle orienta vers le papier. Armée de son fusain, elle retraça quelques lignes par-dessus le hross, lui ajoutant des traits plus massifs, un plastron gravé, ainsi qu'une selle. Ce cheval carnivore dressé sur deux pattes ! C'était exactement ce qu'elle cherchait !

— Oui, murmura-t-elle pour elle-même. C'est précisément ça !

Pendant de longues minutes, elle s'activa sur le dessin, oubliant tout ce qui se trouvait autour d'elle. Installé de l'autre côté du plan de travail, Teagan l'observait faire avec fascination, enviant la dextérité avec laquelle Gwladys déplaçait sa mine sur le papier. Les lignes du hross semblaient s'animer, se durcir, jusqu'à donner naissance à une nouvelle bête. Fiévreuse, Gwladys releva son crayon, les lèvres ourlées d'un sourire. Teagan ne put se défaire de cette image.

La tresse de la jolie mécanicienne avait définitivement déclaré forfait, relâchant sa masse sauvage de boucles rousses tout autour de son visage clairsemé. Sa bouche se pinça, en proie à une profonde réflexion.

— Teagan, tu viens de me sauver la vie ! s'exclama-t-elle tout à coup en relevant son visage vers le sien.

Leurs regards se rencontrèrent durant une seconde à peine, car elle détourna tout aussi vite les yeux. Un sourire en coin étira les lèvres du Thénéryen alors qu'il attirait la feuille jusqu'à lui.

— Tu as transformé mon hross en…

— En Méca ! Exactement. Le Gouverneur Folkaney m'a passé une commande très importante, et jusqu'à présent, je n'avais réussi qu'à produire quelques ébauches lamentables. Rien qui soit à la hauteur de sa demande.

Teagan avait déjà entendu parler de cet homme à de nombreuses reprises, ainsi que de son fils, William, trop orgueilleux pour apprendre la patience. Le souvenir du grand harfang éclata dans sa tête, mais il se focalisa à nouveau sur Gwladys.

— Explique-moi.

— William Folkaney participera à la parade d'ouverture de la Méca Race, et pour l'occasion, son père m'a demandé d'innover. Il veut une Méca de défilé que personne n'aura jamais vue. Un modèle unique. Et tu viens de me le fournir !

De soulagement, elle bondit de son tabouret et l'embrassa sur la joue, un peu brutalement. Très maladroitement même, mais son impulsivité acheva d'amuser Teagan.

— Je suis heureux si j'ai au moins pu t'aider pour ça, même si je n'ai rien fait dans l'absolu.

— Au contraire ! Tu m'as donné une idée brillante ! D'ailleurs, tu as un sacré coup de crayon. C'est très réussi. Parle-moi un peu de ces animaux.

— Ce sont des prédateurs redoutables, taillés pour la course. Chez nous, ils sont prisés pour leur viande, leur peau dure comme le cuir et leurs griffes. Certains braconniers leur arrachent les canines en guise de trophée.

— C'est très barbare, émit Gwladys dans un froncement de nez.

— C'est vrai, mais au jeu de la chasse, ce sont bien souvent les hross qui l'emportent.

La mécanicienne fixa à nouveau l'ébauche de la future bête de métal avant de sursauter.

— Au fait, regarde ! J'allais oublier !

Dans un sourire satisfait, elle lui remit une feuille pliée et tamponnée du cachet de la ville, que Teagan ouvrit presque religieusement.

— Ton sésame pour la Méca Race ! Nous sommes officiellement inscrits !

— Gwladys… je ne pourrai jamais te remercier pour tout ce que tu fais… Je te jure que je te rembourserai ces trois milles tôves et…

— Tu me rapporteras bien plus que cette mise si tu gagnes la course. D'ailleurs, il serait peut-être temps que je te montre ta nouvelle partenaire !

La mécanicienne le conduisit dans une autre partie de l'atelier qui ressemblait davantage à une remise laissée à l'abandon. Armée d'une lanterne, elle chercha à tâtons l'interrupteur qui actionnait le système d'alimentation en eau. Lorsqu'il s'activa, un bruit de plomberie bouchée fit claquer les tuyaux qui rampaient le long des murs.

— C'est quoi, cet endroit ?

— L'ancien atelier de mon oncle. Je n'y ai pas mis les pieds depuis des années, soupira Gwladys en soufflant sur la couche de poussière qui s'était déposée sur toute la surface.

Elle éternua bruyamment, faisant vaciller sa lanterne, mais au même instant, la vapeur s'engouffra dans les tuyaux, activant les turbines des lampes fixées dans les murs. Elles dispensèrent une agréable lumière, d'abord faiblarde, mais qui s'intensifia au bout de quelques secondes.

— Voilà qui est mieux ! déclara Gwladys en déposant sa lanterne sur une étagère métallique.

Teagan, que l'obscurité ne gênait pas pour voir parfaitement, fouilla la pièce du regard. Partout, c'était un amoncellement de coffres en bois, d'énormes pièces de métal récupérées à droite à gauche, de morceaux de cuivre, de plomb, d'acier, le tout jeté en vrac sur le sol. Sur une table de travail poussée contre le mur du fond, le Thénéryen distingua même une vieille bouteille de whisky, ainsi qu'une paire de lunettes de soudeur et ce qui s'apparentait à un masque à gaz.

— C'est un véritable capharnaüm là-dedans.

— Je ne te le fais pas dire, concéda Gwladys. John avait un sens très particulier du rangement et de l'organisation, mais je crois que son grain de folie résidait justement dans ce bazar savamment orchestré.

À présent, il faisait tout à fait clair dans la pièce. La mécanicienne arpenta l'atelier, redécouvrant des petits trésors ayant appartenu à son oncle, s'attardant sur d'anciens objets qu'elle avait oubliés, puis elle s'immobilisa. Une masse informe, dissimulée par une vieille bâche pleine de toiles d'araignées, se dressait devant elle, abandonnée là, depuis des années. Son cœur se serra. Gwladys souffla lentement pour apaiser le flot d'émotions qui allait la submerger, alors que sa poitrine palpitait à tout rompre. Lentement, elle referma sa main sur un pan de la bâche rigide, et tira dessus. Celle-ci glissa sur le sol en soulevant un nuage de poussière, révélant une Méca endormie, absolument fascinante.

— Tout va bien ?

Alerté par le bruit de la bâche, Teagan avait surgi dans son dos, les yeux rivés sur l'étrange machine. Devant lui, Gwladys ne bougeait pas, observant fixement la création de John Flaherty.

— C'est elle ?

— Oui, acquiesça Gwladys dans un murmure ému. Elle est magnifique, tu ne trouves pas ?

Oh si, elle l'était !

— Je peux ?

— Oui. Bien sûr.

Avec beaucoup de respect, Teagan fit le tour de la Méca, le souffle coupé. Plus haute que lui, la bête mécanique avait l'apparence d'un étrange croisement entre un loup et une panthère. Corps de félin, museau plus allongé de canidé, griffes mobiles, poitrail large composé d'un alliage résistant, une longue queue qui assurait la stabilité, des pattes puissantes. Cette Méca était parfaite.

Le Thénéryen posa une main sur sa mâchoire ouverte, troublé par ses crocs, plus longs que sa main.

— On dirait une véritable bête de combat.

— C'en est une, assura Gwladys en se plaçant près de lui. Cette bête est une véritable machine à tuer.

Elle posa sa main juste à côté de la sienne, pouvant sentir l'énergie qui parcourait ce métal qu'elle aimait tant.

— John l'a conçue comme telle. La Méca Race est une course très dangereuse, Teagan. Et crois-moi, ses crocs te seront d'une grande utilité.

Le Thénéryen garda le silence, troublé. La proximité de la jeune femme ? Son ton à la fois bas et profond ? La puissance brute qui se dégageait de cette immense bête de métal ?

Le tout exerçait chez lui un sentiment de bien-être et de fébrilité.

— Tu as trois semaines pour réussir à tenir dessus.

— C'est jouable, non ?

— Sans te faire éjecter, ajouta-t-elle.

— Évidemment…

Attablé dans la cuisine où Gwladys avait sorti du pain et du jambon sec, Teagan avait le regard vers l'extérieur.

— À quoi penses-tu ? le questionna-t-elle en interrompant le fil de ses pensées.

— Mon frère.

La mécanicienne l'observa tout en mâchant un morceau de pain avec application. Elle avala une gorgée d'eau puis finit par lui poser la question qui lui brûlait les lèvres.

— Que s'est-il passé avec ton frère ? Tu m'as dit que tu voulais remporter la Méca Race pour obtenir sa libération…

Elle ne termina pas sa phrase, bloquée sur les prunelles du Thénéryen qui venaient de s'assombrir. L'aura que dégageait Teagan était saisissante. Lorsqu'il desserra enfin les mâchoires, Gwladys ne put retenir le frémissement qui dévala son dos.

— C'est une longue histoire… Une suite d'évènements qui n'auraient jamais dû se produire.

Elle hocha la tête en silence, sans chercher à le brusquer, le laissant aller à son rythme.

Pendant presque une minute, ils restèrent ainsi immobiles, l'un en face de l'autre, jusqu'à ce que Teagan accepte de livrer son récit. Il lui raconta tout. Sa mère. Hannah. Cayden. Son rêve de monter un jour sur Aldébaran. Alban de Nansac. Les harfangs. L'orage. Les disparus. Alban de Nansac qui avait ignoré ses suppliques. Le vol du harfang. L'explosion sur l'Hélion. Son coma. Et à son réveil, l'absence de son frère.

— Je te trouve extrêmement courageux, murmura-t-elle en posant sa main sur la sienne.

— Extrêmement stupide, répliqua-t-il en quittant la table pour se poster à la fenêtre.

Désarçonnée, Gwladys laissa son regard courir le long de son dos, de sa nuque courbée vers l'avant comme s'il portait tout le poids du monde.

— Il n'y a rien de stupide à vouloir sauver les gens qu'on aime…

— Je n'ai sauvé personne.

— Et ce jeune garçon, alors ? Ce Lohm. Il ne compte pas ?

— Si. Ce n'est pas ça, mais sa vie a coûté celle de mon frère, et c'est entièrement de ma faute.

Le front collé contre le carreau froid, Teagan ferma les yeux pour retenir les larmes de rage qui ourlaient ses cils.

— Teagan…

Les mains fines de la jeune femme se posèrent avec douceur sur ses épaules, lui transmettant une chaleur agréable qui se diffusa jusque sous sa chemise. Appuyée contre son dos, elle ne bougeait pas, mais Teagan pouvait sentir son souffle régulier battre la mesure.

— Je ne sais pas quoi te dire…

— Il n'y a rien à dire, la coupa-t-il en relevant un bras pour attraper les doigts de la jeune femme et les presser entre les siens. Merci pour ton aide.

Les joues plus rouges et plus chaudes que la fournaise qui alimentait sa forge, Gwladys se crispa, ses dents enfoncées dans sa joue. Elle avait très chaud. Beaucoup trop chaud. Dans un léger rire gêné, elle recula, récupérant l'usage de sa main, et se racla la gorge en replaçant ses mèches rebelles derrière ses oreilles.

— Je vais sortir la Méca de John de l'atelier et la déplacer dans la cour. Plus tôt tu la monteras…

— Oui…, approuva Teagan sans la quitter des yeux.

Elle avait l'air tellement gênée qu'il regrettait de lui avoir saisi la main. C'était idiot de sa part. Il avait agi sans réfléchir, par réflexe. Et aussi parce qu'il en avait eu envie. Peut-être parce qu'elle était douce et fougueuse à la fois, qu'elle sentait le savon et le cambouis, que sa crinière rousse ne voulait jamais rester en place… Elle était tellement différente d'Hannah, des femmes de Stent…

Un sourire blasé étira ses lèvres alors qu'il la regardait quitter précipitamment la cuisine. Dans un profond soupir, Teagan fourragea dans ses cheveux et les rabattit en arrière avant de rejoindre la mécanicienne. Un travail monstrueux l'attendait. Il n'avait plus le temps de se demander s'il serait à la hauteur.

23

C'est la symbiose la plus parfaite, Cayden. C'est comme glisser dans une seconde peau qui t'était destinée depuis toujours. C'est trouver ton véritable toi, rencontrer ta nature profonde.
Nino Canning

ALDÉBARAN - ÎLE PRISON DE FOR'BATEN – MINES DE KINEFALL

Sept jours maintenant qu'il était enfermé sous terre, sans jamais remonter à la surface. Sept jours d'un travail pénible et interminable, d'heures qui ne s'écoulaient pas, et surtout, sept jours d'un silence bien trop pesant dans son esprit.

Les spiranes n'étaient pas reparues et leur absence devenait insupportable. Cayden ne se l'expliquait pas, mais son esprit tendait de plus en plus vers elles. Il ressentait le besoin irrépressible qu'elles reviennent, qu'elles se montrent, et surtout, qu'elles lui parlent ! Il voulait encore entendre ces sons éclater sous son crâne, percevoir la sensation de toute-puissance absolue galoper dans son corps. Chaque fois que cela arrivait, un nouvel air gonflait sa poitrine, cavalant si vite dans ses poumons qu'il en perdait le souffle, mais c'était tellement grisant.

— Combien t'en as ? aboya Cyran, le responsable de la mine.

Il puait la transpiration et le vin. L'odeur acide qui se dégageait de son corps agressa les narines de Cayden qui serra les dents, sans broncher.

— J'ai pas compté. Mais la caisse est pleine.

— Je vois bien qu'elle est pleine ! Mais ce que je te demande, c'est combien tu en as mis dedans. Tu sais p'têtre pas compter, le Thénéryen.

Les mains fermement serrées sur la caisse, Cayden se mordit la joue à sang pour ne pas hurler et se jeter sur le contremaître. Un coup de chaud brutal s'empara de lui. Mâchoires verrouillées, il inspira profondément puis lâcha la caisse sur l'énorme balance. Plusieurs poids en plomb contrebalançaient la charge sur un second plateau, permettant de connaître la mesure exacte de painite récoltée, chaque jour. Vingt-trois kilos. C'était plus que convenable.

— J'ai rempli mon quota pour aujourd'hui, lâcha froidement Cayden.

— C'est moi qui te dis quand t'arrêtes de creuser ! l'interpella l'homme en attrapant son épaule.

— À ta place, j'enlèverais ma main.

— Tu me menaces en plus ? se gaussa le contremaître.

— Je te préviens, nuança Cayden dont la patience s'étiolait.

— J'en informerai Defoe !

— Si ça t'amuse, répliqua Cayden en songeant au lieutenant.

D'un geste sec, il se dégagea de la poigne du contremaître avant d'attraper à nouveau sa caisse, qu'il déposa brutalement avec les autres dans le chariot. Occupé à envelopper les plus belles painites sanguines dans un tissu qui les protégeait des chocs, lorsque le tout remonterait à la surface le soir venu, Cayden ne s'intéressa plus à Cyran. L'homme n'était qu'une perte de temps. Un imbécile piégé ici tout comme lui.

Planté à quelques mètres de lui, ce dernier bouillait de rage. Il allait rabattre une bonne fois pour toutes la superbe à ce Thénéryen bien trop arrogant. Lentement, et sans un bruit, sa main se referma autour du manche d'une pioche oubliée par un mineur. Au même instant, le crissement assourdissant de la cabine descendante éclata dans la cavité, couvrant tous les autres sons. Cyran n'hésita plus : il saisit l'occasion pour se jeter sur le Thénéryen désarmé. Il allait lui planter sa pioche dans le dos et éclater tous ses os avec !

DANGER

Le mot brutalisa l'esprit de Cayden qui en lâcha la pierre qu'il tenait à la main. Son souffle se bloqua avec violence dans sa poitrine avant de s'emballer. D'instinct, il se jeta sur le côté, évitant de justesse la pointe métallique de la pioche qui s'enfonça dans le bois du chariot.

— Comment t'as fait ça ? hurla Cyran en s'acharnant pour déloger la pioche. T'es un monstre ! T'es pas normal, le Thénéryen !

Dans un hurlement de rage, Cayden bondit. Cette fois, pas question de se retenir ! La sauvagerie coula en lui comme une rivière, faisant sauter ses derniers barrages de volonté. Il ceintura Cyran à la taille et l'entraîna avec lui dans sa chute. Agrippés l'un à l'autre, ils roulèrent dans la caillasse sur quelques mètres, soulevant un nuage de poussière sur leur passage. Les coups de poing pleuvaient à tour de rôle, accompagnés d'injures cinglantes.

Enragé, Cayden décocha un coup dans la mâchoire de Cyran qui tomba à genoux, le souffle coupé. Sans hésitation, le Thénéryen saisit la gorge du contremaître entre ses mains et bascula avec lui en arrière. Sous ses doigts, ils percevaient les battements de cœur précipités de l'homme qui manquait déjà d'air. Ce dernier se débattait sous lui, battant des jambes et hurlant comme un porc qu'on égorge. L'effluve de la peur envahit ses narines, alors que ses pupilles se dilataient sous l'excitation que cela lui procurait.

— Je vais t'égorger comme un pourceau ! souffla Cayden contre son visage.

— Cayden ? Mais lâche-le ! résonna tout à coup une voix dans leurs dos.

Accompagné de Nino Canning, fraîchement débarqué dans la mine, Boli remontait de la galerie en poussant une caisse à moitié vide devant lui.

Interrompu dans sa lancée, Cayden braqua son regard fauve sur Boli, puis sur Nino.

— Il allait me planter ! gronda Cayden sans desserrer sa prise autour de la gorge de Cyran qui suffoquait.

— Allons, on se calme ! s'écria Boli en lui arrachant le contremaître des mains.

Celui-ci se redressa en toussant, les yeux écarquillés.

— Ce foutu Thénéryen n'est pas normal, Boli ! hurla-t-il en aspirant de grandes goulées d'air, le regard fou. Il pouvait pas m'entendre ! Il pouvait pas savoir que j'étais dans son dos !

Nino jeta un regard intéressé en direction de Cayden qui peinait à retrouver son calme.

Taillé comme un guerrier, celui-ci tremblait de rage, les muscles saillants. Dans l'obscurité de la mine, ses yeux rouges brillaient comme des braises. Une seconde, Nino s'attarda sur son profil parfaitement tracé, modelé de traits tendus. L'odeur du Thénéryen le frappa brutalement. Un mélange subtil de cendres, de terre, d'eau de pluie. Des fragrances puissantes qui éveillèrent son attention. Depuis que leurs chemins s'étaient croisés à la surface, il n'avait cessé de chercher sa trace.

Puis, Nino remarqua l'énorme caisse de painites que Cayden avait rapportées. Des gemmes d'un éclat plus vif encore que celles qu'ils récoltaient dans les galeries exploitées...

Dans un bruit de métal hurlant, la cabine atterrit finalement sur le sol de la mine après plusieurs minutes de descente, apportant avec elle son nouveau lot de mineurs. Ces derniers sortirent les uns après les autres, saluant Boli, ainsi que Cyran qui vociférait encore.

— Je te jure que tu vas me le payer, Cayden Jayce !

Le Thénéryen lui adressa son majeur tendu, puis se baissa pour récupérer la painite grosse comme le poing qui avait roulé sous le chariot.

— Eh bien ! Quelle ambiance ici ! clama Mano en toisant le petit groupe.

— Toi ! cracha Cayden, hérissé au simple son de sa voix. Qu'est-ce que tu fous ici ?

— Je viens creuser, tout comme toi. Mais si tu veux, je te laisse ma place, ricana-t-il.

Cayden serra les dents. Mano... il avait encore un compte à régler avec lui.

— N'oublie pas que j'ai tué Skall, et que tu pourrais très bien être le prochain, cracha-t-il dans sa direction.

Mano déglutit, tandis qu'un sourire se formait sur le visage de Nino. Le jeune homme pencha légèrement la tête sur le côté afin d'observer discrètement Cayden, frappé par l'aura magnétique, presque sauvage, qui se dégageait de lui.

Ce Thénéryen était captivant.

— Qu'est-ce qui t'a pris de te jeter sur Cyran ? C'est le contremaître, ici !

— Je te l'ai dit, rétorqua Cayden, assis dans la cellule sur un tas de paille.

Dans ses mains, une gamelle en fer remplie de patates lui réchauffait un peu l'épiderme. Le regard vague, il fixait les braseros qui dispensaient une faible lumière orangée. La plupart des gars s'étaient rassemblés autour des feux pour se raconter inlassablement de quelle façon ils avaient atterri là. Graveleux, ils tiraient des plans sur la comète, fomentant des projets d'évasion et de rébellion qui ne voyaient jamais le jour. Certains évoquaient les femmes qu'ils avaient connues, et celles sur lesquelles ils fantasmeraient jusqu'à la fin de leurs jours, avant de crever misérablement sous terre.

— Je me fous que ce soit le contremaître de votre trou à rat ! Ce type allait me planter sa pioche dans le dos, et je n'ai pas prévu de mourir ici !

— Les hommes parlent beaucoup entre eux, ici. Y'a pas grand-chose à faire en bas, à part creuser. Alors pour tuer le temps, ils se racontent des histoires.

— Pourquoi tu me dis tout ça ? soupira Cayden.

Il tendit sa plâtrée de patates fades à un autre mineur qui s'en saisit avec avidité, puis tourna la tête en direction de Boli.

— Parce que tu es au cœur de beaucoup de leurs histoires, lui expliqua ce dernier.

— Des racontars de bonnes femmes, je présume.

— Peut-être bien. Peut-être pas. Les gars te craignent, Cayden. Tu leur fais peur.

— Et c'est très bien comme ça ! appuya le Thénéryen en se levant. Je ne cherche pas d'alliés ! Je veux juste qu'on me foute la paix.

L'obscurité se déployait partout de l'autre côté des barreaux, l'attirant toujours avec ce même attrait. Songeur, il appuya son front contre le métal froid, ses mains fermement serrées autour des grilles.

— C'est ce genre de comportement qui les effraye, souligna Boli en effleurant le métal. Ta façon de toujours scruter les ténèbres comme si tu espérais que quelque chose en sorte !

— Je viens d'un continent où il fait constamment nuit. Le jour ne perce jamais sur Thénérys, alors j'imagine que votre obscurité me rappelle là d'où je viens.

Boli leva les yeux au ciel, puis lissa sa barbe blanche et emmêlée.

— Ben voyons ! Prends-moi pour un imbécile aussi. Tu me la fais pas à moi. Y'a un truc qui t'attire là-dedans, pas vrai ?

— Probablement, admit Cayden en se détachant des barreaux pour retrouver sa place dans le fond de la cellule.

Boli n'insista plus, conscient que ce dernier n'en dirait pas davantage, et alla profiter de la chaleur du brasero avec les autres hommes. Peu à peu, les discussions s'éteignirent, mais les propos du vieux mineur ne quittaient pas l'esprit de Cayden. Bien sûr que quelque chose l'attirait là-dedans !

— Tout le monde pionce. Pourquoi pas toi ?

Plongé dans ses pensées, Cayden lâcha les braises mourantes des yeux. Le visage de Nino Canning se découpait dans l'obscurité, parsemé d'ombres fugitives. Le Thénéryen capta la lueur attentive dans ses yeux très clairs, et haussa les épaules en croisant ses jambes, droit devant lui, ses bras sous sa nuque.

— Je te retourne la question.

Nino eut un sourire froid, indéfinissable, avant de se faufiler entre les corps endormis, jusqu'à la grille cadenassée. Intrigué, Cayden se redressa sur un coude et suivit sa silhouette du regard. À quoi jouait ce gosse ? Il se leva à son tour pour le rejoindre à l'autre bout de la cellule.

— Qu'est-ce que tu fiches ? murmura-t-il pour ne réveiller personne.

— Ce que tu crèves de faire, répliqua Nino, l'attention fixée par-delà les barreaux de métal, comme s'il rêvait de les ouvrir en grand pour y faire entrer ce flot de ténèbres qui leur tendait les bras

— Quoi ? Mais qu'est-ce que tu racontes ? T'es complètement dérangé...

Ce gamin était barge. Ça ne tournait pas rond dans sa tête.

— Je les entends, Cayden, lâcha alors Nino en se tournant vers lui, accroupi dans la pénombre. Comme toi.

Les paroles de l'Aldébarien figèrent Cayden. Ses dents s'enfoncèrent profondément dans sa lèvre, jusqu'à ce qu'un goût métallique se dépose sur sa langue.

— Je sais pas de quoi tu parles, réfuta-t-il en retournant s'allonger dans la paille.

Frustré, Nino le regarda s'éloigner, puis le rejoignit, déterminé. Il ne pouvait pas se tromper. Il passa à nouveau par-dessus les corps endormis, comme un rapace survolant un champ de cadavres. Dans l'obscurité de la cellule, les ombres se déformaient, devenaient inquiétantes, et pleines d'illusions. Sans un bruit, Nino s'agenouilla face au Thénéryen qui avait repris sa place contre le mur.

— Elles t'appellent, toi aussi..., susurra-t-il contre l'oreille de Cayden qui tressaillit.

À présent, Cayden sentait son cœur battre à tout rompre dans sa poitrine. L'excitation galopait dans ses veines, faisait le tour de son corps à une vitesse vertigineuse. Il n'avait plus du tout envie de dormir, plus du tout envie que la nuit passe. Avec lenteur, il se redressa sans quitter Nino des yeux, puis le saisit brutalement par le col pour le plaquer au mur.

— Je ne sais pas de quoi tu parles, répéta-t-il lentement entre ses dents, le regard menaçant.

— Tu as de plus en plus de mal à contenir ta violence, s'amusa Nino en passant sa langue sur ses canines découvertes, à quelques centimètres seulement du visage de Cayden.

— Ou alors peut-être juste que tu me sors par les yeux, trancha ce dernier en le poussant un peu plus contre la paroi humide.

Nino le railla, sans même chercher à le repousser. Au contraire, cette proximité faisait écho aux pulsions pernicieuses qui louvoyaient sous sa peau comme une traînée de feu. Son sourire tranquille contrastait d'ailleurs furieusement avec la folie qui luisait dans ses prunelles malades, cachées par une masse sauvage de cheveux blonds.

— Tu te mens à toi-même, Cayden... mais je te trouve fascinant. Moi, je n'ai pas résisté aussi longtemps que toi.

— Résisté à quoi ?

— Au sang.

— Au sang ? Bordel, je ne pige rien à ce que tu racontes !

Nino arqua un sourcil fin et blond, rieur. Sa désinvolture était insupportable ! Froidement, Cayden relâcha sa prise, puis recula. Nino ne le quittait pas des yeux, suivait chacun de ses gestes avec attention. Avec tellement d'attention que le Thénéryen avait le sentiment d'avoir affaire à un prédateur qui découvrait une proie pour la première fois. La curiosité finit par prendre le dessus sur sa méfiance.

— Très bien... je t'écoute, concéda-t-il à voix basse.

Le jeune Aldébarien se glissa aussitôt près de lui sur la paille, en tailleur. Il scruta les corps endormis, huma l'air, s'assurant que personne ne les entendrait, puis reporta son attention sur Cayden qui rongeait son frein.

— Je pensais que j'étais le seul ici, mais toi...

— Nino, gronda Cayden. Magne-toi avant que je te casse la gueule !

Le rire léger de l'Aldébarien fusa, jusqu'à réveiller un mineur qui grommela en se tournant dans la paille.

— Y'en a qui voudraient bien dormir ici ! Faites vos petites affaires en silence ! Et toi, le gamin, si tu veux jouer à l'oisillon, viens donc me voir après !

Nino tourna brutalement la tête dans sa direction, l'expression se muant brutalement en une fureur pétrie de sauvagerie. Ses lèvres se retroussèrent sur des dents extrêmement blanches dans un rictus animal.

— Nino, souffla Cayden alors qu'il remarquait ses poings crispés et ses narines frémissantes. Eh ! Regarde-moi. Explique-moi, et oublie ce vieux con.

— Je le tuerai, murmura alors le gamin.

Son regard resta fixé encore quelques secondes sur le mineur, puis il se tourna à nouveau vers lui, comme à contrecœur, les dents serrées.

— Le seul quoi ? reprit Cayden quand il eut de nouveau son attention.

— Le seul à les entendre. Les spiranes.

Cayden se raidit. Soufflé.

— Alors... je ne suis pas dingue ?

— Pas plus que moi, en tout cas, rétorqua Nino avec ironie.

— Venant d'un gosse dérangé, je ne sais pas si ça doit me faire peur, ou me faire sourire.

— Je suis sérieux, Cayden. Et d'ailleurs, dans quelque temps, tu pourrais devenir comme moi. Encore que... tu résistes bien. Peut-être que c'est parce que tu n'y as jamais goûté. Oui, ça doit être ça.

La nuque renversée en arrière, il semblait se parler à lui-même.

Muet face aux paroles de Nino, Cayden ne comprenait absolument rien. Il inspira profondément pour essayer d'éclaircir son esprit, mais l'Aldébarien avait définitivement piqué sa curiosité.

— Nino, il va falloir que tu y mettes un peu du tien. Je ne suis bon aux devinettes qu'après avoir bu une certaine dose de sajja, et je tourne à l'eau depuis des jours. Alors...

— Quand est-ce que tu as commencé à percevoir les sons dans ta tête ? le coupa ce dernier.

— Lorsque j'ai débarqué ici. La première fois, c'était juste avant le marquage, ajouta-t-il en avisant le tatouage sur son avant-bras.

Nino réfléchit quelques secondes, puis hocha la tête.

— Qu'est-ce que tu as ressenti à ce moment-là ? De la colère ?

— Oui... mais c'était beaucoup plus violent que ça. Skall m'a provoqué et j'ai eu envie de...

— De le mordre ? De le tuer ? Tu as capté le chuintement du sang dans ses veines ?

Cayden braqua une expression avide sur Nino. Au souvenir de cette sensation, son cœur pulsait comme un fou dans sa poitrine, prêt à exploser sa cage thoracique.

— Oui ! C'est exactement ça ! gronda-t-il tout bas. Et puis, j'ai perçu comme des mots qui bruissaient dans ma tête. D'abord, c'était juste des sons, et puis...

— Ils ont pris forme, compléta Nino. D'ailleurs, je suis prêt à parier que les attaques mortelles des spiranes dans les mines ces derniers jours correspondent aux heures auxquelles tu as perdu pied à la surface.

Troublé, Cayden posa un regard neuf sur le jeune Aldébarien. Il lui semblait tout à coup presque familier.

— Après ça, tu les as encore entendues ? Les spiranes ?

— Ouais, approuva Cayden. Quand ils m'ont passé à tabac... et lorsque j'ai tué Skall. J'ai perdu la notion de ce que je faisais, et quand j'ai repris conscience de ce qui m'entourait, Skall était mort. Je ne l'ai pas seulement tué, je l'ai détruit.

— Mais tu as aimé ce que tu as ressenti, à ce moment-là ? La chaleur du sang sur ta peau. Le bruissement de sa vie qui s'écoulait doucement hors de son corps. Son odeur de peur qui emplissait tes narines.

La gorge nouée, Cayden garda le silence. Il ne pouvait pas...

— Cayden ? insista Nino en se penchant pour l'observer.

— Bordel..., grogna le Thénéryen, pris entre deux sentiments contradictoires. Je ne sais pas...

— Si. Au fond de toi, tu le sais. On ne peut pas ignorer cette plénitude absolue, Cayden. C'est impossible. Une fois que tu y as goûté, plus rien d'autre ne compte. Tout te paraît fade, sans goût, sans intérêt.

— De quoi tu parles ? murmura Cayden, qui avait besoin de l'entendre de sa bouche pour être certain de ses pensées.

— Du sang. De la chair. On n'y peut rien, Cayden. Ça fait partie de nous… Celui qui a goûté à la chair humaine chassera l'homme toute sa vie.

Les mains pressées sur ses tempes, Cayden étouffa un grondement. Le souffle lui manquait, ses poumons le brûlaient. Il agonisait vivant.

— Laisse-toi envahir. Tu ne peux pas lutter contre cette nature. J'ai essayé avant toi…

— Je ne comprends pas ce qui m'arrive. De quelle nature tu parles ?

La main de Nino agrippa sa manche et la releva d'un coup sec pour révéler la marque du pénitencier.

— Déjà poinçonné comme du bétail ! Alors deviens un animal !

Ses doigts coururent sur les lignes d'encre noire et blanche, traçant les contours du cercle avec fébrilité.

— Tu ne devrais pas être tatoué. Pas toi, souffla Nino dans une exclamation fiévreuse.

Il relâcha brutalement le bras de Cayden, puis remonta à son tour sa chemise sur son membre, lui révélant une marque identique à la sienne, encore rouge et gonflée.

— Je meurs à petit feu dans cette mine. Seulement nourri d'eau, de pain, et de patates moisies ! Et si tu restes là sans rien faire, tu vas crever toi aussi. Ça te prendra peut-être plus de temps, mais ça arrivera.

— Comment t'es arrivé à Kinefall ? l'interrogea Cayden. Ils disent tous que tu dépèces tes victimes.

Nino s'étira paresseusement, envieux de la fébrilité qui animait Cayden. Le Thénéryen semblait à fleur de peau.

— Je te jalouse cette excitation nouvelle qui parcourt tes veines. Je l'ai ressentie aussi, au début.

— Qu'est-ce qui t'est arrivé ?

En une seconde, le comportement de Nino vira du tout au tout. L'éclat de son regard se ternit, jusqu'à disparaître complètement derrière un voile. D'une voix sans timbre, il lâcha quelques bribes de son passé, avec un détachement propre aux victimes d'actes atroces.

— J'ai toujours entendu des voix dans ma tête, confia-t-il. D'aussi loin que je me souvienne. Mon père était un ivrogne qui battait ma mère. Quant à elle,

elle faisait le trottoir et se vautrait dans le caniveau pour quelques pièces jetées par des Nuageurs.

Silencieux, Cayden ne broncha pas, mais il avait du mal à imaginer une vie aussi sordide.

— J'ai grandi dans les rues de Norkfall, sur la petite île de Valkar, au sud, poursuivit Nino sur le même ton morne. Je survivais comme je pouvais. Petit, ma mère me traînait dans le bordel où elle travaillait. Je passais presque toutes mes nuits au milieu des putes. C'était mon quotidien, mais je savais que ce n'était pas normal... Que les autres enfants ne vivaient pas comme ça. Et puis quand j'ai eu douze ans, mon père a fini par se dire que moi aussi, je pourrais peut-être me vendre, et que ça lui rapporterait plus que mes quelques larcins. Il me faisait boire jusqu'à ce que je tombe, et après ça... je n'émergeais qu'avec l'aube.

— Nino...

— Ne me jette surtout pas ta pitié, Cayden !

Le Thénéryen secoua la tête, tandis que la veine de son cou battait lourdement.

— C'est pas de la pitié. Je t'assure. Plutôt de l'empathie.

Nino le dévisagea quelques secondes avant de hausser les épaules. Ses yeux clairs n'avaient pas retrouvé leur flamme. Au contraire, les ombres les avaient engloutis.

— Comment tu es arrivé ici ?

Nino releva le menton vers lui, les lèvres pincées. L'anxiété qui filtrait de chacun de ses pores était poignante. Si puissante que Cayden s'en sentit oppressé.

— Un soir où mon père m'avait fait boire, j'ai réussi à me tirer. Je me suis enfui dans les égouts de la ville, jusqu'à ce qu'un groupe de Collecteurs me tombe dessus. Je me suis retrouvé piégé dans un boyau à moitié immergé. Ils m'ont coincé.

— Les Collecteurs ? C'est qui ça ?

— Des gens qui récupèrent des pièces encore en bon état sur les corps, ou alors des membres neufs.

— De... quoi ? Attends, je ne te suis pas là. Tu veux dire que...

Soit il avait mal compris, soit il se faisait des idées, mais dans les deux cas, ce à quoi il songeait était impossible et irréalisable. Et heureusement d'ailleurs ! Ça aurait été trop glauque.

— Le Froid Noir est une maladie qui cause de nombreuses morts chaque année sur Aldébaran. Elle s'attaque aux membres, les uns après les autres, et les nécrose. Les malades perdent d'abord toute sensation, puis un grand froid s'installe sous leur peau. Elle devient noire et s'écaille, lentement mais sûrement. On ne peut pas l'endiguer. Tout ce qu'on peut faire pour éviter la propagation, c'est de couper le membre endommagé et de le remplacer.

Cayden écarquilla les yeux, sous le choc.

— Le remplacer ? Par…

— Par d'autres membres prélevés sur des personnes en bonne santé, ou alors par des parties mécaniques. Il existe un réel trafic à ce niveau-là, expliqua Nino sans état d'âme particulier.

— Mais comment c'est possible ?

La vie sur Aldébaran était en train de prendre une autre dimension pour Cayden.

— Un système de greffe à l'or fondu pour les plus hautes sphères, ou au cuivre pour les moins fortunés. Je t'en parlerai plus longuement si ça t'intéresse.

Cayden approuva d'un signe du menton, les yeux luisants d'intérêt.

— Et après ? Ils t'ont attrapé ? C'est ça ?

— Oui. Ça a été assez violent et douloureux, se souvint Nino. Ils étaient à la recherche d'un foie jeune et sain.

Cayden fronça les sourcils sans comprendre. L'Aldébarien remonta alors sa chemise sur son torse finement dessiné, dévoilant une cicatrice blanche qui partait de son buste et plongeait jusque sous sa ceinture, marquant la ligne de son nombril, ainsi que celles qui soulignaient les côtes. Stupéfait, Cayden tendit la main, effleurant du bout des doigts les nombreuses agrafes de cuivre qui formaient une voie sinueuse sur la peau claire de Nino.

— Bordel de merde ! s'exclama-t-il, sous le choc.

La poitrine de Nino avait été ouverte sur toute sa longueur, et chaque pan, retroussé sur sa cage thoracique. Aujourd'hui, son torse blessé arborait les stigmates d'une torture dont il était ressorti vainqueur. Mais à quel prix ?

— Pardon, s'excusa Cayden en retirant sa main. Je n'aurais pas dû te toucher.

— Non, c'est bon, lui assura Nino dans un frisson.

Ils se dévisagèrent en silence pendant de longues secondes, happés, puis Nino se rhabilla sans se presser. Il aimait tout particulièrement ce qu'il voyait brûler dans les yeux de Cayden.

— C'est eux qui t'ont…

— Ouverts ? Oui. Du thorax jusqu'à l'aine.

Cette fois, Cayden s'étrangla carrément.

— Comment c'est possible ? Tu devais être en train de te vider de ton sang !

Nino haussa les épaules d'un air détaché. Ça remontait à si loin, maintenant.

— J'ai hurlé, et ils sont arrivés. Des addrax par dizaines.

Cayden le dévisagea avec stupeur. Il connaissait bien ces bêtes ; les souterrains de la Souricière de Stent en étaient infestés. Les addrax étaient de petite taille, équivalant à de gros chats, mais possédaient toutes les caractéristiques des plus grands prédateurs. Un corps svelte, des pattes pourvues de griffes capables de s'ancrer dans la pierre, et des crocs, petits, particulièrement aiguisés. Les addrax galopaient le long des murs de la Souricière, se nourrissaient des rats d'égout, et quelquefois de slugs. Rapides et voraces, leur force résidait essentiellement dans leur façon d'agir. Toujours en groupe, ils chassaient de manière organisée, tuant également les plus faibles sur leur passage. Ces animaux se répandaient comme la peste.

— Si tu avais vu ça, Cayden, se remémora Nino, plongé dans une sorte d'extase. Je croyais que mon crâne allait exploser. Je pouvais tous les entendre gronder dans ma tête, comme s'ils grattaient mes os. C'était incroyablement jouissif. Et plus je hurlais de douleur, plus ils remontaient par dizaines des égouts.

— Comment tu t'en es sorti ?

— Les addrax se sont jetés sur les Collecteurs pour les dévorer. Je pouvais les entendre hurler pendant que les bêtes les dépeçaient. J'ai perdu conscience assez rapidement. Je présume que je me suis vidé de mon sang, en partie. Quand j'ai repris mes esprits, j'étais dans un cabinet mortuaire de Norkfall. On m'avait transfusé, puis recousu la poitrine. J'ai eu du mal à m'en remettre, mais au bout de quelques semaines, j'ai retrouvé toutes mes forces.

— Qui ? Qui t'a sauvé ?

— Un homme du nom de Madsen. Un Médidoc, mais qui était également un Maraudeur. Eh oui... tout comme toi, souligna Nino en pointant son torse du menton. Toi et moi, Cayden, nous sommes des seigneurs ! Ou des... saigneurs, au choix.

Le Thénéryen déglutit. L'histoire de Nino ressemblait à une boucle coulante qui se refermait autour de lui peu à peu.

— Je t'expliquerai tout ça plus tard, reprit Nino. Tu veux toujours savoir pourquoi on m'a envoyé ici ?

Cayden hocha la tête, les mâchoires tellement crispées qu'aucun son ne parvenait à en filtrer. Il était suspendu aux lèvres de l'Aldébarien, absolument captivé par son récit.

— Je me suis débarrassé de mes poids morts de parents. Ça a été un soulagement.

— Tu les as tués ?

Nino hocha la tête avec application, les traits durcis, sans éprouver le moindre remords.

— Ils ne m'ont jamais rien apporté de bon, si ce ne sont des coups et une enfance de misère dans la violence et la crasse, asséna-t-il froidement. Ils ont été mon premier sang, mais c'est très étrange de goûter à un fluide presque similaire au sien. Je me suis nourri d'eux. La chair de mon père était tellement imprégnée de vin et de whisky de mauvaise facture qu'elle en avait perdu sa saveur naturelle. Celle de la viande, la vraie !

— Tu les as… mangés ?

— Non. Seulement tués. Madsen m'a fait appréhender l'existence sous un nouvel angle, mais rapidement, ses préceptes m'ont ennuyé.

— Quels préceptes ? Qu'est-ce qu'il te voulait ?

— Les Dons de Résonance.

Assis en face de lui, le Thénéryen le fixa avec tellement de points d'interrogation dans le regard que Nino laissa passer un sifflement moqueur entre ses lèvres.

— Mais d'où tu sors ?

— Du ventre de ma mère, alors charrie pas ! grogna Cayden.

Nino le toisa en silence, soufflé par sa réplique, avant d'éclater de rire.

— Oh merde ! Alors ça ! Et moi qui croyais que les Thénéryens étaient tous coincés.

La mine sombre, Cayden le laissa se calmer, mais ses doigts tapotaient nerveusement sa cuisse. L'attente était ingérable !

— Il existe trois Dons de Résonance. Vibration, Murmuration, et enfin, Liaison. Le nôtre, expliqua Nino après avoir repris contenance. Les personnes maîtrisant un de ces Dons possèdent des capacités physiques hors du commun, et l'ignorent parfois totalement. Toi et moi, nous disposons d'une paire de cordes vocales supplémentaires.

Voyant que Cayden allait l'interrompre, Nino leva la main.

— Il en va de même pour nos tympans. Je ne suis pas un Charcuteur, ni un Médidoc, mais nos organes ne sont pas conçus de la même façon que le commun des mortels. Nous captons des sons que les autres n'entendent pas, et sommes capables d'en produire certains, inaudibles pour les hommes.

Cette fois, les braises s'étaient totalement éteintes dans les grands braseros d'acier. Les cellules se trouvaient plongées dans une obscurité presque absolue, seulement troublée par les lampes à huile qui flambaient encore tout le long de la rampe d'escalier. Quelques ronflements sonores montaient des corps couchés en travers dans la paille. Cayden mourait d'envie de secouer Boli qui ronflait comme un sonneur, mais c'était mieux que le vieil homme n'assiste pas à cet échange trouble et chaotique.

— Ça fonctionne de la même façon pour les autres Dons ?

— Oui, confirma Nino. Mais les tympans et les cordes vocales sont différents pour chaque Don. Nous ne percevons pas les mêmes animaux. Toi et moi, nous sommes liés aux bêtes terrestres. Tout ce qui galope, bondit ! Ceux qui comprennent la Murmuration sont liés au ciel, et à toutes ses créatures volantes. Quant à ceux qui possèdent la Vibration, on raconte qu'ils peuvent communiquer avec les animaux marins. Voilà à peu près tout ce que m'a expliqué Madsen.

Cayden resta muet quelques instants. Ce trop-plein d'informations lui faisait tourner la tête.

— Et ce Madsen ? Qu'est-ce qu'il est devenu ? Il sait que tu es ici ?

— Je l'ai tué, répondit Nino sans détour.

— Tu as tué un Maraudeur ! s'étrangla Cayden.

— Exactement. Et tu approuverais si tu savais pourquoi.

— Je suis lié aux Maraudeurs par le Code. Je devrais t'achever immédiatement pour ça !

— Oh, le Code, ironisa Nino. Essaye donc… Oh, tu le pourrais ! Ta bête de Liaison est plus puissante que la mienne, mais j'ai quelques années d'avance sur toi.

— Ma bête de Liaison ?

— Voilà pourquoi tu ne peux pas m'éliminer, Cayden. Sans moi, tu n'auras plus aucune réponse à toutes ces questions qui sont en train de tourner dans ta tête ! Et dans le fond… tu n'as pas envie de me tuer.

Ses mots flottèrent dans une sorte de défi mâtiné de certitude. Une certitude qui s'insinua dans la poitrine de Cayden pour s'y enraciner.

— C'est peut-être vrai, admit-il.

Nino ricana et étendit ses jambes devant lui en étouffant un bâillement. Il fourragea dans ses cheveux d'un air espiègle, puis reprit :

— Bref… Madsen voulait brider mon Don. Le contrôler. Il m'empêchait de le vivre pleinement. Pourquoi contenir ce cadeau que la vie m'a offert ? Ah, je ne t'ai pas dit… Chaque porteur de don est lié intimement à la première créature avec laquelle il noue contact. Pour moi, il s'agissait des addrax, alors j'ai développé un appétit insatiable pour la chair encore rouge et chaude, ainsi que pour le goût du sang… Le reste ne me rassasie plus. Ça me fait juste tenir debout, mais tout est si fade et sans saveur.

Cayden déglutit. Il avait plongé ses dents dans la chair chaude du rat, en avait arraché des lambeaux sanguinolents de son corps et… tout ce que lui disait Nino semblait vrai. À lui aussi, la nourriture paraissait insipide. Avec le rat, il s'était immédiatement senti contenté, regorgé d'énergie.

— Qu'est-ce que ça signifie concrètement « être lié » ?

— C'est la symbiose la plus parfaite, Cayden. C'est comme glisser dans une seconde peau qui t'était destinée depuis toujours. C'est trouver ton véritable toi, rencontrer ta nature profonde.

Un tressaillement incontrôlé traversa le corps du Thénéryen, dévalant le long de son dos en sueur. Il avait les mains moites et la gorge sèche. Lorsqu'il voulut parler, aucun mot ne trouva son chemin, alors Nino continua, comprenant sans mal son silence.

— Tu te trouves lié aux spiranes des mines, Cayden. Parfois, tu les entends lorsqu'elles courent, ou lorsqu'elles communiquent. Tu es… sur la même fréquence qu'elles.

— Mais toi aussi, non ? Et les mineurs ?

— Ces imbéciles entendent leurs grognements, sans en comprendre le sens. Moi, je perçois leurs stridulations, mais comme une fréquence brouillée. Toi, tu vois leurs mots dans ta tête. Si tu te lies totalement aux spiranes… je n'ose pas imaginer le potentiel incroyable que tu aurais à portée de main.

— Qu'est-ce que les addrax t'ont transmis comme caractéristiques ? interrogea Cayden avec une certaine méfiance, sous couvert d'une incroyable fascination.

— Hormis l'envie de viande et de sang ? sourit Nino en passant la pointe de sa langue sur ses canines. Un odorat plus développé. Une rapidité accrue. Une vision… différente.

Il laissa son regard bleu errer dans la cellule et repéra l'homme qui avait voulu les contraindre au silence plus tôt dans la nuit. Ce dernier dormait à nouveau paisiblement, sans se douter de la menace réelle qui planait à seulement quelques mètres de lui. Nino se redressa avec la furtivité d'un félin, et passa entre les corps endormis. Fasciné par ses mouvements fluides et silencieux, Cayden ne le quittait pas des yeux.

— Qu'est-ce que tu fais ? murmura-t-il, alarmé par son comportement.

— Je chasse, répondit Nino dans un silence total, bougeant seulement ses lèvres.

Cayden ouvrit de grands yeux. La main de Nino s'approchait dangereusement de la gorge de l'homme endormi.

— Arrête ! s'exclama-t-il en bondissant sur ses pieds.

En quelques pas, il le rejoignit pour le tirer en arrière.

— Tu allais le tuer ?

— Non, répliqua Nino. Je voulais voir ta capacité à accorder de l'importance à des sous-merdes.

— Tu te trompes, ça n'a rien à voir avec ça ! Viens !

D'un geste ferme, il l'entraîna vers le fond de la cellule et posa ses mains sur les épaules du jeune Aldébarien.

— Écoute-moi... Toi et moi, on va foutre le camp de ce trou à rat, Nino ! Je te le promets.

L'Aldébarien tressaillit. Quelque chose s'alluma dans ses yeux bleus, mais le doute subsistait au fond de ses prunelles limpides.

— Fais pas de promesses que tu ne pourras pas tenir.

— Je suis un Jayce, rétorqua Cayden. Je ne fais jamais de promesses en l'air ! Avant de te rencontrer, j'avais déjà prévu de me tirer d'ici. Mais maintenant, il est hors de question que je te laisse ici.

— Parce que tu as besoin de moi ? souligna Nino en le repoussant d'un coup d'épaule, buté.

— Parce que je me sens lié à toi... Presque autant que je le suis à mon propre frère.

— Tu as un frère ?

Cayden soupira et approuva d'un signe de tête. *Teagan...* Il lui manquait, et pas un jour ne passait sans qu'il ne pense à lui. Son absence était comme un trou béant dans sa poitrine. Jamais d'accord, mais indissociables, ils n'avaient jamais été séparés aussi longtemps. Et ne pas savoir ce qu'il était advenu de lui était insupportable.

— Où est-il ?

— Je ne sais pas, avoua Cayden d'une voix sourde.

Nerveux, il se mit à jouer avec la lame qu'il gardait toujours dans sa botte. Par saccades, il la faisait tournoyer entre ses doigts avec rapidité. Nino en suivait le mouvement avec attention. Le Thénéryen garda le silence quelques instants avant de lui raconter leur histoire, depuis son commencement.

Ce ne fut que quelques heures avant le lever du jour que Nino s'endormit, roulé en boule sur la paille, sous le regard protecteur de Cayden. Le Thénéryen avait trouvé en lui un écho à toutes ses questions. Nino soulevait des pans entiers de son existence, brassant une foule de questions qui retombaient en une nappe boueuse dans les méandres de son esprit.

Incapable de trouver le sommeil, Cayden veilla, jusqu'à ce que les premiers mineurs se tournent sur leurs couches de paille, et que peu à peu, la mine s'éveille.

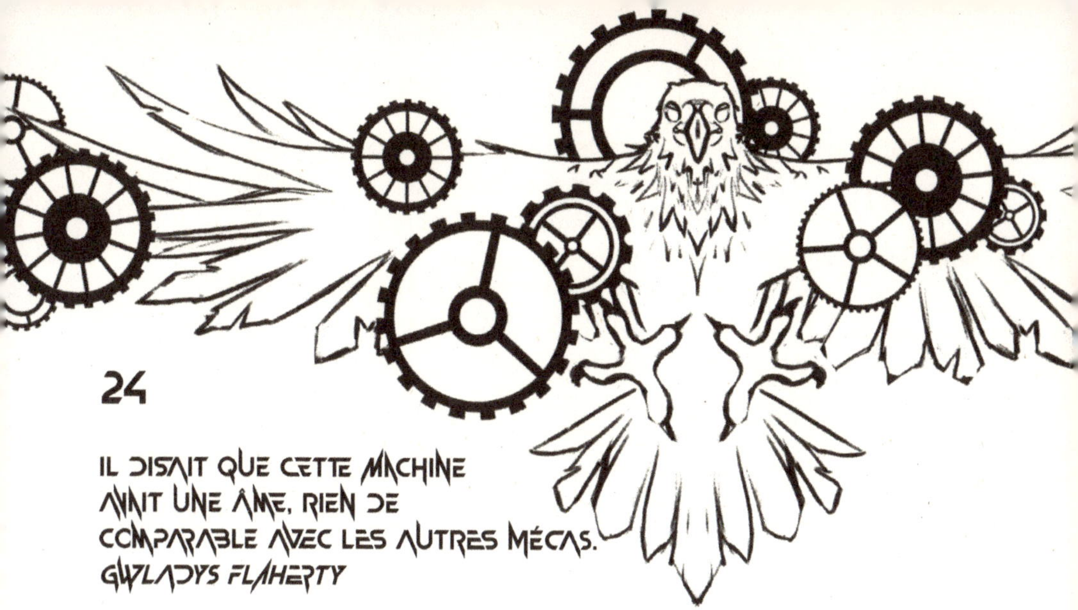

24

IL DISAIT QUE CETTE MACHINE
AVAIT UNE ÂME, RIEN DE
COMPARABLE AVEC LES AUTRES MÉCAS.
GWLADYS FLAHERTY

ALDÉBARAN - ÎLE DE SIRIUS – PROVINCE D'EY'NVALA

Un cri de fureur éclata dans la cour de l'atelier, suivi d'un bruit sourd et d'une série de jurons, tous plus imagés les uns que les autres.

— Merde ! Foutue slug avariée ! Je ne tiendrai jamais sur cette boîte de conserve !

Jeté à terre pour la centième fois de la journée, Teagan avait le corps en feu, contusionné et couvert d'ecchymoses. Alertée par le remue-ménage, Gwladys passa la tête par une des fenêtres de l'atelier.

— Encore une victoire pour la Méca, comprit-elle à l'instant où Teagan se relevait en boitant.

Avec les dents, la mécanicienne retira les gants de cuir qui lui remontaient jusqu'aux coudes pour la protéger des flammes de la forge, et releva ses lunettes de soudeuse sur son crâne, en se retenant de rire. Au milieu de la cour, Teagan grimaçait et pestait.

— Elle est ingérable !

— Un peu comme toi, fit remarquer Gwladys avec un léger sourire.

Sa tête disparut du carreau alors que Teagan grognait, puis quelques minutes plus tard, la porte coulissante s'ouvrit, laissant passer la mécanicienne qui le rejoignit, un plateau dans les mains.

— Tiens. Bois. Ça va te réchauffer.

— Je meurs déjà de chaud, protesta Teagan, en sueur.

— Alors ça te réconfortera, contra Gwladys qui ne s'avouait jamais vaincue.

Le Thénéryen leva les yeux au ciel et saisit la timbale en étain qu'elle lui tendait. Furieux, il vida le breuvage ambré d'une traite, avant de comprendre son erreur. Sa gorge s'embrasa instantanément, comme si une coulée de feu dévalait son œsophage.

— Oh, bordel ! toussa-t-il.

Les larmes aux yeux, il se plia en deux, les poings sur les cuisses, cherchant désespérément à avaler de l'air frais.

— Du jus-de-tempête ! déclara Gwladys. Une cuvée exceptionnelle que John appréciait tout particulièrement.

— Il devait avoir le cœur bien accroché, lâcha Teagan dans un râle enroué.

Gwladys approuva dans un hochement de tête, appuyée contre la Méca qui refusait de se laisser monter.

— Je ne comprends pas comment tenir dessus. Elle m'éjecte à chaque fois ! Dans les lignes droites, tout va bien, mais à chaque virage, je finis par terre.

La mécanicienne passa ses mains sur le poitrail métallique de la bête, effleura les tôles parfaitement courbes, pressant ses doigts sur les parties plus ciselées. Son oncle avait réalisé un travail exceptionnel, mais peut-être inachevé.

— Il disait que cette machine avait une âme, rien de comparable avec les autres Mécas, mais malheureusement, elle n'est jamais sortie de l'atelier. Teagan, je…

Elle soupira et se tourna vers le jeune homme qui gardait le silence, renfrogné.

— Je suis certaine que tu vas y arriver.

En réponse, le Thénéryen claqua sa langue contre son palais avec agacement.

— Ne te décourage pas aussi vite.

— Je ne suis pas découragé. J'ai peur, avoua Teagan. Peur de ne pas être à la hauteur. J'ai besoin de remporter la Méca Race pour sauver mon frère, et si je ne suis pas capable de tenir sur cette bête, je cours tout droit à la catastrophe.

Gwladys percevait sa détresse, mais se sentait tout aussi impuissante que lui. Immobile dans la cour, la Méca luisait sous les derniers rayons des deux soleils qui déclinaient lentement, tapissant l'horizon de stries rouge et or.

— Demain matin, je dois me rendre chez le Gouverneur pour lui présenter les ébauches de la Méca de parade de son fils, annonça-t-elle avec douceur, incertaine de la réaction que son dessin engendrerait. Accompagne-moi en ville. Ça te changerait sûrement les idées. Qu'est-ce que tu en penses ?

— Oui. Peut-être…

Teagan la dévisagea durant quelques secondes, détaillant les traits tirés de son joli visage. Les lèvres de la mécanicienne étaient pincées, comme si cette dernière cherchait à retenir tous ses doutes derrière elles.

— Allez, viens. Rentrons, proposa-t-il. Je crois qu'on en a assez fait pour aujourd'hui. Demain est un autre jour.

Le cœur lourd, il passa pourtant un bras réconfortant autour des épaules de Gwladys pour l'entraîner sur quelques mètres. Au-dessus de leurs têtes, un vol d'oiseaux passa à tire-d'aile, filant vers les toits dont les tuiles, chauffées par les soleils durant la journée, dispensaient une agréable chaleur. Il n'était pas étonnant de voir certains de ces rapaces prendre l'habitude de se regrouper par centaines sur les larges tuyaux qui passaient d'une habitation à l'autre.

Ils observaient la ville, comme tant de gardiens frondeurs, saisis de pitié pour ces hommes cloués au sol.

La nuit était tombée depuis quelques heures lorsque Teagan quitta son lit, l'esprit trop tourmenté pour dormir. Gwladys et lui avaient passé la soirée à refaire le monde et à occulter absolument tout ce qui les ramenait au lendemain. Pour des raisons qui leur étaient propres, aucun d'eux n'avait hâte de voir l'aube se lever.

Le plus silencieusement possible, le Thénéryen quitta sa chambre, passa devant celle de la mécanicienne, puis descendit les escaliers à pas de loup, évitant avec soin les marches qui craquaient. Plongé dans le noir, Teagan évolua jusqu'à la cuisine et s'arrêta quelques instants devant la cheminée où mouraient des braises encore rougeoyantes. Newt dormait dans le fauteuil, roulé en boule, remuant à peine une oreille sur son passage. Pourtant, le petit chat releva la tête lorsqu'il entendit grincer la porte qui donnait vers l'atelier et bondit de son refuge pour filer entre les jambes de Teagan.

— Qu'est-ce que tu fais, toi ? Tu vas chasser les rats ?

Newt tourna la tête vers lui, le toisant de ses grands yeux dorés et s'éloigna dans l'allée de l'atelier de son petit pas mécanique. Teagan le suivit du regard quelques instants avant de se diriger vers la cour où reposait la Méca. L'immense carcasse animale luisait sous la lune, revêtant l'apparence fantomatique d'une chimère moitié panthère moitié loup, rendue laiteuse par la lumière diaphane. *Qu'est-ce que tu attends de moi ?*, songea Teagan en approchant suffisamment pour pouvoir toucher le museau métallique. Un soupir déchira sa poitrine. Face à cette bête conçue pour galoper sans faillir, pour bondir sans faiblir, pour tenir face au vent, à la tempête, il se sentait particulièrement démuni. Gwladys avait beau dire que la Méca avait une âme, elle n'en restait rien de plus qu'un assemblement de pièces métalliques, de boulons et de points de soudure, le tout conçu pour fonctionner à l'énergie solaire. Il n'avait rien à quoi se raccrocher. Il ne pouvait pas lui parler, ni l'apprivoiser comme il l'avait fait avec le harfang sauvage.

— Bon ! À nous deux ! s'exclama-t-il en prenant appui sur la selle incrustée pour se hisser sur son dos.

Perché à deux mètres du sol, Teagan pressa ses cuisses contre les flancs de la Méca, penché sur son échine hérissée de pointes, les bras ballants de chaque côté de son cou massif. Il ferma les yeux, sa joue appuyée contre le métal froid, et tenta de ressentir l'essence de la bête. Comment une machine inanimée pouvait-elle avoir une âme ? Comment une carcasse d'acier pouvait-elle comprendre et réagir ?

— On va commencer par te baptiser, murmura Teagan, alors que son souffle tiède frappait la tôle. Qu'est-ce que tu penses de… Dâz ?

C'était stupide de s'attendre à une réponse quelconque, mais pour autant, le Thénéryen se sentait plus à l'aise, maintenant que la machine avait un nom. Elle lui paraissait moins froide, moins dépourvue de vie.

— Okay, Dâz, on va y aller doucement.

Alors qu'il se redressait pour se mettre en position, l'arête d'une plaque mal ébavurée lui entailla la joue. Une petite coupure nette, d'où perlèrent à peine deux gouttes de sang qui s'étalèrent sur le métal.

— C'est comme ça que tu le prends ? souffla-t-il en claquant l'encolure du plat de sa main. Ça te suffit pas de me foutre par terre ?

Dans le silence qui s'ensuivit, il aurait juré que la bête se moquait de lui.

Lorsque l'aube se leva sur Aldébaran et que les premières lueurs du jour s'étirèrent au-dessus des toits pour frapper les façades à colombages des maisons d'Ey'Nvala, Teagan et Dâz ne formaient plus qu'une seule entité.

L'Aldébarien avait passé toute la nuit à s'entraîner, limité cependant par l'envergure restreinte qu'offrait la cour. Sous couvert de l'obscurité, avec la lune pour seule témoin, il était remonté aussi souvent qu'il était tombé. La première heure s'était soldée par d'incessantes chutes. Dès que la Méca prenait trop de vitesse, Teagan glissait de la selle, incapable de se tenir à la force de ses jambes. À force de détermination, il avait trouvé sa place, et ses prises s'étaient faites plus solides sous ses doigts fins. Peu à peu, il avait compris de quelle façon se coucher sur l'encolure de la bête dans les courbes, afin de limiter la prise au vent, ainsi que la manière dont il devait la diriger.

Lorsque l'aube se leva, la Méca avait son Monteur.

Quand il rejoignit la cuisine, Gwladys s'y trouvait, assise à la table en faïence, une tasse de thé fumante entre les mains. Perdue dans ses pensées, la jeune femme songeait à son entretien à venir avec le Gouverneur. Une boule de plomb comprimait son estomac, lui coupant l'appétit.

— Bonjour, Gwladys.

— Teagan ? sursauta-t-elle. Oh ! Mais, je croyais que tu dormais encore. Est-ce que tu veux un thé ?

— Non, merci, refusa Teagan. J'ai plutôt besoin d'aller me laver.

La mécanicienne lui jeta un regard suspicieux, les sourcils froncés. Elle l'observa plus en détail, remarquant finalement ses vêtements froissés, ses cheveux couverts de poussière, et surtout, cette petite coupure sur sa joue.

— Tu n'étais pas dans cet état-là, hier soir...

— J'ai passé la nuit à monter Dâz.

— Dâz ? répéta-t-elle sans comprendre.

— J'ai décidé de donner un nom à la Méca.

Les jolis yeux de la mécanicienne s'agrandirent sous la stupeur. Donner un nom à une Méca, voilà bien une nouveauté dont seul le Thénéryen était capable. Un léger sourire étira ses lèvres.

— À en juger ta tête, je dirais qu'elle n'a pas apprécié son nom.

Teagan pouffa de rire et passa ses doigts dans ses cheveux, dégageant son profil. Gwladys s'attarda quelques secondes sur sa mâchoire et ses traits fins, un peu trop séduisants à son goût.

— Tu verras le résultat, souffla-t-il avec satisfaction. Au fait, tu es toujours d'accord pour que je t'accompagne en ville ce matin ?

— Bien sûr ! s'exclama-t-elle. Nous prendrons la navette pour rejoindre le centre, puis nous ferons le reste à pied.

— Très bien. Laisse-moi juste un moment pour être plus présentable et je te rejoins.

La mécanicienne hocha la tête, portant sa boisson encore chaude à ses lèvres, pensive. Teagan ne cessait de l'étonner. De la dérouter aussi. Leur rencontre avait beau n'être que le fruit d'évènements imprévus – une rencontre qui aurait pu virer au drame si elle avait tiré... ou si lui l'avait fait –, elle ne parvenait pas à regretter ce hasard qui lui échauffait le sang.

Profitant de l'absence de Teagan, elle termina rapidement son déjeuner, débarrassa la table des quelques miettes, puis se rendit dans l'atelier pour récupérer les croquis de sa Méca. Avec soin, elle glissa les grandes feuilles dans son carton à dessin, prise d'une soudaine appréhension. Et si le Gouverneur n'aimait pas ses travaux ? Et si l'idée d'une bête venue du continent du Bas lui déplaisait ? Et si...

— Je suis prêt, déclara Teagan en surgissant dans son dos.

Il avait peigné ses cheveux humides en arrière, et revêtu une chemise propre de John. Ses yeux ocre la considéraient avec une telle chaleur que Gwladys se sentit rougir jusqu'à la racine des cheveux.

— Moi aussi ! s'exclama-t-elle d'une voix enrouée par la gêne. Je finissais de rassembler les dessins.

— Tout va bien se passer, sourit Teagan en remarquant à quel point elle était tendue. Ce hross est parfait.

— Oui, sur papier...

— Aie confiance.

Gwladys inspira longuement, rassemblant tout son courage, puis approuva d'un signe de tête.

— Bien, allons-y !

Il tardait à Teagan de retrouver l'extérieur et la vie grouillante d'Ey'Nvala. Depuis sa rencontre avec la jeune mécanicienne, il n'avait plus quitté l'enceinte de l'atelier ; ses seules excursions se limitaient à la cour. Ses recherches au sujet de Cayden se trouvaient au point mort. Il avait bien la certitude que son frère avait été débarqué au port, puis placé quelques jours en cellule, avant d'être emporté jusqu'au pénitencier de Kinefall, mais en dehors de ces maigres informations, il piétinait. Cette absence de nouvelles le consumait chaque jour un peu plus. La force de son frère était indéniable. Cayden était un révolté, un battant, capable de se tirer des pires situations, mais ici, sur Aldébaran, toutes les cartes se trouvaient redistribuées. Et il avait peur que sa volonté, ou la sienne, ne soit pas suffisante pour enrayer cette fatalité décidée à les broyer.

Ils marchèrent en silence durant quelques minutes entre les ruelles étroites et ombragées. Par endroits, les habitations du quartier étaient si hautes qu'elles empêchaient la lumière du soleil de s'étendre sur les pavés défoncés. Longeant le canal et ses berges détrempées, les murs gris ruisselaient d'humidité, malgré la chaleur relative.

Lorsqu'ils franchirent le pont Clifford, Cayden ne put s'empêcher de tourner la tête vers les rives en contrebas. Le souvenir de la jeune femme démembrée ne l'avait pas quitté, au point de le hanter chaque nuit, l'empêchant de fermer l'œil pendant des heures.

— Tout va bien ? l'interrogea Gwladys en le dévisageant.

Un bref instant, Teagan hésita à lui avouer ce qui le perturbait, mais peut-être qu'elle pourrait lui apprendre quelque chose au sujet du carnage auquel il avait assisté.

— Eh bien...

Il ne savait même pas par où commencer, tant ce qu'il allait dire lui semblait fou et impossible.

— À mon arrivée à Ey'Nvala, la nuit où nous nous sommes rencontrés, j'ai été témoin d'un meurtre. Juste ici.

Gwladys frémit à peine, son attention fixée sur lui, bien que son regard se soit assombri.

— Le pont Clifford est réputé pour être un véritable coupe-gorge une fois la nuit tombée, expliqua-t-elle en s'arrêtant.

— Une femme s'est fait démembrer et tuer sous mes yeux, lâcha Teagan.

Ce ne fut qu'un murmure, mais pourtant, cet aveu lui ôta un poids de l'estomac. Il n'était plus obligé de garder ça pour lui, à présent. Le souvenir des deux orbites vides fixées dans sa direction lui parut un peu moins effrayant. Face à lui, alors que les soleils jouaient avec ses boucles rousses, Gwladys baissa les yeux vers les eaux troubles du canal.

— Tu n'as pas l'air choquée, s'étonna Teagan.

— Oh, si. Je le suis. Ne me crois pas sans cœur et sans morale, mais ce sont des actes courants, et même si on ne s'y habitue jamais, nous ne pouvons rien faire contre cela. Certains diront même que ce commerce immonde est nécessaire, et permet de sauver des vies.

— C'est absurde ! s'emporta Teagan. Quelles vies ?

— Des vies qui valent plus chères que celles que les Collecteurs prennent.

— Les Collecteurs ?

— Oui, murmura Gwladys en pressant le pas.

Le soleil avait beau chauffer sa peau, elle avait subitement froid.

— Qui sont les Collecteurs ? Gwladys ! Attends-moi !

Dans un soupir, Teagan lui courut après et la dépassa pour lui bloquer le passage, les mains enfoncées dans les poches de sa veste. Gwladys continua à avancer, le forçant à reculer. Toutefois, il ne la quitta pas des yeux, et à ce petit jeu de volonté, il gagnait haut la main.

— Les Collecteurs travaillent pour le compte des Maraudeurs d'Ey'Nvala.

À ces mots, Teagan faillit s'étrangler. Les Maraudeurs d'Ey'Nvala ? Au même titre que ceux de Stent ? Immédiatement, il songea à son frère et à son allégeance stupide et démesurée pour cette guilde de voleurs ! Comment cet imbécile avait-il pu rallier leurs rangs et embrasser leur cause ? Cette idée le mettait hors de lui, mais il se refusait à croire une seule seconde que Cayden soit au courant de telles pratiques. Son frère n'était pas un meurtrier, et même s'il aimait jouer des poings, il ne cautionnait pas la violence sans raison. Pourtant,

Teagan se garda bien de révéler l'appartenance de son frère aux Maraudeurs. Gwladys n'était pas obligée de tout savoir, et ce qu'elle ignorait ne pouvait pas lui faire de mal.

— Qui sont-ils ?

— Qui donc ? Les Collecteurs ou les Maraudeurs ?

— Les deux, répondit Teagan en feignant de tout ignorer à leur sujet.

— Personne ne sait réellement à quand remonte la première apparition des Maraudeurs, mais c'est une confrérie très ancienne qui s'étend à la fois sur Thénérys et sur Aldébaran. Il existe quelques factions sur ton continent. Tu ne le savais pas ?

— Non. Je l'ignorais, mentit Teagan en sentant son cœur fracasser sa poitrine.

— Au début, il s'agissait d'un rassemblement d'assassins, de marginaux, de voleurs en tout genre. Puis, ils se sont mis à vendre leurs services, à s'infiltrer dans les affaires de l'aristocratie, que ce soit pour les faire chanter ou pour exécuter des contrats. Aujourd'hui, une grande partie du commerce clandestin passe entre les mains de Prisca.

— Qui est Prisca ?

— La reine des corbeaux. C'est de cette façon que ces hommes l'appellent. Elle dirige la plus grande faction de Maraudeurs, à la Cour du Corbeau. Elle se situe dans les souterrains de la ville, dans les fondations de l'ancien réseau d'eau. Prisca dirige ses affaires d'une main de maître.

— Tu as l'air de bien les connaître.

Gwladys secoua la tête dans un haussement d'épaules.

— Je ne dirais pas ça.

Teagan la dévisagea avec insistance, curieux d'en apprendre davantage à son sujet. Après tout, ils ignoraient beaucoup de choses l'un de l'autre.

— L'année dernière, en fouillant dans les dossiers de mon oncle, j'ai trouvé plusieurs reçus attestant qu'il avait perçu une centaine de tôves en paiement, suite à une commande. J'ignore de quelle commande il s'agit, il n'y avait pas de précision sur les papiers.

Teagan soupira, désabusé. Une fois encore, Aldébaran livrait une part de noirceur dont il n'avait absolument pas conscience.

— Et les Collecteurs alors ?

Dans un bruit de métal grinçant, surgissant dans un panache de fumée, la navette s'arrêta à leur hauteur, presque vide. Les portes s'ouvrirent en claquant, pour rejeter quelques passagers. Gwladys s'engouffra dans l'habitacle, tirant Teagan jusqu'aux banquettes libres.

— Ne fais pas attention à leurs regards, lui murmura-t-elle devant la manière peu discrète dont il était dévisagé.

Il était rare de voir un Thénéryen sur le continent du Haut, en conséquence, la couleur de ses yeux en intriguait plus d'un. Ou plus d'une. De plus, les joues cramoisies d'une jeune aristocrate assise quelques rangs plus loin confirmaient les propos de Gwladys. La mécanicienne grinça des dents.

— Regard de braise, ricana-t-elle en douceur, une main devant sa bouche pour se retenir de rire.

Teagan leva les yeux en direction de la jeune femme assise face à lui, lui accorda un sourire qui acheva de la consumer, puis son attention se reporta aussitôt sur Gwladys, bien décidé à en savoir plus au sujet des Collecteurs.

— Alors ?

— Tu ne lâches jamais le morceau, toi.

— Jamais.

La joue collée contre la vitre, Gwladys regarda le paysage défiler pendant quelques secondes avant de reprendre d'une voix basse, son carton à dessin posé sur ses genoux :

— Jusqu'à présent, la science n'a pas trouvé de remède contre le Froid Noir. Nos médecins ignorent d'où provient ce mal.

Teagan songea à quelques discussions qu'il avait eues avec Alban de Nansac à ce sujet. Pendant des années, le capitaine de l'Hélion avait été un puits de connaissances pour le jeune gamin qu'il était, et avait largement contribué à sa culture.

— La maladie ronge les tissus et se propage très rapidement. La peau se nécrose, devient noire et finit par tomber. Le seul moyen de l'éradiquer est d'amputer le membre infecté. Le Froid Noir touche tout le monde, sans distinction. Riche ou pauvre, nous nous retrouvons tous sur le même pied d'égalité. Cependant, dans une société aussi éclatante que l'est Aldébaran, exposer des corps mutilés, estropiés, sectionnés, est inenvisageable. Des médecins se sont penchés sur le sujet, financés par la famille Folkaney elle-même. Des systèmes de greffes à l'or fondu ont alors vu le jour pour les hautes sphères, tandis que le peuple doit se contenter d'être recousu avec des membres volés sur des cadavres, à grand renfort de soudures au plomb, d'agrafes et de coutures grossières. On les appelle vulgairement les Rafistolés, mais certains ont élevé cette pratique au rang d'art. Souvent, ce sont des prostituées. Je pense que la pauvre fille que tu as vue sous le pont Clifford était l'une d'entre elles. Elles sont facilement reconnaissables avec leur tatouage de fleurs.

Une secousse fit brutalement trembler la navette, propulsant Gwladys contre l'épaule de Teagan.

— Maudits pavés ! pesta-t-elle en se redressant.

Teagan ricana, amusé de l'entendre râler constamment à tort et à travers.

— Donc, les Collecteurs sont engagés par les Maraudeurs pour trouver des membres viables et sains, pour le compte de l'aristocratie ?

— Oui. Le pire dans tout cela, c'est que les greffes à l'or fondu sont devenues un phénomène de mode, une distinction de beauté. Certaines femmes de la haute société se font scarifier volontairement la poitrine, les bras, les jambes ou le ventre, de formes gracieuses ou de fleurs. Les Ordermes y font alors couler de l'or liquide.

— C'est une plaisanterie ?

— Le paraître est également une maladie, répondit Gwladys dans un haussement d'épaules. Et elle non plus n'a aucune limite. Le trafic de membres humains est une réalité. Si un aristocrate a besoin d'une main, d'une jambe, ou même d'un œil, alors les Collecteurs font leur sélection parmi le peuple. Les prostituées sont les plus vulnérables.

— Pourquoi ? Parce que personne ne se soucie d'elles ?

— En partie, déplora la mécanicienne. Mais aussi parce que si un homme jette son dévolu sur une partie de leur corps, et qu'il décide de l'attribuer à sa femme… Certains sont prêts à payer très cher. Et à l'inverse, certaines de ces prostituées deviennent richissimes en vendant leur poitrine, leurs mains, ou même leur langue. À la place, elles s'en font greffer d'autres, à l'aide de câbles, d'agrafes souples en cuivre ou en laiton… Quelquefois, ce sont même des femmes de ton continent qui payent de leur personne leur voyage pour Aldébaran…

Le reste du trajet se passa dans le silence le plus complet. Les récentes révélations avaient ébranlé Teagan. Ce trafic d'organes était horrible, répugnant. Un reflet peu reluisant de la société dans laquelle il avait placé tant d'espoirs.

— Nous sommes arrivés ! le prévint Gwladys en se levant.

La navette roula encore sur quelques mètres, sans le moindre heurt cette fois, puis les portes s'ouvrirent dans un nuage de vapeur. Après que la classe la plus aisée soit sortie, Teagan s'engagea à son tour sur le marchepied et sauta sur la chaussée, les yeux levés vers les façades resplendissantes des maisons du cœur d'Ey'Nvala. D'immenses arbres roses, dont les branches souples retombaient vers le sol, bordaient le trottoir impeccable sur lequel couraient gaiement quelques enfants. Un petit garçon en costume de velours bleu tirait derrière lui un chien mécanisé. Teagan observa le jouet avec attention, admiratif de sa démarche.

— Pfff, encore une de ces stupides inventions des ateliers Flynn et Habbot, rouspéta Gwladys en fronçant les sourcils. Cette boîte de conserve ne tiendra pas.

Teagan tourna la tête vers elle, se retenant de rire. Il lui emboîta rapidement le pas, puis se maintint à sa hauteur. Ils passèrent ensemble au-dessus du canal, dont l'eau était bien plus claire que dans les bas quartiers où habitait Gwladys, et s'engagèrent dans une large allée, dont l'entrée était surveillée par deux gardes.

— La demeure du Gouverneur Folkaney se trouve derrière ces hauts murs, souffla la mécanicienne en lui désignant l'enceinte qui se déployait devant eux, à une centaine de mètres.

— Un véritable fort, constata Teagan en s'arrêtant.

— Le Gouverneur n'a pas que des amis, lui apprit Gwladys en sortant le laissez-passer signé de la main du maître des lieux. Tu ne pourras pas entrer.

— Je vais t'attendre dans le parc, indiqua Teagan. Je suis certain que tout va bien se passer. Tes croquis sont magnifiques. Le Gouverneur saura reconnaître ton talent.

Gwladys eut un léger sourire, rassurée par celui, encourageant, du Thénéryen. Dans une grande inspiration, elle lui adressa un petit signe de la main et s'éloigna, son carton à dessin pressé contre sa poitrine. Elle avait fait des efforts sur sa tenue, avait coiffé ses cheveux, et frotté ses mains pour en chasser toute trace de cambouis.

Plantée dans le hall au sol reluisant, Gwladys rongeait son frein et prenait son mal en patience. Chaque fois qu'elle venait rencontrer le Gouverneur, celui-ci la faisait patienter plus qu'il n'était convenable. Mais bien évidemment, elle ne pouvait pas se plaindre. Un profond soupir ennuyé passa ses lèvres. Immédiatement, un raclement de gorge retentit dans son dos. Rouge pivoine, Gwladys fit volte-face.

— Oh… bonjour.

Le majordome, qui s'était montré si désobligeant lors de sa première visite, la considérait avec attention.

— Quoi ? Il y a encore un problème avec ma tenue ? attaqua Gwladys, bien décidée à ne pas se laisser faire.

Après tout, ce vieux croûton n'était que majordome ! Pas de quoi s'en faire friser les moustaches. Butée, elle le défia du regard, sentant la colère grimper en elle tandis qu'il souriait.

— Absolument pas, mademoiselle Flaherty, la surprit-il. Je ne peux que noter l'effort fourni.

Les lèvres de la mécanicienne s'ouvrirent, mais finalement, elle ravala ses paroles acides et se contenta de hausser les épaules.

— Eh bien, je suis ravie que cela vous plaise. Je ne savais pas que vous étiez porté sur la mode féminine.

Le majordome la dévisagea une seconde, puis éclata d'un rire sobre, tout en retenue.

— Le Gouverneur va vous recevoir. Veuillez me suivre.

Autant l'attente lui avait semblé désespérément longue, autant les secondes défilaient bien trop vite à présent.

— Maintenant ? souffla-t-elle, en panique.

— Eh bien, oui. À moins que vous ne désiriez repousser votre entretien.

— Non ! Certainement pas !

C'était maintenant ou jamais ! Résolue à vendre sa Méca Hross, Gwladys s'engagea à la suite du majordome dans le corridor richement décoré. Au passage, elle admira les tentures qu'elle n'avait pas remarquées la dernière fois, trop nerveuse pour se concentrer sur autre chose que ses pieds. D'un léger coup contre le battant de bois rouge de la porte, le majordome annonça sa venue.

— Monsieur Folkaney, Mademoiselle Flaherty est ici.

— Faites-la entrer !

La voix sourde du Gouverneur fit sursauter Gwladys, qui déglutit bruyamment.

— De la finesse et du raffinement, murmura le majordome en s'inclinant alors qu'elle le dépassait pour pénétrer dans le bureau privé du Gouverneur.

— J'y songerai, répondit la mécanicienne avec un petit sourire en avançant d'un pas qui se voulait assuré.

Les portes se refermèrent sur son passage. Un silence pesant s'abattit immédiatement sur la pièce. Une véritable chape de plomb qui comprima les poumons de la jeune femme, l'obligeant à avaler de grandes goulées d'air. *Mais quelle idiote ! Respire, triple buse !*

— Pardonnez-moi, mademoiselle Flaherty. Je suis à vous dans quelques minutes. Archibald !

Comme s'il n'avait jamais quitté sa place derrière les portes, le majordome surgit, nimbé de son habituel flegme.

— Monsieur ?

— J'ai un message à faire porter. À l'attention de monsieur Harry de Sand.

— Bien, monsieur. Dois-je faire préparer un coursier ?

— Non. Fais-le livrer par les airs. Le Solar-IX sera très bien…

Gwladys réprima un soupir d'agacement. Octave Folkaney la testait-il ? Une telle coïncidence n'était pas envisageable. Les Solar-IX étaient de petits oiseaux coursiers de métal, très légers, et capables de suivre un trajet précis si leur carte de vol était bien programmée. Les plans avaient été dessinés par son oncle lorsqu'il travaillait encore aux côtés de Flynn et Habbot, mais les premiers essais n'avaient été réalisés qu'après sa mort. Flynn et Habbot avaient d'ailleurs fait fortune avec les Solar-IX qui s'étaient rapidement répandus dans toute la ville. Évidemment, Gwladys n'avait jamais pu prouver que les ébauches d'origine sortaient tout droit de l'esprit génial de son oncle, et avec les années, Flynn et Habbot s'étaient entièrement appropriés son succès révolutionnaire.

— Bien, monsieur, acquiesça Archibald en réceptionnant le pli cacheté de la main du Gouverneur.

Le visage tourné vers les vitraux entrouverts, Gwladys n'avait suivi que distraitement leur échange, cependant le nom de Sand ne lui avait pas échappé. Elle songea immédiatement à la jeune aristocrate qui l'avait abordée le jour de l'inscription.

— Mademoiselle Flaherty ! Avez-vous apporté les dessins ?

Si pendant quelques secondes, l'angoisse de Gwladys s'était atténuée, elle venait de réapparaître au galop.

— Bien sûr. J'ai un modèle unique à vous proposer. Quelque chose qu'aucun autre atelier n'a jamais réalisé !

— Vous m'intriguez. Montrez-moi.

Elle hocha la tête précipitamment, posant son carton à dessin sur la table libre que lui désignait le maître des lieux. *Allez, Gwladys ! Porte fièrement ta poitrine et tes bretelles ! Ne bégaie pas.*

— Alors... je... Enfin, il s'agit de... Voilà ! s'étrangla-t-elle en dépliant ses croquis avec maladresse.

Les secondes s'écoulèrent. Une minute. Puis deux, durant lesquelles le Gouverneur n'émit pas le moindre son, et ne laissa filtrer aucune émotion. Mal à l'aise, sur des charbons ardents, Gwladys tenta tant bien que mal de décrypter ses froncements de sourcils, le pli de son front, le pincement sévère de sa bouche. Rien ! Le Gouverneur était imperturbable. Se dandinant d'un pied sur l'autre, Gwladys mâchouillait activement son crayon de papier. *Mais pourquoi ne dit-il rien ? Foutu lord constipé et ennuyeux !*

Penché sur la console, les mains jointes dans le dos, Octave Folkaney admirait les travaux de cette étrange jeune femme ébouriffée. Une bête à la fois redoutable et fantasmagorique s'étalait sur le papier. Un animal au corps de cheval, dressé sur des pattes arrière particulièrement robustes et musclées, au poitrail large autour duquel pouvait être sanglée une selle. La bête arborait une gueule redoutable, articulée de rouages qui lui permettaient d'ouvrir ses mâchoires en grand, ainsi que des griffes acérées au bout de ses pattes antérieures, beaucoup plus courtes. Quelques annotations avaient été ajoutées sur le côté, mais restaient illisibles.

Plantée sur le côté, Gwladys n'osait pas demander à son hôte ce qu'il pensait de sa Méca. Son silence pesait comme une enclume sur sa poitrine. L'attente était insoutenable.

— Eh bien, mademoiselle Flaherty, je dois bien avouer qu'en vous commandant une pièce unique, je ne m'attendais pas à…

Il marqua un temps d'arrêt, entretenant un suspense insupportable. Que voulait-il dire ? Le cœur de la mécanicienne battait à tout rompre. Elle allait défaillir ! À quoi ne s'attendait-il pas ? Une telle catastrophe ? Un tel monstre ? Une abomination de métal ? Encore quelques secondes de ce traitement et elle allait définitivement s'écrouler.

— À une telle merveille.

— Pardon ? s'exclama Gwladys. Je… vraiment ? Mais je…

Octave Folkaney, souvent avare en compliments, la considéra avec attention. Toujours avec cette froideur habituelle, mais cependant, une certaine satisfaction éclairait son regard dur.

— Cette bête, si je ne m'abuse, est une créature de Thénérys…

— Euh… oui, balbutia Gwladys, les mains moites.

Elle venait de réaliser que proposer un animal du continent du Bas comme monture de parade pour le fils du Gouverneur d'Aldébaran était un faux pas de taille. Pourquoi n'y avait-elle pas songé plus tôt ? Qu'elle était stupide ! Mais en même temps… cet animal était absolument effrayant, et il en imposait ! Il ne lui restait plus qu'à espérer que le dirigeant d'Ey'Nvala comprenne le message.

— Je vous avoue que ce choix me laisse perplexe. J'ignore s'il s'agit d'une provocation, ou d'un trait de génie propre aux Flaherty.

— Je ne cherchais nullement à offenser votre nom. Mais… je trouve que le hross représente très bien la grandeur de votre famille. Il inspire la crainte et le respect. Personne n'a envie de se retrouver seul face à une telle bête.

— Sous-entendriez-vous que les gens me craignent ou n'acceptent de passer du temps en ma compagnie que par peur des représailles ?

Le sang quitta les extrémités de la jeune femme, qui blêmit brutalement. À trop vouloir en faire, elle avait encore parlé plus vite que nécessaire. *Gwladys ! Si ta tête et ta langue faisaient la course, c'est assurément ta langue qui gagnerait !*

— Non ! Ce n'est absolument pas ce que je voulais dire. L'idée était plutôt que…

— Allons, détendez-vous. J'ai parfaitement saisi le sens de vos propos, mademoiselle Flaherty. Il s'agissait d'un trait d'humour.

Ça ? De l'humour ? *Certainement pas,* songea Gwladys en reprenant quelques couleurs. Le Gouverneur reporta son attention sur les maquettes, lissa ses moustaches avec soin, songeur.

— Comment vous est venue une telle idée ?

Lorsqu'il reporta son attention sur elle, Gwladys se décomposa. Avec son regard trop perçant, Octave Folkaney lui coupait la respiration.

— J'ai rencontré un jeune homme qui venait de Thénérys. Et... c'est lui qui a dessiné les premières ébauches.

— Un Thénéryen ? Capable d'un tel talent ? Décidément, ils font beaucoup parler d'eux, en ce moment.

— Pardonnez-moi, je ne suis pas au courant des affaires d'Ey'Nvala. Je ne quitte pas beaucoup mon atelier, à vrai dire.

— Ne lisez-vous donc pas les journaux ? s'étonna-t-il.

— Les journaux me servent uniquement pour allumer mon poêle à bois, ou pour essuyer la graisse de mes doigts, monsieur.

Une fois encore, Octave Folkaney resta muet un bref instant. La nièce de John Flaherty n'avait réellement pas sa langue dans sa poche, mais dans le fond, cette impulsivité lui plaisait. Face à tous ces gens qui s'effaçaient devant lui, un peu de répondant restait agréable. Attention toutefois à ne pas franchir les limites de sa patience, mais la mécanicienne usait de son bagout avec tact.

— Eh bien dans ce cas, vous avez manqué un article polémique, signé de la main de Maddox Murdoch.

— Oh ? Le *Murdoch Times* ? Ces articles font toujours grand bruit, releva Gwladys, sentant qu'elle touchait quelque chose.

— Oui, en effet. Grand bruit... D'autant plus lorsque son torchon racoleur mentionne l'arrivée fracassante d'un rebelle Thénéryen. Une chose est sûre, ce Maddox Murdoch a des informateurs partout.

Gwladys afficha l'expression la plus détachée possible.

— J'espère que cet homme est bien gardé, alors. Je ne tiens pas à voir un prisonnier Thénéryen débarquer dans mon atelier.

— On ne peut mieux, ne vous en faites pas. Il a tenté de s'échapper sur le port en sautant du navi, mais le second du capitaine l'a stoppé. Il a immédiatement été transféré dans le navi pénitentiaire en partance pour For'Baten.

— Oh... Vous m'en voyez rassurée, alors, déclara Gwladys dans un sourire.

— J'espère que votre ami Thénéryen ne fera pas de vague pendant son séjour sur Aldébaran... Enfin, certains sont plus civilisés que d'autres. Par chance, ce ne sont pas tous des sauvages.

Gwladys fronça les sourcils, piquée par la remarque. Elle ravala les réflexions qu'elle ne pouvait pas se permettre en présence du Gouverneur, mais n'en pensait pas moins. *Stupide esprit étriqué ! Vieux snob. Clou rouillé !*

— D'ailleurs, votre talentueux dessinateur se trouve-t-il encore dans les parages ?

— Eh bien... oui, avoua-t-elle. Il n'a pas encore regagné Thénérys... Il désire assister à la Méca Race.

Elle se maudit intérieurement d'avoir encore parlé trop vite, mais après tout, ce n'était pas tout à fait un mensonge. Elle n'avait pas mentionné de quelle façon il comptait y assister. Le regard du Gouverneur la sondait, elle en était certaine. Il plissa les yeux, scrutant l'extérieur par les vitraux colorés. Gwladys se demanda à quoi il pouvait bien penser, mais déjà, il reportait son attention sur elle.

— Pensez-vous pouvoir achever la création à temps, mademoiselle Flaherty ?

— Naturellement ! s'empressa-t-elle d'approuver.

Elle réalisa soudain que cette simple question signifiait beaucoup. Octave Folkaney acceptait son idée ! Sa Méca serait montée par le fils du Gouverneur en personne pour l'ouverture de la Méca Race ! Elle ne pouvait imaginer meilleure publicité que celle-ci. Tout ce que cet homme touchait était automatiquement validé. Il lui offrait une chance de détrôner Flynn et Habbot, de venger la mort de son oncle, et de se faire connaître aux yeux de tous ! Elle ne serait plus seulement la mécanicienne à qui l'on commandait des boîtes à musique ou des pièces de rechange !

— Je veux que cette Méca soit grandiose. Ne lésinez ni sur la qualité ni sur la beauté. Dans quelques jours, je ferai livrer des painites à votre atelier. Directement importée de la mine de Kinefall.

— Des painites ?

— Tout à fait. Les soleils d'Aldébaran devront se refléter dans chacune de leurs facettes. Je vous laisse le soin de les sertir à votre guise, mais la Méca de mon fils devra rester dans les mémoires.

Le souffle coupé, Gwladys hocha la tête, tirant un crayon de papier de ses poches.

— Eh bien... je pourrais les insérer ici. Et ici. Vous permettez ?

— Faites donc. Ce sont vos travaux.

Immédiatement, Gwladys se rua sur le croquis, ajoutant sur le poitrail et le front de la bête les painites souhaitées par le Gouverneur.

— Selon la taille qu'elles feront, il faudra sans doute les ajuster, mais je pense que cela sera du plus bel effet.

Octave Folkaney se pencha sur les travaux de la jeune femme, admirant son coup de crayon. Elle était douée, inventive, réactive. Quel gâchis qu'elle ne soit pas née homme. Oui, vraiment.

— Je pourrais également ajouter un système de valves, d'eau, et de chaleur. Ainsi, en actionnant un petit levier dissimulé, disons ici, dans la crinière qui sera en tôle souple, un jet de vapeur pourrait sortir de sa gueule. Il faudrait seulement inclure un réservoir à l'intérieur de la carcasse.

Le Gouverneur l'écouta sans mot dire durant de longues minutes. Une chose était certaine : en faisant appel à Gwladys Flaherty pour cette commande, il s'assurait une création absolument unique en son genre.

— Vous avez carte blanche !

Teagan avait parcouru le parc en long, en large, et en travers, flânant sous les magnifiques pergolas couvertes de fleurs, et déambulant dans les allées. Mêlé à l'aristocratie qui se pavanait, à pied ou en calèche, il dénotait avec sa chemise large, ses cheveux hérissés et ses yeux ocre. De temps à autre, il lorgnait en direction des imposantes grilles de fer forgé qui délimitaient l'étendue, mais Gwladys semblait fort occupée avec son entretien. Il espérait sincèrement que la Méca convaincrait le dirigeant d'Ey'Nvala, et que son amie ne perdrait pas tous ses moyens en sa présence.

Il finit par s'installer sur un banc, un sachet de noisettes caramélisées dans les mains. Il n'avait jamais goûté à ce genre de friandises, mais l'odeur qui émanait du petit stand ambulant l'avait alléché. À l'ombre de l'immense palmier phœnix qui offrait une fraîcheur appréciable, Teagan plongea les doigts dans les sucreries, intrigué. C'était chaud, croquant, et légèrement amer, là où le caramel avait roussi. Lorsqu'il eut terminé sa portion, il ne savait toujours pas s'il aimait ou non cette nouveauté.

Légèrement écœuré par tout ce sucre, il allait se redresser pour jeter son papier lorsque la voix de Gwladys retentit.

— Teagan !

Elle courait vers lui, les joues rouges, échevelée, suscitant des regards indignés sur son passage. Une femme se devait de rester impeccable en toutes circonstances, et certainement pas se donner en spectacle de cette façon. Lui, au contraire, trouvait cette désinvolture charmante. Gwladys pétillait d'une joie de vivre que les aristocrates ne pourraient jamais toucher du doigt.

— Alors ? la pressa-t-il en accourant dans sa direction.

— Il a détesté.

— Quoi ? C'est impossible ! s'offusqua Teagan. Il ne mérite même pas que tu dessines pour lui !

Les yeux baissés vers le sol pour éviter de se trahir, Gwladys prenait sur elle pour ne pas éclater de rire, très amusée par ce petit tour. Mais pour autant, la fougue que Teagan déployait pour la défendre lui allait droit au cœur.

— Je ne comprends pas comment il a pu détester ! Ta Méca est splendide et aucun autre artisan n'est capable de lui proposer un projet pareil !

— Teagan…

— Quoi ? grogna-t-il en remarquant le sourire en coin de son amie.

— Je plaisantais.

— Tu…

— J'ai signé mon contrat, Teagan ! Et c'est grâce à toi ! Octave Folkaney est enchanté par ton idée !

— Nom d'une slug avariée ! s'exclama Teagan en serrant les poings. Tu te moquais de moi ?

— Pour la bonne cause, acquiesça Gwladys. C'était très touchant de t'entendre me soutenir.

Leurs regards se croisèrent, celui de Teagan furieux de s'être laissé prendre, et celui de Gwladys, très satisfait. Un instant plus tard, ils éclataient de rire.

— Je suis très heureux pour toi, sourit finalement Teagan en déposant un léger baiser sur sa joue. Tu vas enfin avoir droit à la reconnaissance que tu mérites.

— Merci beaucoup. Tu es la providence tombée du ciel.

— Dis plutôt, la providence montée au ciel.

— Ce n'est pas si faux, admit Gwladys en glissant son bras sous le sien. Même si ton ciel est en réalité mon sol.

Elle remarqua le papier de noisettes caramélisées qu'il avait finalement fourré dans sa poche et rit.

— Oh, le si sobre Teagan s'est laissé aller à manger de telles bêtises ?

— Je ne suis pas contre quelques plaisirs de temps à autre, mais dans le fond, rien ne vaut le jus-de-tempête de ton oncle.

La mécanicienne pouffa à sa remarque, songeant encore à la tête qu'il avait faite lorsque l'alcool lui avait brûlé la gorge.

Ils déambulèrent ainsi dans les allées, profitant des dernières heures du jour.

— Au fait, j'ai eu des nouvelles de ton frère, souffla Gwladys. Un article a même été rédigé par le *Murdoch Times*. Un article qui a suscité l'indignation et la surprise.

— Mon frère ? Dans un journal ?

Gwladys hocha la tête, tout en plissant les yeux, éblouie par les deux soleils qui déclinaient lentement à l'horizon.

— Oui. Il aurait réussi à s'échapper du navi qui l'amenait ici.

— L'Hélion. Celui d'Alban de Nansac, soupira Teagan.

— Il a fui sur le port, mais le second du capitaine lui a tiré dessus.

Teagan grinça des dents à cette nouvelle. Dans quel état allait-il récupérer Cayden ? Chaque jour coincé ici à attendre la Méca Race plombait un peu plus les chances de survie de son frère !

— Declan a toujours été un fat ! Il ne supporte pas qu'on lui tienne tête.

— Tu parles en connaissance de cause ?

En quelques mots, Teagan lui relata de quelle façon il s'était battu avec l'homme sur le pont du navi, lorsqu'ils étaient encore à Stent.

— Garde espoir. Je sais que mes paroles ne te sont d'aucun secours, mais si la chance me sourit, elle te sourira également. J'en suis certaine.

L'horizon s'embrasa tout à coup d'un liseré rouge et or, si vif qu'il était pratiquement impossible de le contempler. Cette lueur chaude et ardente raviva le cœur du Thénéryen. Près de lui se tenait cette demoiselle un peu loufoque. Une rencontre sur laquelle il n'aurait jamais parié. Avec lenteur, il se tourna vers elle pour contempler son profil et attrapa une mèche rebelle de sa crinière rousse pour la replacer derrière son oreille.

— Détrompe-toi, lui murmura-t-il avec douceur. Tes paroles me sont d'un grand secours. *Tu* m'es d'un grand secours. Je pense que nous étions destinés à nous rencontrer.

Teagan s'était toujours refusé à parler de sentiments pour une femme. Il avait de l'affection pour certaines, une amitié indéfectible pour Hannah, mais il n'avait jamais rien ressenti de plus fort que cela. La jeune femme libre et têtue qui l'accompagnait générait chez lui un nouveau prisme d'émotions. Il s'était toujours promis que la femme qu'il aimerait devrait être spéciale à ses yeux. Différente. Et accessoirement, Cayden ne devait pas être passé par là avant lui ! Gwladys était spéciale. Elle était différente. Et pour couronner le tout, elle ne connaissait même pas son frère ! Un tableau presque parfait. Un sourire amusé étira les lèvres du Thénéryen.

— Qu'est-ce qui t'amuse ainsi ? murmura Gwladys, la gorge sèche.

La lueur des soleils à l'agonie que captaient les yeux de braise de Teagan la faisait chavirer. Cependant, il n'eut pas l'occasion de lui répondre. Dans leur dos, une voix pétillante et exaltée venait à leur rencontre.

— Gwladys ? Oh, je suis tellement contente de vous voir !

— Mademoiselle de Sand ?

— Allons ! Nous avions dit que vous m'appelleriez Cécilie.

Gwladys sourit d'un air embarrassé et approuva :

— Oui, bien sûr. Cécilie. Eh bien… je suis heureuse de vous revoir. Euh… permettez-moi de vous présenter mon ami.

— Incroyable ! s'exclama la jolie aristocrate en dévisageant Teagan avec stupeur. C'est fou comme vous lui ressemblez !

25

JE TE RESSENS EN MOI, DE LA MÊME MANIÈRE QUE TU RESSENS LES SPIRANES. C'EST INTRINSÈQUE. TU ES MON ALPHA, CAYDEN, ET IL N'Y A RIEN NI PERSONNE AU-DESSUS DE TOI.

NINO CANNING

ALDÉBARAN - ÎLE PRISON DE FOR'BATEN – MINES DE KINEFALL

Une semaine s'était écoulée depuis l'échange nocturne entre Cayden et Nino. Ils n'avaient pas eu l'occasion de parler en journée, mais se retrouvaient chaque soir dans la cellule, à l'abri des regards, plongeant dans les renfoncements d'ombres. Ils discutaient pendant des heures, parfois même jusqu'à l'aube, sous l'air réprobateur de Boli qui ne voyait pas ce rapprochement d'un bon œil.

Il avait une affection particulière pour le Thénéryen, mais l'influence de Nino ne jouait pas en sa faveur auprès des autres hommes. Ce qu'ils se disaient, les messes basses qu'ils échangeaient, personne n'en savait rien, mais les rumeurs circulaient dans les galeries… jusqu'à la surface.

Assis derrière son bureau, le lieutenant Defoe consultait les derniers rapports en provenance de la mine. Il avait eu connaissance de l'altercation entre Cayden Jayce et son contremaître, mais n'en avait pas fait cas. Depuis que le Thénéryen avait plongé dans les entrailles de l'île, les récoltes de painites étaient plus abondantes, et cela servait tellement bien ses affaires qu'il était prêt à fermer les yeux sur d'éventuels débordements. Ce qui l'inquiétait bien plus, en revanche, était cette soudaine proximité avec Nino Canning, plus connu sous le nom de l'Écorcheur de Norkfall.

— Monsieur ?

Defoe releva les yeux vers le soldat qui patientait et l'invita à s'asseoir.

— Des nouvelles de la mine ?

— Le dernier chargement est en train de remonter. Cyran tousse anormalement, monsieur. De même que Mano, et quelques autres hommes.

Un pli soucieux barra le front de Defoe. Si le Froid Noir gagnait les galeries, ils allaient au-devant d'une catastrophe. La maladie se propageait si rapidement qu'ils ne pourraient jamais faire évacuer tous les hommes. Et même si c'était le cas, cela signifiait également plusieurs jours d'inactivité pour la mine, et un manque à gagner considérable. Dans très exactement trois jours, le navi marchand d'Alban de Nansac allait nuager jusqu'ici, en partance d'Ey'Nvala, avec pour ordre de mission de rapporter les plus belles painites. Celles-ci devaient servir à orner la nouvelle Méca de parade que le Gouverneur avait commandée pour l'ouverture de la Méca Race, et qui serait bien évidemment montée par son fils, William Folkaney.

— Nous ne pouvons pas nous permettre de perdre Cayden Jayce, soupira-t-il lourdement. Si réellement le Froid Noir est en train de se propager parmi les mineurs, il faudra le faire remonter à la surface, par précaution. J'ignore comment il s'y prend pour extraire de si belles pierres, mais…

— Les hommes disent qu'il s'enfonce dans des galeries où personne n'ose aller. Les mineurs ont peur de lui.

Defoe referma le dossier ouvert devant lui et retira ses gants en cuir noir, qu'il déposa soigneusement l'un au-dessus de l'autre sur l'accoudoir de son fauteuil. Pendant quelques secondes, il fixa le corbeau de bois aux ailes déployées taillé par le Thénéryen. Après l'avoir ramassé dans le sable, il l'avait observé longuement, tenté de le jeter dans les flammes à cause du symbole d'anarchie qu'il représentait, mais l'avait finalement posé juste à côté de son encrier.

— La peur galvanise les hommes, Stanford. Elle n'a rien de réel. Le seul endroit où la peur existe, c'est dans nos esprits, c'est pour cela qu'elle nous effraie tant.

— Monsieur, si vous me permettez…

— Parle, je t'écoute.

— Certains mineurs qui sont remontés à la surface ce matin prétendent que le Thénéryen et l'Écorcheur de Norkfall entretiennent une relation étrange…

— Vraiment ?

Kinefall manquait de femmes, c'était certain. Les hommes le vivaient mal, aussi pour pallier cette absence cruelle de chair tendre, chaude et accueillante, les oisillons étaient là. De pauvres orphelins tombés du caniveau, dont personne ne voulait. Bien souvent, ils étaient rafistolés avec des pièces de mauvaise qualité, mais c'était toujours mieux que rien. Defoe fermait les yeux sur ces écarts inévitables. C'était ainsi, simplement.

— Fais venir les mineurs dont tu parles.

— Bien, monsieur !

Le soldat claqua ses bottes l'une contre l'autre dans un salut très protocolaire, et sortit à la hâte, à la recherche des mineurs. Moins d'une demi-heure plus tard, tous trois se trouvèrent alignés devant le lieutenant, enchaînés les uns aux autres par les chevilles. Debout derrière son bureau, les mains dans le dos, Scott Defoe les observa avec attention.

— Lincoln, Archie, et Harry. Tout se passe bien dans les mines ?

Les piocheurs se jetèrent quelques regards, sous l'œil attentif du lieutenant. Ils ignoraient pour quelle raison on les avait convoqués, et Defoe aimait observer leurs expressions. Un homme qui avait quelque chose à se reprocher finissait toujours pas se trahir.

— Oui, m'sieur, finit par acquiescer Lincoln, le plus grand des trois.

Il dépassait d'une bonne tête Archie et Harry. Gardant le silence plus longtemps qu'il ne le fallait, Scott Defoe appréciait de sentir la pression monter chez les hommes, cependant, il les rassura rapidement sur ses intentions. Ses prisonniers, tous autant qu'ils étaient, restaient des criminels, des meurtriers pour certains, et il n'était jamais bon de jouer avec les nerfs de ce genre d'individus.

— Un soldat m'a informé que vous aviez remarqué des comportements inhabituels chez le Thénéryen et l'Écorcheur de Norkfall.

Lincoln se mit à osciller d'un pied sur l'autre, tripotant son bonnet entre ses mains. Le lieutenant s'attarda une fraction de seconde sur l'ongle noir de son pouce, puis soupira lourdement.

— Alors ?

— Eh bien, commença Archie d'une voix hésitante, je dirais pas inhabituels, mais plutôt malsains, vous voyez ?

— Non, Archie, je ne vois pas, déplora Defoe en reprenant place dans son fauteuil.

D'un geste du menton, il leur indiqua de poursuivre et sortit une boîte de cigares du dernier tiroir de son imposant bureau. Une petite clé dorée en fermait la serrure, mais cette protection était inutile. L'accès de ce bureau était strictement interdit à qui que ce soit.

— Malsains ? les questionna-t-il en attrapant un petit coupe-cigare finement poinçonné d'un lion, et parfaitement affûté. Quel genre de relation malsaine Cayden Jayce et Nino Canning peuvent-ils bien entretenir ?

— Il est pas normal, ce Thénéryen ! aboya Harry, qui avait gardé le silence jusque-là. Il cause pas, il se mélange jamais. Au début, il accompagnait Boli dans les galeries, et puis au bout de quelques jours, il est parti tout seul. Il ramène des painites grosses comme le poing ! Et on sait même pas d'où elles sortent.

— De toute évidence, elles proviennent des profondeurs de la mine, souligna Defoe en sectionnant le bout de son cigare.

D'un geste sec, il craqua une allumette contre sa botte, puis chauffa le pied de son cigare à la flamme durant quelques secondes. Les feuilles roussirent, répandant une agréable odeur de notes boisées dans la pièce.

— Bien, continuez. Jusque-là, je n'y vois rien de suspect ou de malsain. Après l'accueil que Cayden Jayce a reçu au pénitencier, il n'y a rien d'étrange à ce qu'il préfère la solitude des galeries à votre compagnie.

Archie ricana, coupé d'un coup de coude dans les côtes par son acolyte de gauche.

— Le son des cloches, pour l'appel du soir, ça le rend malade, se rappela tout à coup Lincoln.

— Malade ? répéta Defoe.

Voilà bien quelque chose d'inhabituel, et qui éveillait enfin la curiosité du lieutenant, encore persuadé que les rumeurs n'étaient que le reflet d'un ennui profond. Enfermés les uns sur les autres, avec pour seules occupations le travail, les bagarres récurrentes et les jeux de dés, les hommes devenaient souvent pires que des bonnes femmes.

— Le premier soir, il s'est plié en deux. C'est Boli qui l'a traîné jusqu'aux cellules, alors qu'ils avaient les spiranes au cul. Aux trousses ! se corrigea immédiatement Lincoln en avisant l'expression courroucée du lieutenant.

— C'est vrai ça ! renchérit Archie. Et puis quand les spiranes sont arrivées, il s'est collé aux grilles. On aurait dit qu'il était comme...

— Intrigué ? proposa Defoe en recrachant une bouffée de fumée.

— Non. Encore plus que ça.

— Fasciné ?

— Exactement, lieutenant Defoe ! Il était fasciné.

— Rien d'étonnant pour un Thénéryen qui n'a jamais rien vu de notre monde.

— Sauf votre respect, monsieur, j'avais jamais vu de spiranes non plus avant d'être incarcéré ici, et ce n'est pas pour autant que j'ai traîné près des grilles pour les observer de plus près.

Un fin sourire étira les lèvres de Defoe.

— C'est une remarque très pertinente, Lincoln. Étonnamment pertinente, d'ailleurs.

Un soupir souleva sa large poitrine, engoncée dans son uniforme impeccablement lissé et amidonné.

— Avez-vous remarqué autre chose au sujet de Cayden Jayce ?

— Avant que l'Écorcheur débarque, il passait son temps à fixer le vide et l'obscurité à travers les grilles des cellules, sans jamais se mêler à nous. Mais depuis que le gosse est là, ils sont tout le temps fourrés ensemble. Et puis, le Thénéryen, il a failli tuer Cyran.

— Oui, j'ai lu un rapport à ce sujet, reconnut Defoe. Mais il est mentionné que le contremaître l'a attaqué par surprise, et qu'il s'est défendu.

— Peut-être… mais les hommes se demandent encore de quelle façon il a pu entendre Cyran arriver dans son dos avec le boucan que faisait la cabine qui descendait.

— L'intuition, souffla le lieutenant en reposant son cigare dans le cendrier en verre. L'instinct de survie du Thénéryen doit être en perpétuel éveil. Il est dans un monde dont il ignore tout, il se protège.

Le corbeau aux ailes déployées tatoué sur le torse du révolté ne lui avait pas échappé. Un Maraudeur. Entraîné à voler, mentir, manipuler, et sans nul doute tuer si le besoin s'en faisait sentir.

— Parlez-moi un peu de Nino Canning.

— Il ne cause à personne non plus. Boli le supervise, mais je crois bien que le gamin lui file les chocottes.

— Je ne suis pas surpris. Nino Canning ferait froid dans le dos à n'importe qui !

— Alors faut croire que le Thénéryen n'est pas n'importe qui, souffla Lincoln.

— Que veux-tu dire par là ? l'interrogea le lieutenant, tout à coup bien plus attentif.

Une alliance de prisonniers était toujours à craindre à Kinefall, mais une alliance entre un Thénéryen indiscipliné et un tueur sadique était inenvisageable. Ce genre de rapprochement ne devait jamais voir le jour.

— Le soir, quand le signal retentit, ils se retrouvent dans le fond de la cellule. Ils restent à parler pendant des heures, parfois même jusqu'au matin. Ils ont des gestes étranges, entre eux.

— Qu'entends-tu par étranges ?

— Eh bien, l'Écorcheur est toujours dans l'ombre du Thénéryen. Ils dorment ensemble sur la paille, et parfois, leurs visages sont si proches quand ils se parlent qu'on pourrait croire qu'ils vont s'embrasser. Ils se reniflent comme des bêtes. Et quand un homme s'adresse au Thénéryen, on a l'impression que Canning va lui arracher les tripes.

— Les avez-vous surpris en train de forniquer ? s'enquit le lieutenant.

— Bon sang, non ! s'offusquèrent Archie et Harry dans une mine dégoûtée.

Scott Defoe leva les sourcils dans une expression sévère, dérangé par ce genre de réaction. Ils jouaient les scandalisés, mais étaient les premiers à brutaliser les oisillons qui débarquaient. Cependant, ce qui l'interpellait le plus était le silence pesant de Lincoln. Le prisonnier se contentait de fixer le sol, battant des cils avec nervosité.

— Et toi, Lincoln ? Tu ne dis rien ?

— Je ne les ai pas vus, monsieur.

— Mais peut-être as-tu autre chose à raconter ?

Lincoln déglutit, mal à l'aise.

— Eh bien, je les ai entendus parler une nuit. Je croyais qu'ils allaient coucher ensemble, alors je leur ai demandé de la mettre un peu en veilleuse, mais après ça, j'ai plus vraiment fermé l'œil. J'ai entendu qu'ils parlaient de bêtes, de greffes. Le gamin lui a raconté une histoire sordide. Et puis, à un moment, il s'est approché de moi. Il m'a humé, comme une bête hume l'odeur de la viande ! J'vous jure ! J'en aurais chié dans mon froc.

— Épargne-moi ton langage, gronda Defoe dont la patience s'étiolait. Et après ?

— J'sais plus. Le Thénéryen l'a rappelé et ils ont continué à parler.

— Et c'est tout ?

Ils hochèrent tous trois la tête. Le lieutenant les dévisagea tour à tour, puis s'arrêta sur Lincoln.

— Montre-moi ta main, ordonna-t-il.

Le prisonnier blêmit, hésita imperceptiblement et tendit sa main gauche, enfonçant l'autre dans la poche de sa veste.

— Ne me fais pas perdre mon temps !

D'un signe du menton, Defoe interpella Stanford, resté contre le mur près de la porte d'entrée. Immédiatement, celui-ci quitta son poste d'observation pour saisir Lincoln par la nuque. D'un geste, il le fit ployer vers le bureau d'un coup de crosse de fusil dans l'arrière des genoux et tordit son bras au risque de le lui briser.

— Arrêtez ! s'écria Lincoln dans un gémissement douloureux. C'est bon ! C'est bon.

D'un mouvement d'épaule, il se dégagea de la prise du garde et se redressa dans un tintement de chaînes, la mâchoire crispée. Le sang lui battait les tempes tant la pression qui s'accumulait dans son corps menaçait d'exploser. Il savait ce qui l'attendait. Avec lenteur, Lincoln retira son autre main de sa poche et la souleva à hauteur de son visage, révélant son pouce noir, mangé par la maladie.

— Depuis combien de temps ?

— Quelques jours, murmura Lincoln.

— Et t'as rien dit ! beugla Harry. Alors que j'mange dans la même gamelle que toi !

Paniqués, Archie et Harry n'en menaient pas large. D'instinct, ils s'étaient éloignés de Lincoln autant que leurs entraves le leur permettaient, et le dévisageaient à présent dans une expression dégoûtée, tel un pestiféré.

— Y a-t-il d'autres cas parmi vous ?

— Certains hommes toussent, mais j'ai rien, se défendit Lincoln. Je me sens en pleine forme ! Je le jure !

— Oh, mais je n'en doute pas, opina Defoe. Cependant, tu comprendras que je ne peux pas prendre le risque de mettre toute la colonie en péril. Stanford !

Un instant plus tard, Lincoln fut libéré de sa lourde chaîne, puis traîné de force dans la cour. Hurlant et se débattant comme un beau diable, il fut poussé dans le sable où il s'étala de tout son long. Il roula immédiatement sur le dos, reculant à mesure que Scott Defoe avançait vers lui, le canon de son arme pointé sur son front.

— Qu'est-ce que vous faites ? Ma main ! Prenez juste ma main.

Sans s'émouvoir, le jeune lieutenant secoua la tête, bien résolu à l'abattre.

— Et que ferais-je d'un piocheur incapable de tenir son outil ? Avec une main en moins, tu ne deviens qu'une bouche à nourrir, et les denrées sont chères. Tu ne seras plus d'aucune utilité, ici. Sois reconnaissant, ton calvaire s'arrête aujourd'hui.

Dans la grande cour, les détenus avaient cessé leurs activités et s'étaient rapprochés pour observer avec attention ce qui se passait. Le lieutenant n'était pas connu pour ses accès de colère, ou pour des débordements de cruauté. Il ne punissait jamais sans raison. Seulement par obligation.

— Arrêtez ! Je ne veux pas mourir, suppliait le mineur.

— Tout le monde meurt un jour, Lincoln. Ne rends pas les choses plus difficiles. À moins que tu ne décides de devenir un oisillon...

— Jamais ! Putain ! Je ne serai pas un foutu sac à...

La détonation couvrit les hurlements, résonna le long des murs d'enceinte, se propageant sur des kilomètres, puis le corps sans vie de Lincoln retomba mollement dans le sable, un trou béant dans la tête. Un filet de sang s'écoula dans le silence de l'assemblée insensible. Sans se départir de son calme, Scott Defoe se pencha sur la dépouille de Lincoln, un bras devant son nez pour se protéger des éventuelles propagations aériennes, et ferma les paupières du prisonnier.

— Paix à ton âme de vaurien, murmura-t-il en se redressant. Brûlez sa dépouille ! Et surtout, protégez vos visages. Une épidémie de Froid Noir n'est pas envisageable !

Le simple nom de la maladie fit reculer tous les hommes. Le corps fut abandonné en plein soleil sans qu'aucun prisonnier ne cherche à s'en approcher. Personne n'était assez fou pour dépouiller un contaminé. Une demi-heure plus tard, deux soldats en combinaison de cuir et de caoutchouc, dont les visages étaient couverts d'un masque capable de filtrer l'air à l'aide de cartouches, emportèrent le cadavre pour le jeter dans le crématorium de la prison. Les cendres furent balayées, rassemblées dans un récipient de terre cuite, puis le tout fut jeté dans le vide.

Plus tard dans la soirée, Scott Defoe rassembla ses hommes.

— La situation est critique. Nous ignorons combien d'hommes sont atteints du Froid Noir, et peut-être bien qu'eux-mêmes ne le savent pas encore. Demain, dès l'aube, vous ferez remonter tous les mineurs à la surface. Ils seront inspectés un par un, sans exception ! Les infectés seront immédiatement abattus et leurs corps, brûlés ! Faites passer le message à la mine. Et si certains cherchent à déserter, ou à se soustraire à l'examen, ils seront exécutés sans sommation.

Ce soir-là, lorsque le signal retentit dans la galerie, Cayden balança immédiatement sa pioche au sol. Les ondes de l'énorme cloche résonnaient dans les boyaux rocheux et roulaient le long des parois en lui vrillant les tympans. Au fil des jours, son organisme s'était habitué de façon progressive aux vibrations, mais elles lui tordaient toujours l'estomac. Il contrôlait à présent ses nausées, même si le sol tanguait encore dangereusement. Tout comme il avait assimilé les aptitudes incroyables des spiranes, son corps en subissait également les affres.

Il avait passé la journée à creuser, seul, prolongeant au maximum son extraction dans une partie de la mine abandonnée depuis longtemps. Les étais qui soutenaient la structure instable des galeries étaient branlants, mais le Thénéryen n'en faisait pas grand cas. Son instinct, qui se développait de manière constante au fil des jours, lui indiquait qu'il pouvait avancer sans crainte que tout s'effondre.

Armé d'une lampe à huile qui brûlait en permanence, Cayden remonta à la hâte le long couloir de pierre, courbé par la bassesse du goulot. Dans son dos, il percevait le grattement régulier d'un pas animal qui semblait le suivre à bonne distance, sans jamais oser s'approcher. Lorsqu'il s'arrêtait pour écouter, les mouvements cessaient totalement, puis reprenaient à mesure qu'il repartait. Ce petit jeu durait depuis plusieurs jours maintenant, et il ressentait au plus profond de sa chair l'appel des spiranes. De temps à autre, de faibles stridulations timides, accompagnées de pulsations bleues très brèves, résonnaient. Il était certain que c'était l'une d'entre elles.

Comme les autres soirs, lorsqu'il émergea dans les galeries plus fréquentées, la bête abandonna sa piste pour filer à nouveau dans les profondeurs sombres et silencieuses de la mine. Pour autant, Cayden savait parfaitement que d'ici quelques minutes, elles remonteraient toutes pour une chasse sanguinaire dont les hommes étaient la proie. À deux exceptions près.

À la recherche de Nino, Cayden se faufila entre les mineurs. Dans ces moments-là, personne ne parlait, et tous se pressaient pour rejoindre les cellules au plus vite, en apnée totale jusqu'à ce que les grilles se referment sur eux, leur offrant leur seul refuge ici. Balayant les têtes du regard, Cayden repéra la tignasse claire de Nino, non loin devant. Il lui sembla que le gamin tournait imperceptiblement la tête dans sa direction, un léger sourire aux lèvres, comme s'il avait ressenti sa présence avant même de le voir. Ils se percevaient l'un l'autre de manière inexplicable.

— Tu lorgnes ton oisillon personnel ? ricana Mano en ralentissant le pas pour se maintenir à sa hauteur.

Le sang du Thénéryen ne fit qu'un tour, mais alors qu'il allait répliquer, un relent toxique envahit ses narines. Il se figea brutalement, les ailes de son nez frémissantes, tous ses sens en alerte. Son intuition le força à ne rien dire et à reculer lorsqu'il comprit que l'odeur putride émanait de l'homme qui lui parlait. Un frisson trouble glissa le long de son échine. Il s'éloigna rapidement, accompagné par la voix aigre de Mano qui exultait de le voir filer sans répliquer.

— C'est ça ! Écrase-toi !

Un instant plus tard, son rire s'étranglait dans une toux grasse, soldé par un épais crachat. Cayden garda le silence, mettant le plus de distance possible entre eux. À la hâte, il rejoignit Nino en quelques enjambées. En une seconde, il l'empoigna par la nuque et le poussa dans une galerie adjacente, le plaquant sans ménagement contre la paroi. Au loin, les ultrasons stridents des spiranes remontaient déjà dans un ballet inquiétant. Dans quelques minutes, elles seraient toutes là. Les galeries se trouveraient envahies de hordes sauvages.

— Cayden ? Qu'est-ce qui t'arrive ? gronda Nino en heurtant la pierre rugueuse.

— Tais-toi ! lui ordonna-t-il en appuyant sa main contre sa bouche pour le réduire au silence. Est-ce que tu sens ?

Sans les remarquer, Mano passa à seulement quelques mètres d'eux, laissant traîner un parfum de mort dans son sillage. Le filet invisible heurta les narines de l'Écorcheur de Norkfall, qui hocha la tête avec satisfaction, avant de sourire contre la paume de Cayden. En silence, celui-ci le poussa un peu plus dans le renfoncement, renforçant leur proximité, loin des regards.

Aux aguets, le Thénéryen attendit que les pas des derniers traînards s'éloignent suffisamment pour relâcher la pression contre les lèvres de Nino, son regard rivé au sien. L'Aldébarien gronda brutalement comme un animal affamé lorsque la chaleur de la paume calleuse abandonna son épiderme. Pendant quelques secondes, il avait perçu le sang vif fuser dans le réseau veineux du Thénéryen, propulsé par la pompe puissante de son cœur.

Nino était accro à cette sensation que Cayden provoquait chez lui. Une attirance animale et bestiale, régie uniquement par l'odeur étourdissante qu'il dégageait. Une fragrance unique d'Alpha, que les hommes du commun des mortels ne pouvaient percevoir, ni même comprendre ou envisager. Qu'ils n'auraient jamais le privilège de connaître. Pauvres d'eux… Ils ne savaient pas à côté de quoi ils passaient.

Cayden, de par son don, était lié aux spiranes, indéniablement, même s'il n'avait pas encore eu l'occasion de s'affilier définitivement à elles. Cependant, être uni au prédateur terrestre le plus dangereux et le plus intelligent d'Aldébaran le plaçait automatiquement tout en haut de la chaîne alimentaire. De ce fait, une hiérarchie naturelle, qu'ils ressentaient tous deux, s'était instaurée en se passant de mots. Dans cette fascination quasi obsessionnelle, Nino se soumettait volontiers à l'aura de chef de meute que dégageait le Thénéryen.

— Ne t'approche plus des autres hommes, ordonna Cayden avec douceur.

— Toi, ne t'approche plus des autres hommes, souffla Nino en retour.

Le Thénéryen le dévisagea intensément, comprenant sans mal le sous-entendu.

— Ils sont contaminés, reprit-il cependant avec sérieux. Je peux sentir la maladie s'infiltrer partout dans les galeries.

— La chair putrescible de ces déchets va bientôt tomber en lambeaux, se réjouit Nino avec un léger sourire.

— Pourquoi est-ce que tu souris comme ça ?

— Parce que toi aussi, tu sens les effluves nauséabondes. Tu n'es même pas pleinement lié aux spiranes, et pourtant, tu ressens les choses exactement comme elles. Et c'est pour cette raison qu'elles ne remonteront pas cette nuit. Elles aussi ressentent la maladie.

Cette constatation arracha une expiration sèche à Cayden, qui ferma les yeux une seconde.

— J'ai besoin de les voir ! murmura-t-il.

Ses yeux rouges luisaient dans l'obscurité, teintés d'une folie exaltée que Nino partageait pleinement.

— J'ai besoin de les entendre de plus près. De les toucher !

— Moi aussi, j'ai besoin de te toucher, jeta Nino sans détour, ses lèvres retroussées sur ses canines, tout à coup anormalement pointues.

Le Thénéryen se figea, suspendu aux lèvres de Nino qui ne détournait jamais le regard.

— Je te ressens en moi, de la même manière que tu ressens les spiranes. C'est intrinsèque. Tu es mon Alpha, Cayden, et il n'y a rien ni personne au-dessus de toi.

Une bouffée de chaleur gonfla l'organisme survolté de Cayden. Sa main puissante se referma brutalement autour de la nuque de Nino, rapprochant leurs visages jusqu'à ce que leurs fronts se heurtent.

— On appartient à la même meute, toi et moi, souffla Cayden contre ses lèvres. Et je ne te laisserai jamais derrière moi !

Leurs odeurs se mêlèrent, alors que celle de Cayden tapissait profondément les sens de Nino qui huma l'air à fond, gonflant ses poumons moitié homme, moitié addrax.

— Je veux être le premier sang que tu goûteras, murmura-t-il alors. Que tu t'imprègnes de moi, comme j'ai envie de m'imprégner de toi ! Tu comprends, Cayden ?

Troublé, le Maraudeur sentit ses nerfs lâcher. Une libération d'adrénaline explosa dans son organisme, lui mettant le feu aux tripes.

— Je perçois tes battements de cœur irréguliers, constata Nino.

— Et je perçois les tremblements du tien, gronda Cayden en retour, effleurant sa bouche de la sienne.

Un sursaut terrible secoua le corps de Nino lorsque les dents du Thénéryen se plantèrent doucement dans sa lèvre inférieure. Pendant de longues secondes, son Alpha garda ses doigts fermement pressés autour de sa nuque, puis le relâcha avec douceur, s'attardant un bref instant sur la veine de son cou.

— Viens ! On doit regagner les cellules.

Nino le suivit à regret, se délectant de cet échange intense et inédit. Remonter jusqu'à la zone sécurisée apaisa un peu ce besoin inassouvi, mais ce dernier continua de frémir entre eux, sous-jacent.

Lorsqu'ils arrivèrent, les grilles des cellules étaient déjà scellées, cadenassées par les lourdes chaînes que les détenus remettaient eux-mêmes en place une fois à l'intérieur. D'un pas tranquille, Cayden et Nino foulèrent le sable jusqu'aux cages qui leur servaient de dortoirs, sous le regard éberlué des mineurs. La cloche avait cessé de sonner depuis quelques minutes, un laps de temps suffisant pour mourir sous les crocs des spiranes en temps normal.

— Bon sang de bois ! Ils sont là ! s'écria Boli en se précipitant vers les grilles pour leur ouvrir.

— Et pourquoi on les laisserait pas dehors ? nargua Mano, les doigts refermés autour des barreaux, affichant une expression des plus malsaines.

— Mano ! tonna Boli. Pousse-toi de là, imbécile !

Le vieux mineur saisit le cadenas et tourna la grosse clé dans la serrure pour libérer les grilles de leurs entraves.

— Tu pourrais très bien nous laisser dehors, Mano, répliqua Cayden dans un haussement d'épaules. La nuit sera calme.

— Comment tu peux en être si sûr ? cracha l'homme en conservant sa position près des barreaux.

— Les spiranes ne remonteront pas. L'odeur de la charogne est présente, ici. Leur instinct les pousse à ne pas consommer de viande avariée, ajouta Cayden, son regard cuivré rivé à celui de Mano qui pâlit brusquement.

Cette fois, il recula dans l'ombre, enfonçant malgré lui ses ongles dans ses flancs. Sa chair le démangeait depuis plusieurs jours et les premières ramifications noirâtres avaient envahi son épiderme, comme les frondaisons d'un arbre en devenir.

— Allez ! Entrez là-dedans ! leur intima Boli en refermant rapidement sur leur passage.

Cayden lui adressa un signe de tête entendu, mais s'éloigna dans le fond sans un mot, accompagné de Nino qui passa son pouce sous sa gorge lorsqu'il croisa le regard de Mano. Le mineur étouffa de rage, mais ravala ses insultes. Il ignorait de quelle façon le Thénéryen était au courant, mais ses allusions au sujet de la maladie étaient limpides. Sur leur passage, les autres mineurs s'écartèrent.

Assis contre le mur, Cayden retira sa chemise et la roula en boule pour la caler derrière sa nuque. Au même instant, Boli s'approcha avec une gamelle de pommes de terre cuites dans un bouillon très clair.

— Vous devriez manger. Demain matin, tout le monde sera rapatrié à la surface.

L'esprit de Cayden se mit aussitôt en alerte, intrigué par les propos de Boli.

— Tout le monde ? Il n'y aura pas de roulement alors ? demanda-t-il en tendant la ration de patates à Nino qui la huma avant de la reposer dans la paille avec désintérêt.

— Non. Ordre du lieutenant Defoe. Il doit se préparer quelque chose là-haut.

— Sans doute... Merci, Boli.

Ce dernier hocha rapidement la tête, puis retourna auprès des autres, comprenant qu'il était de trop. Comme à leur habitude maintenant, Cayden et Nino ne se mêlèrent pas aux autres. La famine tenaillait l'estomac du plus jeune qui lorgnait sur les mineurs comme sur un étal de boucherie. Depuis son arrivée, il s'était interdit la plus petite faute. Le moindre écart lui serait fatal sur cette île où il n'avait aucune échappatoire, et son instinct de conservation avait été plus résistant que la faim, jusqu'à présent. Délaissant la gamelle de bouillon, il s'allongea sur le côté, prostré dans la paille.

— Nino, souffla Cayden en lui jetant un regard, ça ne va pas ?

— J'ai faim. Je n'en peux plus... Leurs légumes et leur pain moisi ne me suffisent pas. Parfois, quand je dors, je rêve que je plante mes dents dans la gorge palpitante d'un de ces hommes et que son sang coule à flots entre mes lèvres. Peut-être que je ne dors pas d'ailleurs dans ces moments-là... et que j'y pense réellement.

Épuisé par ses journées harassantes de dur labeur et l'absence de substance dont il avait besoin, Nino ferma les yeux et enfouit son visage au creux de son bras. Son ventre était psychologiquement vide et affamé depuis des semaines. Le trajet dans la soute du navi pénitentiaire avait été une torture. Par précaution, les gardes l'avaient attaché à fond de cale, à l'écart des autres prisonniers dont il ne pouvait que sentir les fragrances. Grâce à son odorat, exacerbé par son affiliation avec les addrax, Nino avait quasiment pu compter le nombre exact de détenus, uniquement en sélectionnant les odeurs qui passaient à sa portée. Un véritable garde-manger ambulant, dont on l'avait privé ! Mais au fil des jours, le parfum de la viande avait été supplanté par celui de la pisse chaude et de la transpiration acide. Pendant quelque temps, cela avait suffi à lui couper l'appétit, mais ici ! Ici, dans ce fort battu par les vents, dans ces galeries froides et grouillantes de vie, son instinct primitif était à fleur de peau. Privé de tout, il sentait ses forces l'abandonner jour après jour, comme des miettes de vie qui s'étiolaient peu à peu. Autour d'eux, les murmures finirent par se tarir, laissant une obscurité quasi totale envahir les cellules.

Toujours adossé contre le mur, Cayden n'avait pas quitté sa place depuis des heures, assistant à un étrange phénomène. Par moments, sa vision se troublait, jusqu'à ce que tout devienne extrêmement lumineux. Conscient qu'il était lié par intermittence à l'esprit d'une spirane, il voyait à travers les yeux de l'une d'entre elles, exalté par les ondes bleues qui semblaient couler le long des murs et tapissaient le sol d'un incroyable réseau luminescent.

Cayden avait regardé Nino sombrer dans un sommeil glacial, sans doute abreuvé par ses rêves de tout ce qui lui manquait dans la réalité. Les mèches blondes de l'Écorcheur retombaient sur son visage émacié, qui n'enlevait cependant rien à sa beauté prédatrice. Une candeur presque angélique derrière laquelle se terrait un animal blessé, capable de devenir le pire des monstres lorsque la pression devenait trop forte.

À travers ses lèvres entrouvertes, Cayden imaginait sans mal toutes ses prières silencieuses. Nino appartenait à son existence, maintenant. Ils n'étaient que deux, mais ils formaient un semblant de meute, un duo parfait. Mieux encore. Une unité qu'il fallait absolument préserver.

Une fois que l'idée germa dans la tête de Cayden, elle ne le quitta plus, et il ne lui fallut que quelques minutes pour la mettre à exécution. Sans bruit, il glissa ses doigts dans sa botte pour attraper la lame rouillée qui ne le quittait jamais et s'entailla profondément la paume. La douleur fut intense, mais brève, et bien vite, seule une pulsation sourde battit au creux de sa main.

Habitué à la pénombre, l'obscurité qui régnait dans la cellule ne le dérangeait pas. Au contraire, elle servait même ses affaires. Maintenant, il n'avait plus besoin de surveiller les mineurs pour savoir qu'ils dormaient tous profondément. Son instinct, dicté par l'ouïe, l'odorat et la prescience animale des spiranes régissait tout. L'odeur de son propre sang lui parvint, et il en fut particulièrement troublé. Ce n'était pas la première fois qu'il saignait, mais c'était la première fois qu'il se percevait ainsi. C'en était presque intime et dérangeant. Comme jamais auparavant, il avait une parfaite conscience de la vie liquide qu'il tenait en coupe dans sa paume. Un élixir rouge, soyeux, nappant. Son sang. Son fluide. Et dans une seconde, il allait le partager avec Nino.

Avec la souplesse d'un félin, Cayden s'approcha silencieusement de son protégé, passant à plusieurs reprises sa main ensanglantée devant son visage blême. La réaction ne se fit pas attendre. En moins de temps qu'il ne lui en avait fallu pour s'entailler, Nino ouvrit les yeux. Cayden fut immédiatement attrapé par le regard sauvage qui lui faisait face. Un regard animal aux pupilles presque fendues, rendu fou par l'odeur métallique qui dansait à sa hauteur.

— Nino ? jeta Cayden dans un murmure.

À présent, il n'était pas réellement certain d'avoir affaire à l'homme, mais plutôt au détenteur de la Liaison. Cette bête que tout le monde redoutait, mais qu'il ne demandait qu'à découvrir.

— Abreuve-toi !

Avec douceur, il porta sa paume aux lèvres affamées et avides de Nino qui n'hésita que le temps d'un battement de cœur avant de refermer sa bouche sur la plaie. La sensation fut foudroyante pour Cayden, qui bascula la tête vers l'arrière, les yeux clos, abandonnant son bras aux lèvres de l'Écorcheur. Tous deux partagèrent un grondement sourd, en parfaite harmonie. Une chaleur sans précédent se déploya dans l'organisme de Cayden, activant tous ses sens. Ces quelques secondes étaient un incroyable mélange de fébrilité, d'excitation et d'une intense jouissance qui se logea au fond de son ventre.

— Bordel, Nino ! murmura-t-il en enfonçant ses doigts dans son épaisse tignasse blonde.

Ce dernier releva brutalement les yeux vers lui, délaissant sa paume sanguinolente.

— Tu me fais perdre pied, souffla Cayden d'une voix enrouée.

— Jusqu'à quel point ? voulut savoir Nino en attrapant sa main blessée pour la porter à sa bouche.

Cayden avala difficilement sa salive, la gorge nouée. Il crevait de chaud, le monde tournait autour de lui, tandis que toute son attention se focalisait sur Nino.

— Je veux voir le véritable toi. Celui qu'ils craignent tous.

Un sourire fauve étira les lèvres de Nino alors qu'il pressait son visage contre la main de Cayden, maculant sa joue du sang de son Alpha. La fragrance agressive et puissante le grisa lorsqu'elle envahit ses narines. Son Alpha venait de lui transmettre un peu de son essence, lui accordant ainsi toute sa confiance. Le cœur battant à tout rompre, réfrénant le besoin urgent qui enflait en lui, l'Écorcheur glissa sa langue chaude le long du poignet de Cayden, parcourant les sillons de sang qui y avaient séché.

— Tu en es certain ?

— Certain ! grogna Cayden.

Les yeux dans les yeux, Nino le repoussa dans la paille avec lenteur, passant à califourchon au-dessus de lui. Sans lâcher son bras un seul instant, il remonta lentement ses lèvres jusqu'à la source d'élixir rouge, objet de ses convoitises les plus inavouables. La blessure de Cayden traversait toute la largeur de sa paume, regorgeant d'énergie !

— Je peux ? demanda Nino, en maintenant la main blessée à hauteur de son visage.

Les dents enfoncées dans sa joue pour retenir le grondement qui menaçait de franchir ses lèvres, Cayden approuva d'un hochement de tête sec. Son cœur allait exploser dans sa cage thoracique si Nino continuait à le torturer de cette manière. Sa lenteur le rendait fou. Tous deux attendaient la finalité de ce moment qui les transcendait. Bien plus que le corps d'une femme. Bien plus que du sexe. Tout était tellement plus puissant entre eux. Dans l'obscurité de la cellule, le réseau veineux bleu éclata de tous côtés. Les corps des mineurs allongés devinrent des masses immobiles d'énergie jaune. Certains d'entre eux étaient auréolés d'un nuage de bruine rouge. Le ballet coloré s'étira alors loin en dehors des grilles.

La jouissance foudroya Cayden à l'instant où Nino plongeait sa langue chaude dans les entrailles de sa paume palpitante, fouillant chaque recoin de sa blessure.

— Nino…

— Chut. Ne parle pas. Profite de ce premier moment, souffla-t-il.

Les yeux clos, Cayden se cambra, écrasant une poignée de paille entre ses doigts pour décharger une partie de sa frustration. Il avait besoin de plus. De beaucoup plus. Semblant percevoir ses émotions en écho, Nino se pencha sur lui, leurs torses soudés l'un à l'autre.

— Prends-moi ce que tu viens de m'offrir, souffla-t-il contre son oreille. Laisse ton Don émerger.

Dans une douceur qui contrastait avec leur excitation primale respective, Nino apposa son poignet contre les lèvres de Cayden qui ouvrit à nouveau les yeux, pour croiser deux fentes dorées.

— Je ne peux…

— Bien sûr que si, l'encouragea Nino. Tu peux tout faire. Tu es un Alpha. Mon Alpha.

Oubliant ses dernières retenues, Cayden inspira profondément et mordit la chair fine et veinée. La première ponction fut douloureuse des deux côtés. L'appétence du Thénéryen était irrépressible, mais ses canines n'étaient pas encore faites pour pénétrer l'épiderme.

— Laisse ton don émerger, répéta Nino en serrant les dents. Laisse-le t'envahir complètement.

Loin dans les profondeurs des galeries, des stridulations sonores remontèrent à l'unisson, accompagnant le premier acte de l'Alpha. Les ondes roulèrent dans les souterrains, semant l'effroi parmi les mineurs qui se réveillèrent en panique. Tous étaient tellement focalisés vers les grilles qu'aucun ne vit Cayden Jayce plonger ses crocs fraîchement éclos dans la chair de Nino Canning.

Le monde changeait, tout en restant lui-même. Quant à lui, il venait de devenir une bête.

— Bienvenue dans ta nouvelle vie, Cayden, murmura Nino, absorbé par l'extase de la sensation de son sang qui passait entre les lèvres de l'Alpha.

Un grondement rauque lui répondit, accentué par l'éclat de deux pupilles rougeoyantes. Cayden ne s'était jamais senti aussi entier qu'en cet instant.

26

À L'HEURE OÙ NOTRE CONTINENT PRÔNE UNE BEAUTÉ SANS ÉGALE, ET SANS DÉFAUT, QU'EN EST-IL DU VISAGE DU GOUVERNEUR FOLKANEY ?
MADDOX MURDOCH

ALDÉBARAN - ÎLE DE SIRIUS – PROVINCE D'EY'NVALA

Lancé à vive allure, le fiacre traversait rapidement les rues d'Ey'Nvala. Avec la tombée de la nuit, les artères de la ville s'étaient peu à peu vidées. Brinquebalé sur la banquette de velours noir, finement brodée de fil d'or, Teagan avait encore du mal à réaliser ce qui se passait.

— Pardonnez-moi ! s'excusa la jeune Cécilie de Sand lorsqu'il croisa son regard. Je ne cesse de vous dévisager. C'est très impoli, mais...

— Ne vous en faites pas, la rassura Teagan, dont l'esprit vagabondait. Parlez-moi encore de votre rencontre. S'il vous plaît.

Assise près de sa maîtresse, les mains jointes sur ses genoux, la pauvre Bertille laissa passer un gémissement de désespoir.

— Mademoiselle Cécilie, c'est de la folie de vous rendre chez monsieur Murdoch à une heure si tardive. De vous rendre tout court chez monsieur Murdoch, d'ailleurs.

— Mon père n'en saura rien, sois tranquille. Il dîne en compagnie de ses associés. Des armes et de l'argent. Encore et toujours.

Reportant son attention sur Teagan, Cécilie le dévisagea gravement. Ses yeux rouges, ses cheveux rabattus en arrière, le hâle de sa peau... Il émanait du Thénéryen le même charme sauvage qu'elle avait distingué chez le fuyard. Soit les hommes de Thénérys étaient tous bien bâtis, soit la nature avait particulièrement gâté cette fratrie hors du commun.

— Mon père connaît très bien le capitaine de l'Hélion, lui expliqua Cécilia. Et il me plaît de me rendre au port. Ainsi, j'ai profité de cette occasion pour monter à bord du navi. Je voulais voir les nouvelles marchandises en provenance du continent du Bas. Je suis toujours admirative.

Une lueur noire brilla dans les yeux du Thénéryen qui serra les poings de colère.

— Mademoiselle de Sand, avant que vous ne poursuiviez, il faut que vous sachiez que jusqu'à encore très récemment, le capitaine Alban de Nansac était un ami. Ce n'est plus le cas, maintenant.

— Vous connaissez Alban de Nansac ? s'exclama Cécilie, qui n'en revenait pas. Mais, comment est-ce possible ? C'est fou comme le monde est petit... Et je suis d'autant plus surprise par vos paroles, lorsque j'entends celles de monsieur de Nansac qui ne sont pas toujours tendres à l'égard des Thénéryens.

— En effet. Je n'en doute pas une seconde, soupira Teagan. Alban de Nansac n'a jamais porté les Thénéryens dans son cœur. Cependant, nous avions réussi à nouer un lien de respect mutuel. Un respect vite balayé lorsqu'il s'est retrouvé face à un choix de vie ou de mort. Face à un choix qui aurait mis à mal son autorité.

Cécilie fronça les sourcils, intriguée.

— Que voulez-vous dire ?

— Les orages sont extrêmement violents en bas. Il y a quelques semaines, une tempête sans précédent a éclaté. Deux navires de pêche étaient en mer, et nous n'avions plus aucun espoir de revoir en vie ses occupants. Aucun de nos bateaux n'était assez puissant pour affronter les vagues déchaînées de la mer de Dymës, alors je suis allé chercher de l'aide auprès du seul homme encore en mesure de sauver les nôtres.

Cécilie n'interrompit pas le jeune homme, curieuse d'avoir sa version, après celle, largement écourtée, que lui avait contée de Nansac.

— Je l'ai supplié d'envoyer ses Nuageurs survoler la mer. Avec leurs harfangs, ils pouvaient facilement parcourir une longue distance en peu de temps, et retrouver les bateaux ! Il a refusé. Il ne voulait engager aucun de ses hommes dans cette folie. Ce jour-là, j'ai bien compris que nos vies ne valaient rien, qu'elles n'avaient pas la moindre importance.

— Teagan, ne dites pas cela...

— Bien sûr que si ! s'écria le Thénéryen, ses magnifiques yeux ocre braqués dans les siens.

La jeune aristocrate frémit, mais ne détourna pas le regard.

— Tous les Aldébariens ne pensent pas de la même façon ! Je peux vous l'assurer. Moi-même, je suis contre les idées de mon père, contre celles du Gouverneur Folkaney. Et je m'élève également contre celles d'Alban de Nansac. J'étais trop jeune, la première fois où je l'ai rencontré, pour comprendre tout ce que ces voyages sur votre continent impliquaient, mais je ne partage nullement ses idées de suprématie aldébarienne !

Les paroles de Cécilie ne calmèrent pas Teagan, mais sa colère se détourna d'elle. La jeune femme n'y était pour rien. Bien au contraire. Elle avait interrompu son moment avec Gwladys, débarquant de nulle part dans un nuage de parfum et ballet de froufrous et dentelles. Dès qu'elle avait eu connaissance de son nom, elle lui avait proposé son aide pour rencontrer le fameux journaliste à l'origine du scandaleux article au sujet de son frère. La jeune héritière de Sand avait raison. Tous les Aldébariens n'étaient pas égaux sur l'échelle du cynisme. Certains en étaient même dépourvus.

— Que s'est-il passé après ?

— De Nansac m'avait parlé d'un harfang sauvage, enfermé dans une cage sur le pont supérieur du navi.

À ces mots, Cécilie ne put s'empêcher de rire.

— Pardon ! Je ne ris pas de vous. Mais j'ai entendu dire que cet oiseau était réservé au fils Folkaney, et savoir que grâce à vous, ce cher William ne posera jamais son derrière sur ce harfang me met en joie.

— Vous savez donc que l'oiseau n'a jamais été livré.

— Oui, en effet. Le capitaine m'a narré vos exploits, mais j'ignorais pour quelle raison votre frère et vous-même aviez mis son bâtiment à feu et à sang.

— Les choses ne devaient pas se dérouler de cette façon ! se défendit Teagan.

— C'est l'apanage des drames, déclara Cécilie avec gravité. Ils découlent toujours d'évènements qui ne devaient pas se produire. Mais les faits sont ce qu'ils sont ! Vous avez volé un harfang pour sauver les vôtres !

— Et j'ai condamné mon frère !

Un silence de plomb s'abattit dans l'habitacle richement capitonné. L'atmosphère parut étouffante à Teagan, à qui il tardait d'arriver. Gwladys ne les avait pas accompagnés, trop accaparée par l'atelier et les commandes.

Soudain, la main gantée de Cécilie se posa sur la sienne en signe de soutien, sous le regard effaré de Bertille qui faillit défaillir. Si monsieur son père savait ! Où donc était passée la petite Cécilie sage et obéissante qui prenait des leçons de piano et utilisait son temps à dévorer des romans ? Voilà que maintenant, elle aimait se promener durant des heures le long du port ! Elle fréquentait une mécanicienne, et à présent, un Thénéryen dont le frère était détenu à For'Baten. Et alors que Bertille croyait passer une soirée au calme à reposer ses vieilles jambes fatiguées, après une journée à suivre les exubérances de sa jeune maîtresse, ils filaient tout droit vers la demeure de Maddox Murdoch, le détracteur numéro un du Gouverneur.

— Misère ! Quelle misère ! gémit-elle sous l'expression amusée de Cécilie.

— Allons, Bertille. Calme-toi. Il ne s'agit que d'une simple promenade.

La dame de compagnie grommela entre ses moustaches, foudroyant Teagan du regard. Au bout de longues minutes, l'attelage tiré par deux chevaux ralentit enfin sa course, pénétrant dans l'enceinte d'une propriété à l'écart de la ville et de sa population bruyante. Roulant au pas dans les graviers, le fiacre s'immobilisa tout à fait devant le perron qui s'illumina. Sous le porche, les queues en éventail de deux grandes statues de paon s'éclairèrent, chaque plume renvoyant une couleur bleutée, parsemée de taches vertes et or. La porte s'ouvrit avec lenteur, laissant une silhouette masculine apparaître en haut de l'escalier, une pipe à la main.

— Venez, Teagan !

Le Thénéryen hocha la tête, impatient de faire la connaissance du journaliste. Il fut le premier à descendre, et maintint la porte ouverte pour Cécilie.

— Merci. Bertille ? Peux-tu attendre ici ?

La vieille femme accepta bien volontiers. Elle ne mettrait plus un seul pied devant l'autre pour aujourd'hui, sauf pour regagner sa mansarde !

— Faites ! Mais je vous en conjure, ne traînez pas, Cécilie. Nous devrions être rentrées depuis longtemps. Si votre père…

— Oui, oui !

Cécilie referma la porte du fiacre pour ne plus entendre les plaintes de la pauvre Bertille, et s'éloigna rapidement en direction de Teagan.

— Ne craignez rien. Bertille ne mentionnera jamais votre existence. Elle passe ses journées à râler, mais j'ai une entière confiance en elle.

Le Thénéryen hocha la tête en silence, espérant qu'elle dise vrai. Ils s'avancèrent dans la cour qui s'éclaira au fur et à mesure, suivant le rythme de leurs pas.

— Mademoiselle Cécilie, les devança Maddox, dont l'expression fermée reflétait une profonde contrariété. Je ne me souvenais pas que nous étions convenus d'un quelconque rendez-vous. Surtout à une heure aussi tardive.

Dans un soupir qui en disait long sur sa capacité à accepter les remontrances masculines, Cécilie lui adressa son plus beau sourire.

— En effet, cher monsieur Murdoch, nous n'étions convenus de rien. Mais je peux vous assurer que ma venue n'est pas anodine. Pouvons-nous entrer ?

Le regard de Maddox se détacha de Cécilie pour se porter sur Teagan.

— Bonsoir, monsieur Murdoch. Je m'appelle Teagan Jayce.

— Jayce ? releva Maddox en tirant sur sa pipe. Voilà qui est intéressant. Venez. Entrez, je vous prie.

Un sourire victorieux étira les lèvres rosées de Cécilie, qui s'engagea à la suite des deux hommes.

Ils traversèrent un vestibule d'entrée désert et sombre, puis passèrent rapidement devant la bibliothèque du maître des lieux, où Teagan put admirer la profusion de livres qui s'y amoncelaient. Le journaliste en possédait une collection incroyable. Malheureusement, il n'eut pas le loisir de s'y arrêter.

Le couloir se trouvait plongé dans une semi-obscurité, seulement atténuée par les lueurs d'un feu de cheminée qui brûlait dans la pièce du fond et jetait des ombres orangées sur les murs. Ils longèrent en silence le corridor, sommairement meublé. Les notes agréables d'un piano leur parvinrent alors, en provenance du salon, dont la mélancolie s'échappait par les deux battants entrouverts. Sous leurs pieds, un épais tapis étouffait le son de leurs pas, si bien que le pianiste sursauta lorsque Maddox l'interrompit.

— Max. Nous avons des invités.

— Maximilien Owen ? s'exclama Cécilie, confuse, en reconnaissant le talentueux architecte.

Les manches de sa chemise en soie blanche retroussées sur ses avant-bras, Maximilien Owen dévisagea la jeune femme sans comprendre.

— Mademoiselle de Sand a assisté à l'inauguration de la bibliothèque, expliqua Maddox en leur faisant signe à tous de s'asseoir.

— Désires-tu que je te laisse seul avec tes invités ?

— Non. Reste, assura Maddox en posant furtivement sa main sur celle de Maximilien.

Comprenant enfin son immense méprise, Cécilie se trouva idiote. Gênée, elle ne savait plus où poser les yeux, aussi s'attarda-t-elle sur les dorures qui ornaient les colonnades de bois sculpté. Elle prit cependant place sur le sofa de velours vert sombre, aux côtés de Teagan.

— Alors, monsieur Jayce ? Dites-m'en plus sur la raison de votre venue ! l'encouragea Maddox Murdoch.

— Vous avez écrit un article au sujet de mon frère, Cayden Jayce.

— Le prisonnier Thénéryen. Oui, en effet.

Resté debout près de la cheminée, Maximilien jeta tout à coup un regard intéressé dans sa direction. Maddox avait passé des heures à rédiger son article au sujet de ce rebelle, mais avait également longuement hésité avant de le publier, ce qui n'était pas dans ses habitudes.

— Désirez-vous un verre de scotch ? proposa-t-il à leur intention. Pour vous, mademoiselle de Sand, je peux vous proposer…

— Un scotch ira très bien ! le coupa-t-elle.

Maximilien resta interdit une fraction de seconde, avant de sourire avec amusement.

— Très bien.

Laissant Maddox et ses hôtes s'entretenir, il les quitta quelques minutes.

— Que voulez-vous savoir ? demanda le journaliste. Je ne sais rien de plus au sujet de votre frère que ce que Mademoiselle Cécilie m'a raconté.

Incapable de tenir en place plus de quelques minutes, Teagan claqua sa langue contre son palais et se redressa brutalement. Dans un soupir d'agacement, il marcha jusqu'aux hautes fenêtres qui donnaient sur l'extérieur. La cour était plongée dans l'ombre, et il distinguait à peine la silhouette du fiacre, où la pauvre Bertille devait grelotter.

— Monsieur Murdoch ! s'écria-t-il en se retournant. Pourriez-vous faire paraître un nouvel article ?

— De quel genre ? s'enquit le journaliste, sur la réserve.

— Un article sur ce qui s'est réellement passé ! Que tout le monde sache pourquoi mon frère a été emmené sur votre continent, et pour quelles raisons il a été condamné aux mines de For'Baten ! La vérité doit être rétablie !

Un silence salua la demande de Teagan, jusqu'à ce que Maximilien dépose un plateau en laiton comportant quatre verres en cristal, ainsi qu'une carafe de scotch ambré et une coupelle de gaufrettes à la crème.

— Maddox… réfléchis bien avant d'accepter. Ton dernier numéro du *Murdoch Times* a déjà fait grand bruit, et le Gouverneur t'a dans le collimateur. Je ne voudrais pas apprendre, par le biais d'une dépêche stupide, que ton corps a été repêché dans le canal.

Le journaliste dévisagea son amant pendant quelques secondes, avant d'approuver d'un mouvement du menton. Planté devant les fenêtres, Teagan bouillait d'impatience.

— Cela n'arrivera pas. Je te le promets ! assura Maddox en saisissant le menton de Maximilien.

Face à ce geste, Cécilie vida son verre de scotch d'une traite. La chaleur lui monta instantanément aux joues. Ainsi, toutes les femmes dont s'entourait le journaliste n'étaient qu'une façade ? De la poudre aux yeux ?

— Vous semblez troublée, mademoiselle Cécilie, argua Maddox en lui reprenant son verre vide des mains.

— Absolument pas ! se défendit-elle. Il se trouve seulement que…

— Que vous venez de percer à jour mon secret, déclara lourdement Maddox. Si ma liaison avec Maximilien venait à se savoir, vous savez parfaitement ce que nous encourons tous deux. Le Gouverneur ne cautionne pas ce genre de « déviance », comme il aime à les appeler.

— Soyez assuré que je ne vous trahirai jamais ! s'exclama Cécilie en se redressant pour lui faire face.

Maddox la considéra avec attention durant de longues secondes, puis sourit d'un air entendu. Il avait toute confiance en elle. La jeune femme n'hésitait pas à mettre son nom en danger pour s'élever contre les pratiques d'Octave Folkaney.

— Bien, monsieur Jayce... Pour en revenir à votre article...

Teagan se tendit, suspendu aux lèvres du journaliste. Maximilien en fit de même.

— Les presses se mettront en route dès l'aube. Il ne nous reste que quelques heures pour écrire votre histoire. Aussi, je conseille de nous y mettre le plus rapidement possible.

Cécilie battit des mains, enchantée.

— J'étais persuadée que vous accepteriez ! Teagan, pardonnez-moi, mais je dois rentrer. Je ne peux m'absenter plus longtemps. Saurez-vous rentrer chez Gwladys ?

— Bien sûr ! assura le jeune homme. Je vous remercie pour votre aide, mademoiselle de Sand.

Il la salua, puis Maximilien raccompagna la jeune femme jusqu'au fiacre.

— Rentrez bien. Que la route vous soit agréable.

Avec un sourire, il lui ouvrit la porte de la voiture, où Bertille s'était endormie et ronflait allègrement. Cette vision attendrit Cécilie, tout autant qu'elle la fit culpabiliser. Sa pauvre dame de compagnie n'était plus en âge de la suivre de la sorte.

EXTRA!
World Tour Top Stars Of America
Murdoch Times
NEW YORK, SUNDAY, MAY 17, 1954-48 PAGES IN 4 SECTIONS
127 - NO. 39
À l'heure où notre continent prône une beauté sans égale, et sans défaut, qu'en est-il du visage du Gouverneur Folkaney ?
TOWN HALL MEETING TOMMOROW
READ ABOUT IT
NEW!
NEXT WEEK

27

JE PRÉFÈRE QUE TU ME MORDES.
JE SAIS QUE TU T'ES CANALISÉ
PENDANT DES SEMAINES, NINO, MAIS
JE N'AI PAS ENVIE QUE DEFOE, OÙ
N'IMPORTE QUI D'AUTRE, TE COLLE UNE BALLE DANS LA TÊTE POUR
MEURTRE.
CAYDEN JAYCE

ALDÉBARAN - ÎLE PRISON DE FOR'BATEN – MINES DE KINEFALL

Endormis l'un contre l'autre, Cayden et Nino ouvrirent les yeux bien avant les mineurs. Leur faim commune avait trouvé un exutoire, et l'intense connexion partagée durant la nuit avait achevé de les lier. Cependant, le Thénéryen ne se sentait pas totalement en paix. Dès l'instant où il avait basculé dans le monde de Nino, ses convictions s'étaient éteintes, consumées par la sauvagerie qui émanait de l'Écorcheur. Ce goût du sang, Nino le portait au plus profond de lui. Imprégné par l'instinct de chasseur propre aux addrax, le jeune Aldébarien semblait avoir complètement franchi la limite entre l'homme qu'il avait été, et l'animal qu'il était devenu. Une symbiose extrême qui laissait Cayden songeur.

Pour l'heure, il n'était pas encore totalement lié aux spiranes, et ignorait si cela arriverait un jour. Il n'avait pas eu l'occasion de descendre suffisamment loin pour les rencontrer, ni de les laisser l'approcher en présence des autres mineurs. Le Thénéryen était au moins certain d'une chose : personne, en dehors de Nino, ne devrait se trouver dans son champ d'action lorsque cela arriverait. Ce qu'il avait entrevu au contact de l'Écorcheur lui avait ouvert en grand les portes de la plus incroyable des libertés, mais également de la plus terrifiante. Les hommes vivaient enchaînés à une société décadente, mauvaise, et cruelle.

Une société dont les bêtes, quelles que soit leur nature, faisaient fi. Une société dont il pourrait s'affranchir d'un simple coup de crocs. Mais en aurait-il seulement le courage ? Un frisson le secoua. Ce n'était pas une question de courage, mais d'humanité. Jusqu'à quel point allait-il la perdre, s'il acceptait de se laisser totalement envahir par sa Liaison ?

— Tu as mal ? souffla Nino.

Cayden baissa les yeux vers sa main blessée. La plaie était encore profonde, mais il secoua la tête dans un léger sourire. Ses gencives fraîchement percées lui causaient de bien plus grands tourments, mais il ne lui en fit pas part. Nino était déjà suffisamment à fleur de peau, et il semblait à Cayden que ce dernier assimilait ses propres ressentis comme étant les siens.

— Non. Et toi ? s'enquit-il en désignant le poignet de Nino qui portait les traces de ses crocs.

— Non, sourit ce dernier en retour. Cette marque est la meilleure chose qui me soit arrivée dans ma vie.

En silence, les deux porteurs de Don se redressèrent dans la paille.

— Tu la vois ? La bruine rouge ?

Debout aux côtés de Cayden, Nino acquiesça dans un souffle carnassier.

— Oh que oui ! Ils sont tous en train de crever à petit feu. La maladie les ronge, et le plus drôle, c'est qu'ils ne s'en rendent pas encore compte.

Cayden balaya les corps endormis d'un regard.

L'obscurité n'était pas un problème pour ses yeux de Thénéryen, et d'autant moins depuis qu'il voyait à travers ceux des spiranes. La plupart des corps étaient nimbés de leur énergie jaune habituelle, mais tout au long de la nuit, le Froid Noir s'était propagé. Sur les quarante mineurs qu'ils étaient dans la cellule, Cayden en compta vingt-sept, auréolés par la bruine rouge. Il ne se l'expliquait pas, mais c'était ainsi que les spiranes visualisaient la maladie, la viande impropre à leur consommation. Les animaux disposaient d'un instinct de conservation dont les hommes se trouvaient dépourvus. Une fois encore, les humains se trouvaient tout en bas de cette formidable chaîne alimentaire.

— J'ai faim, murmura Nino avec envie, lorgnant sur les mineurs qui se réveillaient.

— Je te déconseille de toucher à qui que ce soit. Pas avant qu'on ne sache réellement qui est malade ou non. Et puis…

— Et puis quoi ?

— Je préfère que tu me mordes. Je sais que tu t'es canalisé pendant des semaines, Nino, mais je n'ai pas envie que Defoe, où n'importe qui d'autre, te colle une balle dans la tête pour meurtre.

L'Écorcheur de Norkfall soupira lourdement, mais ne broncha pas davantage. Il était jeune, instable, mais pas fou au point de défier son Alpha. Tout ce que lui dirait Cayden aurait toujours la primeur sur tout le reste. Y compris sur ses propres envies. Pourtant, il sentait bien que derrière la remarque protectrice de Cayden, se dissimulait un doute, une hésitation. Le Thénéryen n'était pas encore totalement sur la même fréquence que lui. Il n'était pas prêt.

— Je te promets un festin lorsque nous serons libres ! jura-t-il cependant, comme s'il lisait dans ses pensées. Mais à une condition.

— Laquelle ?

— Une fois hors du pénitencier, peu importe le temps que ça prendra, tes crocs ne déchireront plus de chair innocente. Est-ce que tu peux me le promettre, Nino ?

Les lèvres de Nino s'étirèrent dans un sourire. Il en salivait rien qu'à y penser.

— Tu ne seras pas dégoûté par ce que tu verras ? demanda-t-il soudain d'un ton grave.

Avec lenteur, Cayden tourna son visage vers le sien. Pendant quelques secondes, il se noya dans ses yeux limpides sans un mot, puis sa paume chaude et calleuse se posa sur sa joue, englobant sa mâchoire.

— Jamais, murmura-t-il sur ses lèvres. Rien de toi ne me dégoûtera jamais. Quand tu es en ma présence, je veux que tu sois toi-même. Et je t'interdis de te freiner ou de te retenir. Tu m'entends ? Mais uniquement si tu respectes notre pacte. Il y a suffisamment de personnes qui doivent expier leurs fautes, pour devoir en condamner d'innocentes.

— Je te le promets, souffla Nino, en hochant la tête, alors que la main puissante de son Alpha glissait de sa joue jusqu'à sa nuque pour rapprocher leurs visages.

— Nous allons sortir de là…

— Tu me le jures, Cayden ?

— Oui. Et je ne reviens jamais sur une promesse !

Une heure plus tard, ils émergeaient à la surface. Quitter la cage de métal hurlante et retrouver l'air du jour fut un soulagement pour la plupart des mineurs. Pour Cayden en revanche, abandonner les mines et s'éloigner des spiranes était un crève-cœur.

— Les galeries s'étendent jusque sous le pénitencier, lui glissa Nino en avançant à sa hauteur. Même s'il n'y aucun débouché proche de la prison, elles seront sous terre, juste sous tes pieds. Tu pourras quand même les sentir proches de toi.

Leurs doigts se frôlèrent alors qu'ils évoluaient côte à côte, provoquant un ricanement dans leur dos.

— T'as vu ça, Cole ? Le Thénéryen s'est trouvé un oisillon. Eh, Cayden ! Tu partages ?

Immédiatement, Cayden se figea. Une boule incandescente se forma dans son organisme, brûlant tout sur son passage. En une fraction de seconde, il fit volte-face et saisit l'homme par la gorge, décollant ses pieds du sol.

— Nino est à moi ! gronda-t-il d'un ton extrêmement bas. Tu comprends ce que je te dis ? Frôle le moindre de ses cheveux, et je te tue !

Les battements fous du cœur de l'homme lui parvinrent. Et plus il s'emballait, plus Cayden se sentait perdre pied.

TUER

— Eh ! Ça va pas ? Lâche-le ! s'écria Cole en attrapant son bras pour le forcer à desserrer son étreinte.

— Ne pose pas ta main sur lui, menaça tranquillement Nino en dardant ses pupilles noires sur Cole. Laisse-les régler leurs comptes si tu ne veux pas finir en charpie.

Blême, Cole retira lentement sa main du bras de Cayden et souffla :

— C'était une plaisanterie de mauvais goût. Cayden, pose-le.

Le Thénéryen resserra davantage ses doigts autour du cou du prisonnier qui commençait à suffoquer puis le relâcha brutalement, s'efforçant de réfréner la montée animale qui coulait dans ses veines. L'homme s'effondra à genoux dans le sable, alors que des soldats accouraient dans leur direction, arme au poing.

— Dispersez-vous ! hurlèrent-ils en distribuant quelques coups de crosse au passage. Qu'est-ce qui se passe ici ?

— Rien du tout, grommela le mineur en se redressant. J'suis tombé.

— Ah ouais ? T'es tombé ? Et ces traces autour de ta gorge ?

— Mon foulard qu'est trop serré.

— Tu me prends pour un imbécile ! s'écria le soldat en le poussant. Allez, avance ! Et vous, ne restez pas là !

— Viens, chuchota Nino à l'attention de Cayden. Il a son compte, et de toute façon, il n'en a plus pour longtemps.

Cayden approuva en faisant craquer sa nuque, les nerfs à vif. Cole et son comparse avaient dangereusement excité ses nerfs, et il n'avait pas eu l'occasion de décharger sa colère, mais Nino avait raison. La bruine rouge accompagnait déjà les deux mineurs.

Alors qu'ils se trouvaient encore à plusieurs minutes de marche du pénitencier, le ciel se trouva assombri par un vol de Nuageurs en formation de reconnaissance, escortant un immense navi marchand à la coque cuirassée. Le bâtiment les survola rapidement en direction du port aérien de For'Baten, toutes voiles dehors. Des voiles que Cayden ne reconnut que trop bien.

— Bordel ! jura-t-il en reconnaissant le blason de soleil qui ornait les flancs de l'Hélion. Alors ça, pour une surprise...

— Tu connais ce navi ? le questionna Nino, les mains dans les poches.

— Bien trop, oui ! C'est le capitaine de ce rafiot volant qui m'a fait prisonnier et m'a monté jusqu'à Aldébaran.

La haine s'infiltra dans toutes les terminaisons nerveuses de son corps. Il bouillait de rage, et pressa le pas.

— Qu'est-ce que de Nansac vient faire dans un trou à rat pareil ?

— Tu dis que c'est un navi marchand ? Peut-être qu'il livre quelque chose.

— Hum... ou peut-être bien qu'il vient chercher quelque chose, émit Cayden.

Nino haussa les épaules. L'arrivée du Capitaine de Nansac lui était égale. Il s'en moquait royalement.

Le groupe de mineurs regagna enfin les portes du pénitencier après près d'une demi-heure de marche au milieu de la plaine noire. Scott Defoe les attendait dans la grande cour, le visage masqué par un foulard rouge qui lui remontait jusque sous les yeux. Cayden remarqua alors qu'il en était de même pour tous les gardes. Certains portaient la combinaison de caoutchouc propre aux évacuateurs de corps, ainsi que le masque à cartouches qui leur permettait de respirer sans contrainte, et sans risque. Il régnait dans le pénitencier une fébrilité qu'il était difficile d'ignorer.

— Qu'est-ce qu'ils ont tous à être agités comme ça ?

Il n'était pas tranquille. Quelque chose se tramait, mais il ne pouvait dire de quoi il s'agissait.

— Tu penses que des cas de Froid Noir se sont déclarés en surface ? murmura Nino.

— Je ne sais pas... Je ne vois aucune bruine rouge ici. Regarde comme ils sont armés.

— Rassemblement ! hurla alors le lieutenant Defoe. Tout le monde en rang ! Les mineurs qui viennent de remonter, à gauche. Les autres, à droite !

Suivant le mouvement, Cayden traversa la cour, sentant le regard du lieutenant peser sur ses épaules. Il préféra ne rien laisser paraître, et se parqua dans la zone que leur avait indiquée Defoe, gardant un œil sur Nino, quelques mètres devant lui.

Deux coups de feu retentirent afin de rétablir le silence et l'ordre. La voix forte de Scott Defoe roula enfin entre les murs du pénitencier, telle la sentence que redoutait Cayden.

— Hier, nous avons dû abattre Lincoln. Il était porteur du Froid Noir, et venait de remonter des mines. Une partie de vous a déjà été passée en revue, et se trouve maintenant parquée dans l'autre cour. Jusqu'à nouvel ordre, vous ne vous mêlerez pas !

Tassés les uns contre les autres, le visage balayé par le vent qui se levait, les hommes déglutirent difficilement.

— Comme vous vous en doutez, votre tour est venu ! Il n'y aura pas de sommation. Il en va de la sécurité et de la survie de toute la colonie. Chacun d'entre vous va donc se déshabiller entièrement ! Maintenant ! Vous allez tous être inspectés, un par un. Inutile de supplier. Vous connaissez la règle !

Des murmures anxieux s'élevèrent dans les rangs. Un mouvement de panique parmi les prisonniers sema le trouble, bien vite stoppé par un nouveau coup de feu. Le corps d'un homme tomba dans la poussière, la poitrine trouée. Cayden leva les yeux au ciel. Quel imbécile. Il n'était même pas infecté.

— Bien, reprit le lieutenant. Maintenant que le calme est revenu, j'ai une autre nouvelle à vous annoncer. La chose ne vous a sans doute pas échappé, mais un navi marchand est en ce moment même en train de s'amarrer au port. Il s'agit de l'Hélion. Son capitaine, Alban de Nansac, est en mission spéciale, commanditée par le Gouverneur lui-même. Il est ici pour charger les plus belles pierres extraites des mines, afin d'orner la Méca de parade de son fils. En récompense pour vos efforts, dix femmes seront débarquées, plus tard dans la soirée. Elles seront toutes à vous.

Il y eut un instant de flottement, puis des rires gras et des exhortations bruyantes s'élevèrent des rangs. Comme si l'espoir d'une chair chaude et féminine leur faisait oublier le mal qui rongeait certains d'entre eux, et ce cadavre encore tiède qui venait de fouler la poussière.

— Allez ! Tous à poil ! hurla Cyran. Je veux tâter une poitrine de femme, ce soir !

Parmi la cohue et les cris, Cayden resta de marbre, les yeux rivés sur le dos de Nino qui venait d'ôter sa chemise. Son cœur eut un sursaut étrange, se serra, s'embrasa, puis explosa dans sa poitrine. À combien de vices et de tortures Nino avait-il échappé ? Combien de douleurs avait-il endurées, subies ? Sans se préoccuper des mineurs qui jetaient leurs vêtements à la hâte, Cayden fendit les rangs jusqu'à rejoindre son protégé.

— Ton dos.

— Il ne te plaît pas ? répliqua aussitôt Nino avec un détachement anormal.

En douceur, Cayden leva la main pour la déposer au creux de ses omoplates. L'Écorcheur se figea, sa chemise à la main, les cheveux en bataille. Personne ne faisait attention à eux, tous focalisés sur les femmes à venir. Lentement, Cayden laissa ses doigts glisser sur le sillon de sa colonne vertébrale, percevant des dizaines de cicatrices au fur et à mesure de sa descente.

— Pourquoi tu ne me l'as pas dit ?

— Il y a un temps pour chaque découverte, répondit Nino.

— Qui ?

— Des hommes, expliqua Nino en comprenant le sens de sa question. Des aristocrates aux jeux cruels. Mais aussi des pirates de l'air. Et puis, mon père. Autrefois.

Le poing de Cayden se ferma au creux de son dos.

— L'enfer va déborder, Nino, avec tous les cadavres que je vais lui envoyer. Plus personne ne te touchera, ni ne te fera de mal.

— Jayce ! hurla alors Defoe. Tu te crois dispensé de retirer tes vêtements ?

Un regard de braise, chargé de haine, lui répondit. Le lieutenant ne cilla pas, mais remarqua cependant la proximité évidente qui reliait Cayden Jayce à Nino Canning. Une proximité qu'il faudrait étouffer au plus vite. Sans le quitter des yeux, le Thénéryen fit alors passer sa chemise sale par-dessus sa tête, dévoilant son torse musclé et abîmé. Animé par cette aura de guerrier prédateur qui ne le quittait jamais, il arborait avec fierté et arrogance l'imposant corbeau noir des Maraudeurs. Le regard de Nino se posa également sur l'oiseau d'encre, puis longea la ligne brûlante des abdominaux de son Alpha. Son torse puissant était un appel à la sauvagerie et à l'animalité.

— Parfait ! Maintenant que ces messieurs sont prêts, à l'annonce de votre nom, avancez jusqu'au poteau.

Appelés par l'ordre alphabétique signalé sur le registre, les rangs se vidèrent peu à peu.

— Mano Beckett !

Voyant qu'il ne réagissait pas, tous les hommes tournèrent la tête dans sa direction.

— Ben allez quoi ! Pourquoi tu gardes ta chemise, Mano ? Allez, fais pas le con ! l'encouragea son voisin de gauche, avant de comprendre.

Ce dernier recula alors brutalement de deux pas, en hurlant et gesticulant.

— Il a le Froid Noir ! Le Froid Noir !

Un large cercle se forma instantanément autour de lui.

— Soldat ! ordonna Defoe.

La détonation déchira l'air, et son écho accompagna la chute de Mano. Le buffet troué, il s'écroula sans le moindre cri.

— J'aurais dû le tuer lorsque j'en ai eu l'occasion, regretta Cayden en avisant sa carcasse dans le sable.

Lui méritait véritablement de crever ! Après tout ce qu'il lui avait fait endurer ici !

— Il ne méritait pas de mourir de ta main, rétorqua Nino. Il ne valait pas une balle non plus. J'aurais préféré qu'il meure à petit feu, rongé par la maladie.

— Nino Canning ! le héla un garde.

Sans crainte, l'Écorcheur de Norkfall passa entre les mineurs qui s'écartèrent naturellement sur son passage, jusqu'à rejoindre le poteau où ils étaient examinés un à un. Cayden ne le quitta pas des yeux une seconde, alors que des mains étrangères le palpaient, à la recherche de la plus infime trace de Froid Noir. Son corps en était exempt. Il était parfaitement sain.

De là où il se trouvait, Cayden ne percevait pas les mots qu'ils échangeaient, mais lorsqu'il se concentrait sur les battements de cœur de l'examinateur, il ne percevait qu'un immense gong irrégulier. *Nino. Qu'est-ce qu'ils te veulent ?* Pourquoi son examen mettait-il autant de temps ? Il n'était pas infecté, ça crevait les yeux !

— Descendez-le à l'isolement, ordonna alors Defoe, tandis que deux soldats se saisissaient de lui.

— Eh ! hurla Cayden en s'élançant. Pourquoi est-ce que vous l'emmenez ? Il n'a rien ! Il n'est pas malade !

— Jayce ! À terre ! hurla Defoe à son tour. Reste où tu es ! C'est un ordre !

— Ne le touchez pas, putain !

Le sol devint alors une étendue bleue, où pulsaient des centaines d'arcs électriques.

— Il n'est pas infecté ! répéta Cayden en avançant d'un pas.

Plusieurs soldats le mirent en joue, mais Defoe stoppa celui qui était le plus proche.

— Non ! Ne l'abîmez pas. Cayden Jayce est un piocheur trop précieux.

Alors que le Thénéryen franchissait les rangs, résolu à arrêter les deux examinateurs qui entraînaient Nino loin de sa vue, Scott s'interposa, lui barrant le passage.

— Tiens-toi tranquille si tu veux que ton protégé reste en vie. Canning est un danger pour la société. Il doit être isolé du reste des mineurs. Je ne tiens pas à ce que mon pénitencier devienne son buffet personnel !

Ils s'affrontèrent du regard, et durant ces quelques secondes, aucun d'eux ne détourna les yeux. Scott Defoe avait abattu des prisonniers pour moins que ça, mais la condition de Cayden Jayce l'en empêchait.

— Ne me rends pas la tâche plus difficile, Cayden. En agissant ainsi, je protège ma colonie, mais je veille également à ce qu'aucun surin ne se plante insidieusement entre les omoplates de ton petit protégé.

La lueur fauve qui assombrit l'expression du Thénéryen ne lui échappa pas.

— Il se raconte des choses étranges à votre sujet. Des histoires qui doivent rester enfouies dans les mines, Cayden !

La fureur déforma les traits de Cayden dont la mâchoire craqua sous la pression.

— S'il a la moindre égratignure...

— Ne me menace pas, Jayce ! Ma patience a des limites que tu as déjà largement dépassées. Tiens-toi tranquille jusqu'à la prochaine plongée dans les mines, et il n'arrivera rien à Canning.

Les poings de Cayden se serrèrent si fort que ses jointures blanchirent. Avec lenteur, il accepta de reculer d'un pas, puis tourna la tête vers l'un des examinateurs. Il avait beau être protégé par sa combinaison épaisse et hermétique, la bruine sanglante commençait à s'exfiltrer. Le Thénéryen ne fit aucun commentaire et regagna sa place dans les rangs. Quand vint son tour d'être examiné, il souffla à l'oreille de l'homme :

— Dans quelques jours, tu vas mourir.

Un ricanement lui échappa alors qu'il était poussé en direction de la zone saine, où on lui jeta des hardes propres. Avec calme, Cayden remonta les manches élimées de sa large chemise trouée, puis se cala dans un coin. De là, il avait vue sur toute la cour, et au bout d'une longue heure, il vit enfin arriver Boli. Le vieil homme s'avança dans sa direction en traînant un peu la patte, mais ne s'était pas départi de sa bonne humeur habituelle.

— T'as vu ça un peu ! C'est pas cette foutue maladie qui va mettre le vieux Boli par terre.

Cayden tressaillit, avisant une bruine rouge, encore très pâle, quitter les lèvres du mineur.

— Oui, j'ai vu, Boli. J'ai vu...

— Où est-ce qu'ils ont descendu le gamin ?

— En isolement dans une cellule. Defoe craint pour votre sécurité.

— T'as pas peur de lui, toi, hein ?

— Non, reconnut Cayden. Je sais que je ne risque rien avec Nino.

— Et comment tu peux être si sûr de ça ?

— Parce qu'on est pareil tous les deux, sur de nombreux points. J'ai confiance en lui, tout comme tu as confiance en moi.

— Peuh ! grommela Boli en s'asseyant à côté de lui.

Malgré la bruine qui voletait autour de l'homme, Cayden ne s'éloigna pas. Il appréciait sincèrement ce vieux bourru, et savoir qu'il allait finir rongé par le Froid Noir lui laissait un goût amer. Cette saloperie de maladie était vraiment une vicieuse.

— La moitié des gars sont tombés aujourd'hui, annonça Boli après un long silence.

— Ouais. Et l'autre moitié s'en cogne royalement parce que ce soir, ils auront de la chair tendre à se mettre sous la dent, soupira Cayden.

— Ces joyeusetés ne t'enchantent pas ? ricana Boli.

Un sourire amusé se dessina sur les lèvres du Thénéryen. Il n'avait pas touché une femme depuis des semaines, ce qui n'était plus arrivé depuis ses quinze ans ! Pour autant, il ne ressentait pas ce besoin de fourrer sa queue entre les cuisses d'une donzelle. Une seule pensée l'obsédait. Foutre le camp de ce caillou de malheur !

— Boli ?

— Hum ?

— Si jamais je trouve le moyen de partir, je t'emmènerai.

Le vieux le dévisagea avec stupeur, puis éclata d'un rire rauque qui se changea bien vite en une sale toux caverneuse.

— Ah ça ! Je demande à voir !

Cayden sourit, appuyé contre le mur. Les yeux rivés sur la couche de brouillard qui ne se levait jamais, il humecta ses lèvres, et cracha dans le sable à ses pieds. Une idée folle germait dans les rouages de son cerveau.

— J'suis sérieux, vieux maboule. Au fait, tu n'as jamais répondu à ma question.

— Ah... Celle au sujet des raisons de ma venue ici ? s'amusa Boli, tout en passant ses longs doigts décharnés dans sa barbe.

Cayden tourna la tête vers lui dans un raclement de gorge.

— J'ai entendu les gardes t'appeler, mais ton nom de famille n'a pas été mentionné. Pourquoi ?

Surpris, le mineur laissa un sifflement fuser entre ses lèvres sèches.

— Alors là, tu m'en bouches un coin ! T'es loin d'être idiot pour un Thénéryen.

Cayden lui adressa un clin d'œil, absolument pas vexé par sa réflexion. De la part du vieil homme, il n'y voyait aucune provocation.

— Je te révèlerai peut-être mon secret. Un jour.

— Et si je le découvre avant ? supputa Cayden.

— Eh bien, ma foi, je t'offrirai un présent.

Ce fut au tour de Cayden d'éclater de rire.

— Tope-là, vieux débris ! Tu sais, j'ai déjà une théorie à ce sujet.

— Ah oui ? Raconte-moi donc !

Un frisson traversa tout à coup Boli, bien qu'aucune rafale de vent ne se soit levée, ni l'air rafraîchi. Il se gratta l'avant-bras avec insistance, laissant des marques rouges sur sa peau, là où ses ongles s'enfonçaient. Cayden le regarda faire, conscient des prémices de la maladie, mais préféra ne pas en parler.

— Eh bien, je me suis fait la réflexion que Boli n'était pas un nom courant. J'ai remarqué aussi que les gardes ne t'appellent jamais autrement que de cette façon. Ton nom de famille n'est nullement mentionné. J'en ai donc conclu que Boli pouvait être la contraction de ton nom et de ton prénom. Mais pourquoi prendre la peine d'agir ainsi pour un moins que rien ? À moins, bien sûr, que tu ne sois pas n'importe qui ? Ou que ton nom soit trop compliqué ou trop long à prononcer, ce qui est souvent le cas dans l'aristocratie. Que penses-tu de ma théorie ?

— Je la trouve... intéressante ! railla Boli, de toute évidence très amusé.

Cayden sourit également, reportant son attention sur les portes qui séparaient les deux cours. La soirée s'étira, et on leur servit du bouillon de poule, accompagné de pain noir, et d'une piquette immonde déchargée du navi, cadeau d'Alban de Nansac. Lorsque la nuit fut totalement tombée, les hommes, lassés d'attendre, se mirent à hurler qu'ils voulaient les femmes.

Immobile, Cayden les observa se rassembler comme des animaux aux pieds des remparts lorsque Defoe apparut, accompagné par de Nansac. Instantanément, Cayden sut que le capitaine le cherchait du regard. Cependant, il resta plongé dans l'ombre.

Au même instant, les portes s'ouvrirent sous les ovations des mineurs, alors qu'un chapelet de femmes apparaissait, encadrées par quatre Nuageurs.

— Une bien belle marchandise pour les yeux ! apprécia Boli en avalant une longue rasade de vin acide.

Toutes vêtues d'une jupe longue, d'un chemisier aux épaules dénudées et d'un bustier, elles avançaient à pas lent, jetant des regards apeurés autour d'elles. Si elles étaient ici, il était évident qu'elles n'en repartiraient jamais. Certaines portaient les cheveux détachés, aguichaient déjà un homme ou deux. D'autres restaient en retrait, blotties contre leur voisine.

— Qu'est-ce que tu attends pour t'en dégotter une ? ricana Cayden en jetant par terre le reste de sa timbale imbuvable.

— Je suis trop vieux pour ces cabrioles, se lamenta le mineur.

— Allez, Boli ! C'est dans la tête, tout ça. Je suis certain que tu peux encore plaire à l'une de ces dames.

L'homme laissa passer un sourire, puis s'étouffa à nouveau. Plié en deux, il toussa tant qu'il n'arrivait plus à reprendre son souffle. Effaré par la vitesse à laquelle se propageait le Froid Noir, Cayden claqua sa langue contre son palais et posa sa main sur l'épaule de l'homme.

— Viens. Je vais te raccompagner jusqu'au baraquement. Tu as bien mérité une bonne nuit de sommeil dans un lit.

— Mais non. Non ! Reste et festoie avec les autres, Cayden. Je peux me débrouiller, haleta Boli.

La bruine rouge s'intensifiait à mesure que les secondes s'écoulaient. Sournoise, elle n'était pas encore visible en surface, mais les ramifications sombres s'étendaient déjà partout sous son épiderme.

— T'es peut-être le plus vieux, et c'est clair que je te dois le respect, Boli, mais crois-moi, je suis le plus jeune, et tu te lasseras avant moi. Alors, laisse-moi te raccompagner.

Au milieu de sa toux caverneuse, Boli partit d'un grand éclat de rire, puis se releva, soutenu par Cayden.

— T'es un homme bien, Cayden Jayce, souffla-t-il en clopinant à petits pas jusqu'au baraquement.

— Pas toujours. Mais j'essaie.

Ils parcoururent la centaine de mètres qui les séparaient du premier baraquement, allant au rythme lent de l'homme qui s'épuisait bien plus vite qu'à l'ordinaire.

— J'crois bien que j'ai chopé des puces ! grommela-t-il en se grattant à travers sa chemise. Ça me démange de plus en plus.

La gorge nouée, Cayden poussa la porte de la bâtisse et déambula entre les couchages, jusqu'à trouver un lit acceptable pour Boli. La plupart du temps, les gars dormaient à même le sol, souvent dans des draps qui n'étaient lavés qu'une à deux fois par an. Mais pour éviter toute propagation d'épidémie, le lieutenant Defoe avait fait changer toute la literie. Les nouveaux draps étaient tout aussi jaunes que les précédents, mais au moins, ils ne sentaient ni la pisse ni la transpiration, et n'étaient pas encore raidis par la crasse.

— Je me fais vieux, soupira Boli en retirant ses chaussures.

— Après une bonne nuit de repos, je t'assure que tu seras plus frais que la plupart des gars demain.

Le vieillard s'esclaffa, puis s'allongea en étirant ses jambes lourdes et douloureuses.

— Allez, ne reste pas là à veiller sur moi. Je suis assez grand pour dormir seul.

Levant les yeux au ciel, Cayden lui jeta une épaisse couverture grise sur les jambes.

— Vieux radoteur, tu passes ton temps à bougonner, mais dans le fond, je sais que tu m'aimes bien.

— Peuh !

Sur cette dernière réplique, Boli remonta la couverture jusqu'à son menton et lui tourna le dos. En silence, Cayden observa durant quelques secondes le nuage rouge qui bruissait, immobile au-dessus du vieil homme qui avait déjà les yeux fermés. La bruine vermeille était plus épaisse, mais n'avait pas encore atteint cette nuance pourpre qui annonçait une mort imminente. Il lui restait quelques jours. Peut-être deux semaines.

Le plus doucement possible pour ne pas troubler le sommeil du vieillard, Cayden quitta le baraquement et referma la porte sur son passage. Il s'installa sur les marches en bois branlantes, et soupira lourdement. Comme il regrettait Stent et le Bosquet ! Stent et son agitation permanente ! Stent et toutes ces filles !

Dépité, il s'appuya contre la cloison, les yeux rivés vers le ciel. Que n'aurait-il pas donné pour une bolée de sajja servie par Hannah, une partie de cartes autour d'une table de Nuageurs stupides, ou simplement, s'allonger sur le grand lit de cette immense maison abandonnée sur la grève.

Une ombre passa soudain juste devant lui, poursuivie par trois hommes. L'odeur de l'alcool agressa immédiatement ses sens lorsqu'il bondit sur ses pieds, happé par une fragrance de peur terriblement prégnante. Humant l'air, il sauta la volée de marches et s'élança à la suite des hommes. Il faisait nuit, et l'on ne distinguait rien entre les baraquements, mais ce fut son odorat qui le guida, bien avant les sons. Quatre silhouettes. Les trois hommes qu'il avait vus passer devant lui, et une femme. Une des prostituées ramenées par de Nansac. À moitié dévêtue, sa peau laiteuse tranchait dans la noirceur de la nuit. Acculée, elle se trouvait coincée contre le mur, encerclée par trois mineurs qui avaient jeté leur dévolu sur elle.

— Allez ! Viens par là, ma jolie ! s'écria le premier en tendant le bras pour défaire les liens de son corsage.

Une seconde plus tard, il hurlait de rage, sa main pressée contre sa joue.

— La pute ! Elle m'a griffé !

— Tu sais pas y faire avec les femmes ! ricanèrent ses deux acolytes, partiellement imbibés de vinasse.

— Vous allez voir si je sais pas y faire !

Les yeux injectés de sang, l'homme avança d'un pas en direction de la jeune prostituée.

— Elle a dit qu'elle ne voulait pas de toi, déclara soudain une voix sourde dans leur dos.

Comme un seul homme, les trois détenus se tournèrent en direction de Cayden, dont les yeux rouges luisaient tout particulièrement dans la nuit.

— Putain ! C'est le regard de braise, souffla le premier.

— Je m'en cogne, moi ! vociféra l'autre. J'ai vu cette fille en premier ! Tu l'auras après, Jayce !

— Je n'en veux pas, le contredit Cayden.

— Ben alors, pourquoi tu viens nous les briser ? Tu ne vois pas qu'on est occupés ?

— Écoute, gronda Cayden, je suis certain que tu vas te trouver une occupation plus saine dans l'autre cour.

Toujours plaquée contre le mur, la fille le toisait de ses grands yeux noisette. Elle semblait terrifiée, transie de froid, mais prête à se battre pour défendre son honneur.

— Allez viens, Curtis. Il y a d'autres femmes, lâcha l'un des prisonniers qui semblait avoir décuité assez rapidement. Et puis, elle est trop menue, celle-là. Y'a rien après ! Toi qui voulais des cuisses chaudes, c'est pas chez elle que tu vas trouver ça. En plus, c'est une Rafistolée.

Le dénommé Curtis toisa Cayden pendant encore de longues secondes, avant de cracher à ses pieds avec dédain.

— Tu m'impressionnes pas, le Thénéryen.

Cayden sourit dans la nuit, et les regarda s'éloigner entre les baraquements. Lorsqu'ils furent seuls, il se tourna vers la prostituée.

— Est-ce que ça va ? Ils t'ont fait du mal ?

Elle secoua la tête, ses bras serrés autour de son corps.

— Tu as froid ?

Un nouveau mouvement de tête lui répondit par l'affirmative, cette fois. Avec douceur, il tendit la main vers elle, mais la jeune femme recula brusquement. Son visage était crispé par la colère, ses lèvres ouvertes, mais aucun son ne les franchissait. Avec lenteur, Cayden recula, levant les mains à hauteur de son visage en signe de paix.

— Je ne vais rien te faire. Je m'appelle Cayden. Et toi ?

La tête penchée légèrement sur le côté, elle le dévisageait avec intensité, sur ses gardes, lui rappelant les réactions d'un animal sauvage.

— Ce n'est pas grave si tu ne veux pas me donner ton nom, mais si tu ne veux plus avoir d'ennuis avec eux, reste près de ce baraquement jusqu'à l'aube. Les hommes vont passer le reste de la nuit à boire et à s'amuser avec tes amies.

Elle secoua vivement la tête en haussant les épaules.

— Ce ne sont pas tes amies ? C'est ça ?

Elle approuva en silence, sous le regard perplexe de Cayden.

— Il y a des couvertures dans les baraquements. Prends-en une si tu as froid.

Maintenant qu'elle ne risquait plus rien, et constatant qu'elle ne semblait pas décidée à lui adresser la parole, Cayden lui lança un rapide regard et s'éloigna en direction du baraquement où Boli dormait. Il avait à peine effectué quelques mètres que la jeune fille lui courut après, agrippant son bras avec force. À la lueur des lampes à huile qui brûlaient sur chaque pignon des bâtisses, Cayden distingua enfin son visage.

— Bordel de slug… Si je m'attendais à ça.

Elle devait avoir vingt ans, tout au plus, et une peau claire comme du lait, dont la douceur se devinait rien qu'en la regardant. Cependant, une longue cicatrice, habilement cousue, barrait sa gorge, ornementée d'une dentelle florale très fine tatouée sur toute la surface de son cou. Cayden remarqua également les tatouages symétriques autour de ses yeux. Eux aussi imitaient à la perfection une dentelle régulière, comme un masque qu'elle ne pourrait jamais ôter. Un masque de luxure imposé. Elle avait également les oreilles percées, ornées de petits pics. Il en était de même pour ses lèvres, traversées de multiples petits anneaux d'argent. Cinq en bas. Trois en haut. Sans un mot, la prostituée lui désigna alors sa gorge, puis ses lèvres dont rien ne filtrait. Il ne fallut qu'une seconde à Cayden pour comprendre.

— Tu es muette. C'est ça ?

Elle hocha la tête, mais lui désigna sa cicatrice, imitant le geste d'une lame qui fendait l'air. Puis, sa main se tendit dans le vide, et son poing se referma brusquement, comme si elle cherchait à saisir quelque chose et à l'extirper de son écrin. Un frisson d'angoisse dévala le long de l'échine de Cayden.

— On t'a arraché les cordes vocales ? C'est bien ça ?

Elle acquiesça, les yeux brillants, satisfaite d'être comprise. Dans un sourire timide, elle s'inclina devant lui, dans une légère révérence. Cayden remarqua alors son incroyable masse de cheveux noirs, dans laquelle – et il n'en croyait pas ses yeux – semblaient fleurir des roses et des ronces. Subjugué, il tendit la main pour attraper l'une d'entre elles, mais la jeune femme secoua la tête avec force.

— Pardon ! Excuse-moi. Je ne te touche pas. C'est promis.

Elle le considéra un instant, puis ramena ses cheveux devant elle, désignant les piquants qui se mêlaient à ses longues mèches sombres.

— Ce sont des ronces ?

La prostituée hocha la tête, puis se désigna elle-même.

— Ronce ? C'est ton nom ?

Elle sourit simplement.

— En voilà un nom étrange, pour une jolie fleur.

Ronce le dévisagea gravement, tandis qu'un frisson roulait sur sa peau d'albâtre.

— Viens. Il ne t'arrivera rien. Fais-moi confiance.

Après quelques secondes d'hésitation, elle attrapa la main qu'il lui tendait, et le suivit à travers les baraquements endormis. Lorsqu'elle se rendit compte qu'ils se dirigeaient vers la cour où une débâcle sans nom avait lieu, elle se crispa et émit une sorte de son, proche d'un feulement.

— Aie confiance. Personne ne te touchera si tu restes avec moi. Les hommes me craignent, ici.

Ronce leva les yeux vers lui, avisant le profil acéré de l'homme qui lui était venu en aide. Avec ses yeux rouges et sa mâchoire large et déterminée, il inspirait la crainte. Il n'était probablement pas meilleur que les autres, mais en attendant, il lui avait épargné un sort peu enviable. Elle tira un peu sur son bras, attirant son attention pour lui désigner les braseros brûlants. Cayden comprit et la laissa seule quelques instants pour récupérer un bol de bouillon chaud pour elle.

— Tiens.

Elle se jeta dessus avec férocité. Le voyage à bord de l'Hélion n'avait duré que quelques jours. Le navi, propulsé par plusieurs piles solaires, avançait plus rapidement que la plupart des autres bâtiments volants. Gardées dans une partie de la soute, elle, ainsi que ses compagnes d'infortune, n'avaient goûté qu'à du porridge fade. Elles n'avaient pas été maltraitées, et Alban de Nansac avait strictement interdit à son équipage de poser la main sur elles. Cependant, ce répit n'avait été que de courte durée, et cette plongée au cœur d'un pénitencier qui allait devenir leur tombeau était effroyable.

Lors de leur embarquement, elles étaient onze, mais l'une d'entre elles s'était jetée par-dessus bord le deuxième jour, lors de leur promenade quotidienne sur le pont. Après cela, le capitaine avait ordonné qu'elles restent à fond de cale jusqu'à leur arrivée sur l'île de For'Baten.

Ici, Ronce n'avait rien à quoi se raccrocher, alors, si ce Thénéryen devenait sa planche de salut, elle s'y agripperait de toutes ses forces !

Le lendemain, alors que la plupart des hommes ronflaient et décuvaient, un coup de botte dans les jambes tira Cayden de son sommeil agité. Ronce était blottie contre lui. Un bras passé autour de ses épaules pour lui tenir un peu chaud, Cayden avait passé le reste de la nuit sous les arcades qui longeaient les remparts. Avec lenteur, il releva la tête vers l'homme qui envahissait son champ de vision. En une seconde, son esprit fut en alerte.

— Toi ! gronda-t-il en repoussant Ronce, qui ouvrit les yeux d'un coup.

Étourdie, elle serra contre elle la couverture que lui avait fournie Cayden, et rabattit les pans devant sa gorge. L'expression de l'inconnu ne lui plaisait pas.

— Alors, Cayden ? Tu te plais ici ?

Les mâchoires contractées à l'extrême, le Thénéryen prit sur lui pour ne pas foncer sur Declan, le second d'Alban de Nansac.

— T'as l'air en forme, à ce que je vois. Les mauvaises herbes sont toujours les plus résistantes.

Silencieux, Cayden sentait son cœur cogner avec violence dans sa poitrine. Près de lui, Ronce laissait son regard passer de l'un à l'autre.

— Qu'est-ce que tu me veux ?

— Je me suis dit que tu voudrais peut-être avoir des nouvelles de Stent…

Stent ? Qu'est-ce que ce con racontait ? Les yeux plissés par la méfiance, Cayden expira longuement pour tenter de calmer ses nerfs. Declan jouait avec lui. La perversité suintait par tous les pores de sa peau.

— Tu sais, on est redescendus. J'ai toujours aimé la chaleur qui règne dans ta bourgade, Cayden. Les gens sont accueillants. Surtout les femmes…

Il laissa ses yeux traîner sur le visage de l'étrange prostituée, puis ricana :

— Elle est encore bien roulée, ta mère.

Un froid glacial envahit immédiatement l'organisme de Cayden. En une fraction de seconde, il se jeta sur le Nuageur en hurlant :

— Qu'est-ce que tu lui as fait ?

Son poing fermé fendit l'air, prêt à cogner, mais Ronce s'interposa entre eux, saisissant son bras au passage. Elle secoua la tête et tira sur son poignet pour le forcer à s'éloigner, sous le rire cynique de Declan.

— Tu as perdu ton sens de l'humour, Jayce ?

Un grondement sourd quitta les lèvres du Thénéryen. Son cœur pulsait fort. Trop fort ! Une violente douleur éclata dans ses gencives. Ses crocs de bête ne demandaient qu'à sortir pour plonger dans la gorge de l'homme et le faire taire. Le sang envahit sa bouche lorsque ses canines percèrent la fine peau qui s'était à nouveau formée. Les lèvres tachées, il tourna le visage en direction de Declan, les traits déformés par la haine.

— Je vais te tuer, Declan !

— Jayce !

La voix puissante de Scott Defoe l'apostropha, le coupant dans son élan. En sueur, et tremblant de rage, Cayden s'immobilisa. La gorge asséchée par sa montée de colère, le Thénéryen déglutit. Le sol tanguait sous ses pieds, et une oppressante sensation d'étouffement lui broyait la poitrine.

TUER

Le mot explosa dans sa tête, comme une vague bleutée, brûlante !

— Monsieur de Nansac, veuillez rappeler votre second, ordonna Scott Defoe. Sa présence rend mon prisonnier nerveux.

Aux côtés de son hôte, le capitaine de l'Hélion jeta un regard sans équivoque à son subalterne, le sommant de s'éloigner.

— Je ne te dis pas à bientôt, Jayce, ricana Declan en s'éloignant. Et je passerai le bonjour à ta mère.

La haine exsuda, emportant le peu de conscience dont Cayden disposait encore. Les échos des spiranes envahirent son esprit, labourant son crâne. La pression était insupportable ! Pourtant, alors qu'il allait se laisser emporter par ses instincts de meurtre, ce fut Defoe qui y mit un terme.

— Un mot de plus et je me verrai dans l'obligation de transmettre un rapport au Gouverneur Folkaney. J'ai ouï dire que vous comptiez vous mettre à votre compte, et établir votre propre comptoir à Ey'Nvala.

Declan blêmit, mais sans rien perdre de son arrogance.

— En effet. C'est dans mes projets.

— Alors, en ce cas, tenez-vous loin de mon prisonnier. Il s'agit de mon meilleur récolteur de painites. Celles-là mêmes que vous allez rapporter pour le fils de notre dirigeant.

Les lèvres pincées, Declan jeta un coup d'œil à Cayden, puis hocha rapidement la tête.

— Message reçu.

Il s'éloigna à grands pas, sous le regard désapprobateur d'Alban de Nansac.

— Je suis navré, soupira ce dernier à l'attention de Scott Defoe.

— Je n'en doute pas. Cependant, il est impératif que vos hommes se tiennent loin des détenus.

— J'ai les pierres demandées par le Gouverneur, déclara Alban. Dans moins d'une heure, nous serons partis. Cayden, je suis affligé par le comportement de mon second.

— J'en ai rien à foutre, répliqua le Thénéryen avec froideur. Lui ou vous, c'est la même chose !

Alban de Nansac le dévisagea un instant, avant de soupirer.

— Sans doute as-tu raison. À tes yeux, je ne suis qu'un Aldébarien.

— À mes yeux, vous êtes une pourriture ! s'écria Cayden. Tout est votre faute ! Si vous aviez accepté de nous aider, mon petit frère ne se serait pas embarqué dans une quête insensée et perdue d'avance ! Il n'aurait jamais volé ce harfang stupide pour survoler la mer et tenter de retrouver les navires ! Je ne sais même pas s'il est en vie !

Alban baissa les yeux, décontenancé. Que pouvait-il bien répondre, face au déferlement de colère – justifiée – du rebelle de Stent ? Lui aussi regrettait que les choses se soient déroulées ainsi, mais l'entêtement du plus jeune Thénéryen était l'unique responsable de ce désastre.

— Il s'agissait d'une décision que je ne pouvais pas prendre, Cayden. Et je pense que, dans le fond, ton frère l'avait compris. Tout ce qui en a découlé est un enchaînement d'évènements regrettables.

— Je vous interdis de parler de Teagan comme si vous le connaissiez ! Vous ne savez rien de lui !

Sans un regard de plus, Cayden s'éloigna rapidement sous les arches de pierre, suivi par Ronce qui s'élança à sa suite. De Nansac l'accompagna du regard jusqu'à ce qu'il disparaisse de sa vue.

— Ainsi donc, voilà la véritable raison de sa venue. Ce n'est pas ce que mentionne le rapport à son sujet, remarqua Scott.

Le capitaine de l'Hélion avisa l'expression perçante du lieutenant, et haussa les épaules.

— Les frères Jayce ont commis un crime à l'encontre d'un navi marchand. Ils ont été jugés à la hauteur de leur acte.

— Un crime poussé par le désespoir, il semblerait.

— Comme la plupart des crimes, monsieur Defoe. L'explosion causée par Cayden Jayce aurait pu coûter la vie à tous mes hommes ! Quant à Teagan Jayce, n'oublions pas qu'il a volé un bien appartenant à la famille Folkaney. Le harfang était destiné à son fils.

— Oui… Un bien beau présent, en effet, remarqua Scott, sans se départir de son masque imperturbable.

— Je n'ai pas à justifier mes choix. Avant tout, j'obéis au Gouverneur. Tout comme vous.

Les lèvres du lieutenant se tordirent dans un rictus dédaigneux, sous la remarque si facile du capitaine. Oh, oui, tout comme lui…

— Vos piles solaires sont-elles chargées ?

— Mes hommes sont déjà à bord de l'Hélion, l'informa Alban, comprenant que Scott Defoe l'incitait à quitter rapidement l'île de For'Baten.

— Parfait. Un chariot va vous ramener jusqu'à l'embarcadère.

Moins d'une heure plus tard, l'Hélion décollait à la verticale, propulsé par la force de ses piles solaires. Le visage tendu vers le ciel, Cayden le regarda survoler le pénitencier, sous les lamentations des prostituées qui espéraient encore un retour possible sur une île plus accueillante. Seule Ronce demeura stoïque, aux côtés du Thénéryen.

Le reste de la journée se passa dans une torpeur effrayante. Privé de la compagnie de Nino, Cayden tournait en rond dans la cour, comme un animal pris au piège. À dix-huit heures, ses instincts de chasseur s'éveillèrent brutalement, alimentés par l'appétit des spiranes qui remontaient dans les galeries qu'elles découvraient désertes. Pendant longtemps, elles feulèrent dans les souterrains de For'Baten, arpentant des kilomètres de mine, la faim au ventre.

28

TU ES UNE VÉRITABLE FURIE, GWLADYS FLAHERTY. ABSOLUMENT INGÉRABLE. ET AUSSI BOUILLONNANTE QUE LA FORGE QUI BRÛLE EN PERMANENCE DANS TON ATELIER.
TEAGAN JOYCE

ALDÉBARAN - ÎLE DE SIRIUS – PROVINCE D'EY'NVALA

Au cours des derniers jours, Teagan et Gwladys s'étaient exclusivement concentrés sur les ultimes retouches de la Méca Hross. Comme l'avait promis le Gouverneur Folkaney, les painites avaient bien été livrées trois jours plus tôt. Depuis, ils s'affairaient à polir, lustrer et faire briller l'immense bête de métal. Sous les feux des lampes de l'atelier, la carcasse du cheval carnivore semblait prendre vie, et chaque facette de painite accrochait le moindre éclat de lumière.

En sueur, un chiffon sur l'épaule, Teagan admira le résultat, reculant de quelques mètres pour pouvoir apprécier la réalisation dans son ensemble. L'accomplissement de la Méca de parade était une fierté pour Gwladys, mais sonnait également comme un gong retentissant pour le Thénéryen. Dans deux jours, il prendrait place avec Dâz sur la ligne de départ de la Méca Race ! Dans deux jours commencerait une course effrénée pour sauver la vie de son frère !

— Ton regard brille autant que les painites qui ornent son poitrail, sourit Gwladys en se joignant à lui pour admirer leur travail.

— L'impatience, sans doute. Il me tarde de monter Dâz, et traverser les îles jusqu'à la ligne d'arrivée.

Un frisson anxieux roula sur la peau de la jeune femme. La Méca Race pouvait s'avérer mortelle, elle ne le savait que trop bien. Et sa récente conversation avec Cécilie de Sand ne faisait que confirmer la dangerosité de cette course, lorsque cette dernière avait évoqué la mort suspecte de son frère aîné.

— Tu devras te montrer extrêmement prudent, Teagan. Flynn et Habbot ne resteront pas sans agir, maintenant qu'ils savent que j'ai participé à la confection d'une machine pour le Gouverneur, et que j'ai inscrit un Monteur. Dès qu'ils t'auront repéré, ils ne te lâcheront pas, et chercheront sans doute à saboter Dâz.

— Je resterai sur mes gardes. Il faut que je passe la ligne d'arrivée en vie si je veux espérer sauver mon frère.

Gwladys émit un faible sourire. La confiance de Teagan la galvanisait, mais par moment, son angoisse reprenait le dessus. Il y avait tant de paramètres à prendre en compte. Teagan s'était entraîné à monter sa Méca sans relâche – et les résultats étaient incroyables – mais parfois, la victoire ou la défaite se jouait à peu de choses : un mauvais calcul de trajectoire, un excès de confiance...

— Je serais heureuse également que tu passes la ligne d'arrivée entier, souffla Gwladys.

Dans l'obscurité de l'atelier, Teagan distingua le feu sur les joues de la jolie mécanicienne. Un feu qui se propageait jusque dans les boucles rousses qui dansaient autour de son visage, rehaussant ses petites taches de rousseur.

— Je te le promets, Gwladys.

Dans la poitrine de la jeune femme, son cœur battait à tout rompre. Elle ne pouvait plus ignorer l'attrait qu'elle éprouvait pour le Thénéryen, et maudissait chaque jour la stupidité de ses sentiments. Ils étaient inenvisageables et malvenus. Teagan n'était pas monté sur Aldébaran pour trouver l'amour, mais pour sauver son frère ! Une fois sa quête accomplie, il franchirait à nouveau le Magna-Nubes pour replonger tout droit, direction Thénérys, et sa petite bourgade tranquille de Stent. Les sentiments ne faisaient pas partie de leur accord ! Pour lui, une Méca. Pour elle, un Monteur. Les choses étaient claires. Alors, pourquoi s'entêter bêtement et s'accrocher ? *Gwladys ! Tu es une idiote !* Elle se fustigea en silence, incapable de soutenir le regard en biais du Thénéryen.

— Nous devrions nous y remettre ! lâcha-t-elle brutalement.

D'un revers de la main, elle dégagea son visage de quelques mèches rebelles, et entreprit de frotter avec application le poitrail de la Méca Hross. Plongée dans un mutisme inattendu, elle semblait se focaliser sur une salissure inexistante. Les dents serrées, Gwladys en venait presque à regretter de l'avoir aidé.

— On a déjà briqué cette partie, souffla Teagan avec douceur, juste dans son dos.

— Je sais ! rétorqua-t-elle froidement.

— Alors pourquoi tu t'acharnes de cette façon ?

— Parce que !

Avec douceur, Teagan posa sa main sur celle de la mécanicienne, interrompant ses gestes circulaires.

— Si tu continues comme ça, tu vas déformer la tôle.

— Et alors ? s'écria-t-elle, incapable de contenir l'émotion qui brisa sa voix. C'est ma création !

— Gwladys... qu'est-ce qui se passe ? murmura alors Teagan en l'obligeant à se tourner vers lui.

D'abord, elle refusa de le regarder, et garda les yeux fixement baissés vers le sol. Alors, sans la brusquer, Teagan saisit son visage entre ses doigts, et lui fit relever le menton jusqu'à ce que leurs regards se croisent. Celui de Gwladys était empli de larmes.

— Gwladys... Je ne comprends pas. Parle-moi.

— Tu vas partir !

Les lèvres pincées, elle le repoussa et fuit son étreinte en jetant son chiffon sur l'établi.

— Attends !

D'une enjambée, Teagan la rattrapa, manquant de se prendre les pieds dans un rouleau de câbles. La détresse de la jeune femme était poignante, et s'insinuait jusque dans sa chair.

— Lâche-moi tout de suite ! feula-t-elle alors qu'il enserrait son poignet frêle.

— Non, refusa Teagan. Non, je ne te lâcherai pas. Regarde-moi, Gwladys. S'il te plaît.

Butée, la jeune femme s'obstinait à ne pas l'écouter.

— Je ne veux pas te regarder ! Ni entendre ce que tu as à me dire !

Un sourire tendre adoucit l'expression de Teagan.

— Tu es une véritable furie, Gwladys Flaherty. Absolument ingérable. Et aussi bouillonnante que la forge qui brûle en permanence dans ton atelier.

Les yeux de la jeune femme se plissèrent sous l'émotion. Troublée, elle enfonça ses dents dans sa joue pour ne pas fondre en larmes devant lui, et ravala ses sanglots. Qu'est-ce qu'il racontait ? Est-ce qu'il était en train de se moquer d'elle ? Le goujat !

— Et toi, tu es un idiot ! Un Thénéryen complètement fou qui ne sait même pas tenir correctement sur une Méca !

— C'était un compliment, Gwladys.

— Quoi ? Non ! Tu as dit que...

— Que tu étais une furie, répéta Teagan. Que tu étais ingérable. Et que tu étais aussi brûlante qu'une flamme.

— Et ça, ce sont des compliments ? protesta-t-elle, emportée par sa mauvaise foi. Non, monsieur ! Absolument pas ! Tu aurais pu dire que j'étais jolie !

— Oui, et ça ne t'aurait pas rendue différente des autres jolies femmes.

— Mais, je… Raaah, Teagan Jayce ! fulmina Gwladys, qui en perdait ses mots. Drôle, alors ! Ou intelligente ! Ou…

— Ou terriblement têtue ? proposa-t-il, amusé par les éclairs qu'il voyait fuser dans ses prunelles.

— Je ne suis pas têtue ! Tu es un mufle ! le fustigea-t-elle en martelant son torse de ses petits poings.

— Bien sûr que j'en suis un ! approuva-t-il en refermant sa main autour de la nuque de la jeune femme pour la ramener brusquement contre lui.

— Qu'est-ce que tu fais ? s'étrangla-t-elle en atterrissant contre son torse, les joues rouges.

— Le mufle ! répliqua Teagan en l'embrassant avec force.

Stupéfaite, Gwladys ouvrit la bouche et resta sans réaction pendant quelques secondes, tandis que les lèvres du Thénéryen se pressaient contre les siennes avec une vigueur qui la laissa pantelante. Dans une plainte désespérée, elle referma ses bras autour de son torse, enfonçant ses ongles dans son dos à travers sa chemise.

— Tu es un idiot ! gémit-elle contre ses lèvres.

— Et tu es magnifique.

Soufflée, la mécanicienne éloigna son visage du sien pour le dévisager avec gravité.

— Ne dis pas n'importe quoi.

— Ce n'est pas n'importe quoi. Je t'assure.

Lentement, la main de Teagan glissa le long de sa nuque, semant un long frisson dans son sillage. Troublée, la jeune femme sentit son cœur s'affoler à ce simple contact. Son stupide palpitant ne s'était pas encore remis de son baiser. En douceur, le Thénéryen effleura sa gorge, puis engloba sa joue de sa paume calleuse sans la quitter de son regard ocre une seule seconde. À chacun de ses gestes, Gwladys sentait le feu la consumer davantage.

— Teagan… ne fais pas ça. Je… Ne rends pas les choses plus difficiles qu'elles ne le sont déjà, soupira-t-elle. Dans moins d'un mois, tu quitteras à nouveau le continent pour ne plus jamais y revenir.

— Peut-être pas, démentit-il en secouant la tête. J'ai toujours voulu monter sur Aldébaran. Cayden n'a été que le déclencheur de ma venue sur ton continent.

— Pourrais-tu réellement envisager une vie ici ? Loin des tiens ?

Durant un instant, Teagan songea à sa mère, à Hannah, à tout ce qui composait sa vie à Stent depuis qu'il était né.

— J'ai fait le tour de Stent un milliard de fois, mais je n'aurai pas assez d'une vie pour explorer le ciel ! Je suis un oiseau, Gwladys. J'ai besoin de ressentir la chaleur des soleils d'Aldébaran sur ma peau, de contempler l'immensité, les aurores ! Et... je crois que j'ai besoin de toi aussi.

Le regard fixe, Gwladys l'écoutait sans ciller.

— Tu appartiens à ces rencontres inattendues qui changent le cours d'une vie, ajouta-t-il en caressant ses lèvres de son pouce. Je me sens bien quand je suis en ta compagnie. J'aime tous ces moments que nous passons ensemble.

— Teagan... est-ce que tu avais quelqu'un dans ta vie avant d'arriver sur Aldébaran ?

Il secoua la tête avec un sourire, glissant sa main le long de son bras, jusqu'à saisir ses doigts avec douceur.

— Non. Personne. Mon frère avait fait le tour de la plupart des filles de Stent, et je me suis toujours refusé à passer après lui.

— Mais quel ego, pouffa Gwladys qui retrouvait son habituelle répartie.

— Tu n'as pas idée. Un vrai paon.

Un sourire éclaira les traits tirés de la mécanicienne. Ses boucles rousses bruissaient, encadrant son visage délicat, parsemé de petites taches de son. D'un geste, Teagan attrapa une mèche flamboyante. Il l'enroula autour de ses doigts, remontant jusqu'à son crâne qu'il massa avec douceur. Une cascade de frissons éclata dans la tête de Gwladys.

— Tu es de loin la femme la plus fascinante que j'ai rencontrée de ma vie. Tu es drôle, vive, créative et libre. Et à mes yeux, ce sont des qualités bien plus appréciables qu'une beauté qui se fane.

Le froncement de sourcils de Gwladys lui arracha un léger rire. Elle affichait à présent une petite moue pincée qui dissimulait à peine sa vexation.

— Et tu es belle, ajouta alors Teagan au bout de longues secondes de suspense. Je n'ai pas envie de partir loin de toi.

Dans la pénombre de l'atelier, sous les yeux de saphir de la Méca Hross, leurs visages se rapprochèrent avec fébrilité.

— Attends, souffla Gwladys.

Son petit nez froncé, elle balaya l'atelier du regard.

— Ah !

Sans comprendre, Teagan la regarda se diriger droit vers un marchepied encombré. D'un revers de la main, Gwladys éjecta tout ce qui se trouvait dessus. Le seau et les brosses tombèrent sur le sol avec fracas, sous l'expression ironique du Thénéryen qui se retenait de rire en comprenant où elle voulait en venir.

— Ne te moque pas ! s'écria Gwladys en revenant avec le marchepied dans les bras.

Dans un soupir résolu, elle le reposa sur le sol, aux pieds de Teagan, et monta dessus pour être à sa hauteur.

— Voilà, murmura-t-elle. C'est mieux ainsi...

— C'était très bien avant aussi, déclara Teagan en refermant ses bras autour de sa taille fine.

À travers le cuir épais du tablier de forgeronne qu'elle portait, et sous les couches denses que composaient sa chemise et son bustier lacé, le Thénéryen devinait des courbes féminines que Gwladys s'évertuait à dissimuler en permanence. Un léger frisson dévala le long de la gorge nue de la mécanicienne. Elle qui domptait les flammes et le fer se trouvait totalement démunie devant cet homme au regard rougeoyant.

Alors qu'elle allait l'embrasser, le grincement de la porte de l'atelier attira leur attention. Newt passa sa petite tête intriguée par l'entrebâillement, un énorme rat mort dans la gueule. Avec fierté, il avança jusqu'à eux de son pas cliquetant, puis déposa son trophée à leurs pieds dans un miaulement satisfait et perçant.

— Newt ! s'écria Gwladys en tendant la jambe pour repousser le chat mécanique qui les fixait avec aplomb. Tu ne vois pas que je suis occupée, là ? Allez ! Ouste !

Très digne, Newt entreprit de lécher sa patte mécanique avec application, sans bouger d'un iota.

— Newt ! T'es boulonné du siphon, ou quoi ? Emmène ton rat ! pesta Gwladys en descendant du marchepied pour le houspiller un peu plus loin.

Elle eut à peine le temps de quitter son piédestal que Newt saisit le cadavre du rongeur dans sa gueule, et bondit à son tour en hauteur, lâchant sa proie bien en évidence sur la marche. Affreusement gênée, Gwladys adressa à Teagan un regard en coin. Les lèvres pincées, le Thénéryen avait un mal fou à ne pas éclater de rire.

— Je suis navrée. Ce chat est frisé des moustaches. Il est...

Elle n'eut pas le temps d'en dire davantage. Le fou rire de Teagan éclata dans tout l'atelier. Les larmes aux yeux, il s'appuya contre le plan de travail, plié en deux. Communicatif, son rire se propagea jusqu'à Gwladys, qui leva les yeux au ciel avant de le rejoindre dans son hilarité.

— Eh bien, on s'en souviendra de ce premier baiser ! maugréa-t-elle de bon cœur.

Hilare, Teagan tendit la main dans sa direction, sous l'œil avisé de Newt qui attendait toujours sa récompense.

Lorsque l'aube se leva sur Ey'Nvala, Teagan ouvrit les yeux aux côtés de Gwladys. Encore endormie, la jeune femme gardait son visage enfoui dans le traversin gonflé de plumes d'oie. Un bras autour de son corps, ses jambes glissées entre les siennes, elle respirait avec lenteur, plongée dans des songes bien moins tumultueux que la journée qui s'annonçait.

— Debout, mademoiselle la mécanicienne.

— Encore quelques minutes, monsieur le Monteur, bailla-t-elle en se redressant.

Sa crinière de feu l'auréola, puis elle repoussa ses mèches en arrière, dégageant la finesse de son visage. Teagan se pencha pour l'embrasser, puis quitta la chaleur du lit, à regret. Il avait passé une nuit des plus douces. Tout en tendresse.

Assise dans les draps, le tissu remonté contre son corps nu, Gwladys sourit en le suivant du regard. Elle contempla durant quelques secondes ses épaules, son dos, et poussa un petit soupir.

— Et voilà, c'est le grand jour.

— Il me tardait qu'il arrive, approuva Teagan, dont la voix tremblait déjà sous le coup de l'émotion.

À midi, comme le voulait la tradition, la parade pour l'ouverture de la Méca Race débuterait par le discours du Gouverneur Folkaney, puis viendrait le cortège qui déambulerait dans les rues d'Ey'Nvala. Menés par William Folkaney, les soixante-douze Monteurs inscrits paraderaient sur leurs bêtes de course, jusqu'à la ligne de départ, située dans les grandes plaines verdoyantes.

Les bras blancs de Gwladys se refermèrent tout à coup autour de son torse. Appuyée contre son dos, elle embrassa le creux de sa colonne vertébrale. En douceur, Teagan posa ses mains par-dessus celle de la jeune femme.

— Tu seras prudent, n'est-ce pas ?

— Je te l'ai promis ! assura-t-il en se tournant vers elle pour saisir ses lèvres.

Elle hocha la tête, à peine convaincue. Il ne lui avait fallu qu'un instant, lors de leur première rencontre, pour se rendre compte que le Thénéryen était tout sauf raisonnable !

— Ne joue pas les héros, Teagan Jayce ! le menaça-t-elle.

Ses jolis yeux riaient, mais son expression restait cependant grave et sérieuse.

— Non. Plus maintenant.

Jouer les héros à Stent avait engendré bien trop de désastres pour son entourage. Son cœur se serra alors que l'image de sa mère s'imposait dans son esprit. Il n'avait aucune nouvelle d'elle, et Teagan réalisa subitement que depuis son arrivée, il ne lui avait fait parvenir aucun courrier pour l'informer qu'il était toujours en vie, qu'il allait bien, et qu'il allait ramener Cayden chez eux.

— Une longue journée t'attend, souffla Gwladys. Et moi aussi, d'ailleurs. Tu n'imagines pas comme je redoute de monter aux côtés d'Octave Folkaney, lorsque la Méca Hross sera révélée.

— Profite de cet instant de gloire, Gwladys. Tu le mérites. Et ne laisse rien ternir cette journée. Je suis certain que dès demain, ton carnet de commandes va exploser. Et tu seras même obligée d'embaucher un apprenti à qui tu transmettras ton savoir.

Gwladys pouffa de rire, mais l'idée était séduisante.

Midi.

Elle allait mourir de chaud. Mourir de peur. Mourir de…

— C'est pourquoi j'ai fait appel à une femme, tonna la voix du Gouverneur, juste de l'autre côté des tentures qui la séparaient du balcon.

La gorge sèche, Gwladys aurait aimé faire les cent pas pour calmer son anxiété, mais même ses pieds refusaient de fonctionner correctement.

Les hurlements et les ovations qui montaient de la foule rassemblée sur la grande place lui donnaient la nausée. Elle n'avait jamais aimé les espaces confinés, l'affluence de personnes inconnues, et encore moins être mise en lumière.

Teagan et elle s'étaient séparés plus tôt dans la matinée. Mandée par le Gouverneur, Gwladys avait embarqué à bord d'un de ses aéronefs privés, qui l'avait conduite jusqu'à sa demeure. Là, elle avait dû attendre ce qui lui avait semblé une éternité, jusqu'à ce que le maître des lieux daigne enfin apparaître. En quelques mots, l'homme lui avait expliqué de quelle façon exacte se déroulerait la cérémonie d'ouverture. Tout devait être parfait, au détail près ! Elle y compris ! Et pour parfaire son apparition en public à ses côtés, le Gouverneur Folkaney lui avait fait confectionner une tenue spécialement pour l'occasion. Une horreur !

Une robe rose – elle détestait cette couleur ! – tout en dentelle et en organza – qui grattait –, et bien moins confortable que les habits qu'elle portait à longueur de temps à la forge. Elle avait été coiffée, maquillée, poudrée, parfumée ! Et ce corset qui lui serrait la taille et l'empêchait de respirer correctement ! Comment les femmes comme Cécilie pouvaient-elles accepter pareille barbarie ? Ces arceaux et ces lacets ! Une véritable torture !

— Je vous demande d'applaudir mademoiselle Gwladys Flaherty !

Les tentures s'écartèrent alors de façon parfaitement symétrique, laissant entrer un flot de lumière dans la pièce jusque-là plongée dans une ombre relativement confortable.

— Hm ! Hm ! C'est à vous ! la réprimanda Archibald, le majordome, en lui jetant un regard sévère. Soufflez un bon coup.

Gwladys ouvrit la bouche alors que la silhouette massive du Gouverneur se tournait vers elle pour l'accueillir. *Allez, ma fille ! Tu es une guerrière ! Tu manies le marteau et les flammes comme personne ! Alors ce n'est quand même pas une toute petite apparition en public qui va te faire défaillir !* Les jambes tremblantes, Gwladys retint sa respiration, et franchit les derniers mètres qui la séparaient encore du balcon.

Son cœur s'emballa comme un mécanisme fou, dont la seule énergie était l'adrénaline folle qui se déversait dans ses veines. Un vertige s'empara d'elle lorsqu'elle jeta un regard en contrebas. Les gens lui paraissaient si petits. Si insignifiants vus d'aussi haut ! Et pourtant, tellement angoissants. Ils étaient tous là. Des milliers et des milliers, s'étalant sur la grande place dans un camaïeu de couleurs toutes plus chatoyantes les unes que les autres. Certaines des familles les plus fortunées d'Ey'Nvala assistaient au discours du Gouverneur et à la cérémonie d'ouverture, depuis leurs aéronefs privés qui flottaient paisiblement au-dessus des habitations. De là où elle se trouvait, Gwladys pouvait distinguer ceux qui étaient les plus proches, confortablement installés sur des méridiennes, ou partageant une collation en plein vol. Les hommes buvaient, les femmes minaudaient, mais tous attendaient qu'elle ouvre la bouche. Elle était une curiosité, et ce qui allait se produire était totalement inédit.

Étourdie par tout ce déploiement de couleurs, de richesses, de musique et d'opulence, Gwladys se sentit défaillir une seconde. Les soleils brillaient trop fort. Leur chaleur était trop intense.

— Tout va bien, mademoiselle Flaherty ? s'enquit Octave Folkaney.

— Non, pas du tout, souffla la mécanicienne qui avait du mal à respirer.

L'homme tendit le bras vers elle, l'obligeant à le rejoindre. Raide, gênée par les arceaux métalliques de sa robe, sa longueur insupportable dans laquelle elle se prenait les pieds, et par le corset qui lui coupait la respiration – et faisait bien trop ressortir sa poitrine ! –, Gwladys s'exécuta de mauvaise grâce. Lorsqu'elle apparut aux côtés du Gouverneur, les exclamations se déchaînèrent. Il y eut des cris, des hurlements, un tonnerre d'applaudissements. Pourtant, Gwladys n'était pas totalement convaincue qu'ils soient tous en sa faveur. Parmi tous ces hommes et ces femmes qui s'exprimaient, il y en avait au moins deux qui rêvaient de la voir chuter du balcon privé et s'écraser sur les dalles blanches et or de la place.

— Ils attendent un signe de votre part, l'encouragea Octave alors que les cris se tarissaient.

— Je dois parler ? s'affola Gwladys qui agrippa le rebord en pierre.

— Il semblerait en effet que ce soit nécessaire, approuva-t-il. N'est-ce pas l'occasion de rendre hommage à votre oncle, mademoiselle Flaherty ?

La jeune femme tourna le visage vers le Gouverneur, surprise. Parfois, elle en oubliait qu'il était un homme, avant d'être un dirigeant. Elle s'étonna de son altruisme, mais acquiesça, résolue à perpétuer le souvenir de John Flaherty.

— Bonjour à tous !

Sa voix retentit immédiatement dans le mégaphone rutilant fixé contre le garde-corps du balcon, et se propagea jusque sur la place. Retransmis grâce à une géniale invention de Maximilien Owen, le discours était audible dans toute la ville.

— Mon nom est Gwladys Flaherty. Nombre d'entre vous ignorent totalement qui je suis, et d'autres possèdent quelques-unes de mes créations. Je suis connue pour la minutie et la beauté de mes œuvres. Mesdames, certaines d'entre vous arborent mes broches, et peut-être que vos enfants s'endorment au son de mes boîtes à musique.

Une nouvelle ovation, majoritairement féminine, retentit. Galvanisée, Gwladys inspira longuement et reprit :

— Je suis la nièce de John Flaherty. Un forgeur incroyable, dont le talent s'est vu éteindre au sommet de son art. Alors, aujourd'hui, je reprends le flambeau ! Car je suis persuadée qu'une femme, peu importe son rang ou sa condition, peut s'élever aussi loin qu'elle le souhaite, pourvu qu'elle ait un rêve ! Le mien était de créer un jour une Méca ! Pas une Méca de transport pour tirer les fiacres, ni un automate servant à décorer vos jardins, mais une Méca puissante, inédite ! Une Méca montée par un homme ! Et qui mieux que William Folkaney, le fils de notre Gouverneur bien-aimé, pour ouvrir la Méca Race et parader en tête de ce cortège formidable ?

Une seconde de flottement survola la foule, jusqu'à ce qu'Octave Folkaney frappe dans ses mains. Une véritable liesse lui répondit et se déchaîna sur la place, et à bord des aéronefs. *C'est maintenant que tout va se jouer*, songea Gwladys, les mains moites.

— Vous avez été parfaite, mademoiselle Flaherty, souffla le Gouverneur. Bien ! Mesdames, Messieurs, je déclare la parade pour la Méca Race ouverte ! Et que la chance accompagne nos Monteurs !

Un jet de vapeur envahit alors la place, qui s'ouvrit en deux sous les cris de la foule. Telle une gueule béante, les pavés s'écartèrent pour libérer une voie. Des flammes rouge et or jaillirent au son d'un orchestre symphonique porté par d'incroyables violons. Puis, dans une explosion colorée de fumée bleue, verte et violette, apparut la Méca hross. L'immense cheval carnivore fit ses premiers pas sur la place d'Ey'Nvala, monté par William Folkaney, très charismatique dans sa tenue de chasse. Son pantalon de cuir rouge collait à ses cuisses, et sur les talons de ses bottes montantes brillaient deux éperons d'or. D'un coup de bottes, il mima l'éperonnage de sa monture, et leva le bras, poing fermé, en direction de son père. Sous les lumières des deux soleils d'Aldébaran, les painites sanguines qui composaient le poitrail de la Méca s'embrasèrent. Une myriade de lueurs rouges éclata sur la foule, tandis que derrière la Méca Hross apparaissaient un à un tous les concurrents de la course. Tous juchés sur des bêtes plus impressionnantes les unes que les autres, les Monteurs défilèrent devant la loge du Gouverneur.

Restée en retrait, Gwladys repéra immédiatement Teagan, les yeux protégés par d'épaisses lunettes à verres teintés, hissé sur Dâz. La Méca de John Flaherty attirait naturellement les regards.

Plus loin, en tête de cet incroyable cortège, William Folkaney activa le mécanisme élaboré par Gwladys, le clou du spectacle. Une gerbe de flammes jaillit de la gueule de la Méca Hross qui s'ouvrit en grand, ravissant la foule sur son passage.

Monté sur le dos large de Dâz, Teagan serrait les doigts sur le pommeau de la selle incorporée. Les pieds calés dans les larges étriers, il avançait au rythme des autres Monteurs, sous les regards enchantés des spectateurs. Pendant près d'une heure, le cortège déambula à travers la ville. Campés le long des trottoirs, les enfants tendaient la main sur leur passage pour tenter de toucher les énormes Mécas du bout des doigts, et hurlaient lorsqu'elles tournaient la tête dans leur direction.

Avec ses allures de loup croisé avec une panthère, la bête hybride de Teagan marchait fièrement, causant frayeur et admiration sur son passage. Gonflé par l'ambiance générale, le Thénéryen se laissa porter et salua la foule.

— C'est votre première course ?

À travers le brouhaha de la foule, Teagan mit quelques secondes avant de comprendre que c'était à lui qu'on s'adressait. Il tourna la tête vers le Monteur qui avait placé sa bête à hauteur de la sienne, et répondit rapidement.

— Oui. Ça se voit tant que ça ?

Le Monteur de Méca secoua la tête. Grand, les cheveux noirs, des yeux bleus très sombres, il émanait de lui quelque chose de dur, renforcé par une longue cicatrice qui traversait son visage à moitié brûlé. Cependant, son air sévère disparut derrière un large sourire.

— Non. Absolument pas. Vous avez l'air très à l'aise sur votre bête. Elle est magnifique. Ulfric Shelton ! se présenta-t-il en lui tendant la main.

— Teagan Morrow, répondit le Thénéryen en acceptant la poignée de mains. Enchanté.

Après le scandale provoqué par l'article de Maddox dans le journal, Jayce était devenu un nom plus que proscrit, et Morrow était le premier qui lui était venu à l'esprit, en souvenir de Clayton, grâce à qui il avait pu s'envoler vers le continent.

— Morrow ? s'étonna le Monteur.

Teagan sentit un filet de sueur glacé couler entre ses omoplates. Quel était le problème avec ce nom de famille ? La poisse ne pouvait pas lui coller autant à la peau.

— Comme la famille du célèbre Murmureur ?

— Euh... Eh bien, je...

Pris au dépourvu, Teagan enfonça ses dents dans sa joue. Mac lui avait pourtant raconté l'histoire de la famille Morrow, son déclin, et toute l'affaire autour du Gouverneur ! *Imbécile de slug ! Tu ne pouvais pas trouver autre chose. Teagan, espèce d'abruti !*

— Tiens, tiens ! Shelton ! ricana subitement une voix dans leur dos. Je me demandais à quel moment tu allais te décider à remonter en selle.

Tiré d'affaires pour le moment, Teagan se tourna sur sa selle, avisant une splendide bête de course. Un cerf, très haut sur pattes, aux ramures fleuries et couvertes de feuilles d'or qui étincelaient sous les soleils. De larges sangles brodées enserraient son poitrail finement ciselé, tenant en place une selle légère et rembourrée. Indubitablement, cette Méca était taillée pour la vitesse, mais la finesse de ses pattes attira immédiatement l'attention de Teagan. Il ignorait si une pareille bête pourrait tenir la distance sur des terrains accidentés.

— Jolie balafre ! ironisa son Monteur.

D'un coup de talons, il ramena sa bête à hauteur de Dâz, prenant Teagan à témoin.

— Je m'appelle Stephen Dauclair. J'ai remarqué votre Méca lorsque nous étions encore dans le souterrain. Elle me semble tout à fait remarquable.

Teagan garda le silence, méfiant. Il n'aimait pas tellement ce qui se dégageait du jeune homme. Un lord, à n'en pas douter. Ce dernier respirait l'arrogance, et la clé tatouée sur son avant-bras attestait de son rang social.

— Dis-donc, le balafré, tu crois que tu parviendras à atteindre la ligne d'arrivée, cette fois ?

Sans même attendre la réponse d'Ulfric, Stephen remonta le cortège, poussant sa monture à caracoler sur les pavés. Chaque fois que les sabots de sa Méca frappaient le sol, une nuée d'étincelles en jaillissait.

— Qui est-ce ? voulut savoir Teagan en se tournant à nouveau vers Ulfric.

— Stephen Dauclair est le fils d'une riche famille, lui apprit-il avec amertume. Il a terminé son apprentissage militaire avec un an d'avance. C'est un prodige dans le maniement des armes, mais également le plus gros lâche que je connaisse.

— Lâche ? Que s'est-il passé ?

— Nous étions amis jusqu'à l'année passée. Nous nous étions inscrits ensemble à la Méca Race, en nous promettant de veiller l'un sur l'autre, mais une nuit, il a saboté ma monture.

— Pour quelle raison ? Quel genre d'ami agirait ainsi ?

— Pour une femme. Ne sont-elles pas le cœur des plus grandes guerres depuis la création de notre monde ? ironisa Ulfric. Nous étions tous deux épris de Vania Desmond, et elle a promis sa main à celui qui franchirait en premier la ligne d'arrivée.

Teagan s'attarda malgré lui sur les anciennes brûlures qui marquaient le visage d'Ulfric.

— En effet, reconnut ce dernier. Un souvenir de la course. Mais ce n'est rien en comparaison de la douleur qui a envahi mon cœur ce jour-là. J'ai perdu à la fois mon meilleur ami, et mon grand amour.

— Pardon ! s'excusa immédiatement Teagan. C'était déplacé de ma part.

Dâz fit un brusque écart de côté pour éviter une ornière, ce qui propulsa Teagan sur son échine.

— Une Méca fougueuse ! sourit Ulfric. Elle possède un système capable de visualiser les inégalités du terrain ?

Un système ? Capable de quoi ? Une fois encore, Teagan fut bien incapable de répondre.

— Sans doute. Je ne suis que le Monteur. Les secrets de fabrication me sont inconnus.

Ulfric éclata de rire, balançant sa tignasse noire en arrière.

— Voilà qui est bien répondu ! Bonne chance, monsieur Morrow.

Leur discussion fut couverte par le survol d'un biplace à hélice, duquel un reporter armé d'un mégaphone scandait les dernières nouvelles et retransmettait à la foule l'avancée du cortège.

Lorsque les soleils déclinèrent dans le ciel d'Aldébaran, tous les concurrents s'alignèrent sur la limite du départ. Soixante-douze bêtes de métal hurlantes et rougeoyantes devant les rayons agonisants, et tout autant de Monteurs déchaînés, prêts à en découdre.

Sous la voûte nuancée d'un dégradé de feu, Teagan ferma les yeux, s'imprégnant de la tension qui courait dans ses veines. Hauts dans le ciel, des dizaines de dirigeables de toutes tailles s'étaient à présent rassemblés pour assister au départ. Jusqu'à la fin de la course, toute la société d'Ey'Nvala et des bourgades alentour allait suivre les Monteurs, à travers les centaines de kilomètres de paysage qui composaient la Méca Race. Les vrombissements des aéronefs, les souffles de vapeur et les mouvements lents des hélices allaient accompagner les Monteurs à chaque étape de la course.

Tiens bon, mon frère ! Je viens te chercher !

Peu à peu, le silence s'installa dans sa tête, et ses pensées ralentirent.

Une grande sérénité l'envahit subitement. Lorsqu'il rouvrit les yeux, ce fut pour apercevoir le vol groupé en V d'une colonie d'oiseaux migrateurs. Les mêmes spécimens que ceux qu'il avait frôlés à bord du navi clandestin.

Pendant un instant, son esprit se lia à eux sans qu'il ne demande rien. Il se retrouva propulsé dans les hauteurs, à des centaines de mètres d'altitude, bien au-dessus des zeppelins qui s'amoncelaient. À travers les yeux des célémanthes, sa vision se para de rouge, et il admira en plongée l'immense ligne de Mécas. Un panel incroyable d'animaux mécaniques, dont certains semblaient tout droit sortis de l'esprit d'un savant fou. Chimères dangereuses ou créatures oniriques, elles créaient un ballet de cuivre et de fer, d'aluminium et de zinc, de tantale et de carbone ! Les forgeurs des quatre coins d'Aldébaran avaient rivalisé de matériaux nobles, mêlant osmium gris et lourd, palladium léger et rare, iridium blanc et brillant. C'était une vague de métal qui allait s'abattre sur les plaines !

La régularité des rouages et des pistons était tel le cœur d'une puissante machine qui se mettait en branle. Une mélodie archaïque de mécanismes élaborés, qui rassemblait les hommes depuis des siècles. Teagan n'appartenait pas à ce monde bruyant, au goût de fer et de charbon, pourtant, il s'y sentait parfaitement à sa place.

Planant dans le ciel, il se vit parmi tous les autres concurrents. Fièrement dressé sur Dâz, cet hybride aux dérivés de loup et de panthère, il levait lui aussi le poing en direction des nuages, et hurlait à s'en éclater les poumons, célébrant son arrivée fracassante sur ce continent.

À la seconde où il quitta l'hôte célémanthe pour réintégrer son propre corps, la ligne d'horizon s'embrasa.

Une détonation retentit dans l'air, chassant les oiseaux qui s'enfuirent à tire-d'aile. D'un même ensemble, les Mécas s'élancèrent. D'un bond, Dâz se propulsa en avant, avalant les premiers mètres de la Méca Race.

29

JE N'AI PAS DE LIMITE, CAYDEN.
LAISSE-MOI ÊTRE TA FLEUR.
LAISSE-MOI DEVENIR À LA FOIS
LES PÉTALES QUI T'APAISERONT,
ET LES RONCES QUI TE PROTÈGERONT.
RONCE

ALDÉBARAN - ÎLE PRISON DE FOR'BATEN – PÉNITENCIER DE KINEFALL

Perdue au milieu d'un ciel éternellement brumeux, l'Île Prison de For'Baten essuyait un orage particulièrement violent. La pluie tombait sans interruption depuis des jours, noyant momentanément certaines galeries. Par sécurité, le lieutenant Defoe avait ordonné l'arrêt de la mine, jusqu'à ce que cesse la tempête.

Rassemblés dans le fort, telles des bêtes en cage, les détenus allaient et venaient entre les murs. Parqués, ils passaient leur temps à jouer aux cartes, aux dés, et à forniquer avec les prostituées. Seule Ronce n'était pas inquiétée. Depuis la nuit où Cayden lui était venu en aide, plus aucun homme n'osait l'approcher. L'aura du Thénéryen les effrayait trop. Et à vrai dire, la jeune femme était étrange.

L'épidémie de Froid Noir avait été enrayée, du moins, c'était ce que pensait le Médidoc du fort. Tous les jours, les hommes étaient passés en revue, de même que les femmes, dans une pièce à l'écart. Aucun signe de maladie sur les corps décharnés, aucune ramification noire, et pourtant... Cayden la voyait toujours, cette bruine rouge. Elle s'étendait.

Boli était particulièrement touché. Il toussait à longueur de temps, son état de fatigue devenait alarmant, mais personne ne s'en préoccupait. C'était un vieillard, usé par les années de dur labeur et de conditions insalubres. Ignorant, le Médidoc ne se fiait qu'aux signes visibles à la surface de la peau, et, aveugle, Scott Defoe prêtait foi à tous ses dires. S'ils savaient, peut-être bien qu'ils riraient moins, à l'abri dans leurs baraquements privés, fumant la pipe et buvant du sajja thénéryen.

Cayden s'était bien gardé de révéler quoi que ce soit à ce sujet. Il était le seul à voir la progression insidieuse de la maladie, qui, comme toute souche vivante, avait trouvé un autre chemin pour se propager. Étrangement, lui-même n'était pas infecté, malgré ses contacts longs et rapprochés avec Boli. Sans doute une des particularités des spiranes. Peut-être que sa filiation avec les bêtes souterraines le protégeait, ou tout au moins, lui offrait une résistance un peu plus longue que la normale.

Quatre jours maintenant qu'il se trouvait piégé à l'intérieur des murs épais ! Quatre jours loin des souterrains, des galeries et des spiranes ! Cette distance devenait insupportable. Il la ressentait dans la moins fibre de son corps. Corps qui semblait subtilement changer au fil du temps qui passait. Le froid qui régnait derrière les murs humides ne l'atteignait plus, comme si son organisme avait trouvé le moyen de se réguler. Il en allait de même pour cette nouvelle vision, plus proche de l'animal, dont il empruntait l'essence, que de l'homme.

Parfois, il pouvait rester immobile pendant des heures, à fixer ce qui semblait n'être qu'un point invisible aux yeux des autres prisonniers. En réalité, il se liait à la conscience d'une spirane, descendait avec elle dans les mines, explorait des boyaux rocheux inaccessibles aux hommes. Il chassait à travers son hôte, se repaissait de ses proies, partageait mentalement cette connexion qui devenait de plus en plus forte au fil des jours. Il n'y avait qu'une ombre au tableau. Deux, plus exactement.

La première lui apparaissait à la fois fascinante et angoissante. Plus son esprit voyageait avec celui d'une spirane, plus ses incursions dans l'hôte se prolongeaient, et plus il lui était difficile de s'en défaire. Cayden se sentait tellement bien, à sa place. D'instinct, le Thénéryen comprenait qu'il ne plongeait pas toujours aux côtés du même spécimen, car il était à présent capable de distinguer les différentes nuances parmi toutes ces consciences bestiales. Néanmoins, ses connexions les plus intenses s'effectuaient toujours avec le même animal. Une bête qui semblait posséder un esprit plus résistant et vif. Et lorsqu'il se reconnectait à la réalité, il lui fallait toujours quelques minutes pour que le monde cesse de tourner autour de lui.

Quant à l'autre, elle concernait Nino. L'éloignement forcé auquel les contraignait Defoe était une torture. Il le savait enfermé dans une cellule souterraine de Kinefall, isolé du reste des prisonniers. Ne pas le voir, ne pas le toucher, ou le sentir, devenait tout bonnement intolérable !

Nino manquait à son être, comme si tout était devenu stérile et insipide sans lui. Même à distance, Cayden pouvait ressentir tout ce qui agitait l'Écorcheur comme s'il s'agissait de ses propres émotions.

La peur. La faim. Le manque. Une soif intense. Et de la colère !

Une colère noire, violente et grinçante, qui chuintait dans son organisme. Jour après jour, la folie meurtrière de Nino s'amplifiait, et Cayden la partageait avec lui, tentant d'apaiser les pulsions sauvages qui le rongeaient.

Nino mourait littéralement de faim ! Une voracité véritable et poignante qui lui dévorait les entrailles, et creusait un peu plus ses failles.

Et il lui était impossible de l'aider, de là où il se trouvait ! Il se sentait tellement impuissant.

Immobile, trempé par la pluie qui se déversait sur ses épaules, Cayden huma l'odeur de Ronce bien avant de la voir. Pieds nus, sa longue jupe balayant le sol boueux, elle accourait dans sa direction, les pans de son châle serrés contre sa poitrine. Ses cheveux noirs, parcourus de fleurs et d'épines, retombaient lourdement au creux de ses reins.

Péniblement, Cayden s'extirpa de sa torpeur, s'arrachant à la fois de l'hôte spirane qui feula sous sa boîte crânienne, et des pensées sanglantes de Nino qui agonisait sur la paille sale et froide de sa cellule.

— Ronce ? murmura-t-il d'une voix enrouée. Qu'est-ce que tu veux ?

Il tenta de se lever, mais ses muscles étaient encore ankylosés pour un instant, le temps que son esprit et son corps se recalibrent, en quelque sorte.

Dans un soupir inquiet, Ronce se laissa tomber à genoux devant lui, et passa sa main fraîche sur son visage tendu. Cayden apprécia le contact. Doux. Innocent. Une pureté insolite entre ces murs. Dans un sursaut de lucidité, le Thénéryen se força à se concentrer sur la jeune femme. Il détailla les tatouages en dentelle qui ornementaient ses grands yeux pour toujours, se perdant dans les arabesques fines et délicates.

— C'est bon, souffla-t-il au bout d'une longue minute. Je suis là.

Ronce hocha de la tête, l'air grave, toujours inquiète lorsqu'il devenait étrangement silencieux et immobile. Cayden ne lui avait rien expliqué de ses brusques états de transe. Et parfois, elle avait l'impression de le perdre, tant il se trouvait absorbé par un néant inexplicable. Elle comprenait pourtant qu'il était « ailleurs ». Loin de cette citadelle battue par les vents. Loin des détenus. Loin de tout. Mais également loin d'elle.

Maintenant que son regard rouge avait recouvré tout son éclat et qu'elle avait son attention, Ronce se releva pour saisir sa main. Rassemblant toute la force dont elle était capable, elle tenta de le tirer vers elle pour le forcer à se redresser.

— Attends ! grogna-t-il.

Il était las. Il se sentait vide. La morosité s'installait dans sa tête. Insidieusement. Et privé de Nino, son soutien, son égal, son double, sa résistance s'amenuisait également. Par moments, il perdait tout espoir de quitter un jour ce foutu caillou volant, et sombrait dans un mutisme inquiétant. Il préférait errer dans les dédales glacials des mines, greffé aux spiranes éternellement. Lorsque les vagues glacées de la mélancolie finissaient par se briser sur les écueils de sa volonté faiblissante, Cayden reprenait du poil de la bête. Il devait se battre et agir !

Déterminée à le faire bouger, Ronce s'obstina et le hissa.

À pas lents, elle l'entraîna sous les arches de pierre, à l'abri du vent et du déluge.

— Tu ne devrais pas sortir des baraquements avec ce temps-là, fit remarquer Cayden. Tu vas attraper la mort.

Ronce haussa les épaules et s'installa en tailleur sur la caisse, à côté de lui. Un sursaut secoua la poitrine de Cayden. Blême, il serra les dents. Nino était au plus mal et il ne pouvait rien faire.

Alors qu'il refermait les yeux, la porte du bureau de Defoe s'ouvrit brutalement. Couverts par le bruit de la tempête, Cayden ne perçut pas les ordres lancés, mais deux hommes en sortirent en courant. Ils passèrent devant eux sans même les regarder, se dirigeant vers la porte principale.

— Qu'est-ce qui se passe ici ? murmura Cayden pour lui-même.

Une pression sur son avant-bras lui fit tourner la tête. Ronce lui désignait le ciel noir. Intrigué, Cayden fronça les sourcils, mais secoua la tête sans comprendre ce qu'elle tentait de lui expliquer.

— La tempête ? hasarda-t-il.

Elle secoua vivement la tête, et croisa ses mains, mimant des voiles de ses doigts dépliés.

— Un navi ?

Cette fois, elle confirma immédiatement dans un sourire, et traça ce qui ressemblait à une montagne dans la poussière de la caisse.

— Un navi va accoster sur l'île ? tenta Cayden sans trop y croire.

À sa grande surprise, Ronce hocha la tête avec enthousiasme. Tendu, mais tous ses sens en alerte, Cayden se redressa, parfaitement à l'écoute cette fois.

— Comment le sais-tu ?

La prostituée tourna la tête en direction des quartiers de Defoe, puis attrapa le visage de Cayden, lui désignant ses lèvres.

— Tu veux que je lise sur tes lèvres ?

Elle approuva gravement. Lentement, sans qu'aucun son ne sorte de sa bouche, elle articula des mots silencieux. Concentré, Cayden ne la quitta pas du regard, accroché à ses expressions et à ses gestes.

« *Un Nuageur s'est posé en catastrophe devant For'Baten, avec un message. Le Skull est un navi qui convoie des armes jusqu'à For'Syra. La tempête est trop dense pour qu'il puisse rejoindre Duskhold. Le capitaine a demandé l'autorisation de se poser sur l'île en attendant que l'orage passe. Le lieutenant Defoe a donné son accord et...* »

— Attends. Va plus doucement, souffla Cayden, dont le cerveau était en ébullition.

Ronce hocha précipitamment la tête et reprit avec lenteur :

« *Le Skull va se poser au port aérien dans la soirée.* »

Déjà, Cayden ne lisait plus sur les lèvres de la jeune femme. Son cœur battait à tout rompre dans sa poitrine, propulsé par une décharge d'adrénaline.

— Tu es certaine de ce que tu as entendu ?

Ronce descendit de la caisse qu'elle occupait, comprenant que son histoire avait déclenché une vive émotion chez le Thénéryen. Elle tenta de décrypter ce qui dansait dans le regard de braise, mais hormis le chaos, rien n'était clair. Inquiète, elle voulut attraper sa main, mais il fut plus rapide, et posa ses larges paumes sur ses épaules frêles.

— Ronce ! Je suis sérieux ! Est-ce que tu es certaine de ce que tu as entendu ?

Oui, elle en était certaine, aussi acquiesça-t-elle avec aplomb !

Alors, l'expression du Thénéryen changea. Ses traits durs se contractèrent brusquement. Sa mâchoire tressaillit. Incapable de réfréner son frisson, Ronce ne pouvait détacher son regard de ses lèvres qui venaient de se retrousser sur une rangée de dents aux canines particulièrement pointues. Le Thénéryen arborait subitement des allures de bête sauvage au charisme indéniable, avec ses pupilles noires dilatées et son regard fiévreux. Tremblante, Ronce sentit la pression de ses mains s'alourdir sur ses épaules. Cependant, l'expression empreinte d'animalité de Cayden ne semblait pas focalisé sur elle. Déjà, il ne la regardait plus, le visage tourné en direction des murs épais.

Une salve d'éclairs blancs déchira subitement le ciel, puis, à peine quelques secondes plus tard, le fracas du tonnerre éclata. Les rares détenus qui erraient encore dehors se hâtèrent de regagner leurs baraquements. En quelques heures, le sol de la cour était devenu une sorte de marécage boueux, et l'atmosphère avait perdu quelques degrés. Tous les sens aux aguets, Cayden croisa le regard de Ronce, et pencha son visage vers le sien, jusqu'à frôler ses lèvres percées d'anneaux de métal.

— Jusqu'où puis-je te faire confiance, Ronce ? Quelles sont tes limites ?

Troublée par la proximité brûlante du Thénéryen, Ronce trembla, mais ne détourna pas le regard. Bien au contraire, elle braqua ses grands yeux dans les siens, prête à plonger dans le brasier s'il le fallait ! Avec lenteur, pour ne pas brusquer l'animal qui semblait se tapir dans le corps de Cayden, elle posa sa main fine contre sa joue.

« Je n'ai pas de limite, Cayden. Laisse-moi être ta fleur. Laisse-moi devenir à la fois les pétales qui t'apaiseront, et les ronces qui te protègeront. »

— Tu ne sais rien de moi, Ronce, soupira-t-il. Tu ignores tout de ce que je suis. Parce que je ne le sais plus moi-même. Et… je n'ai rien à offrir.

« Tu m'as sauvée de ces hommes. J'ai une dette envers toi. Laisse-moi une chance de l'honorer. Même les putes sont dignes de confiance. »

Cayden la sonda sans retenue. Il aurait pu la rassurer, démentir ses propos, lui assurer qu'à ses yeux, elle valait davantage, mais Ronce avait conscience de qui elle était, et c'était sans doute là sa plus grande qualité. Elle savait qu'aux yeux de la société d'Aldébaran, elle n'était qu'une prostituée, une fleur à cueillir, et qu'aucune main ne se pencherait jamais pour lui venir en aide.

— Je vais t'emmener avec moi, Ronce. Nous allons foutre le camp d'ici.

Elle ouvrit de grands yeux, la gorge nouée.

« C'est impossible. »

— Sois ma fleur, Ronce. Tout est possible.

D'un geste, Cayden essuya les lèvres de la jeune femme de son pouce, et l'embrassa avec tendresse. Les yeux fermés, il accentua la pression de sa bouche contre la sienne, goûtant à la sensation de sa peau tiède et au froid des anneaux qui transperçaient sa chair. Pourquoi agissait-il ainsi ? Il l'ignorait.

Une partie de lui était déjà en train de hurler et de se révolter, tendant inéluctablement vers Nino. Il n'y avait que lui dans sa tête, dans son corps, et il s'était installé dans chaque recoin de sa conscience.

L'autre partie, celle qui se rattachait de toutes ses forces à l'homme qu'il était, cherchait encore désespérément à se convaincre qu'il n'était pas cette bête en devenir qu'il sentait grandir en lui, qu'il ne finirait jamais comme Nino ! Et qu'il pouvait trouver cette même chaleur, cette même jouissance, dans les bras d'une femme tout à fait ordinaire.

Mais n'était-ce pas un mensonge ? Un leurre ? Une illusion dont il essaierait de se persuader jusqu'à ce que la vérité soit impossible à dissimuler ?

Stupéfaite, Ronce se figea une seconde, les entrailles en feu. Le Thénéryen ne l'avait pas touchée une seule fois depuis leur rencontre. Les premiers jours, elle ne l'avait pas quitté d'une semelle, par peur des autres hommes, et s'était même dévêtue pour le remercier de la seule façon qu'elle connaissait. Elle avait été prête à se donner à lui, mais il avait refusé en silence, et avait lui-même remonté la manche de son chemisier sur son épaule. Honteuse, Ronce avait voulu fuir, mais il l'avait rattrapée par le poignet, et l'avait simplement gardée contre lui pour dormir.

« *Que veux-tu que je sois ? Pétales ou épines ?* »

— Une épine de soie, souffla Cayden en la pressant contre lui.

Sous couvert de l'orage qui hurlait, il lui confia quelques mots à l'oreille, puis descendit ses lèvres dans son cou.

Enchaîné dans une cellule humide et froide, Nino avait perdu la notion du temps. Cayden se liait à lui aussi souvent que possible, usant de ce lien invisible qui les connectait, mais malgré cela, il dépérissait. Le manque de nourriture réelle, l'absence de son Alpha, l'oubli de sa voix, de sa chaleur... il mourait à petit feu, consumé de l'intérieur par un mal imperceptible qui le rongeait.

Chaque jour, on lui apportait une ration de pommes de terre, du pain et de l'eau, mais il avait fini par refuser toute substance. Les yeux clos la plupart du temps, Nino se réfugiait dans des songes au goût de sang, dans des souvenirs aux saveurs de meurtre, et dans des fantasmes où il courait librement, abreuvant la terre de ses hurlements, aux côtés de son Alpha. Jamais séparés.

Dehors, l'orage grondait depuis des jours, et la pluie avait fini par se créer un chemin le long des pierres. Un filet d'eau ruisselait en permanence sur les murs, imprégnant la paille de sa couche. Sale, le regard fou et l'estomac vide, Nino rêvait. Il rêvait qu'on ne l'avait pas oublié ici, que Cayden allait venir et l'emporter comme il le lui avait promis, que cette prison allait brûler ! Et qu'un jour, il reverrait les soleils d'Aldébaran. Peu à peu, il avait oublié la sensation de leur chaleur sur sa peau, la caresse du vent dans ses cheveux, et les immenses forêts de pins qui sentaient la sève.

— Qu'est-ce que tu fais ici, toi ? Tu t'es perdue ?

Dans un grondement sourd, Nino redressa la tête et ouvrit les yeux. Pourquoi cet abruti de garde qui le surveillait en permanence venait-il troubler ses pensées ? La colère qui bouillonnait en lui depuis des jours bondit dans son ventre, mais il se figea en apercevant une jeune femme derrière les grilles. Elle était si frêle et menue qu'il aurait pu la briser d'un coup de mâchoire. Attisé par la faim qui le tenait, Nino huma l'air. Son cœur s'arrêta brutalement avant de repartir à toute allure. L'odeur de Cayden ! Elle emplissait tout l'espace !

Les jambes tremblantes, il se releva dans la paille, entraînant avec lui deux lourdes chaînes fixées dans le mur.

— Eh ! Reste assis ! ordonna immédiatement le garde.

Les lèvres de Nino se retroussèrent dangereusement, mais déjà la jeune femme s'approchait du garde, détournant son attention. Les sourcils froncés, Nino l'observa. Elle souriait avec candeur, mais ses grands yeux tatoués de dentelle chantaient une tout autre chanson. Indécis, Nino ne bougea plus, captant chaque variation de battement de cœur. Celui de l'homme venait de monter d'un cran, maintenant que la fille s'approchait suffisamment près pour lui offrir une vue sur son décolleté.

— Tu cherches un peu de chaleur ? gloussa le garde.

Il plaqua une main contre son sexe dans un geste salace qui en disait long sur son envie de la prendre. En retour, la jeune femme hocha la tête dans un petit haussement d'épaules qui acheva de faire glisser la manche de sa robe, dévoilant une peau nue et laiteuse.

— T'es la muette ? C'est ça ?

Nino la vit battre des cils d'un air ingénu et avancer à pas lents vers le garde, qui peu à peu reculait contre les grilles, oubliant totalement sa présence.

— Alors ça, c'est bien ma veine ! Une pute muette ! Je vais pouvoir te baiser fort sans t'entendre !

Immobile, Nino assistait à cette scène étrange dont il n'était pas totalement exclu. Le garde semblait l'avoir totalement oublié, mais alors que son dos heurtait brutalement les grilles de la cellule, la prostituée lui adressa un regard. Rapide. Plus furtif qu'un éclair. Mais en une fraction de seconde, Nino comprit qu'elle était ici pour lui.

Déjà, elle s'affairait à ouvrir le pantalon du garde.

— On voit que t'as l'habitude ! ricana-t-il froidement en attrapant son visage pour l'embrasser.

Elle secoua la tête et plaqua sa main contre la bouche de l'homme pour le tenir à distance.

— À quoi tu joues ? T'es une petite sauvage, toi, hein ?

Elle approuva, et déboucla sa ceinture d'un geste sec qui le fit se marrer.

— Allez, fais donc ce que tu veux, la muette, mais fais-le bien.

Appuyé contre les grilles, il ferma les yeux, imaginant déjà la bouche de la jeune femme sur son sexe palpitant. Ça faisait des semaines qu'il attendait une permission pour rentrer sur l'île de Sirius et revoir sa femme, mais les derniers évènements avaient retardé son départ. Si sa femme n'était pas là pour le contenter, alors pourquoi refuser les initiatives d'une autre ? D'autant plus que cette ribaude n'était pas vilaine. Il avait toujours rêvé de se taper une Rafistolée aux allures de courtisane, et celle-là était parfaite !

Aux aguets, Nino ne quittait pas l'étrange couple des yeux. La danse qui se jouait sous ses yeux allait se terminer dans un bain de sang. Il n'avait pas besoin de le voir pour le prédire. Le rythme cardiaque de la fille venait de grimper en flèche, et cela n'était pas dû à l'excitation de l'instant présent. Elle sentait la peur.

Dans un souffle, elle glissa avec lenteur contre le corps de l'homme, se frottant à lui avec insistance. Loin au-dessus de leurs têtes, le tonnerre grondait toujours, couvrant à l'extérieur n'importe quel son en provenance des cellules souterraines.

— Tu m'excites, lâcha le garde en empoignant les cheveux de la fille.

D'un geste, il brutalisa sa bouche, coinçant entre ses dents l'un des anneaux qui perçaient ses lèvres tendres. Aucun son ne quitta la gorge de la jeune femme, malgré la douleur qui irradiait dans son organisme.

Le regard de Nino s'obscurcit brutalement. Il n'aimait pas ce qu'il voyait. Pourtant, alors que l'homme se laissait aller à l'excitation, le regard de Nino fut attiré par l'éclat blanc d'une lame, tout droit sortie des jupons de la prostituée. Instantanément, il reconnut le surin de Cayden. Son cœur s'emballa. Allez ! Qu'elle le plante ! Qu'elle le crève ! Il en mourait d'envie ! Le grognement bestial qui remonta du fond de sa gorge agit comme un signal sur la jeune femme.

Alors que le garde allait tourner la tête dans sa direction pour lui ordonner de se taire, la lame de la fille brilla sous la lueur d'une lampe. Il ne lui fallut qu'une seconde pour plaquer sa main sur la bouche de l'homme, et pour lui enfoncer la dague en travers de la gorge.

Arme à la main, elle recula brutalement, éclaboussée par le sang qui jaillissait. Stupéfait, le garde ne réalisait pas encore ce qui se passait. Lorsqu'il comprit qu'il assistait à sa propre mort et que c'était bien son sang qui coulait à flots le long de son torse, il ouvrit la bouche dans un gargouillis incompréhensible.

Les yeux rivés sur lui, la jeune femme ne détourna pas le regard une seconde, jusqu'à ce qu'il s'effondre à ses pieds.

Pour Nino, toujours enchaîné dans la cellule, l'odeur du sang chaud, tellement proche et pourtant inaccessible, devenait un supplice. Une chaleur sans précédent envahit son organisme alors qu'il hurlait de faim. Emporté par son instinct bestial, il se jeta contre les grilles, brutalement ramené en arrière lorsque les chaînes se tendirent.

Terrifiée, Ronce se figea, l'arme à la main. Elle contempla le cadavre du garde qui arrosait les pavés de son sang, puis avisa le prisonnier. Exactement tel que le lui avait décrit Cayden. Un visage d'ange, à la blondeur polaire et au regard meurtrier. Les doigts fermement serrés autour du surin, elle essuya la lame sur sa jupe et la dissimula à nouveau dans les replis de tissu.

Sans perdre de temps, elle s'accroupit près du corps encore chaud, et tâta ses poches pour en sortir la clé de la cellule. Son cœur s'emballa ! Rien ! Elle ne trouvait rien !

— Retourne-le ! ordonna alors Nino qui ne la quittait pas des yeux, la voix caverneuse. Il a un trousseau accroché derrière à sa ceinture.

Sans hésiter, Ronce empoigna le cadavre et rassembla toute sa force pour faire pivoter le corps inerte. De sa place, Nino grava ses traits tirés dans son esprit, de même que sa masse de cheveux noirs d'où jaillissaient fleurs et épines. Cette fille était fascinante. Ni belle ni laide. Avec sa peau trop blanche, ses lèvres percées d'anneaux et ses grands yeux autour desquels s'étalaient des arabesques d'encre noire, elle était différente de toutes les autres femmes. Comme Cayden. Comme lui-même. Différents. À part. En marge d'une société qui les avait façonnés, mais qui pour autant ne voulait pas d'eux.

Lorsque la clé tourna dans la serrure de la cellule, Nino frémit. L'odeur du sang frais le rendait incontrôlable, et il savait qu'à la seconde où la fille le délivrerait de ses bracelets de fer, sa vie ne tiendrait plus qu'à un fil. Prudente, cette dernière s'arrêta à l'entrée de la geôle et le considéra un instant.

Cayden n'avait rien exagéré. Nino Canning était incroyablement beau. Une beauté froide, dangereuse et magnétique. À travers les pans de sa chemise déchirée, elle distingua les cicatrices qui bardaient son torse, et lui désigna la sienne. Celle qui déchirait sa gorge.

Le regard bleu acier de Nino s'intensifia encore davantage lorsqu'elle découvrit un peu plus son châle, dévoilant la marque récente d'une morsure. Une vague de sentiments opposés gonfla la poitrine du prisonnier, et il ne put retenir le grondement de dépit qui franchit ses lèvres. Cayden l'avait marquée. Elle portait l'empreinte de son Alpha, il ne pouvait donc pas y toucher, ni lui faire le moindre mal.

— C'est Cayden qui t'envoie ?

Elle acquiesça d'un signe de tête, puis s'éloigna.

— Qu'est-ce que tu fais ? s'impatienta-t-il.

Sans lui accorder un regard, elle attrapa l'homme par les pieds et le tira avec difficulté jusqu'à l'intérieur de la cellule. Les joues rouges, soufflant sous l'effort, elle réussit à le traîner jusqu'à la paille qui bordait les pieds de Nino, laissant un sillon brunâtre sur le sol. En douceur, Ronce se redressa, et repoussa les mèches qui collaient à son visage en sueur. Sans quitter le dangereux prisonnier du regard, elle attrapa son poignet, glissant ses doigts jusqu'au bracelet qui l'enserrait. Les nerfs à vif, ennivré par la proximité de la viande, Nino avait un mal fou à ne pas s'agiter.

— Détache-moi vite ! gronda-t-il. J'ai besoin de manger, sinon je vais devenir dingue !

Elle hocha la tête, agrippant son regard.

— Cayden t'a marquée, je ne peux rien te faire, la rassura-t-il avec une certaine douceur. Mais j'ai besoin de me nourrir.

Ronce frémit. Cayden lui avait expliqué exactement la même chose. En quelques mots, il lui avait parlé du lien étrange et si puissant qui l'unissait à Nino. De la connexion intense qui palpitait entre eux, ainsi que de la douleur qu'ils ressentaient tous deux depuis qu'ils étaient éloignés l'un de l'autre. Il lui avait raconté de quelle façon ils s'étaient unis la première fois, le partage de leur sang dans les mines, et le besoin qu'ils avaient d'être ensemble. Ronce avait écouté sans trembler, sans prendre la fuite. Et elle avait promis.

Promis de l'aider à faire évader Nino.

Promis d'être le pétale qui ferait tourner la tête au geôlier, puis l'épine qui se planterait dans son cou.

Promis d'apaiser la faim qui hurlait dans le ventre du prisonnier.

Dans un déclic, les bracelets s'ouvrirent et les chaînes tombèrent sur la paille dans un bruit sourd. Une seconde plus tard, Ronce fut obligée de détourner le regard.

Lorsque Nino se redressa, au bout de plusieurs minutes, elle ne sut si elle le trouvait terrifiant, ou bien encore plus séduisant. Certainement un mélange des deux.

Les lèvres gonflées et nappées de sève rouge, retroussées dans un sourire angoissant, Nino arborait un air triomphant. Ses cheveux blonds retombaient devant son regard fiévreux, masquant à peine le feu qui y brûlait.

Dans la paille, il ne restait qu'un tas de chair profanée. Le silence retomba dans la geôle humide, seulement troublé par le ruissellement de l'eau qui s'infiltrait le long des murs.

— Ton nom ? demanda Nino en essuyant sa bouche d'un revers de la main.

La muette lui désigna les épines de ses cheveux, symboles d'un rafistolage plus que douteux.

— Ronce ?

Elle confirma, de la même manière qu'elle l'avait fait avec Cayden, tandis que Nino la dévisageait avec une certaine compassion.

— Et avant ? Avant Ronce, il y avait qui dans ce petit corps ?

La jeune femme fut si surprise que quelqu'un lui pose cette question qu'elle ouvrit de grands yeux, choquée. Personne ne lui demandait jamais qui elle avait été avant de devenir une putain.

— Tu es l'une des Fleurs du Jardin de Vinskar, n'est-ce pas ? insista Nino en enfouissant le cadavre sous la paille.

Il tourna la tête en direction de Ronce pour capter sa réponse.

— Je m'en doutais… Tes yeux tatoués, ces fleurs dans tes cheveux… tu ne ressembles pas aux prostituées bas de gamme qui font le trottoir. Toi, tu es une courtisane au service de la noblesse.

Les yeux de Ronce s'emplirent de larmes qu'elle était incapable de réfréner. Des mois de peur et de sévices remontaient en bloc dans la moindre fibre de son corps. Elle n'avait pas toujours été ainsi. Autrefois, elle était une jeune femme heureuse, rayonnante, promise à un beau mariage. Et puis, tout avait changé. Ravagée par le désespoir qui l'avait mise plus bas que terre tant de fois, elle enfonça ses dents dans ses lèvres pour ne pas craquer. Elle n'avait pas mérité cette vie-là ! Et un jour, elle se vengerait.

Subitement, la main chaude de Nino trouva le chemin de sa joue, puis de son crâne. Avec force et douceur, il s'imprégnait de la sensation de sa peau, de la délicatesse de ses cheveux, de son odeur.

— Tu portes le parfum de Cayden. Comme moi, souffla-t-il. Si tu restes avec nous, je te promets que plus personne ne te fera quoi que ce soit contre ton gré. Tu comprends ce que je te dis ?

Troublée et tremblante, Ronce ferma les yeux quelques secondes, happée par le contact brûlant et déroutant. Le détenu qui se dressait devant elle venait de se rassasier du sang d'un soldat. Pendant plusieurs minutes, il n'avait plus été tout à fait un homme, mais une bête qui n'obéissait qu'à son instinct. Elle avait vu l'enfer dans ses yeux polaires, tout comme elle avait croisé la lave dans ceux du Thénéryen. Pour elle qui n'était rien, pour elle qui ne possédait plus rien – ni nom ni honneur – ces deux hommes représentaient un nouvel équilibre. Pour la première fois depuis qu'on l'avait enfermée derrière les murs capitonnés du Jardin de Vinskar, elle se sentait à sa place.

— Ronce ? Tu m'entends ?

Rassemblant son courage, elle osa relever la tête vers le visage de Nino et approuva, résolue.

— C'est bien, souffla-t-il. Cependant, sache une chose, petite épine… Si tu tentes de nous trahir, si tu essaies de t'élever contre Cayden, si tu agis contre lui d'une façon ou d'une autre ou que tu t'immisces entre nous, je trouverai le moyen de te tuer. Est-ce que tu comprends ?

Une fois encore, la jeune femme acquiesça en silence, alors il attrapa sa main.

D'un geste ferme, il l'entraîna hors de la cellule qu'il referma à clé, avant de jeter cette dernière dans un tonneau empli d'eau potable.

Juste après le départ de Ronce, Cayden s'était précipité vers les baraquements. Il avait rapidement retrouvé Boli et l'avait secoué. Endormi et épuisé, le vieil homme – qui semblait avoir pris dix ans en quelques jours – s'était redressé sur un coude en maugréant.

— Cayden ? Mais qu'est-ce que tu veux ? Il est quelle heure ?

Agenouillé près de lui, le Thénéryen le fixait avec une intensité rare, que Boli ne lui avait encore jamais vue.

— Qu'est-ce qui se passe, mon garçon ?

Dans un souffle, Cayden se pencha près de son oreille pour être certain de ne pas être entendu par d'autres prisonniers et murmura :

— Je t'ai dit que si je trouvais un moyen de partir, je t'emmènerai.

Une brève étincelle de vie passa dans le regard terne de Boli qui hocha la tête, las.

— Ouais, ouais. Tu l'as dit. Mais qu'est-ce que tu me chantes là ? Je dormais bien, bougonna-t-il en se rallongeant, prêt à lui tourner le dos.

La bruine qui l'enveloppait était maintenant très dense et très vive, mais cela n'arrêta pas le Thénéryen. Agacé, il referma brusquement sa main sur le bras du vieil homme.

— Écoute-moi ! ordonna-t-il. Je ne plaisante pas, Boli. J'ai le moyen de nous faire quitter cette île.

Tout à fait réveillé cette fois, Boli jeta des regards suspicieux aux alentours, mais Cayden secoua la tête.

— Personne ici n'est au courant. Je veux que tu m'écoutes très attentivement. Ce sera peut-être notre seule chance.

— Je t'écoute, gamin. Je t'écoute.

Les traits tirés et le teint cireux, Boli s'assit sur sa paillasse de fortune, conservant la couverture usée sur ses épaules.

— Un navi va se poser en catastrophe au port aérien de For'Baten. Il ne doit plus être très loin. C'est un navi d'armement. La tempête l'empêche de poursuivre sa route jusqu'à For'Syra. Defoe l'a autorisé à se poser pour la nuit, et à rester le temps que l'orage se calme. Nous allons quitter le fort par les anciens souterrains. Là, nous rejoindrons les mines. J'ai un paquet à récupérer dans une galerie.

— Je ne descends pas dans les mines en pleine nuit ! s'exclama le vieux mineur en secouant la tête avec vigueur.

— Boli ! Nom d'une slug ! Ferme-la un peu. Tu as envie de rameuter tout le quartier, ou quoi ? gronda Cayden.

Têtu, Boli semblait résolu à ne pas bouger.

— Boli, je t'en prie ! Je te promets que les spiranes resteront loin de toi. Pars avec nous.

— C'est qui « nous », d'abord ?

— Nino et Ronce, souffla Cayden. Je ne quitterai pas cette île sans eux, ni sans toi. Je t'en ai fait la promesse.

— Et je te délivre de ton serment. Je ne sais pas combien d'années il me reste, mais je finirai bien par arriver au bout de ma peine et…

— Tu es malade, Boli, le coupa alors Cayden avec douceur.

Son vieil ami ouvrit la bouche, prêt à répliquer, mais le Thénéryen secoua la tête et relâcha son bras maigre qu'il maintenait toujours. Dans un soupir, Cayden baissa les yeux, mal à l'aise.

— Le Froid Noir te ronge, murmura-t-il.

— Quoi ? Peuh ! N'importe quoi ! Où est-ce que tu vois la maladie ? s'écria-t-il en tirant sur l'encolure de sa chemise.

— Partout, Boli. Je la vois partout… Le Froid Noir te dévore de l'intérieur. Cet abruti de Médidoc n'a rien enrayé du tout. La maladie est juste plus intelligente. Elle reste enfouie sous la peau, mais… je peux la sentir, ajouta-t-il. Et je la vois autour de toi, mon ami. Quand tu respires, lorsque tu parles… elle se manifeste sous la forme d'une bruine rouge. Tu n'es pas le seul à être infecté.

Blême, Boli dévisageait avec attention ce Thénéryen charismatique et effronté qui avait fait une entrée des plus fracassante dans la prison. Honnête et parfaitement droit dans ses bottes, le rebelle de Stent était un homme de parole, un meneur, en qui il avait toute confiance. Il l'avait pris sous son aile les premiers jours, puis Cayden s'était rapidement émancipé de sa présence. Pour autant, il existait entre eux deux un profond respect, et un certain attachement.

— Si je dois mourir, alors laisse-moi ici, déclara Boli avec sérieux. Je ne ferais que vous ralentir.

— Non ! Hors de question ! refusa Cayden. Tu vas revoir tes deux putains de soleils avant de passer l'arme à gauche, vieux débris ! Alors, bouge ton cul ! Lève-toi de cette couchette et viens avec moi.

Sans attendre son approbation, Cayden saisit son bras avec force et le passa autour de ses épaules pour le hisser sur ses jambes. Flageolant, Boli fut secoué d'une sale quinte de toux qui manqua de le plier en deux.

— Bah alors, le vieux ? ricana un détenu au crâne rasé. T'as besoin d'un petit oisillon pour te soulager ?

— J'ai la tourista, se lamenta Boli en clopinant jusqu'à lui. Et j'sais jamais quand ça va sortir, alors faut bien que je me dépêche.

Quelques rires s'élevèrent dans le baraquement devant la moue dégoûtée du crâne rasé qui se redressa.

— Tu te fiches de moi, le vieux ?

— Allez, c'est bon, laisse-le, soupira un autre détenu. Tu vois bien qu'il yoyotte de la trogne.

— Ouais, bah qu'il aille chier plus loin ! Restez pas près de moi !

Jetant à Boli un regard désapprobateur, Cayden le soutint jusqu'à la sortie.

— La tourista ? Vraiment ?

— Il serait encore en train de nous coller aux basques et de nous chercher des noises, sinon, se défendit Boli.

Son expression résolue dérida quelque peu Cayden. Dehors, un déluge sans fin s'abattait toujours. La cour ressemblait à présent à un lac, dont la surface se ridait sous les assauts du vent, et le ciel était si sombre qu'ils ne distinguaient même plus les lanternes allumées de l'autre côté. Celles qui encadraient la porte du lieutenant Defoe.

— Jamais vu un temps pareil, constata Boli.

— Moi non plus. Même sur Thénérys.

Alors que Cayden allait les entraîner vers les souterrains où les attendaient Nino et Ronce, les portes du fort s'ouvrirent dans un grondement sourd. Au cœur de la tempête, les deux battants donnaient l'impression d'une bouche tournée vers les enfers. Une trentaine de silhouettes, courbées par les rafales et la pluie, pénétrèrent en courant dans l'enceinte. Aussitôt, la porte du logement du lieutenant Defoe s'ouvrit, laissant passer un rai de lumière dans la cour. Couvert d'une longue cape, et armé d'une lampe à huile, il accueillit les rescapés et aboya des ordres dans la tempête. D'instinct, Cayden avait reculé dans l'ombre des arches, soutenant Boli qui tremblait de froid.

— Tiens le coup, murmura-t-il simplement à son attention.

Pendant de longues minutes, ils restèrent ainsi, immobiles, confrontés aux assauts des bourrasques glacées qui ne faiblissaient pas, puis, enfin, Defoe conduisit l'équipage malchanceux vers des quartiers inhabités, mais décents, où un grand feu avait été allumé.

— Viens ! Ne perdons pas de temps. Nino et Ronce doivent déjà être en bas.

Sans traîner, Cayden tira le vieil homme à sa suite, l'aidant à descendre les marches qui plongeaient dans les entrailles du fort. Son cœur battait avec frénésie, poussé par le désir de retrouver Nino. Brut d'animalité, Cayden avait bien du mal à ne pas se laisser envahir par son côté spirane, et à bondir en direction de son égal dont il ressentait nettement l'odeur. Un grondement sourd – accentué par les fragrances encore présentes du sang du garde – passa ses lèvres lorsqu'ils longèrent la cellule qui avait accueilli Nino.

— Bon sang de bois ! Mais qu'est-ce qui s'est passé ici ? s'exclama Boli en apercevant la traînée brune sur le sol, puis une botte lustrée qui dépassait de la paille.

— Élimination d'un problème ! coupa Cayden sans ralentir.

À la hâte, ils dépassèrent toutes les cellules, puis débouchèrent devant une large ouverture, condamnée par une grille fermée. De l'autre côté des barreaux, un escalier taillé dans la pierre, aux marches inégales et glissantes, semblait s'enfoncer si loin qu'il était impossible d'en distinguer la fin.

— Et qu'est-ce qu'on fait, maintenant ?

— On attend, répliqua Cayden, les nerfs à vif.

Au bout de quelques secondes, un bruissement de pas remonta des profondeurs obscures, puis les visages familiers de Ronce et Nino apparurent.

— Mordiable ! jura Boli en découvrant les marques sanglantes sur le corps de l'Écorcheur et ce sourire froid qui ne le quittait pas.

Pour Cayden, le temps se suspendit. Il ne voyait plus que Nino, happé par son odeur qui le rendait fou. Dès que Ronce glissa la clé dans la serrure et que les gonds tournèrent sur eux-mêmes, Cayden bondit, franchissant la distance qui les séparait encore.

— Putain ! Tu m'as manqué ! gronda-t-il en le plaquant contre le mur humide, sous les yeux incrédules de Boli qui manqua de s'écrouler.

Ronce se précipita aussitôt pour le soutenir, et l'entraîna de l'autre côté des grilles, avant de les refermer à clé. Plongé dans l'obscurité du couloir souterrain, Cayden enfouit son nez dans le cou de Nino, humant chaque centimètre de sa peau. Un mélange d'odeurs de sang, de sueur et de paille marquait profondément son épiderme.

— J'ai cru que t'allais me laisser crever là, murmura Nino avec douleur.

— Jamais ! souffla Cayden en saisissant son visage entre ses doigts pour l'obliger à croiser son regard. Je t'ai promis qu'on ne serait jamais séparés, Nino.

Détenu entre le mur rugueux et le torse tout aussi dur de Cayden, Nino sentit son cœur se gonfler et exploser dans sa poitrine. Avide de retrouver son Alpha, il referma sa main sur sa nuque, y enfonça ses ongles, et attira son visage vers le sien, jusqu'à brutaliser ses lèvres. Un baiser violent et déchaîné auquel Cayden s'abandonna.

Le souffle coupé, le vieux Boli assistait à quelque chose qu'il n'aurait jamais imaginé voir. C'était étrange. Malsain. Déroutant. Dérangeant. Il était incapable de définir avec des termes précis ce qu'il se tramait, mais il émanait des deux hommes une aura incroyablement puissante, qui, malgré son dégoût, l'empêchait de détourner le regard. Près de lui, l'énigmatique Ronce souriait. Elle semblait apaisée, absolument pas effrayée par leur comportement.

— Si on m'a fait venir jusqu'ici pour assister à de pareilles minauderies, je préfère remonter dans ma cellule, grommela Boli.

Immédiatement, l'expression carnassière de Nino se braqua sur lui, mais Cayden attrapa son visage dans un sourire.

— Il plaisante, Nino. Boli part avec nous. Je le lui avais promis.

Le jeune Aldébarien détourna les yeux dans un souffle lourd, presque animal, et oublia Boli qui respira plus librement. Ce gamin lui collait des sueurs froides, mais apparemment, voilà qu'ils étaient tous dans le même bateau. Acceptant enfin de se détacher de Nino, Cayden lui vola un dernier baiser, gardant sa lèvre inférieure coincée entre ses dents quelques secondes. Dans l'obscurité, ses yeux ocre brûlaient comme jamais.

— Ronce, souffla-t-il en s'approchant d'elle avec douceur. Merci pour ton aide... Sans toi, rien n'aurait été possible.

Elle le gratifia d'un léger sourire, puis leur indiqua qu'il était temps de filer. Cayden en tête, et Nino fermant la marche, Boli entreprit de descendre l'escalier à pas lents, aidé par Ronce qui ne lâchait pas sa main. Pendant de longues minutes, aucun d'eux ne parla.

Guidé par la vision spirane de Cayden, le groupe se fraya un chemin dans les boyaux sombres de la prison. Sans comprendre ce qui se tramait réellement, le vieux Boli se laissait entraîner toujours plus loin.

— On prend du retard, souffla Nino alors qu'ils faisaient une pause.

— Je sais, acquiesça Cayden en se retournant en direction de Ronce et de Boli. Mais on ne va pas les laisser ici.

— Non. Bien sûr que non, mais chaque seconde est comptée. Lorsque la relève arrivera, ils se rendront compte que j'ai disparu et que le garde est mort. Après ça, il ne leur faudra pas longtemps pour faire le lien avec toi.

Cayden hocha la tête en silence, parfaitement conscient que la réussite de son plan complètement fou tenait à presque rien. Un peu d'organisation, et surtout énormément de chance !

— On repart ! annonça-t-il d'une voix sourde.

Maintenant qu'ils étaient loin sous terre, il percevait les ondes sonores des spiranes, rivé sur la même fréquence qu'elles.

— Elles ne sont pas loin, commenta-t-il.

— Qui ça ? s'étonna Boli, qui n'entendait rien.

— Nos guides, sourit Nino, qui décelait les pulsations sans en comprendre le sens cependant.

— Elles sont agitées, déclara Cayden, inquiet. Elles nous ont sentis, et elles n'ont pas mangé depuis des jours. Il faudra être prudents.

— J'ai une entière confiance en toi, souffla Nino en pressant furtivement ses doigts pour l'apaiser. Tu sauras quoi faire le moment venu.

— Et si je n'arrive pas à les contenir ? Si je ne suis pas celui que tu crois ?

— Tu l'es ! répliqua Nino sans faillir. Tu es un Alpha.

Un léger tremblement agita le cœur de Cayden, assailli par le doute. Nino l'avait placé en position dominante avec ses histoires, et l'avait élevé au rang d'Alpha, alors même qu'il n'avait jamais été réellement confronté aux spiranes des mines. Peut-être qu'il se trompait ! Peut-être qu'il avait simplement eu de la chance, et qu'il n'était lié à ces bêtes en aucune façon. Tous ces changements qui s'opéraient en lui étaient terrifiants. Par moments, il avait le sentiment de ne plus rien contrôler, de ne plus s'appartenir. Et il sentait qu'il suffisait d'une toute petite étincelle pour que la bestialité l'enflamme véritablement. Il ne voulait pas se loger dans le rôle du tueur compulsif que Nino semblait tant apprécier, pas plus qu'il ne voulait le repousser ou l'ignorer. Les contradictions qui se mêlaient en lui semblaient sans solution.

— Ne commence pas à douter, gamin.

Surpris, tous se tournèrent vers Boli qui s'était redressé, prêt à reprendre la route dans les galeries rocheuses.

— Je comprends pas bien ce qui se passe, ni ce que vous trafiquez tous les deux, mais peu importe la nature de tout ça, j'ai confiance en toi, Jayce. Nous avons tous remis notre vie entre tes mains pour des raisons différentes, alors conduis-nous hors de cette prison !

Mâchoires verrouillées, bien incapable de parler tant la pression lui broyait les tempes, Cayden déglutit avec difficulté. Son regard effleura ses compagnons qui le dévisageaient avec confiance. Un assassin incontrôlable, une putain courtisane, un vieux radoteur. Et lui, un Maraudeur. Ils formaient une bien étrange communauté. Dans un soupir, Cayden approuva.

— Nous verrons tous les soleils se lever !

Pendant plus d'une heure, ils avancèrent à tâtons, dans une obscurité quasiment absolue. De temps à autre, les gémissements du vent leur parvenaient par les goulottes d'aération des anciens tunnels, mais peu à peu, le sol pavé fit place à de la terre et du sable, et les murs lisses devinrent pierre rugueuse. Pataugeant jusqu'à mi-cuisse dans une eau froide et boueuse, ils finirent par déboucher sur une pente douce qui semblait remonter vers la surface.

— J'entends nettement la pluie ! s'écria tout à coup Boli en pointant le doigt droit devant lui.

— Il a raison ! se réjouit Nino dans un sourire. La sortie n'est plus très loin.

Pressant le pas, ils gravirent les derniers mètres qui menaient à la surface. Les hurlements terrifiants du vent les accueillirent, de même qu'une pluie diluvienne.

— Où est-ce qu'on va, maintenant ? cria Boli dans la tempête.

Malgré l'orage, le froid et le risque de mort qui les guettait, le vieil homme souriait comme un enfant. Depuis son arrivée à For'Baten, il n'avait jamais contemplé les murs de la prison d'aussi loin. Frappant dans ses mains, il exultait de joie.

— Ah ! Les imbéciles ! La tête qu'ils vont faire quand ils vont se rendre compte qu'on n'est plus là.

— Pas trop vite quand même, répliqua Cayden, qui n'avait pas encore l'esprit tranquille. C'est ici qu'on se sépare pour le moment.

— Quoi ? Qu'est-ce que tu racontes ? s'exclama Nino en pilant net. Non, non ! Hors de question.

— Écoute-moi ! lui intima Cayden en l'entraînant à l'écart.

— Je refuse que...

— Boli ne tiendra pas le coup ! On ne peut pas descendre dans les mines avec lui.

— Alors, n'y allons pas ! Qu'est-ce que tu veux chercher là-bas ?

Un sourire ironique éclaira les traits tirés de Cayden, qui ricana.

— Tu ne crois quand même pas que je me suis cassé le cul à creuser uniquement pour Defoe ?

Nino resta sans réaction durant quelques secondes avant de lever les yeux au ciel.

— Tu as planqué des painites dans les mines ?

— Dans les galeries où personne n'allait, valida Cayden. Si j'en crois les dires des hommes ici, il y en a pour une petite fortune. Suffisamment pour nous permettre de vivre correctement quelque temps.

— Laisse-moi venir avec toi, supplia Nino, fébrile.

— Non, c'est impossible.

— Tu ne veux pas de moi ?

Cayden se figea, alerté par le ton dangereusement bas de Nino qui ne le quittait pas des yeux. Leurs deux cœurs s'emballèrent, l'un faisant écho à l'autre.

— Au contraire, confessa Cayden. Ça me déchire de te demander de partir, mais j'ai besoin que tu veilles sur Boli et sur Ronce. Boli ne tiendra pas le rythme dans les mines. Quant à Ronce, elle ne saura pas se défendre si jamais il arrivait quoi que ce soit. Je veux que tu les conduises jusqu'au navi et que vous montiez à bord ! Si dans une heure, je ne suis pas revenu...

— Non ! Je t'interdis de me demander ça ! hurla Nino en comprenant la phrase inachevée. Tu m'as promis que rien ne nous séparerait ! Alors ne me demande pas de partir sans toi !

— Comment ça, partir sans lui ? s'inquiéta Boli en les rejoignant, alerté par les cris de Nino.

— Cayden veut descendre dans les mines, seul. Je dois vous emmener jusqu'au navi et monter à son bord. Et si dans une heure il n'est pas de retour, nous devrons décoller et partir.

Ronce secoua la tête avec force, saisissant la main de Cayden. En douceur, il posa la sienne sur sa joue, essuyant la pluie qui ruisselait.

— Ayez confiance en moi. Je reviendrai ! Allez !

Une salve d'éclairs troua l'obscurité, et pendant quelques secondes, ils se virent tous comme en plein jour.

— Je dois trouver ma spirane, souffla Cayden à l'intention de Nino. Je veux me lier à elle avant de quitter l'île.

Comprenant ce besoin viscéral de trouver l'autre moitié de sa conscience, Nino capitula et fit volte-face sans un regard en arrière. Son âme saignait, mais les ordres de son Alpha ne se discutaient pas. Il avait foi en lui. Il reviendrait !

Des larmes de rage brûlantes franchirent la barrière de ses longs cils alors qu'il s'éloignait, emportant Boli et Ronce dans son sillage.

Cayden les suivit du regard aussi longtemps que ce fut possible, puis il se mit à courir dans la plaine, en direction des mines encore exploitées. Malgré la nuit et le brouillard, malgré les rafales et les torrents glacés, il n'eut aucun mal à se repérer dans la grande étendue volcanique. Il ne lui avait fallu qu'une fraction de seconde pour plonger dans l'hôte spirane dont il était le plus proche, et se fondre en elle. À présent, il explorait une immense terre bleue, parcourue d'un réseau électrique absolument incroyable. La vision qu'offraient les spiranes était indescriptible, jouissive, fabuleuse. Il avait la sensation d'appartenir à un tout autre monde, aux sons démultipliés, et de se fondre corps et âme dans cette terre qu'il foulait. Sans effort, il atteignit l'entrée de la mine et se précipita vers la cabine métallique. D'un geste sec, il actionna le mécanisme de descente, sans prendre la peine de refermer les portes grillagées. Il n'était même pas encore parvenu jusqu'en bas que déjà, il s'élançait et bondissait en chute libre sur les derniers mètres.

Les cailloux roulèrent sous ses pieds, l'emportant dans son élan, mais il se redressa immédiatement, tous ses sens en ébullition. Il y avait tellement d'odeurs ici ! Tellement de vie pour ses yeux de spiranes.

Des profondeurs des mines remontèrent alors une centaine de feulements qui éclatèrent dans tout son organisme. En écho, un cri inhumain franchit ses lèvres. L'onde de Liaison galopa le long des murs et plongea dans les entrailles de l'île.

À presque dix kilomètres de là, le premier hurlement bestial de Cayden résonna dans la tête de Nino comme un signal. Une lueur fauve embrasa son regard battu par les bourrasques, alors qu'il atteignait le navi amarré. L'immense bateau volant cuirassé ressemblait à un bâtiment fantomatique. Sa voilure avait été enroulée pour ne pas se déchirer sous les assauts du vent, et seuls ses mâts se dressaient dans la nuit. D'un bond, Nino enjamba la passerelle et gravit les premiers mètres, jusqu'à atteindre le pont désert. Dans son dos, Ronce et Boli courbaient l'échine à force de lutter contre la tempête. Patient, il rongea son frein. Cependant, alors qu'ils allaient à leur tour poser le pied sur la passerelle abaissée, un vent contraire apporta à ses narines une odeur qui n'avait rien à faire là ! Il ne lui fallut qu'une seconde pour comprendre, mais alors qu'il allait hurler, un violent coup heurta sa tempe. Il s'effondra sur le sol, tandis que la silhouette du lieutenant Defoe sortait de l'ombre.

— Eh bien, en voilà une surprise.

— Nino ! s'écria Boli en se dégageant de l'étreinte de Ronce qui le tirait en arrière.

Poussé du pied par deux soldats qui surgirent aux côtés de leur supérieur, le corps de Nino roula le long de la passerelle et dévala quelques mètres de planches avant de s'échouer dans la boue.

En quelques secondes, ses mèches polaires furent submergées par un torrent froid et sale. Le visage plongé dans les flaques épaisses, à moitié immergé, il allait se noyer si personne ne réagissait. Ronce se jeta immédiatement à ses côtés. Avec l'énergie du désespoir, elle souleva son visage hors de l'eau, dégageant son nez et ses lèvres, mais Nino demeura sans réaction.

Le pas régulier du lieutenant Defoe claqua tout le long de la passerelle, jusqu'à ce que ses talons s'enfoncent dans la vase. Du bout de sa botte, il força Ronce à relever le visage vers lui, mais la jeune femme restait accrochée au prisonnier.

— Nino Canning. Boli. Et une prostituée, s'étonna Defoe, songeur. Voilà bien un trio que je n'aurais jamais soupçonné. Cependant, ce n'est pas vous qui m'intéressez. Où est Jayce ?

Ronce baissa les yeux, mais elle fut aussitôt empoignée par les épaules, et soulevée du sol. Dans un rugissement silencieux, elle se débattit avec fureur, rapidement emportée par les gardes qui la montèrent à bord du navi, sans ménagement.

— Boli, tu es sans doute le plus raisonnable de cette troupe d'élite, ironisa Defoe. Alors, c'est à toi que je vais poser la question. Où se trouve Jayce ? Qu'est-ce que vous aviez imaginé ? Vous enfuir en prenant le Skull ?

Le vieil homme garda le silence, les yeux rivés sur Nino. Ils ne pouvaient pas échouer si près du but. C'était impossible.

— Boli ! hurla Defoe. Ma patience a des limites ! Le Skull est un navi militaire qui transporte des armes ! Propriété du Gouverneur et de la société d'armement de Sand ! La prise d'un tel bâtiment est passible de mort. Dès demain matin, tu seras exécuté au pénitencier, mais avant, tu assisteras au viol de la pute qui vous accompagne et à la torture de Canning ! Tu peux encore éviter tout ça, si tu me dis où se trouve Cayden Jayce !

Toute la volonté de Boli s'évanouit. Il ne voulait pas la mort de ces jeunes gens ! Et s'il existait une infime chance de les sauver, alors il la saisirait. Les larmes aux yeux, il avoua tout.

Loin dans les mines, Cayden avait perdu sa connexion avec Nino, mais celle qu'il partageait avec son hôte spirane était si puissante qu'elle supplantait tout le reste. Se dirigeant dans les mines comme s'il avait toujours vécu sous terre, Cayden retrouva rapidement les galeries laissées à l'abandon par les piocheurs. Sans hésitation, il bifurqua à droite à l'intersection, et s'engouffra dans le tunnel étroit. Assez bas, il l'obligeait à avancer courbé, mais bientôt, le plafond reprit de la hauteur. À partir de cet endroit, Cayden compta mentalement cinquante pas, puis tendit le bras. D'une cavité à peine plus large qu'un homme, il tira un sac en toile de jute. Alourdi de plusieurs kilos, il scruta le long couloir qui s'étendait devant lui. Il ne s'était jamais engagé aussi profondément au cours de ses excursions en solitaire, mais ce qui pulsait dans son organisme lui hurlait de continuer. Abandonnant définitivement le peu de lumière qui subsistait encore, le Thénéryen plongea dans les abysses.

À mesure qu'il s'enfonçait dans les entrailles de l'île, l'air devenait de plus en plus froid. Il fallut quelques minutes à ses poumons pour s'habituer au soufre présent, puis ces derniers acceptèrent de se gorger de cette atmosphère saturée et lourde.

Après de longues minutes de descente dans une ambiance bleu électrique, Cayden déboucha sur une large avancée rocheuse. Fasciné, il embrassa l'ampleur du paysage. Sous ses pieds, et bien au-dessus de lui, s'étendait une caverne aux multiples débouchés. Entièrement tapissée du réseau veineux bleu, elle luisait comme un puits de lumière au cœur de la nuit.

Le souffle coupé, Cayden s'approcha au plus près du bord, puis leva la tête. Sur sa droite, à seulement quelques mètres en surplomb, l'énorme gueule d'une spirane venait de surgir de l'ombre. Crocs découverts, elle dévoila ses canines de prédatrice, feulant dangereusement dans sa direction. D'un bond souple, la bête franchit la distance qui les séparait, et retomba juste derrière lui.

L'estomac noué, Cayden avait à présent le choix entre le vide et l'animal.

Menaçante, bien plus haute que lui, la spirane réduisit encore l'écart entre eux. Chaque muscle de son corps contracté à l'extrême, Cayden se refusa pourtant à reculer. Résolu, il plongea son regard dans celui de l'animal, se heurtant à des prunelles presque translucides. La panthère hybride gronda, fouettant le sol de sa queue bifide, en alerte. Les cailloux qu'elle percuta sur son passage furent projetés dans le vide, et leur chute dura si longtemps que Cayden entendit à peine le choc en contrebas. Un filet de sueur glacée dévala le long de son dos, alors qu'une onde bleue parcourait la spirane, éclairant ses veines sous sa fourrure rase, ombrageant encore davantage ses flancs creux aux côtes saillantes. Du coin de l'œil, Cayden avisa une seconde spirane dans les hauteurs. Puis trois. Puis quatre. Bientôt, elles furent si nombreuses qu'il devint incapable de compter. De chaque ouverture dans la roche, elles surgissaient en grondant, et bientôt, la caverne entière trembla sous les rugissements.

MEUTE

La pensée de Cayden envahit tout son esprit, alors qu'il gardait les yeux rivés sur la spirane qui lui bloquait le passage. Le long de son échine, les pointes acérées se redressèrent en une herse dangereuse. Plus que jamais, Cayden douta des paroles de Nino. Et s'il s'était trompé depuis le début ? Si c'était le cas, alors il finirait dévoré par les spiranes, dans le cœur de leur tanière aux allures de nécropole.

Des centaines d'ultrasons envahirent sa conscience, brouillant momentanément ses pensées. Elles résonnèrent dans sa tête de manière si chaotique que la douleur fulgurante qui le traversa le fit hurler. Brisé, le pouls cavalant à une allure folle, Cayden s'effondra. Ses genoux claquèrent contre la roche avec violence. Plus il hurlait de douleur, et plus celle-ci l'envahissait, s'infiltrant dans le moindre de ses pores. Les mains plaquées contre le sol, il sentit avec horreur ses doigts craquer si brutalement qu'il faillit en perdre conscience. Privé d'air, il n'arrivait plus à respirer. Ses poumons refusaient de fonctionner, ses jambes le brûlaient atrocement, et sa tête ! Elle allait exploser.

La vision troublée par la douleur qui déflagrait de partout, Cayden perçut le goût du sang dans sa gorge. Le sien. Affolé, il tenta de se redresser pour comprendre d'où il saignait autant, mais de la même façon que ses doigts une seconde plus tôt, ses gencives craquèrent, percées de part en part par ses crocs. Ce fut bien plus violent que lorsqu'il avait mordu Nino.

Il allait crever, c'était certain. Le sol tangua sous lui et les parois de la caverne devinrent si lumineuses qu'il dut fermer les yeux. Tout ce qui résonnait sous son crâne allait le rendre fou. Pendant une seconde, il fut tenté de se jeter du promontoire rocheux pour mettre fin à son supplice, mais une ombre féline retomba non loin de lui. Son feulement lui vrilla les tympans. Il avait l'impression que le ciel tout entier était en train de lui tomber sur la tête. Un déferlement de violence, de colère et de sauvagerie.

S'il ne se redressait pas, il allait mourir.

S'il ne se redressait pas, il ne reverrait jamais Nino.

S'il ne se redressait pas, il ne reverrait jamais Teagan.

Ni Boli. Ni Ronce.

Ni sa mère...

La douleur l'enveloppa comme un linceul froid. Sous ses paumes, il sentit le sol trembler, puis des vibrations sourdes se propager jusqu'à lui. La spirane lui fonçait dessus ! Encore quelques mètres et elle allait le percuter de plein fouet pour le jeter dans le vide. Il s'écraserait une centaine de mètres plus bas. Son corps se briserait contre les roches. Ses os éclateraient comme du verre, et son sang viendrait moucheter les squelettes blancs qui tapissaient le fond du gouffre.

Ce serait la fin.

Encore quelques mètres. À peine le temps d'une respiration.

Le choc fut brutal. Percuté de face par la spirane, Cayden sentit sa masse musculeuse s'échouer contre son corps. À sa grande surprise, il ne se brisa pas sous l'impact. Au contraire ! D'instinct, il enfonça ses ongles – non, ses griffes ! – dans le sol pour se retenir, taillant une ornière dans la pierre par la force du recul. Enragée, la bête balayait l'air de sa queue, prête à le renverser.

Les pieds fermement ancrés, Cayden se redressa en hurlant à son tour. Son feulement résonna sous les voûtes et les arches de pierre de la caverne, faisant trembler les stalactites rocheuses qui tapissaient son plafond. L'une d'elles se détacha et s'écrasa en contrebas, éclatant avec violence. D'un même élan, Cayden et la bête s'élancèrent.

Mâle contre mâle. Alpha contre Alpha !

L'affrontement dura pendant plusieurs minutes, durant lesquelles Cayden crut bien perdre la vie plus d'une fois. L'épaule lacérée, il avait du mal à frapper. Dominé par la spirane qui s'était jetée sur lui, il roula dans la poussière, plaqué sur le dos. Immédiatement, le grand mâle fut sur lui. Son énorme gueule contre son visage, il huma son haleine fétide, certain que l'animal allait le broyer. Pendant une fraction de seconde, Cayden ferma les yeux.

Un calme inattendu l'envahit. Le chuintement du sang lui parvint comme au ralenti. De même que le battement régulier du cœur animal qui battait avec frénésie juste au-dessus de lui. Puis, il fut brusquement ramené à la réalité. Sans hésitation, il ouvrit les yeux, et frappa le large cou de la bête, enfonçant ses griffes fraîchement sorties dans son poitrail musclé. La spirane feula et se débattit, secouant son corps pour se débarrasser de Cayden, mais plus elle s'agitait, et plus les griffes s'enfonçaient loin dans ses chairs. Le sang de l'animal gicla, arrosant les lèvres de Cayden qui sentit son organisme réagir au quart de tour ! Sans réfléchir, il ouvrit la bouche, et fondit sur la gorge offerte de la spirane.

Tout s'effaça autour de lui. Comme lorsqu'il avait tué Skall, le monde disparut, pour ne laisser qu'une orgie de sensations à son réveil. Lorsque Cayden reprit conscience de la réalité, il s'était à peine écoulé quelques secondes, mais le Thénéryen avait la sensation d'un long voyage. Sous lui, la spirane ne respirait plus. Les feulements des autres bêtes s'étaient éteints. Brumeux, Cayden prit finalement conscience qu'il avait tué la bête, comme s'il était l'une des leurs. À coups de griffes et de crocs.

Sans force, il s'écroula sur le côté, l'épaule labourée. Son cœur palpitait anormalement vite dans sa poitrine, mais rien ne parvenait à le calmer. Alors qu'il allait sombrer, le contact d'un museau froid et étonnamment doux contre sa main lui fit ouvrir les yeux. Une spirane aux yeux blancs le poussait avec insistance pour l'inciter à se relever. Harassé, le corps déchiré de douleur, Cayden tendit la main pour saisir l'une des pointes osseuses qui perçaient la colonne vertébrale de l'animal, et se hissa sur ses pieds. La bête ne bougea pas, jusqu'à ce qu'il se retrouve debout, face au vide. Face à une assemblée de spiranes, amassée dans les hauteurs.

Alors, une à une, elles s'allongèrent, posant leur large tête entre leurs pattes.

MEUTE ALPHA

À bord du Skull, Nino avait repris conscience. La bête en lui s'était réveillée instantanément, mais à présent, il se tenait immobile, ligoté sur une chaise, la tête pendant vers le sol. Un filet de sang s'écoulait de sa mâchoire.

Assis de force sur une chaise, Boli avait hurlé et tempêté lorsqu'un garde avait arraché l'un des anneaux de Ronce à l'aide d'une pince. La lèvre déchirée, la jeune femme ne bougeait plus, le regard éteint.

— Vous êtes un monstre sans parole ! tonna Boli alors que Scott pénétrait dans la cabine du Skull.

— Le monstre est assis sur cette chaise, répliqua le lieutenant, en désignant Nino qui remuait à peine. Nous avons retrouvé le cadavre du garde qui le surveillait, enfoui sous la paille de sa cellule. Éventré. Exsangue. Les tripes à l'air.

Boli ne rétorqua rien. Lui aussi, Nino le mettait mal à l'aise, mais Ronce ! Elle n'avait pas mérité son sort.

— Ne la plains pas, Boli, déclara Defoe en avisant son regard tourné vers la jeune femme. Elle n'est pas si blanche que tu l'imagines. Sais-tu combien de femmes elle a tuées sur son passage, jusqu'à ce qu'on l'arrête et qu'elle soit enfermée ?

Indécis, Boli regarda Ronce qui secoua la tête avec force, tirant sur les liens qui l'entravait.

— Cayden Jayce n'aurait jamais dû monter sur notre continent, souffla Scott, dépité. Aucun Jayce, d'ailleurs.

Boli adressa un petit regard encourageant à Ronce, qui s'échinait à défaire ses liens. Un coup de pied dans les côtes l'immobilisa, et elle resta étendue sur le sol, haletante. Plus d'une heure passa ainsi, dans le silence oppressant de la cabine. Le lieutenant s'alluma un cigare, et la chaleur qui s'échappait du poêle à bois acheva de dispenser une bonne odeur de tabac. Avec prudence, Ronce osa ramper sur le sol, jusqu'aux pieds de Nino. Là, elle se redressa et posa simplement son visage sur ses genoux pour lui prodiguer un peu de chaleur et de soutien. C'était ainsi que se comportaient les animaux blessés d'un même clan, et c'était exactement ce qu'ils étaient. À son contact, Nino bougea légèrement les lèvres, mais fut incapable d'ouvrir les yeux tant ils étaient gonflés d'hématomes.

Alors que Boli se tassait dans un coin, la porte de la cabine s'ouvrit brutalement.

— Il arrive ! Il se dirige droit vers le bateau.

Scott bondit immédiatement sur ses pieds alors que deux gardes empoignaient Ronce par les épaules pour la traîner sur le pont. Ses pieds touchant à peine le sol, elle se débattit avec hargne, mais la main du lieutenant sur son épaule la figea instantanément. Elle fronça les sourcils et serra les dents lorsqu'il susurra à son oreille :

— Tu veux qu'il vive ?

Bien sûr ! Il devait vivre ! Aussi hocha-t-elle la tête avec force.

— Alors, tiens-toi tranquille, et ne commets rien de stupide. Tu entends ? insista-t-il en la secouant.

Terrifiée, Ronce approuva, les larmes aux yeux. Nino était prisonnier dans la cabine, sous bonne garde. Boli, trop vieux et fatigué pour agir. Et elle ! Elle se sentait tellement impuissante ! Lorsqu'elle discerna la silhouette massive de Cayden qui émergeait du brouillard dense, elle ouvrit la bouche aussi grand qu'elle put, comme si un son pouvait encore franchir ses lèvres. Le canon d'un mousquet s'enfonça entre ses omoplates, alors que la voix de Cayden retentissait.

— Ronce ?

Blessé, il ralentit le pas à l'approche du navi. Son épaule saignait encore, et son corps n'était qu'une plaie à vif. Ses crocs et ses griffes s'étaient rétractés, mais les lésions demeuraient toujours ouvertes, sanguinolentes.

À travers les rideaux de pluie qui tombaient du ciel, Ronce agita le bras pour qu'il se dépêche de monter à bord. Le cœur battant, Cayden courut sur les derniers mètres, puis ralentit le pas, jusqu'à s'arrêter totalement. Pendant quelques secondes qui semblèrent suspendues, le Thénéryen sonda la nuit, impassible, avant de relever le visage en direction du bastingage, d'où Ronce l'observait avec désespoir.

— Lieutenant Defoe ! appela Cayden. Si nous discutions ?

Les yeux de Ronce s'ouvrirent en grand, alors qu'elle disparaissait du champ de vision de Cayden, brutalement tirée en arrière. Tendu, le Thénéryen ne broncha pas, n'esquissant pas le moindre geste. Un instant plus tard, cinquante canons d'argent se pointaient dans sa direction. En haut, dans l'ouverture plongeante de la passerelle, Scott Defoe apparut en souriant.

— Quelle perspicacité, remarqua-t-il. J'aurais dû m'y attendre. Et quelle folie. En toute honnêteté, dis-moi ! Quel était ton plan ?

Immobile en contrebas, Cayden sonda l'air. Plus que jamais, sa vision se dévoilait, exacerbée, nouvelle, et ne demandait qu'à percer la nuit. Ils avaient beau tous rester de marbre, et aussi infimes fussent leurs tremblements, il distinguait à présent le moindre tressaillement des gardes. Dès que l'air bougeait, les ultrasons lui parvenaient, lui indiquant ainsi chaque mouvement et position des hommes présents.

— Mon plan ?

Cayden avança d'un pas. La pression se renforça sur les crosses des armes. Les cœurs battirent plus fort et plus vite.

— Il était très simple et reposait entièrement sur vous, lieutenant Defoe.

— Sur moi ? répéta le gradé sans comprendre.

— En effet. Je savais qu'il ne vous faudrait pas longtemps pour vous apercevoir de la mort de votre garde, et que vous feriez rapidement le lien entre la disparition de Nino et la mienne.

— Certes, admit Defoe. Votre petit duo semble fonctionner à merveille. Mais j'avoue ne pas comprendre pourquoi vous vous êtes encombrés de la fille et du vieux Boli.

— Parce que j'ai promis de les protéger, et que le jour de mon arrivée, j'ai juré que je me tirerais d'ici, lieutenant.

— Les Jayce sont réputés pour leurs promesses avortées, Cayden, déclara Scott en mettant un pied sur la passerelle.

— Que voulez-vous dire ? gronda le Thénéryen.

Le mystère autour de la disparition de son père restait encore entier. Sa mère n'en parlait jamais, et il avait quitté leurs vies du jour au lendemain pour ne plus jamais revenir.

— Ah, tu n'es donc pas au courant ? C'est de famille de séjourner ici, tu sais.

— Quoi ? Non, c'est des conneries tout ça ! Mon père n'est jamais monté sur votre continent !

Scott Defoe émit un petit rire qui grinça désagréablement dans les oreilles de Cayden.

— Lieutenant ! s'écria alors un garde en braquant son arme sur le brouillard. J'ai aperçu un mouvement dans la brume !

Scott Defoe quitta le Thénéryen des yeux quelques secondes, tendu. Rien ne pouvait subsister à l'extérieur, hormis les spiranes, mais elles restaient dans les mines. Et avec cet orage démentiel, même les plus dangereuses des créatures ne s'aventuraient pas à la surface.

— Ce n'est rien, assura-t-il. Sans doute une illusion. Cette tempête nous rend tous un peu nerveux.

— Ce n'est pas la tempête qui devrait vous rendre nerveux, lieutenant Defoe, lâcha Cayden avec un calme glaçant. Mais plutôt ce qui avance dans la tempête.

Immédiatement, le regard de Defoe se reporta sur le Thénéryen.

— Il n'y a rien !

— Je vous ai dit que mon plan reposait entièrement sur vous. Vous vous souvenez ?

— Qu'as-tu fait ? s'écria Scott Defoe en saisissant son arme à sa ceinture.

— Dans quelques instants, vous aurez le choix entre nous laisser partir, tous les quatre, et rester en vie. Ou bien périr, vous, vos hommes ici présents, mais également tous ceux parqués dans la prison.

Dans le brouillard, des silhouettes lumineuses s'amassaient et se rapprochaient, absolument silencieuses.

— Gardez vos positions ! hurla le lieutenant. Tirez sur tout ce qui bouge, mais ne tuez pas le Thénéryen !

— Votre réponse, Defoe ! menaça Cayden.

— Vous ne pourrez jamais faire décoller ce bâtiment à vous quatre, et encore moins le manœuvrer ! Rends-toi, Cayden, et tes amis seront épargnés ! Nous pouvons encore trouver un arrangement.

— Je leur ai promis la liberté ! Pas une vie derrière des murs.

Un cri d'effroi attira l'attention du lieutenant, mais lorsqu'il baissa à nouveau les yeux vers son prisonnier évadé, il ne trouva que du vide. La silhouette de Cayden avait disparu dans la nuit.

— Restez sur vos gardes ! Surveillez le pont et les alentours. Et surveillez la fille et Canning ! Il va chercher à les rejoindre.

Au loin, un coup de feu retentit, en provenance du fort, achevant de semer la débâcle.

— Les flambeaux d'alerte de For'Baten se sont allumés ! hurla un jeune soldat en formation, en pointant du doigt les remparts.

— Quoi ? Mais c'est impossible ! C'est un piège ! Sondez le brouillard, ne vous laissez pas avoir.

Au même instant, une onde bleue se propagea dans la nuit, suivie d'une série de feulements sonores qui se répondaient en écho.

— Les spiranes ! Elles arrivent !

Les soldats au sol, qui entouraient le navi, sortirent en hurlant de leur planque. Paniqués, ils cherchaient tous à escalader la passerelle, que Scott s'empressait déjà de remonter sur le pont du Skull.

— Lieutenant ! Faites pas ça !

Agglutinés les uns aux autres, les hommes se marchèrent dessus, noyés sous des trombes d'eau. L'un deux glissa et se rompit le cou en tombant. Une seconde plus tard, la gueule acérée d'une spirane se refermait sur sa cheville pour emporter son cadavre dans la brume. Les cris d'horreur des hommes résonnèrent dans l'obscurité pendant de longues minutes, puis le visage de Nino apparut au bastingage.

Délivré par Ronce qui s'était empressée de rejoindre la cabine pour le détacher, il hurla le nom de Cayden à s'en briser la voix. Où était-il, bordel ? Il crut que son cœur allait lâcher lorsque enfin, son Alpha émergea de la nuit. Marchant au milieu d'une horde de spiranes sauvages, balayé par les vents et la tempête, il hurlait à pleins poumons, ne faisant qu'un avec les éléments déchaînés. Pour les hommes présents, ce ne fut qu'un hurlement de rage. Pour les spiranes, ce fut le signal de la curée.

En hordes, elles se déversèrent dans les plaines, remontant par toutes les galeries que les mineurs avaient creusées au fil des ans. En quelques minutes, la zone fut envahie. Comme des vagues de muscles et de fureur, les spiranes s'écrasèrent contre la coque du navi encore amarré à ses chaînes. Elles heurtèrent le bois et les blindages, bondirent sur la passerelle en suspens que Defoe avait fini par abandonner, et envahirent le pont en conquérantes.

— Cayden ! hurla Nino.

— Je suis là ! souffla une voix dans son dos.

Lorsqu'il fit volte-face, Nino plongea directement dans le regard de braise de son Alpha. Leur connexion, plus forte que jamais, les ramena immédiatement l'un vers l'autre, cependant, une fureur effroyable traversa le regard de Cayden lorsqu'il avisa son état.

— Qu'est-ce qu'ils t'ont fait ? gronda-t-il en saisissant son menton entre ses doigts.

Les joues à vif, Nino haussa les épaules comme si rien ne l'atteignait, mais Cayden l'obligea à répondre.

— Parle ! Putain, Nino !

— Ils voulaient vérifier si un Écorcheur avait mal lorsqu'on lui retirait sa propre peau par endroit.

— Je vais tous les tuer, Nino, souffla Cayden en embrassant ses lèvres. Tous. Jusqu'au dernier.

Si, jusqu'à présent, il s'était promis d'épargner les gardes, pour ne condamner que Defoe, l'état de Nino venait de pulvériser toutes ses bonnes convictions.

Les rares soldats à être encore à bord furent déchiquetés, mis en pièces, et éparpillés aux quatre coins du navi. Dirigées par Cayden, les spiranes œuvrèrent et s'en donnèrent à cœur joie. Acculé, Scott Defoe fit face avec défiance.

— Tu es un porteur de Don, s'étrangla-t-il en avisant les spiranes qui se rassemblaient dangereusement autour d'eux. Tu… tu possèdes la Liaison.

— Ne faites plus un geste si vous tenez à la vie, le menaça Cayden avec calme.

— C'est de la folie, Cayden ! Renonce !

— Renoncer ? Jamais ! Je reprends seulement la liberté qu'on m'a volée. Je ne voulais pas venir ici ! J'ai emporté Boli, Nino et Ronce dans mon sillage ! Mais sans eux, je ne me tiendrais pas là devant vous. Je vous ai offert une chance, mais vous l'avez laissé passer ! À l'heure qu'il est, les spiranes ont envahi le fort. Tous vos hommes ici présents sont morts, mais elles ont encore faim. Elles ont toujours faim ! Si vous voulez sauver votre peau, il va falloir courir vite !

— Qu'est-ce que tu fais ? hurla Defoe en le mettant en joue, la main tremblante. Tu ne peux pas me tuer ! Le Code t'en empêche !

Surpris, le Thénéryen s'immobilisa, alerté par les propos du lieutenant. D'un geste sec, le gradé entreprit de défaire les boutons de son veston de cuir, ainsi que les lacets de sa chemise. Comme une illusion, le corbeau noir des Maraudeurs se déploya sur son pectoral, laissant Cayden sans réaction.

— Nous sommes liés toi et moi, Cayden Jayce. Un Maraudeur ne peut tuer l'un des siens !

— Vous étiez pourtant prêt à me laisser mourir ! le contredit ce dernier avec véhémence.

— Non, tu te trompes. J'ai tout fait pour te protéger, Cayden. Tout. C'est moi qui t'ai descendu dans la cellule, à part des autres détenus, après que tu aies tué Skall, c'est également moi qui ai fait soigner la brûlure de ton torse.

Crispé, Cayden était pris entre deux feux. Il mourait d'envie de le tuer, mais son allégeance envers les Maraudeurs le lui interdisait, et il avait toujours été un homme d'honneur et de principes. Les Maraudeurs étaient sa famille à Stent, ils l'avaient accueilli dans leur guilde, en avait fait l'un des leurs, et il avait prêté serment de toujours servir leur cause.

— Tue-le ! s'écria Nino, les traits déformés autant par la douleur que par la fureur.

— Il ne peut pas, railla Defoe.

— C'est vrai, admit Cayden. Le Code et ma loyauté envers les Maraudeurs me l'interdisent. En revanche, je peux vous abandonner ici, sur votre île. Si vous courez assez vite, et que vous avez de la chance, peut-être que les spiranes se lasseront. Quittez ce pont, monsieur Defoe.

Autour du navi de guerre, les bêtes bondissaient et se disputaient des morceaux de viande. Et plus loin, à quelques kilomètres de là, les coups de feu en provenance du fort retentissaient dans la nuit. La pluie s'était calmée, le brouillard quelque peu dissipé, mais la boue rouge imprégnait peu à peu le sol.

Sous la menace, Scott Defoe fut obligé de descendre le long de la passerelle. Du haut du pont, Cayden lui jeta une arme chargée.

— Bonne chance, Lieutenant ! Le prochain navi de ravitaillement accostera d'ici trois jours. Avec un peu d'espoir, vous serez toujours en vie.

— Je te maudis, Cayden Jayce ! hurla Defoe en tirant un coup en l'air.

Déjà, les voiles du Skull se déployaient, détachées par Nino et Ronce, et les piles solaires retrouvaient leur activité, déclenchées par Boli qui avait retrouvé un regain d'énergie. Rapidement, le navi prit de la hauteur, ballotté dans les airs.

Bientôt, l'Île Prison de For'Baten ne fut plus qu'une ombre hurlante dans la nuit, mais en son centre brûlaient les hautes flammes du pénitencier de Kinefall.

En quelques heures, la pluie diluvienne avait noyé les galeries de painites, les spiranes s'étaient déversées dans l'enceinte du fort, et à présent, il ne subsistait plus qu'une poignée d'hommes, et des centaines de bêtes féroces.

Le Skull nuagea jusqu'au matin, et lorsque les premières lueurs des deux soleils d'Aldébaran embrasèrent le pont, Boli les contempla avec bonheur.

En douceur, Cayden déposa une couverture sur les épaules de l'homme qui saisit sa main avec ferveur. Les mots étaient inutiles. Pendant une longue heure, Boli ne bougea pas, le regard dans le vide, rêveur. Sa main toujours fermement serrée sur celle de Cayden qui n'avait pas cillé, il s'éteignit sans un bruit, le visage apaisé. Dans un souffle de vent, la bruine rouge se dispersa, et s'envola.

Sans but précis, le Skull et ses voiles noires fendirent le Magna-Nubes, emportant avec lui une putain courtisane ainsi qu'un tueur sanguinaire aux allures d'ange, menés par un Thénéryen au regard de braise, accompagné d'une spirane aux yeux blancs.

— Tu ne dors pas ? murmura Nino en se glissant près de Cayden.

— Non. Je ne trouve pas le sommeil, avoua ce dernier. J'ai du mal à me dire que nous avons quitté le pénitencier.

Assis sur la proue du Skull, les pieds dans le vide, Cayden fixait l'immensité du ciel noir qui s'offrait à lui.

— Mon frère aurait adoré voir ça, je crois.

De la main, il désigna la lune immense qui brillait comme un orbe de lumière, ceint de son anneau en lévitation. Teagan avait toujours été fasciné par tout ce qui se trouvait au-delà du Magna-Nubes, par le ciel, et par ce continent. Et il n'était pas là… Inséparables depuis toujours, Cayden aimait le provoquer, se moquer de lui et le faire sortir de ses gonds, mais il l'aimait également d'un amour fraternel qui allait bien au-delà de cette fichue mer de nuages ! Il allait rentrer chez lui, et le retrouver ! Ce couillon avait intérêt à être revenu en un seul morceau de son expédition à dos de harfang ! Ils auraient tant de choses à se raconter ! Cayden imaginait déjà sa tête dépitée, et cela l'amusa.

La peur qui étreignait constamment son cœur, celle qui lui retournait l'estomac jusqu'à en vomir, qui faisait palpiter ses tripes, et saccageait son pouls jusqu'à la douleur, celle-là, il la gardait pour lui, n'en faisait part à personne. Pas même à Nino. Pourtant, une véritable terreur le rongeait de l'intérieur. Devenir une bête. Un monstre. Un tueur sanguinaire… L'appel du sang était assourdissant.

— Où est Ronce ? demanda-t-il finalement pour occuper son esprit ailleurs.

— Endormie dans une cabine, répondit Nino en haussant les épaules.

Avec un léger sourire, Cayden quitta le promontoire, et bascula vers le pont. Dans l'obscurité, les yeux pâles de Nino brillaient intensément. Pendant une seconde, le regard de Cayden dériva sur le torse nu qui s'offrait à lui, retraçant les sillons d'agrafes et les greffes de peau plus sombres, avant de remonter jusqu'aux lèvres de Nino, écrin de douceur au milieu de ses joues écharpées.

— Viens dormir avec moi, murmura-t-il dans un souffle rauque en l'entraînant avec lui jusqu'à la cabine qu'il s'était choisie.

Juste avant de refermer la porte, Cayden jeta un dernier regard en arrière.

Je t'aime, mon frère. Et crois-moi, t'es pas prêt de te débarrasser de moi !

30

CAYDEN. SI TU VOYAIS CE QUE
JE SUIS EN TRAIN DE CONTEMPLER.
MÊME TOI, TU SERAIS JALOUX.
TEAGAN JAYCE

ALDÉBARAN - ÎLE DE SIRIUS
– QUELQUE PART DANS LES PLAINES DE FOGLECAIRN

Sous la lune aux striures rose pâle, la silhouette métallique de Dâz se découpait nettement, semblable à un éclair blanc qui fendait la nuit sans relâche. Penché sur l'encolure de sa monture, couvert de poussière, Teagan se laissait bercer par son rythme régulier et puissant.

La Méca était un monstre de guerre, réellement conçue pour la distance et la vitesse. Les premières minutes n'avaient été qu'un échauffement sur une surface immense et relativement plate, sans ornière, mais au bout d'une dizaine de kilomètres, certaines bêtes s'étaient naturellement détachées du peloton.

En tête, la Méca Cerf aux bois fleuris de Stephen Dauclair, dont les sabots laissaient toujours une traînée d'étincelles dans leur sillage.

Juste derrière suivait une grande Méca, massive, aux allures d'ours, montée par un homme dont Teagan ignorait le nom.

L'écart entre Stephen Dauclair et le second Monteur se réduisait comme peau de chagrin. Au coude à coude, aucun ne semblait vouloir céder du terrain, ni faire une halte pour la nuit.

Ils chevauchaient tous depuis de longues heures maintenant, et les machines commençaient à s'échauffer. Certaines, plus sophistiquées, étaient équipées d'un système de refroidissement hydraulique. Chose que Dâz ne possédait pas, mais c'était un problème que Teagan préférait ignorer pour le moment. Tant qu'elle ne montrerait pas de signe de faiblesse ou de surchauffe, il était bien décidé à avancer autant que possible. S'il fallait creuser la distance entre eux et le reste du peloton, c'était maintenant.

La Méca Race était une course de longue haleine, mais pour lui, qui n'avait aucune expérience dans ce domaine, chaque kilomètre avalé était une victoire qui le rapprochait un peu plus de son frère.

— Vous tenez le coup ?

Perdu dans ses pensées, malgré le bruit assourdissant qui se déployait dans les plaines, Teagan mit quelques secondes avant de tourner la tête en direction du Monteur. Avec un sourire, il reconnut Ulfric Shelton, et approuva d'un signe de tête.

— Je suis toujours en selle. Et vous ?

— Ma monture commence à s'épuiser. Je ne vais pas tarder à faire une halte de quelques heures. Voulez-vous vous joindre à moi ?

Instinctivement, Teagan chercha du regard la traînée d'étincelles qui caracolait en tête à plusieurs kilomètres de là, et secoua la tête.

— Impossible. Je me dois de décliner votre offre, mais j'apprécie la proposition.

— Bien. C'est vous qui décidez ! hurla Ulfric pour tenter de se faire entendre par-dessus le vacarme déployé par l'aéronef qui les survolait.

Le ciel en était rempli, et des dizaines de lanternes brûlaient au-dessus de leurs têtes.

— C'est Stephen Dauclair qui vous importe ? demanda Ulfric en se maintenant à sa hauteur.

— Pas lui. La victoire, corrigea Teagan dont le cœur palpitait brutalement dans sa poitrine.

La victoire ! Il ne courait que pour elle ! Avec ce seul objectif.

— Alors ménagez votre monture, insista Ulfric. La Méca Cerf de Stephen est extrêmement rapide, mais dès demain, les cartes seront redistribuées.

— Que voulez-vous dire ?

Les cuisses fermement plaquées contre les flancs de Dâz, Teagan perdit de vue la monture de Stephen qui venait de disparaître derrière une dune.

— Cette partie de la Méca Race n'est qu'une galopade sans effort, expliqua Ulfric. Une fois les plaines passées, c'est la rocaille des monts Forsaken qui nous attend. Un terrain accidenté, de la roche et des failles. Là-bas, il lui sera impossible de courir.

Teagan songea effectivement à la finesse des pattes de l'animal de métal. Déjà, lors de la parade, il avait remarqué son pas hésitant sur les pavés.

— Je vais m'arrêter pour dormir quelques heures, l'informa le Monteur en lui désignant un bosquet non loin. Si le cœur vous en dit...

Silencieux, Teagan le laissa s'éloigner dans l'obscurité. C'était étrange de constater comme le ciel brillait, malgré la noirceur. Planant en surplomb, vingt dirigeables s'étaient rassemblés, formant une micro cité volante. À leur bord, aristocrates raffinés et ladies poudrées y évoluaient, s'enivrant jusqu'au matin. Sur le pont d'un des aéronefs, la fête semblait battre son plein. Chants et rires y résonnaient, en totale opposition avec le froid, la poussière et la fatigue que les Monteurs enduraient. Bien sûr, chaque participant était là de son plein gré, mais l'indécence et la démesure dont faisait preuve la société d'Aldébaran depuis son arrivée sur le continent ne cessaient de le décevoir. Par chance, il y avait malgré tout de belles rencontres. Son cœur s'étreignit une seconde alors qu'il songeait à Gwladys, mais il n'avait pas le temps de s'apitoyer davantage.

Droit devant lui, la nuée d'étincelles provoquée par la Méca de Stephen n'était plus qu'une minuscule trainée luisante, mais il lui sembla qu'elle ralentissait. Une minute plus tard, elle s'éteignait totalement, signe que le Monteur s'était arrêté. Sans doute estimait-il qu'il avait pris assez d'avance.

Juché sur Dâz, Teagan se tourna sur sa selle pour sonder la nuit. Déployés dans toute la plaine, certains Monteurs avançaient toujours, tandis que d'autres s'étaient regroupés pour dormir. La Méca Race était une course solitaire, et Teagan demeurait sceptique et méfiant à l'égard des autres propriétaires de monture. Mais après tout, Ulfric Shelton ne lui avait-il pas proposé de partager un campement pour la nuit ?

Un soupir rauque traversa sa poitrine alors qu'il effectuait une large volte pour revenir sur ses pas. Il ne lui fallut pas longtemps pour rejoindre le bosquet où le jeune lord s'était arrêté. Dans un premier temps, il ne distingua que la silhouette de sa Méca – qui tenait du taureau à quatre cornes –, puis celle de son propriétaire apparut, armée d'un révolver. Le canon pointé dans sa direction fit immédiatement piler Teagan.

— Oh, c'est vous ! constata Ulfric en rangeant son arme à sa ceinture.

— J'ai changé d'avis. Je peux me joindre à vous ?

Dans un sourire, Ulfric lui désigna un emplacement sous les branches, où brûlait déjà un feu. Maintenant qu'il s'était arrêté, Teagan se rendit compte à quel point il avait mal aux jambes. Les traits crispés dans une grimace, il défit le paquetage noué sur les flancs de sa Méca, et effectua quelques longueurs pour se dégourdir les membres.

— Rude journée, n'est-ce pas ?

— Oui...

Détendu, et également épuisé, Teagan oublia sa réserve, et retira les lunettes qui lui avaient protégé les yeux toute la journée. Il cligna des paupières pour humidifier ses pupilles, sous le regard désabusé d'Ulfric Shelton.

— Eh bien… Alors ça. Si je m'attendais à passer la nuit en compagnie d'un Thénéryen.

Le sang gela instantanément dans les extrémités de Teagan qui blêmit. Immobile dans la nuit, il serra les poings, furieux contre lui-même. Cependant, l'attitude de lord Shelton n'avait rien de menaçante. Il semblait au contraire bien plus intrigué qu'autre chose.

— Vous ne venez pas des îles du sud, j'imagine…

— On dirait bien que non, soupira Teagan, déjà prêt à renouer son paquetage sur Dâz.

— Vous ne restez pas ? s'étonna Ulfric. Il y a assez de feu pour deux. Et… on raconte que les Thénéryens voient très bien dans le noir. Si vous preniez le premier tour de garde, voilà qui réglerait nos affaires. Qu'en dites-vous ?

Indécis, Teagan avisa la main qui se tendait dans sa direction. Rien n'interdisait à un Monteur du nom de Morrow de participer à la Méca Race… en revanche pour un Thénéryen du nom de Jayce, c'était une tout autre histoire.

Perché sur l'une des branches les plus larges de l'arbre, le regard dans le vague, Teagan percevait seulement le bruit du vent. Après un repas frugal, mais réconfortant, en compagnie d'Ulfric, il s'était installé en hauteur, profitant du sommeil du Monteur pour trouver un peu de calme et de sérénité dans un esprit qui n'était pas le sien.

Sa patience avait été mise à rude épreuve, car durant de longues minutes, il n'avait trouvé aucun hôte. Perturbés par le trafic aérien des dirigeables et des aéronefs qui stationnaient en surplomb de la plaine, et par le ciel anormalement lumineux à cette heure de la nuit, les oiseaux de proie avaient filé vers des espaces plus paisibles.

Teagan avait poussé son esprit aussi loin qu'il le pouvait, s'efforçant de garder son calme face aux hurlements des spectateurs qui festoyaient en hauteur. Ils brouillaient le cri d'appel qu'il essayait de transmettre, mais alors qu'il allait renoncer, un esprit hôte s'était lié au sien. Avec délice, Teagan avait plongé dans la conscience du carnageur.

VOLER

Solitaire, l'oiseau de chasse planait, haut, très haut dans le ciel, lui offrant une vision phénoménale. Au-dessus de la plaine. Au-dessus des dirigeables. Au-dessus des nuages.

Et dans cette étendue électrique rougeoyante, Teagan se sentait incroyablement libre ! L'odeur du ciel, celle du vent froid, et celle des nuages chargés de pluie ! Il n'y avait qu'ici qu'il se sentait véritablement à sa place.

Cayden. Si tu voyais ce que je suis en train de contempler. Même toi, tu serais jaloux.

Bercé par le vol du carnageur, Teagan sourit en contrebas. Pourtant, une ombre demeurait. Comment pourrait-il expliquer à son frère ce lien si puissant qui le liait aux oiseaux ? Cette Résonance qui portait le nom de Murmuration... cela faisait-il de lui un monstre ?

Cayden. Je t'aime, mon frère. Et je viens te chercher !

Épilogue

Nos murmurations doivent se rejoindre. Ensemble, nous rappellerons les Ombrerocs ! Une armée venue du ciel s'abattra sur Aldébaran.
Prisca, reine des Corbeaux

Aldébaran - Ville d'Ey'Nvala – Cour du Corbeau

Sous les voûtes noirâtres et humides de la grande cour du Corbeau, les croassements lugubres des volatiles retentirent à l'approche du Maraudeur. D'un pas lent et furtif, un dao battant sa cuisse, la silhouette élancée aux longs cheveux noirs remontait les couloirs en direction du puits de lumière qui perçait le plafond en forme de dôme de la salle principale. Les jours de pluie, l'eau s'y déversait en cascade, tombant sur un immense trône d'os, de bois et de plume.

Là, royale, siégeait Prisca, la reine des Corbeaux. Le bas de sa robe de velours sombre traînait sur la dalle de granit sculptée qui soutenait son trône comme un véritable piédestal. Sa poitrine, compressée par un corset de cuir noir lacé de rubans rouges, se soulevait à une vitesse bien anormale pour un être humain. En pleine tachycardie, son cœur pulsait à une allure folle, partageant les vibrations d'un organe animal qui volait à près d'une centaine de kilomètres de là.

L'assassin se figea à quelques mètres de la reine des Corbeaux, mal à l'aise – et tout autant fasciné –, comme à chaque fois qu'il assistait à ce phénomène. Les yeux grands ouverts de sa maîtresse ne reflétaient que du blanc, tandis que ses lèvres se désarticulaient dans un silence effroyable. Baignée par l'éclat lactescent de la lune qui surplombait la confrérie des Maraudeurs, la jeune femme, en apparence immobile, chassait ! Sur sa peau pâle perlait une légère sueur salée, mais ce qui suintait de ses pores délicats n'était autre qu'une violente excitation. Une excitation qu'elle partagerait avec lui une fois sa transe terminée. Le Maraudeur en tressaillait d'avance.

Plongée dans l'esprit d'un carnageur sauvage, Prisca sillonnait les plaines, à la recherche d'une proie de choix. Depuis près d'une décennie, elle délaissait les lueurs diurnes pour ne sortir réellement qu'au crépuscule, préférant se gorger des relents extatiques d'une chasse nocturne.

Cette nuit-là, cependant, aucune paix. Aucun silence. Le ciel était bruyant, agité, et illuminé comme en plein jour. Les aéronefs qui stationnaient en surplomb des terres sauvages, et qui suivaient en temps réel la Méca Race, polluaient l'éclat naturel des limbes sombres dans lesquelles elle se complaisait.

Une heure s'était écoulée depuis qu'elle s'était liée à son hôte rapace. Une heure qu'elle tutoyait les corolles blanches des nuages à l'aspect déchiqueté, scrutant les masses d'énergie rouge qui pullulaient en contrebas. Un réseau vivant, bruissant de vie, chuintant de sang. Un réseau de Monteurs qui s'amoindrirait au fil des jours. La Méca Race comptait son lot de morts chaque année, et les Collecteurs, sous sa coupe, n'étaient pas en reste pour venir piocher dans les organes encore palpitants. D'ailleurs, ils étaient déjà là, guettant de loin le moindre faux pas.

Sur sa gauche, l'ombre silencieuse d'un carnageur se profila, l'accompagnant sur quelques mètres, avant de remonter plus loin vers les nuages. Il était rare de voir un carnageur solitaire. Ces rapaces sanguinaires se déplaçaient en Murmuration, formant ainsi de redoutables nuées volantes, et les plus faibles n'étaient jamais abandonnés par le reste du groupe. Alors pourquoi celui-ci volait-il seul ? Que pouvait-il bien chercher, si loin des siens ?

Intriguée, Prisca orienta le vol de son hôte à la poursuite de l'oiseau solitaire et se maintint à sa hauteur. À travers ses yeux, elle apercevait les plaines qui s'étendaient jusqu'aux mont Forsaken, les Mécas statiques et leurs Monteurs au repos, ceux qui s'obstinaient encore malgré le noir d'encre qui se répandait et s'infiltrait partout. Jusque dans les cœurs.

L'ouïe de son hôte, redoutable, filtrait le bruit du vent, dissociait les sons des notes de musique qui s'échappaient des dirigeables, les intonations des conversations, le fracas métallique des bêtes d'acier qui concouraient encore. Toutes ces facultés, Prisca s'en délectait. Elle était la reine des Corbeaux, à la tête de la confrérie la plus puissante du continent, ce qui faisait d'elle la femme la plus redoutable d'Aldébaran. Depuis l'ombre de sa guilde, elle dominait ce monde d'aristocrates, tout en leur laissant croire le contraire, et faisait régner la terreur lorsque venait la nuit, et qu'elle y lâchait ses assassins.

Alors qu'elle allait réintégrer son corps, alanguie sur son siège, un arc d'énergie rouge s'arracha des plaines et fondit dans le corps du carnageur solitaire qui volait non loin d'elle. L'onde plongea sans hésiter dans la bête, faisant à peine tressaillir l'oiseau qui remonta en flèche. Sous la surprise, Prisca faillit perdre la connexion avec son hôte animal.

Une partie d'elle fut brutalement éjectée du carnageur, tandis que l'autre planait toujours, en suspension dans la conscience animale.

Sous les yeux du Maraudeur qui patientait, le corps de la reine des Corbeaux s'arc-bouta. Ses longs doigts fins s'accrochèrent aux accoudoirs d'os sculptés, alors que ses ongles s'y enfonçaient comme des serres, creusant de profonds sillons. Sa poitrine opaline s'agitait avec violence, en proie à l'asphyxie. La dissociation des deux organismes était douloureuse.

Perchés sur les aspérités rocheuses, les corbeaux, rassemblés par centaines tels les gardiens immortels des tombeaux, déployèrent subitement leurs ailes. Par vagues, ils s'envolèrent dans un tourbillon furieux qui s'échappa à travers l'ouverture circulaire du dôme. La déferlante de plumes et de becs acérés fila vers les hauteurs, avant de se disperser dans les rues désertes d'Ey'Nvala, jusqu'à se jeter à tire-d'aile dans les plaines.

En altitude, battus par les vents froids de la nuit, les lambeaux de conscience de Prisca s'accrochaient désespérément à celle de son hôte. Sur le trône de la confrérie, son corps cessa finalement de trembler. Elle avait repris le contrôle, et dardait à présent ses pupilles de rapace sur l'onde de Résonance qui émergeait de la plaine. Sans hésitation, la reine des Corbeaux força l'oiseau à plonger.

Le rapace, ailes repliées contre son corps, fusa entre les dirigeables à l'arrêt, puis fonça en rase-motte entre les Mécas, suivant inexorablement l'onde carminée, invisible aux yeux de tous ceux qui ne possédaient pas le don de Murmuration.

Et quelle Murmuration ! Prisca en était subjuguée ! Jamais elle n'en avait vu une aussi luisante, aussi puissante. Si puissante qu'elle l'avait presque expulsée du carnageur qu'elle occupait. Jamais ? Ce n'était pas tout à fait vrai. Mais son souvenir était si lointain…

Remontant la piste, le rapace survola bientôt un bosquet d'arbres feuillus. Les braises mourantes d'un feu éclairaient vaguement les carcasses métalliques de deux Mécas, ainsi qu'une silhouette endormie, allongée à même le sol, seulement protégée d'une couverture.

L'onde de Résonance s'était évanouie, mais Prisca demeurait persuadée que la source de la Murmuration était toute proche. Un mouvement dans les branches attira subitement son attention. L'hôte carnageur se posa sur un arbre proche, scrutant la nuit de ses yeux jaunes.

La nuit s'étirait, et Teagan ignorait depuis combien de temps il partageait sa connexion avec le carnageur. L'esprit fatigué, il rompit doucement le lien en altitude, et réintégra son propre corps. La sensation le dérouta. Il lui fallut quelques instants pour retrouver la possession de ses membres. Un léger fourmillement demeurait au bout de ses doigts, si bien qu'il dut serrer ses poings à plusieurs reprises pour l'en chasser.

Ce ne fut qu'en constatant l'état du feu à l'agonie, que Teagan comprit que sa connexion avait duré beaucoup plus longtemps qu'il ne l'imaginait. Son corps physique était resté statique, mais son esprit avait vagabondé bien loin du campement, offrant deux cibles faciles pour des adversaires peu loyaux. Son inconscience aurait pu leur coûter cher. Ulfric avait placé sa confiance en lui pour ce tour de garde, et il ne s'était pas montré à la hauteur. Par chance, aucun incident n'était à déplorer.

Les nerfs à vif, Teagan jeta un regard vers le corps d'Ulfric Shelton, tourné sur le côté. Le jeune noble semblait dormir profondément. Si profondément d'ailleurs que pendant une seconde, Teagan se figea à l'idée folle qu'il soit mort. Un frisson glacé dévala son échine, mais il n'eut pas le temps de rejoindre la terre ferme qu'une ombre noire fondit sur lui. Il ne lui fallut qu'une fraction de seconde pour reconnaître l'apparition d'un carnageur, puis ce fut l'explosion dans sa tête.

JE TE VOIS

Les mots bondirent sous son crâne avec une violence incroyable. Pris de douleur, Teagan ferma les yeux. Des points blancs éclatèrent sous ses paupières, tandis que la surprise le faisait basculer vers l'arrière.

Son corps chuta de quelques mètres, et retomba lourdement sur la terre dans un bruit sourd. Étendu sur le dos, les pupilles dilatées sous l'adrénaline qui se dispersait dans son organisme, Teagan sentit le relent métallique du sang imprégner sa langue. Dans un grognement sourd, il desserra l'étau de ses mâchoires qui s'étaient refermées sur cette dernière. Une pointe de douleur se diffusa dans son dos, mais la souffrance la plus irradiante provenait toujours de sa tête.

JE TE VOIS

Les mots résonnaient encore sous son crâne, comme un écho qui refusait de s'affaiblir.

QUI ES-TU ?

Il eut l'impression de hurler, mais aucun son ne quitta pourtant ses lèvres exsangues. Seules ses pensées tentaient de trouver un chemin vers la sortie la plus proche. Un chaos incroyable se déployait à l'intérieur de son organisme, partagé entre extase et agonie. Son cœur s'emballa si fort que ses battements retentirent contre ses tempes, manquant de les exploser avec la force d'un gong létal. La sensation était insoutenable !

Il voulut crier pour lutter contre cette présence toujours plus intrusive, mais l'image d'une femme s'imposa sous ses paupières frémissantes. Nue, parée de ses longs cheveux de nuit pour seul vêtement, elle le contemplait à travers quatre pupilles, intimement mêlées deux par deux. Sur ses épaules délicates se déployait un tapis de plumes sombres, ancré dans son épiderme, et qui semblait se propager le long de ses bras.

REVIENS-MOI ! NÓTT FUGL !

L'apparition délétère qui l'oppressait tendit brutalement le bras dans sa direction, tandis que sa main se changeait en une serre prête à le broyer.

Puis, en une seconde, tout s'arrêta.

Le carnageur sauvage, qui battait des ailes avec frénésie à hauteur de son visage, fut soudain propulsé sur le côté par un violent coup. Il s'envola dans un cri perçant, tandis que la silhouette massive et à moitié dénudée d'Ulfric envahissait le champ de vision de Teagan, armé d'une de ses bottes.

— Teagan !

Sa voix rauque perça le brouillard dense qui tapissait l'esprit du Thénéryen, puis deux mains le saisirent par les épaules pour le redresser.

— Oh ! Est-ce que tout va bien ? Que s'est-il passé ?

— Je... je ne sais pas, parvint-il à articuler avec difficulté, comme si les muscles de sa mâchoire refusaient de bouger.

Le monde tournait tout autour de lui. Pendant de longues secondes, Ulfric ne fut qu'une ombre colorée mais floue, qui se confondait avec le reste du paysage. Pris d'une violente nausée, Teagan tourna la tête sur le côté, et vomit ses tripes, évitant de justesse les pieds nus du jeune noble.

— À boire, geignit-il, la gorge en feu.

— Tout de suite !

Ulfric se précipita vers sa Méca pour en détacher une gourde qu'il lança au Thénéryen. Sonné, Teagan se redressa en chancelant. Il réceptionna la flasque au vol et la vida à longs traits avides.

La voix avait quitté la cavité de son crâne, mais la tempête demeurait. Chaque fois qu'il s'était lié à un hôte volant, seules des émotions, sous forme de mots uniques, s'étaient manifestées. Jamais plus ! Mais là ! Il s'agissait de phrases ! Ce qui avait communiqué avec lui n'était pas un animal. Il en était persuadé !

La voix et la femme aux longs cheveux noirs étaient-ils une unité ? Son cœur se froissa dans un sursaut étrange face à cette interrogation. L'esprit encore embrumé, Teagan inspira longuement. L'air revint progressivement dans ses poumons, mais les ombres restaient présentes derrière ses paupières.

— C'est mieux ? s'enquit Ulfric.

À la lueur des dernières braises, les brûlures sur son visage lui conféraient une aura inquiétante, que sa voix calme atténuait cependant.

— Disons que ce n'est pas pire, grogna Teagan, la mâchoire crispée.

Le sommeil les avait définitivement quittés, semblait-il.

Les cheveux en bataille, Ulfric ramassa sa chemise – roulée en boule en guise d'oreiller – et la secoua avant de l'enfiler.

— Je te propose de reprendre la course, déclara-t-il en bouclant sa ceinture autour de sa taille. En partant maintenant, nous serons à Forsaken à midi.

La barrière du vouvoiement était tombée naturellement. Teagan s'attarda une seconde sur l'expression d'Ulfric avant de demander :

— Ta Méca est prête à repartir ?

Un sourire passa rapidement chez Ulfric, lorsqu'il constata que le Thénéryen semblait sur la même longueur d'onde que lui.

— Je basculerai sur les piles solaires de secours pour commencer. Les autres se rechargeront au fur et à mesure que les soleils se lèveront.

— Sacrée technologie, remarqua Teagan.

Pendant qu'Ulfric rassemblait son paquetage, il écrasa les dernières braises et les couvrit de terre. Le ciel s'éclaircissait déjà, amenant avec lui les prémices d'une nouvelle journée.

En silence, les deux Monteurs se remirent en selle, s'éloignant au rythme effréné de leurs bêtes, et Teagan calqua sa vitesse sur celle d'Ulfric. Par moments, ses pensées s'éloignaient, vagabondaient bien au-delà de ce qu'il pouvait s'autoriser. L'expérience nocturne avait un goût amer, une sensation d'inachevé qui le laissait sur sa faim ! Plus il tentait de lutter, plus son esprit cherchait à retrouver la femme !

Prisca ouvrit les yeux. Le voile blanc se posa sur le Maraudeur qui attendait son approbation pour avancer, puis se dissipa peu à peu.

— Approche, souffla-t-elle en lui tendant la main alors qu'elle se redressait.

Loin au-dessus de leurs têtes, les corbeaux se rassemblaient à nouveau. Le nuage noir s'engouffra par l'ouverture du dôme dans un tumulte fiévreux. La tornade de plumes envahit la Cour du Corbeau, et tournoya autour de la jeune femme qui étendit les bras afin de caresser les ailes soyeuses qui se pressaient pour la frôler. Lorsque le calme revint au bout de longues minutes, et que les oiseaux remontèrent vers les hauteurs pour se percher le long des aspérités, Prisca tourna enfin le regard vers le Maraudeur.

— Je l'ai trouvé, susurra-t-elle.

Les yeux de l'assassin se plissèrent sous la stupeur.

— Après toutes ces années… Où est-il ?

— Dans les plaines. Il participe à la Méca Race. Sa Murmuration est incroyable. Comme dans mon souvenir.

La voix de la reine des Corbeaux glissa sur le Maraudeur comme une caresse, tandis qu'elle nouait ses bras autour de son cou, pressant leurs corps avec envie.

— L'âge d'or des Résonances est sur le point de renaître !

— Que veux-tu que je fasse ? murmura l'assassin d'une voix enrouée.

Prisca sourit. Ses mains défirent la ceinture de l'homme, lui ôtèrent sa chemise et son pantalon. Avide, elle le poussa sur les marches qui montaient jusqu'à son trône, le forçant à ployer et s'allonger. Lorsque sa bouche trouva son torse, un souffle rauque lui échappa.

— Retrouve-le ! ordonna-t-elle. Ramène-le-moi ! Nos Murmurations doivent se rejoindre. Ensemble, nous rappellerons les ombrerocs ! Une armée venue du ciel s'abattra sur Aldébaran, et nous régnerons à nouveau.

REMERCIEMENTS

Merci aux Éditions Plume Blanche de prolonger mon rêve en accordant leur confiance à cette nouvelle histoire.

MARION, tu as sublimé ce roman, je suis absolument en admiration devant cet intérieur si soigné.

Merci pour tout.

OPHÉLIE, merci pour ces heures passées à lire et relire cette histoire. Comme toujours, ton œil de lynx était à l'affût.

Et enfin, à vous qui lisez ces lignes, merci d'être là.

Peut-être que vous me suivez depuis le début.

Peut-être que vous me découvrez seulement avec cette histoire, mais merci pour votre présence et votre soutien.

C'est grâce à vous que l'Aventure se poursuit encore et encore.

« Parce que lire, est le plus beau des voyages. »

MORGANE

Achevé d'imprimer en Septembre 2023
Dépôt légal, Septembre 2023
Imprimé en France par Sepec Numérique

PEFC 10-31-3532